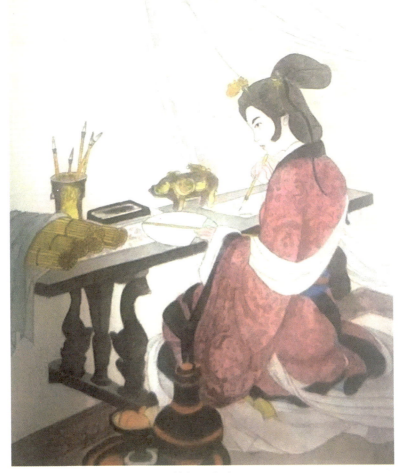

班婕妤《公元前48年至前6年》。

汉成帝妃，女真名已失传。班游之六世孙女，班彪之妹班固班超的祖姑。汉朝才女，犹善歌赋。后被汉成帝封为婕妤。她不争宠，不干预政事谨守礼教，行事端正深受太后和宫人的尊重。后来赵飞燕专宠，诬陷她诅咒圣上，她巧辩宽，自请退守后宫侍奉太后。最后又为成帝守灵终于忧郁而死。生平多有著作辞风凄楚哀婉，今仅存「自悼赋」「捣素赋」怨歌行三篇。

魏津海敬绘

婕妤写诗赋

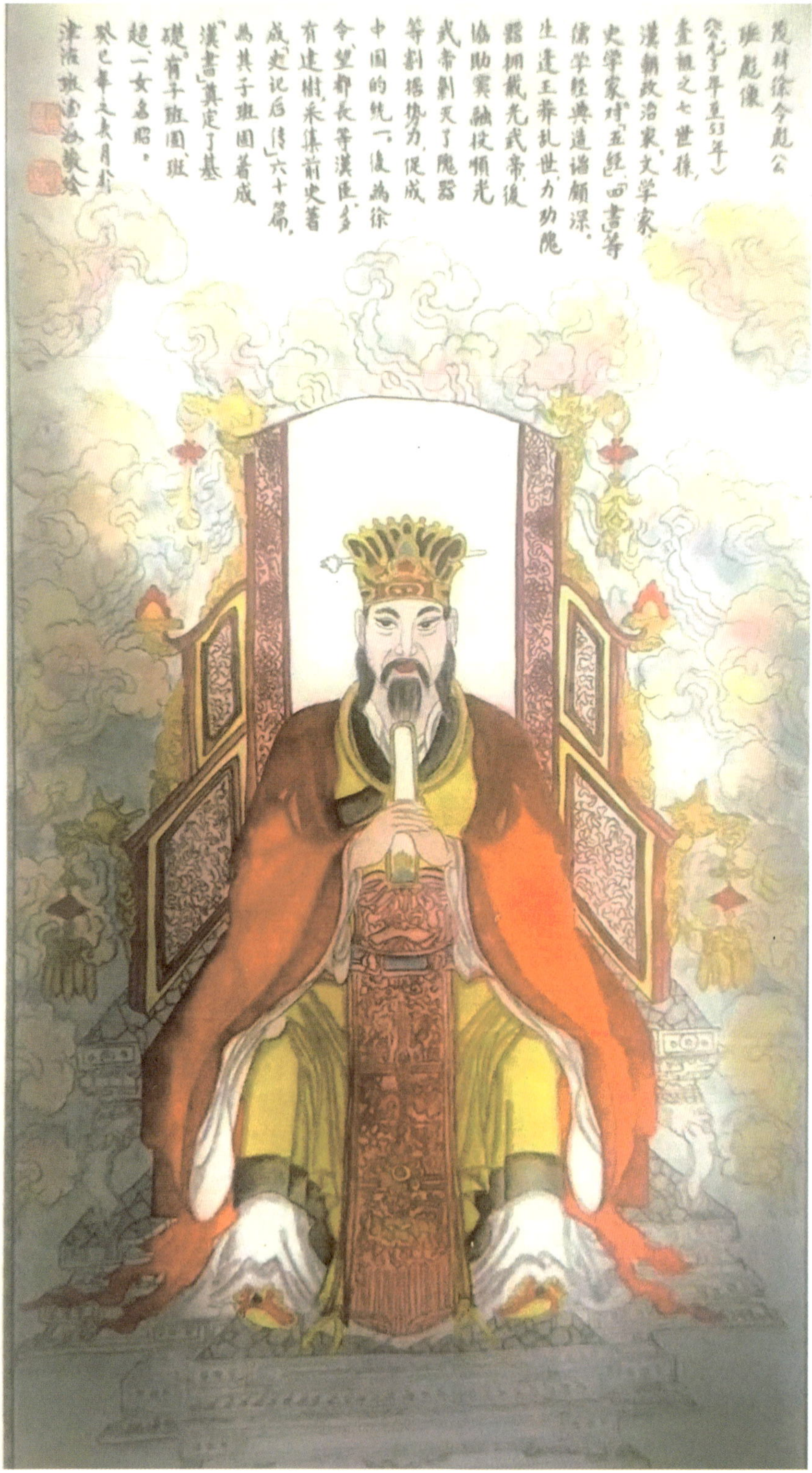
茂林徐令彪公
班彪像
（公元3年至53年）
壹祖之七世孫，
漢朝政治家、文学家、
史学家，对「五經」「四書」等
儒学经典造诣頗深。
生逢王莽乱世，力劝隗
嚣拥戴光武帝，後
協助竇融投順光
武帝，剿灭了隗嚣
等割据势力，促成
中国的统一。後為徐
令、望都長等漢臣，多
有建樹，采集前史著
成「史记后传」六十篇。
為其子班固著成
「漢書」奠定了基
礎。育子班固、班
超、一女為昭。
癸巳年之夏月於
津沽班宝海敬绘

班彪述王命

班固《公元卅二年至九二年》

壹祖八世孫夏邑原陽、山西、巢潮班姓之始祖漢代文學家、史學家、才華出眾、史書稱他"學無常師、不為章句、博覽群書、九流百家之言無不研究、各種典籍無不精通"其性格和容眾、不以才能高人"。曾為蘭台令史、校書郎、玄武司馬、中郎將等官職。花費二十五年心血著成《漢書》一百零八篇、首開中國斷代史之先河、受到古今人們的稱贊。後因受到竇憲擅權的牽連被罪恕入獄、死于獄中、享年六十一歲。有子班謀與行。

癸巳華之春月孔潭濱
班渊源鴻敬繪

班固著《汉书》

西域都護定遠侯班公
班超像（公元32年至103年）
宣祖之八世孫固祖之弟，广
东、广西、微山湖班姓之始祖，
中国汉代军事家、外交家，中
国民族工作的先驱。四十岁
时奉命出使西域团结依靠
当地的少数民族斗匈奴战
月氏转战西域三十一年，平
息了山部骚乱，抵御了外族
的侵略，畅通了丝绸之路，巩
固了汉朝同西域多民族的
团结，官封定远侯。
癸巳年之秋月长洋沾
班济为薇绘

**班超镇西域**

班昭《公元49年至120年》

曾祖之八世孙女东汉文学家史学家。嫁给曹世叔为妻史称曹大姑素有文才对儒家学说造诣犹深供职皇宫教授皇后及妃子读书。

其大哥班固去世"汉书"尚有第七表"百官公卿表第六志"天文志未有完成班昭奉命写成又以丰富的文采和知识代二哥班超上书皇上要求还朝终于感动朝廷得到应允。

因著有如女"七戒"受到历代儒家的尊崇是有名的女圣人。

癸巳年之春自花溪沁
瑞洛海敬绘

班昭续《汉书》

长篇历史小说

# 班氏演义

袁银波 ◎ 著

线装书局

**图书在版编目（CIP）数据**

班氏演义 / 袁银波著 . — 北京：线装书局
2023.10
ISBN 978-7-5120-5598-8

Ⅰ . ①班… Ⅱ . ①袁… Ⅲ . ①章回小说—中国—当代
Ⅳ . ① I247.4

中国国家版本馆 CIP 数据核字（2023）第 151684 号


## 班氏演义
BANSHI YANYI

---

著　　者：袁银波
责任编辑：林　菲
出版发行：线 装 書 局
　　　　地　　址：北京市丰台区方庄日月天地大厦 B 座 17 层（100078）
　　　　电　　话：010-58077126（发行部）010-58076938（总编室）
　　　　网　　址：www.zgxzsj.com
经　　销：新华书店
印　　制：廊坊市海涛印刷有限公司
开　　本：710mm×1000mm　1/16
印　　张：39
字　　数：597 千字
版　　次：2023 年 10 月第 1 版第 1 次印刷

线装书局官方微信

---

定　　价：138.00 元

# 浓墨重彩班氏情

## （序一）

  《班氏演义》是一部划时代的书：它记述的历史，是中国东汉时期班氏家族的辉煌史；它刻画的人物，是中国东汉时期最为有名的班氏先贤；它表现的精神，是中华民族英雄豪杰仁人志士强烈的爱国主义精神。

  这部书所记述的，是这样的故事：春秋楚庄王时，由于"斗越椒之乱"，整个斗氏家族被诛，仅令尹斗子文之孙斗生（斗班之子）被赦免。斗班因先祖子文弃于山林由母虎喂养而得名。斗氏满门遭祸，幸存的斗生一家，便迁徙到晋、代之间某地，为避灾难，亦为纪念虎乳之恩，他们改斗姓班，此即为班氏的来历，也被多部正史所载。

  王莽新始年间，陕西茂陵樊家庄有一樊员外，他有孪生女儿喜文、弄剑：喜文爱文，弄剑好武。二女长成，效那娥皇一女英，同嫁三秦才子班彪为妻。喜文生子班固，弄剑生子班超，但弄剑生班超时难产而亡，临终嘱咐姐姐务将班超当亲生子对待，不必告知亲生之母，喜文含泪应允。班固、班超从小接受良好教育，母亲常给他们讲圣人先贤和名将大帅的故事。班固领父遗命，立下写《汉书》之志，班超上了华山，跟华山道长学习武艺并自研兵书战策。在华山脚下，班超英雄救美，认识了才女邓燕，引出一段传奇的爱情故事。

  因小人诬陷，班固写史获罪入狱。班超飞骑洛阳替兄辩解，因明帝赏识，班固得以出狱，出任兰台令史，朝廷正式让他撰写《汉书》。同时，班固写《两都赋》，编《白虎通义》，撰《燕然山铭》，成千秋良史之笔。但不幸，他受窦宪案之牵连，被捕入狱，又因洛阳令种兢等人残酷迫害而致死。

  班超投笔从戎，率36人出使西域，他们"不入虎穴，焉得虎子"，在"虎穴"

搞斩首行动，杀匈奴使者，斩于阗神巫，平疏勒、莎车。他亦为小人所诬，因诏欲回京都，西域陷于一片混乱。小班雄代父上书，又有窦固将军为之力争，方才让班超继续留在西域，使西域52国摆脱了匈奴奴役，统一于东汉王朝，使丝绸古道得以复通，西域人民生活得以安宁，拓展并延伸了丝绸之路。其间，班超被迫休妻，但天公作美，他与巾帼英雄疏勒公主相爱，匈奴单于遣派刺客，三次刺杀班超，班超因中毒镖几乎丧命，幸被老郎中、疏勒公主和扎克采摘千年天山雪莲所救……正是这时，班昭奉诏入京续写《汉书》并教授嫔妃，她是中国历史上第一位女史学家。

班超被封定远侯后，因老思乡，回到洛阳，七旬而终。他与疏勒公主生子班勇，袭父职远镇西域，多有功劳。班超孙班始（班雄之子），虽有幸娶清河王公主，但因公主淫乱，班始杀之，遂获罪，不仅本人被汉顺帝降旨腰斩，同母兄弟姐妹亦被杀，这自然是一出悲剧。

古代皇权历史的大起大落，大兴大衰，大喜大悲，都是不可避免的。而东汉时期班氏家族的先贤，为东汉的辉煌和鼎盛做出了巨大贡献。看《班氏演义》，看东汉时期班氏的家族史，犹如看一部十分典型的一种姓氏比较完整的家谱，透过它能看出东汉时期的兴衰，这至少能起到窥一斑而见全豹的效应。这部书，在写作手法上，作者"七分事实，三分演义"，其中大的历史事件和人物，都是真实可信的。

袁银波这样说："班氏文化是典型的宗亲文化，耀目的地域文化，精彩的传统文化，优秀的中华文化。它的典型，是在于一个姓氏、一个家族，仅东汉年间，就涌现了那么多历史名人，尤以"四班"最有代表性；它的耀目，是因为这些班氏先贤，他们不仅'子承父业，妹继兄志'完成了《汉书》的撰写，而且威震西域，安边固疆，延伸和拓展了丝绸之路；它的精彩，是在于这个家族的历史，其实是一出十分曲折离奇的悲喜剧，是一部进行家风教育、爱国主义和英雄主义教育的活教材；它的优秀，是在于它能有中华名人的代表，能聚民族历史的精华，是中华文化的精髓，它不比任何帝王将相家族史逊色。正因为它是典型的、优秀的、民族的，所以它不应狭隘，不应局限，这便是我作为一异姓之人，必欲加入班氏文化、汉书文化研究队伍的原因。当然，我更有生在班家谷、长在班家谷深深的故乡情结。"

看了他的这段话，作为班氏后裔的我们，既感到骄傲，又增加了压力；既感到自豪，又增添了动力。我们一定要继承班氏家族的优秀传统，学习班氏先贤的高贵品质，弘扬班氏先贤的伟大精神，为中华民族的伟大复兴做出贡献。

当然，弘扬班氏文化、汉书文化是一项伟大的工程、长久的事业，它需要一代又一代人不断的努力。2022 年 10 月 28 日，中央电视台一套播出的《典籍里的中国·汉书》，在全国产生了巨大的反响，人们对班氏家族的历史产生了浓厚的兴趣。同样，袁银波这部《班氏演义》的倾力之作，也一定会收到良好的社会效应，会给广大读者留下难以忘怀的印象，它将在"中国文学的大观园"中留下浓墨重彩的一笔！

班程农

贵州省原政协副主席

序一 浓墨重彩班氏情

# 班氏文化热心人

## （序二）

记得在一家杂志上，我曾经看过一篇《别开生面窑洞会 大型寻根头一回——班固书院挂牌仪式暨中华班氏宗亲寻根特写》，文章的开头这样写道："真用得上著名喜剧美学家陈孝英先生在班固书院挂牌仪式上发言所说的话：'创造历史的人往往意识不到自己正在创造历史，让我们记住2014 年 3 月 26 日这个值得纪念的日子，希望我们的后代能够为他们的前人在今天所做的这项开创性工作而感到自豪！'"也就是这个日子，将刀刻石雕般地刻在陕西扶风班家谷，刻在每一个在这里参加班固书院挂牌仪式的人的心里！

紧接着，陈孝英又作了更加热情洋溢的讲话，他说："我参加过各种'跨界会'，今天是跨界幅度最大的一次，工农商学兵，行行有代表，群贤毕至，书院生辉，使我感触颇多。"

"今天的聚会地点是班固当年写《汉书》的地方，我们将要挂牌的书院亦以班固命名，所以我的感触也多与这位扶风名士息息相关。"

"先从这位名士的后人——袁银波说起。银波是我相处了将近 30 年的同事、文友和忘年交。他的勤奋和执着，他的事业之网涉猎之广泛，他不断向命运、向困难、向生命极限挑战的勇气，以及在任何情况下对情义的忠贞不渝，在朋友圈里是有口皆碑的。多年来我一直在探寻，这位性格内向的书生何以能拥有如此强大的生命力？今天似乎有了答案——因为袁银波是班固的后代，因为是班家谷这块风水宝地滋养了我们这位高产的优秀作家，因为在银波的血管里流淌着一种我们大多数人可望而不可即的精神，那就是倾其毕生精力写成《汉书》的'班固精神'。大约，就是从这个时候起，在我们陕西作家群中，都公认在袁银波身上有一种班固精神。"

也正是在这种班固精神的激励下，时隔仅仅一月，陈孝英先生"创造历史"的话便得到了印证：2014年5月2日，便有了120余名来自新西兰等国家和中国各地的班氏后裔，来到陕西省扶风县境内的班固墓及班氏故里祭祖寻根，并为当地班家谷的"班氏故里"石碑揭幕这样的重大事件。对于这一事件，中国新闻社记者田进采写了《海内外班氏后裔陕西扶风祭祖寻根》一文，《中国日报》等百余家新闻媒体予以刊登或转载。此一事的宣传如此之广，却很少有人知道袁银波，他实际是这一活动的主要策划者和组织者。

我与袁银波早在20世纪80年代相识。在一次大型活动场所，袁银波见到我后，这样莫名其妙地问："你是不是姓班？"我说："我叫班理，怎么能不姓班呢？我爸姓班，我爷姓班，我爷的爷还姓班，我是班氏的后代。"尽管我的回答对他稍有冲撞，但他却只是微笑，并有一种十分诡异的满意的神情。我后来才知道，袁银波做了大量的有关宣传和弘扬班氏文化的工作：出版过综合文集《班马耿窦四大家族》，编辑出版过《班马耿窦·班氏专集》，创作了大型秦腔剧本《镇远班超》和电视连续剧《大漠神侯》，他和王文明先生共同创作了电影剧本《班超定远》。同时，他还在自己的故乡扶风县班家谷，创建了"陕西省作家协会文学院班固书院"，并把自己的数十万元稿费投入其中，这种痴迷热爱和专注之举，确实是一般人很难做到的。而他当初那样向我问话的目的，其实是因为他好不容易才找到了我这样一位班氏后裔而高兴。如今，又有这部洋洋洒洒60余万字的《班氏演义》摆在我们面前，使我们对这位以创作班氏文化文艺作品而见长的作家，不能不心生敬意。

党的二十大报告指出："增强文化自信、围绕举旗帜、聚民心、育新人、兴文化、展形象建设社会主义文化强国。""发挥党和国家功勋荣誉表彰的精神引领、典型示范作用，推动社会见贤思齐、争做先锋。"而《班氏演义》所记述的这段传奇历史，所描写的这些班氏先贤，所刻画的这些历史人物，正好都是我们中华民族优秀人物的最杰出代表，是我们一代又一代人应当学习的楷模。

实际上，班氏文化、汉书文化决不只是班氏的、宗族的，而是民族的、世界的，对于它的宣传，乃是一种对民族遗产的宣传，对于它的弘扬，乃是对一种民族精神的弘扬，所以说，班氏文化、汉书文化，决不只是一般的宗亲文化、历史文化，而是优秀的民族文化、世界文化，它是需要积极提倡和大力发扬的。

我们所有的班氏后裔，都是在历代先祖的奋斗和护佑下才得以生息繁衍的，也正是在对祖先的敬仰和精神必须传承的感召下，班氏的后裔们，大家捐资、捐书法、捐字画、出主意、想办法……展现了极强的凝聚力和行动力，这让作者和我们大家都深为感动。这样一种一个姓氏、一个宗亲的凝聚力，从某种意义上，也折射了我们国人和民族的凝聚力。须知，了解自己的家族历史，学习班氏先祖先贤的功德，继承班氏先辈的志向，再创班氏家族的辉煌，是每一个班氏后人的责任和义务。我们相信，《班氏演义》的创作出版，必然会填补建立在史学基础上的人物群像文学创作的空白。希望班氏同胞一定要继承班氏先祖重学好武、诗书传家的优秀传统；学习班氏先贤历尽磨难、不辱使命的高贵品质；弘扬班氏先贤一往无前、矢志不渝的爱国热情，为中华民族的伟大复兴、建设社会主义文化强国做出应有的贡献。

感谢为此书面世做出最大贡献的班氏文化热心人袁银波先生。

班理

陕西省妇联副巡视员

# 目录 MU LU

目录

目 录

# 引　子

　　在中国历史上，有过一个天下大乱、诸国纷争时期。这一时期的主要特点是烽火四起，战火连天，各地树王，相互争霸。当时，中华之国，多达140多个，诸如齐、晋、宋、陈、郑、卫、鲁、曹、楚、秦、吴、越、燕、任、邢、邓、许、荀、极、贾、吕、虞、州、萧、芮、权、炎、毕、叶等。那个时候，我们现在的一个县，就可以成为一个或几个国家。比如像州国、纪国、荣国、杞国、阳国，共为五国，都处在今山东潍坊一带。潍坊今日里只不过山东省所辖的一个市，可那时竟拥有多个国家，你说这些国家能有多大呢？但是，国家的生死存亡，也逃脱不了"大鱼吃小鱼，小鱼吃虾米"这样一种自然淘汰法则。于是，便由春秋过渡到了战国时期。这一时候，经过争夺，经过吞并，春秋时期的140多个国家就只剩下齐楚燕韩赵魏秦这战国七雄了。战国七雄再行争战，再行吞并，达到统一，最终秦灭六国，一统天下，这便有了一个雄霸东方的大秦帝国。大秦帝国虽然如同光亮无比的彗星一样，在历史的夜空银河间一闪即逝，但它却开辟了大一统中华之先河，以后也才有了汉隋唐宋这样的盛世，才有了中华民族辉煌灿烂的历史。

　　这里，我们再说春秋争霸。在长达290多年的春秋时期，诸国互相争斗的结果，产生了"春秋五霸"，他们分别是齐桓公、宋襄公、晋文公、秦穆公和楚庄王。还有一说是齐桓公、晋文公、楚庄王、吴王阖闾、越王勾践。但不论持哪一种说法，楚庄王都在其列。楚庄王其所以能成为春秋霸主，关键是他能"三年不鸣，一鸣惊人"。最初，楚庄王刚刚继承王位的时候，楚国正处于一种不安定的状态之中。这种不安定，不单是因为楚庄王的父亲楚穆王去世，也还有其他种种因素。早在楚穆王去世的前一年，

引　子

· 1 ·

楚国就因为令尹（相当于后来的宰相）成大心的去世而发生动荡。当时，楚穆王任命成大心的弟弟成嘉（字子孔）继任令尹，楚国的属国舒国及其附庸宗、巢等国背叛楚国，于是成嘉率军讨伐舒国，俘虏了舒、宗两国国君，并且包围了巢国。

楚庄王即位的第二年，即周顷王四年（前613），成嘉、潘崇决心彻底消灭叛乱势力，便率军再次出征，并派公子燮与斗克镇守国都。

斗克曾经是秦军的俘虏。周襄王十七（前635）年，秦穆公和晋文公联合讨伐郡国，楚成王派斗克、屈御寇带兵援郡，二人均被秦军俘获。后来，秦国在殽之战中败给了晋国，急于与楚国建立良好的外交关系，便将斗克等人释放回国。斗克回国之后，一直郁郁不得志，而公子燮一心想当楚国的令尹，但却败给了成嘉。于是，两个人凑到一起，不免发发牢骚，吹吹牛皮，很快便有了谋反之心。

周顷王六（前613）年秋天，公子燮、斗克宣布郡都戒严，又派刺客前去袭杀令尹成嘉，结果失败。成嘉和潘崇迅速回师围攻郡都，公子樊和斗克挟持楚庄王从郡都突围，准备逃到商密去另行组阁。经过庐（楚地名）的时候，二人被庐大夫戢梁诱杀，楚庄王才得以获救。

虽平息了公子燮、斗克之乱，但楚国的动荡并未就此结束。周匡王二（前611）年，楚国发生了百年一遇的大饥荒。居住在今天四川东部的山戎族，趁机袭扰楚国西南边境，一直打到阜山（今天的湖北房县一带）。楚国人组织防御，楚庄王派部队在大林一带布防。东方的夷、越之族也趁机作乱，派兵入侵楚国的东南边境，攻占了阳丘，直接威胁訾枝（今天湖北钟祥一带）。一直臣服于楚国的庸国也发动各蛮族部落造反，而前不久，才被楚国征服的麋国人也带领各夷族部落在选地（楚国地名）集结，准备进攻郡都。一时，各地的告急文书如雪片般飞往郡都，各城各地都开始戒严，空气中弥漫着一种紧张的气氛。

当年，齐桓公率领八国联军大兵压境，楚国人仍应付得游刃有余；晋文公在城濮之战中虽大败了楚军，但楚国的实力并没有因此而削弱。现在，数年的国内动荡加上一场大饥荒，却使楚国几乎陷入崩溃的境地。尽管面临亡国之危，但少不经事的楚庄王，却一如继往地躲在深宫之中，他日夜饮酒为乐，不理政事。有大臣予以劝谏，但楚庄王却向国人发布了这样一道命令："禁止大臣们劝谏，有谁敢予以劝谏，杀无赦！"

听到这一命令，大臣们无不摇头叹息。他们想：以前，在楚文王年代，大臣鬻拳为了劝谏楚文王，敢拿着刀子威胁他，但楚文王也不曾将鬻拳治罪，反而给了他极高的待遇和荣誉。敢于直谏，已经成了楚国大夫的优良传统，也为及时纠正国君的错误、确保政令的正确，起到了相当重要的作用。现在，这个曾经被公子燮和斗克像傻瓜一样带出郢都的楚庄王，非但不愿听取大臣们的劝谏，反而以处死来威胁众大臣，欲封住他们的口，不让他们自由地发表意见，实在令人心寒。于是，众大臣只好缄口不语，谁也不敢就国事、政事发表什么意见。就这样，楚庄王一直昏昏庸庸、稀里糊涂地当了近三年国王。臣民们都担心，楚国的前途，大概就要葬送在这个傻瓜大王手上。当时，楚国人都这样暗自思忖。

某一天，大夫伍举晋见楚庄王，见楚庄王正在饮酒作乐，他左抱郑姬，右抱越女，穿着一件松松垮垮的衣裳，歪戴着帽子，坐在钟鼓之间，已经喝得七斜八歪了。楚庄王一见伍举，便给他一个下马威，他对伍举说："你今来，是不是欲来劝谏寡人？可是，你难道就没有听说我的命令，凡是敢于劝谏我的人，都得死！"他甚至用一双充满血丝的眼睛，狠狠地瞪着伍举，满脸都是杀气。

一见此情，乐师们都停止了演奏，舞女们也停止了歌舞，他们都低下头来，连大气也不敢出，宫殿里的气氛，变得异常沉重。

伍举先是愣了一下，但很快便镇静下来，他爽朗地笑着说："我这把老骨头，哪敢违抗主公的命令？我还想多活几年，多享几年清福呢！我今天来，一是想陪大王喝喝酒，给大王助助兴；二是为了告诉大王，楚国最近发生了一件怪事。"

"哦，什么怪事？"楚庄王仿佛来了兴趣，"你说吧。"

"三年之前，有一只大鸟从南方飞来，它身披五色羽毛，眼睛大于铜铃，长相十分奇特。这大鸟一到楚国，就栖息在郢都西南的高山之上，这都快三年了，它既不飞走，也不鸣叫，百姓们都不知道这是什么鸟，它究竟想干什么，我特来问大王，您知道吗？"

伍举此说，实际是在劝谏楚庄王，但楚庄王却佯装不知，却也没有治伍举的罪，但对他说的话，也显得不那么重视，只是轻描淡写地说："我当然知道，你说的这鸟，它在郢都山上都待快三年了，我想，它是三年不飞，一飞冲天；三年不鸣，一鸣惊人。你退下吧，我明白你的意思了。"

楚庄王说这话的时候，看也没看伍举一下，他的眼睛只是出神地望着门外的天空。这时，一只雄鹰正在天边盘飞，展翅翱翔……楚庄王仰望着雄鹰，眼里突现一阵奇异之光。

然而，接下来的日子里，楚庄王的王宫里依然纸醉金迷、歌舞升平，没有什么异样的变化。就这样，又过了一段时间，楚庄王执政整整三年。这时，大夫苏从再也忍不住了，他便闯进了王宫，对楚庄王说："楚国眼看就要灭亡了，主公难道还要这样得过且过吗？"

"你难道没有听过我的命令吗？"楚庄王斥道，"怎敢这样放肆！"

"听到过，如果劝谏，杀无赦！可是，如果我的死能够让主公明白事理，我愿意！"苏从说。

楚庄王十分严肃地和苏从对视了一阵，说："你别说了，我知道该怎么做，我可以恕你无罪。"他也确没有治苏从之罪。苏从走后，楚庄王即命乐师和舞女退下，让嫔妃们回到后宫，而他自己只一个人待在宫里，任何人也不接见，谁也不知他在做什么。

几天后，楚庄王命令内侍将全体大臣召集起来开朝会，一个人也不许缺席，这是他三年来第一次听政。只见他拿出一份长长的名单，传下庄严的王旨，先有数百人因各种各样的错误受到惩罚，却也有数百人因各种各样的功劳得到擢升。在齐国称霸时，楚国因受齐国抑制而停止北进，转而向东吞并了一些小国，国力变得强盛起来。齐国衰落后，楚国便向北扩张与晋国争霸。周定王九（前598）年，楚庄王率军在郔（今河南郑州）与晋军大战，打败了晋军，他开始成为中原霸主。在与晋国争霸的过程中，楚庄王曾经率领楚军北上，借伐陆浑戎（今河南嵩县东北）之机，把楚国主力大军开至东周洛阳南郊，举行盛大的阅兵仪式。当年即位不久的周定王，闻讯后忐忑不安，他派巧言善变的王孙满前去慰劳。楚庄王接见了王孙满，二人谈论天下大势，楚庄王一时兴起，问王孙满道："周天子的鼎有多大，有多重？"（即问鼎中原）。言外之意，自己要与周天子比权量力，挑战周王室的权威，这足以可见他的野心有多大了。原来，这三年之中，楚庄王并不是什么事也不做，而是听从王后樊姬的建议，十分秘密地让人进行观察记录，把百官群臣的功过成败都详细记载下来，现在一并进行奖赏惩罚。而那些罚者确实当罚，升者确实当升。国王公正，赏罚分明，自然国人大悦，举国振奋。

楚庄王其所以能三年不鸣，一鸣惊人，楚国其所以能成为春秋霸主，其中还有一个重要的原因，就是因为在楚庄王执政之前，楚国有过一对父子贤臣——斗伯比和斗子文，他们都为楚国的富裕和强大做出了巨大贡献，为楚庄王时期的称霸打下了坚实的基础。

斗伯比，芈姓，斗氏（若敖氏），名伯比，亦名熊伯比，他是楚国第十四任君主楚若敖熊仪之幼子，著名的楚国第一位令尹，亦是斗氏鼻祖。令尹相当于后来宰相那样的高官。

斗伯比的儿子斗子文、斗子玉分别是楚国第五任和第六任令尹，小儿子斗子良是楚国第一位大司马，均是栋梁之材。

周桓王十四年，楚武王三十五（前706）年，斗伯比参与楚武王国政决策，他为楚武王攻随服随出谋划策，发挥了重要作用。他识人精辟，富有远见。楚庄王派莫敖屈瑕伐罗时，斗伯比认为"莫敖屈瑕骄傲轻敌，伐罗必败"。结果，屈瑕在率楚军讨伐罗国时，果然大败而归。对此，人们都深深佩服斗伯比的先见之明。他历任三朝，德高望重、能力超群，是楚武王身边很有才干的最高统治集团成员之一。

与自己的父亲斗伯比相比，斗子文更是楚国历史上最有作为的安邦治国之雄才，深有文韬武略之奇谋。他曾"三仕""三舍"。所谓"三仕"，是因楚成王曾三次请他出任令尹；所谓"三舍"，是说斗子文自己曾主动三次请求，辞去令尹之职，进行荐贤任贤。如他让位于子玉，是在子玉攻陈、取焦、夷、城顿等地立有大功的情况下提出的。当时，群臣都表示反对，斗子文则理直气壮地说："吾以靖国也。夫有大功而无贵任，其人能靖者与有几？"可见，他的让位，是真心为了举贤荐贤，是从国家利益出发，并不计较个人的得失。

斗子文不仅乐于荐贤任贤，善于为楚国推荐和选拔人才，而且他为官廉洁，处事公平，不徇私情。他有个堂弟，自认为同族中出了斗子文这样一个大官，一定会包庇亲朋，护佑宗族，他便有恃无恐地在外边胡作非为。一次，他在集市上买了不少东西，不但不给人家钱，反而把卖东西的农夫打倒在地。因此,他被当时的廷理（司法官员）抓了起来。进行审问的时候，他不但不服罪，反而十分嚣张，大声地说："你们知道我是谁吗？我是令尹子文的堂弟，你们敢把我怎么样？"

廷理本来想对犯人行刑审判，但一听说他是令尹子文的堂弟，便吓出了一身冷汗，暗自庆幸自己还未用刑，否则便闯了大祸！于是，他便命令手下人赶忙给犯人松绑，并连连道歉说："误会，误会！多有得罪，多有得罪！"松绑之后，他笑嘻嘻地把这个犯人送到门外，并痛骂抓捕斗子文堂弟的那些人说："你们真是有眼无珠，成事不足，败事有余。也不闹清他是什么样的人，怎么就能随便抓呢？"

廷理放了犯人后，连忙整理衣冠，兴冲冲地来见斗子文，详叙了这件事情。谁知，斗子文听说此事后，不仅毫无喜色，反而满面愁云，他淡淡地问廷理："那么，你把人放了吗？"

廷理答道："大人，我把人早放了。如果我知道他是您的堂弟，打死也不敢让人逮他。"

谁知，斗子文听了十分生气，他猛拍着几案，厉声命令："那么，你马上给我把他再抓回来！"

斗子文这突如其来的愤怒，把廷理快吓呆了。他只是愣愣地站在那里，半天不说话，不明白令尹的火从何来。

斗子文一见廷理这个样子，便耐心解释说："楚国之所以设廷理一官，就是要加强维护国家法令。正直的官员执行法令，应灵活而不违背原则，坚决而不损害法律。现在，你擅自释放犯法的人，就是没有维护国家的法律，不是秉公办事，便没有尽到廷理的责任。难道，我当令尹的目的，就是为了让自己的家族享受特权吗？就是为了蔑视国家的法律吗？你怎么连这点道理都不懂呢？"看着廷理很难为情的样子，斗子文又心平气和地说："你想，我身为令尹，在协助楚王治国，本来有人对我严格依法行事就有意见，但我并不能因此而抛弃法律，赦免那些违法乱纪的人。现在，我这个堂弟明明犯了法，你却为了照顾我的面子把他放了，这不是在全国人面前展示我私心很重吗？如果全国当官的都是这个样子，那国家的法律条文还怎么执行呢？我今掌握一国之权柄，而被人在背后骂我私心，那我活着还不如死了好。现在，你赶快把放走的犯人抓起来，否则我将无地自容。"

廷理唯怕斗子文只是说客气话，心里并不这么想，便吞吞吐吐地说："这次，对于这个人，就不必再抓了吧，因为他所犯的只是些小过错。您在家里好好教育他就行了。再说，放了的人又抓起来，对您对我的面子都不好看啊！"

"不，要抓！一定要抓回来！"斗子文十分坚决地说，"越是像我这样置身高位的人，对于自己的亲戚朋友，越是要严格要求。否则，他们今天犯小错，明天便会犯大错。如犯了大错，那会牵连更多的人，以致牵连整个家族。对此，你既然为难，我派人抓就是，对他一定要秉公处理。"于是，他便命令手下武士，立即去把自己那个犯法的堂弟抓了来，当面交给廷理，让他依法办理。这件事，当时在楚国成为一桩美谈。

斗子文初任令尹时，便倾其家产资助楚国，因而有了"毁家纾难"一说。而在他为仕期间，曾三次辞去令尹职务。可是，因他毁家纾难，且为官清廉，家中没有什么积蓄，辞官后又失去了俸禄，家里的生活费用十分紧张，以致到了吃了上顿没下顿的地步。这件事，被楚成王知道了，便每逢朝见斗子文时，都要给他增加俸禄，并给他预备一束干肉、一筐干粮，用来送给斗子文，让他用以家用。可是，楚成王每增加斗子文的俸禄或给赠物时，斗子文一定会逃避，直到成王停止给他增禄，他才返回朝廷任职。有人对斗子文这样说："人活着就是要求富贵，楚王愿奖赏你，但你却逃避，为什么呢？"

斗子文并不多作解释，只是说："我这样做，自有这样做的道理。"

斗子文的儿子斗班也很是不解，他埋怨父亲说："您这样高的职务，咱家现在却穷困成这个样子，可对于楚王的赏赐，您为什么一点也不要呢？"

斗子文说："那还全不是为了你，为了我们的后代。"

斗班说："我们家的资产都捐给了国家，现在全家人都腹中无食，身上缺衣，楚王所赏赐的，正是我们所需要的东西，您却不要这些东西，又怎么能是为了我、为了我们的后代呢？"

斗子文说："我们家现在固然贫穷，但还不至于把谁饿死冻死，可是一旦有了富贵，那会惹来不少人的忌妒，大的灾祸就不远了啊！你父亲我现在是令尹，是一人之下万人之上的令尹，再下是百官，再下才是百姓，有多少人在瞅着令尹这个职位呢！可令尹再上，那就是楚王啊！俗话说，伴君如伴虎，我处在高位，成天守在楚王身边，唯是诚惶诚恐，哪还敢再有什么权力的欲望和些小的不谨慎呢？哪还敢再有什么富贵的追求和不应有的贪欲呢？这也正是我三辞令尹的真正原因，我这不是在辞官，而是在辞祸呢！须知，我们这些为官当政的人，是要庇护百姓、造福百姓，可如果我们欺负百姓、压榨百姓，那百姓的财物空了，我们却得到了富贵，这是用百姓的劳苦来增加我们自己的财富，对此，君王群臣都会反对，百姓们都会愤怒，那我们离死亡也就不远了。所以我这样做，是在逃避死亡，而不是在逃避富贵。"

斗班说："那，您老是拒绝楚王的赏赐，楚王会不会不高兴呢？"

斗子文说："不会，我本来不贪，把资产捐献给了国家，现在却贪图王上的恩赐，接受王上的东西，这不是在作秀吗？这不是自相矛盾并要落人笑柄吗？须知，人的一切祸事，都是由于贪婪而引起的：贪财，会使人陷入堕落；贪色，会使人陷入虚弱；贪权，才最为危险，它会给人带来杀身以致灭门的灾祸。有这么一句俗话，说是无欲则刚，我无有其欲还怕什么呢？但是，我只能保证自己无欲，却不能保证我的后代，不能保证他们因有欲而引起灾祸。这一点，你一定要永远牢记呢！"

斗班说："孩儿谨遵父亲教诲。"

再说这个斗班，他乃是因父亲的传奇出身而得名的。因斗子文是斗伯比和表妹邙子之女偷情所生，生下后被弃在云梦泽北（即今湖北天门市境内），却被母虎乳养。当时，楚国人皆称老虎为"於菟"，把喂乳叫"穀"，意思是"虎乳育的"。楚的附庸国祁国国君祁子出猎时，见到了母虎在喂养斗子文，他感到十分惊奇，便将其抱回家抚养。后来，斗伯比闻知此事，便亲至祁国从祁子处接回了斗子文，送重礼予以致谢。正因为斗子文感念老虎乳养自己之恩，也为了让后代永记此事，便给儿子取名斗班。

当时，斗子文还对斗班这样说："知道为父为什么给你起名斗班吗？这一是因为，为父乃是弃婴，因被母虎喂养，这才得以保命，我要让我的子子孙孙都记住这件事情；再者，班者斑也，那老虎，它们身上不是有斑纹吗，是有斑纹的老虎喂养了我，那么我的子孙谁也不能伤害老虎；再是我的子孙一定要谨慎再谨慎，千万不能因为什么事情惹恼了君王这只老虎，那样必会大祸临头，这也正是我三辞令尹之职的真正原因。"

听罢斗子文的话，斗班急忙说："孩儿知道了。"

斗子文又说："为父给你起名斗班，还有一层用意，以后，我斗氏无祸事便罢，如有祸事，后代可以班为姓，将斗姓弃之，爱争好斗，大不祥啊！"

同父亲一样，斗班后来也担任了楚国的令尹，只不过他是第十一任罢了。

这一时期，也正是斗氏家族鼎盛时期，不仅斗班担任着令尹，他的堂哥斗越椒也担任楚国第十二任司马，这是楚国军队的最高长官，权力仅次于楚王和令尹。而斗越椒之父，即斗子文之弟子良，他是楚国第五任司马。

当初，由于斗子文辞职并加以推荐，子玉从司马升任令尹，斗宜申继任司马一职，他是子玉率兵进行城濮之战时的一个副手。城濮之战战败，子玉含恨自杀，斗宜申则被免去司马一职。

周顷王二（前617）年，令尹成大心执政期间，郁郁不得志的斗宜申与子家勾结，策划杀死楚穆王，结果阴谋败露，最终被楚穆王处死，史称"斗宜申之乱"。

斗宜申之乱后，又发生了斗克之乱。斗克之乱不久，令尹成嘉去世，接任他职位的即为斗班。

斗班当了两年令尹，尽管其功劳没有父亲斗子文那么突出，不过他也没什么大的过错，应该算是一位贤臣。也许，因他为人太善，或许因他们若敖氏势力太大，便招人忌恨，在斗班担任令尹的第二年（前611），他也曾遭人诬陷，但因证据不足，楚庄王并未降他罪。

紧接着，楚国又发生了斗越椒之乱。

在斗越椒刚出生的时候，斗子文观他有"熊虎的形状、豺狼的声音"，实乃狼子野心之辈，便建议斗子良杀了或弃了他，说要不然，斗氏必然会因为他而灭亡。但是，斗子良不同意这样做，他说："你难道还没有尝够被遗弃的滋味吗？你是遗弃后被母虎喂养，才得以幸存下来，我儿如被抛弃，他哪有这样的福分呢？我对此儿弃之尚且不忍，又怎狠心杀之。"他硬是把斗越椒保护了下来。

见此，斗子文无奈叹道："当断不断，反遭其乱，我们斗氏一门，必受越椒这小子的牵连矣！"

等到斗子文即将去世的时候，他依然对斗越椒以后会惹祸一事耿耿于怀，便召集全体族人开会，对他们说："你们大家切记，如果斗越椒以后一旦当了大官，你们就快点离开楚国，越快越好，不要有丝毫犹豫，不然定会遭全族灭亡的祸难。"他甚至还哭着说，"鬼尚且要吃东西，可若敖氏的鬼不是要挨饿了吗！悲哉，我斗子文一生节俭，死了却仍要当挨饿鬼。"因斗氏即为原若敖氏，令尹子文此语，也成了"若敖鬼馁"之出处，它比喻说因为绝后，无人来祭祀先祖，是一件十分悲哀的事情。当然，对于伯父斗子文此说，斗越椒以后知道，心里自然大为不悦。

周定王二（前605）年，斗越椒因觉自己累立战功，却仍屈居司马之位，心生不满，便想谋权篡位，当一国之君。可他想，要实现自己的计划，就必须得到令尹斗班堂弟的支持。于是，他来找斗班，先试探问："兄弟，你说这楚国的江山，还不都是我们斗氏给他们打下来的。可凭什么，他们熊氏能高高在上为王，我们斗氏却只能唯唯诺诺当臣下呢？"

眼见斗越椒踌躇满志，意在必得，反心正盛，斗子文自知相劝效果必然不佳，便也试探性地问斗越椒："那么，哥哥却要如何？"

斗越椒为了拉拢斗班，故献殷勤地对斗班说："我想，咱不如杀了那个昏昏庸庸的楚庄王，由兄弟你来当楚王，我当令尹，让整个楚国变成咱们斗家的天下，那不是挺好的吗？"

斗班说："我这个人胆小怕事，不是当王的料，不敢承当哥哥的美意。"

"那不还有你哥我吗？"斗越椒等的，就是斗班这话，他说，"既然兄弟不肯为王，那就由哥哥来当，只要楚王姓斗，哥哥我就心满意足了。"

斗班假作犹豫地说："这是大事，不是小事，容兄弟我好好考虑一下再说，似这样的大事，咱们总得做准备啊！"

斗越椒表示同意，两人便欲各自做准备。谁知，斗班根本毫无反意，今见堂兄如此，对其是阻是劝，对楚庄王是报是瞒，他却无主意。最终，他还是选择了对斗越椒进行劝阻。再说，斗越椒也不是傻子，他回府后，对斗班今天并没有痛快答应参与谋反也深觉诧异，便又返回来找斗班。正好，斗班也欲找堂兄进行商议，他便被斗越椒拽至自己府中，逼着斗班当即做出选择。斗班被逼无奈，只能好言相劝说："昔我父在世之时，他言人的一切祸事，都是由于贪婪引起，你今日果然要犯这样的错误。他还说，你日后必反，会给斗氏带来灭门之祸，此事果然成真。哥哥，请听兄弟良言相劝，你还是收了此心，罢了此念吧！此事成也不义，败会很惨，会祸及全族，赶快收心吧！"

斗越椒前因伯父斗子文曾数次说自己，对其早已心存不满，今一听斗班提起伯父，不由来气，他驳斥说："如依你父之言，我斗越椒早已不在人世，哪还有机会建功立业呢？再说，我们怎么会失败呢？因为我已做了充分准备。今你是令尹，掌有政权，我是司马，握有兵权，那昏昏庸庸对什么都不管不问的楚庄王，他到底有什么能耐呢？放心吧，我们有百分之百成功的把握。我看你同你父亲一样，全都书生气十足，连树叶掉下也怕打头，怎么能成大事呢？"

斗班又说："按你对我开始所讲，你不是想当令尹吗？那令尹一职，兄弟我辞之，让给哥哥还不行吗？"

斗越椒说："这怎么行呢？必须是你当楚王，我才肯担任令尹。否则，这个令尹，我是怎么也不会当的。"

斗班再行苦劝："我父亲当令尹之时，曾经三仕三舍，方避得大灾大祸。你却反其道而行之，这样做祖先不许，苍天难容啊！我父亲他还曾担心，说是你若招祸，连若敖氏之鬼都要挨饿，恐无人再来祭祀我们的祖先，你难道一定要招这样的灭门大祸吗？"

斗越椒这时权欲燃烧，已近疯狂，他哪里还听得进斗班的良言，便嗖地拔出身上的佩剑，对准斗班的胸部说："少提你那窝囊的父亲，好好的令尹不做偏要辞去，楚王的封赏不要偏要受穷，他才是个傻子，是比楚庄王还傻的傻子，我才不当他那样的傻子呢！我现在只问你，你反还是不反？"

· 11 ·

"不反你会怎样？"斗班反问。

"那我只能对不起了，取了兄弟之头。"斗越椒恶狠狠地说。

对此，斗班毫不畏惧，他缓缓弯下自己的身子，将脖项对准斗越椒的利剑说："哥哥既要弟弟之头，那弟弟我在所不惜。但是，弟弟头落地之后，要是我的死，能唤起哥哥的警觉，不给斗氏招祸，那弟弟的死也值了。望哥哥一定三思，且勿因一时的糊涂冲动，既毁了自己，也让斗氏满门遭祸殃啊！"

斗越椒见此，唯恐斗班不死，会向楚庄王报告，坏了自己大事。于是，他狠了狠心，便手起剑落，砍下斗班的头来。然后，他即刻带兵前来进攻楚庄王。当时，楚庄王感念斗氏祖上的功劳，情愿与斗越椒讲和。楚庄王说："你今起兵造反，又杀了你堂弟令尹斗班，本已犯了死罪。但是，只要你归顺朝廷，寡人可不治你之罪，并让你代替斗班任令尹之职，你以为如何？"

"你这是骗小孩的话，我难道能相信吗？"斗越椒说，"我知道，我若归顺，你一定会灭我满门。"

"你若不信，我可以三代国王的儿子作为人质，咱们再坐下来细细商谈，你难道还不放心吗？"楚庄王又说。

斗越椒冷笑着说："你以为一个小小的令尹，就能满足我的要求吗？"

"那你还要如何？"楚庄王已面有愠色。

"我只是想和你比比，看咱俩谁的能耐大？能者，自然就是楚国之王，你敢跟我单打独斗吗？"

楚庄王怒道："你一莽夫，何能为王？若让你为王，楚国的臣民，是断然不会答应的。"

斗越椒说："那好，你既然不从，咱们就兵戎相见，胜者为王，败者为贼！"

楚庄王好心再劝："我劝你还是好好想一想。昔时，令尹子文曾言，你以后一定会给全族招祸，若敖氏的鬼都要挨饿，今果然如此。"

斗越椒怒吼道："废话少说！咱们比的是手上功夫，而不是嘴上功夫，来，先战再说！"

"好，你可不要后悔。"楚庄王说。于是，楚庄王便在漳滋用兵，与若敖氏在皋浒作战。楚庄王这边，大将潘旭先行出战，与斗越椒战在一起，但斗越椒只战了几合，却抽身用箭来射楚庄王。斗越椒也非常人，他力量强而箭镞锋利，箭一直飞过楚庄王的车辕，穿过鼓架，楚庄王急忙一闪，那箭射在了车的铜钲上，才没有射中楚庄王。斗越椒一见，急忙再补一箭，那箭飞过车辕，透过车盖，正中楚庄王的肩头。楚庄王所率的将士们一见，全都十分害怕，队伍开始退却。楚庄王并不胆怯，他厉声大喝："大丈夫死就死耶，难道还惧怕反贼斗越椒不成！"

这时，大将孙叔敖以王旗来鼓励诸军，神箭手养由基则拍马来战斗越椒。要说，楚军众将，斗越椒谁都不怕，怯的就是这个养由基，他们二人大战十余回合，又因有潘旭前来夹攻，他和养由基二人共战斗越椒。又战了一会儿，斗越椒渐渐力怯，他稍一慌神，即被养由基斩于马下。因见斗越椒已死，楚庄王即下令击鼓进军。斗越椒部下见主将已亡，便纷纷投降。这样，楚庄王迅速平定了斗越椒之乱。

由于斗越椒发动叛乱时，很多若敖氏族人都跟随他作乱，而斗越椒还射伤了楚庄王，所以，楚庄王大怒不禁，他平定叛乱之后，便下令将整个若敖氏灭族。只有斗越椒的儿子斗贲皇逃往晋国，并改氏为苗，史称苗贲皇。这样，整个斗氏家族，就只有斗班的儿子斗生了，他因为在外出使才幸免于难。斗生听说若敖氏被灭族后，非但没有逃亡，反而匆匆回国，自缚着去向楚庄王请罪受死。楚庄王感其祖父斗子文对楚国的非凡功绩，遂赦免了斗生，让他继承斗氏的香火。

这，即为楚国历史上有名的"若敖氏之乱"。

诸位，看我以上文字，且莫以为我是在写楚国的历史、写若敖氏的家族史，究其实，我也是"醉翁之意不在酒"，我重在写令尹子文、写其子斗班，兼而写斗班之子斗生。因为。他们都是班氏的先祖；更因为，我所著之书名为《班氏演义》，我又怎么能脱题呢？

假使，以上我之所述有什么错误和缺失的话，我们当以班固自述为准。《汉书·叙传第七十》载："班氏之先，与楚同姓，令尹子文之后也。子文初生，弃于䈰中，而虎乳之。楚人谓乳'穀'，谓'於菟'，故名穀於菟，字子文。楚人谓虎'斑'，其子以班号。秦之灭楚，迁晋代之间，因氏焉。

此，即为班氏姓氏之来历，亦为《班氏演义》之开场。

# 第一章　姐妹同心　喜文、弄剑觅奇才

且说，这一故事的源头，应追溯到一个大名鼎鼎的人物——樊哙。

据说，樊哙的出身十分低微，他只不过是泗水郡沛县（今江苏省沛县栖山镇）一个屠夫罢了。好就好在，他有一门好的亲戚，其妻之姐，乃是刘邦夫人吕雉的妹妹。也正是由于有这么一层关系，他后来随了刘邦，参加了沛县起义，便成为西汉王朝的功勋将领之一。

攀哙与刘邦既是亲戚，也是朋友，他们关系甚密。

当初，樊哙与萧何、曹参共同推举刘邦起兵反秦。待刘邦做了沛公，便让樊哙做了他的随从副官。以后，他跟随刘邦南征北战，先攻打胡陵、方与，在丰县一带打败了泗水郡监和郡守的军队，后来又平定了沛县。在与司马梱在砀东作战时，其表现十分英勇，斩 15 首级，打退了敌人，被封为国大夫。抵抗章邯军队时，樊哙率先登城，斩 23 首级，被赐爵为列大夫。此后，他跟随刘邦出征，常立战功：攻城阳，下户牖，破李由（李斯之子）军，共斩首 16 级，被赐上间爵。在围攻东郡守尉的战斗中，他率军打退敌人，一人斩首 14 级，俘获 11 人，得封赐五大夫。之后，又破秦河间守军，败赵贲、杨熊等秦军将领的军队。他屡次率先登城陷阵，捕斩有功，被赐爵为卿，并赐给贤成君的封号。后来，他因多有斩获而再加封赐。进攻秦武关至霸上时，樊哙率军斩杀秦都尉 1 人，首级 10 个，俘获 146 人，降 2900 人。

刘邦率军入关，灭秦后封关自守，欲依楚怀王“先入定关中者王之”的约定称王于关中，但这引起了项羽的强烈不满，他便派当阳君英布等攻下函谷关。项羽入关后，驻军于戏（今陕西临潼东北新丰镇东南戏水西岸）

西，欲击灭刘邦军。樊哙早在刘邦入咸阳后，就力劝刘邦还军霸上（今西安东南），勿贪图秦宫奢丽的享受。

待项羽兵临城下后，刘邦自觉势单力薄，乃与张良率100多随从赴鸿门谢罪，樊哙随往。项羽在鸿门设宴，酒酣之时，亚父范增预谋杀害刘邦，特授意项庄拔剑在席上献舞，想趁机刺杀沛公。此时，席间只有刘邦和张良在坐。其实，张良在帐外时，早把项庄欲行刺刘邦之事告诉了樊哙。樊哙一听，立即持剑盾闯入项羽营帐，他用盾牌撞倒拿戟的士兵。进入帐后，他"西向立，凝视项羽，目眦尽裂，头发上指"。

项羽也吃了一惊，握剑坐直身子问："此人是谁？"

张良说："他是沛公的参乘樊哙。"

项羽欣赏道："真是位壮士。"于是，他给樊哙赐酒一杯和一条猪腿。樊哙一饮而尽，拔剑切肉而食，片刻就把肉吃光了。

项羽又问："樊将军还能再喝吗？"

樊哙面斥项羽道："臣死且不辞，岂特卮酒乎！且沛公先入定咸阳，暴师霸上，以待大王。大王今日至，却听小人之言，与沛公有隙，臣恐天下解，心疑大王也。"

项羽听罢，沉默不语。这时，刘邦借故去厕所，把樊哙召了去，他们一起出了营帐。刘邦独骑一匹马，樊哙等四人步行护驾，他们从山下小路偷偷回到了霸上营中。只留下张良一人，向项羽谢罪。项羽因为已经顺心遂意，也就没有诛杀刘邦的念头了。当时，如果没有樊哙闯帐谴责项羽，刘邦几乎被杀，这也是刘邦一直十分信任樊哙的原因。刘邦被项羽封为汉王后，赐樊哙为列侯，号临武侯，升为郎中，随汉王刘邦入汉中。

刘邦在汉中站稳脚跟后，用名将韩信指挥了安定三秦之战，从而拉开了楚汉战争的序幕。在这场战争中，樊哙或者单独或者跟随汉王与西县县丞、雍王章邯、章邯的弟弟章平，以及赵贲等人的军队作战，他英勇异常，常率先登城陷阵，斩杀、俘虏敌军，因功被升为郎中骑将、封为将军，赐杜陵的樊乡为他的食邑。随后，他又参加对楚作战，屠煮枣，在外黄击破王武及程处军，攻取邹、鲁、瑕丘、薛等地。项羽败汉王于彭城后，樊哙屯守荥阳的广武，增加二千户为他的食邑。一年后，他又随高祖追击项羽，取阳夏，虏获楚将周将军的士卒 4000 人，把项羽包围在陈县，大胜而归。

项羽死后，刘邦称帝，史称汉高祖。因樊哙坚守作战有功，再增加食邑八百户。汉初，异姓诸侯王反叛不断，樊哙成为征讨叛军的主将。他先率军攻打反叛的燕王臧荼，俘臧荼，平定了燕地；楚王韩信反，樊哙随高帝到陈，活捉楚王韩信，平定了楚地，赐爵为列侯。朝廷以舞阳为其食邑，号舞阳侯；他又以将军名义，跟随高帝讨伐了韩王信，斩韩王信，与绛侯周勃等共同平定了代地，因功再增加食邑一千五百户；他因击退陈稀、曼丘臣军，战襄国，破柏人，先登，收取赵地清河、常山等共 27 县，被提升为左丞相。他再败陈稀的胡人骑兵于横谷，斩将军赵既，虏获代丞相冯梁、郡守孙奋、大将王黄等 10 人。与诸将共同平定代地乡邑 73 个，功绩十分显赫。

高祖十二（前 195）年，樊哙又以相国职率兵击燕王卢绾，平定燕地 18 县、51 个乡邑。高帝把他的封邑增至 5400 百户。

樊哙战功总计，他跟随高祖作战，斩首 176 个级，俘虏 288 人；自己单独领兵作战，打败 7 支军队，攻下 5 个城邑，平定 6 个郡、52 县，虏获丞相 1 人、将军 12 人、将官 11 人，他是汉朝从创立到稳定的一位重要将领。

一提到樊哙，在人们的眼前，定会出现一位持戟仗剑，赳赳武夫的英雄形象，这倒也没什么大差。樊哙之戟，后作何用，笔者不可得知。但是，樊哙之剑，后来用途，笔者却详知尽知。正由于此，笔者才愿意由这把樊哙的七星宝剑，来引出我们的故事。

且说，王莽新始年间，在陕西茂陵（今咸阳西）樊家庄，有一位樊姓员外，他正是樊哙的后代，至于他是樊哙后代的第几世第几代，我们且不作考证，亦不作研究，但只知，樊哙当时所握的那把七星宝剑，后来代代相传，便传到了樊员外手里。何谓七星宝剑，那是因为这把剑的剑柄上，镶有七颗金色的宝石，其之排列，恰似北斗七星。它是一把稀世之宝，吹毛利刃，人人皆欲得之，樊员外独家藏之，外人看一眼都十分难得。因有得樊哙这么一位贵为丞相的人，樊员外家的经济条件自然也不差。其家资颇丰，为人好善，且学识渊博，深孚众望。

新始建国五（13）年，樊员外有幸得女，且孪生。虽然樊员外是武将樊哙的后代，虽然他得祖传樊哙之剑，但他本人却爱文喜书，遂将自己的孪生女儿，长女取名喜文，次女取名弄墨。对于女儿，樊员外自然视若掌上明珠。他请得一位饱读诗书的先生，在家设一私塾，专向两个女儿施教。二女渐长，出脱得像花朵一般美丽。这时，喜文仍陶醉于诗书之中，弄墨则不然，却玩枪弄棒起来。对此，樊员外略有不悦，他曾责备弄墨："那些刀叉棍棒，全都是男人家摆弄的东西，你一个女孩子家，玩弄那有什么用呢？"

弄墨道："成天坐凳坐凳，坐得人腿发麻发困，成天吟诗吟诗，吟得人眼前发黑。再不玩弄玩弄棍棒，舒展舒展筋骨，人就要生锈发霉了，还怎么读书写字呢？"

樊员外问："那你要怎的？"

"我要学武。"弄墨说。

"可女孩子家学武，没什么用啊！"樊员外说。

"怎么没有用呢？"弄墨说，"如有一身武艺，上可以保国安邦，下可以看家护院，有得大用处呢！再说，咱们樊家后辈，就我姐妹二人，再无男子，我们不习武，不是要受别人欺负吗？"

弄墨此说，触动了樊员外的一块心病：妻子虽生二女，却再无一子出生。为此，他夫妻二人，常吃素念佛，敬神烧香，行善积德，可又经多年，仍无子出。樊员外还专门请来一名叫袁天淳的著名相士，让给二女看相。袁天淳看相后说："你家二女，胜过二男，所以以后，再难有子出。"

樊员外不解，问道："如此弱女，怎么能胜猛男呢？"

袁天淳说："二女同心，觅英男自有天命；文武皆能，建奇功为国为民。"说到这里，他叹了口气又说，"二女虽然命贵，可惜福分太浅，后必有大灾大难。"

樊员外再行细究，问如何才能为爱女消灾避难，相士只留下密封的谶语一副，嘱樊员外务必到二女订婚难决时再看。遂不再言，辞别而去。对此，樊员外只悄言于夫人，却对夫人未提袁天淳所言不祥之事，也未向两个女儿提及。他常常想：对于袁天淳之说，宁可信其有，不可信其无。既然，家中再不出男子，那自己这偌大的家业，将传予何人？传承之事，且先不说，单是这保家护院，也不能不予考虑。想到此，他便对弄墨说："你既有此意，为父也不拦你，你要学武就学吧，但切切莫忘文事。毕竟，你一女孩子家，只爱习枪弄棒，人们自会笑话。"

"好！爹爹答应啦！"弄墨高兴得跳了起来。

"爹不答应，又能奈你何呢？"樊员外有些疼爱却又有些无奈地说。随即，他又聘来一位本领高强的武术教师，专门给弄墨教授武艺，并把家中几代相传的那把樊哙的七星宝剑传给了弄墨，嘱她道："这是老祖先樊哙原来身佩之剑，经几代祖先方传我手。我不习武，特将此剑传于你，望好好珍藏，用心练武即是。"弄墨满口答应。从此后，喜文专以攻文，弄墨主要习武，她索性将自己弄墨之名改名弄剑，习武时也侧重练剑，故而剑术十分娴熟，以至有得"樊剑女"的美名。

这一天，给喜文、弄剑教书的先生一时兴起，便给二女讲起娥皇、女英的故事，姐妹俩听得入迷，弄剑竟然连习剑练武的事也不提了，必欲让先生把故事讲完。先生所讲的故事是这样的：

远古时期，在山西永济羊獬村，诞生了一位名叫舜的人。

舜的家世甚为寒微，他们虽然是帝颛顼的后裔，但五世为庶人，处于社会下层。舜的遭遇很不幸，父亲瞽叟，是个盲人，母亲很早去世。瞽叟续娶，继母生弟名叫象，还有个妹妹名叫敤手。

这样，舜便生活在"父顽、母嚣、象傲"这样一种家庭环境里。父亲心术不正，继母两面三刀，弟弟桀骜不驯，几个人串通一气，必欲置舜于死地而后快。然而，舜对父母不失子道，十分孝顺，与弟弟十分友善，多年如一日，没有丝毫懈怠。舜在家里人要加害于他的时候，他并不进行反抗，而只是设法逃避，千方百计躲过灾难。灾难过后，舜并不思报复，却又重新回到家人身边，尽可能给他们以帮助。所以，他们是"欲杀，不可得；即求，尝（常）在侧"。尽管，他身世如此不幸，环境如此恶劣，却能表现出非凡的品德，能很好地处理好家庭关系。

舜从小在历山耕耘种植，在雷泽打鱼，在黄河之滨制作陶器，在寿丘制作家用器物，还到负夏做过小本生意，一直生计艰难，颠沛流离，为养

班氏演义

家糊口而到处奔波，没过几天顺心的日子。"

舜在 20 岁的时候，名气就很大了，他是以孝行而闻名四处的。因为他能对虐待、迫害他的父母坚守孝道，故在青年时代即为人称扬。过了 10 年，尧向四岳（四方诸侯之长）征询继任的人选，四岳就推荐了舜。

虽然有四岳的推荐，可对于舜，尧毕竟还不太了解，他有些放心不下。怎么办呢？他想了一个特殊的办法，即将自己的两个女儿——娥皇、女英嫁给舜，让他们帮自己进行观察，以考察舜的德行品质和学识才华，看他是否能成为自己的继承人。

就这样，娥皇、女英便来到这样一个特殊的的家庭，可在这个家中当好儿媳并非易事。好在，娥皇、女英都很贤惠，她们从来不因自己出身高贵而使性子、添乱子，对舜一家老小侍候得很周到。但是，舜的后妈却事事容不得舜，而且总想把他害死，好把家产全夺过来给她的亲儿子象。有一年，因为舜的政绩突出，帝尧很高兴，便赐给他一些奖赏。其中有衣（细葛布衣）和一把琴，另外还帮他建了个仓廪，给了些牛羊。就是这些看似普通的礼物，竟让后妈对舜动了杀心，更要命的是，舜那昏聩的老爹，竟然也参与了这么一场可怕的"家庭阴谋"。作为儿媳，娥皇、女英对这些情形虽看在眼里，可只能急在心上：她们有心报告父亲尧帝，却恐他大加责罚，给自己的家族带来矛盾；有心挑破阴谋，又怕给这个家庭惹来不必要的事端。因此，她们只能采取小心谨慎的处理办法，都不时提醒丈夫，让他一定要多加防备，保护好自己。

一次，瞽叟要舜上房顶涂廪（用泥土修补谷仓）。在干活之前，舜先问自己的妻子："你们还有什么要交代的吗？"娥皇说："既然是父亲交代的事，你还有什么可犹豫的，去干就是了。"女英说："但你切记，去时一定要带上两个斗笠，越大越结实的斗笠越好。"

舜不解，问道："为什么要带斗笠呢？"

娥皇说："你带上就是了，它自然会有用的。"

女英也说："不是有大太阳嘛，能遮阳啊！也还有其他用处。"

于是，舜便带上两个特大的很结实的斗笠。舜上房之前，娥皇还特意给这两个斗笠缝上结结实实的系带，舜这才攀梯子爬上房顶干活。谁知，他刚一上到谷仓顶，瞽叟和象就立马抽走了梯子，并放火焚烧起了谷仓。那谷仓最是怕火，一见火便熊熊燃烧起来，舜眼看就要落得被大火烧死的命运。突然，他想起娥皇、女英让自己所带的两个大斗笠，这下可派上了用场。只见舜一手拿着一个大斗笠，像长了翅膀一样，从高高的房顶谷仓上跳了下来，因为有大斗笠张着风，所以减缓了舜的下降速度，而他恰好又落在了柴火堆上，所以便毫发未损，人们都深为称奇。

又有一次，瞽叟叫舜去淘井，即清理井底的淤泥杂物，这一可以使井水变得干净，二可以使井水变深，以更易于打水。可是，这一次，舜正在认真淘井时，瞽叟和象却急急忙忙地取土填井，想把舜给活埋了。好就好在，娥皇、女英早看穿了公公、婆婆、小叔子一大家子人的阴谋，她们提前让舜从村边的一处土崖上挖了一个长洞，一直通到他家水井的侧壁上。今危急时刻，舜便借井筒的长洞逃命了。当时，填完井后，象认为舜必死无疑，就立马邀功，他对父母亲说："这主意是我出的，又主要是我填的井。如今，我哥不在了，两位嫂嫂和尧帝的赠琴应当归我，牛羊和谷仓就归父母吧！"

说罢，象便迫不及待地跑到舜的屋子里，想调戏两位嫂嫂。想不到，舜却从外面走了进来。象一见舜，非常惊愕，当然更为尴尬，他很不自然地对舜说："哥哥，我很担心你会出事，是特来向嫂嫂询问情况的。"

舜充满讽刺意味地说："是啊！我们是兄弟，又怎么能不相互挂念呢？可要说的话，你哥我还是福大命大造化大，并没有丧命啊！"

象一听，脸立刻涨红，便很不好意思地离开了。

尽管经历了这些家庭的风波、生死的考验，可舜依然宅心仁厚，一再忍让，他还如同从前一样侍奉父母、友爱兄弟，而且更加恭谨。对此，娥皇、女英看在眼里，记在心里，她们有的事向帝尧父亲提及，有的事却只字不提，唯怕父亲对舜有不好的印象，她们是一直维护着舜的。

于是，尧便让舜参与政事，管理百官，接待宾客，经受各种磨炼。舜不但将政事处理得井井有条，而且在用人方面有所改进。尧未能起用的"八元""八恺"早有贤名，舜让八元管土地，让八恺管教化；还有"四凶族"，即帝鸿氏的不才子浑敦、少皞氏的不才子穷奇，颛顼氏的不才子梼杌、缙云氏的不才子饕餮，他们全都恶名昭彰，但尧却不便处置。舜呢？他果断地将这四大恶人流放到边远荒蛮之地，这才确保了京都的安宁。而这些措施的落实，充分显示出舜卓越的治国方略和政治才干。

经过多方考验，舜终于得到尧的认可，他便选择吉日，举行大典，禅位于舜。

舜执政以后，采取了一系列重大政治行动，到处一片励精图治的新气象。舜重新修订历法，又举行祭祀上帝、祭祀天地四时，祭祀山川群神的大典。舜还把诸侯的信圭收集起来，再择定吉日，召见各地诸侯君长，举行隆重的典礼，重新颁发信圭。他即位的当年，就到各地巡守，祭祀名山，召见诸侯，考察民情；规定以后五年巡守一次，考察诸侯的政绩，确定赏罚的标准，加强了对地方的统治。

舜的治国方略还有一项是"象以典刑，流宥五刑"，即在器物上画出五种刑罚的形状，以起警戒作用；采用流放的办法代替肉刑，以示宽大。但又设鞭刑、扑刑、赎刑，特别是对不肯悔改的罪犯就严加惩治。舜把共工流放到幽州，把欢兜流放到崇山，把三苗驱逐到三危，把治水无功的鲧流放到羽山，让坏人受到惩处，天下人自然心悦诚服。

舜摄政28年，尧才去世。舜将尧三年的丧事办完之后，便让位给尧的儿子丹朱，自己退避到南河之南。但奇怪的是，丹朱的威信极低，天下的诸侯都去朝见舜，却不理会丹朱；打官司的人也都告状到舜那里，无人去找丹朱，民间还编了许多歌谣颂扬舜，都不把丹朱放在眼里。舜觉得人心所向，天意所归，无法推卸，遂回到都城登上天子之位。

尧死以后，舜在政治上又有一番大的革新。原已举用的禹、皋陶、契、弃、伯夷、夔、龙、垂、益等人，职责都不明确，此时舜命禹担任司空，治理水土；命弃担任后稷，掌管农业；命契担任司徒，推行教化；命皋陶担任"士"，执掌刑法；命垂担任"共工"，掌管百工；命益担任"虞"，掌管山林；命伯夷担任"秩宗"，主持礼仪；命夔为乐官，掌管音乐和教育；命龙但任"纳言"，负责发布命令，收集意见。对于所有官员，每三年考察一次政绩，再决定提升或罢免。通过这样的整顿，"庶绩咸熙"，各项工作都出现了新面貌。而其中，禹的成就最大，他尽心治理水患，身为表率，凿山通泽，疏导河流，终于治服了洪水，使天下人民安居乐业。当此之时，"四海之内咸戴帝舜之功"，"天下明德皆自虞帝始"，呈现出前所未有的清平局面。

舜在年老的时候，认为自己的儿子商均不肖，就确定了威望最高的禹为自己的继任者，并由禹来摄行政事。故舜与尧一样，都是禅位让贤的圣王。

据说当时，湖南九嶷山上有九条恶龙，住在九座岩洞里，经常到湘江来戏水玩乐，以致洪水暴涨，庄稼被冲毁，房屋被冲塌，老百姓叫苦不迭，怨声载道。舜帝得知恶龙祸害百姓的消息，饭吃不好，觉睡不安，一心想要到南方去帮助百姓除害解难，惩治恶龙。

舜帝走了，娥皇、女英在家等待他征服恶龙、凯旋归来的消息，日夜为他祈祷。可是，燕子来去了几回，花开花落了几度，舜帝依然杳无音信。娥皇说："莫非他被恶龙所伤，还是病倒在了他乡？"女英说："莫非他途中遇险，或是山路遥远迷失了方向？"她们二人思前想后，心想与其待在家里，久久盼不到音讯，还不如去九嶷山寻找丈夫。于是，娥皇、女英迎着风霜，跋山涉水，到南方来寻找舜。

她们翻了一山又一山，涉了一水又一水，终于来到了九嶷山。她们沿着大紫荆河到了山顶，又沿着小山的每个山村，踏遍了九嶷山的每条小径。这一天，她们来到了一个名叫三峰石的地方，只见这儿耸立着三块大石头，一周翠竹围绕，中间有一座珍珠贝垒成的高大的坟墓。她们对此十分惊异，娥皇便先打问附近的乡亲："这是谁的坟墓，怎会如此壮观？那三块大石，为何能如此险峻地耸立呢？"

乡亲们含着眼泪告诉她们："这是舜帝的坟墓，他老人家从遥远的北方来到这里，帮助我们斩除了九条恶龙，让人们过上了幸福安乐的生活。可是，他本人却流尽了汗水，淌干了心血，最终连累带病，就死在了这里。"

舜帝病逝后，湘江的父老乡亲，为了感激舜帝的厚恩，特地为他修筑了这座坟墓。更为奇怪的是，当时，九嶷山上的一群仙鹤，朝朝夕夕地飞往南海，衔来一颗颗灿烂夺目的珍珠，撒在舜帝的坟墓上，便形成了这座珍珠坟墓。舜帝除灭恶龙时，使用的是一把巨大的三齿耙，它后来变成了这三块巨石。

娥皇、女英得知实情后，难过极了，二人便抱头痛哭起来。她们一直哭了九天九夜，眼睛哭肿了，嗓子哭哑了，眼泪流干了，眼里都哭出血来。

最后，娥皇对女英说："既然丈夫都死了，我们活着还有什么意思呢？"

女英说："那，我们就随丈夫去吧！也许，到了阴间，我们还能再相会呢。"于是，她们姐妹一起，手挽着手跳湘江自尽了。

娥皇、女英的眼泪，洒在了九嶷山的竹子上，竹竿上便呈现出点点泪斑，有紫色的，有雪白的，还有血红血红的，这便是有名的"湘妃竹"。那竹子上，有的像印有指纹，传说是娥皇、女英在竹子抹眼泪印上的；而有的竹子上那鲜红鲜红的血斑，便是她俩的血泪染成的。

对于娥皇、女英，屈原曾作《离骚·九歌·湘夫人》，以至成为千古绝唱：

帝子降兮北渚，目眇眇兮愁予；

溺溺兮秋风，洞庭波兮木叶下；

登白烦兮骋望，与佳期兮夕张；

鸟何萃兮频中，罾何为兮木上？

沅有芷兮醴有兰，思公子兮未敢言；

荒忽兮远望，观流水兮潺湲；

麋何食兮庭中，蛟何为兮水裔；

朝驰余马兮江皋，夕济兮西澨；

闻佳人兮召余，将腾驾兮偕逝；

筑室兮水中，葺之兮荷盖；

荪壁兮紫坛，播芳椒兮成堂；

桂栋兮兰橑，辛夷楣兮药房；

罔薜荔兮为帷，擗蕙兮既张；

白玉兮为镇，疏石兰兮为芳；

芷葺兮荷屋，缭之兮杜衡；

合百草兮实庭，建芳馨兮庑门；

九嶷缤兮并迎，灵之来兮如云；

捐余袂兮江中，遗余褋兮澧浦；

搴汀洲兮杜若，将以遗兮远者；

时不可兮骤得，聊逍遥兮容与！

听完娥皇、女英的故事，喜文、弄剑姐妹激动不已，两位远古巾帼楷模的形象，深深地扎根在她们心里。

渐渐地，喜文、弄剑均年方二八。这样的豆蔻年华，正是年轻姑娘谈婚论嫁的最佳年龄，可是，又有什么样的男子，能赢得她们的芳心呢？正因为二姐妹知书达礼，才貌出众，且其家境又好，父母向善，来登门求亲的人络绎不绝，穿梭不断，但是，她们姐妹，却无一中意者。两年后，喜文、弄剑已年方二九，这已成了当时的"大龄剩女"，可她们仍无意中之人，这可急坏了樊员外夫妇。私下里，樊员外对夫人说："你看，两个女儿，年龄都这般大了，却没有一个出嫁，真愁死人了。"

樊夫人说："别说是出嫁了，她俩连一个订婚的也没有，我比你更着急。"

他夫妻二人，只能急得团团转，却无好的主意。猛然，樊员外想起当初相士袁天淳之所言，想起了他所留的让二女订婚时再看的谶语，这才把那珍藏多年的密封谶语打了开来，仔细看时，见上面是这样写的："古有娥皇、女英，奉尧父之命伺帝舜；今有樊氏姐妹，应顺天命嫁书圣。"见此谶语，樊员外不由吃得一惊，他惊叫："难道，我们两个女儿，要同嫁一夫不成？"

樊夫人听得，斥责丈夫道："你胡说什么呀，咱们两个女儿，岂能同嫁一夫！"

樊员外遂把袁天淳所留的谶语交妻子看，樊夫人看后默然不语。

樊员外又说："其实，我也觉得，只要男有才华，二女同嫁一夫也没什么。古时，那娥皇、女英嫁帝舜，还不传为千古佳话。我所担心的是，究竟有没有这样称心如意的男子？可当初，袁天淳还说，'二女虽然命贵，可惜福分太浅，后必有大灾大难'，因怕你担心，我当时并未向你提及，我常常为此而揪心呢！"

听得丈夫此说，樊夫人满脸布满了愁云，说："按说，我们一心向善，女儿必有福报。可那袁天淳看相无有不准，我们也不能不信。问题是，得看两个女儿，听她们意见才行。"

樊员外说："那，这话还是你问方便，问后咱们再行商议。"他还把袁天淳的谶语交给了夫人。

当天晚上，樊夫人唤来两个女儿，与她们进行交心。她先问："你看，你俩年龄都这般大了，却无一人出嫁，也无一中意之人，为此，我和你爹爹都能急死，你俩就不着急吗？"

喜文说："这事，不是女儿挑剔，实是无中意之人，也因女儿实在舍不得离开父母和妹妹。"

弄剑说："女儿要说，也是重复姐姐之语，我也是无意中之人，舍不得父母和姐姐。"

樊夫人听得，暗暗心喜，她又追问了一句，说："你们姐妹二人，真的难分难舍吗？"

喜文、弄剑异口同声地说："正是。"

樊夫人再不追问，只是剪得两块帛条，交给两个女儿说："那么，你们二人，可将自己的择婿标准写下，我和你爹爹再给你们做主，好定你们的终身大事。"

喜文、弄剑说："谨遵母命。"她俩便接过帛条，各自悄写起来，写好后交给母亲。

樊夫人打开看时，见喜文所写是"小女樊喜文，愿伴文郎君"。再打开弄剑所写，乃是"手舞七星剑，心思文郎君"。她看罢，哈哈大笑着说："好，你们的心意，为母知道了。如此，不能反悔。"

喜文、弄剑齐声说："女儿绝不反悔。"

樊夫人再把二人所写的帛条交她们互看，并且发问："假使，你俩看中的同属一人，愿意嫁吗？"

喜文说："那要看他的人品和才华，若是俗人，女儿宁可不嫁。"

弄剑说："女儿也是如此，只要他人品出众，才华超群，姐姐若能看上，我便随姐姐而去，我姐妹便不会分开。"

樊夫人听罢暗喜，对两个女儿说："待我与你爹爹商议便是。"而后，她待两个女儿退下，便与丈夫细商女儿的婚事。樊员外看罢喜文、弄剑的帛条，发惊道："怎的，她姐妹二人，择的是一样的郎君？"

樊夫人说："这有什么好奇怪的，她姐妹本是孪生，心心相通，倒也自然。还有，她们姐妹，也真难分难舍呢！"

"难分难舍，总得有分有舍，我恐只恐，她姐妹出嫁，不愿嫁一个郎君。"樊员外这样说。

"对此，你就少操这份心吧！"樊夫人说罢，又说了她问二女的详细情况。

樊员外听罢，自然高兴，他说："这样，我可就放下心了。"

樊夫人说："放什么心？现在的问题是，我们到哪里去找这样的文郎君呢？"

樊员外便再展开袁天淳的谶语，一字一顿地念道："古有娥皇、女英，奉父命同伺舜帝。"念罢说，"这袁天淳说清了，咱们女儿的婚事，应同娥皇、女英一样，是要嫁给一个人的。"他接着再念，"今有樊氏姐妹，应顺天命嫁书圣。"念罢他叹道，"你看看你看看，人家说的是书圣，这是大大超过文郎君的。可这书圣书圣，我们却哪里去找书圣呢？"

樊夫人说："文郎君何其多，书圣何其少，想那袁天淳所指，大约只是最出类拔萃的文郎君罢了。"

樊员外说："夫人所说，不无有理，我们细细打听便是。"于是，樊员外便开始托亲托友，到处打听出类拔萃的文郎君。

这边呢？对于前来提亲的泛泛之辈，樊夫人一概拒之，而对那些文采出众的青年，她却细细留意，一定欲为两位女儿，选出一位文采出众的好郎君来。

# 第二章　改斗姓班　樊姬贤惠美名传

有道是——功夫不负有心人。樊员外他千人托、万人托，樊夫人她千打听、万打听，好不容易，他们才打听出一个人来。其人姓班名彪，字叔皮，扶风平陵人。其祖父班况，汉成帝时为越骑校尉。父班稚，汉哀帝时为广平（今河北省鸡泽县东南）太守。

如再往上追溯，我们便应回顾本书引子中所讲的故事：春秋之时，有过著名的斗伯比、斗子文令尹父子，因为斗氏一门权力过盛，发生了若敖氏之乱。因为斗越椒造反，斗氏一门被满门抄斩了。斗氏满门抄斩之时，还留有传宗接代的斗班之子斗子文之孙斗生。

大祸之后，斗生一家，为免再次遭难，便迁徙到晋、代之间某地，草草安家定居下来。在这里，他们先修起简单的祠堂，陈列起祖先的牌位。恭祭之后，斗生十分悲愤地对妻儿说：“我斗氏祖上，满门忠烈，功比天高，但命运悲哀。不幸，出了斗越椒这个败类，他不忠不义，率兵造反，导致了斗氏满门抄斩之祸。似此，我们这些斗氏之后，还有什么脸面再姓斗呢？”

“不姓斗，姓什么呢？”儿子说，“我们总得有个姓啊！”

“姓班吧！”斗生说，“我们的祖先，最伟大的当属令尹子文。他的伟大，不仅仅在于他三仕三舍，为官清廉，受人爱戴，而且在于他能严以律己，严格要求自己的家人族人，让他们遵纪守法，让他们忠义仁厚。他的伟大之处还在于，他有十分高明的洞察之术，当他初见斗越椒那小子的时候，就言他有狼子野心，后将祸及满门，故让其父杀之或弃之，但其父不听，养成后终成祸害。这也正是常人说的，是养虎为患啊！而子文先祖最伟大的先见之明还在于，在他生前，已为我们起好了遭大祸之后我斗氏后人应改的姓氏。"

儿子说："没有啊！子文先祖，他并没有说什么让斗氏后代改姓的话啊！"

"说过，只是你不知道罢了。"斗生说，"咱们的子文先祖，因感念老虎喂养自己之恩，便给你祖父起名斗班。我应是令尹子文不孝之孙，斗班不孝之子，你祖父最先给我起名斗克黄，你知道他为什么要给我起名斗克黄吗？那是因为他劝诫斗越椒之父让其将此子杀之或弃之，可是人家不听，必欲将此子保护下来。但是，令尹先祖认定斗越椒以后定会惹满门之祸，其父保他犹如养虎为患一般，要后代一定要防止他引起祸端，这便给我起了斗克黄这样一个名字。可是后来，有人问你祖父，'你们子文先祖曾给子孙留言，因自己被虎喂乳，谁也不准伤害老虎。可是，你今日却给儿子起名克黄，那么虎是黄色，你让子孙保护它却又怎么能克黄呢？'他觉此一说也有道理，便又将我更名斗生。我既为斗生，姓斗，乃是戴罪之身，不可能改为班生，那么我希望我的后代，能伺机改成班姓。改姓后新的班氏一门，应恢复斗氏先祖的辉煌，一定要子孙兴旺，人才辈出，满门忠烈，世代传承，并要教训永记，忠义礼智。而当初，令尹子文先祖对你祖父还说，'为父给你起名斗班，还有一层用意，以后，斗氏无祸事便罢，如有祸事，后代可以班为姓，将斗弃之，因为它大不祥啊！'"

儿子说："那么，就从孩儿这一代起，便改斗姓班，来完成先祖的遗愿吧！"

斗生说："你恐怕还担不起这样的重任！我就你一个独子，今你单人独个，还未成婚安家，又怎么能创造一个繁荣兴旺的班氏家族呢？万事，应顺其自然，时机不到，事倍功半。依为父之意，还是再等时机，由那富有能力的后代，来完成这一使命吧！"

于是，斗生子之后，又经几代，均想改班姓，但因代代单传，均贫困不堪，仍沿续了斗姓。到了斗宣这一代时，因秦灭六国，晋代之地亦不平静，于是，斗宣他们一家也只能再行搬迁。当时，斗氏的后代，就只有斗宣夫妇和儿子斗益一家三口。搬迁逃难途中，那斗益母染病身亡，父亲宣亦染病在身，生命垂危。斗益想请医并照料父亲，但父亲斗益不准，并十分严厉地让他赶快逃离。斗宣含着泪，对斗益说："你别管为父了，自己赶快逃命去吧！因为，在你的身上，还肩负着为斗氏传宗接代的重任，你要使斗氏香火不灭，不要使斗氏的鬼都那么贫穷，没有使用的纸钱。因此，你必须改名换姓，就改名班壹吧！"

斗益大惑不解，问："父亲为什么要让我改名班壹呢？"

斗宣便向斗益详细讲述了斗氏的家族的兴衰，讲了自己祖先的期望。他十分郑重地对斗益说："令尹子文先祖早欲改斗姓为班，但他觉得当时条件还不成熟；后又经几代，均因这样那样的原因未能改成。可为父逝后，斗氏一门，就只剩下你一个人了，也只能由你来完成这一重任了。为父让你改斗益为班壹，此壹为一，也就是说，你是由斗氏改班姓第一人，你是新的班姓第一人。那么，你自然便肩负起斗生先祖所说的'改姓后新的班氏一门，应恢复斗氏先祖的辉煌，一定要子孙兴旺，人才辈出，满门忠烈，世代传承，教训永记，忠义礼智'这样的重任。那么，你一定要不负先祖之托，不负为父之托！"

斗益听罢，泪流满面，赶紧跪而泣道："那么，从此刻开始，您就呼儿为班壹吧！"

斗宣含笑，喊了一声"班壹吾儿"，便十分艰难地说："为父马上要归天，请医也是无用。我逝后，那在天之灵，一定会保佑我儿，保佑新的班氏，一定让新的班氏子孙兴旺，人才辈出，满门忠烈，世代传承！"他再三嘱咐班壹，安居下来之后，就赶快成家立业，一定要让新的班氏家族兴旺起来。说罢，斗宣便眼滚泪珠，与世长辞。

安葬完父亲之后，斗益便正式用名班壹，他只身一人，避难来到了山西楼烦（今山西原平市一带）。在这里，他看到土地肥沃，水草丰满，人民以牧为业，生活倒也幸福，便在此地定居下来。待成家立业，娶妻生子后，便经营起畜牧业来。当时，秦朝对人民实行残酷的统治，人民奋起反抗，起义风起云涌，战马需求量极大。而楼烦地区相对稳定，畜牧业迅速发展。秦朝灭亡，汉朝建立后，实行宽容政策，允许人民休养生息。这样，班壹的畜牧业有了更大的发展，以至能以财雄边。当时，班壹有牛、马、羊数千群，他出门狩猎时旌旗猎猎、号角阵阵、人欢马叫，俨然犹如帝王出行一般。

　　班壹大富之后，为汉朝捐赠了大批马匹，支援进行讨伐匈奴的战争。他还收纳和资助了许多贫苦的群众，善行名满天下。汉高祖初（大约前200）年，班壹夫人生下一子，取名班儒。也真是善有善报，因班壹多行善事，所以他十分高寿，百余岁后方逝。正因为此，北方人以"壹"为号。

　　班儒出身于富豪之家，自幼受到良好的教育。他少时学文习武，聘有名师为其教导，遂成为文武双全的热血男儿。他生性爽直，性喜任侠，疾恶如仇，喜好打抱不平，惩恶扬善，仗义疏财，扶危济困，深受人民的喜爱。

　　班儒之子班长，官至上谷太守。

　　班长之子班回，以茂才为长子县令。因汉代做官没有科举，通常采用举孝廉和茂才的办法，也就是地方长官和有社会影响的人向朝廷进行推荐。应当说，是班壹奠定了班氏子孙后代得以发展的基础，故他以"以财雄边"而著称，被尊为中华班姓的第一人，并被公认为中华班姓的中兴之祖。从班壹以后，班姓在汉朝才逐渐显名。

　　文景帝年间，汉朝把大量投靠的南匈奴人安置在晋北一带，班回娶当地旺族匈奴女为妻，并率众家小从楼烦迁居陕西平陵（扶风郡），生子班况。班况在朝举孝廉，为郎官，官至上河农都卫，因连年课考第一，入为左曹越骑校卫。他自幼即匈奴汉语双修，文武并重，博学多才，内敛精明。他有三子一女，长子班伯通晓《诗》《书》。大将军王凤推荐他为官，被皇帝召见于宴昵殿，因其"容貌甚丽，诵说有法"，官拜中常侍，迁奉车都卫。后来定襄大姓石、李等，杀死追捕官吏，犯上作乱，班伯拜为定襄太守，受命平贼。班伯初到定襄，吏民同惧，气氛十分紧张。班伯遂先访问与其父、祖辈有旧恩者，执子弟礼。然后，他将这些人迎至家中，设宴相请，酒肉招待。在酒席之间，他轻松笑谈，打探贼人藏身之处。一日不行，次日再摆酒宴，再请宾客，连续多日如此，终于摸清了情况。等到城中气氛平缓下来之后，他才突然下令照单抓捕，将贼人一网打尽。对此，众人皆喜，远近称颂，说班伯"收捕盗贼如同神明"。后来，班伯回乡扫墓，皇上令太守、都尉以下同往迎接，甚是荣耀。班伯途中中风，皇上命以侍中光禄大夫身份养病，赏赐甚厚。但是，班伯中风之后，数年未起。后迁为水衡都尉，食禄二千石。

班况因功劳显著，任北地郡上河农都尉，这是管理整个郡屯田的长官。因他任职时间长，多有政绩，升至上河农都尉。他任上河农都尉期间，班回随班况在北地郡泥阳县生活。班回卒后，安葬在泥阳县，因班况父子多有政绩，故在泥阳立有班公庙。大司农屡次上书，称班况功高，遂入朝任左曹越骑校尉。汉成帝初（前33）年，班况告老还乡，但不幸38岁即逝，葬于长安附近。

班况二子班游，其博学多才，好黄老之学，以议郎迁谏大夫、右曹中郎将。不幸早亡，有子名嗣，名显当时。

班况三子班稚，少为黄门郎中常侍，他宽以待人，严以律己，正直无私，很有才干。汉成帝时，立定陶王为太子，汉成帝数次遣人询问近臣，众人纷纷表达意见，独班稚不答。汉哀帝即位，任班稚为西河属国都尉，后迁广平相。王莽和班稚兄弟本是同僚，他们原来都十分友好好亲善。当时，王莽借自己位尊权重，下令采集风俗，粉饰太平，各官纷纷编造祥瑞，但班稚却拒绝为王莽歌功颂德。琅琊太守公孙闳，甚至在郡府公开陈说当下的灾害。御史大夫甄丰极其不满，便鼓动下级官吏上书，弹劾公孙闳和班稚，说他们痛恨朝廷的圣政。王太后对此并不同意，她说："应将不宣扬祥瑞与伪造灾害一事加以区别，分开进行处罚。"于是，公孙闳被捕死于狱中，班稚他也害怕，乃上书谢罪，归还相印。太后下诏，对班稚降职使用，入补延陵园郎，食故禄终身。自此，班姓便不显贵新莽朝，但却因祸得福，以后也没有招致什么祸患。

尽管，班况三子皆为栋梁之材，但最为杰出的还是其女班恬。汉建始元（前32）年，汉成帝刘骜即位，班恬被选入皇宫。刚开始，她仅为一个少使（下等女官）。但是，因为这些宫女和女官，她们虽有其貌，却无有其才，大多都不识字，或者识字极少。而班恬则不然，她本是才女一个，不仅才貌双全，而且诗书画皆能，字又写得十分秀丽，渐渐成了成帝的帮手。接近汉成帝以后，她又事事小心，十分谨慎，逐渐得宠，被赐封"婕妤"，成帝让班婕妤居于后宫第三区增成舍宫，她为皇上生下一皇子。但不幸的是，这皇子数月后便夭折，死因不明不白。之后，班婕妤再也没有生育。班婕妤经常诵读《诗经》《窈窕》《德象》《女师》等，她每次觐见皇帝，都严格依照古代礼节，没有任何怠慢和失礼，深受王太后和汉成帝的称赞。

汉成帝深为班婕妤的美貌及文才所吸引，他很喜爱班婕妤，便想与班婕妤形影不离。为此，他特别命人制作了一辆较大的辇车，以便能和班婕妤同车出游。但是，这一其他嫔妃都求之不得的事情，却遭到了班婕妤的拒绝，她对汉成帝这样说："您看古代留下的图画，凡圣贤之君，都是名臣在侧，哪有老让嫔妃守在身旁左右的呢？夏、商、周三代的末主，像夏桀、商纣、周幽王，才有嬖幸的妃子在坐。结果呢？他们都落得国亡身毁的境地。我如果和陛下老同车出进，那就跟妹喜、妲己、褒姒很相似了。这样，对我不好，对您更不好，那您不就成不明君主了嘛！对此，能不令人凛然而惊吗？"

汉成帝听罢，十分感慨地说："爱妃所想，如此周到，这是其他嫔妃们远远不能及的。想是后宫之人，都能像爱妃这样，我还有什么可担忧的呢？"于是，他便取消了与班婕妤同车出游的计划。

当时，王太后听到班婕妤以理制情，不与皇帝同车出游的事，非常赞赏，她对左右亲近的人说："古有樊姬，今有班婕妤。"在这里，王太后把班婕妤与春秋时代楚庄公的夫人樊姬相提并论，给了她很大的嘉勉与鼓励。

那么，王太后所说的这个樊姬，她到底是个什么样的女人呢？可一说到樊姬，却又离不开我们书之引子所提到的那个"三年不鸣，一鸣惊人"的楚庄王。究其实，那樊姬，她是楚庄王的王后。也正是楚庄王成天昏昏庸庸、无所事事的时候，他却酷爱打猎，总不停手，耽误了好多事情。

对此，樊姬看在眼里，急在心上。因为她深知，作为一国之君，他常常喜欢打猎，就会因玩物丧志而荒于国事。所以，樊姬就多次劝阻楚庄王，可楚庄王始终不听，依然喜欢打猎。没有办法，于是樊姬就专以食素，再不吃禽兽肉，身体消瘦了许多。樊姬的意志和行动，最终感化了楚庄王，从此，楚庄王便不再惦记打猎之事了。

楚庄王虽然不打猎了，可是他仍然贪恋酒色，不理朝政，终日饮酒作乐，以致通宵达旦。樊姬屡次苦口婆心地劝导，但却收效甚微，因楚庄王依旧我行我素。樊姬因此心灰意冷，便不再梳妆打扮，终日蓬头垢面。楚庄王察觉后深感奇怪，便问樊姬为什么不施粉黛，不着艳装。樊姬回答说："您整日沉迷酒色，荒废国事，楚国的前途一片黯淡，我哪里还有心思梳妆打扮呢？"

楚庄王听出了樊姬的劝诫之意，当即表示悔改。然而，江山易改，禀性难移，楚庄王没过多久，又旧病复发，仍然沉湎于酒色。樊姬见此，便命人在纪南城南城垣，筑起一个高台，每天晚上，她登上此台，独自对着月亮和星星梳妆。楚庄王见后深感奇怪，便问樊姬，为什么要夜晚独自一人在野外梳妆。樊姬回答说："大王答应我要远离声色犬马，励精图治，但大王根本不在乎对我的承诺，因此我干吗要打扮给不在乎我的人，还不如让星月欣赏呢！"楚庄王这才明白了樊姬的良苦用心，才操心起了政务之事。但是，对于政务，楚庄王不知从何下手，樊姬便劝楚庄王派人暗中观察，详细记录，对于大臣们的功过是非，全都记录得清清楚楚，这才为楚庄王能"三年不鸣，一鸣惊人"打下了基础。

据说，楚庄王要从众妃中选择一位正宫夫人，限令三天内各进献一份礼物，以最能迎合自己的需要者中选。于是，众妃都忙于筹办礼物，独樊姬毫无准备。三天时间过去了，众妃争先献出珍贵的礼物，樊姬却两手空空，什么礼物也没有。楚庄王问樊姬："你给我准备的礼物呢？"

樊姬说："大王，说实话吧！给您准备礼物的事，我连想都没有想过。"

楚庄王十分诧异，又问："难道，你不想做我的正宫夫人吗？"

樊姬点头道："我想请大王听妾一言，难道送礼物是您目前最需要的吗？送礼物好的人，难道就一定人品好吗？大王眼前需要什么呢？除了立一位正宫夫人外，难道还有比这更重要的吗？"

楚庄王觉得樊姬说得有理，遂立她为正宫夫人，对众嫔妃所送的礼物全都不屑一顾。

当时，有一架名为"绕梁"的古琴惊现于世。据说，周朝时期，韩国有一个著名的女歌手韩娥，在去齐国的途中盘费用光，万般无奈之下，只能于雍门卖唱求食。她的歌声凄美动听，催人泪下，使听者无不痴迷感动。

韩娥离开之后三天，人们仿佛还听到韩娥的歌声回荡在屋梁之间，令人回味。而此，琴以"绕梁"为名，可见其音质之优美世所罕见。"绕梁"古琴，后来落到楚人华元手中。华元为了讨好楚庄王，特将此琴献给了他。楚庄王得到"绕梁"以后，终日弹琴作乐，如痴如醉，不能自拔，有一次，竟连续七日不曾上朝，不理朝政。樊姬见此情景十分着急，便不顾后果，直斥楚庄王过失："大王，您现在过于沉沦音乐了！当年的夏桀，正是由于沉迷'妹喜'之瑟，而招致丧国之恨；商纣王醉心于莺歌燕舞，而致焚身鹿台。而今，大王因为喜欢琴声而七日不临朝，难道愿意丧失国家和性命吗？"

楚庄王闻言十分惭愧，便忍痛命人用那铁如意，将此古琴捶为数段。

那时候，作为一个君王，拥有许多嫔妃是极平常之事。但是，作为后宫的王后嫔妃，如若君王选妃，她们要么阻止，要么争斗，要么妒忌，从不想积极的办法解决问题。樊姬觉得，一个君王身边，如充满品行不好的女人，而沉迷尤其是深陷荒淫的女色之中，那是十分危险的事情，甚至很容易因此而导致亡国。

为了避免楚庄王误入歧途，樊姬并不阻止楚庄王选美，而是亲自负责从各地寻访美女。凡是被樊姬所选中的美女，都是品行容貌俱佳的女子，而不是那种只重外表，不重品德修养之人。而这些美女在入宫之前，樊姬都对她们进行严肃的教育，教她们学识、修养、礼义等等。她的这番举动，不仅从根本上杜绝楚庄王身边的隐患，同时也深深感动了楚庄王，使他对王妃樊姬更加尊敬。

后来，樊姬得知楚庄王十分宠信一个名叫虞邱子的大臣，而且经常废寝忘食地听他讲话，心中感到又喜又忧。于是，她就在一次下朝后，特意走出来恭迎楚庄王，并说："是什么重要的事情，竟然让您经常这样废寝忘食？"楚庄王高兴地说："和贤能的忠臣说话，真不知道什么是饥饿和疲倦。"

樊姬又问："您说的贤能忠臣是哪一位呢？"

楚庄王不假思索地说："当然是虞邱子了。"

听到楚庄王的回答，樊姬心中一惊，却又立马镇静下来，并且禁不住捂住嘴巴，开始大笑起来。楚庄王见状，就不解地问："你为什么如此大笑？"

樊姬非常认真地说："如果说虞邱子是聪明之人倒还勉强，然而他未必算是一位忠臣。"楚庄王听后，感到十分疑惑，就追问道："你为什么这样说呢？"

樊姬看着满脸疑惑的楚庄王，十分温和地说："我服侍君王，算起来也有11年了。我曾经派人到郑国、卫国寻求贤女献给大王，现在比我贤良的有两个人，和我同等的也有七个人。我为什么不千方百计想办法排除她们，一个人独自霸占您的宠爱呢？我听说堂上女子多，就可以用来观察她们的才能，我不能固守私情蒙蔽国事，想让大王多见到一些人，了解别人的才能。我听说，虞丘子担任楚国丞相10余年，给朝廷推荐的不是自己的子弟就是同族的兄弟，没有听说他推荐贤人斥退不贤的人，这样做是蒙蔽国君而堵塞贤人进身的路。知道贤人不推荐，这是不忠；不知道哪些人是贤人，这是不智。我笑这些，不也是适宜的吗？"

听到樊姬的一番话，楚庄王觉得十分有道理，他仔细思量，确实如此。于是，第二天上朝，楚庄王便将樊姬所说的话告诉虞邱子。虞邱子听完楚庄王的话，吓得赶紧离开座席，不知道怎么回答。于是，虞邱子下朝后，回去躲在家里再也不敢出来，直到派人把一个贤能的忠臣孙叔敖迎请过来，并亲自把他举荐给楚庄王。楚庄王经过考察后，觉得孙叔敖确实有德有才，便重用了孙叔敖，任命他为令尹，让他帮助自己治理楚国，他终成为辅佐楚庄王的一位贤臣。

对于楚庄王能"三年不鸣，一鸣惊人"，楚百官群臣都十分惊奇，究其实，这主意就是樊姬出的。而伍举和苏从相继劝谏楚庄王，楚庄王因有"劝谏者杀"的命令，对伍、苏二人杀也不是，不杀也不是，最终却都没有降罪，这都是樊姬诚恳相劝的结果。

汉代宗室大臣、著名文学家刘向曾如此评价樊姬："樊姬谦让，靡有嫉妒，荐进美人，与己同处，非刺虞丘，蔽贤之路，楚庄用焉，功业遂伯。"唐朝宰相张说亦云："楚国所以霸，樊姬有力焉。"这就是说，历代人皆认为：楚庄王其所以能三年不飞，一飞冲天，与他有樊姬这样一位贤王妃是分不开的；楚国其所以多少年平平淡淡，只是个中小国家，后来一跃而成为春秋五霸之一，这与樊姬的功劳也是分不开的。

其实，较之樊姬，班婕妤一点也不逊色。她不仅十分贤惠，当时在加强妇德、妇容、妇才、妇工修养等各方面，也做了大量工作，对汉成帝产生了很大的影响。但是，汉成帝毕竟比不上楚庄王那样的胸怀，班婕妤也没有樊姬那样幸运。正由于如此，两人的命运便截然不同。

班氏演义

# 第三章　专心修史　班氏叔皮成剩男

班氏一门，如果把班捷好称为绝代才女的话，那么，对于其侄班彪，以至于班彪的儿子班固和女儿班昭，我们则可以以千秋良史来相称了。

班彪有堂兄班嗣，因其父班游曾任谏议大夫、右曹中郎将，故其家多有藏书，也比较富裕。班嗣一直与名士扬雄、桓谭等人交往甚厚。他修儒学，却尊崇老庄思想特别是庄子思想。其知识丰富，学识渊博。因之，班彪很尊敬自己的这位堂兄，与之多处游学，增长了不少见识。

班彪性格沉着稳重，好读古史著述，博采遗闻轶事，只有对圣人之道才尽心竭力去学习和宣扬。他20多岁时，更始（刘玄）朝动乱，后为汉光武帝所败。是时，三辅地区（西汉时于京畿之地所设京兆尹、左冯翊、右扶风的合称，辖境相当于今陕西中部）大乱，成纪人隗嚣拥兵占据天水，班彪避难，便奔天水跟从隗嚣。当时，隗嚣问班彪："从前周朝灭亡以后，各国互相争战，造成天下分裂，经过数世才得以统一。而今天下的形势，是不是会出现战国时合纵连横那种局面？是不是今天承受天命、决定天下复兴又要取决于一人？请你就此谈谈你的看法。"

班彪说："周之兴亡与汉朝决然不同。当日周封爵公侯伯子男五等，诸侯各行其政，诸侯国的势力逐渐强大，周朝廷的威权日渐削弱，如同一棵大树，本根衰微，枝叶强大。中央朝廷削弱的结果，到了战国就出现了合纵连横之争。这是周朝爵分五等、割地封爵造成的恶果。汉朝立国以后，承袭秦朝的制度，实行郡县制，强化中央集权，天子代代相传，独断专擅，威权赫赫，臣下并无专擅国政之权。至于汉成帝假借外家王凤、王商等并行辅政，大权旁落，哀帝在位六年，平帝在位五年，均为短暂，成帝、哀帝、平帝都无子，国嗣三绝，致使王莽篡国，窃据皇位。成帝威权借于外家，是危自上起，汉德并未害及百姓，是谓伤不及下。所以自王莽篡汉以后，天下有识之士及臣民百姓，无不望天兴叹，希望汉朝复兴。新莽朝十余年间，中外骚扰，兵乱四起，假借刘氏名义号令起者风起云涌，不谋而同辞。如今天下能够管理一方之地的各路豪杰，都无战国七雄那样的基业和资力，而百姓常常怀念和仰望的仍是汉朝的政令和恩德，人心向背由此可知了。"

隗嚣听后说："你所说的周朝、汉朝的国势兴亡之道，是符合实际的，我同意。至于只看见那些愚人俗子熟知刘氏姓号，认识一时难以改变，就认为汉朝必然复兴，却未必符合实际。昔日秦朝失政，群雄起而争夺天下，姓刘的从中得到了皇位，那时天下百姓，有谁知道他那个姓刘的呢？"按照隗嚣的观点，汉朝的复兴，必然是不可能的。

班彪既憎恶隗嚣这样的言论，又痛伤时势的艰危，而他对劝阻隗嚣不应有为王的野心，又一两句话说不清，遂撰写了一篇《王命论》：

当初帝尧让位于舜时，说："喂！你这位舜，上天的大任已经落在你身上了。"舜让位时也对禹说了这番话。及至樱、契，辅佐唐尧、虞舜，光照四海，世代行德。传至商汤、周武王，拥有天下。虽然他们遭遇异时、禅让、更代不同，至于上应天命下顺人心，这一原则都是一样的。所以刘氏远承尧的福祚，氏族的世系著于《春秋》。唐尧据火德而王天下，汉接续之。刘邦初起兵于沛泽，则神母夜哭，以显明刘邦是赤帝子的符瑞。由此说来，帝王之位，必有明显圣美的德行，丰功厚利积累的世业，然后精诚通于神明，流泽福荫百姓，因此能被鬼神所赐福，天下人所归往。没见过运世无根本、功德不为人所记，而能突兀崛起登上这王位的人啊。

世俗之人见汉高祖兴起于平民百姓而得王位，不通达那缘故，以为只是恰巧遭遇暴乱之世，得以举兵得势。游说之士，甚至把争天下比作追逐麋鹿，侥幸捷足的人就能得到。不知王位自有天命，不可凭借智谋和力量去求取。可悲啊，这就是世上乱臣贼子太多的原因啊。那些人，哪里只是不明天道，就连人事也未看清。那些饿殍徒隶，饥寒失所，想有一套粗布短衣，一担一石粟米，所希冀的不过一金而已，但仍得不到，终于抛尸荒野，为什么呢？贫穷也是命中注定的啊。更何况天子的尊贵，四海的财富，神明的福佑，怎么能够随便得到呢？因此，即使遭逢乱世，窃得权柄，勇猛如韩信、英布，势强如项梁、项籍，成功如王莽，然而终致遭刑伏诛！更何况那些微末之徒，才力不如以上诸人，而昏昏然竟然想求取天位呢！

所以跛足劣马之车，不能驰骋千里的道路；燕雀之类，不能飞到鸿鹄的里程；章棁小材，不作栋梁之用；凡夫俗子，不任帝王之位。《易经》说："鼎断足，倾覆了食物。"就是因为不胜其任啊。在秦末世，豪杰共同推举陈婴为王，陈婴的母亲阻止说："自从我做你们陈家的媳妇，看你家世代贫贱，今乍富贵，不祥。不如把兵交给别人，事情成功，可以稍受好处；不成，也不受其祸。"陈婴听从母亲的话，而陈氏因此得以安宁。王陵的母亲，也预见项羽必败亡，刘邦将兴盛。那时，王陵为汉将，母亲被楚捉住。有汉使者至楚，王陵母亲见使者，对他说："请转告我儿子，'汉王是有德长者，一定能得天下，你努力事奉汉王，别有二心！'"于是，在汉使面前自杀，以勉励王陵。后来汉王果然平定天下，王陵做了宰相，封安国侯。以平民老妇的眼光，尚且能够推衍事物道理之极致，探求祸福之机微，保全宗庙祭祀于无穷，为史书记载而垂千古，更何况大丈夫做事呢！所以穷困显达皆有天命，得吉获凶却由人为，陈婴母亲知道王位将废，王陵母亲知道汉室将兴，审察这两点，就明白帝王的名分了。

高祖兴盛之由，大概有五点：一是帝尧的后裔；二是身体形貌多奇异；三是神武而有征兆应验；四是宽厚明察而仁德忠恕；五是知人善任。再加上诚信和喜好谋虑，通达于听取意见接受劝谏，见人有善处，唯恐自己赶不上，任用别人如同用自己，听从谏言像顺流水，趋从时势如响应声。吃饭时吐出口中食物，以急于采纳张良的谋策；拔出脚来挥去洗脚女子，赶快拜谢郦生的谏说；感悟于戍卒的话，断却自己怀恋故土的情怀；仰慕四皓的名节，割舍宠妃爱子。从行伍中举任韩信为大将，收用的陈平是楚亡命降将，英雄用力，策士效谋，这是高祖的大略，成就帝业的原因。至于灵瑞符应，也可以略举一二：当初，刘媪怀高祖时，梦中与神交遇，当时雷电交作，天空昏暗，有龙蛇的怪异；到其长大，多有灵怪之处，与众不同。因此，王、武两老妇有感于高祖怪异而折弃债券，吕公相高祖形貌而进嫁女儿，秦始皇东游以压天子之气，吕后远望云气就知高祖所在之处，始受天命则白蛇被斩断，西入函谷关则五星聚会。所以韩信、张良说"天授命于高祖，而不是人力所为啊"。

历数古今的得失，检验事情的成败，稽考帝王的世运，考察高祖兴起那五点。取舍不合其位，符瑞不同其度，而苟且贪昧于权利，超越等次妄居高位，外不量其力，内不知天命，则必会丧家亡族，失去天然之寿，遇到"鼎折足"的凶兆，伏受于斧钺之刑。英雄应知觉悟，谨慎避祸，目光超远，见识深刻，学习王陵、陈婴那样的明于天分，杜绝韩信、英布那种非分之念，不听那"逐鹿"的瞎说，明白王位是天所授予，不贪不可求而被二位母亲所耻笑的东西，那么就会福分延及子孙，天所赐的福禄就能永远终其身了。

在这里，班彪借以《王命论》，宣扬汉朝的德政，上承尧舜，有神灵护鉴之兆。以王道治天下之君主，以德行仁，以仁义治国，必然兴盛，而传祚后世，依靠奸诈的力量是办不到的。班彪欲以此感化隗嚣，但隗嚣始终执迷不悟，反而因此对班彪耿耿于怀。班彪见隗嚣既不听良言相劝，又对自己引经据典、费心费力所写的进行劝诫的《王命论》不屑一顾，便知他并非成大事之人，替他做事以后不定还会惹什么祸端。于是，他便迅速离开了隗嚣，避地河西（今甘肃河西走廊一带）。河西大将军窦融任其为从事（大将军的僚属），以师友之礼相待，对他十分敬重。于是，班彪便为窦融出谋划策，让其归附汉朝，向光武帝称臣，总领河西一带之地，抗拒隗嚣。

班彪才高而好述作，遂专心于史籍之间。汉武帝时，司马迁著《史记》，自从太初（汉武帝年号，前104年至101）年间之后，空缺而没有记载，后来有不少好事者，他们把历史事实收集到一起，计划续编《史记》，但大多作品都粗野庸俗，不足以继承《史记》。于是，班彪就继续收集整理前代史书、民间遗事，再加上奇闻轶事，写成《史记》后传几十篇。接着，他又评论前史而订正得失，并提出了自己的论述。其略论曰：

唐尧，虞舜，夏商周三代的史实，《诗经》《尚书》多有涉及。自古以来，各代都设有史官，专门掌管法典、史籍等重要文献。各诸侯国也自设有史官记事。所以《孟子》曰：

"楚国的《梼杌》，晋国的《乘》，鲁国的《春秋》，都是记载各诸侯国历史的书。"鲁定公、哀公之间，鲁中人左丘明，纂集他著述的有关典籍，成《左氏传》三十篇，又撰述了大同小异的《国语》二十一篇。从此，《左传》《国语》引起了社会的重视，《乘》《梼杌》不行于世，渐渐被人遗忘而失传了。又有记录黄帝以来至春秋时帝、王、公、侯、卿大夫史事的书，名曰《世本》，一十五篇。春秋之后，七国并争，秦并诸侯，记载这些史实的有《战国策》三十三。汉朝建立，平定天下，太中大夫陆贾记录汉初的功业，作《楚汉春秋》九篇。到了汉武帝时，太史令司马迁采纳吸收《左传》和《国语》，删削《世本》和《战国策》，依据楚汉各国的时事，上自黄帝，下讫获麟（指汉武帝太始二年捕获白麟事。司马迁作《史记》绝笔于此年），作《史记》，分本纪、世家、列传、书、表共一百三十篇，其中有十篇缺遗。司马迁所记汉代之事，从西汉之初起到武帝之世止，这是他的功劳。至于采摘经本，拾取专注，分割离散百家之事，有许多疏忽遗漏，不如其原书完整可靠，只是想以见闻广、记载多而为己功，评说议论则浅显不实在。他论述各家学术观点，则崇尚黄老之学而贬低《五经》；在讲述居积财货、经营生利时，则轻视仁义而以贫穷为羞；在描写游侠时，则以守节为贱，而以俗功为贵：这就是他有伤儒道的大缺点，是所以受到宫刑惩罚的原因。然而司马迁善于讲述事理，辩论疑难而不过分华丽，质朴自然而不粗俗，形式与内容协调一致，能称得上是良史之才。如果司马迁依据儒家《五经》的礼法言论，去评判圣人的是非得失，那才是一件幸运的事。

诸子百家的书，是可以作为衡量是非的标准的，像《左氏传》《国语》《世本》《战国策》《楚汉春秋》《太史公书》。今人之所以知古代之事，后人之所以能判断古人的是非得失，这些书即起了耳目的作用。司马迁作《太史公书》，写帝王则曰本纪，公侯传国则曰世家，卿士杰出者则曰列传。又竭尽笔力推重和褒扬项羽、陈涉之事，而贬斥王室的子嗣淮南王刘安、刘长和衡山王刘赐。隐约细微曲折，体例不合常法。司马迁的著作，采获古今，贯穿经传，可谓博大广深至极。然而，一人之精力有限，要完成那样量大而繁杂的著作，未能全然删削繁芜之事，尚有多余的文字，叙述史实也有不统一的地方。比如叙司马相如，他出生的郡县，他的字，都记述得明明白白，而对于萧何、曹参、陈平一类的人物，及同时代的人董仲舒，不记其字，其出生地或有县却无郡，这些大约是他当时无暇顾及的缘故吧。而今续写后篇，慎重核实事实，统一体例文法，不设世家，只设纪传即可。传曰："杀史见极，平易正直，春秋之义也。"去掉繁芜虚假的事，穷究历史的真相，叙事要浅近易懂，刚直坦率，公正无私，不偏不倚，不佞不谀，字寓褒贬，据事直书，这才是真正的春秋笔法。

如详观班彪的这段文字，已足以可见他对《史记》评价的中肯和准确，既肯定了它的伟大成就，又指出了它的些许不足，还查找了造成这些不足的原因，全是由于司马迁一人忙不顾及罢了。在这里，他没有任何贬低司马迁之意。如此看来，对于宏篇巨著《史记》，班彪一定是逐字逐句阅读、逐篇逐段研究了。他是下了何等的功夫！

其实，从古至今，皆是一理：人如果尽忙于事业，很可能忽视家庭，可如果太看重家庭，却往往会影响事业，班彪正是如此。你设想，他那么偏重事业，那么注重修史，成天只是看看看、写写写，却哪里顾得上个人和家庭呢？于是乎，他的婚姻的事便一耽搁再耽搁，眼看，他都快30岁的人了，却连个对象也顾不上找。他也不是找不到，只是不想找罢了，有多少人家，都寻着把女子送上门来，可班彪却无一看上，一概拒之。为此，父亲班稚曾斥他："不孝有三，无后为大，难道，你欲让我们班家，成为断后之家吗？你必须赶快成家立业。"

班彪说："急什么？不急，让我先好好干点事情再说。天下女子，遍地都是，大丈夫何患无妻？"

母亲听罢责他："你吹什么吹，天下女子多是多，可你却未找到一个；大丈夫是会有妻，可你的妻子在哪里？别人家的小子，到了你这个年纪，娃都多大了。你倒好，直到现在一不成亲，二不寻偶，我不知你打的什么主意？我还等着抱孙子呢！"

班彪笑着说："母亲，咱们关中人有句俗话是怎么说的，说是'宁吃鲜桃一口，不吃烂杏一筐'，您急什么呢？我就这么等，说不定能等见好媳妇的。"

母亲说："我说我急着抱孙子，你给我胡扯些什么？"

班彪说："我之所说，正是指此。妈要抱，就抱个好孙子，抱100个瞎孙子，也不如抱一个好孙子。"

母亲听了，又气又笑，笑骂道："那我就等着，看你让我抱个什么样的孙子。"

班彪说："放心吧，母亲，我一定让你抱上最有才华、最有本事的孙子，还不止一个，而是好几个。"

班彪的父母，见儿子对婚姻老是这样一种漠不关心的样子，只好求助于自己的姐姐班婕妤，让她督促班彪应当重视自己的婚事。他们夫妇亦知，班婕妤对班彪十分疼爱，不仅仅看作是自己的侄子，更看作是自己的学生，而班彪对班婕妤也十分尊重，不仅仅看作是自己的姑姑，更看作是自己的老师。所以就班彪而言，他对于姑姑所说的话，比自己父母亲的话还要重视。巧就巧在，正好班婕妤回乡探亲，班彪的父母便提前将自己的想法告诉了姐姐。于是，班婕妤把班彪叫到自己身边，她这样问班彪："你为什么不愿意成婚呢？"

"没有合适的姑娘啊！"班彪说。

"那你想找个什么样的姑娘？"班婕妤问。

"当然要知书达礼，聪明贤惠，温柔体贴，美丽勤快了。"班彪说。

"那你父母给你找的，类似这样的女子也不少，你为什么全拒绝了呢？"班婕妤说。

班彪愣了一愣，有些迟疑地对班婕妤说："姑姑，您也是作诗写赋之人，不是不了解我们写作人的心境。这写作写作，必须要写要作，而要写要静，要作要坐，一旦成婚，那女人家嚷嚷，孩子家哇哇，人却哪里还有心思写作呢？"

"那么，你一个人写得完吗？"班婕妤十分严厉地说，"须知，文章千古事，并非一人为。别的不说，就放着你现在研究修补的《史记》这件事来说，太史公为写《史记》，差点丢了性命，他是忍辱宫刑才得以完成的啊！而你自己也总结了，说太史公固然才高，可依他一人之力，《史记》亦有失误。你计划的事，并不比《史记》工程小，又怎么能是你一个人所能完成的呢？可怎样才能完成呢？那需要一代又一代人努力。这样，那就要有后代，要培养自己的接班人。至于你所说的老婆孩子对事业有影响，那倒不一定，咱不找泼妇，不找文盲，找你所说的那种'知书达礼，聪明贤惠'的贤内助，类似这样的好女子，不仅不会拦你的路，还会帮你的忙，你何乐而不为呢？应当说，人既要有事业，也要有家庭，有老婆，有孩子，这才是一个完整的人完整的家庭，这才能促进他事业的兴旺和成功啊！"

听了班婕好的话，班彪半晌沉默不语。

"这么说，你听懂了姑姑的话。"班婕好问。

"听懂了。"班彪点了点头。

"那，这事，就由姑姑给你做主好了，也由姑姑给你把关，行不行？你放心，姑姑是个女人，是个过来的人，一定会给你挑个好媳妇来。"班婕好微笑着说。

"一切，听凭姑姑做主。"班彪说。对于姑姑，班彪是至为尊敬的了，他尊重她的人品，也尊敬她的文品，更尊敬她的为人和处事。对于姑姑掌控自己的婚事，他自然是放心的。

最后，班婕好又对班彪说："太史公曾经自叹，'昔西伯拘羑里，演《周易》；孔子厄陈、蔡，作《春秋》；屈原放逐，著《离骚》；左丘失明，厥有《国语》；孙子膑脚，而论兵法；不韦迁蜀，世传《吕览》；韩非子囚秦，方有《说难》《孤愤》；《诗经》三百篇，大抵贤圣发愤之所作也。'这也是说，人生都会遇困境，因困境而会内心积愤，这也才会写出不朽的作品来。但是，一个人的力量毕竟是十分有限的，要写大的作品，就必须有长远的规划，做好吃苦的准备，并必须培养自己事业的接班人。"

……

也真是无巧不成书，就在班家正愁班彪这个"老小伙"无有媳妇之际，那樊员外竟使人找上门来，主动给"班老小伙"送来了媳妇，并且不是一个，而是两个，是一对孪生姐妹，是一对能文能武的才女。对此，班家哪有不高兴之理。因又有班婕好督促把关，很快先促成了班樊两家联姻，让班彪同樊氏姐妹先行订婚一事。刚刚订婚，樊家便催着让结婚，因为他们害怕有变。班婕好也想让班彪赶快结婚，但班彪并不着急，他觉现在自己的家过分破旧，想买套稍像点样的住宅，而后再予结婚。樊员外得知，便让班彪先住在樊家，因他家有的是高楼大房。可班彪觉住在樊家有入赘之嫌，他没有同意。

那阵，班婕好还问班彪："你知道，结婚还有何说？"

"也就是成家呗！"班彪说，"成家立业。"

"对了，是成家立业，但结婚专指成家，指组成家庭。而后，才是立业，才是自己的事业。也就是说，先要建立好自己的家庭，才能很好地投入自己的事业。在这里，将家摆在前，业摆在后。"班婕好说，"还有一个名词，叫作家国情怀，同样是家在前，国在后。本来，在这个人世上，是由一个一个的人构成的，结婚构成了一个又一个家庭，许许多多的家庭才构成了一个国家。所以说，没有家，就没有国啊！可话说回来，覆巢之下，焉有完卵，如果国家一旦灭亡了，哪还有一个个幸福美满的家庭呢！对于你，也是这样，先成家，再立业吧！"

"可是，我……"班彪刚欲说什么，却被班婕好拦住，她说："你是不是想说，现在家里的住房太破太旧，这，我已经给你安排好了。"

班彪吃得一惊，问："姑姑作何安排。"

原来，扶风郡城耿氏，本是一门大户，住在扶风郡城附近的龙湾，那里因耿氏居住而得名为耿家台。汉光武帝刘秀起兵之际，耿恭率领满门前去投奔，整个旧宅便空了下来。如今，耿氏一门，多在京都长安做事，家小们也多住在长安城附近，他们便欲卖掉扶风郡城旧宅院。班婕好打听过后，便把那宅院买了下来，想着以后能派上用场。因班婕好特喜欢并看好班彪，今见他结婚在即，便欲把此宅作为送给侄子的一份厚礼。说完此宅一事之后，班婕好又说："你可别小看了那个地方，那真是一块风水宝地呢！"

班彪问："这又作何说？"

"首先，它是周族的发祥之地，《诗经·大雅》所说的'周原膴膴，堇荼如饴'，就是指的那个地方；其次，它是龙凤呈祥之地，那里东有金凤栖于飞凤山，西有青龙卧于龙湾耿家台；而且，它还是周代的皇家藏书阁，太史公就曾在那里搜寻过大量的历史资料，确是著书立说的最佳之地。"班婕好说。

"似此，那可就太好了。"班彪听罢，高兴至极。

于是，班婕妤做以安排，班彪即日动身，骑快马去耿家台看了那耿家旧宅，看罢十分中意。立时，他便安排进行修缮，让人收拾新房，做好了结婚的一切准备。

班氏演义

# 第四章　巫蛊遗祸　引出班恬千古冤

汉征和元（前92）年，汉武帝住在建章宫时，看到一个男子带剑进入中龙华门，他怀疑这是个不寻常的人，便命人捕捉。不料，那男子弃剑逃跑，侍卫们立即追赶，但却未能擒获。对此，汉武帝不由勃然大怒，便将掌管宫门出入的门侯处死。冬11月，汉武帝征调三辅地区的骑兵，对上林苑进行大搜查，并下令关闭长安城门进行搜索，11天后才解除戒严，巫蛊事件由此开始。

丞相公孙贺的夫人卫君孺，是卫皇后的姐姐，公孙贺因此受到汉武帝的宠信。公孙贺的儿子公孙敬声，接替父亲的职务，担任了太仆。但是，他骄横奢侈，不遵法纪，竟擅自动用北军军费，事情败露后被捕下狱。这时，汉武帝正诏令各地，紧急通缉阳陵大侠客朱安世。于是，公孙贺请求汉武帝，让他负责追捕朱安世，来为其子公孙敬声赎罪，汉武帝批准了他的请求。后来，公孙贺果然将朱安世逮捕。朱安世虽然被捕，但他并不惊慌，竟笑着对公孙贺说："丞相，你恐怕将祸及全族了！"公孙贺当时并不在意。

不料，朱安世从狱中上书朝廷，他揭发说："公孙敬声放荡不堪，竟与阳石公主私通。当他得知皇上将要前往甘泉宫时，便让巫师在皇上专用的驰道上埋藏木偶人，诅咒皇上，口出恶言，罪该万死。"

由于朱安世的揭发，于征和二（前91）年春正月，公孙贺被逮捕下狱。经调查罪名属实，他父子二人均被捕，都死于狱中，并被灭族。这一事件，还牵连到阳石公主和皇后卫子夫所生的另一个女儿诸邑公主，以及卫青的长子卫伉，这些人全部被杀。因此案，卫氏在汉朝廷内部的政治盟友损失殆尽。汉武帝遂任命涿郡太守刘屈牦为丞相，封其为澎侯。

这时，方士和各类神巫多聚集在京师长安，他们大都是以左道旁门的奇幻邪术迷惑众人。一些女巫也乘机来到后宫，教给宫中美人躲避灾难的办法，诸如在自己的住屋里埋上木头人，进行祭祀或者诅咒。因此，嫔妃之间相互妒忌争吵，一时闹得乌烟瘴气。她们轮番告发对方，说某某诅咒皇帝，大逆不道，应当治罪。汉武帝其时身体有病，久治不愈，况且年龄也大了，便怀疑自己的病真的是因人诅咒而引起的，他不由大怒，即将被告发的人大多处死，杀了后宫妃嫔、宫女以及受牵连的大臣数百人。

从此，汉武帝疑心更重。有一次，汉武帝白天小睡，突然梦见有好几千木头人，手持棍棒想要袭击他，他霍然惊醒，吓出了一身冷汗。从这天开始，汉武帝感到身体更不舒服，精神恍惚，记忆力大减。当时，绣衣使者江充一直与太子刘据、卫皇后有嫌隙。江充见汉武帝年纪已老，害怕汉武帝去世后，自己会被刘据诛杀，便定下奸谋，阴谋陷害太子。他对汉武帝说："皇上的病，是因为有巫蛊作祟才造成的。"于是，汉武帝便派江充为使者，负责查处巫蛊案。江充率领胡人巫师，到处掘地寻找木头人，并逮捕了那些用巫术害人、夜间祷祝及自称能见到鬼魂的人，他又命人事先在一些地方洒上血污，然后对被捕之人进行审讯，将那些染上血污的地方，指为他们以邪术害人之处，并施以铁钳烧灼之刑，强迫他们认罪。很多人因受刑不过，便屈打成招。于是，百姓们都相互诬指对方用巫蛊害人；官吏们则每每互相参劾，说什么人什么官如何大逆不道，有诅咒巫诬皇上的行为。一时，从京师长安、三辅地区到各郡、国，因此而死去的先后共有数万人。

当时，汉武帝年事已高，他怀疑周围不少人，都在用巫蛊诅咒于他，便持有一种强烈的报复心理。而那些被逮捕治罪的人，无论真实情况如何，谁也不敢诉说自己有冤，如申冤只能早死。江充窥探出汉武帝真实的疑惧心理，便指使胡人巫师檀何言称："宫中有蛊气，不将这些蛊气除去，皇上的病就一直不会好。"汉武帝一听，遂派江充进入宫中，直至宫禁深处，毁坏皇帝的宝座，挖地找蛊，还让按道侯韩说、御史章赣、黄门苏文等人协助江充，必须清除宫中的蛊气。

江充先从后宫开始，从汉武帝很少理会的妃嫔的房间着手，然后依次搜寻，一直搜到皇后宫和太子宫中。当时，后宫各处的地面都被纵横翻起，以致太子和皇后连放床的地方都没有了。江充扬言："在太子宫中找出的木头人最多，还有写在丝帛上的文字，内容皆大逆不道，应当奏闻陛下。"

刘据听说此事，非常害怕，他问少傅石德应当怎么办。石德害怕自己是太子的老师，会因此事受牵连被杀，便苦思解决问题的办法。他这样对刘据说："先前，公孙贺父子、两位公主以及卫伉等人，都被指犯有用巫蛊害人之罪而被杀死。如今，巫师与皇上的使者，又从宫中挖出了证据。这些所谓的证据，不知是巫师放置，还是确实就有，这无法解释清楚。但是，为了戳穿他们的阴谋，清除他们的罪恶，你可以假传圣旨，将江充等人逮捕下狱，彻底追究其奸谋。"

刘据说："此等大事，恐怕得先请示父皇再做决定。"

石德说："今陛下有病，住在甘泉宫，皇后和您派去请安的人，都没能见到陛下。陛下是否还在？实未可知，而奸臣竟敢如此，应当治一治了。万一要是陛下不在了，我们难道不是被奸臣所欺骗蒙蔽了吗？再说，你难道忘记秦朝太子扶苏之事，秦国的灭亡，就是因秦始皇之死被瞒，而赵高私改秦始皇遗诏所导致的啊！"

刘据说："我这当儿子的，怎能越过父皇，擅自诛杀大臣呢？不如我前往甘泉宫请罪，或许能侥幸无事。"他当时打算亲自前往甘泉宫，请示父皇汉武帝，看此事该怎么处理。但是，石德不同意，他必欲让刘据按自己的想法办，并且逼迫甚急。刘据实在想不出别的办法，只好按照石德的计策行事。

秋七月初九，刘据派门客冒充皇帝使者，逮捕了江充等人。按道侯韩说怀疑使者是假的，不肯接受诏书，即被刘据门客杀死。刘据亲自监杀了江充，他骂江充道："你这个赵国的奴才，先前扰害你们国王父子，还嫌不够，如今又来扰害我们父子！今日，你的死期到了。"江充说："我死了，你可要考虑后果啊！"刘据不听，即杀死了江充，并令将江充手下的胡人巫师，烧死在上林苑中。

刘据派侍从门客无且，携带符节，乘夜进入未央宫长秋门，通过长御女官倚华，将这些情况报告给卫皇后。然后，他调发皇家的马车运载射手，打开武器库拿出武器，又调发长乐宫的卫卒，决定采取大规模军事行动。立时，长安城中一片混乱，人们纷纷传言："太子造反了。"宦官苏文见事不妙，赶快逃出长安，来到甘泉宫，向汉武帝报告了太子所做的这些不轨之事。

当时，汉武帝并不十分吃惊，他说："太子肯定是害怕了，他又愤恨江充等人，所以才会发生这样的变故。"因而，他派使臣前往长安，召刘据前来询问。结果，使臣只是到了长安城外，他不敢进入城中，害怕被太子所杀。回去后，他假向汉武帝报告说："太子已经造反了！我见到太子后，传达了陛下的旨意，他非但不听，还要杀我，我只好逃了回来。"对此，汉武帝信以为真，不能不怒。

丞相刘屈牦，听到事变消息后，他抽身就逃，连丞相的官印、绶带都丢掉了，并派长史乘驿站快马来向汉武帝奏报。汉武帝问长史："那么，事变发生后，丞相是怎么做的呢？"

长史回答说："丞相只是封锁消息，没敢发兵，特让我来请示陛下。"

汉武帝一听，十分生气地说："事情已经闹得沸沸扬扬，还有什么秘密可言！丞相没有周公的遗风，难道周公能不杀反叛的管叔和蔡叔吗？"

于是，他给丞相颁赐印有玺印的诏书，命令他："捕杀叛逆者，朕自会赏罚分明。应用牛车作为掩护，不要和叛逆者短兵相接，杀伤过多兵卒！可紧守城门，决不能让叛军冲出长安城！"

这一边，汉武帝命令丞相，紧锣密鼓地采取军事行动。那一边，刘据发表宣言，向文武百官发出号令说："陛下因病困居甘泉宫，我怀疑可能发生了变故，但奸臣们想乘机叛乱，我们必须采取紧急行动。"

正在这时，汉武帝从甘泉宫返回，来到长安城西建章宫。他颁布诏书，征调三辅附近各县的军队，部署二千石以下官员，归丞相兼职统辖。刘据呢？这时也派使者假传圣旨，将关在长安都城官狱中的囚徒都赦免放出来，命少傅石德及门客张光等分别统辖；又派长安囚徒如侯持以符节，征发长水和宣曲两地的胡人骑兵，一律全副武装前来会合，准备采取进一步行动。

侍郎马通受汉武帝派遣来到长安，他得知此事后，立即追赶前去，将如侯逮捕，并告诉胡人说："如侯带来的符节是假的，不能听从刘据的调遣！"于是，马通将如侯处死，带领胡人骑兵开进长安，又征调船兵楫棹士，让大鸿胪商丘成指挥。当初，汉朝的符节是纯赤色，而刘据使用的是赤色符节。为了加以区别，马通让在汉武帝所发的符节上，改加黄缨以示区别。

当时，刘据来到北军军营南门之外，他站在车上，将护北军使者任安召出，颁与符节，命令任安发兵。但是，任安拜受符节后，却返回营中，闭门不出。刘据带人离去，将长安四市的市民约数万人强行武装起来，与朝廷的军队进行对抗。刘据率部来到长乐宫西门外，正遇丞相刘屈牦率领的军队，双方交战五天，死了数万人。民间都说"太子谋反"，所以人们多不依附刘据，而丞相一边的兵力却在不断加强，刘据渐渐处于下风。

十七日，刘据兵败，南逃到长安城覆盎门。司直田仁正率兵把守城门，因觉得刘据与汉武帝是父子关系，不愿逼迫太急，所以放刘据得以逃出城外。刘屈牦闻讯，要杀田仁，御史大夫暴胜之劝道："司直为朝廷二千石大员，理应先行奏请，你怎能擅自斩杀呢？"于是，刘屈牦只能将田仁释放。

汉武帝听说此事后，不由大发雷霆，遂将暴胜之逮捕治罪，责问他道："司直放走谋反的人，丞相杀他，是执行国家的法律，你为什么要擅加阻止呢？"

暴胜之见皇上盛怒，惶恐不安，遂自杀而死。

汉武帝又下诏，派宗正刘长、执金吾刘敢，携带皇帝下达的谕旨，收回皇后的印玺和绶带。卫皇后见事已至此，只好自杀。

汉武帝认为，任安是老官吏，见出现战乱之事，只想坐观成败，看谁取胜就归附谁，对朝廷怀有二心，因此，他让将任安与田仁一同腰斩。汉武帝因马通擒获如侯，封其为重合侯；长安男子景建跟随马通，擒获石德，封其为德侯；商丘成奋力战斗，擒获张光，封其侯。刘据的众门客，因曾经出入宫门，所以一律处死；凡是跟随刘据发兵谋反的，一律按谋反罪灭族；各级官吏和兵卒凡非出于本心，而被刘据挟迫的，一律放逐到敦煌郡。因刘据逃亡在外，所以开始在长安各城门设置屯守军队。

正是因为此事，汉武帝愤怒异常，群臣都感到十分忧虑和恐惧，不知如何是好。这时，壶关三老令孤茂上书汉武帝说："我听说，父亲好比是天，母亲好比是地，儿子好比是天地间的万物。所以只有上天平静，大地安然，万物才能茂盛；只有父慈、母爱，儿子才能孝顺。如今，皇太子本是汉朝的合法继承人，将承继万世大业，执行祖宗的重托，论关系又是皇上的嫡长子。江充本为一介平民，不过是个市井中的奴才罢了，陛下却对他尊显重用，让他挟至尊之命来迫害皇太子，纠集一批奸邪小人，对皇太子进行欺诈栽赃、逼迫陷害，使陛下与太子的父子至亲关系隔塞不通。太子进则不能面见皇上，退则被乱臣的陷害困扰，独自蒙冤，无处申诉，忍不住愤恨的心情，起兵而杀死江充，却又害怕皇上降罪，被迫逃亡。太子作为陛下的儿子，盗用父亲的军队，不过是为了救难，使自己免遭别人的陷害罢了，臣认为并非有什么险恶的用心。《诗经》上说：'绿蝇往来落篱笆，谦谦君子不信谗。否则谗言无休止，天下必然出大乱。'以往，江充曾以谗言害死赵太子，天下人无不知晓。而今陛下不加调查，就过分地责备太子，发雷霆之怒，征调大军追捕太子，还命丞相亲自指挥，致使智慧之人不敢进言，善辩之士难以张口，我心中实在感到痛惜。希望陛下放宽心怀，平心静气，不要苛求自己的亲人，不要对太子的错误耿耿于怀，立即结束对太子的征讨，不要让太子长期逃亡在外！我以对陛下的一片忠心，随时准备献出我短暂的性命，待罪于建章宫外。"奏章递上去，汉武帝看后深受感动，不由醒悟。但是，他因在气头之上，没有公开颁布对太子等人的赦免。

刘据一直向东逃到湖县，隐藏在泉鸠里一户农家。主人家境贫寒，经常织卖草鞋来奉养刘据。刘据有一位以前相识的人，就住在湖县，此人十分富有。刘据便派人去叫他，想得到他的接济。不料，因此消息泄露。八月初八，地方官围捕刘据。刘据自己估计难以逃脱，便回到屋中，紧闭房门，自缢而亡。前来搜捕的兵卒中，有一山阳男子名叫张富昌，他用脚踹开房门，见刘据已经上吊。新安县令史李寿跑上前去，忙将刘据抱住解下，但是他已绝气身亡。值此时刻，这家主人仍竭力保护刘据，同前来搜捕刘据的人格斗而死，二位皇孙也一同遇害。后来，汉武帝感伤于刘据之死，便封李寿为邗侯，张富昌为题侯。

征和三（前90）年，经再三落实，官吏和百姓以巫蛊害人罪相互告发的，被发现多有不实。此时，汉武帝亦知太子刘据之举，实因被江充逼迫之故，才起兵诛杀江充，并无他意。正好，守卫汉高祖祭庙的郎官田千秋又上紧急奏章，为刘据鸣冤说："做儿子的擅自动用父亲的军队，其罪应受鞭打。天子的儿子误杀了人，又有什么罪呢？我梦见一位白发老翁，教我上此奏章。"

汉武帝见此奏章，霍然醒悟，特召见田千秋，对他说："我们父子之间的事，一般认为外人难以插言，只有你知道其间的不实之处。这时，高祖皇帝的神灵派您来指教于我，您应当担任我的辅佐大臣。"立即就任命田千秋为大鸿胪，并下令将江充满门抄斩，将苏文烧死在横桥之上。曾在泉鸠里对太子兵刃相加的一位官员，最初被任命为北地太守，后也遭满门抄斩。汉武帝怜惜刘据无辜遭害，便修建了一座思子宫，又在湖县建了一座归来望思之台，天下人听说这件事后，都很悲伤。

事情水落石出后，汉武帝追悔莫及，便转手报复当初参与谋害刘据的人，许多人以各种理由被杀或自杀，牵连甚广。

征和三（前90）年，内侍郭穰密告丞相刘屈牦夫人诅咒汉武帝，并与贰师将军李广利共祷祠，欲令昌邑王为帝。因此，刘屈牦被腰斩于东市，其妻则被枭首华阳街，李广利妻子被捕。李广利当时正在前线打仗，得知消息后仓促出击匈奴，兵败后投降，后来在卫律的运作下被杀。

后元元（前88）年，参与镇压太子的马通，与亲近江充的兄长侍中仆射马何罗，因江充被灭族而心怀恐惧，便合谋持刀入武帝卧室行刺，为金日磾发觉搏拘，被处死。

汉武帝死后，幼子刘弗陵登基，是为汉昭帝。汉昭帝早逝无子，霍光等人便立汉武帝之孙刘贺，刘贺登基不久，因品行恶劣被霍光废掉。然后，霍光立了戾太子刘据唯一幸存的孙子刘病已为帝，汉朝帝位又回到刘据的后裔手上。

可是，因为这场巫蛊之祸，又由于汉武帝"悔悟"后的报复、追责，导致大量政治上层人物被杀，有将近40万人受到牵连。正因为此，自汉武帝以后，这种巫蛊行为，是被严令禁止的。但可悲的是，以后的汉代皇室，并没有认真记取"巫蛊之祸"的教训，使得这样一种遗风，竟然延续了下来。时至汉成帝执政时期，亦有类似的事情发生。

大司马车骑将军平恩侯许嘉的女儿，初为太子妃，生一男孩，但是死掉了。后太子继位为成帝，立许妃为皇后，她为成帝生下一女，却也死掉了。

许皇后聪明智慧，长于史书，自为妃到皇后，深受成帝宠爱。当时，连着三年发生日食，有大臣将这些归罪于许皇后，汉成帝便对许皇后有了疏远，并新宠王美人等婕妤和其他美人。

鸿嘉元（前20）年，汉成帝在一次微服出访时，"邂逅"才貌双全的赵飞燕，便把她带入宫中，并把千般宠爱放其身上。受宠的赵飞燕，因为能"掌上舞"，更得宠于汉成帝，便被封为"婕妤"，爵比列侯。随后，赵飞燕又推荐了姐姐赵合德入宫，同样得到汉成帝的宠爱，也升为婕妤。

赵氏姐妹双双被封，但她们并不满足，很快便把仇恨的目光，锁在一个人身上——许皇后。她们想，如果能扳倒许皇后，那整个后宫，就会成为她们的天下，谁也奈何不了她们。

一边是最爱，一边是曾经的最爱，汉成帝夹在中间左右为难。可就在汉成帝正犹豫不决时，后宫中又发生了一件"流产"事件，这为整个事件起到了推波助澜的作用。

许皇后受汉成帝宠爱时，虽生有一儿一女，但都没有成活，所以，一直处于一种"无后"的尴尬状态。这样，许皇后的子女都没成活，班婕妤的一子又夭折了，汉成帝遂无其后。如是平常人家，倘若无后那还罢了，可是堂堂皇上，天之骄子，如若无后，那偌大江山，将由谁来继承呢？好在，这位王美人，她虽然身份低微，只是个宫女，可她得皇上恩宠，今已怀孕，有了龙种，却怎么能无缘无故地"流产"呢？此一事，让一心想早点抱上儿子的汉成帝伤心欲绝，他决心把王美人流产一事弄个水落石出，也好出出致使自己无后这口气。

借此机会，赵氏姐妹便对汉成帝打了小报告，说王美人其所以流产，是因为许皇后行以巫蛊之术，才使王美人流产了。

一听此消息，汉成帝大怒，即刻委派专案大臣，让严肃查办此事。于是，类似汉武帝当年的"巫蛊之祸"又开始了。汉成帝指派的办案大臣，也是一个类似江充那样的小人，他们竟然也挖掘起了许皇后寝宫，看地下是否埋有巫蛊之物，诸如桐木偶人之类的东西。因在许皇后寝宫未找到证据，他们便又再施阴谋，寻找新的诬陷证据。

当时，汉成帝问赵氏姐妹："按你们所说，是因为许皇后行巫蛊之术，才使王美人流产了，可是，在她的寝室里，并没有找到什么巫蛊之物，这怎么办呢？"

赵合德说："许皇后寝室里没有，别处却不一定没有。"

赵飞燕赶忙插言说："可是，许皇后还有两个姐姐，她们在别处行以巫蛊之术，照样是可以让孩子流产的。"

于是，汉成帝便命办案官员，前去搜查许皇后两个姐姐的寝室。恰是，许皇后的大姐许谒，与王美人有隙，并曾有诅咒王美人的行为。更为可悲的是，赵氏姐妹先买通了许谒的使女，正是这位叛主的使女，提供了出卖自己主人的伪证。赵氏姐妹又买通了办案官员，果真在许谒寝室里，搜出了用以巫蛊的桐木偶，这其实都是许谒使女在赵氏姐妹的授意下，提前在许谒的寝室所埋的巫蛊之物。这样，许谒巫蛊"罪证"确凿，难容辩解，而汉成帝正在气头之上，他也毫不心慈手软，甚至不给许皇后任何陈述的机会。鸿嘉三（前18）年，正值寒风凛冽的冬天，许谒即被处斩。斩了许谒，许皇后亦被废，许氏家族被免职的免职，罢官的罢官，一律遣回老家。自此，曾经红极一时的许氏家族，一夜之间便灰飞烟灭，销声匿迹了。

赵氏姐妹，一举击败了她们最强劲的"情敌"许皇后，便又把她们目光，盯在了地位仅次于许皇后的班婕妤身上，她们说班婕妤与许皇后十分相好，而且又特别精明，出鬼主意使巫蛊之术，让王美人流产的，正是班婕妤这个女人。

汉成帝说："不会吧！班婕妤聪明贤惠，心地善良，怎么会做出这样的事呢？"

赵合德说："但是，她心机很深，最善于伪装，陛下怎么知道她内心的所思所想呢？"

赵飞燕也说："人常说，女人心，海底针，陛下您是个男人，不知道女人家的心思。还有一说是，最毒莫过妇人心，你别看那班婕妤，她平日里看似温顺的绵羊，其实她是狡猾的狐狸，心似蛇蝎一般狠毒呢！"

正是由于赵氏姐妹的挑唆，汉成帝便亲自审问班婕妤，质问她为什么要参与许皇后姐妹的巫蛊行动。当时，汉成帝问班婕妤："你难道不知道巫蛊之祸吗？"

班婕妤说："臣妾不才，那史书倒读过一些，故事也听过一些，对于汉武帝时期那般重大的巫蛊之祸，我怎么能不知晓呢？"

"既然知晓，那你为什么还要参与许皇后姐妹的巫蛊行为，致使王美人流产呢？"

班婕妤听后，不惊不乱，她从容答道："我知道，人的寿命长短，都是命中注定的；人的贫富贵贱，也是上天注定的，非人力所能改变。修正尚且未能得福，为邪还有什么希望？若是鬼神有知，岂肯听信那些没有信念的祈祷？万一神明无知，诅咒有何益处！类似巫蛊这样的事，我非但不敢做，并且不屑做！试想，先帝汉武是何等聪明神武的人，偏因他轻信巫蛊之祸，诛杀了多少大臣？害死了多少嫔妃？冤杀了多少平民百姓和官娥彩女？以至于连皇家太子刘据和二位皇孙都成了冤魂。可先祖汉武后来不是后悔了吗？本来，有得前朝巫蛊之乱的教训，后来要深深记取，引以为戒，可到了您现在当皇上时，这样的祸乱怎么又出现了？这样的悲剧怎么又重演了呢？陛下您难道就不想一想：这究竟是真是假？这究竟是什么原因呢？还有，我亲生的皇子，几个月后便不明不白地离去了，本来，就此一事，我完全可以掀起一场巫蛊之乱的风波，可我为什么没有这样做呢？全是为了大汉的江山社稷，为了人民的生活安宁，为了陛下您的皇权稳定啊！"

汉成帝被驳语塞，但他又强词夺理地说："但我听说，你因为嫉妒王美人怀孕，所以便伙同许皇后姐妹，行以巫蛊之术，致使王美人流产。"

班婕妤再予反驳，说："陛下您也不想想，既然如此，我当初为什么不愿意与皇上同车而行呢？我如若当时便争宠，她们后来者，还能得到皇上那般的宠爱吗？况且，我已身为婕妤，却缘何要嫉妒一个美人？"

汉成帝听了，觉得她说得十分在理，又念以前的恩爱之情，便特加怜惜她，对班婕妤之事不予追究，并且厚加赏赐，以弥补自己心中的愧疚。

班婕妤是一个有德操的贤淑妇女，她经不起后宫互相诿构、嫉妒、排挤、陷害的折腾，为免今后的是是非非，她认为自己不如急流勇退，明哲保身，因而缮就一篇奏章，自请前往长信宫侍奉王太后，把自己置于王太后的羽翼之下，就再也不怕赵飞燕姐妹的陷害了。汉成帝既有新宠，便允其所请。

于是，班婕妤便前往长信宫去侍奉王太后。在深宫日久，她怜惜时光飞逝，年华老去，便借秋扇自伤，作《团扇诗》，又称《怨歌行》：

> 新裂齐纨素，鲜洁如霜雪。
>
> 裁为合欢扇，团团似明月。
>
> 出入君怀袖，动摇微风发。
>
> 常恐秋节至，凉飙夺炎热。
>
> 弃捐箧笥中，恩情中道绝。

这首诗，十分真实地表现了她在宫中的清平孤寡生活，其文辞哀楚凄厉。这是一首题咏扇子的咏物诗。它虽句句不离扇，却字字不离人，寓情于物，委婉地写出了一位薄命女子的怨情。

看，"新制齐纨素，皎洁如霜雪。裁为合欢扇，团团如明月"。其字面简洁，然语气凄切。它表面赞美团扇的精美，实乃借喻人物的高洁秀丽。这也是作者对自身经历精练而心酸的回忆：自己本一民间女子，犹如齐纨素一样纯洁无瑕，被选入宫中后，仍然光彩夺目，如同皎洁的星月一般。

接着，便"出入君怀袖，动摇微风发"。入宫以后，自己好似一把扇子，得到了君王的宠爱，在炎热的夏天，君王扇动了它，便有微风轻吹，给君王带来了凉风，也带来了快意。惜只惜，夏日的时间并不很长，那君王使用的扇子终将搁置。作为像自己这样伺奉君王的女子，"常恐秋节至，凉意夺炎热"。这一句，点出了作者的恐惧心情。炎热的夏日不能常驻，其青春美貌也会随时光流逝，自己的君王之宠终将被新宠代替。最后，便是"弃捐箧笥中，恩情中道绝"。失宠以后的女子，只能像是搁置在箱匣中的团扇一样，被人遗弃，幽居深宫了。

可以说，这首诗突出一个"哀"字。它语言清丽，不尚新巧，读来虽然平平淡淡，但其哀怨之情充斥于字里行间，具有十分深远幽长的意境。正如有评价曰："不尚奇巧，平直感人。"正由于此，千百年来，它被千万人尤其是年轻女性竞相传诵，不知赚取了无数痴男怨女的多少眼泪！

较之《团扇诗》，班婕妤的《自伤悼赋》更为清丽、更为哀婉，当然更为厚重。它既是班婕妤自己一生的自画像，更是自己深宫生活的真实写照。单从其赋题看，题为《自悼赋》，恐不失自己为自己写悼词之寓意。对于此文，有人言是诗，有人说是赋，但更大的成分应是赋。但是，它更应该是散文，因为在班婕妤生活的那个年代，散文还不那么盛行。可今天就不同了，今天有了那么多的各式各样、行行色色的散文，正可以说是一个散文的时代。于是，我们无妨，变其为散文，这能更好地抒发班婕妤那幽怨悲痛的情怀。其赋曰：

我们班姓的先祖和父辈都十分伟大，因为他们都具有很好的美德。我把他们的这种美德继承了下来，始终保持高尚的情操。我虽然是贱薄的身份，但有幸被选入皇宫，补充在后宫嫔妃的队伍之中，这样，我承蒙了圣皇的厚恩，沐浴了日月灿烂的昌盛修明。于是，我们整个班氏家族，也因此获得了隆盛的荣耀。尤其是，在增城之时，我承受了皇上的宠爱，得到了很好的待遇，并有了一个可爱的皇子。如此，我能得到皇上这般的恩宠，已经是万幸了，我还能再有什么非分之想呢？那时，是我一生最快乐的时期。我常常在睡梦里叹息不已，手拈着佩巾默默沉思。对着宫里陈列的美女画像，拿着镜子左顾右看，时时回头向身边的女侍从提些问题，那该是多么值得留恋的情景啊！

我本来也有许多好的建议，但可叹有夫人不能干预朝政的戒律，这使我纵有多少好的建议也不敢向皇上提出；可悲褒姒、阎妻犯下的过失，她们影响了世代女人，这也正是"女人是祸水"之说的根源。我赞美舜妃娥皇、女英的美德，并以周文王母亲太任和周武王太姒为自己的楷模。虽说我愚昧丑陋，赶不上她们的美丽贤淑，可我又怎敢放弃自己的忠心，忘记圣皇的恩宠。多年来，我一直恐惧不安，忧虑茂盛的年华不能延续培植。只惜我本一善良清白之人，却为什么会遭受"巫蛊"案这样的牵连？也许，我真有什么做得不对的地方，否则的话，我那襁褓之中的皇子，又怎么能早早地夭折呢？对此，我不敢有什么奢望，我只希望有一个孩子，哪怕他是一个普通的孩子，我只希望做一个普普通通的母亲，以尽到我一个做女人、做母亲的责任。但是，我却连做这一点的资格都没有，那不是上天对我的责难是什么？

也许，我本来也有理想、有追求，有帮助君王的愿望，可是却没有这样的机会，这是命里注定的，命里注定实现不了的事情，我又怎么能强求呢？

我本来在皇上宫中，现在却来到了太后宫中，我见那天上太阳的光芒，忽然转移了照射的地方。黄昏来临了，眼前一片幽暗。在这静夜的时光，我仍然思念着皇上的恩泽，向往着过去那美好的时光。

但是，那两个邪恶的女人，她们用狐狸般的狡猾在欺骗皇上，用妖媚的手段在迷惑皇上，用色魔的利刃在刺杀皇上，用罪恶的阴谋在替代善良……这一切的一切，我都看得清清楚楚，可皇上您怎么就看不清呢！我真的很担心皇上的健康。皇上啊，我知道，对这些，我说什么您都不会听，我如继续待在您的身边，仍会遭到她们的忌恨和陷害，那我还是离开的好，也只有这样，我才能消灾避祸，也少了皇上您的担忧和烦恼，因为您贵为皇上，政务那么繁忙，又怎能因为我们女人这些婆婆妈妈的事，耽误自己的精力和时间呢？

我今自愿来到东宫，待在东宫皇太后身边，日日精心侍奉着她。我还自请，托付在长信宫宫女的末排，每天与宫女们一道，洒扫太后的寝室，日复一日，年复一年，这样一直到生命的死期最后来临。人固有一死，谁也摆脱不了死的命运，我死了以后，只希望把我的尸骨，埋葬在山脚之下，让我的坟墓，依傍在苍翠的松柏下，我便很心满意足了。

须知，世上的女人，有多少人向往皇宫？有多少人想成为嫔妃？可这到底有什么好处呢？如果可能的话，我倒是愿意做一个普普通通的女人，守一个平平常常的丈夫，养一个可可爱爱的孩子，以尽一个贤妻的责任，以尽一个良母的责任……看，这隐居的宫室，幽暗而又冷清，后宫也是这样，它平日都是大门不开、小门紧闭。看，这华丽的宫殿和玉砌的台阶上，全都落满了灰尘，那荒芜的中庭里，也都绿草丛生，堂厅冷冰冰的卧室里，更显得阴森森的，那破烂的窗格里，寒风呼呼吹个不停，真清冷啊！这时，我仿佛看到天子的帐幕和绸衣还闪烁着红光，那优美的歌舞仍在继续，白色的丝绢正在飘动，我仿佛听到衣服摩擦的沙沙声响……难道，是皇上来了吗？是皇上来了吗？可是，皇上不会来，皇上不会来，皇上又怎么会来到这个地方……但我仍目光痴呆地凝视着那安静的密室，看着这皇上再也不肯驾临也不会驾临的地方，心里充满了无限的忧伤。

我感谢太后对我的夸奖，她曾将我与樊姬相比，可我哪能赶得上人家樊姬呢？樊姬能让楚庄王"三年不鸣，一鸣惊人"，可我同皇上连面都见不上，话都说不上，又能使皇上如何呢？我侍君而不能使君勤政，伴君而不能使君明理，这里面当然也有我的过错，但我却哪有机会再予弥补呢？皇上啊，我现在只能从内心希望您健康长寿，成为一代明君，您也应像楚庄王那样，要一飞冲天啊！

如今，我俯视着殿前那红色的台阶，思念着皇上留下的脚印，仰望着这般冷寂的宫室，忍不住两眼泪如泉涌。我看看左右两边，有一张张和悦的面孔，她们都请我喝酒，我本不喝酒，可这时也只好举起精美的酒杯，借酒来消愁。人生一世啊，就像飘浮的云烟一样，匆匆飘过。我已经独享了人间的高贵和灿烂，居住在这平民眼中最好的地方。我时常自我勉励，应该知足认命，纵情欢乐和荣华富贵，那是没有止境的。《诗经》里《绿衣》和《白华》的诗篇，早已有贵妇人失宠伤感的启迪，这都是对我的警示啊！

班氏演义

可是，就是班婕妤念念不忘的这位汉成帝，因为疏远了班婕妤这样的贤妃，专宠于妖狐般的赵飞燕、赵合德姐妹，他日夜放纵，酒色过度，身体便迅速跨了下来，一天比一天虚弱。值此时刻，赵飞燕非但不让汉成帝节欲，保养身体，反而十分急切地从家族中搞来上好的春药，继续让汉成帝放荡不羁、纵欲无度，其实他正在进行慢性的自杀。

自此后，汉成帝夜夜不眠，一直待在赵氏姐妹身边，同她俩厮混。他凭借着春药，强行支撑着虚弱的身体，仍欲展示一种雄性的风流和魅力。但是，这样导致的结果，使他生病的次数越来越多，生命已进入倒计时。

汉绥和二（前7）年二月，汉成帝夜宿于未央宫。第二天早晨，他起床穿衣，准备接见辞行的楚思王刘衍和梁王刘立。谁知，他刚刚穿上裤袜，衣服还没能披上身，就忽然身体僵直、口不能言，扑倒在床上，动弹不得，他大病了一场。

一个月后，汉成帝的病刚有点起色，又有了新的欲望，只惜体力不支，便连服七粒春药，在未央宫临幸赵合德。这次，不幸得很，是夜，酒色侵骨的汉成帝，竟在赵合德的怀抱中猝死了。为此，皇太后十分生气，便查问皇帝的起居、发病状况和死亡情况。对此，赵合德又羞又惧，只能畏罪自杀了。

汉成帝在位 25 年，终年 45 岁。谥号"孝成皇帝"，葬于延陵（今陕西咸阳市东）。人常说，"家有贤妻，男儿不遭横祸"。皇上也是一样的。作为像汉成帝这样的皇上，他就因摒弃了班婕妤这样贤惠的妻子，而宠幸赵氏姐妹这样淫荡的女人，便落得"死于美人床上"这样的下场，落下了千秋笑柄，可笑更为可悲。

汉成帝崩逝后，班婕妤又要求到成帝陵守墓，她欲在这里以终其生。她也想出去了，也该出去了，在这个深宫里，她已经待得太久了，出去见见阳光，透透空气，不失之为一件好事。于是，王太后便让班婕妤担任守护陵园的职务。从此，班婕妤每天守着巨大坟冢，陪着石人石马，冷冷清清地度过了她孤单落寞的晚年。守墓一年后，班婕妤就病逝了，时年约 50 岁。死后，葬于汉成帝陵中。

班婕妤的作品很多，但大部分已佚失，流传到今世的只有《团扇歌》《自悼赋》《捣素赋》。

班婕妤相貌秀美，文才颇高，尤其熟悉史事，常常引经据典、出口成章，她经常开导汉成帝，起到了很好的"贤内助"作用；班婕妤还擅长音律，既写词又谱曲，她的词曲有感而发，使汉成帝在丝竹声中受益匪浅。对于汉成帝而言，班婕妤不只是她的侍妾，也是他的良师益友。班婕妤的贤德在后宫中有口皆碑。因她不干预朝政，谨守礼教，深受时人敬慕，有"古有樊姬，今有婕妤"之称。

班婕妤算得上一个出类拔萃的才女，但宫廷女子的作用本来就是专讨皇帝的欢心，是否有才倒不重要。但是，会作诗赋的班婕妤，终是斗不过心机很深的赵飞燕。班婕妤堪称古代妇德的楷模。

班婕妤的一生，可以看作是古代后宫嫔妃生命历程的一个标本。她的人生从繁华到萧瑟，是中国几千年封建社会历代帝王后宫嫔妃们的普遍人生境遇。她们或许凭借才华美貌，能赢得帝王的一时喜爱或宠信，但终会因人老色衰或其他种种原因而被无情地抛在一边，渐渐被人们忘却。

钟嵘的《诗品》将班婕妤列入上品诗人十八位之列。西晋博玄诗赞她："斌斌婕妤，履正修文。进辞同辇，以礼臣君。纳侍显得，说对解份。退身避害，云邈浮云。"

曹植亦有诗云："有德有言，实惟班婕。盈冲其骄，穷悦其厌。在夷贞坚，在晋正接。临飙端干，冲霜振叶。"

傅玄、左芬等历史名人，都赋诗给予班婕妤以极高的评价。

班婕妤死后，陪葬于延陵附近，陵寝在今陕西省咸阳市汉成帝延陵东北约 600 米处，墓形如覆斗，有七座陪葬墓布其东翼，当地群众称为"愁女坟"或"愁娘娘墓"，这也是在深为班婕妤的悲哀命运而鸣不平。在中国历史上，还有评价说班婕妤是中国完美的女人，这似不为过。的确，她不仅是一个完美的婕妤、完美的妻子、完美的女人，也一定会充满母爱，是一个完美的母亲，只是老天没给她做一位完美母亲的机会罢了。也真是，世上女人千千万，班婕妤乃是最完美的女人之一。

如果说，班婕妤是中国完美的女人，那么，对于班氏家族来说，她便是班氏家族完美的女性、值得尊敬的先贤之一。而她的巨大贡献还在于，她以自己的一举一动、一言一行，深深地影响了自己的后辈，使后辈人才辈出，不胜枚举，这也正是她美名世传的真正原因。

# 第五章　王充报信　班彪望都忆往事

　　同样，这也是一块十分古老的土地——望都。据传说，5000 年前，中华民族始祖黄帝之孙帝喾，就生活在望都县域西北。帝喾第三妃庆都，生尧于丹陵（现顺平界伊祁山、尧山），尧被封唐侯后，筑城奉母居住，并将此城命名为庆都城。夏、商、周三代，庆都城均属冀州。战国时期，赵国曾置庆都邑，这里自然十分繁华。秦王嬴政二十六年（前 221 年），秦灭六国，析庆都邑为二县，北部为曲逆县，南部为庆都县。庆都县治故县（今固现村），属恒山郡。西北以伊祁山与曲逆县为界，地域包括今唐县、顺平县一部及望都县大部，人口达 12 万人。汉高祖六（前 201）年改置望都县。班彪其人，今就在此为官，担任望都长之职。这天，班彪正在书房埋头写作，一守门人走近他的门口，对班彪说："大人，有人来访。"

　　班彪因专心写作，他头也未抬，只是淡淡地问："谁?"

　　守门人说："他说他是您的学生，名叫王充。"

　　一听说王充来了，班彪赶忙撂笔，十分惊喜地说："啊，王充，稀客稀客，快请快请！"

　　且说这位王充，他不只是个稀客，更是位名人，他也是班彪的学生——最优秀的学生之一。

　　建武三年（27 年），王充生于会稽上虞：他 6 岁时，父母尚存，在家接受认字写字的教育，有成年人的气派；7 岁时，进书馆学习，书馆里有 100 多个学子，只有王充没有什么过失。尤其是他的书法，在众多的学子中，的确出类拔萃，没有任何一个学子能超过他；9 岁时，他学完识字课程，离开教写字的老师，去学习《论语》《尚书》，他看书几乎能过目不忘，每天能背诵 1000 多字，并且能牢记于心；11 岁时，父亲不幸去世，他肩上便挑起更重的担子。汉建武二十（44）年，王充在洛阳见到班彪，也见到跟随班彪的 13 岁儿子班固。班固主动跟王充攀谈，并把自己所写的史书类文章让王充指教。王充看了深为震撼，便抚其背对众人说："此儿必记汉事。"

建武二十四（48）年，王充在上虞县任掾功曹，他在都尉府时的职位也是掾功曹，后来在会稽太守府任掾五官功曹行事。因其性格耿直，曾多次上书劝谏，但与上司意见不合，所以遭到排挤，他因之隐退闲居。隐居以后，他辞别旧友，居于乡间，安心著述，创作了《讥俗节义》12 篇。之后，他又思考人君的政务，便创作起了《政务》之书。

建武三十（54）年后，王充到京师洛阳太学学习。当时，他深佩班彪之才，便欲拜班彪为师。班彪说："你都是社会名流了，怎么可以拜我为师呢？当今，有好多位高名重的人，他们都在我之上，你怎么不拜他们为师呢？"

王充说："您该熟悉驴粪蛋子吗？俗话说得好，'驴粪蛋子外面光，缎子草包虚有表。'您所说的那些位高名重的人，好多都是驴粪蛋子，是缎子草包，我拜他们为师做什么呢？而您不同，您才是真正的沙堆里的金子、鱼目里面的珍珠，是那些所谓的社会名流所不能与之相比的。再说，我之拜师，不为攀上，不为媚君，也不为求官，只想扎扎实实地做学问，认认真真地写东西，似此，我拜那些位高名重的人为师有什么用呢？您就不要推辞了吧！"

班彪说："似此，那可就委屈你了。"

王充说："我拜您才是拜真正的名师，又怎么能委屈呢？"于是，他对班彪即行拜师之礼，仪式相当隆重，影响也很巨大。当时，班彪还唤来班固，让他和王充拜为师兄弟。班固对王充说："以后，还望师兄多多指教。"

王充说："你正好把话说反了，我是想请师弟多多指教呢！"

班固说："我说的是正经事、真心话，师兄为什么要搞笑呢？"

王充说："我也说的是正经事、真心话，却哪里是在搞笑！因为，师弟之天赋，远在我之上；师弟之才华，远在我之上；师弟之文笔，远在我之上；师弟之毅力，也远在我之上。有此四者兼备，有此四个之上，师弟以后的成就，必然在我之上，定会青史留名，师兄我望尘莫及。所以以后，实望师弟多多指教。"

班固说："师兄莫要谬夸，以后，我们互相探讨、互相支持就是了。"

王充说："本来，我亦有心同师弟一起，继承老师的衣钵，也做写史之人。但是，你我的天赋和爱好各有不同，你爱好词赋而长于写史，我好研政务而擅于论述，这完全是两个领域，写文章是不同的文体。正鉴于此，我们还是各人写各人的文章，各人做各人的事情，切莫同挤在一条跑道之上。须知，一个人成就的取得，还在于他能不能做自己最爱做的事情，写自己最爱写的文章，如若做的是自己不爱做的事情，写的是自己不爱写的文章，那是十分难受也是很难有成就的。"应当说，王充所说，不无道理，他研究的是哲学，而班固研究的是史学，各人研究的方向不同，写作自然要走不同的路子。

当时，班固点头称是，他也觉王充所说深以为理，并从中得到许多启示。

明帝永平二（59）年后，王充回到家乡，退居在家教授生徒。他喜好论辩，开始好似诡辩，最终确有实理，令人为之信服。其著《论衡》85篇，20余万言。

汉章帝元和三（86）年，王充徙家避难于扬州，至丹阳、九江、庐江。刺史董勤授其为从事一职，而王充明言"诣扬州，后入为治中"，他"入州为从事"即为此时。

汉章帝和二（88）年，王充罢州家居，自免还家。同郡友人谢夷吾上书，举荐王充之才学。汉章帝特诏公车征之，即动用朝廷的选官职能部门，其所经之处，各地官府都应有接待的车辆，让乘车人员至朝廷任职。这种特殊待遇，何其高矣！但是，当时王充有病，未能成行。

汉和帝永元十二（100）年，王充已年近70，他辞官家居，创作《养性》之书，共16篇。不久，他病卒于家中。

王充是东汉时期杰出的唯物主义思想家和教育家，是战斗的无神论者。他的思想包括元气自然论、无神论、认知论、历史观、人性说、命定论等。

如此看来，班彪的历史贡献不仅仅在于史学和文学，也还有教育方面的伟大贡献，因为他教授和培养了一批文学奇才，其中最出类拔萃者如王充和班固，也还有他的次子班超和女儿班昭。

正在这时，守门人已引王充来到书房。一见班彪，王充急忙屈膝跪地，他左手按右手，支撑于地上，然后，缓缓叩首到地，稽留多时，手在膝前，头在手后，行大礼参拜。

班彪一见，急忙上前，双手扶起王充说："不敢当！不敢当！你今已是大家名流，行如此之大礼，不是折杀我吗？"

王充说："俗话说，一日为师，终身为父，您是吾师，学生安敢无礼。"

"何必如此认真？这师是假师，礼是俗礼，我辈之人，共做学问，还是少礼为好。"班彪说罢又问，"我不知，你最近在写什么？"

"补充《论衡》呗！此书计划写 85 篇，共计 20 余万字，才完成了一半。"王充说罢，也问班彪，"那么，老师您这段在写什么呢？"

"正写《史记后传》。"班彪说。

"这更是个大工程哟！"王充说。

"是啊！工程再大，也想完成，就看老天爷给不给我这么多的时间了。这不，今日无有公务，我便忙里偷闲，进书房写上一阵。"班彪说。

"老师身体尚好，心态更好，定能长寿。但是，天有不测之风云，人有旦夕之祸福。以我之意，老师还是应培养接班人呢！"王充说。

"可谁又下得了这般苦，谁又能胜任此事呢？"班彪苦笑着说。

"我看，班固师弟，堪当此大任。"王充说。

"要说此孺子，倒是可塑之才。只是，他还年轻，正是学知识的时候，故我让他在洛阳太学，多学几年知识。"班彪说。

"他岂止是可塑之才，而是良史巨笔，学生我远远不及。"王充说。

"你对这孺子，还是过奖了。"班彪这时扭转了话题，问，"那么，是哪阵风把你吹来的？"

王充十分严肃地说："悲风。"

班彪未曾听清，反问一句："北风？"

王充予以纠正："不是北风，而是悲风。"

班彪十分惊讶地说："这悲从何来？"

王充说："班婕妤去世了。"

班彪不大相信地说："你说什么，我姑姑她去世了。"

王充说："正是，她刚刚去世了。我是从长安来的，在长安听说，班婕妤她去世了，就葬在成帝陵中，因为她逝前一直为成帝守陵。"

班彪一听，犹如如五雷轰顶："啊！"几乎晕厥过去。瞬时，他泪如泉涌，痛心疾首地说："吾今无姑，亦无师矣！"而后，放声大哭。

王充安慰道："班婕妤今已逝去，老师切莫要过度悲伤。逝者当逝，生者当生，生者的康健至为重要。"

"概不由己，概不由己啊！"班彪一边说，一边陷入深深的回忆里：也正是班彪同姑姑班婕妤同时探亲的那一次，班婕妤便交给了班彪购买耿府的契约，催他先去那里看看。当时，班婕妤这样向班彪交代："看别白看，转别白转，你可带上管家刘绪，他已去过扶风郡城好几趟了，对那里十分熟悉。你如看中了那个地方，就赶快收拾新房，速速结婚才是。"

班彪说："侄儿遵命。"

于是，班彪便和管家刘绪一起，从平陵府第出发，直往扶风郡城而来。一路上，他们二人，并马而行，边走边聊，十分轻松愉快。

走了好一阵，班彪远远看见几个大冢，便问："刘管家，这到哪儿了？"

刘绪往四处看了看，仔细辨认了一下，说："茂陵，到茂陵了。"

班彪十分感慨地说："茂陵既是汉武大帝的安身之地，也是卫青、霍去病的长眠之地，是风水宝地啊！"

刘绪说："好像公孙述的出生地也在这里。"

班彪说："是在这里。只是这个公孙述，他目中无人，妄自尊大，在益州称帝，但最终还是同那隗嚣一样，落得自我灭亡、身败名裂的可悲下场。"

刘绪说："要不，咱们在这里走走看看。"

班彪说："不了，来日方长。今日我们去看耿府是正事，其他事搁在以后。"说罢，班彪还特意打了打马，那坐骑便小跑起来。刘绪也打马一鞭，那马便追了上去。他们二人，过了长安，又过了茂陵，很快便来到距扶风郡城并不很远的武功镇一带。

在这里，他们看到一个砖砌的箕斗形并辟有四洞的奇特建筑，它古朴敦实，别具一格。刘绪用手指了指那独特的建筑，对班彪说："我只知道那是教稼台，可为什么要把它建成这么奇形怪状的呢？"

班固看了看教稼台说："那可不是什么奇形怪状，而是一种皇家覆斗形台，因皇家星座为氐斗形，氐斗是古人制作的一种无底斗，常为粮食交易市场上的量具。如细说起它来，名堂可就大了。"

刘绪说："据说，它与纪念后稷有关。"

"是啊！它的确与纪念后稷有关。"班彪说罢，便给刘绪讲起了后稷的故事：

上古时期，人类没有房屋，没有建筑；没有火种，没有熟食；不会渔猎，不会饲养；不懂农艺，不懂医药。有巢氏教民构木为巢，在树上建造木结构的房屋，让人类躲避了野兽的侵害；燧人氏最先钻木取火，使人类吃上了鲜美的熟食，结束了茹毛饮血的蛮荒生活；伏羲氏教民结网捕鱼，打猎养畜，使人类的肉类食物得以丰富，减少了饥饿的威胁；神农氏遍食百果，遍尝百草，使人类的食物增加了植物果实，并且发明了医药，使人类能抵御疾病，增强健康。

尽管，火是燧人氏首先发现的，但是，把它加以推广应用的却是神农氏，于是，神农氏又赢得了"炎帝"的尊号。看，火上加火，不正好是"炎"嘛。所以，神农氏又称炎帝，这是他们的世号，或称"神农氏炎帝"，或称炎帝神农氏。神农氏炎帝还有一种神职，就是太阳神：从神的眼光看，这是他多了一种职务，而从人的眼光看，他对于光和热的推广利用的功劳，又该是多么巨大的啊！一开始，炎帝部落里的人，同很多其他部落里的人一样，都是靠捕鱼打猎来获取食物，维持生活。但是，天长日久，随着人口的增多，食物的减少，好多人都吃不饱肚子，他们饿得走都走不动了，还怎么去捕鱼和打猎呢？对此，神农氏十分着急，他想啊想，便想到了种植。于是，他用石头和木头制造了一种叫作耒耜（lěisì）的农具，让饲养的家畜或人力来拉动它，开垦出一块块土地，然后把炎帝经过品尝食用的植物果实的种子撒到土里，再往土里浇上水。不久，地里就冒出了许多嫩绿的幼苗。又过了一段日子，树枝上绽开了许多美丽的花朵，花落之后，又结出了许多小小的果实。到了秋天，这些果实成熟了，人们就去把它们采摘下来。采用这种办法，他们得到的果实很多很多，把它在深山岩洞里储藏起来，整整一个冬天都吃不完，人们便再也不发愁食物了。

炎帝不仅首创了种植，制作了农具，发明了医药，他还开创了"日中市"，即每天中午，人们都到指定的地点以物易物，这也是中国最古老的自由市场。炎帝还教民织而为衣，烧而做陶，使原始先民向农耕文明迈进了一大步。但是，伟大的炎帝神农氏，因寻找药物时遍尝百草，不慎误食了断肠草，便早早失去了生命。那么，他所开创的农耕文明，将由谁来继承和发展呢？

根据专家考证，炎帝姓姜，其部落以宝鸡姜水（今清姜河）为发祥地，它就在今宝鸡炎帝陵一带。以后，炎帝部落沿清姜河以东的漆沮（jū）水（今漳河和漆水河）向下游发展，这一流域即今凤翔、岐山、扶风、杨凌、武功一带。炎帝发明的耒耜，在当时是一种最为先进和贵重的农具，他把一批耒耜，奖励给了勤劳耕种并有突出贡献的一个部落，并赐他们为有邰氏，邰即指农具，有邰即指有农具。有邰氏先为族，后自立为国，其辖地主要在今扶风、杨凌、武功一带。有邰国的国君，生养了一个奇女子姜嫄，她不仅美若天仙，也聪明非凡，她种植的果树不仅结果最多，也特别香特别甜，她蒸煮的肉也特别鲜美，非常好吃，且时值母氏社会，族人自然都视姜嫄为他们的骄傲。

一个偶然的原因，姜嫄同年轻英俊的帝喾（kù）相识，并且深深相爱，甚至有爱情的种子开始孕育。姜嫄怀孕之后，便去找帝喾，但帝喾有多个妃子，而姜嫄又无夫怀孕，便不肯相认姜嫄，更不肯承认姜嫄腹中的孩子是自己的。对此，姜嫄十分生气，但不知道怎么办才好。有邰族里，有位德高望重的老人，给姜嫄出了这样一个点子，说是他在原野上看见过一串巨大的脚印，姜嫄可以去踩这串巨人脚印。踩过巨人脚印之后，就说是受天帝之孕，这样，她生孩子就名正言顺了，并且能得到神灵的护佑。姜嫄依计而行，去踩了巨人的脚印，并自称受天帝之孕，大多数族人对此表示深信，流传甚广，但也有人不以为然。

几个月后，姜嫄生下一个婴儿，因为此子其父不认，姜嫄心里很不高兴，便把他扔在了小巷。没想到，牛羊却来喂养保护他，它们衔来干干的柴草为婴儿铺垫并覆盖他，用奶水来喂养他，用毛茸茸的身体来温暖他，让他健康地活了下来；姜嫄将婴儿扔于树林，一位樵夫却将他救起，用兽皮紧紧包裹着，把他抱回家中，让自己的妻子给他喂奶，后来，樵夫打听到婴儿的来历，便把婴儿送到了姜嫄家中；姜嫄无奈，便把婴儿扔到野外，孰料，先有一只公虎衔来兽皮把他包裹，又有一只母虎来给他喂奶，陆续又有狼、熊、狮、豹衔来毛草絮物给他温暖并喂他奶水食物，后有一只母狼，天方亮时，将兽皮包裹的婴儿，用嘴衔着送到了姜嫄家门口。次日，姜嫄一开家门，见到了兽皮包裹的婴儿。婴儿不哭不闹，不喊不叫，还冲着她微笑。对此，姜嫄惊讶极了，但却又狠了狠心，把婴儿抱出去扔在了沮水的寒冰上。但是，更奇怪的事情发生了：先有一只凤凰飞来，用自己的大翼保护起了婴儿。百鸟们一见，全都纷纷飞了过来，鸽下自己身上的羽毛，把婴儿层层铺垫和包裹起来。羽毛温暖，融化了寒冰，那寒冰越来越薄，躺在百鸟羽毛中的婴儿这时便有落下冰窟的危险，于是他便哇哇大哭起来。婴儿的哭声，远远地传了过来，直钻进姜嫄的耳际，也惊动了所有的族人。有族人对姜嫄说："你怎么能那么狠心，把自己的孩子一抛再抛呢？不管怎么说，他也是你身上掉下的肉，快把他抱回来吧！"姜嫄这才忍不住了，欲去冰上抱回自己的孩子。可她出了家门，走到河边，眼见冰将融化，婴儿也将下沉冰窟，他的哭声更响更亮了。对此，姜嫄无计可施、无法可想，因为她难以去履薄冰，救回自己的孩子，便忍不住也哭了起来。正在这时，空中一道亮光一闪，一位美丽的女神飞身而来，一把掠起婴儿，直送姜嫄怀中，并且有些嗔怪地说："你看看，我一心造人，让他们健康成长，你却要抛弃婴儿，让他刚出生便离开人世，于心何忍呢？再说，这么聪明的孩子，你为什么要抛弃他呢？须知，他不是凡人，而是天帝的儿子，是上天的使者啊！在他的肩上，担负着多么重要的使命啊！"

人们一见，也全都惊呼起来："噢，她是女娲娘娘，是女娲娘娘，是女娲娘娘啊！她救了这个被一抛再抛的婴儿啊！"

姜嫄这才深觉后悔，她对女娲说："女娲娘娘，你放心吧，我再也不会抛弃他了，我要好好养育并培养我的孩子。"

女娲听罢，这才含笑而去，飞身掠向天宫。

正因为这婴儿被一抛再抛、一弃再弃，人们便称他为弃。又因为他是帝喾之子，黄帝的后代，人们又称他为后弃。后弃被畜所养，被樵夫所救，被兽所喂，被鸟所护的事，终于被帝喾知道了，他便认了后弃是自己的孩子，并封姜嫄是自己的元妃，即第一个妃子。

帝喾想收养后弃于宫中，让他学些当帝王的本领，以后好继承自己的王位。但后弃对此不屑一顾，他只喜欢喂养鸟兽鱼虫，种植麻、菽和树木。姜嫄将儿子所做的一切看在眼里，喜在心头，她知道儿子的志向是想成为像神农氏炎帝那样的人。于是，她便常给儿子后弃讲神农氏炎帝的故事。据姜嫄讲，炎帝之所以神奇，首先是他的身体，他的肚皮是透明的，无论吃下树木果实、花草植物，透过肚皮都能看见，能看见它在肚子里的各种反应，能看清它适不适合人的食用，从而便能判定哪些东西能吃，哪些东西不能吃。

姜嫄还讲，就因为能食用的草木果实和不能食用的长在一起，能当药物的花草植物和不能当药物的花草植物长在一起，人们难以辨别。于是，炎帝便遍尝树木花草，寻找人们可以食用的果实，寻找人们可以使用的药物。他不仅自己寻找，还带着族人一起寻找，终于找到了许多可以食用的果实和可以医用的药物。

听母亲讲罢炎帝的故事，后弃便说："那，炎帝可以这样做，我为什么就不能这样做呢？既然炎帝能为人们找到果实和药物，我为什么就不能找到更好的食物呢？"当天晚上，后弃还做了一个奇怪的梦，他梦见自己一直往西行进，走了很远很远，来到一处云雾缭绕的山上。在这里，他见到一片五彩斑斓的金色的世界，那里有许多植物的种子已经成熟，他便一一进行品尝。后来，正是由于神农氏炎帝的指引，他终于找到了一种金色的植物果实种子，它成了人可食用的一种美味。为了这种金色的种子，后弃便开始在万千的植物种子中进行寻找，但是十分艰难，他或遇毒蛇，或遇猛兽，或遇大风，或遇暴雨，困难重重，曲折种种，使他的愿望难以实现。但却有神农氏炎帝相助，赐给了他一根神鞭……

一阵轻轻的盖被动作，打破了后弃的美梦。原来，母亲姜嫄怕儿子休息不好，就到他的房间里前来查看，她看见儿子把盖在身上的兽皮蹬掉了，就急忙替他捡了起来，重新盖在后弃身上。

后弃被惊醒了，忙将自己的梦境告诉母亲。而更为奇怪的是，他发现在自己的炕头上，确有一根神鞭。姜嫄一听，十分高兴地说："这是炎帝在给你托梦，让你去寻找宝贵的食物。你梦见一直往西而行，走了很远很远才碰见了大山，那正是王母西居的昆仑山，搞不好，你要寻找的东西，就在那昆仑山上呢！"

听了母亲的话，后弃说："放心吧，母亲，我一定要做像神农氏炎帝那样的人，会为人们找到更好的食物，让人们再也不会挨饿。既然神农氏炎帝能遍尝各种花草树木，我为什么就不能遍尝各种植物的种子呢？我发现，尽管神农氏遍尝百草和果实，他却忽视了尝植物的种子。在春天时，我所尝的花草树木，并不耐饱；夏天时，我所尝的植物种子鲜有成熟；秋天时，我所尝的植物种子都成熟饱满；冬天时，几乎所有的植物的种子都被鸟兽食尽。于是，我得出了这样一个结论——春华秋实，金色的秋天，乃是果实成熟的季节，也是种子成熟的季节，这也正是寻找食物的好季节啊！眼下，正值初秋，我得赶快动身，赶深秋到昆仑山上，寻找西王母和神农氏炎帝给我指引的食物啊！"

姜嫄说："去吧，孩子。既然有神灵给你托梦，那么，神灵也一定会保护你的。那么，你打算和谁去呢？"

"就我一个人去得了。"后弃说，"神农氏尝百草时，不也一个人嘛！"

"可是，他不是出事了嘛！误食了断肠之草，早早送了性命。"姜嫄说，"这样吧，我同你一起去，因为我是你的母亲。更何况，我曾经向女娲娘娘认错，说不该将你抛弃，并答应要好好养育和保护你，我怎么能离开你呢？"

后弃再三劝阻，姜嫄只是不听，坚持同后弃一起，去那昆仑山上。于是，后弃便和母亲一起，带着神农氏炎帝所赐的神鞭，一直往西向昆仑山而去。他们走啊，走啊，腿走肿了，脚起茧了，还是不停地走，整整走了七七四十九天，才来到一个山区。只见这里的高山一峰接一峰，峡谷一条连一条，山上长满奇花异草，大老远就闻到了香气。后弃他们正往前走，突然从峡谷窜出来一群狼虫虎豹，把他们团团围住。母亲有些惊慌，但后弃却不慌不忙，他挥舞着神鞭，向野兽们打去。他打走一批，又拥上来一批，一直打了七天七夜，才把野兽都赶跑了。那些虎豹蟒蛇身上，被后弃的神鞭抽出一条条一块块伤痕，后来便变成了兽皮上的斑纹。

他们又来到一座茫茫的大山脚下。这山半截插在云彩里，四面是刀切崖，崖上挂着瀑布，长着青苔，溜光水滑，看来没有登天的梯子是上不去的。姜嫄站在山下，显得一筹莫展。后弃站在一个小石山上，对着高山，上望望，下看看，左瞅瞅，右瞄瞄，打主意，想办法，可就是没办法上去。

正在这时，一阵清风吹过，一朵白云飘了过来，后弃和母亲赶紧踏上白云，白云轻轻将后弃和母亲托起，直往高高的山巅上托去。他们母子乘着白云，上了山顶。嘿，时值深秋，真是一片以金色为主的七彩的世界。这里除了大片的金黄色，还有红的、绿的、白的、黄的，各色各样，密密丛丛。后弃喜欢极了，他便亲自采摘这些植物的种子进行品尝。母亲也帮着他采摘品尝。遗憾的是，这些植物的种子，大多都是苦的，根本不能食用。

有一次，当后弃把一种草籽放到嘴里一尝，霎时天旋地转，一头栽倒。姜嫄慌忙扶他坐起。后弃明白自己中了毒，可是他已经不会说话了，只好用最后一点力气，指了指身上的神鞭。母亲明白儿子的意思，便挥起神鞭来抽打儿子，终于把他身上入侵的毒全抽走了，使他又恢复了健康。

在一处地方，后弃被一种金色长穗的植物迷住了，因为那植物虽然不高不大，但其穗极长极大。他折下一个植物的长穗，两手细细一揉，竟揉出两手黄黄的颗粒。他将这些颗粒放到嘴里咀嚼品尝，虽有些涩涩的皮状物，但那金色的颗粒却带有清香。正品尝之间，却有人在咯咯发笑说："嘻，生的东西，怎么能好吃？更何况，带有糠皮。"他抬头一看，见一位美丽的仙女，正对着自己偷偷发笑。后弃仔细看她，越看越像月宫里的嫦娥。便不由发问："您是嫦娥仙女吗？"

"正是。"那仙女笑答。

"莫非，我这样品尝不对。"后弃问。

"不对，太不对了！"嫦娥说，"我正是奉西天王母之命，唤你和你母亲前去赴宴。你赴了王母宴之后，也许才能解你之惑。"说罢，嫦娥便踏云引路，后弃和母亲紧紧跟随，来到了王母宫中。

好一个王母宫：万道红霞院里挂，千条紫雾齐升腾；琉璃大门凤鸣脆，宝玉石柱龙吟紧；彩台上仙女歌舞，大殿里仙乐长鸣；这里听得钟鼓声，那里又闻翠笛鸣。好一个王母宴，果有那佳肴玉食，山珍海味，什么龙肝凤髓，什么熊掌猩唇，珍馐美酒惹人醉，异果飘香满仙味……

不一阵，嫦娥仙女竟也端盘而上，也不知是有意还是无意，她摆在后弃面前的，竟都是些毫不起眼的食物：一碗黄澄澄的米饭，一盆清亮亮的米粥，一碟金灿灿的米糕……摆毕，她朝后弃莞尔一笑，便移步离去。

这时，诸仙们纷纷来到：九曜星、五方将、二十八宿、四大天王、十元元辰、五方五老、普天星相、河汉群神、观音菩萨等等。王母还特意请来了神农氏炎帝，让他坐于后弃一旁，陪同后弃和母亲姜嫄。一见面，后弃即叩头行礼，感谢炎帝的功比天高，感谢炎帝给自己托梦。炎帝急忙扶起后弃，十分亲热地对他说："尽管我发现了树木的果实人可食用，但未发现庄稼，未发现五谷，这一重担，就落在你肩上了。"

这时，后弃又想起炎帝相赠的神鞭，再次向炎帝致谢并予归还。炎帝说："这根神鞭，神奇无比，它见魔驱魔，见鬼驱鬼，见毒驱毒，见病驱病，几乎百邪难侵，无所不能，就留给你用吧！"

仙人们畅饮之际，他们动的，多是那些美味佳肴，珍奇异物，而神农氏炎帝动的，只是这金黄色的米饭米粥，还有那酥软的米糕。后弃见此，也只动这金黄色的食品，并不动其他食物，他吃着好香好香、好美好美啊！

……

赴完王母的盛宴之后，后弃和母亲继续在大山里寻找，他们又找到了那种金色的长穗植物。一见这种长穗植物，后弃说："母亲，我看这种植物，莫不就是西王母宴请我们美食的材料。"

姜嫄说："我看着也像，只是，那美食米粒，比这大多了啊！"

后弃笑了笑说："母亲，您想到没有，这些米粒一旦加工蒸熟，自然就变大了啊！"

姜嫄说："这倒也是。"

于是，后弃折下一些这种植物的穗子，带回住处，细细加工——去皮、蒸煮，熬粥，终于做出了香喷喷的米饭来。因这种植物种子食用必须去皮，后弃一开始便叫它"皮"。他和母亲再商量一番，觉得把它叫皮不妥，就改而为稷了。

从昆仑山回来，后弃和母亲带回了"稷"，对它进行种植、推广和加工，他们部落里的人，便首先有了小米饭这种美食。稷，即我们今天的谷子。以后，稷这一谷物，便首先在有邰国推广种植起来。正因为后弃最先发现了稷，并积极推广种植它，人们便称后弃为后稷；正因为后弃当年发现并揉稷的地方，是自己母亲出生并生长的有邰国，是有邰国的漆水河畔，所以那里便得名为揉谷（原归扶风今归杨凌），时至今日并未更改。

后弃他还发现，这种庄稼同栽果树大有不同，栽果树对土地要求不那么严格，种庄稼则首先要平整土地、深挖土地、浇灌土地、施肥土地，一丝一毫都不能马虎。所以，他耕种庄稼时，首先会整好地，将茂密的杂草全部除去，再挑选嘉禾进行播种。不久，那新苗吐芽，禾苗慢慢地往上冒，拔节抽穗又结实，这就是上好的谷子啊！那谷粒饱满质量高，禾穗沉沉收成好。后弃种好收好稷之后，便把良种散发给大家，又把播种、作务和收割的技术教给大家，让族人们都种好稷，收好稷，他们迎来一个又一个丰收年。最为神奇的是，后稷能听清鸟语、懂得兽言，所以，每当播种时，他可以让高大的大象和犀牛来拔树除草，让凶猛的狮虎狗熊拉来耜耕地，让飞翔的百鸟来撒种，每当收获时，他又会让狼虫虎豹们都来帮忙，百鸟们来帮助收获，但见乌鸦折枝、喜鹊叩穗、布谷运米、麻雀鸰粒，这该是一幅多么迷人的"百鸟播种图"啊！

后弃发现了稷并得名为后稷的年代，已经到了帝尧时期，于是，帝尧便任命后稷为司农之神，让他管理天下的农耕，并且把有邰作为他的封地。以后，人们的耕种，由于有了后稷的指导，得到了上天的护佑：上天赐给了他们良种，秬子秠子都有，红米白米也都齐全；秬子秠子遍地生，收割堆垛忙得欢；红米白米遍地生，扛着背着运仓满。忙完了农活以后，大家都来祭拜祖先，这是何等的神秘而神圣啊！

此后，后稷又发现和推广了麦和豆类。因南方水田多，稷、麦和豆类不宜于种植，他仔细寻找之后，终于发现了稻子，便在南方积极推广稻子的种植。从此后，便有了稻、黍、稷、麦、豆这五谷杂粮，有了穈子和高粱等其他庄稼，庄稼的品种开始齐全。后稷经过研究，发现种子十分重要，便教民挑选良种，精心作务种植，获得了更大的丰收。

后稷的功劳和成就，得到了舜帝的表彰。后世也一直认为，后稷是农耕始祖，五谷之神，他被公推是上古时代最大的三公之一。

如果说，后弃同神农氏相比，两人有什么区别的话，那就是：神农氏遍尝百草，发明了医药，发现和推广了果树的栽培；后弃则遍尝各种草籽，首先发现并推广了稷（谷子）的种植，他更伟大的贡献还在于他发现和推广了五谷杂粮，并且教民耕播，教民种植，教民作务，教民稼穑。实际上，中国真正的农耕文明，是从后弃时代才开始的，这一时代一直延续了5000年，并且还将继续延续下去。

听了班彪讲述的后稷的故事，刘绪说："后稷，他可真伟大啊！"

班彪说："他当然很伟大了，他的伟大，正在于他的无私和奉献，他是我们的楷模。我一定要以后稷为榜样，即使不能为民众发现并种植五谷粮食，可那精神食粮总是能创造的。"

很快，他们便到了扶风郡城东关，班彪立刻被这里美丽的风光所吸引。于是，他下得马来，同刘绪牵马而行，边走边看，边走边聊。

班彪看到南边有一条河，便指着那条河问："这河，叫什么河呢？"

"叫沣河。"刘绪说。

班彪又指指北边的一条河，问："那那河，又叫什么河呢？"

刘绪说："那叫七星河。"

班彪又仔细看了看两条河水，见两条河的河水一清一浑，便十分感慨地说："看啊！沣河水浑，七星河清。这里，分明又是一个泾渭分明的好地方啊！"他又指了指漳河岸边的小山，问，"那山叫什么山？"

"它叫飞凤山。"刘绪说。

班彪再指指南边的山峦，问："那山，又叫什么山呢？"

"那叫五凤山。"刘绪说。

班彪再发感慨地说："我们本欲去龙湾，却又看见飞凤山，旁边又有五凤山。姑姑所说果然不错，这里真格是周族发祥之地、龙凤呈祥之地。至于是不是著书立说的最佳之地，那要去龙湾看了后再说。"

刘绪从扶风郡城与飞凤山的豁口处，往西南方向的高台指了指："那里，就是龙湾，就是耿府啊！"

班彪看了看，吃惊地说："这么近？"

"咋能不近，就一二里地的样子，那耿府它紧挨着扶风郡城呢！"刘绪说。

班彪说："它紧依着扶风郡城，那交通自然很便利了，真是个好地方。"

刘绪说："确实是个好地方。"

班固再发感慨地说："龙湾本是好地方，龙飞凤舞能呈祥，昔时周族发祥地，我辈在此展翅翔。"

# 第六章　花开两朵　一枝枯萎一枝荣

汉建武六（30）年正月，班彪与樊氏姐妹喜文、弄剑成婚。新婚的喜庆、新婚的热闹且先不说。单表这洞房花烛夜，老小伙班彪，面对两个如花似玉的新娘，喜得半天说不上话来。愣了半晌，他才十分口涩地发问："二位贤妻，想我班彪有何德何能，能娶你们二位仙女为妻，我该不是在做梦吧？"

喜文上前，轻轻地在班彪的脸上吻了一下，说："夫君，我们今已成婚，却哪里是在做梦？"

弄剑也上前，将手伸进班彪衣内，在他的胳肢窝猛胳肢起来，一边胳肢一边说："我叫你做梦，我叫你做梦，明明是新婚之夜，你却做什么梦？"

班彪发痒不禁，一边求饶一边说："快别闹了！快别闹了！外边有闹洞房之人，叫他们看见，却少不了笑话。"他这么一说，弄剑方才停止了闹腾。

班彪又发问："你们知道我的年龄吗？我都29岁了，是快30岁的人了。可你俩不同，都年方二九，正值18岁这样的花样年华，嫁给我这个老小伙，难道不后悔吗？"

"后悔，要后悔早就后悔了，岂能嫁了人再生后悔。"喜文有些不悦地说。

弄剑更是不悦，她索性跃身下床，嗖的一声，拔出墙壁上悬挂的七星剑来，用剑直指着班彪的喉头说："把你个呆子，亏你在这新婚之夜，竟说出这样不吉利的话来，我真恨不能给你一剑。"

班彪吓得浑身打战，不敢言语，喜文急忙上前阻拦："妹妹，休得无理。"

待弄剑将七星剑装入剑匣后，班彪再面对弄剑，吞吞吐吐地说："有……有一句话，我不知当说不当说。"

弄剑说："你说呗！我们既已结婚，成了夫妻，还有什么不当说的。"

班彪说："君子动口不动手，咱讲是讲，说是说，可别再舞枪弄剑干什么的。"

喜文笑言："我妹妹她是跟你戏耍，纵持宝剑，她也只是吓唬吓唬夫君而已，又能把你怎么样呢？"

弄剑讥讽地说："亏你还是个大丈夫男子汉，亏你还置身过千军万马，连一个持剑的女子都害怕，以后还怎么经战阵、闯世界呢？"

班彪这才说："现在，咱们今已成为夫妻。俗话说，一日夫妻百日恩，百日夫妻情海深。我还有几句掏心窝子的话，在这里非说不可，可要是我说错了，你们千万不要计较。我只是就事论事，咱们实话实说，说透了以后才能和睦，才能长久。"

弄剑早听得不耐烦了，她说："有话尽管说，别跟个娘们似的。"

班彪这才说："我想说，我们虽已成婚，但我确实配不上你们，毕竟我们还没有那个……如你俩谁后悔，那个还来得及。"

喜文听得，而有愠色，质问道："夫君此话怎讲？"

弄剑哪有喜文那样的好性情，她早已满脸涨红，杏眼圆睁，又去拔出剑来，持剑怒斥班彪道："你刚同我们结婚，难道便要休了我们姐妹不成？"

"我不是这个意思！不是这个意思！"班彪忙说，"咱刚说好的，君子动口不动手，不能再舞枪弄剑，你怎么又耍起剑来了？"

弄剑说："可我不是君子，我只是女子，是你的小妾，容不得你负了我们姐妹，特别是姐姐。"

班彪有些尴尬地说："我真是一片好心，你可千万别当成驴肝肺。"

弄剑又逼问："那么，你刚说的没有那个是什么意思？"

班彪又吞吐说："就是说，没……没睡觉啊！"

"那进洞房干什么？架婚床干什么？铺锦被干什么？"弄剑咄咄逼人地说，"你呀，真是个呆子。"

"我是呆子，是呆子！"班彪这阵也长了胆子，他索性破罐子破摔，又斗着胆问，"那么，我不理解，你姐她喜文弄墨，愿嫁我班彪，这可以理解。可你好武弄剑，又为什么肯嫁我班彪呢？"

弄剑未曾言语，喜文却开口了，她说："我妹妹早就说了，因我学文，她练武是为了保护我，也要保护你这样的文弱夫君，人家是一片好心，你可别把人家的好心当成了驴肝肺。"

弄剑再上前逼问班彪："你刚才只解释了第一个那个，再解释一下第二个那个，这是什么意思？"

"就是说退婚啊！"班彪说，"你俩谁不满意，都可以退婚。"

"我们，我们是这样。"喜文一边说一边上前，在班彪左边脸上亲了一下。

"我们，我们是这样。"弄剑一边说一边上前，在班彪右边脸上亲了一下。

班彪被亲得脸红，又亲得感动，却也不乏激动，竟不由自主向前，把喜文、弄剑紧紧抱住，狂吻猛亲起来，亲了这个亲那个，亲了那个亲这个，真的十分忙活……

一阵亲热之后，班彪又说："还有一句话，我不知当问不当问？"

弄剑说："你这人怎么这么啰唆，想说什么，你赶快说得了，怎么老吞吞吐吐的。"

班彪说："自古以来，凡男子多娶者，皆有妻妾之分。那么，你们二人，当以谁为妻，以谁为妾呢？"

弄剑抢先回答："那自然是我姐为妻，我为妾了。"

"不，不！我们这个家，可没那么多讲究。我们同是姐妹，是孪生姐妹，今又同嫁一个夫君，怎么还要分妻妾呢？不分，不分！我们二人，都是夫君名正言顺的妻子。"喜文说。

"好，好！这样好。"班彪十分高兴地说，"你们姐妹同嫁，是效那娥皇、女英，她们姐妹同嫁舜之后，就没有妻妾之分嘛！"

……

这桩婚事，自是当时的一桩美谈，人们都称喜文、弄剑是汉代的娥皇、女英，都说班彪是汉代的书圣。那么，他们的美满婚姻、幸福生活，自然是花好月圆、天作之合了，也真是凤凰头上戴牡丹——好上加好、美上加美了！

……

俗话说：有春种必有秋收，有开花必有结果。喜文婚后一年，于汉光武建武八（32）年正月，便生下儿子班固。而弄剑呢？她也于当年腊月，生下儿子班超。那班超之名，却也是因喜文生产，班彪告假回家，重回河西窦融大将军处的留言而得名的。当时，弄剑知自己有了身孕，便问班彪，自己如若生产，班彪能不能归来。

班彪说："河西路远，多有军务，一旦家中有事，大概会身不由己，能回则回，回不了也望体谅。"

弄剑又问："万一出现这种情况，孩儿一旦出生，却取何名字？"

班彪说："生男可以叫超，生女可以曰昭。"

弄剑不解地问："何以单取这二字？"

班彪说："超者，一为跳，二为远，三为卓，四为前。无论跳、远、卓、前，我都希望我的儿子不是庸子，不是俗人，他应当是一个卓越的人才，能是奇才当然更好。那么昭呢？昭指阳光明亮。我希望我的女儿，能像鲜花一样亮丽，能像星月一样明亮。楚屈原《九歌·云中君》诗云，'浴兰汤兮沐芳，华乘衣兮若英。灵连蜷兮既留，烂昭昭兮未央。'他是说，用兰汤沐浴，能带上芳香，让衣服鲜艳多彩，简直像花朵一样。君子盘旋起舞，神灵仍然附身，他身上会不断地放出闪闪神光。看，在这里，屈原连续使用了两个昭字。所以，如是女孩，可以昭为名啊！"

弄剑说："为妻谨遵夫君留言。"

班彪笑言："这才像个女孩子、好妻子说的话。"

弄剑立即变脸，她圆睁杏眼，满面通红，斥道："难道我平时就不是女孩子、好妻子？"

班彪忙作解释："不是，我不是那个意思。"

喜文忙插话说："按夫君方才所说，你为咱们后来的孩子，把名字起好了啊！"

班彪又笑言："若论使枪弄棒，我自然赶不上剑妻，可让写字起名，我却也不输于别人。"

弄剑上前，轻捶了班彪一拳，说："说事就说事，别说人，少说那带刺的话。"

班彪这时并不搭话，只是走近墙壁，用身休挡住墙上悬挂的七星剑，说道："君子动口不动手，可别又拿剑来说话。"

弄剑淡淡一笑说："给你说过一百遍了，我是女人，而不是君子，老是君子君子的。再说的话，小心我跟你动剑。"

……

果然，班彪一去，长年未归，弄剑后来生了个儿子，便按班彪留言，给儿子取名班超。

不幸的是，弄剑由于难产，在班超出生不久，她便生命垂危、奄奄一息。临逝之前，她手指着刚刚出生的班超，对喜文说："姐姐，好姐姐！你我姐妹，本是孪生，原想与姐姐同生死、共命运，共侍奉郎君班彪一生。却不料，苍天竟这样无情，让我刚生下超儿，却又要夺我命而去。我听说，凡刚刚出生就有大难的孩子，以后多成栋梁之材。莫非我的超儿，以后就是这样的将相之才？如真是，我搭上这命也值了。"

喜文含着泪说："你还记得，父亲讲过的袁天淳给我俩看相的事吗？"

"记得。"弄剑说。

喜文说："袁天淳曾说，二女虽然命贵，可惜福分太浅，后必有大灾大难。我本想，纵有大灾大难，应落在我的头上，却不料落在了妹妹身上。我想乞求神灵，让他们移灾移祸于我，能使妹妹得生。"

弄剑说："好姐姐，你千万不要这样说，妹妹我何尝不是这样想的呢？天命如此，谁能强为？你不想，那袁天淳当时还说，'二女同心，觅英男自有天命；文武皆能，建奇功为国为民'。且他还有谶语，'古有娥皇、女英，奉尧父之命伺帝舜；今有樊氏姐妹，应顺天命共嫁书圣'。这也正是我顺应天命，必欲随姐姐同嫁班彪郎君的原因。你我孪生，但我可能只是个陪衬，而今陪同着姐姐，度过了两年和夫君恩恩爱爱的时光，又留下了超儿我这块心头之肉，这我已经很知足了。再说，我们姐妹，欲学娥皇、女英，同嫁班氏郎君，想帮他多著书立说。但是，天不作美，要我早早离去。恐只恐，以后这侍奉郎君，照料小儿的事，就只能靠姐姐了。"

喜文说："妹妹且请宽心，想你身体一定能够恢复。万一你有意外，我一定会像对待固儿一样对待超儿。待超儿长成，我定将你的一切都告诉给他，让他永远不忘生母的恩情。"

"不，不可，万万不可！姐姐如这样，那就大错特错了！"弄剑泪流满面地说："这，也正是我要给你重点交代的事情。我若逝，那是老天爷要我离去，不关任何人的事情。但是，我逝之后，一不留名，二不堆坟，三不立碑，就好像一朵花儿开败、一颗星星落地一般，不能留任何痕迹。这关键是为了超儿，为了他的长成，为了他的成才。试想，一个刚刚出生便失去了生身母亲的孩子，他的一生，将会有多么巨大的阴影和压力啊！所以说，以后，在这个世界上，从来就没有弄剑，而超儿也只有姐姐你这位他的生身母亲。再说，人固有一死，只是迟早而已，那娥皇、女英，她们那般贤惠聪明，却也不是都跳江自尽了嘛！妹妹乃是苦命人，对此我只能认命，请姐姐千万不要揪心。"

喜文听罢，含泪说道："只是如此，太委屈了妹妹。"

弄剑含笑说："此一事，请你告知夫君，告知公公婆婆和姑姑，也告知咱们的父亲母亲。我只要姐姐记住我，父母记住我就行了。"

"那么夫君呢？他也一定会记住你的。"喜文说。

"不，不！让他忘了我，一定要忘了我！今后，在他的心中，只应有姐姐喜文，不能有弄剑半点影子，他心中还应有固儿，有超儿，有他的事业和著述，千万不能再为我而分心啊！"稍停，弄剑又说，"姐姐，如超儿长成，叫他不只学文，也要习武，如文武皆能，方为栋梁之材！想是战争纷乱，只有将军才能平息；而著书立说，唯有文人秀才才能成功。可还有一说，秀才遇见兵，有理说不清，这也是我必欲使枪弄棍的原因，我是想保护姐姐和郎君，可妹妹我好生命苦，成天习武练剑，本欲保护你们，保护固儿和超儿，可惜已经不能……"

"你的话，姐姐我记住了。妹妹已尽到了自己的所有责任，切莫因为未保护我们而生悔。我们既然都平平安安，就不需要妹妹保护，这也都是老天爷的安排，以后我们也会很平安的，固儿和超儿都会很平安的！"喜文一再安慰妹妹。

弄剑眼在流泪，她的泪目，看到了刚刚出生啼哭不止的班超。喜文赶紧抱起班超，十分疼爱地给他喂奶……见此，弄剑笑了，微微地笑了，苦苦地笑了。她苦笑着说："姐姐，把超儿给我，让我给她喂奶，以尽我最后的母亲的责任。"

喜文便把班超递给了弄剑。弄剑推开被子，细心给班超喂奶……过了一阵，只听见班超的哭声。喜文上前看时，见弄剑已气绝，而班超因吸不出奶来，他便哭泣起来。

……

"妹妹，好妹妹，你醒醒！"喜文哭了，悲痛欲绝地哭了。因为，弄剑她已沉睡，她已长睡，她已经睡而不醒了。

"哇——"孩子的哭声，这是小班固在哭，他在哭自己的姨母。

"哇——"孩子的哭声，这是婴儿班超在哭，他在哭自己的母亲。


汉光武帝于建武十（34）年、十二（36）年，先后击破隗嚣、公孙述，陇右、蜀地平定，窦融即被召回京师洛阳。一见窦融，光武帝便问他："我看过你送给朝廷的奏章，那些奏章，是谁与你一起办理的呢？"

窦融答道："并无他人，我也未曾动手，完全是从事班彪一人办的。"

光武帝说："这人，我早已听说，他富有才学，见其奏章，更知他名不虚传，让他进京来吧！"

窦融说："他待在河西，确有些屈才，在京都也许能施展自己的抱负。"

于是，光武帝降旨，召班彪入朝，举为司隶督察官吏的衙门茂才（秀才）。后封为徐（徐县，今江苏泗洪南）令，因病而免。后来，他虽数次接受三公的征召，但总是推辞，不肯担当这么高的官职。有人不解，质问他时，他说："我之楷模，乃先祖楚令尹子文，他曾三仕三舍，我不入三公，不入即可以舍，这倒能省去许多麻烦。"

建武二十三（47）年，朝廷任命玉况为司徒，班彪被征召到司徒府任职。这时，刘庄（后来的汉明帝）册封为太子不久，东宫初设，各诸侯王之国邑也刚刚建立，管理的官府尚未齐备，辅导、协助太子和诸侯王的官员差额很多。于是，班彪上书奏道：

孔子说："性相近，习相远也。"（人的本性本来是彼此差不多的，但随着年龄、知识的增长，以及环境习染不同，差异逐渐就扩大了。）贾谊认为："习与善人居，不能无为善，犹生长于齐，不能无齐言也。习与恶人居，不能无为恶，犹生长于楚，不能无楚言也。"（惯于与善良贤明的人相处，不能不使其成为善良贤明的人，就像生长在齐国，必然会说齐国的语言；惯于与恶人相处，很容易变成恶人，就像生长在楚国，必然会说楚国的语言一样。）所以，贤明聪慧的人，往往选择良好的环境而居，他们对环境的习染作用是十分警惕、十分慎重的。昔日周成王还是小孩子的时候，出外时有周公、召公、太史佚相随教导，回宫后则有大颠、闳夭、南宫括、散宜生相辅佐，前后左右随侍，无有违背礼仪之事发生。所以成王即位以后，天下安定，太平无事。《春秋》就此事写道："爱护儿子便要以做人的正道来教导，使他不要接受邪恶的侵扰。骄奢淫逸，走的是邪恶之道。"《诗经》中说："诒厥孙谋，以燕翼子。"（留给他的子孙良谋，用来保安辅助后嗣）这就是说，周武王之谋略在于遗泽于其子孙。

汉朝建立之初，太宗（汉文帝）使晁错以法家之学教导太子，令贾谊以《诗经》《尚书》教导梁王。中宗（汉宣帝）时，令刘向、王褒、萧望之、周堪等官员，以文章儒学训导东宫太子及以下诸王子，他们莫不尊崇信奉其师的教诲，从而成就了东宫太子及以下各王子的德望和治国之能。如今的皇太子及诸王，虽结发（束发，古代男子自成童开始束发，因以指初成年）学习，修习礼乐，但其辅导官却无贤才出任，官属多缺乏对旧法典的了解。理应博选精通政事而有威重名望的儒学者为太子辅导官。东宫及诸所属官员应当齐备。又根据旧制，太子食禄沐浴之邑为十县，周围卫护执戟相交，五日一朝见，使之坐于东厢室，察看帝之膳食。如果是非朝见之日，亦要他每日派使仆、中允请安问膳，明文规定不能轻慢，以加强他的敬意。

上书奏报朝廷，皇帝采纳了他的建议。

再说，班彪闻得班超出生、弄剑逝去的消息，不由又喜又惊，便急忙向光武帝告假，骑快马回到家中，一是安葬爱妻弄剑；二是看望新出生的儿子班超。回家后，他先至弄剑灵堂，伏在棺木上放声大哭。突然，他止哭起身，从灵堂来到弄剑生前住屋，猛地拔出她常使的那把七星剑来……喜文见得，大吃一惊，怕班彪会做自杀类的傻事，便上前将他紧紧抱住。

班彪痛楚而又安慰地说："贤妻放心，我做事自有分寸，不会做什么傻事。"

喜文这才放开班彪，但仍十分小心，看他到底要做些什么。只见班彪先将七星剑搁于床头，再扯开自己的半边上衣……喜文自然又惊，又欲前来阻拦。班彪说："你再细看，看我做些什么，你完全不用担心。"

喜文只好松开班彪，眼见得，班彪使那锋利的剑尖，先将自己胸口处皮肤挑破，胸口上便渗出殷红的血来。他再唤喜文："快取些好书写的帛布来。"待喜文取过帛布，班彪即将块帛布铺于床上，使那右手食指，蘸以胸口的鲜血，写下这样一首诗：

一夜夫妻百日恩，
两载情谊似海深，
叔皮本是无情郎，
写得血书告香魂。
弄剑哪里已离去？
音容常在我心中，
愿汝佑我多著述，
纷乱青史得拨正。

而后，他持那帛书血诗来到灵堂，轻轻将血诗呈放在弄剑灵堂的画像之前，嘱喜文说："待下葬时，一定勿忘此诗，让它陪弄剑而去。"喜文点头答应。

这阵，已有侍女抱上婴儿班超。喜文接过班超，将他抱给班彪。谁知，班彪接过以后，他竟看也不看，便猛地将班超掷于床上，斥道："我要你何用？为你一孺子，失我一贤妻，与其得之，不如失之。"

这时，掷于床上的婴儿班超，哇哇大哭起来。喜文看得心疼，忙抱起班超进行喂奶，她边喂奶边说："郎君狠心，何止如此？这个超儿，他才是弄剑的命根，也是她的终托，你不能如此对待超儿。今有超儿，弄剑便活着；若无超儿，弄剑何在？"她又详详细细讲述了弄剑临终前的交代。

班彪听罢，这才上前，轻轻抚摸着班超的头说："要我看你似剑妻，这我倒也容易，但要我忘掉剑妻，这又谈何容易？但是，你既是剑妻所托，我待你定会如待剑妻。"

……

几天后，弄剑得以安葬，但她的丧事何其凄凉，且是黑夜里悄悄进行。因为，班彪和喜文不能不遵照弄剑的遗嘱，"一不留名，二不堆坟，三不立碑"。于是，弄剑这个美丽的姑娘——忠贞的妻子——汉代的女英，她便像没有降临过这个人世一样，是突然消失了的，以后也一直消失。所能见到的，只有她生前常使的七星剑，一直携在班彪身上，他从来都不舍弃，直到后来交付于儿子班超。

再说这班彪，他是朝廷的大臣，还有许多公务。因之，在家耽搁几日，他便欲还京都洛阳。临行，他嘱咐妻子喜文说："我们的班氏先祖，早就有着让班氏家族子孙兴旺、人才辈出、满门忠烈，世代传承的愿望，今我看这一重任，便历史地落在了我们肩上。别的不说，单是子孙兴旺这一点，我们是已经占有了的。我班彪本一文弱书生，但我有幸，得你姐妹二人为妻，又得固超二男为子，这确是天大的幸事。但是，有句俗话是这样说的，树不修剪不能成栋梁之材，人不培养不能成为有用的人才。我本有心施教于二子，但人在朝廷，身不由己。这样，培养二子的事情，便只能靠贤妻了。我看二子天赋都不错，只要严格教育，定能成为人才。为夫我专事文事，重研史学，我想把他二人都培养成我的接班人，你就重在这方面培养他们。现在，他们还是幼年，超儿更在婴儿时期，学文习字，还不到其时，但是，听听故事倒还可以。那么，你就给他们多讲些历史名贤故事，这即为良好的幼儿教育，能起到潜移默化的作用，请贤妻谨记。待他们稍长，再因材施教，进行培养吧！如此，我们也才能完成先祖所希望的人才辈出、满门忠烈的大任呢！"

喜文说："夫君放心，你好好在朝中干你的事情。为妻虽无才无能，但也读过诗书，略通文墨，对儿子的幼教，还是能够胜任的，我尽心尽力也就是了。"

稍停，班彪又说："须知，如果把小儿比作幼苗，那么，给小儿讲故事，便是降以雨露，洒以阳光，施以肥料。至少目下，教育固、超二子的担子，就落在你的肩上。为夫呢？我并不在乎官职的大小，俸禄的多少，倒很在乎二子的成才、接班人的培养。待时机成熟，我将辞去俗官，回归乡里，与贤妻一起，共同培养二子，这才是我的夙愿。"

"也说不定，我们以后还会有女儿或儿子呢？"喜文笑言。

"那，我们就共同培养我们的子女。"班彪说。

喜文满口答应道："难得夫君如此，为妻我已知夫君心愿，一定竭力培育二子成才。"

班彪说："如此，我也就放心了。"再一番叮嘱之后，班彪才依依不舍，告别妻子，舍下二子，往京都洛阳而去。

班氏演义

# 第七章　雨露润心　培才育苗是根本

班彪离去，班固、班超渐长，喜文便给他们讲故事，而二子也特爱听故事。喜文给二子讲的第一个故事便是《文王推周易》。

## 故事一　文王推周易

殷商的最后一个君王是帝辛，也叫纣，史称商（殷）纣王。当时，有个诸侯国周族非常强大，首领名叫姬昌，史称西伯，谥周文王。纣王害怕周族强大，会危及自己的权势，便寻得一些借口，诬蔑姬昌企图谋反，把他囚禁在羑里（位于今河南汤阴城北4公里处）。这是中国历史上有文字记载的最早的国家监狱。

囚禁姬昌，对纣王来说，似乎除了一个心患。但对姬昌而言，这是天大的冤枉！

一天，纣王传令狱卒，问姬昌在羑里是不是伏罪？狱卒告诉纣王：姬昌活得非常快活，从来不说君王半个坏字。他只是每天不停地翻看当初从家里带来的那些竹简。纣王说："我明白了，他玩弄的，不就是筮官、卜师们给他的掐掐算算的那些东西吗？"

狱卒说："可是，对于这些破烂东西，他却视为珍宝，认为那都是先人的宝贵记录，能帮人们知天、知地、知人。"

纣王想，这样也好，只要姬昌他真的把心思都放在这儿，就会冲淡他谋反的想法。于是，他向狱卒交代："你回去跟姬昌讲，只要他与我一条心，我会成全他！"狱卒将这番话转告姬昌，姬昌听后说："好吧，你回去就对纣王讲，我一定会跟他一条心，也一定会成全他的。你再对他说，我真的很感谢他，给了我这么个优雅、安静的处所，让我做我想做的事，我怎么能不感谢他呢！"

狱卒去见纣王，如实禀报，纣王听了，自然十分高兴，对姬昌稍加放心。

这天夜里，姬昌伫立窗前，凝望星空，看到了一轮明月，仿佛得到一幅鲜活的太极图。

这时，他闭上双眼，抬起右手，用手指在窗口虚画着伏羲八卦的方位，若有所思。画着，画着，一遍又一遍，直到移动的月亮离开了他的视野，他还继续画着。

远处传来雄鸡的叫声，姬昌知道这是夜半时分。不一会儿，他又听到狱卒的说话声。

这么沉寂的夜晚，谁来狱中干什么呢？姬昌有一种不祥之感。

他隐约听到来人说："我们是纣王派来的使臣，专门来送肉饼给姬昌吃。"

狱卒说："你们把肉饼给我，我递进去就是了。"

使臣道："不，这是非同寻常的肉饼，王上要我们亲眼看着，让姬昌将它吃下。"

"那好吧！"狱卒说，他让使臣进了狱室。

在阴暗的狱室里，使臣端着食盘对姬昌说："你看好了，这肉饼为王上所赐，他要我看着你把它吃下去。"

"我现在不饿，明天吃还不行吗？"姬昌说。

"不行！"使臣说，"王上知你经常熬夜，会熬至夜深，怎么能不饿呢？今王上特意为你准备了这么美的夜宵，你怎么敢不用呢？"使臣的话语里已带有威逼。

姬昌无奈，只好强装着笑脸，接过那肉饼说："谢谢王上的恩典。"

当时，姬昌瞟了一眼肉饼，那颜色，那形状，跟平常所见的肉饼差不多；他闻了闻，却没嗅到猪肉、牛肉、羊肉之类所散发的气味。难道，是纣王下了毒药，欲秘密处死我？这大概是"非同寻常"的真实含义吧！但，也许不是……姬昌当时心里这样想。

"吃呀，你刚才不是还'谢谢王上恩典'吗？"使臣催促说。

没办法，姬昌只好吃起了那块肉饼。但当他吃这肉饼的时候，自觉有一种别样的滋味，但他却不能流露出任何不满，因为他自知，这位使臣此刻就代表着纣王。而当他吃肉饼的时候，那使臣的脸上也有着一阵怪异的诡笑。

其实，姬昌早已算出，自己的大儿子伯邑考前来京都，愿以身代父坐牢，好赎父亲回归，以尽自己的孝道。但是，凶残的纣王，却将伯邑考杀害，然后用伯邑考的肉做成馅饼，想试姬昌是不是真的能掐会算。可是，为了避免纣王知道真情，姬昌只好佯装不知，吃了那块肉饼。当时，他不由心中怒骂："昏君，纣王！你真是丧尽天良，怎敢以我儿子的肉做成肉饼，让我这当父亲的来品尝呢！"骂毕，他的肺几乎要气炸，一想到自己食了儿子的肉，顿时肠胃翻滚，突然作呕，便冲出门外，将肚里的东西全吐了出来，吐了好大一堆！吐罢，他躺在床上，痛不欲生，口中反复呼唤着儿子伯邑考的名字。"伯邑考，我的好儿子，为父绝不能让你白白冤死，我一定要给你报仇！"姬昌暗暗发誓。

当太阳喷薄欲出之际，姬昌又一次冲出门外，看着殷红如血的大火球从地平线蹦出，他恨不得自己也变作一个血球，融入大火球，在纣王跟前猛然炸裂，好为儿子报仇雪恨。

就这么着，姬昌向着太阳，向着光明！思念亲人，思念家族！憎恨纣王，哀叹自己！他像一堵墙，站在那儿一动也不动，头脑里想的问题，实在太多太多！

炎帝、黄帝、尧、舜、禹，像这样的贤明君主，什么时候能再现！

万物生长靠太阳，万民生灵靠贤帝。于是，他心生一种念头："帝出乎震！"

这时，姬昌好像忘掉一切痛楚，眼角、嘴角都显现出笑的翘纹。

他明白，"帝"字本指婴儿出世切断脐带时，会发出一声啼叫，这是宣告自己独立的生命开始。广而言之，天帝是人类生命之源！皇帝是臣民生命之基！"东（東）"字本是色日照木之意，表示白天之始，是万物生长之需！

这样，借"东"字表示太阳升起的方位。于是，他十分坚定地说："'帝出乎震’，震就在太阳升起的东方”（帛书《易经》作“辰”，通“震”）。

太阳从东方冉冉升起，给万物以光照，加上从东南方向送来温暖的风，更有利于作物的生长。

其他方位的风，不是过热，就是寒凉。如果是明君贤臣，就应该给百姓以温暖和煦的风，顺乎民意，使其与万物齐发相契合，这才是他们胜人一筹之所在啊！因而，东南方位当称作“齐乎巽”。

从总体上看，南方的太阳显得炽热，江水多是自西向东流淌。那些君主之所以面向南边称王，无非是表白自己追求光明，昭示万物；背负北方，左右逢源。

有了光明正大之君，臣民也就像罗网中的鱼或鸟那样，任凭君王摆布。离（帛书《易经》作“罗”，指网），指以罗网捕获鱼或鸟，借作丽，亮丽。所以，南方之位为“相见乎离”。

君王心中装着臣民，就像大地承载万物。

西南方位有成片不毛之地要开发，有大量野性之民要开化，贤明君主当以天下为己任，施行养民之策，这就决定在西南方位体现“致役于坤”（帛书《易经》作“川”，古“坤”字）。

臣民有了贤明的君王，就会安居乐业，像湖泽蓄养的鱼儿那样，自由自在。“西”字本是鸟窝之象，借为表示日落方位，也在情理之中。

当夕阳西下之际，百鸟归巢，万民归家，无所不安。人们高兴地称颂自己有幸得到君王恩惠。这就确定西方之位“说（通‘悦’）言乎兑”。

一个国家的百姓安居乐业，另一个国家的君王却有不共戴天之心，矛盾和斗争不可避免，尤其在西方有异邦骚扰，就得时刻防备敌方进犯。

不管北斗七星那不停运转的勺柄指向何种季节，同邻邦搞好交际是长远之计。有的邻邦还要反复交接，不一定能成友邦。这就形成西北方位“战乎乾”（“战”，有交接义；“乾”，帛书作“键”，“键”通“建”；“乾”，本指北斗星，北斗星柄所指称“建”，如正月建寅、二月建卯）。

从总体上看，在冬春之交，相对南方地区风和日丽、草长莺飞，北方地区却是天寒地冻、满树冰挂。无论哪个季节，都需要万物和合，万民和合，方能歌舞升平，若行云流水。“劳”，慰劳；歌舞慰劳。在这个意义上，锁定北方之位为"劳乎坎"。

岁晚春回，正月建寅。寅，借代虎，唯东北山地多虎虎归穴窟，万物终成。任何过程有始有终，循环不已。这就比附东北之位"成言乎艮"（艮，帛书《易经》写作"根"，有艰义），象征万事起头难，难如遇上拦路虎。姬昌经过深思熟虑，他针对殷商社会现实，结合自然现象表征，就这么排出新的八卦方位。

在思考这些的时候，姬昌几乎忘记自己的存在，以至一缕缕阳光从树叶缝里射出，在他身上留下许多小小的不等的光圈，给了他一定热度，他也并未在意。可当一个光圈与他的右眼突然重合时，他这才感受到阳光的威力，本能地躲闪了一下。他这一躲闪，心中豁然开朗，似乎悟到动静相宜时的真谛！

多年来，姬昌反复比较河图、洛书的阴阳象数同方位的联系与变化，感悟伏羲八卦太极图精蕴，懂得伏羲之所以是先圣，是因为他太伟大了！他的伟大之处，就在于他倡导动，洛书为河图象数动，太极图为河图阴阳动；再就是讲究位，同样黄河巨浪卷来出现河图，河南的人，河北的人，站着的人，睡着的人，以及头朝东卧、头朝西卧，由于观察的正反与角度不同，体位不同，结果也就不同。

硬性按一种图式说解，那是不恰当的，现在排出新的八卦方位图，不仅与洛书对应，而且与伏羲太极八卦图也是相通的。例如将坎中的阳与离中的阴抽出互换，不就是还原为"天地定位"吗（后世称为文王太极八卦图或后天太极八卦图，"抽离填坎"也被养生学家用于调理人体气机）？

这，即为"文王被囚而得周易"之典故，也是喜文给班固、班超所讲的第一个故事。

## 故事二　仲尼作春秋

春秋时期，乃是乱世：诸侯挟持天子，大夫放逐诸侯，家臣反叛大夫……所有的人，都在疯狂地追逐着权力，但大多数人都在追逐权力的过程中丧失了权力。正如我们小说开头之所叙，那个时候，中华之国，国家多达140多个。随随便便个什么人，他只要振臂一呼，就可以成立一个国家，自己当上国王，简直乱了套了。史载，春秋时，弑君三十六，亡国五十二，诸侯奔走，不得保其社稷者不可胜数。这象征着，周代等级森严的礼乐制度，此时已经幻化为美好的回忆，取而代之的是人与人争的可怕的、频繁的自然状态。

在这样一种背景下，处身这一时代的孔子，当时虽然十分困顿窘迫，但他却编定了春秋，寓说理于叙事之中。他希望借助《春秋》，能提供"历史经验"，借以警戒后人。但是，因"春秋大义"震慑了乱臣贼子，"春秋笔法"刺痛了他们，故才有了"仲尼厄而作《春秋》"之说。他退而著书，正因为有了《春秋》，有了后来的许多著述，孔子才成了圣人。

### 故事三　屈原与《离骚》

战国时代，称雄的秦、楚、齐、燕、赵、韩、魏七国，争城夺地，互相杀伐，连年不断混战。当时，年轻气盛、风华正茂的楚国诗人屈原，身为楚怀王的左徒官。他见百姓所受的战争灾难，感到十分痛心。

屈原立志报国为民，他劝楚怀王任用贤能，爱护百姓，得到了楚怀王的信任。但那时，西方的秦国十分强大，时常对六国进行攻击。为了使楚国免遭攻击，屈原经常到各国去联络，欲用联合的力量对付秦国。楚怀王十一年，屈原的外交取得了巨大成功：楚、齐、燕、赵、韩、魏六国君王，齐集楚国的京城郢都，结成联盟，楚怀王成了联盟领袖。联盟强大的力量，制止了强秦的扩张，屈原因而更受楚怀王重用，楚国的很多内政、外交大事，都听凭屈原做主。

但是，以公子子兰为首的一班贵族，对屈原却非常嫉妒和忌恨，常在楚怀王面前说屈原的坏话，说他独断专权，根本不把楚怀王放在眼里。开始，楚怀王并不在意，但是，挑拨离间的人多了，楚怀王便对屈原渐渐不满起来。秦国的间谍，把这一情况报告给了秦王。秦王早想进攻齐国，只碍着六国联盟不敢动手，今听到这个消息，赶忙把相国张仪召进宫来进行商议。张仪认为，六国中间，齐楚两国最有力量，只要能离间这两国，六国联盟也就散了。于是，秦王便委托张仪乘此机会前往楚国，去拆散六国联盟。

秦王让准备大量金银财宝，交给张仪前往楚国，让他相机行事。张仪还故意将相印交还秦王，伪装辞去了秦国相位，便向楚国出发。张仪到了楚国郢都，先去拜访屈原，说欲秦楚结盟，并说秦楚联合对双方有多少多少好处。但是，屈原早就看穿了秦国的阴谋，他反复强调说："联盟六国是楚国已定的国策，绝不会改变六国联盟的主张。"

张仪见屈原的态度十分坚决，便又去找公子子兰，欲挑拨楚国的君臣关系。他这样对子兰说："屈原现在是你的最大劲敌。只因为有了六国联盟，楚怀王这才肯信任屈原。可如果拆散了联盟，屈原就没什么可怕的了。"

子兰听了，十分高兴，他引着张仪去拜见了楚怀王最宠爱的王后郑袖。张仪把一双价值万金的白璧献给了郑袖，那白璧的宝光，把郑袖的眼睛都照花了。一见这等宝物，郑袖当然高兴，她欣然表示，愿意帮助他们促成秦楚联盟。子兰、郑袖等一伙人认为：要秦楚联合，先要拆散六国联盟；要拆散六国联盟，就要使楚怀王不信任屈原。他们决定以此作为突破口。

子兰想了一条计策：就说屈原向张仪索取贿赂，由郑袖在楚怀王面前透出这个风声。张仪听闻子兰的主意，大喜道："王后肯出力，真是秦楚两国的福分了！"

于是，张仪布置停当，就由子兰将自己引见楚怀王，他劝楚怀王绝齐联秦，并列举了很多好处。最后说："只要大王愿意，秦王已经准备了商於地方的六百里土地要献给楚国。楚怀王一听，这不费一兵一卒，就能白得六百里土地，他如何不喜！回到宫中，他将此事十分高兴地告诉了郑袖，郑袖连忙向他道喜。一会儿，郑袖又皱起眉头，说："听说屈原向张仪要一双白璧未成，怕要反对这事呢！"楚怀王听了，半信半疑。

第二天，楚怀王摆下酒席，热情招待张仪，席间讨论起秦楚友好，屈原果然激烈反对。他与子兰、靳尚进行了激烈争论。屈原这样认为：如放弃六国联盟，就给了秦国以可乘之机，这是涉及楚国生死存亡的大事情。他痛斥张仪、子兰、靳尚，并走到楚怀王面前大声说："大王，您不能相信呀！张仪是秦国派来拆散六国联盟、孤立楚国的使者，您对他的话万万相信不得……"这时，楚怀王想起郑袖所说的屈原向张仪索取白璧的事，不禁怒道："难道，楚国的六百里土地，竟抵不上你一双白璧吗？"屈原一听，无言应对。楚怀王见此，更相信屈原确实收了张仪所送的白璧，就叫武士把屈原拉出宫门。

屈原忠心被屈，果断受诬，他因此痛心极了，站在宫门外面不忍离去，盼望楚怀王能够醒悟，改变主意。但是，他从中午站到晚上，只看见张仪、子兰、靳尚等人欢欢喜喜、高高兴兴地走出宫门，却没有任何人来传唤自己，他这才绝望至极，喃喃地说："楚国啊楚国，你又要受难啦，是亡国之灾啊！"回到家中，屈原闷闷不乐，他想到自己亲手结成的联盟就要被破坏，楚国即将走向衰败，以致终将灭亡，不由长吁短气，顿足长叹。

替他管家的姐姐女嬃问明情况后，知道屈原遭到了小人诬陷，便劝他以后不要再发正直的议论了。屈原道："我是楚国人，今看到楚国遇到危险，我怎么能不发议论呢？"他认为楚怀王终会醒悟，是会分清是非曲直的。只要楚怀王回心转意，楚国就有救了。但是，过了一天又一天、一月又一月，楚怀王总不召见屈原，他因而只有哀叹，只有忧愁，常常吃不下饭，整夜不眠，于是，他写了一篇《离骚》长诗，把自己对楚国的忧虑和自己的怨愤都写了进去，成了千古名篇。

### 故事四　左丘明与《国语》

左丘明，东周春秋末期鲁国都君庄（今山东省肥城市石横镇东衡鱼村）人。春秋末期史学家、文学家、思想家、散文家、军事家。

周敬王四十一（约前479）年，晚年的左丘明，眼睛出了毛病，不得不辞官回乡。在故乡，他建立了左史书舍，开始编纂《左传》《国语》。

他纂修《国语》时，眼睛已经失明了。但是，强烈的历史使命感，使他自我振作起来，他将自己几十年的所见所闻，各诸候的要闻和君臣容易得失的话记述下来，汇集成著名的历史名著《国语》，这是中国最早的一部国别史，与《左传》一起，成为珠联璧合的历史文化巨著。

《左传》即《春秋左氏传》，多以史实解释《春秋》，起自鲁隐公元（前722）年，迄于鲁哀公二十七（前468）年，以记事为主，兼载言论，叙述详明，文字生动，语言简洁，全面反映了当时的社会历史面貌。

为了著成《国语》，左丘明日夜操劳，历时30余年。于是，一部纵贯200余年、18万余字的《春秋左氏传》终于完稿，其历史、文学、科技、军事价值不可估量，为历代史学家和文人所推崇。《左传》记事相当详细，对历史事件一般都能做到首尾完整。

这既是一部重要的儒家经典，又是中国第一部完整的编年体史书，在文学上也有很高的成就。《国语》分别记载西周末年至春秋时期（约前967—前453）周王室及鲁齐晋郑楚吴越诸国史实，偏重记述君臣言论，为中国最早的国别体史书。

### 故事五　孙武与兵书

孙武，即孙子。孙武出身于一个封建领主贵族的家庭，他的曾祖父、祖父都是善于带兵作战的将领，并有本宗族的私属军队。春秋末年，晋、鲁、齐等黄河流域的中原国家，都出现了卿大夫之间武装兼并，又进而谋图夺取诸侯君位的战乱，齐国的卿大夫之间也有几乎无休无止的倾轧斗争。孙武不愿在其中纠缠，便萌发了投奔他国，另谋出路的想法。

约在齐景公三十一（前517）年，孙武18岁时，他离开了家乡，准备投奔吴国。在路上，他结识了同样从楚奔吴、立志兴吴兵以伐楚、为父兄报仇的伍员（即伍子胥），与其一见如故。当时，吴公子光预备杀吴王僚而自立，局势尚未明朗，伍员只是向公子光推荐了一位刺客专诸，便隐居山野。孙武也同样隐居在罗浮山之东，等待局势的变化。

吴王僚十二（前515）年四月，公子光成功刺杀吴王僚，号为吴王阖闾，当即举用伍员为"行人"，参与谋划兴国的大计。阖闾即位三（前512）年，与伍员商议，准备向西进兵。这时，伍员"七荐孙子"，阖闾终于同意了接见孙武。

在隐居时，孙武已经写成《孙子兵法》。他带着自己所著的兵法来见吴王，阖闾看后，心里暗自赞叹，但仍不能确定，此人能否在战争实践中发挥作用。为了试验孙武的军事才能，阖闾竟唤出一群宫中女子，让孙武试着进行训练。

孙武把宫女引到园林中，分为两队，以吴王的宠姬二人做队长。发令要求："击鼓令前，则视心；令左，视左手；令右，视右手；令后，即视背。"然而，在击鼓时，宫女不仅不听从命令，反而大笑。孙武并未责怪她们，只是自责说："约束不明，申令不熟，这是将的罪过。"接着，他又重复了几遍军令，但宫女还是捧腹大笑。这时，孙武便命令军吏斩左右队长。阖闾一见，急忙阻止，而孙武却说："将在军中，君命有所不受。"随即斩杀两个队长以严肃军纪。于是，他再下令时，宫女便能够严肃整齐，不敢不听从号令了。

此后，阖闾任命孙武为吴将，并常常与孙武探讨各种各样的军事及政治问题，都能获得满意的答案。

阖闾三（前512）年，吴国开始伐楚。根据伍员的建议，吴国抽出三个师对楚国进行轮番攻击，使楚国难以应付。几年后，吴国采用孙子"伐交"的战略，策动桐国，使其叛楚。然后，又使舒鸠氏欺骗楚人说："楚若以师临吴，吴畏楚之威势，可代楚伐桐。"

果然，楚国在这一年秋天，派令尹囊瓦率师东行，驻军于豫章。吴人一面伪装为楚伐桐，把战船显现于豫章附近的水面上；一面又潜师攻巢。十月，吴军乘楚人不备击败楚师于豫章；接着又攻克巢，活捉楚守巢大夫公子繁。

两年后，吴国的力量更加强大。吴军乘舟溯淮水而上，然后舍舟而行，通过汉东之隘道，直向楚都行进，最终与楚军相峙于柏举。根据孙武的计谋，吴军在一半已渡过河水时出击，楚师没有斗心，大败而逃。楚师在路上饥饿难忍，准备炊事而食，吴军奋力扑击，楚师弃食奔逃。吴军采取孙子"因粮于敌"的策略，吃了楚人的食物而继续追赶。最后在孙武、伍员的直接指挥下，经过五次大战，只用了十几天工夫，就攻入了楚都郢。

在西破强楚的同时，吴国与南方邻国越国也屡有征战。吴王伐楚的第三（前510）年，阖闾即以越国不派军队从吴伐楚为由，出兵向南进攻越国。从此，吴越的怨仇越结越深，他们互相攻伐，征战不休。越军还曾趁吴军伐楚的机会，攻入吴国境内，直到吴军归来才撤兵。

在阖闾晚年，渐渐不图进取，而贪求安逸享乐。他大量耗费民力，供他观赏玩乐。过着一种终日游宴、尽情享受的生活。前496年，阖闾听说越王允常刚去世，新即位的越王勾践年轻稚弱，便乘机出兵，想要击败越国。两军相遇于吴越边界，但由于吴军多年缺乏操练，动作迟钝。越军很快把

班氏演义

吴军打得大败。阖闾也因伤势过重而身亡。

阖闾去世后，由夫差继位，他立志要报仇雪恨。孙武、伍员等大臣继续辅佐夫差，努力积蓄钱粮，充实府库，制造武器，扩充军队，经过3年，吴的国力得到恢复。

越王勾践听说夫差预备先发制人，便于前494年，调集军队向吴国进发。吴王夫差马上调集全国精兵前往抵御。吴军由伍员、孙武策划，在夜间布置了许多"诈兵"，分为两翼，点上火把，向越军袭击，越军很快大败。接连吃了几次败仗后，勾践只得向吴王屈辱求和。此后，在相当长的一段时间内，越国成了吴国的属国。

在孙武的晚年，一直撰写《孙子兵法》。但就在这时，他的至交好友伍员被夫差杀死，因当时，夫差不听伍员消灭越国的忠告，而同意与越国讲和。伍员几次进谏，均被夫差忽视，他眼看越国力量越发增强，而吴国危在旦夕，便乘出使的机会把儿子托付给齐国的鲍氏抚养。夫差听说此事，又受佞臣挑拨，就赐伍员以属镂之剑，令他自尽。伍员临终时说："在我的墓上种以梓树，使其可作棺木以葬吴国；再挖我的眼睛悬于吴东门之上，让我观看越寇来灭亡吴国！"夫差听了，更加恼火，便取来伍员之尸盛以皮囊，投入江中。

伍员被杀时，孙武已经50多岁，他不愿再为吴国的对外战争谋划出力，转而隐居乡间，修订其兵法著作。伍员被杀后不久，孙武也因忧国忧民和郁郁不得志而谢世。但是，他所著的著名军事著作——孙子兵法，却一直流传了下来。

这天，待喜文讲完孙武的故事后，已是夜深的时候了。吃了点夜宵，班固、班超又缠着磨着让母亲讲故事。喜文说："明天吧，明天再接着讲，娘也累了。"

"那，母亲明天讲什么故事呢？"班超问。

"你爱听什么故事，娘就给你讲什么故事。"喜文说。

"我就爱听孙子的故事。"班超说。

"那娘就再给你们讲孙子的故事。"喜文说。

"孙子的故事，娘不已经讲过了吗？"班超说。

"不，没讲过。"喜文说，"咱们今天讲的，是有关孙武的故事，那么明天呢？娘再给你们讲有关孙膑的故事。历史上，他们都被称为孙子，但孙武是吴孙子，孙膑是齐孙子，孙武是孙膑的祖先，孙膑是孙武后代，相同的是，他俩都是伟大的军事家，都著有兵书，但应有《孙子兵法》与《孙膑兵法》之分。"

"好，就讲孙子，就讲孙子，我太爱听孙子打仗的故事了。"班超高兴得拍着手喊。

"那，还有哥哥呢！"喜文说，"我不是只给你一个人讲故事。"

"我呢？还是喜欢听有关著述写史方面的故事。"班固说。

班氏演义

# 第八章　孔子孙子　皆成固超之楷模

禁不住班超的死缠硬磨，喜文便给班固兄弟讲起了"孙膑与庞涓"的故事：

孙膑（生卒年不详），其本名孙伯灵（山东孙氏族谱可查），是中国战国时期军事家，华夏族。出生于阿、鄄之间（今山东省菏泽市鄄城县北），是孙武的后代。

孙膑曾与庞涓为同窗，庞涓后来出仕魏国，他认为自己的才能比不上孙膑，于是暗地派人将孙膑请到魏国加以监视。孙膑到魏国后，庞涓捏造罪名，将孙膑先处以刖刑，摘除了他两腿的膝盖骨，使他无法直立行走，又施以黥刑，在他脸上刺字，想使他埋没于世不为人知。齐国使者觉得孙膑不同凡响，于是偷偷地用车将他载回齐国，他起初只是齐国大将田忌的门客。

田忌经常与齐国诸公子赛马，设重金作为赌注。孙膑发现比赛的马脚力都差不多，可分为上、中、下三等，于是建议田忌加大赌注，并且向他保证必能取胜。孙膑在"田忌赛马"故事中所采用的方法，被视为"策对论"的最早运用。

孙膑伟大的军事成就，是在于他亲自参加的军事活动，因为他策划了著名的桂陵之战。桂陵之战是历史上一次著名截击战，发生在河南长垣西北。

魏国在战国初期，因魏文侯的改革而变得强大起来，因而引起了其他诸侯的戒备。前356年，赵成侯在平陆（今山东汶上）和齐威王、宋桓侯相会以示好，并与燕文公在阿（今河北南阳北50里）会盟。由此，魏国开始有被诸国联合进攻的可能，因此魏国欲找机会突破，以解除这个危机。

周显王十五（前354）年，赵国进攻魏国的盟国卫国，夺取了漆及富丘两地（均在今河南长垣），此举招致了魏国的干涉，魏国派兵包围了赵国首都邯郸（今河北省邯郸市）。

周显王十六（前353）年，赵国派使者向齐、楚两国求救。齐威王召集大臣们商议，邹忌反对救援，而段干朋则建议齐威王分兵一路向南攻打襄陵（今河南省睢县）来疲劳魏军，然后趁魏军攻破邯郸后救援赵国，这样既救援了赵国，又同时削弱了魏、赵两国。

齐威王采纳段干朋的建议，兵分两路，一路齐军围攻魏国的襄陵，一路由田忌、孙膑率领救援赵国。

齐军兵分两路，一路与宋国景敌、卫国公孙仓所率部队会合，围攻魏国的襄陵。一路由田忌、孙膑率领救援赵国。齐威王打算让孙膑担任主将，但孙膑以遭受过酷刑、身体有残疾为由拒绝。齐威王于是任命田忌为主将，孙膑为军师，让他坐在带着蓬帐的车子中出谋划策。

此时魏军主力已攻破赵国首都邯郸，庞涓率军八万到达茌丘，随后进攻卫国，齐国方面田忌、孙膑率军八万到达齐、魏两国边境地区。田忌想要直接与魏军主力交战，但被孙膑阻止。孙膑认为魏国长期攻打赵国，主力消耗于外，老弱疲惫于内，国内防务空虚，应当采用声东击西、围魏救赵的战术，直捣魏国首都大梁迫使魏国撤军，魏国一撤军，赵国自然得救。孙膑于是建议田忌南下佯攻魏国的平陵（今山东省菏泽市定陶区东北），因为平陵城池虽小，但管辖的地区很大，人口众多，兵力很强，是东阳地区（指魏国首都大梁以东的地区）的战略要地，很难被攻克；而且平陵南面是宋国，北面是卫国，进军途中要经过市丘，容易被切断粮道，佯攻此地能很好地迷惑魏军，造成庞涓产生齐军主将指挥无能的错觉。

田忌采纳孙膑的计谋，拔营向平陵进军。接近平陵时，孙膑向田忌建议由临淄（今山东省淄博市）、高唐（今山东省高唐县）两城的都大夫率军直接向平陵发动攻击，吸引魏军主力，果然攻打平陵的两路齐军大败。孙膑让田忌一面派出轻装战车，直捣魏国首都大梁的城郊，激怒庞涓迫使其率军回援；一面让田忌派出少数部队佯装与庞涓的部队交战，故作示弱

· 102 ·

使其轻敌。田忌按孙膑的要求一一照办，庞涓果然丢掉辎重，以轻装急行军昼夜兼程回救大梁。孙膑带领主力部队在桂陵（今河南省长垣县西南）设伏，一举擒获庞涓。

桂陵之战是中国战争史上设伏歼敌的战例，这次战役中孙膑利用庞涓的弱点，制造假象，诱其就范，使战局始终居于主动地位。

桂陵之战后，魏国虽未元气大伤，但实力受损。经过几年的休整后，魏国逐渐开始恢复对外进攻。《史记·魏世家·索隐》《纪年》云：二十八年，与齐田朌战于马陵。因为《史记》中对于魏惠王和齐威王年代的错误记载，导致对于马陵之战的时间争议颇多，不过通过和《竹书纪年》相关内容比对可以基本确定，马陵之战发生在逢泽会盟后一年。逢泽会盟应是马陵之战的直接起因。魏公决定称王，在宋国都城外摆出天子仪仗，效法齐桓公九合诸侯，自称"夏王"，包括秦国在内的列国皆赴会，但是韩国、齐国并没有赴会，于是魏惠王下令襄疵领兵攻打韩国，后齐国出兵攻魏救韩，魏惠王就派遣太子申领兵与齐国战于马陵。马陵之战的时间点应该是魏惠王二十七年十二月，结束于次年。

根据《竹书纪年》的记载："梁惠成王二十八年，穰疵率师及郑孔夜战于梁、赫，郑师败逋。"魏国派遣襄疵攻打韩国汝南的梁、赫，韩国派将军孔夜应战，韩国战败，后求救于齐，于是就有了司马迁笔下，齐国在韩国五战全败后才出兵救援的记载。《战国策》中也有《南梁之难》一篇描述此役。

南梁在汝河上游，秦朝后称梁县，今属汝州。韩魏两国在此暴发激战，双方统帅是孔夜和襄疵，并非《史记·孙子吴起列传》中所说，是庞涓领兵攻打韩国。

韩国得到齐国答应救援的允诺，人心振奋，竭尽全力抵抗魏军进攻，但结果仍然是五战皆败，只好再次向齐告急。齐威王抓住魏、韩皆疲的时机，任命田忌为主将、田婴为副将率领齐军直趋大梁。孙膑在齐军中的角色，一如桂陵之战时那样：充任军师，居中调度。

魏国眼见胜利在望之际，又是齐国从中作梗，其恼怒愤懑自不必多说。于是决定放过韩国，转将兵锋指向齐军。其含义不言而喻：好好教训一下齐国，省得它日后再同自己捣乱。魏惠王待攻韩的魏军撤回后，即命太子申为上将军，庞涓为将，气势汹汹扑向齐军，企图同齐军一决胜负。

齐军已进入魏国境内纵深地带，魏军尾随而来，孙膑针对魏兵蔑视齐军的实际情况，在认真研究了战场地形条件之后，定下减灶诱敌、设伏聚歼的作战方针，造成在魏军追击下，齐军士卒大批逃亡的假象，并在马陵利用有利地形选择齐军中一万名善射的弓箭手埋伏于道路两侧，规定到夜里以火光为号，一齐放箭，并让人把路旁一棵大树的皮剥掉，在上面书写"庞涓死于此树之下"字样。

庞涓在接连3天追下来以后，见齐军退却避战而又天天减灶，武断地认定齐军斗志涣散，士卒逃亡过半。于是命令部队丢下步兵和辎重，只带着一部分轻装精锐骑兵，昼夜兼程追赶齐军至马陵，见剥皮的树干上写着字，但看不清楚，就叫人点起火把照明。字还没有读完，齐军便万弩齐发，给魏军以迅雷不及掩耳的打击，魏军顿时惊恐失措，大败溃乱。庞涓智穷力竭，眼见败局已定，遂愤愧自杀。齐军乘胜追击，又连续大破魏军，并俘虏了魏军主帅太子申。

孙膑在马陵之战所用的战略，其实便是孙子兵法"始计篇"所说的"能而示之不能，用而示之不用"以及"兵势篇"所说的"以利动之，以卒待之"等虚实原则于实战的运用。

喜文讲完这个故事后，班超仍想听有关武将大帅南征北战、斩关夺将方面的故事，喜文说："我不说了嘛！还有哥哥，也得讲些他爱听的故事啊！"于是，她又给班固、班超讲起了《吕不韦与吕氏春秋》：

吕不韦是秦国一代名相，早年经商于阳翟，因散尽家财帮助在赵国为人质的嬴异人归秦而登上王位，被任用为秦国丞相。其间，魏国有信陵君，楚国有春申君，赵国有平原君，齐国有孟尝君，他们都礼贤下士，结交宾客，在诸侯当中赢得了颇好声望，被称作战国四公子。

吕不韦认为秦国如此强大，难道竟不如其他国家，于是他遍招天下文人异士，给他们以优厚的待遇，一时门下食客竟多达3000人。

与四公子有所不同的是，吕不韦招揽门客，并不看重勇夫猛士，而是十分注重文才。当时，诸侯中有很多辩才之士，像荀卿这样的人，著书立说遍布天下。于是，吕不韦便想编著一部宏篇巨著，以作为大秦统一后的意识形态，并能够流传后世。他令门下凡能撰文者，每人把自己所闻所见和感想都写出来，并挑选文辞高手对这些文章进行筛选、归类、删定，综合在一起成书，吕不韦认为，这是一部包揽了"天地、万物、古今"的奇书，故称之为《吕氏春秋》。

《吕氏春秋》包含十二纪、八览、六论，共20多万字。其中，十二纪按照月令编写，以春生、夏长、秋杀、冬藏的自然变化逻辑排列，体现道法自然之意；八览以人为中心，围绕人的价值观念、人际关系、个人修养展开；六论以人的行为以及事理为主题，涵盖了人的行为尺度、处事准则、情境条件以及地利等方面。

书中包含了政治、经济、哲学、道德、军事等理论体系，同时也保存了医学、音乐、天文历法及农业等方面的内容，是一部杂家学说代表巨著，也堪称是中国思想文化史上的一大创举，为后人留下了宝贵的思想财富。

《吕氏春秋》简称《吕览》，在前239年写成，当时正是秦国统一六国前夕。待到一切准备就绪，吕不韦就令门下凡能撰文者，每人把自己所闻所见和感想都写出来。等到文章交上来后，五花八门，写什么的都有，古往今来、上下四方、天地万物、兴废治乱、士农工商、三教九流，全都有所论及，许多文章还有重复。吕不韦又挑选几位文章高手对这些文章进行遴选、归类、删定，综合在一起成书，取名叫《吕氏春秋》。为了慎重起见，成书后，吕不韦又让门人修改了几遍，直到确实感到满意为止。吕不韦对此书十分看重，他自己认为这部号称《吕氏春秋》的书是杰作，夸口说该书是包揽了"天地、万物、古今"的奇书。例如在相当全书总序的《序意篇》中，对十二纪的论述也可见一斑："凡十二纪者，所以纪治乱存亡也，所以知寿夭吉凶也，上揆之天、下验之地、中审之人，若此，则是非可不可无所遁矣。"

很可能，因为人们都敬畏吕不韦的威势，没有人愿意出头罢了。不过，这样一搞，其轰动效应却是巨大的，《吕氏春秋》和吕不韦的大名远播东方诸国。值得一提的是，这部书作于战国时期的大作，其中保存了不少古代的遗文佚事和思想观念，具有一定的参考价值。

《吕氏春秋》汇合了先秦各派学说，"兼儒墨，合名法"，故史称"杂家"。吕不韦借门客之手撰写《吕氏春秋》,虽主要靠借他人之光提高其形象，但在文化事业上确实是做了件大好事，功不可没。

接着，喜文又给班固兄弟讲了《韩非囚秦著述》的故事：

韩非生活于战国末期，这时期经历了春秋以来约300年的战争动乱局面，结束了奴隶制的统治，封建主义的经济基础已经巩固，封建主义的上层建筑也初步确立。要求出现一个统一的安定发展的政治局势，成为全国人民一致的愿望。韩非的哲学就是这一伟大历史转折时期的产物。他总结了法家在长期变法实践中的经验和教训，继承了荀况的唯物主义哲学路线，改造了《老子》的哲学，为建立统一中央集权封建国家提供了系统的世界观、认识论和社会历史观。

《韩非子·说难》选自战国时代法家学派著作《韩非子》，是《韩非子》55篇中最重要的作品之一。

韩非子认为，游说的真正困难在于所要游说的对象（即君主）的主观好恶，即"知所说之心"，指出为了游说的成功，一要研究人主对于宣传游说的种种逆反心理、二要注意仰承人主的爱憎厚薄、三是断不可撄人主的"逆鳞"。韩非是战国末期的最伟大的思想家之一，是法家思想的集大成者。他的著作《韩非子》共有55篇，《说难》是他后期的作品。

古时臣下在进说君主的过程中会遇到各种困难和危险。

臣下进说君王的困难，不是难在他不够聪明，没有说服能力；也不是难在他口才不好，陈述不清；更不是难在他考虑不周，无法说出全部意思。韩非目睹战国后期的韩国积贫积弱，多次上书韩王，希望改变当时治国不务法制、养非所用、用非所养的情况，但其主张始终得不到采纳。韩非认为这是"廉直不容于邪枉之臣"，便退而著书，写出了《孤愤》《说难》等著作。韩非的书流传到秦国，为秦王嬴政所赏识，秦王以派兵攻打韩国相威胁，迫使韩王让韩非到秦国为其效力。

韩非是韩王安的儿子，他虽是战国末期最顶尖的人才，法家最杰出的代表，思想及政见均远超于在他之前的被秦孝公重用的商鞅，但"生于末世运偏消"，韩王的昏庸及韩国的积弱已使韩非英雄无用武之地了，因而他退而著书，写成洋洋十万余言的文字。

韩非子作为战国时期法家代表人物，出生于韩国都城新郑的一个贵族之家。在他年轻的时候，韩国就已经慢慢走向衰败。此时的韩非子也明白这样的道理，想要通过书籍文献来找到解救韩国的良方，可惜一直都没有看到对国家发展有很高价值的东西。

特别是在秦国大将白起率军攻打韩国，直接攻下 50 个城池之后，韩国基本处于灭亡的边缘。此时的韩非子还是一个热血青年，想要通过上书的方式来让韩王任用贤人。可惜的是，韩王并不是一个明君，更没有在意这个热血青年的想法。昏庸的韩王提拔的很多人都是比较浮夸的，根本没有太大的能力。不少有才华的人反而被埋没，无用武之地。

遗憾的是，韩非虽有其才，深为秦始皇赏识，他却被友人丞相李斯忌妒，因迫害死于狱中。

最后，喜文又给班固兄弟讲了《司马迁写〈史记〉》的故事：

就在苏武出使匈奴的第二年，汉武帝派贰师将军李广利带兵 3 万攻打匈奴，打了个大败仗，几乎全军覆没，李广利逃了回来。李广的孙子李陵当时担任骑都尉，带着 5000 名步兵跟匈奴作战。单于亲自率领 3 万骑兵把李陵的步兵团团围困住。尽管李陵的箭法十分好，兵士也十分勇敢，5000千步兵杀了五六千名匈奴骑兵，但是匈奴兵越来越多，汉军寡不敌众，后面又没救兵，最后只剩了 400 多汉兵突围出来。李陵被匈奴逮住，投降了。

李陵投降匈奴的消息震动了朝廷。汉武帝把李陵的母亲和妻儿都下了监狱，并且召集大臣，要他们议一议李陵的罪行。

大臣们都谴责李陵不该贪生怕死，向匈奴投降。汉武帝问太史令司马迁，听听他的意见。

司马迁说："李陵带去的步兵不满 5000，他深入到敌人的腹地，打击了几万敌人。他虽然打了败仗，可是杀了这么多的敌人，也可以向天下人交代了。李陵不肯马上去死，准有他的主意。他一定还想将功赎罪来报答皇上。"

汉武帝听了，认为司马迁这样为李陵辩护，是有意贬低李广利（李广利是汉武帝宠妃的哥哥），勃然大怒，说："你这样替投降敌人的人强辩，不是存心反对朝廷吗？"他吆喝一声，就把司马迁下了监狱，交给廷尉审问。

审问下来，把司马迁定了罪，应该受腐刑（一种肉刑）。司马迁拿不出钱赎罪，只好受了刑罚，关在监狱里。

司马迁认为受腐刑是一件很丢脸的事，他几乎想自杀。但他想到自己有一件极重要的工作没有完成，不应该死。因为当时他正在用全部精力写一部书，这就是我国古代最伟大的历史著作——《史记》。原来，司马迁的祖上好几辈都担任史官，父亲司马谈也是汉朝的太史令。司马迁 10 岁的时候，就跟随父亲到了长安，从小就读了不少书籍。

为了搜集史料，开阔眼界，司马迁从 20 岁开始，就游历祖国各地。他到过浙江会稽，看了传说中大禹召集部落首领开会的地方；到过长沙，在汨罗江边凭吊爱国诗人屈原；他到过曲阜，考察孔子讲学的遗址；他到过汉高祖的故乡，听取沛县父老讲述刘邦起兵的情况……这种游览和考察，使司马迁获得了大量的知识，又从民间语言中汲取了丰富的养料，给司马迁的写作打下了重要的基础。

以后，司马迁当了汉武帝的侍从官，又跟随皇帝巡行各地，还奉命到巴、蜀、昆明一带视察。司马谈死后，司马迁继承父亲的职务，做了太史令，他阅读和搜集的史料就更多了。在他正准备着手写作的时候，就为了替李陵辩护得罪武帝，下了监狱，受了刑。他痛苦地想：这是我自己的过错呀。现在受了刑，身子毁了，没有用了。他又想到了孔子、左丘明、孙武、孙膑等人，他们虽然受尽了屈辱，但却取得了骄人的成绩，而这等成绩的取得，大是作者心里有郁闷，或者理想行不通的时候才写出来的。我为什么不利用这个时候把这部史书写好呢？于是，他便把从传说中的黄帝时代开始，一直到汉武帝太始二（前 95）年为止的这段时期的历史，编写成 130 篇、52 万字的巨大著作《史记》。司马迁在他的《史记》中，对古代一些著名人物的事迹都做了详细的叙述。他对于农民起义的领袖陈胜、吴广，给予高度的评价；对被压迫的下层人物往往表示同情的态度。他还把古代文献中过于艰深的文字改写成当时比较浅近的文字。人物描写和情节描述，形象鲜明，语言生动活泼。因此，《史记》是一部伟大的历史著作。

司马迁出了监狱以后，担任中书令，后来郁郁而终。但他和他的著作

班氏演义

《史记》在我国的史学史、文学史上都享有很高的地位。

当时，当母亲喜文给班固、班超讲完了这些故事以后，她问二子："听了母亲讲的故事，你们作何感想呢？"

班固说："对于母亲讲的这些故事，儿已记在心里，以后会写在笔下。我决心做孔子、司马迁那样的人，一生著史，力获大的成就。"

班超说："对于这些个人，我最佩服的还是孙武、孙膑。我以后一定像孙武、孙膑一样，当一个伟大的军事家。"

喜文听了，心中且喜且忧，她暗暗想："难道我们的超儿，以后会像他的生母弄剑妹一样，是一个练武之才吗？"心里虽这样想，但她并不声张，只是说："看来，超儿好武，这为娘并不反对。不过，凡习武之人，只因不通文墨，多为武夫莽汉，成不了大事情。我们超儿，应文武皆能才行。你今年幼，可以习文为主，待你稍长，要练武也行啊！"

班超说："谨遵母命！"

# 第九章　华山练剑　班超通文武也精

一天又一天，一年又一年，班超渐长至18岁，他已是一个大小伙了。一日，班超在西都长安办事，偶遇相士袁天淳，即上前让给自己看相。袁天淳刚一看相，便知班超是何许人也，他笑问："你是不是姓班？"

"对呀！"班超说。

"是啊！"班超说。

"是不是名超？"袁天淳又问。

"然也！"班超十分奇怪地问，"你怎么知道？"

"我不仅知你名，还知你父名叫班彪，你兄名叫班固，你妹叫班昭，你姑奶便是大名鼎鼎的班婕好。"袁天淳说。

班超更奇怪了，问："难道你去过我家，对我家人的情况怎么一清二楚？"

袁天淳说："去虽未去，但卦象之人，应未问先知，这才是真正的相士。我并非高人，但对'四班'却略知一二。"他又问，"你是不是扶风郡人？"

班超说："正是。"

袁天淳说："我不仅知你们四班之名，你母之名亦知，你信否？"

班超摇摇头说："不信。"

袁天淳说："你母是樊喜文，她是樊家庄樊员外的唯一女儿，对不对？"

班超不由大吃一惊，他方知袁天淳是位高人，忙让他给自己看相。

袁天淳仔细看了看班超，说道："你今天虽只是一个常人，可他日当封侯万里。"

班超十分奇怪地问："这是什么原因？"

袁天淳紧盯着班超说："因为你燕颔虎颈，十分威武，有万里侯之相。惜只惜，你今虽腹有文墨，但却手中无艺啊！"

班超再行细问，袁天淳却隐而作答："家中虽有七星剑，可惜不能上华山，西边立功东学艺，将来封侯当万里。"

班超急问："我可以上华山，但当找何人？"

袁天淳说："你结缘南峰，可拜师华山道长。"

班超说："我闻华山道长乃当世高人，我去拜师，他若所拒之，又当如何？"

袁天淳顺手拔下卦箱上所插的那面杏黄小旗，交给班超说："单凭此旗，你即可成为华山道长的弟子。"

班超便接过那面杏黄小旗，小心翼翼地保存起来。袁天淳看着手持杏黄小旗的班超，不由得抚须大笑。而后，他挎起提卦箱，飘然而去。

再说，这一天，班彪回乡探亲，他骑马而归，来到府第门前，便缓缓下得马来。

守卫人一见，急忙进府禀报。喜文哪里敢怠慢，忙同儿子班固、女儿班昭忙出门迎接。班昭小班固 10 岁，她是喜文后来生的，是一位聪明美丽的小姑娘。

一见父亲，小班昭便首先扑了上去，拽住了班彪的衣襟喊："爹爹好！爹爹好！"

班彪急忙抱起小班昭，把她亲了又亲，说："好啊！我们的昭儿，都长成大姑娘了！"

喜文略有嗔怪地说："这都好几年了，你才回来探亲。赶你下一次回来探亲，咱们的昭儿，恐怕都要出嫁了。"

小班昭努着嘴说："我不嫁，不嫁！就是不嫁！"

班彪十分疼爱地说：好！不嫁不嫁就不嫁，昭儿老待在老班家。"小班昭这才抿嘴笑了。

班彪一家人，全都拥进了班彪寝室。班彪看了看一帮人，因不见班超，便问："超儿呢？"

喜文说："他昨日去了长安，今日即会归来。"

正说话之间，看门人来报，说二公子已归。看门人前脚刚走，班超已走了进来，忙向父亲问好。

这时，班固故意引班昭离开，屋里只剩下班超同父母谈话。班彪问："超儿，你去长安，可有所闻。"

班超说："父亲母亲，儿正好有一事相禀。"他便向父母谈及自己让袁天淳看相的事。

喜文一听，唯怕袁天淳说破了班超的生母是妹妹弄剑一事，便问："袁天淳他再没说别的。"

班超说："没有。"

喜文再行探问："他提及你外公樊员外了吗？"

班超说："提及了，他说您是外公唯一的女儿。"

喜文这才长了吁一口气，说："是的，我正是你外公唯一的女儿，也可以说是宝贝蛋吧！"

班彪对班超说："袁天淳乃高人神人，他既有让你习武一说，那你就习武吧！"

班超说："孩儿自知，我并非吃文墨饭之人，也许正是使枪弄棍的料，如若父母应允，孩儿即当学武。"

班彪说："人各有志，不能勉强，你若有习武之意，我们怎么能拦你呢？"说罢，他即从自己的腰间，卸下那把七星剑，把它交给班超说："超儿，此七星剑，本是樊哙用剑，世传而至你外公樊员外手中，你外公把它转赠于我，系为父至爱之物。今将此剑交付与你，愿你刻苦练武，能成为文武全才。"

班超郑重接过剑来，说："那，孩儿当去何处学武呢？"

班彪说："这还用问吗？袁天淳他已经挑明，让你去华山学艺，你去就是了。"

班超说："孩儿谨遵父命。"

今故事讲到这里，那我们不得不将故事的时间往前推移，移到楚霸王项羽自刎乌江的那个时候。且说，汉高帝五（前202）年十二月，项羽到达垓下，身边只剩下少数士兵和少量食物，与汉军交战没能取胜，就退入营寨固守，即被汉军和诸侯人马团团包围。

晚上，项羽听到汉军从四面都唱起楚歌，大惊失色，说："楚地已经尽皆被汉军占领了吗？为什么会有这么多楚人？"于是，他夜里起来，在帐中饮酒，慷慨悲歌，泪流满面，随从的属下也忍不住哭了起来。项羽骑上他那匹名叫乌骓的骏马，有800多名勇士都骑马跟随着他，他们乘夜色突破重围，往南奔逃。

天亮之前，汉军都没发现项羽跑了。待发现后，韩信即命令骑将灌婴率领5000骑兵前去追赶。项羽渡过淮河，跟上来的骑兵只剩100多人。到达阴陵后，项羽一行迷了路，恰好碰到一个老农，就请他指路。农夫问："你是何人？"

项羽说："我乃西楚霸王项羽，今日落难至此，请能指明路径。如若逃过此劫，他日定有重谢！"

项羽不说还罢，他一表明身份，老农便仇涌心头，恨火难平，暗思：难道，这就是杀人魔王项羽！正是他，杀了多少秦军？害了多少秦人？焚了多少秦宫？想不到，他也会有今天……想了一阵，他故意把方向指反，说："往左走。"项羽等人便往左走，可他们不向左走还罢，往左走得一阵，陷入茫茫的沼泽之中，人不能前，马不能行，很快被汉军追上了。

项羽又领兵向东奔逃，到达东城时，身边只剩下28个骑兵。可是，却有几千汉军骑兵追来。楚军兵少将寡，人困马乏，汉军兵多将广，士气正盛，项羽怎么办呢？他知道，自己这次真的走到了人生的尽头，便对手下骑兵这样说："我起兵到现在，已经8年了，身经70多次战斗，从来没有失败过，这才称霸天下。之所以有今天的结局，是老天要亡我项羽，不是我用兵的过错！今天要决一死战，咱们并肩作战，突破重围，斩杀敌将，砍倒军旗，连胜三次，让你们知道是老天要亡我，我用兵并没有过错。"

于是，项羽将手下人马分成四个小队，面朝四个方向，汉军把他们重重包围。项羽对他的骑兵说："看我为你们斩他一名将领！"他下令四队骑兵朝不同方向冲过去，约定在山的东边会合，分为三个地方。接着，项羽大声呼喊，策马飞奔而下，汉军溃散，一名将领被项羽砍杀。郎中骑将杨喜率先追击项羽，项羽瞪大眼睛，吼声如雷，其战马因之受惊，竟被惊退。

项羽与他的骑兵分三处会合，汉军不清楚项羽的确切位置，就兵分三路，又把他们包围起来。项羽奔突冲杀，又斩杀了汉军的一名都尉，杀死汉军几十人。随后，他把手下人聚集起来，见只损失了两名骑兵。项羽对他的骑兵说："怎么样？"手下都十分敬佩地回答："大王神勇无比，一切都和您说的一样！"

项羽想东渡乌江，乌江亭长的船靠在岸边准备渡项羽过河，他劝项羽说："江东虽然狭小，地方也有千里，百姓几十万人，也足以称王了。希望大王赶快渡江！现在只有我有船，汉军只能看着我们渡江了。"

项羽苦笑着说："老天要亡我，我还渡江干什么？况且当初八千江东子弟跟随我过江，如今只有我一个人回去。即使江东父老可怜我，仍旧让我为王，我又有什么脸面去见他们呢？就算他们什么也不说，难道我就能心安理得吗？"于是，他把自己的坐骑乌骓马送给了亭长。

项羽让骑兵都下马步行，与汉军短兵相接。仅项羽一人就杀死了几百人，他自己也身受十多处伤。

项羽回头看见汉军骑司马吕马童，说："这不是老朋友吕马童嘛！"吕马童转过头，对众将士说："项王就是这位，大家可认好了！"

项羽说："听说刘邦悬赏了一千金和万户侯求我这颗头，那么，我就把这个好处送给你吧！"于是，便欲自刎。

说时迟，那时快，项羽正自刎之际，杨喜已飞马向前，砍掉了项羽的一个大腿。又有王翳上前，砍下项羽头颅。汉骑兵们蜂拥而上，争抢项羽的尸体，几十个人自相残杀而死。一场恶战之下，最后，项羽的肢体分别被王翳、杨喜、吕马童和郎中吕胜、杨武砍开。于是，万户封地被五人平分，五人全受封为列侯。而斩杀项羽封侯，这也是刘邦早先的许诺："说若杀了项羽，便封其侯。"

那么，在这里，我们看到了一个颇具传奇色彩的人，这个人便是杨喜。杨喜之父杨硕，生于战国末期，他随父定居陕西华阴，隐居在华山，在羊公石室洞习天文。秦始皇登帝位后，曾五次征诏，杨硕不仕；汉高祖刘邦攻下咸阳时，曾驻军灞上，聘杨硕从军征战，西汉立国后被封为太史。杨喜也在汉军中任骑兵队长，作战异常勇猛，他随汉军追杀项羽时，同其他四人各砍得项羽一块肢体，而杨喜首先砍下的是项羽的大腿，便被封之为赤泉侯，位居将相之上。从此，西汉、东汉426年，杨氏一门一直人杰辈出，多位子孙在汉代出将入相、公卿连绵，长盛发展400多年。

最有名如杨喜的四世孙，即为西汉宰相杨敞，汉昭帝时位列三公，对西汉的"昭宣盛世"做出了重要贡献。杨敞还是著名史学家司马迁的女婿，他也对司马迁著书立说有过帮助。

东汉时期，杨敞的后代中杨震、杨秉、杨赐、杨彪均位列三公之职，成为中国历史上第一个"四世三公"的家族，与汝南的袁氏并称。

杨宝是名士杨震之父，他一直隐于弘农华阴。相传，杨宝在9岁时，在华阴山北（华山之北）见一只凶恶的大鸱鸮，咬伤了一只黄雀，后又被一堆蚂蚁团团围着。杨宝见后，起了恻隐之心，救了那只受伤的黄雀。后来，杨宝将黄雀放置在箱中保护它，又用黄花喂养黄雀。直至黄雀的伤养好之后，杨宝又将其放走。事后，杨宝梦见黄雀化作一个黄衣童子回来报恩："我西王母使者，君仁爱救拯，实感成济。"并以白环四枚赠送给杨宝："令君子孙洁白，位登三事（三公，东汉以太尉、司徒、司空为三公），当如此环矣。"黄衣童子讲完了这些话，就不见了。此后，杨宝的儿子杨震、孙子杨秉、曾孙杨赐、玄孙杨彪均如黄衣童子的说话一样"四世太尉，德业相继"，全都做官至三公，而且品德操守方面都非常的清白。当时成为了传奇，后人用便用"结草衔环"比喻别人对施恩者有恩必报。

杨宝因刻苦攻读欧阳生所传授讲解的《今文尚书》，而成为当时名儒。衰、平二帝时，杨宝隐居民间，以教书为生。居摄二（7）年，杨宝与龚胜、龚舍、蒋翊一起被王莽征召，他因不愿出仕做官，便逃避隐匿，不知去向。东汉光武帝刘秀很敬重杨宝才华、学识、品德和气节，建武中特派官家车辆征召他入朝做官，他因年老有病，未能成行，而老死家中。

别的，且先不说。因为笔者毕竟是在写小说，而不是在写史书。笔者只说这杨喜之后的杨宝有一位后人，他虽然官位不高，权力不大，但是武功高强，剑术精深，极有军事才能。可他一不想当官，二不愿为仕，只身来到华山，成了华山道长，当了一名隐士。这要么是上天的安排，要么是机缘的巧合，大约在汉建武二十八（52）年，也正值班超20岁的时候，他来到了华山之巅，欲拜华山道长为师。

华山，好一座雄伟的华山，好一片绮丽的风光，好一个秀美的南峰：那落雁峰、仰天池、黑龙潭、迎客松……松桧峰的风光更为奇特：八卦池、南天门、朝元洞、长空栈道、全真岩、鹰翅石等。华山，古称"西岳"，雅称"太华山"，为五岳之一。南峰是华山最高峰，山间松林迤逦数里，杂以桧柏，浓荫匝地，真格险峻秀美无比。南峰顶上不仅有老君洞，还有老子峰、炼丹炉、八卦池，这些景点，都与老子的传说有关。老君洞北，又有太上泉，又称"仰天池"，泉水终年碧绿，十分神秘。

南峰海拔 2160.8 米，为华山最高峰。南峰有一峰二顶，东顶松桧峰，因长有许多松桧树而得名；西顶落雁峰，即南峰极顶，说是由于山太高，大雁到这里也飞不过去，故取此名。如登上南峰，极目四眺，众山皆在脚下，俯瞰黄土高原、渭河平原，黄河、泾河、渭河皆收眼底，令人豪情满怀，实乃"只有天在上，更无山与齐。举头红日近，回首白云低"。正因为是五岳最高峰，所以古人尊称它是"华山元首"。在南峰西，还有一孝子峰。在《宝莲灯》神话传说中，说三圣母因私结人间姻缘，被二郎神压在西峰巨石下。她的儿子沉香执神斧前来救母，因不知母亲被压的具体位置，便站在这里哭喊母亲。山神被他的孝心感动，给他指点迷津，沉香终于劈开了山石，他们母子才得以团圆。于是，后人便称此峰为孝子峰。

松桧峰虽然低于落雁峰，但是面积却比落雁峰要大。它以峰顶乔松巨桧参天蔽日而成名。峰上建有白帝祠，又名金天宫，这是华山神金天少昊的主庙。因庙内主殿屋顶覆以铁瓦，也有称其铁瓦殿的。这里主要有八卦池、南天门、朝元洞、长空栈道、全真岩、避诏岩、鹰翅石等景观。

班超刚上华山南峰，见华山道长正在金天宫门口一处空地上练剑，他只能驻足一旁观看。那华山道长仍在练剑，旁若无人一般。好一阵，华山道长练剑方停，收势立定。班超急忙上前行礼："敢问，您是华山道长吗？"

华山道长不冷不热地说："是又怎样？不是又怎样？"

班超一见，知此人必是华山道长，很有礼貌地说："道长好，小生今日上山，欲跟您拜师学艺，请能收纳。"

华山道长抚须说道："可我们道观，已不收徒。"

班超一听，便话里有话地说："但我是唯一，还望您能破例。"

华山道长听得此话，遂不敢再轻易推辞，他亦话中有话地说："如是唯一，可有旗示。"

班超说："若无旗示，岂敢贸然至此？"随即，他从自己的怀中，掏出袁天淳大师那面写有"日看三相，今剩唯一"的杏黄小旗。

华山道长一见，惊讶地说："难道你果真是袁天淳大师指引而来的高徒？"

班超说："高徒不敢当，但我却是袁天淳大师推荐来的。"

华山道长便说："快，里边请，里边请！"说罢，他即前行引路，班超在后紧跟，他跟随华山道长入了道观，进得道观客厅，华山道长急忙煮茶让座。

二人坐定后，华山道长才说："敢问，你是不是班超？"

班超说："正是。"

华山道长说："前几日，袁天淳大师亲来华山，说你不日将至，我便日日恭候。"

班超惊喜地说："那么，也就是说，道长愿收小生为徒了。"

华山道长十分感叹地说："椽木虽多，栋梁少有，你乃栋梁之材，我怎么能不收呢？更何况，袁天淳大师和我乃是莫逆之交，他之推荐，我岂敢拗之。"

班超即欲行拜师之礼，华山道长说："不忙不忙，既收高徒，岂能草率？我们道观，当举行正式的收徒仪式。"

班超说："班超只是小生一个，何敢连连以高徒相称？"

华山道长说："你想，那袁天淳大师是何等样人，他说你有万里侯之相，咋能不是高徒？更何况，'三班'之名，人人皆知，我焉有不知之理。"

班超十分谦虚地说："想那袁大师，他也有看走眼的时候。"

华山道长肯定地说："不会的，袁大师他看人算事，无有不准，岂能把你看走了眼。"

班超说："幸得袁大师推荐，班超方能上了华山，成为道长的门徒，真得感谢他。"

这时，华山道长吩咐一道士："华能，你下去安排，做好行拜师之礼的准备，今日便举行收徒仪式。"华能道士便急急而退，去做准备工作。

当日下午，在金天宫道观大厅，华山道长率众先行上香。上完香，华山道长坐于八仙桌右首，继续举行了下面的仪式。

华能道士上前，问华山道长："那您的左首，本是荐人袁天淳大师的座位，这如何安排？"

华山道长说："可将袁天淳大师的杏黄小旗摆上，用以代表大师，只惜袁大师他未到……"谁知，他话音未落，袁天淳大师却突然现身："谁说鄙人未到。"

袁天淳的突然出现，使大厅一片哗然，华山道长赶忙让袁天淳在荐师之位入座。

班超不敢呆坐，他急忙向袁天淳施礼："多亏大师推荐，我才有幸成为道长弟子，今大师又亲临华山，班超不胜感激。"

华山道长忙向袁天淳还礼："如无大师推荐，我何以能收得班超高徒，今大师又亲临道观，实为道观蓬荜生辉。"

袁天淳呢？他此时变得像个老顽童一般，十分欣喜地说："长安得识万里侯，荐其华山南峰走。看相收徒皆唯一，难得道长收高徒。今能推荐班超高徒于道长，实乃吾之幸也！"

而后，他们即行拜师之礼，班超先行三跪三拜，恳请师父华山道长的教诲。

班超再三拜九叩，表示要按规学艺。班超双手举帖，顶于头上，将拜师帖口朝上，表示敬师如天。

华山道长接过师帖，班超向师父恭敬敬茶。华山道长接过茶来，将茶缓缓饮之，颇似饮酒一般。

班超再拜荐师袁天淳，拜各位来宾，后拜华能、华为等各位师兄。最后，由华山道长进行训话，宣布门规。经一场庄重的拜师仪式之后，班超即成为华山道长的正式弟子。

拜师仪式之后，袁天淳便随即下山。临行，他又赠班超一段谶言：君子易交小人奸，明枪易躲暗箭难。飞骑洛阳为兄长，正义舌辩上金殿。

班超上了华山之后，一是因华山道长武功高深，剑术非凡；二是因班超天赋极高，聪明勤奋，他学武时间虽短，但其之武艺，超过了华山道长所带多名徒弟的任何一人。

一日间，班超问华山道长："师父，人研武学，但武学的精要是什么？"

华山道长并未言语，他领着班超来到密林，见树上有条正"丝丝"作响、吐着红信子的毒蛇。华山道长悄然出手，飞起一剑，便斩下那毒蛇的头来。而后说："武学的精要，即在于此。"班超豁然开悟，他说："师父，您是说，武学的精要，就在于先斩其首。"

华山道长点点头说："言之有理，为师要说，正是此意。无论对兵、破阵，抑或是临战、破敌，斩其首是最为重要的了。你说这毒蛇毒不毒？很毒！但是，如斩其首，它缘何能施毒呢？领兵对阵也是一样，如若斩其将领，那敌军便成了无头之苍蝇、无引领之羊群，纵他们会嗡嗡发声、蜂拥而来，又有多少战力呢？"

班超又问："那么，人研剑术，但剑术的精要，又在什么地方呢？"

华山道长亦不言语，却冷不防抽出身佩的宝剑，以剑尖直指班超的喉头……班超又豁然开悟，他说："师父，您是不是说，这剑术的精要，是在于抢其先了。"

华山道长听罢大惊，他说："正是此理。但是，这有一个前提，要抢其先，必先知其人，先明其心，你总不能对一个友善的人、无辜的人下狠手吧！也就是说，练剑之人，快才是根本之根本。但是，宝剑虽快，不刺无辜之人，这当然不包括自己的敌人。这也就是人常说的，'先下手为强，后下手者遭殃'，凡使剑者，对于敌手，你一定要抢先下手，这才能立于不败之地。"

班超说："徒儿懂了。"

华山道长紧盯着班超，语重心长地说："你之天赋，超为师十倍；你之智慧，胜为师百倍；你以后的成就，将是为师的千倍万倍！今你拜我为师，本来愧不敢当，但你我毕竟有这样的缘分。依为师之意，你还是早早下山，去干一番大事业吧！"

班超一听，赶紧双膝跪下，对华山道长叩头不已，边叩头边说："徒儿天生愚笨，何敢让师父如此夸奖。今愚徒上山，时间并不很长，兵法战策，仅得皮毛，剑术精要，一窍不通，哪还敢言下山？哪还敢言干大事业呢？请师父莫要逐赶徒儿，让我步入尘世、汇入俗流，成为泛泛之辈。就让我在这华山之巅、幽谷密林，好好地学些本领吧！"

华山道长说："如此之说，不无有理。万事，应顺应其自然。那么，你就在这华山，先安心习武练剑吧！"

班超再次跪下，再行叩头之礼，遂继续待在华山，一边习武练剑，练那十八般武艺；一边细研兵书战策，学那领兵布阵之法，并深陷其中，难以自拔。

班氏演义

# 第十章　领父遗命　孟坚立下著史志

汉建武三十（54）年春，正在洛阳太学读书的班固，突然收到在望都（今河北保定）任望都长的父亲派人飞马传书，称自己病重，让班固速去探望，并称有要事交代。接到父亲亲笔来信，班固丝毫不敢耽搁，当天收拾了些简单行李，便飞马往望都赶来。来到望都，他见父亲卧于病榻，卧床不能动弹，显得十分疲惫，极其憔悴。但那满屋子里，堆的都是书箱。班彪今见儿子来到，他方才现出生机，眼里放出一丝光来。他对班固说："可把我儿盼回来了。"

班固说："孩儿不孝，姗姗来迟，请父亲降罪。"

班彪说："不晚，只要我未断气，我儿能来，并不算晚。"

班固说："父亲说的哪里话？我想，父亲只是小恙，很快便能恢复。"

班彪叹了口气说："固儿，现在可不是说客套话的时候。为父问过医者，已知所剩时日不多，故飞书让我儿前来，确有要事相托，一点也不能耽搁。"

班固说："不知父亲托儿何事？"

班彪指着满屋的书箱，对班固说："这些箱内的东西，它可以说是我毕生的心血，其中有我所写的赋、论、书、记、奏事等。而最重要的，还是我所写的《史记后传》数十篇。"

班固忍不住插话问："您为什么要写《史记后传》呢？"

班彪说："司马迁著了《史记》，这应是中华有史以来最伟大的史书。但是，汉以前的历史，他的记述较粗，汉以来的历史，他的记述虽细，但却只写到了汉武帝太初年间。从那至今，已经过去了整整150年。这150年来，有许许多多重大的历史事件，司马迁他都没有经历也不可能写啊！

·121·

司马迁以后，褚少孙、刘向、刘歆、冯商、扬雄多人，他们也都曾缀集过时事，进行过《史记》补续之事。但是，他们的文笔都十分鄙俗，与司马迁文风大相径庭，根本不配为《史记》的后续之作。不是为父自夸，我之文笔，是比他们强了许多，公认可以作为《史记后传》。我本欲将《史记后传》写完，重在记述汉以来的历史，但是天不作美，让我到了50出头这样的年纪，就要走到人生的尽头。为父并不惧死，但我遗憾的是我的《史记后传》，它不能就这么夭折了啊！"说到这里，班彪指了指床沿，示意让班固坐下。

班固坐好以后，只听班彪又说："一般来说，一个人一生，只宜做一件事情，特别是写史这件事。司马迁所写的《史记》，也少不了有其祖辈的心血，因为他的先祖，就是周代的史官。为父我一生写《史记后传》，也只写了那几十篇，且都是《史记》未记的汉代之事。而西汉至今，已经历300余年，这既包括西汉，也包括东汉，以及由西汉过渡到东汉的这段时间。但是，东汉还在延续，历史还在发展，其之历史的书写，恐怕还要写数十年，乃至百年，乃至更长。总之，只要汉在延续，汉的历史便要书写，汉代的历史更要书写，这也许是你一个人独力难以完成的事情。可惜你无有帮手啊！"

班固说："初时节，我欲让超弟当我的帮手，让他帮我抄写书稿。可他不喜好此事，已在华山习武，他有自己的志向。倒是妹妹班昭，她小是小，却酷爱看书抄写，已成了我一个好帮手。"

"可是，毕竟男大当婚，女大当嫁，她只能帮你一时，却不能帮你一生啊！"班彪有些叹息地说。

"这，孩儿以后，也当寻求帮手，给自己培养助手。再说班昭妹妹，她以后纵然出嫁，一样可以为我帮忙，她实际是我最理想的帮手。放心吧父亲，我们兄妹一定继承并完成父亲的事业。"班固说。稍停，他又试探性地说，"父亲，您那《史记后传》的书名是否合适？"

"难道不合适吗？"班彪反问。

"《史记》是司马迁所写，《史记后传》是父亲所著，无论如何，《史记后传》都笼罩在《史记》的光环之下。而且，父亲方才交代，我们要重在写汉代的历史啊！这与《史记》，也还是有区别的。我想，我们可不可以，去掉《史记》这一光环呢？"班固说。

"难道，我儿还有更好的书名？"班彪十分惊喜地说。

"可不可以叫《汉书》呢？"班固再次试探，"汉书，汉书，这是专记汉代历史之书啊！"

"好！好！叫《汉书》好！"班彪喜不自禁，竟然坐了起来，对班固说，"这样，先有《史记》，再有《汉书》，既不雷同，又有新意。那《史记》虽然丰富，可它时间跨度过大，内容过于庞杂，难免会显不足。我们著以《汉书》，专写汉代历史，只取汉代之材，就能够写深写透写细，这乃最佳之法。"只是，如此安排，你肩上的担子就很重了啊！"

"可是，这样的重担，孩儿我愿意挑起。"班固十分认真地说，"孩儿思量，这样写叫断代史，以前没有人这样写史，我们这样写，至少是前无古人，但欢迎后有来者，后辈的人，再将历史这样一代一代地记载下来，再一代一代地传承下去，才能历史延续，世代传承啊！"

"好！我儿所思所想，比为父所想更要长远，你这样办就是了。"班彪听得高兴，也听得激动。也许，正因为他过于激动，一时气色大变，体力不支，只能在班固的帮扶下躺下来，便向班固再行嘱咐，"固儿，我仍有事，再向你交代。"

班固便紧依着父亲，靠在在床头细细聆听。

"第一，著述《汉书》，这是为父对你的第一重托；第二，为父死后，就将我埋在望都，不要再费力劳神，把尸体往扶风故乡运了……"班彪说。

"不妥，这确实不妥！"班固急忙打断父亲的话，说，"人言叶落归根，我们岂能让父亲的遗体留在异乡他地，那以后我们怎么尽孝呢？"

"可是，哪里黄土不埋人啊！"班彪咳嗽了一声，又说，"为父不让你拉尸，却要让你拉书。而这些书，比为父的尸体重要多了。你只把这些书都拉回去，继承为父的遗志，完成《汉书》的撰写，那便是最大的尽孝，为父便死也瞑目、含笑九泉了。"

班固问："如若这样，那灵堂如何设置？棺木怎么下葬？"

"那很简单，在故乡扶风郡那边，棺内装些为父衣物，埋个衣冠冢也就是了，这就省了好多事情。"班彪说。

班固泣道："如此，孩儿我只能照办。"

"再有，为父逝后，你就在望都草草安葬，一不要惊动超儿，他今在华山拜师学艺，不能让他分心；二不要惊动你母和你昭妹，扶风距望都遥远，为父不忍心让她们母女劳顿，万一她们因伤心或劳累而引起不适，为父我人在地下心也不安啊！再说，人说死了死了，人若死，一切皆了，我怎忍心还给自己的家人添麻烦呢？"

听到此处，班固悲痛难禁，泪流不止，说："父亲所作所为，当为世人楷模；父亲所思所想，只思照顾家人；父亲所忧所虑，只是写史著述。对于父亲所嘱，孩儿不敢不遵。"

这时，班彪眼里满含泪水，他悲声说道："为父无能，一生只有些少著述，但幸有你们兄弟和妹妹，你和昭妹擅文，而超弟好武，皆为杰出人才，对此我深感慰藉。为父之所以一生持笔，却又装样佩过一阵七星剑，就是盼望你们兄弟，要文武皆能，成为大才。今七星剑已交你弟，为父盼能助他建功立业，于此，你可代替为父，再好好叮嘱一下你弟。"

班固泣不成声地说："父亲所嘱之事，孩儿定一一照办，不敢有丝毫怠慢。"

这时，班彪已经气短，说话也显艰难，并且断断续续，他说："你……你母不易，好……好伺奉；你……著《汉书》，唯此……唯大；你……你超弟能成才，堪……堪担大任；你……你昭妹才女，前……前途无量。似此，满……满门皆荣，子……子女成才，吾……吾有何悔矣！"言毕，他双眼一闭，含笑而去。

对于父亲的交代，班固的确没有丝毫怠慢，一一予以办理。他在望都，匆匆忙忙办完父亲的丧事，便将父亲的书籍遗物，装了几大箱子，又叫了一个车夫，自己同车而行，赶往扶风郡故乡而来。另外，他又雇人飞马传书，叫管家刘绪在途中接应。还好，刘绪来接班固时，自己赶来一辆空车，恰是班固的车子载书过于沉重，便特意匀了一半东西给空车装上，两车便一前一后，继续赶路前行。好不容易，他们赶到了长安，心方才安了下来，因为故乡扶风快到了啊！从长安继续西行，先过的咸阳，次过的槐里，又过了武功，再往西行，便到了一个名叫浪店的地方。对于这个地方，班固并不陌生，刘绪自然更熟，因为此地有一长约三二里的大坡，其坡不但很长，而且很陡，纵有牲口，那阵爬坡亦很费劲。于是，快到坡口时，班固便招呼刘绪和所雇的车夫，叫他们检查检查各自车上的书，没捆好便再捆一下，以免爬坡时会有丢失。恰是这时，车夫赶在前面的这辆车上，有一箱书突然掉落下来，箱子一下摔破，书散落了一地。也还有些班彪的衣物，这阵也撒落下来。班固和刘绪一见，全都吃了一惊，便急忙和车夫一起捡书捆书。捡书之际，班固心里直犯嘀咕：这平平的地方，怎么书箱能掉下车来？又怎么会把书撒一地呢？父亲的衣物，又怎么会撒落此地呢？于是，他对刘绪说："刘管家，书和我父亲的衣物均撒落此地，莫不是预示着，要把我父亲的衣冠冢安于此处？"

刘绪说："老大人的衣冠冢落地，老夫人早已选好了，选在班家谷崖上周原的一块空地，那墓早已打好了，这不能变。真要想利用这地方也好办，因这是槐里曹家的地，你妹班昭便是女主人啊！"

"啊！这是昭妹家的地。"班固惊讶地说。

"是的，这正是你妹妹班昭曹家的地。"刘绪进一步肯定。

刘绪不说不要紧，听他一说，便激起了班固浓浓的兴趣，他索性东瞧西看、南视北望地看起了这个地方：东望，一马平川，后稷教稼台隐隐可见；西望，浪店深沟就在眼前，沟里有漳河水哗哗流淌；南望，岳山高山青色如黛，山顶奇峰积雪皑皑；北望，桥山山岭蜿蜒起伏，辽阔原野禾苗苗壮。只有站在这个地方，才知道什么是关中，什么是秦川？什么是岳山？什么是桥山？不过汉时，这岳山、桥山二山，只是以南北二山相称罢了，今在陕西民间，也依然是这样来相称的。

今眼瞅着巍巍的岳山，班固不由低声吟起诗来：

南山有台，北山有莱。乐只君子，邦家之基。乐只君子，万寿无期。
南山有桑，北山有杨。乐只君子，邦家之光。乐只君子，万寿无疆。
南山有杞，北山有李。乐只君子，民之父母。乐只君子，德音不已。
南山有栲，北山有杻。乐只君子，遐不眉寿。乐只君子，德音是茂。
南山有枸，北山有楰。乐只君子，遐不黄耇。乐只君子，保艾尔后。

班固身旁的刘绪，他听班固吟诗后，不仅好奇发问："少主人，您刚才吟的，究竟是什么诗啊？"

"这是《诗经·小雅》中的《南山有台》。"班固说。

"它写的是什么意思呢？"刘绪问。

此诗共分诗五章，每章六句，每章开头均以南山、北山的草木起兴，民歌味十足。看，南山有台、有桑、有杞、有栲、有枸，北山有莱、有杨、有李、有杻、有楰，正如国家之拥有具备各种美德的君子贤人。兴中有比，富有象征意义。

这首诗前三章的"邦家之基""邦家之光""民之父母"这三句，均言简意赅，以极节省的笔墨为被颂者画像，从大处落笔，字字千金，为祝寿张本。表功不仅是颂德祝寿之所本，而且本身也是其中的必要部分。四、五两章用"遐不眉寿""遐不黄耇"两个反诘句表达祝愿：这样的君子怎能不长眉秀出大有寿相呢？这样的君子怎能不头无白发延年益寿呢？这又是以前三章的表功祝寿为基础的。末了，颂者仍不忘加"保艾尔后"一句。重子嗣，是中国人的传统，由祝福先辈而连及其后裔，使诗歌达到了高潮。

此诗内容虽然单纯，但结构安排相当精巧，五章首尾呼应，回环往复，语意间隔粘连，逐层递进，具有很强的层次感与节奏感。选词用字，要言不烦、举重若轻、颇耐咀嚼，表现出歌词作者的匠心独具。它作为宴享通用之乐歌，其娱乐、祝愿、歌颂、庆贺的综合功能是显而易见的。

"那么，这首诗中的南山，是不是咱们面前这座山呢。"刘绪问。

"是呀！"班固说，"那《诗经》中，还有好几首写及南山的诗呢！你像《信南山》。这首诗呢，它是这样写的，为了不耽误时间，也为了你能听懂，我便以白话文来朗诵了。他一边说，一边朗诵了起来：

终南山山势绵延不断，这里是大禹所辟地盘。成片的原野平展整齐，后代子孙们在此垦田。划分地界又开掘沟渠，田陇纵横向四方伸展。

冬日的阴云密布天上，那雪花坠落纷纷扬扬。再加上细雨溟溟蒙蒙，那水分如此丰沛足量，滋润大地并沾溉四方，让我们庄稼蓬勃生长。

田地的疆界齐齐整整，小米高粱多苗壮茂盛。子孙们如今获得丰收，酒食用谷物制作而成。可奉献神尸款待宾朋，愿神灵保佑赐我长生。

大田中间有居住房屋，田埂边长着瓜果菜蔬。削皮切块腌渍成咸菜，去奉献给伟大的先祖。他们的后代福寿无疆，都是依赖上天的佑护。

祭坛上满杯清酒倾倒，再供奉公牛色红如枣，先祖灵前将祭品献好。操起缀有金铃的鸾刀，剥开牺牲公牛的皮毛，取出它的鲜血和脂膏。

于是进行冬祭献祭品，它们散发出阵阵芳馨。仪式庄重而有条不紊，列祖列宗们欣然驾临。愿赐以宏福万寿无疆，以此回报子孙的孝心。

班固刚一朗诵完，刘绪即说："这首诗，真像是针对您写的。"刘绪说。

"是的，这首诗，真像是针对我写的。但是，还有《蓼莪》，它对于我，其针对性则更强了，我仍用白话文来给你朗诵一下这首诗：

那高高的植物是莪蒿吗？原来不是莪蒿，是没用的青蒿。我可怜的父母啊，为了养育我受尽了辛劳！

那高高的植物是莪蒿吗？原来不是莪蒿，是没用的牡蒿。我可怜的父母啊，为了养育我竟积劳成疾！

小瓶的酒倒空了，那是酒坛的耻辱。失去父母的人与其在世上偷生，不如早早死去的好。没有父亲，我可以依仗谁？没有母亲，我可以依靠谁？出门在外，心怀悲伤，踏入家门，像没有回到家一样。

父亲母亲生我养我，你们抚爱我疼爱我，使我成长培育我，照顾我庇护我，出入都看顾我，我想报答你们的大恩大德，好像苍天的无穷无尽。

南山高峻，狂风发厉，别人都有养育父母的机会，为何只有我遭此祸害？

南山高峻，狂风疾厉，别人都有养育父母的机会，唯独我不能终养父母。

"是的，这首诗，的确像针对您写的。"刘绪听完后说。

班固十分感慨地说："真是的，这首诗才是针对我写的。你看，我的确是一个不孝的儿子，我没有好好孝顺自己的父亲，以致使他积劳成疾，早早离开了人世。似我这样一个失去了父亲的人，如今虽回到了故乡扶风，却仍像没有回来一样。如果可能的话，我真愿用我生命的失去，来换取父亲的复活。如果真能这样，《汉书》的撰写才能加快、才能完成。今有南北二山在这做证，我确有这样的真实想法。"

"但是，这又怎么可能呢？"刘绪说，"少主人，您快别胡思乱想了，咱们还是赶快赶路吧，都快到家了。"

"但是我想，为什么父亲的著述和衣物，会平白无故地散落在这个地方呢？这一定是有原因的。"班固说。

必欲植它。"班固说，"而且，它有旺盛的生命力，被视为吉祥、祥瑞的象征，也是三公宰辅的象征。比如槐绶，它指三公的印绶；槐岳，喻指朝廷高官；槐蝉，则指高官显贵；槐府，是指三化的官署或宅第；槐第，则是指三公的宅第。"

"啊，一个槐树，还有这么多的寓意？"班昭说。

"还有呢？我还没有说完。"班固说，"正因为槐树的生命力极其旺盛，所以它寓意着吉祥，有保佑平安、健康吉祥之意；而且，它也代表财富，庭院植槐树，寓意家庭富贵安康，也寓意财源兴旺。"

班固刚刚说罢，班超还未说话，班昭便抢先说了："我呢？要栽棵梧桐树。"

班超问："你为什么要栽梧桐树呢？"

"因为它干净，好看，又十分实用。它青皮白骨，春开嫩黄小花，犹如枣花一样；其枝头出丝，堕地成油；最是夏季结子，人收能炒食，其味甚美。据说，它的皮、叶、子，还都能入药呢！"班昭说。

班固说："《诗经·大雅·卷阿》云：'凤凰鸣矣，于彼高岗。梧桐生矣，于彼朝阳。菶菶萋萋，雍雍喈喈。'它是说梧桐树生长得十分茂盛，会引得凤凰落在枝头啼鸣。菶菶萋萋，是梧桐的丰茂；雍雍喈喈，是凤鸣之声的叫声，真的十分好听。妹妹这梧桐树，选得真好。"

班超这时半开玩笑半认真地问班昭："俗话说，家有梧桐招凤凰，一般指男子植梧桐，意在招来美丽的姑娘，你一个女孩子家，还招什么凤凰呢？"

"那还不是为了两个哥哥。"班昭说。

"为了我们什么？"班超不解地问。

"我是想给两位哥哥招凤凰呢！"班昭说，"我栽下梧桐树，会给两位哥哥招来两个漂亮的媳妇，我便有了两个贤惠的嫂嫂，这难道不好吗？"

"好，好！妹妹的心思真好。"班固说。

"那我可想不出栽什么树，才能保佑给妹妹以后找个好郎君。"班超又跟班昭开起了玩笑。

班昭没有吭声，只是悄悄从地上抓起一点泥土。而后，她对班超说："二哥，谢谢你的好意，让我亲亲你。"

班超并不留意，他便俯下身来，想让妹妹亲他。冷不防，班昭使手中的泥巴，在班超的脸上猛抹了了一下，给他抹了个大花脸。而后，她猛地抛开，一边跑一边喊："噢，噢！花脸超，花脸超！二哥成了花脸超！"

班超捡起一个土块，假装要打班昭的样子。班昭急忙躲在一棵大树背后，拍着手喊："谁让你欺负我，我就让你变成花脸超！"

"花脸超就花脸超。"班超挠了挠自己的头皮说，"你们都想好了，我还没想好栽什么树呢？"他又想了一阵，猛一跺脚说，"好，就栽它，我栽皂角树。"

班昭问："二哥为什么要栽皂角树呢？"

"首先，它能结皂荚，洗衣服能用，妹妹你爱干净，不正好有用；其次，它能药用，是一种解毒的良药；它冠大荫浓，绿荫如盖，人们正好乘凉呢！"班超说。

"但是，它有刺，这点不好。"班昭说。

"错！"班超说，"它有刺，正是为了保护自己，所以皂角树少人攀爬，也少人砍伐，这也正是它寿命长的原因之一。"

"它材料也不好啊！"班昭说，"它粗粗的、壮壮的，长也长不高，材质也不好，从来就没人拿皂角树做大梁用，更别说把它当栋梁之材。"

"又是个错！"班超说，"皂角树皂角树，它特就特在能长刺刺，结皂角，并是做家具盖大房用的好木料啊！正因为它身上长刺，所以才少人攀爬；正因为它不成才，所以才少人砍伐；正因为它并非栋梁，所以它才能长寿。人有人才，才尽其用；树为木材，也应材尽其用呢！"

班固这时插话说："其实，围绕着皂角树，还有一个故事呢！而且，这个故事的发生地，就在咱们这个地方。"

"有故事，快讲吧！"班昭迫不及待地说。

班固先发问："在咱们郡城东南坡上两三里处，那里有一个有名的村庄，你们知道叫什么庄吗？"

"南宫庄。"班昭抢先回答。

"那里有一大冢，你们知道是谁的冢吗？"班固又问。

"周朝大将南宫适的冢。"班超回答。

"对了，那个村叫南宫庄，那个冢是南宫适的冢，都是为了纪念南宫适而建的，这大家都知道。可是，你们知道南宫适与皂角树的故事吗？"班固问。

"不知道。"班昭老老实实地说。

班超虽未吭气，但是他摇了摇头。

班固便给他俩讲起了南宫适与皂角树的故事——

一次，南宫适领兵出征，路过一偏僻之地，遇到一棵不知名的浑身长刺并结荚的树。南宫适急急向前，打马赶路，不防，它的战马被不知名的树刺所刺。战马被刺，便发惊了，向前疯跳而去。但前面有沟有坎、有山有崖，马若再奔，必有危险……危急时刻，有一小皂隶甲兵奋身向前，进行抢救。南宫适受惊的战马虽被拦住，但拦马的小皂隶甲兵却被马踩死。南宫适见此，不胜悲痛。于是，南宫适便将此事报给了周文王，周文王便给这不知名的树起名叫皂甲树，以纪念那位为抢救将军而英勇牺牲的小皂隶甲兵。但是，人们叫着叫着，便把"皂甲树"叫成了"皂角树"，这是因此种树上结有皂角而得名的。

后来，姜子牙元帅在封神坛封神，南宫适便将那位抢救自己而英勇牺牲的小皂隶甲兵也予封神。姜子牙觉得对此小兵封神不妥，不封又会伤南宫适将军的面子，遂将皂角树封之为"黑煞神"。因皂角树得于封神，敢于对它有看法的人便愈来愈少，而各地的皂角树便愈来愈多，这也正是皂角树其所以少人砍伐并受人敬畏的原因。

听完了班固所讲的有关皂角树的故事，班超和班昭都对哥哥深为佩服。班固也很高兴，便兴致勃勃地对班超和班昭说："好，我们三人选栽的三种树，各人都已选好，它正好代表了我们三人不同的追求和志向。今天，我们就把这三棵树栽下，愿它们能扎根家乡，长成大树，枝繁叶茂，永不枯萎。"说罢，班固便让刘绪安排，派家人去买这三棵树苗。树苗买好后，三人便全都动手，栽下了他们各自的树苗。班昭那时毕竟还小，她的梧桐树，是两位哥哥帮她栽植的。

……

# 第十一章　古窑探秘　兰台秘阁千古奇

三棵树栽好之后，班超又急欲上华山。班固说："你急什么，咱们现在碰一回头不容易，有些事情安排好后，你再走也不迟啊！"

"可还有什么事呢？"班超问。

"父亲生前对我说过，咱们这个村子原名龙湾，耿氏居住时叫耿家台。耿氏搬迁以后，咱姑奶把这个地方买了下来，父母亲成婚时，她把这个宅院赠给了父亲。父亲说，当初，姑奶曾对他讲，可别小看了这个地方，它既是一块风水宝地，是周族的发祥之地，也是龙凤呈祥之地，还是周代的皇家藏书阁呢！"班固说。

"这么说，太史公他会不会来过这个地方？"班昭不禁发问。

"很有可能。"班固说，"太史公的祖先，本为周朝的史官。太史公年轻时，曾经周游全国各地，搜集历史资料，而这里是周代的皇家藏书阁，他又怎么能不来呢？"

"那，这个地方，倒很神秘了。"班超不由也产生了好奇。

"要不，姑奶当初还对父亲说，这是著书立说的最佳之地。"班固说，"我想……"班固欲言又止。

"你想怎么样？"班超听得心急，他对班固说，"咱们是亲兄弟、亲兄妹，有话就直接说，有事就赶紧办，吞吞吐吐干什么呢？我是急着上华山，可如若有事，晚去几天也行嘛！"

"只要兄弟你能不急着上华山，那就先探究一下咱们这个地方。"班固说，"第一，咱们这里既然叫龙湾，那就先找一下，看它与龙到底有没有关系；第二，既然传说它是周代皇家藏书阁，那就查一下，看它到底是不是；第三，耿氏一门，在这里居住了多年，他们也是名门大户啊！咱们也可以找找，看这里还有什么秘密。"

"可以啊！"班超说，"就这事，你吞吐什么？你还不知道我这人，是最爱闯祸惹事和冒险探秘的了。"

这时，班固又说："我今领父遗命，要我撰写《汉书》，我也曾对父亲表过态，一定要完成这一使命。但父亲恐我没有帮手，我起初有让弟弟你做帮手的想法，可你一心习武，我不能拖你后腿，但是……"

"你还不知道我这人，就不是吃文墨饭的，老是猴尻子坐不稳嘛！"班超说。

"二哥顾不上帮你，不还有我嘛，你担心什么？"班昭抢着插上话来。

"这我也对父亲说了，说你是我的好帮手。但你是个女孩子，迟早都要出嫁，总不能帮我一辈子啊！"班固说，

"怎么帮不了你一辈子？我就不出嫁，就帮你一辈子！"班昭这时抢上话说。

班超插话说："哥，咱就按你说的办，分三步走，先办你所说的这三件事。可是，你刚才还有个但是，但是什么呢？"

"我是说，这撰写《汉书》的事，无疑以后主要会落在我的肩上。但是，总得给我安顿个写作的好地方啊！这也是我必欲探究咱们这个地方的真正原因。"班固说。

"这个自然，我们当然得帮你。"班超说。

相比较而言，班超比班固和班昭性子急，在他的催促下，他们三人，当天就动了起来。他们先查看家里的主窑，那主窑高约两丈，宽约两丈，深约十丈，是一个很大很深的窑洞。只此，也看不出它与别人家的窑洞有什么区别。所不同的，它有拐窑，拐窑位于窑后，是一矮小的窑洞，但是它特深特深，里面曲里拐弯，足足有十几丈深。而且，每隔几丈深处，必有一个仅能供一个人钻进钻出的小洞，进得小洞，方有大点的窑洞。对此，班昭不解，她问："弄这么多小洞洞干什么呢？钻起来多不方便！"

班超说："这肯定是防匪徒用的。人有难时，可躲于拐窑之内，匪徒如来追赶，便躲在小洞之中，这是可以御敌的啊！"

班昭这才恍然大悟，说："噢，原来是这样。"

他们一直走到了拐窑尽头，班超再细看那最里边，见是一堵泥墙。他觉得奇怪，便弯起右手中指敲之，竟然"嘭嘭"有声，便说："这拐窑，还未到尽头，因为，这是堵墙，它堵住了去路。"

"那，挖通它。"班昭说，"咱们穿墙而过，看看里边是什么样子。"

于是，班固便唤来了管家刘绪，让他安排家人，挖通了拐窑里边的隔墙。隔墙挖通后，班超便挑灯仗剑，最先往里钻去，班昭跟着班超，班固跟着班昭，他们三人，组成了一个严密的探险小分队。"啊！这原来是个窖子啊！"班超最先惊叫着说，他是借灯笼的亮光，才发现里边是窖子，便不由惊叫起来。

"是窖子。"班固也作了肯定。

"什么是窖子？"班昭问。

"它既可以说是地道，也可以说是一种应急避难的通道。"班固说。

"这窖子的形式，可多了。"班超说。

"正是的。"班固说，"我听说过，在咱们这一带，有一个窖子，它里面面积也几百平方米，能容纳上千人，光进出口就有六个：第一个是提升、下方物料的进出口，窖子口设置有滑轮，滑轮上搭有绳子，用此来提升运送生活必需品；第二个进出口处是一条小河，紧急情况下由此可以进出，并能解决在窖子中避难人员的用水问题；第三个和第四个进出口都垒有灶台，在这里可以烧火做饭；第五个进出口竖有梯子，通往另一处悬崖半山腰的台阶，台阶延伸到一条小路，小路一直通往一处沟底，紧急情况下人可以逃生；第六个进出口是一个投掷口，窖口为圆形，窖子内地上放有石块，如有人想通过悬崖上的小路来袭时，可以投掷石块来袭击敌人。"

"但是，窖子并不是保险柜啊！"班超说，"它更多的功能，是用于逃生，用于避难，而不是攻敌和御敌。好了，咱们不说窖子了，赶快走吧！"他特意给班昭和班固打起了招呼："小心，我往前走了。"

"走吧！"班固答应了一声，他们兄弟二人，便夹裹着妹妹班昭，一直往里走去。走约几十丈远，他们看见了一个井筒，还有人正在绞水。班超轻轻"嘘"了一声，他先止步不前，班昭自然会意，她背过身去，拦了拦

# 第十二章　英雄救美　引出一段鸳鸯情

这一天，班超对华山道长说："师父，我想下趟山，去买点东西。"

"可以啊！"华山道长问，"你想买什么东西？"

"买点麻纸，写字好用。"班超说，"我这段时间，看兵书战策多有体悟，想把它写下来。还有学武练剑的体会，也得写下来，要不会忘掉的。"

"是这样的。"华山道长说，"人常说，脑记不如心记，心记不如笔记，一旦进行笔记，一旦形成了书，就能永远记录下来，流传下去，你还真是个有心人呢！但是，那麻纸，它不好写字，一写就印成墨疙瘩。"

"可以写啊！"班超说，"咱们华山下，有个名叫纸坊的村子，那里有一家专制麻纸的邓氏作坊。以前，那麻纸只能做烧纸，写字不能用。可我哥写书必须用纸，并且用量挺大，我要求那造纸作坊的邓坊主，让设法造出写字的麻纸，他特意配浆配料，真的造出了好纸，写字效果还很不错，我哥正用它写《汉书》呢！"

"能写字就好，能写字就好！"华山道长听罢，十分高兴地说，"我也想写点东西，欲让你代买些帛绸或空白竹简，今有你说的这种能写字的麻纸，我还要那些东西做什么。这样，你给我也捎点好麻纸来。"

"好嘞！"班超说罢，即想下山，并欲佩上他那把七星剑。

华山道长一见，便说："你下山只是买麻纸，也没别的什么事情，宝剑就不带了吧！"

班超说："带上它，可以防身嘛！"

华山道长说："以你现在的武功，纵然赤手空拳，自我防身足矣！而初学武功的人，一旦使用武器，都不易把控。我生怕你带上宝剑，会惹出什么事来。"

班超一听也是，便说："师父所说，很有道理。我们年轻人，都爱激动，更爱冲动，手中一有武器，真的极易惹出事来，您不让带宝剑是对的。"于是，他便未带宝剑，只是空身一人下山。下山以后，便直奔纸纺村而去，这时已到了下午。

班超到了纸坊村一邻村时，突然听得一个姑娘的喊声："救命啊！救命啊！"抬头看时，但见三个小流氓，正将一位年轻的姑娘拉往一片树林，欲行非礼之事。

班超一见，勃然大怒，便快步如飞，直扑绑架姑娘的那三个小流氓而去。只一阵，他便赶到了小流氓们的跟前。眼见，那三个家伙全都流里流气，凶狠无比：为首的流氓甲五大三粗，长得像只狗熊；流氓乙精壮强悍，正如一只恶狼；流氓丙虽然瘦似猴子，但是眼里射出贼光，正如一只狐狸。这时，班超大吼一声："昭昭日月，朗朗乾坤，你们竟敢强抢良家女子，眼里可有王法？"

三个小流氓先是一怔，很快便回过神来。"狗熊"嘿嘿冷笑着说："嗨，这盐里没你，醋里没你，你是从哪个老鼠窝里钻出来的，胆敢坏老子们的好事。"

"恶狼"乙说："你这是，半路上杀出个拦路神，尻嘴硬来尻（gōu，陕西方言）子松，你敢动手吗？"

"狐狸"说："跟他磨什么牙？揍他！揍他！揍他狗日的！"他站在那里，只是动口，却不动手，流氓甲和流氓乙却欲动手。

于是，流氓甲和流氓乙松开那位姑娘，便要跟班超动手。还是"狐狸"最为狡猾，他说："好不容易，我们才逮住个猎物，快绑了她，别让这女子跑了！""恶狼"听说，忙使绳子将姑娘绑在树上，"狗熊"则与班超在相互僵持。

"恶狼"绑住姑娘后，便和"狐狸"一起过来帮助"狗熊"与班超缠斗。可"狐狸"仍只是动口，不动手，一个劲地鼓动"狗熊""恶狼"上，他自己只是站在那里督阵。班超这阵，哪会把这三个小流氓放在眼里。动手之际，他三下五除二，便把三个小流氓全放倒在地。"狐狸"一看不好，他说一声："本以为只是来了个毛毛兵，不料却是个铁锭锭。弟兄们，掏家伙，做了他！"

他这一喊不要紧，三人全都掏出了家伙，因为他们每人都带着一把短刀。有刀在手，他们便涨了气势，添了威风，都挥刀踢腿，伸胳膊展腰，直朝班超奔来。那姑娘一见大惊，朝班超哭喊起来："你是个好人，能来搭救我就不错了。但你赤手空拳，人家却人人持刀，你不要为我搭上命，赶快逃吧！"

班超冷笑一声，说："这该逃的不是我，而是他们，他们当赶快逃才是。"

"狐狸"一听，讥讽说："没想到，这家伙，还是个牙咬铁钉——嘴硬。嘴硬就嘴硬，先放了这狗日的气，扎他个满身血窟窿，再撕烂他的嘴，戳瞎他的狗眼睛，上啊！""狗熊"一听，便带头先上，他左手握拳，右手持刀，直扑班超而来。"恶狼"一见，也手持利刀，从一侧冲了过来。"狐狸"呢？他也持刀，但却不冲锋，只是在用刀指挥，那把刀，竟变成了指挥棒："快，你们可前后夹攻，一人刺背，一人刺胸，休让这小子跑了！"他呀！真是一只狡猾的狐狸。

班超眼见：自己一人，他们三个；自己空手，他们持刀；自己势单，他们群号……怎么办呢？有道是，擒贼先擒王！他看得出，三人之中，虽然"狗熊"最为粗壮，几乎能顶两个"狐狸"，但是，那头儿分明就是"狐狸"，因为就他老是只动口不动手，不停地发号施令进行指挥。那么，自己应先对付的，也便是这只"狐狸"了。于是，他先设法躲过"狗熊""恶狼"二人之刀，再猛地甩出拳来，直砸"恶狼"的面门。"恶狼"猛地一惊，心想："我的妈呀！真是柿子专拣软的捏，他看我弱小，便先冲我来了，溜吧！"于是，他猛一低头，再一转身，就想溜走。"狗熊"看得好笑，骂一声："闷屁！软蛋！"但就在这时，班超却将身一转，拳一挥，再顺势往起一跃，那拳便重重地击在"狗熊"面门之上，一拳竟打下两颗牙来。"狗熊"疼极，怒吼道："狗东西，竟敢打我！"便用刀直刺班超。班超再飞身跃起，躲过那刺来之刀，身子如同燕子一般飞出，双手平行出拳，直击"狗熊"的双眼，一下打出两只熊猫眼来。"恶狼"一见大惊，喊道："妈呀！他还是个练家子。""恶狼"喊声未停，班超已从"狗熊"身后跃下，再一脚蹬前，一脚立后,给"狗熊"支好了绊子,再双手用力,猛地往前一推,便把"狗熊"推了个狗吃屎。"恶狼"和"狐狸"看得发愣,就在他们愣神之间,班超已脚踢"狗熊"之刀,手夺"恶狼"之刃,再猛地将身一跃,跃至"狐狸"身后,一下将其擒拿。擒拿之际,他早已夺下"狐狸"手中的利刃,直抵"狐狸"的喉头。"狐狸"赶紧求饶:"爷爷饶命!爷爷饶命!"

"狗熊"一见,也赶紧跪地求饶:"爷爷,你打我的眼是对的,因为我的眼瞎了,不识高人,不认好汉啊!"

班超冷笑着说:"我不是好汉,你是好汉,爬起来,再来啊!"乘势,他将夺来的一把刀,猛地向那被绑树上的姑娘身上一掷,竟割断了绑她的绳索,而姑娘却毫发无损。再一掷,又将另一把刀飞出十几丈远,直插入一树杆之上。他又以手招呼"狗熊":"起来,起来呀!你仍用刀,我空手,咱们再较量较量。"他这边仍擒拿着"狐狸",那边却招呼着"狗熊",还冷眼斜视着"恶狼",一人对付三个小流氓,却似在玩儿戏一般。

"狗熊"哪里还敢较量,他只是跪了起来,又磕头又作揖地说:"爷爷,我没吃豹子胆,哪敢再较量呢?只要爷爷你饶命,我们就感恩不尽了。你不饶我也行,但只求饶了我们老大,他可不是一般人啊!"

"恶狼"也跪了下来,乞求说:"爷爷饶命!爷爷饶命!你不饶我也行,只求饶了我们老大。"

班超喝问:"谁是你们的老大?"

"狗熊""恶狼"几乎在同一时间,都把右手指向"狐狸",说:"他是我们的老大,求爷爷你饶了他。"

"狐狸"继续求饶:"只要爷爷饶命,你叫我们干什么,我们就干什么。"

那姑娘看得发笑,抿嘴笑道:"人家才多大年纪,你们都叫他爷爷。"

"狐狸"说:"他年龄虽轻,但是功夫很高,是功夫爷爷。"

"狗熊""恶狼"也边磕头边说:"对,是功夫爷爷!功夫爷爷!"

姑娘又接着问:"那么,他是你们爷爷,你们老大是你们什么?"

"是爹爹!是我们的亲爹爹!""狗熊""恶狼"异口同声地说。

班超也听得好笑,说:"你们当我孙子,我还不想要呢!"

"狐狸"急忙改口:"那就当儿子,我这个爹爹的身份,就让给你了。"

"狗熊""恶狼"也跟着帮腔："当儿子！当儿子！我们都给你当儿子！"

"也不要！"班超说，"要你们这些儿子，定会惹出祸事来。"

"狐狸"突然乐了，他说："我懂了，你是想和我们搞结拜，结拜成兄弟。不论年龄大小，你都是我们的头儿，我们的老大，我们都听你的。"

"这个吗？"班超突然把话顿住。

那姑娘这时脸色大变，她唯恐班超同这三个小流氓结成一伙，自己便会刚出虎穴，又入狼窝……于是，她立时做好了逃跑的准备。可是这时，班超却吐出这样一句话来："这连个门隙也没有。""门隙"是陕西的土话，即门缝儿，这句话的意思是，一点可能都没有。对此，姑娘只听了个半懂，三个小流氓却没有听懂，但也听出是不可能的意思。"狐狸"便急忙用手打着自己的脸说："是啊是啊！你怎么能跟我们结拜兄弟呢？你是英雄，我们是狗熊；你是鲜花，我们是牛粪；你是太阳，我们是萤火虫……你只说，叫我们怎么办吧？"

"好吧！我给你们约法三章。"班超说："第一，对于这位姑娘，你们以后永不准骚扰，不准报复她的家人；第二，你们以后要弃恶从善，不准骚扰乡民，不准再干坏事；第三，若有坏人扰民，你们必须挺身而出，保护乡民和他们的财产安全。"

"狐狸"说："类似这样的事，别说是三件，就是三十件、三百件，我们也能做到啊！"

"狗熊""恶狼"忙说："能做到！能做到！"

班超喊一声："万一做不到呢？"

"狐狸"即说："那就打断狗腿，撕烂狗嘴，剜了狗眼，打出狗屎……"他一边说，一边还做着打腿撕嘴剜眼打屁股这样一系列动作。

这一连串的话，一连串的动作，"狗熊""恶狼"自然学不过来，只是不住地打着自己的屁股说："打出狗屎！打出狗屎！打出狗屎……"

"可我能这样做吗？因为你们的狗屎太臭了。"班超说，"但也不能不给你们留些记号，让你们长点记性。"说话之间，他挥刀出手，砍下"狗熊"一耳，削掉"狐狸"鼻尖，又在"恶狼"脸上重重地划了一道，留下了永久的疤痕……顿时，三个小流氓均血流不止，却也顾不上擦，只是磕头求饶：

"爷爷饶命！爷爷饶命！"

"我可以再饶你们的命，但如果你们再不改呢？"班超说。

"改改改！我们纵然是狗，也一定要改掉吃屎。""狐狸"再发毒誓，"如若不改，一定天打五雷轰！天打五雷轰！"

"天打五雷轰！天打五雷轰！""狗熊""恶狼"又鹦哥学舌起来。

"那，难道咱们不喝酒了？""狐狸"问。

"喝你个马尿！"班超怒斥道，"不喝了。你们滚吧！滚得远远的，休让我再看见你们。"班超再喝。

"狐狸"等三个小流氓，全都连滚带爬，跑得无影无踪了。

这一阵，把那姑娘又逗笑了。

"滚，滚吧！"班超又吼了一声。

那三个小流氓一听，便都连滚带爬，准备跑开。

这时，班超又猛喝一声："慢！"

三人赶忙立住。"狗熊"问："爷爷还有何吩咐？"

"再加一条，你们要请我喝酒。"班超说。

"我当是啥事呢？刚把我都吓得都尿裤子了。""狐狸"说，"不就喝酒吗？咱别的没有,酒多的是,天天喝也喝不完,定让爷爷你喝个美,喝个够。"班超眼见，他们说这话的时候，姑娘满脸都是鄙夷之色。

说罢，三个小流氓便开溜了，连个头也没回。见他们都跑远了，班超才对那姑娘说："你也走吧。"

姑娘却不离开，说："走哪里？俗话说，帮人帮到底，救人须救到家。你眼见这伙小流氓要欺负我，就不能把我送回家，眼看天快黑了。万一，我再碰见他们，岂不又要遭殃。"

"你家在哪里？"班超问。

"在纸坊村啊！"姑娘说，"我爹姓邓，开家纸坊，人都称他邓坊主，我村也因此得名纸坊村。"

班超听了十分高兴："啊，邓坊主，我认识啊！我找过他，给我哥买过纸。现在，我正要去你家，正要去买麻纸呢！"

姑娘更为高兴，她说："这么说，你是送人买纸两不误了。"

147

"就是的。"班超说，"你家那麻纸真好，别家的麻纸都写不了字，你家那麻纸能写。"

"那你知道吗？这里面也有我的功劳。"姑娘十分神秘地说，"当初，我爹造的麻纸写不了字，一写就印成了墨疙瘩。我想起我的同学都用桦树皮写字，便对他说，你可以在纸浆中加桦树皮浆和木浆，那麻纸就能写字了。我爹这样做了，果然制出能写字的麻纸来。我带上这些纸，让老师同学们使用，又提了不少建议，那纸便越来越好了。像这，能没有我的功劳吗？"

"好！有你的功劳，有你很大的功劳。"班超十分赞赏地说。

路上，班超问姑娘："我曾经去过你家，也见过你爹，可怎么没见过你啊！"

姑娘说："我一直待在舅舅家，因为舅舅家有私塾，我在那里能读书习字。今天专门回家看我父母亲，却不料……"

"我也是赶巧了，算帮了你一个忙。"班超说。

"这哪里只是帮了个忙呀！"姑娘红着脸说，"你是救了我一条命啊！"

"不敢当！不敢当！"班超十分客气地说。

"敢问你的名字吗？"姑娘这时有些羞怯地问。

"姓班名超，我叫班超！"班超毫不隐瞒。

"我呢？叫邓燕，姓邓的邓，燕子的燕。"那姑娘说。

"挺好听的名字。"班超说。他见这姑娘美丽漂亮，聪明伶俐，班超不禁颇有好感。

姑娘呢？她对班超更是一见钟情，即想将终身托付于他，只是这青天大白日的，月老却哪里找呢？她暗想：好就好在，他不是要买纸嘛，不是要去我家嘛……到那时……再……她一边想着心事，一边同班超拉着话儿："我名字好，可哪有你名字好啊！超者，即超出、超过、超越也！谁人又能及呢？要不，连那三个小流氓，都叫你爷爷呢！"

班超听得有趣，便也半开玩笑地说："因他们都是瞎尿，我不是不要他们这些孙子嘛！"

"他们不还要同你结拜成兄弟吗？"姑娘说。

"我也不是没答应嘛！"班超说。

"那，喝酒呢？这可是你主动提出来的。"邓燕说。

班超故意逗邓燕说："我没别的爱好，就爱喝口小酒，这有什么不对？同他们喝点酒，这总没什么吧！"

"什么没什么，同没有德行的人喝酒，交往那些不好的酒肉朋友，才不应该呢！"邓燕说，"比如，《诗经·小雅·宾之初筵》云：

宾之初筵，左右秩秩，笾豆有楚，肴核维旅。

酒既和旨，饮酒孔偕，钟鼓既设，举醻逸逸。

大侯既抗，弓矢斯张，射夫既同，献尔发功。

发彼有的，以祈尔爵。

籥舞笙鼓，乐既和奏，烝衎烈祖，以洽百礼。

百礼既至，有壬有林，锡尔纯嘏，子孙其湛。

其湛曰乐，各奏尔能，宾载手仇，室人入又。

酌彼康爵，以奏尔时。

宾之初筵，温闻其恭，其未醉止，威仪反反。

曰既醉止，威仪幡幡，舍其坐迁，屡舞僊僊。

其未醉止，威仪抑抑，曰醉既止，威仪怭怭。

是曰既醉，不知其秩。

宾既醉止，载号载呶。乱我笾豆，屡舞僛僛。

是曰既醉，不知其邮，侧弁之俄，屡舞傞傞。

既醉而出，并受其福，醉而不出，是谓伐德。

饮酒孔嘉，维其令仪。

凡此饮酒，或醉或否。既立之监，或佐之史。

彼醉不臧，不醉反耻。式勿从谓，无俾大怠。

匪言勿言，匪由勿语。由醉之言，俾出童羖。

三爵不识，矧敢多又？

班超本有一目九行，过目不忘之能，对于《诗经》也能背诵，却不似邓燕这般背得滚瓜烂熟，今听邓燕一气背诵完《宾之初筵》，不由感到吃惊，有意考问邓燕说："这首诗，我也会背，只不知道它的意思，你懂吗？"

邓燕毫不迟疑，她说："周军东征时，诛杀了武庚，平息了管蔡之乱。

为此，天子亲自设宴，庆贺东征凯旋，慰劳东征将士，上下同庆，三军齐贺，这自然影响到了民间，民间便有了自发的庆贺行为，大家都喝酒庆贺起来。可好多人在喝酒时，却忘记了酒风酒德，忘记了周礼。《宾之初筵》所写，就是在这样一种背景下，有一大户人家，他们哄饮出丑，因饮酒而败德的事件。

"那么，这第一章呢？是描写燕射时人们饮宴的情况。看，大家都分成东西左右，有秩序地登上了筵席，盛满了肉食的各种食器，陈列得整整齐齐，宾客们举起芳香甘甜的美酒一起畅饮，气氛显得十分和谐。席间，还有钟鼓优雅的节奏旋律，伴随着人们你来我往，互相酬酢。紧接着，便是写射了，因为方才饮酒的目的就是为了行射礼。在饮酒行射礼时，大家也都彬彬有礼，有秩有序，这都是符合礼仪的。

"第二章是写祭饮，前八句写祭，祭是以管乐器开始，先用音乐舞蹈来娱愉先祖，即有笙鼓和各种乐器的和鸣，以此进享有功业的祖先，完成了祭祀中应有的种种礼仪，这都没什么错。前八句写祭是以籥（古管乐器）舞开始的。我们周人祭祖，要以音乐舞蹈娱愉先祖，以笙鼓和各种乐器和鸣，以此进享（蒸，衍）有功业的祖先，完成祭祀中应有的种种礼仪。这各种礼仪，真是既隆重又繁多啊！可是，只有这样，神明才能赐给他们极大的幸福，子孙们才可以尽享快乐。后六句写饮，因为祖先赐福于子孙，子孙可以与祖先同乐，于是人们便通过饮酒和比射来娱愉自己了，来宾们找好了自己的对手，主人也来到自己的射位，开始了他们的比赛。人们都举起大杯，奉献给射中靶的射手。

"第三章是描写现实中的饮宴。这已不是为射为祭而饮了，其饮宴的目的就是为了享乐。宴会开始时，来宾们温文尔雅，都恭恭敬敬登上筵席，他们没有醉的时候，一个个持重谨慎，一本正经的样子；当他们醉的时候，便轻浮放荡起来，离开了座位，挥动着长袖翩翩起舞了。其轻浮之状，显然可见。后六句，诗人又重复写其从'未醉'到'既醉'。说他们在没有喝醉的时候，一行一动都小心谨慎，可当喝醉的时候，就把礼仪丢在一边，彼此轻亵侮慢起来。因为这时，人们已经醉了，就再也不管什么威仪了。这前后两层，虽然都是写从'未醉'到'既醉'，但不是简单的重复，而是一层比一层深，从用词看也是这样：第一个'既醉'是'威仪幡幡'，仅仅是不庄重，举止轻浮而已；第二个'既醉'是'威仪僛僛'，'僛'含有轻侮之意，这个失礼的程度要比举止轻浮严重多了。此章分两层写，自然加深了读者印象，使读者感到全筵席的人都醉了。

"第四章描写人们烂醉的种种丑态。宾客们全都醉了，他们便大嚷大叫起来，他们歪歪斜斜地跳舞，打翻踢乱了酒器食器，甚至已经不知道什么是羞耻。于是，一个个都歪戴着帽子，不停地来回来去地跳着。正因为此，诗人便带着厌恶的口吻说，如果喝醉的人能够自觉地离开筵席出去，那么大家都受其福；如果喝醉的人不出去，乱说乱动，那么大家都受其害。所以，诗人希望他们能自重。最后，诗人感慨地说，饮酒是件高兴的事，但始终要保持高雅的酒态。

"第三、四章是全诗的重点，正是因为现实生活中存在这种种饮酒失德的现象，才刺激诗人写出了这首诗。诗人说在饮酒的时候，有醉有不醉的，要设立酒监、酒史，用来监督饮酒时的秩序，防止失礼，这样才能避免那种不以醉为耻、反以不醉为耻的现象，不要鼓励醉鬼再饮，别让他们过分失礼。'匪言'以下言不醉者也要注意劝诫醉者，不该说的话不要向他去说，不该做的也不要随便向醉者戏言，如果听了醉鬼的胡言，他会让你拿出没有犄角的公羊，他们喝了三杯就糊涂了，怎么还敢劝他再饮呢？

"第五章，诗人在提出纠正饮食失仪的措施的同时，也指出饮酒失言，这比失仪更为有害。诗人反复叮咛，谆谆告诫，表现出他希望酗酒者改正的苦心。细味全诗的内容和语气，可以看出作者是饮者当中的一个，是宴会上种种丑态的目睹者。他写诗暴露此事，目的在于消除这种现象。他着眼于周初贵族的有礼有仪，感叹现在打败武庚叛军，平息"三叔之乱"，将士们刚刚东征凯旋，庆贺倒也必然，但仍然要讲究周礼，讲酒风酒德，因为军队必须令行禁止，决不含糊。否则的话，似这样一支喜好饮酒、随时喝酒、酒后失德、醉汹汹的队伍，他们怎么能打胜仗呢？

"虽然，描写酗饮、醉人的诗歌很多，但很少有像《宾之初筵》作者那样，对酗饮醉饮声罚致讨的。《宾之初筵》的作者反对饮酒失仪，他对放纵食欲十分反感。他在劝我们大家应饮酒限量，饮酒有度，喝酒不能喝醉，酒后不能失德，因为我们是周人，我们来自礼仪之邦，所以我们一定要讲酒风酒德，而且要注意节俭，注意节约，不能铺张浪费、大吃大喝啊！

"而据我个人的理解，《宾之初筵》还包含有这样一种意思，也就是说交友要慎重，要交往真正的朋友，诚实的朋友，而不要交往恶劣的朋友、酒肉的朋友，他们不仅仅会使你出洋相，还会给你招祸事啊！可像刚才那几个坏蛋人渣，你为什么要同他们喝酒？为什么要同他们交友呢？"

班超首先对邓燕的才华深为佩服，又听出邓燕这种好心劝诫的话，她不让自己交往"狗熊"那些朋友，可自己的确也无此心。于是他说："你放心吧，我怎么能同那些人交友呢？我只是哄哄他们而已。"

"你哪是哄他们，恐怕是哄我吧！"邓燕说，"我见你让他们请你喝酒，喝得挺认真的。"

"那么，什么时候喝，在哪里喝。我说了吗？"班超问。

"没有。"邓燕说。

"既然如此，又怎么能不是哄他们。"班超说，"我才懒得交往这些酒肉鬼呢！"

邓燕一听，这才长吁了一口气说："你呀，真吓死我了！"

说话之间，他们已经到了纸坊村，到了邓燕家门口。这时，天已经微微发黑了。未曾进门，邓燕便喊了一声："爹！妈！我回来啦！"

邓燕的父母亲听得，忙从屋里奔了出来，齐声说："哎呀，我们燕姑娘回来啦！"到了门口，却见女儿身后跟着一个男子，不由得心里犯嘀咕。

邓燕未曾同父母说话，却放声哭了起来："爹！妈！有人欺负女儿，你们可得替我做主。"

邓燕的父母，立刻将目光瞥向了班超，眼里充满了仇恨，他们以为是这个跟来的男子欺负了女儿。

"就是他，就是他！"邓燕用手指着班超说。

邓燕爹一听，满脸怒气，就要跟班超拼命。班超也自然吃惊。

邓燕却忙说："爹，你弄错了，就是他救了我，他是我的救命恩人，没有他，女儿我真会丢了命呢！"

邓燕的父母听得糊涂，忙拉着女儿走进屋子，把班超也请进了屋，又急忙点亮了灯。进得屋后，邓燕便向父母讲述了自己今天的遭遇。夫妇二人听罢，便一齐下拜，感谢班超救了自己的女儿。班超急忙拉起邓燕父亲，说："邓坊主，你仔细看看，看看我是谁？"

开始因天色太晚，邓坊主未认出班超，现在借着灯光，他仔细一看，不由大叫起来："嗨，我当是谁呢？原来班超，是班二公子，熟人，熟人啊！"他又扭头对夫人说："快，快去收拾饭菜，再温些酒，我同恩人班二公子，好好喝两盅。"

邓夫人急忙退下，去厨房收拾饭菜，邓燕也跟了去，给母亲当帮手。不一会儿，饭菜便已做好，她们盛一方盘，端了上来，搁在炕上，盘内自有美酒。菜盘呈上之后，邓夫人和女儿却都退了下去。班超说："一起用饭吧！"

邓夫人说："不必了，我们母女不能动酒。"说话间，她又悄拉了丈夫一把，邓坊主自然会意，忙说："噢，还有茶，茶未端上，我去端。"他也进了厨房，好一阵才把茶端上。

动筷之前，邓坊主先倒酒一杯，自喝自饮地说："班公子能来寒舍，我邓某不胜荣幸，特先干为敬！"他自个饮罢，即为班超斟酒一杯，端起来说："那么，这杯酒，我先代表我自己，敬恩人一杯。"

班超端起酒来，一饮而尽。邓坊主说："吃菜，快吃菜啊！"他俩便吃起菜来。

稍停，邓坊主再斟酒一杯，对班超说："这杯酒，我代表我夫人，敬恩人一杯，这也是她特意交代的。"

班超再端再饮，倒也没有客套。邓坊主又让他吃菜，吃一阵他又敬酒，更是诚意满满。他十分激动地说："这一杯呢？我代表我的女儿，你是她的恩人，对她有救命之恩啊！"

班超有些不好意思地说："别一口一个恩人，这听起来多别扭，真是要折杀小生。您是长辈，直呼我名得了。"

邓坊主说："救命之恩，恩比山高，恩比海深，怎么感恩，也不为过啊！"

班超说："这类之事，人人帮得，人人救得。"

邓坊主说："恐不见得。当今之世，人心不古，世风日下，诬人者多，帮人者少，害人者众，助人者寡，似公子这样的人，少矣！"

班超说："也不少，不少。"

再吃再喝得一阵，邓坊主问："敢问公子，是否成婚？"

"不曾。"班超说，"先因父亲去世，我自当守孝三年。又因华山学艺，无心谈婚论嫁，想缓后再予考虑。"

"缓后可以缓后，但可以先予订婚，而后再行结婚，这并不矛盾。"邓坊主说。

班超听出邓坊主话中有话，便说："此话怎讲？"

邓坊主说："实不相瞒，我家小女，尚未婚配，我和夫人，都有意将女儿许配公子，不知公子是否愿意？"

班超听罢，半晌不语，只是在沉思。邓坊主问："莫非我家女儿，配不上公子？"

"不是！"班超说，"人常言，婚姻之事，须有'父母之命，媒妁之言'。今我父虽已谢世，可家中还有母亲，这不是我擅自做主的事。"

邓坊主说："这个自然，我即派人前往贵府，向班夫人提你们的婚事，想来她也不会拒绝。"

班超说："我观小姐，她乃女中之凤，更有小姐文才，实乃万里挑一，只怕我班超不能与之相配。因不知她的心意，我们莫要强为。"

邓坊主说："小女如为女中之凤，可公子更是男中之龙，龙凤相配，岂不美哉！至于小女心意，她是这样说的，'救命之恩，无以为报，终身相许，方能相托'。这，即为她的心意，万望公子不要拒绝。"

班超又说："议婚之事，多是男方登门求婚，如邓家去求班家，这却有不妥。"

"有什么妥不妥的。"邓坊主说，"吾闻樊家曾求婚于班家，是女方先有求于男方，这已成为美谈，此故事就发生在你父辈身上，今到了你这里，又怎么不能呢？"

"倒是有这样的事情。"班超这时已无法谢绝，更难以拒绝，便说，"如此，那就听凭您的安排。"

当天夜里，邓坊主即安排班超在家中就宿，让他歇于门口客房。谁知，半夜时分，班超忽听门关轻响，分明是有人在用刀拨门关。他惊觉起身，忙将被内塞以枕头衣物，摆成有人熟睡之状，遂悄立于门后，在静静地看景观戏。稍停，他见门关被人拨开，先后有三个持有大砍刀的蒙面黑衣人悄然而进。一壮汉先挥起大砍刀，猛地朝炕头的枕头上砍去，竟将一截被子衣物齐齐砍断。但他似觉不对，再朝炕上挥刀乱砍，另两个蒙面黑衣人不甘落后，也朝着炕上乱戳乱砍，把被褥衣物都砍戳成了棉花絮儿。但奇怪的是，眼见只有棉絮，却无血迹，只见衣物，难见血肉。有一人大喊："炕上没人，我们上当了！"又有一人喊："人家已有预防，咱们跑吧，赶快跑吧！"

"跑！哪里跑？"班超这时已从门后蹿出，空手夺得一刀，再刀刀相碰，碰飞了两个蒙面黑衣人的那两把刀，并刀逼着他们三人，让他们全都跪下认罪。

这时，邓坊主听见响动，便起身穿衣，挑着灯笼赶了过来。邓夫人和女儿都已惊醒，都找地方躲了起来。邓坊主的灯笼刚一挑进，班超便用刀一一拨下三个蒙面黑衣人的蒙面布来，仔细一看，他便惊叫了一声："狗东西，怎么又是你们？"原来，这正是"狐狸""狗熊""恶狼"三个小流氓。

"我不已对你们约法三章，你们也赌咒发誓，说再不干坏事了。可刚才的举动，你们是干什么？"班超质问。

"我们该死！我们该死！"他们三人，全都自扇着耳光，一个打得比一个重，"狐狸"的嘴里竟渗出血来，并不住地嘟囔说，"我们也有难言之隐，难言之隐！也概不由己，概不由己啊！"原来，这位狐狸一般的小流氓，正是朝臣李家公子李虎。其父李邑，原为当朝议郎，新任谏议大夫，在朝有权有势，今回乡探亲，本欲带儿子进京，想让他去上太学，好走仕途，但是，今见儿子狼狈归来，竟然没有了鼻子，急忙查问情况。得知详情后，他说："今事已至此，你们不如斩草除根，杀了那多事小子和邓坊主一家，以免会有后患。"这样，李虎便又串联"狗熊""恶狼"，一起来邓坊主家生事。

"那么，你们当初是怎么起誓的？"班超又一次喝问。

"我们说，如约法三章做不到，就打断狗腿，撕烂狗嘴，剜了狗眼，打出狗屎……""狐狸"指指自己的假鼻说。

"那好，既然上次已经留了记号，这次再留个小记号。"说话之间，班超飞剑出手，在三个小流氓的脸上，各个又划上了一道疤痕，让他们全都滚开。

……

三个小流氓走后，邓坊主叹了口气说："似此，仍有后患，后患无穷啊！"

班超问："这还有何后患？"

邓坊主说："那位狐狸长相的小子，并非一般小流氓，而是我们当地一大公害。他仗着自己的父亲是朝臣，又是新任谏议大夫，在乡间横行霸道，胡作非为。对此，其父李邑半知情半不知情，不敢把他带到京城，怕他惹是生非，便把他留在了乡间，让他老实规矩，本分做人。可是，这小子待在乡间，与小流氓们互相勾结，他自己当头，号称"李太岁"，带领他的狐朋狗友，或杀人放火，或劫色抢财，横行霸道，无恶不作。但因有其父之势，别人对他也无可奈何。据说，李邑因新任谏议大夫，便欲携子赴京，让李虎去上太学，以后也好求得一官半职。但是如今，他儿子被你所伤并已毁容，无法再上太学。对此，李邑岂能善罢甘休？再说，那三个小流氓，皆为亡命之徒，他们虽嘴上赌咒发誓，心里却咬牙切齿，岂能与我们善了呢？"

"那你说，该当如何？"班超说。

"不是我怯事怕事，而是应考虑周全。现今，华阴之地，实难停留，我邓家若要无事，非得远迁不可。"邓坊主说，"尤其是我女儿，她在华阴，更不能待啊！"

"那，容我速上华山，向我师父禀报，下山后陪你们全家，迁往我们扶风郡内，这样岂不就安全了。"班超说。

"可你上山之际，小流氓如果结伙又来，我邓家岂不遭灭门之灾！"邓坊主说。

"那究竟该怎么办呢？"班超十分犯难地说。

"你可立即修书，向你师父说明情况，我亲自送信上华山。他不是还要纸吗？我一起送上山去。你可同小女她们母女，尽快迁往扶风郡，尽量不要多作停留。唯有此路，别无他法，别无他路啊！"邓坊主说。

班超一听，细想也是，便急急向师父华山道长修书，说明了自己下山的遭遇和邓坊主一家的情况，让邓坊主亲自上山送信，而后再从华山直接到扶风郡城。自己呢？便车载邓坊主夫人和邓燕所收拾的一些要紧东西，另一车载着邓夫人母女，直往扶风郡而去。临走时，他们放一把火，将邓家整院房屋建筑，烧了个一干二净。

　　再说，邓坊主至扶风郡城后，在那里又开了一个造纸作坊，因有了新的能写字的麻纸，他的生意自然十分红火。而邓燕呢？班超母亲对她十分喜欢，让她先与班超订婚，不久便予结婚，促成了一对鸳鸯，共结了一枝连理。

# 第十三章　巨笔如椽　班固开始写《汉书》

严格地讲，班彪是一位智者、高人、奇人，他至少应是一位伟大的史学家，却也不失为一位伟大的教育家。因为，他不仅教授培养了类似王充那样的伟大的哲学家、思想家、理论家，也将自己的三位子女——班固、班超、班昭，皆培养成为栋梁之材。可以说，在中国历史上，在家庭教育方面，没有比班彪更成功的人了。

先说班固吧！他从小聪明异常，记忆非凡，因受其父母严格良好的教育，他9岁时就能撰写文章，诵读诗赋。到成年时，已博览贯通典籍，九流（指道、儒、墨、名、法、阴阳、农、杂、纵横诸家）百家之言，无不穷究。他所学多受教于自己的父母，没有固定的老师，所以，对于各种文体，他都广泛涉猎，能诗善词亦会赋，尤擅于著史，且其所写史文，都饱含散文的笔法，剪裁十分得当，读来引人入胜。而且，他不拘泥于章句，重在吸收要旨大义。而他的性格宽厚平和，遇事能够容人，不以自己的才能而卑视或贬低他人，因此得到人们的敬慕。

班固即作《幽通赋》以明志，其赋曰：

我本是高阳氏颛顼的远代子孙，由于中世时期显赫的神灵——虎以乳哺育了先祖子文，所以我们就以班为姓氏。班氏先祖若蝉之蜕，自楚迁北，在北方之野称雄而英名远播。至汉明帝时期，仿佛鸿雁从水中到陆上，班氏先人女为婕妤，男在京师为朝臣，受到他人尊重。到了王莽，他罪恶滔天，将要毁灭华夏，这时父彪遭遇到忧患，却能在避难途中写出《北征赋》，他既保全了自身，又给后人留下美好的训诫，并居住在仁者所处的地方。

赞颂前人品格的完善美好，无论穷或达，都能惠利他人，有令名于后世。感叹自己愚蒙孤弱，地位卑贱，惧怕将毁绝祖业而又无路可以达到成功。哪里是自身有什么足以让我追求的东西？而是恨家传的事业将断绝，从而感到担忧。在隐居中静下来久久思索，经过了一段时间，反而想得更远。并非说能与乡友们再次去进取，而是希望自己的言行不玷辱先人的事业。我的魂魄孤独无依，确实经常在夜间的睡梦中与神灵交往。梦见自己登上高山向远处眺望，依稀看到了神人。他拿着葛藟交给我，之后回首又看到险峻的山谷，希望自己不要坠下去。到了黎明时分醒悟过来，仰首凝思，心中依然是模模糊糊，无法分辨究竟是吉还是凶。当想到黄帝是那么久远而无法向他询问，只好依据他所留下的谶文，以自己心中所想的来作为回答。于是就说：登上了高山，遇到了神灵，将要领悟仙家道术，由于道路是悠远而通达的，就不再感到迷惑。《诗经·周南·樛木》上说："南有樛木，葛藟萦之，乐只君子，福履绥之。"先前我梦见葛藟，这就是安乐的兆象。至于后来面临深谷而十分恐惧的梦象，那就如《诗经·小雅·小宛》中"惴惴小心，如临于谷"句及《小雅·小旻》中"如临深渊，如履薄冰"句所提出的忠告。这梦象既告诉你一个吉象，然而又明显地表达了一个忠告。这就告诉我，为什么不去竭力向前，赶上大家，时光一过即逝，不再有第二次机会。刚受到神灵的训诲，不免还有些狐疑，于是站着不动而观察等待。只感觉到天地长久，人寿短促，时目无几。感到人都是处于困境，都会有很多艰难，同时又缺少智慧，所以不免遇到灾祸。只有前代的圣人遇难时，能睹机而悟，然后自拔，至于众人，岂能预先自己做到防止呢。

从前卫叔武接回兄长，并把君位让给兄长，然兄长却成为敌人，而自身最终丧命。管仲曾开弓想射杀仇敌，然而仇敌当上了君王之后，反而重用了自己。事情的变化本来就是这样与预料的相反，谁能预知其始终的吉凶。当年雍齿与刘邦结怨，结果反而先受到高祖的封赏，丁固曾救过刘邦的命，等到归附刘邦时，反遭杀害。汉景帝栗姬，其子立为太子，本是吉事，结果由于嫉妒，自取死亡；而汉宣帝王皇后，初为婕妤，无子，这本是一件发愁的事，结果由此而被立为皇后，令母养太子，最终获得幸福。世上的事就是这样混乱而变化不定，只有那个北地之老人比较懂得"祸兮福所依，福兮祸所伏"的道理。春秋鲁国隐士单豹修养导气之术以祈求长生，到头来不幸遇饿虎，被饿虎所食。张毅在外一直为义而忙碌，后来却因内热之病而死。或许中和之道可以免于祸难，然而颜回早死，冉耕恶疾，为善之人亦不得其报。春秋时隐士桀溺曾叫孔子学生子路跟随自己，说孔子的做法还是不适应社会形势，怎么可以在那纷乱不息的社会中不回避一下呢，以致最终碰上了灾祸而献出了生命。游历在圣人门下也无法获得救助。到了身死于卫，即使覆醢不食，又有何补益。子路品行刚强，其遭凶祸是必定而不可避免的，然而他的一生没有落到一种乱盗者的下场，这就是向孔子学习道的结果。一个人的形貌气质承继于父母，而吉凶夭寿，非独在人，比如草木，花叶盛与零落，各从其类，皆由本根所发。不要像《庄子》中所说的影外之淡影责影子行止无定一般，把颜回、冉耕、子路的逢灾去责难其师，其实，人之吉凶，皆由天命。楚之祖先黎是颛顼之子祝融，担任高辛氏火正一职，十分荣耀，之后芈姓一族在长江以南水乡强大起来。春秋时期伯益有节制鸟兽百物之德，由此嬴氏兴盛起来；而齐国君王姜姓的嫡系和庶出子孙都是伯夷之后代，伯夷为秩宗，主管祭奠天、地、人鬼之仪礼。以上三王的祖先在人道方面，确实都到了求仁而得仁的程度，而从天道来说，又做到完全一致，让他们的后代都成为诸侯国君。当年殷纣王十分残暴，残害了比干、箕子、微子三位仁者，而周武王却与神灵的佑助、地理优势、前人的基业相一致，并与岁、日、月、星、辰相应而理应登位。晋献公之宠姬骊戎之女酷暴而谮杀孝顺的太子申生，并逐群公子，致使晋公子重耳卯年出外流亡，酉年归晋，前后共十九年。周武王姬发曾在孟津会合诸侯之师，之后率师返回。等到两年后，重新发兵，方才灭殷商而完成天命。晋文公重耳曾经被妻子灌醉后强行推上回国立业的道路。夏朝末，有二神龙在夏宫廷留下涎沫，一直经过夏商周三朝，到周历王时，涎沫变玄鼋，玄鼋使宫女孕，生女，后该女即成为周幽王王后，致使幽王失国，被杀。汉宣帝时未央宫路车厩中雌鸡化为雄鸡，经过汉宣帝、元帝、成帝、哀帝、平帝五代君王后，就出现元后统政的苗头，造成后来王莽篡国的灾祸。天道长远，人世短促，人在当世冥默，不能见征应之所至。所以圣人就要凭借卜筮去聆听鬼神的旨意，才能通极古今，明晰幽微。春秋时，陈国的太子完少时，其父厉公使周史卜，得居有齐国之卦。周公以龟壳占卜居洛，得世三十，年七百的卜辞。周宣王的中兴在于《诗经·无羊》所说的"牧人乃梦"的吉兆，而曹国的灭亡也同样由于《左传·哀公七年》所记载的"初，曹人或梦"的印证。鲁昭公与鲁定公的名源于昔日民谣，卫灵公的谥号则源于所掘得石椁上的铭文。春秋晋大夫叔向母亲听到孙子伯石刚生下来时的啼哭声，就知道他是家门的克星。西汉初相士许负相条侯周亚夫面相上的条纹，就告戒其日后必遭饿死。宇宙万物的本原及变化规律都是在混沌之中自然生成，至于观察的具体方法、手段则可以由同一目标而衍变成不同的流派，如水同源而分流。神灵往往在人的思维考虑之前就决定了他的命运，人就随着这个命运呈现盛衰祸福。人生变化不定，各随其本身的遭遇而获得成功或失败。春秋晋大夫栾书、子栾黡、孙栾盈本是一个整体，栾书的德泽福荫到子栾黡，而栾黡的汰虐也祸延给子栾盈，这种祸福因果相报的规律是没有差错的。当年卫鞅深明报应的参差不一，纷错复杂，而百姓却不能不感到迷惑。庄周、贾谊思想愤激，对世俗的观念法则感到有困真情，他们确实是一个害怕成为祭宗庙的牛，一个忌惮鹏鸟所带来的凶讯。

最值得珍贵的是圣人卓绝的学说、论著，它能指引人顺着个人天生的特性或品质，行事不逾越义的界限。比如富贵，人之所欲，不以其道，则君子不居；死亡，人之所恶，处得其节，则君子不避。假如一个人的操守十分检点，始终如一的话，那么他会感到所承担的道义就很轻松，而不觉得累赘。殷末比干、箕子、微子三位忠臣所行各异，然而都被称颂为仁人。伯夷在周武王灭纣时，离开殷商，投奔周朝；而柳下惠三黜不去，恋父母之邦，他俩的行为是如此相反，然而都有好名声。战国时段干木安卧魏国，就使魏文侯获得尊贤的美誉，国家也由此昌盛。春秋时申包胥，逾越险阻，层茧重胝，如秦乞师，终于救楚而败吴。楚汉之争时，纪信为救刘邦，诈为刘邦出降，使刘邦乘隙逃出，而自己被项羽烧死。汉初商山四皓保持自己的志向、节操，不接受汉高祖的聘请，并始终没有迷惑过。人的操行与追求目标各不相同。好比兰蕙松恬，各有本性，而人只要有仁义之道，必有荣名。希望在逝世后留下不朽的美名，这是古时的贤人所追求所效法。看天道广佑世人，确实是辅助那些诚信而顺应天命的人。而探索从前圣人的治国的法度，也是凭借着德和信两大原则。虞舜时代，美妙的《韶》

乐招引了凤凰来朝，事过千年，孔夫子在齐，听到《韶》乐，着迷得三月不知肉味。孔夫子所修的《春秋》信而不妄，并招致麒麟，因此汉王朝礼待孔子之后裔。虞《韶》与《春秋》，聚天地之灵气，能招致凤凰与麒麟，它的精神在千年之后，犹能感动人心。让人进入一个忘我的境界。当年楚国善射者养由基的目光向四处一望，那猿猴就悲号，知其必中。西汉初名将李广出猎，见草中石，以为虎而射之，中石没镞。这般技能倘非有至诚之心，怎么能达到？假如没有这种技能又怎么能展现出来？从事一种至下的技艺尚且一定需要这种精神，况且当自身沉迷于追求道德的本原这么重大的事情。上自伏羲，下至孔子，都是圣人作经，贤者围绕着学说、原则而行。只要清晨获得天地之大道，那么即使傍晚死了也无所憾，就好比是忘却了自我，何况其他的身外之物呢？倘若死而不朽，这无异与彭祖同寿，同时跟随老聃之踪迹，这样就可以与后世的哲人言至道而通达情意了。

末章：天地之始，万物草创于混沌蒙昧之中，确立了各自的本性与命运。而能够心里装着天地之道的。就只有圣贤。天地使万物运转变化，如水之流，无所止息。人生能保其身，死有令名，固然能成为民之表率，然而不幸而舍生取义，亦符合道的使用准则。然而不能保持个人的天赋本质，不能争取到天赋的命运，反而自取忧伤，为物所夭，那就没有任何耻辱比这更大了。人只要笃信好学，守死善道，不渐染于流俗，这就是保持个人天质的洁白，这怎么会有渝变之色呢？人倘若能不变本色，那么就差不多接近神道的细微精深的要义，而进入了神明之域。

此赋写于建武三十一（55）年，即班彪逝世不久。当时，班固只有24岁，时值青春年盛、风华正茂之际。他在家一边替父守孝，一边展开丰富的思维和想象，因为他夜里竟梦见了神人，在夜里梦中他与神灵交往。对于这样一种现象，我们可以称之为神奇，但又可以说是天赋吧！应当说，班固的成功，与勤奋有关，亦与天赋有关。正因为他有文学的天赋，所以班固之《幽通赋》，可以说文采飞扬、才华横溢。当时，朝廷多用不肖奸佞之徒，贤良进仕之路被阻塞，于是班固作此赋，述古者得失、神明之理。他自叙此赋的写作目的是"致命遂志"，阐释人间的吉凶祸福，表明自己的处世态度。

此赋也正是班固自己人生哲学的自白，表现了他对圣贤之道的矢志不渝的追求。赋中铺叙世事乖违，不可逆料，寓含讽世之意。

开始，班固从自己的家族谱系写起，以自己梦中与神人相遇，继而测梦得吉领起全篇，引出"幽通"，抒发情怀，陈说宗旨。反复征引大量古昔人事，以说"幽通"。他认为，天地间万事万物都处在生生不息的变化之中，社会生活中常常是"艰多而智寡"，因此，人生的荣辱祸福，难以预测。为了说明这一看法，他采取敷陈叙述的笔法，追溯了历史上一些著名人物的命运，以见世事乖违错杂，非人所能料。为了"保身遗名"，以为后世之表，就应当"谟先圣之大猷""邻德而助信"，即精诚神明，以圣人之道为用，舍生取义，守道不移。末段总结"幽通"中获得的启发："非精诚其焉通"，"操末技犹必然兮，矧耽躬于道真！"以与首段"魂茕茕与神交兮，精诚发于宵寐"相应。

全赋以抒情为主，兼有说理，笔触深婉，情致浓郁充分利用了作者作为史学家的优势，大量稽古，典事频出，正正反反，波澜起伏，繁而不乱，功力不凡。在艺术上，有模拟楚辞之倾向，显示作者其时从文不久、涉世不深，文字毕竟还未达到炉火纯青之地步。

……

再说，自从班氏兄妹三人古窑探秘以后，班固便在自家高窑那"兰台秘阁"之中，开始了《汉书》的撰写。每天清晨，他便早早钻入高窑之中，开始查资料，看竹简、翻帛书，做当天写作的准备。一吃过早饭，他便铺纸研墨，埋头写作，从不懈怠。从上午写到下午，又从下午写到晚上。每顿饭呢？都是班昭使个罐子，让哥哥把饭、馍和汤都吊了上去。有时候，他晚上就不下高窑，彻夜在高窑进行写作。对此，村里人都很奇怪，老见班家高窑彻夜亮灯，却不见高窑里"隐士"的身影，而只有班府上下的人才清楚，那是大公子班固，正在著书立说呢！

班固先列出了目次，最先为《汉书卷一上·高帝第一上》，次是《汉书卷一下·高帝第一下》。再一卷又一卷地分了下来，共分卷百余，列卷清楚，分目详细。他计划先写卷十二以前诸卷，即高帝、惠帝、高后、文帝、景帝、武帝、昭帝、宣帝、元帝、成帝、哀帝、平帝。因为这都是有了定论的汉皇或皇后，资料比较充分详细。以后，他计划再写诸侯王表、王子侯表、高惠高后功臣表、景武昭宣功臣表、外戚恩泽侯表、百官宫卿表、古今人表、律历志、礼乐志、刑法志、食货志、祭礼志、郊礼志、天文志、五行志、地理志、沟洫志、艺文志。再后，即从卷三十一排起，以陈胜项籍传为第一，分别为陈胜、项籍列传；张耳陈馀传、魏豹田儋韩王信传；韩彭英卢吴传，即韩信彭越黥布卢绾吴芮五人的传；刑燕吴传，即荆王刘贾、燕王刘泽、吴王刘濞三人的传；楚元王传，即楚元王刘交，刘向和刘歆的传；季布栾布旧叙传已排至汉书卷十七；接下为高五王传，即齐悼惠王刘肥、赵隐王刘如意、赵幽王刘友、赵共王刘恢、燕灵王刘健五人的传；将相传从汉书三十九排起，如萧何曹参传，张良陈平王陵周勃周亚夫传，樊哙郦商夏侯婴灌婴傅宽靳歙周緤传，张苍周昌赵尧任敖申屠嘉传，郦食其陆贾朱健娄敬叔孙通传；大臣中被列传的有蒯通、伍被、江充、息夫躬、石奋、直不疑、周仁、张欧、袁盎、晁错、张释之、冯唐、汲黯、郑当时、贾山、邹阳、枚乘、路温舒、窦婴、田蚡、灌夫、韩安国等人。总之，所列之卷，共为一百卷，而其卷多有上下卷之分；立传之人，多达数百；传之分类，足有数十。仅仅一个目录，班固差不多就列了一年，当然，他是边撰写边修改补充目录的。这犹如在列《汉书》的提纲，它对于《汉书》的撰写至关重要。不仅仅是西汉，也还有东汉，包括新莽时期主要人物都一一列传，详详细细写了下去。最后，才是叙传，实为自传，这也是班氏的一个系统的家族史。

　　班固虽列出并确定了《汉书》目录，但是他创作撰写之时，是比较自由随意的，他对于瓜熟蒂落、水到渠成的传先写，凡争议较多、纠缠不清的传后写，最后再看怎么处理。

　　……

　　汉明帝永平初年，东平王刘苍（光武帝第八子，汉明帝的弟弟）以至亲封为骠骑将军，辅佐国政。他开东阁（宰相招致款待宾客的场所），延请、招致各地英才。这时，班固刚刚成年，便以简牍上书刘苍道：

　　将军以周公、召公之德望，立身于本朝，继承先代明君的谋略，建立了尊严的声威，能具此者，古有周公，今日只有将军。《诗》《书》所载，唯将军与周公二人，再没有第三个。《史记·司马相如列传》说："必有非常（不同寻常）之人，然后有非常之事；有非常之事，然后有非常之功。"班固我有幸生于这清明之世，能够预先看到和听到时政的细微末节，我如同蝼蚁一般的小民，私下观察治理国家的政令，看到将军确实担负着千载重任，步先圣的遗踪，具有刚毅果断的美好资质，以显贵之身，明睿之智，洞察熟知国家上下各种情况，胸藏"六艺"，心系平民百姓，求善无满足的时刻，选择采纳无知妄为之人的言谈，不拒绝贫贱者的议论。我发现将军新近设立衙署，广招英才，四面八方的读书人，不分贤愚，一拥而至。将军应该详细了解唐尧、商汤选贤任能的措施，看看他们怎样任用皋陶和伊尹，无论远近之人都能任用得当，不出偏差，即使不求闻达的隐居之士，也能得到任用。以期达到包容贤才，聚集明智，为国得人，使天下得以安宁。能做到这些，则将军只管优游于朝廷之上，调养心神、情操，将军的美名必将传布于天下，将军的功业必将昭著于后世而无穷无尽。

我私下观察，原任司空掾的桓梁，是一个修养有素的儒士，盛名冠于德州乡里，行年七十，做事随其心愿，从不超越规矩，这样的人，是国家社稷之福，当代才智出众的人才；京兆祭酒晋冯，从童年起，即注重修养身心，直到老年，也不违背自己的初志，喜爱古人的风尚，乐于习学圣贤之道，清静无为，自坚其操守，这是古人的美好德行，世俗之人是达不到的；扶风的佐史李育，通晓经术，品行高尚，曾教授百人，客居杜陵，茅屋草舍，泥墙土炕。京兆、扶风二郡相继延请，因家贫，数次托病辞去。他能温习学过的知识，得到新的理解和体会，他对人或事物的好坏是非等表示的意见，通晓明了，品行高尚纯洁，才能善美完备，虽然是前代的名儒，仍然是国家所应器重的财富，即使韦贤（西汉时人，字长孺，质朴笃学，以诗教授弟子，兼通礼尚书，号称邹鲁大儒），朝廷征其为博士、给事中，授昭帝诗。汉宣帝本始年间，从少府代蔡义为丞相，封扶阳侯，在位五年乞休。其子韦玄成，字少翁，少以父任为郎，修业下士，以让爵辟兄事，朝议高其事，拜河南太守。元帝朝遂继父相位封侯，故邹鲁间谚云：遗子黄金满籝，不如教子一经。玄成为相七年，守正持重不及父，而文采过之。平当（汉平陵人，字子思，以明经为博士，子平晏）每有灾异，辄傅经术言得失。汉成帝以平当通晓《禹贡》，使治河，为骑都尉，领河堤。

汉哀帝即位，为丞相，赐爵关内侯。平当子平晏，以明经历位大司徒，封防乡侯。孔光字子夏，明经学，汉成帝即位后举为博士，数使录冤狱，行风俗，振瞻流民，奉使称旨，由是知名。是时博士选三科，光以高第为尚书。凡典枢机十余年，守法度。修故事，时有所言，辄削坏草稿，有所荐举，唯恐其人闻知。沐日归体，兄弟妻子燕语，终不及朝省事。有人问温室（长乐宫中有温室殿），省中是什么树木，光嘿然不应。汉平帝初年，王莽的威权日盛一日，所欲搏击，辄草书给太后让孔光上呈。王莽又告谕群臣上奏莽之功德，举用他为宰相，孔光既忧虑又害怕，上书要求退归田里。孔光曾一再任御史大夫和丞相，并曾任大司徒、太傅、太师，历三世，居公辅位前后十七年。其弟子多成就为博士大夫，见师居大位，希望得其助力，孔光终无所荐，曾遭弟子们的抱怨。其公如此翟公（翟方进，汝南上蔡人），在汉文帝时为廷尉，宾客盈门，及罢官，门可落雀。后复任廷尉，宾客又欲登门拜访，他在大门上大书：一死一生，乃知交情；一贫一富，乃知交态，一贵一贱，交情乃见。其子翟方进，字子威，十二三岁时翟公去世，为太守府小史。汝南人蔡父看其面相，说他有封侯骨，当习学经术。于是四至京师长安，从博士受春秋，积十余年，经学明习，以射策甲科为郎。汉成帝永始中任丞相，封高陵侯。方进智能有余，兼通文法，以儒雅缘饰吏事，号为通明，也难以超过他。应该请他考核官吏的政绩，参与朝廷各种事务的研究处理。京兆督邮郭基，孝敬父母的事迹，州里无人不知，经学在他的师友中无人不称道，他为官处理政务的才能，有优异的效果。如果能在本朝当一个操持事务的官吏，进则有飞黄腾达之用，退则如同舍身而保君王的勇士杞梁。凉州从事王雍，身强力壮，有卞严（卞庄子）之勇，文则精通道艺，凉州最强的人，还未有超过王雍的。昔日周公东征西讨之举，引起三方怨恨，他感慨道："怎样做才能使各方满意呢？"今在将军府刚刚建立之时，便应安抚远方，使天下无怨夫怨妇。弘农（古郡县名，治所在今河南灵宝北）功曹史殷肃，学问渊博，且通达多闻，才能绝伦，可背诵诗经三百篇，奉命出使，见问即对，无可挑剔。以上这六个人，皆有殊行绝才，德高望重于当代，如蒙征召接纳，委以重任，以辅佐你这位高明的将军，此正其时也，必将引起人们的赞叹。昔日卞和献荆山之玉，结果被砍断双脚，屈原进献忠言，终不见信，结果自沉于汨罗江中。然而，和氏璧千载放射着光芒，屈原的著述，备受万代称赞。但愿将军以尊崇显赫之身，察见隐微，像相信昊天一样，听纳忠谏之言，稍微委屈一下高贵威严之身，不耻向臣民问事，使尘世中永不再有和氏断脚、屈原沉江的恨事。

当时，刘苍采纳了班固的意见，并对班固的才华和文笔十分欣赏。

班固一生的最大贡献，是他著写了《汉书》，尽管这一巨著，是他们子承父业、妹继兄志完成的，但是其主要功绩，还是非班固莫属。后世评述说，《汉书》规模宏大，体例统一，记事丰富，文辞精练，常被看作是和《史记》并列的封建社会"正史"典范。它不仅在史学上有所贡献，而且在文学史上也占有相当重要的地位。

在这里，我们可以先看他的《汉书》中的《苏武传》：

苏武字子卿，年轻时凭着父亲的职位，兄弟三人都做了皇帝的侍从，并逐渐被提升为掌管皇帝鞍马鹰犬射猎工具的官。当时，汉朝廷不断讨伐匈奴，多次互派使节彼此暗中侦察。匈奴扣留了汉使节郭吉、路充国等前后十余批人。匈奴使节前来，汉朝廷也扣留他们以相抵。前100年，且鞮刚刚立为单于，唯恐受到汉的袭击，于是说："汉皇帝，是我的长辈。"全部送还了汉廷使节路充国等人。汉武帝赞许他这种通晓情理的做法，于是派遣苏武以中郎将的身份出使，持旄节护送扣留在汉的匈奴使者回国，顺便送给单于很丰厚的礼物，以答谢他的好意。

苏武同副中郎将张胜以及临时委派的使臣属官常惠等，加上招募来的士卒、侦察人员百多人一同前往。到了匈奴那里，摆列财物赠给单于。单于越发傲慢，并不是汉朝廷所期望的那样。单于正要派使者护送苏武等人归汉，适逢缑王与长水人虞常等人在匈奴内部谋反。缑王是昆邪王姐姐的儿子，与昆邪王一起降汉，后来又跟随浞野侯赵破奴重新陷胡地，在卫律统率的那些投降者中，暗中共同策划绑架单于的母亲阏氏归汉，正好碰上苏武等人到匈奴。虞常在汉的时候，一向与副使张胜有交往，私下拜访张胜，说："听说汉天子很怨恨卫律，我虞常能为汉廷埋伏弩弓将他射死。我的母亲与弟弟都在汉，希望受到汉廷的照顾。"张胜许诺了他，把财物送给了虞常。一个多月后，单于外出打猎，只有阏氏和单于的子弟在家。虞常等七十余人将要起事，其中一人夜晚逃走，把他们的计划报告了阏氏及其子弟。单于子弟发兵与他们交战，缑王等都战死；虞常被活捉。

单于派卫律审处这一案件。张胜听到这个消息，担心他和虞常私下所说的那些话被揭发，便把事情经过告诉了苏武。苏武说："事情到了如此地步，这样一定会牵连到我们。受到侮辱才去死，更对不起国家！"因此想自杀。张胜、常惠一起制止了他。虞常果然供出了张胜。单于大怒，召集许多贵族前来商议，想杀掉汉使者。

左伊秩訾说："假如是谋杀单于，又用什么更严的刑法呢？应当都叫他们投降。"单于派卫律召唤苏武来受审讯。苏武对常惠说："丧失气节、玷辱使命，即使活着，还有什么脸面回到汉廷去呢？"说着，他便拔出佩带的刀自刎。卫律大吃一惊，急忙上前把苏武紧紧抱住，将其扶好，又派人骑快马去找医生。医生在地上挖了一个坑，在坑中点燃微火，然后把苏武脸朝下放在坑上，轻轻地敲打他的背部，让淤血流了出来。苏武本来已经断了气，这样过了好半天，他才重新呼吸。常惠等人哭泣着，用车子把苏武拉回营帐。单于钦佩苏武的节操，早晚派人探望、询问苏武，而把张胜逮捕并监禁起来。

苏武的伤势逐渐好了。单于派使者通知苏武，一起来审处虞常，想借这个机会使苏武投降。剑斩虞常后，卫律说："汉使张胜，谋杀单于亲近的大臣，应当处死。单于招降的人，赦免他们的罪。"然后，便举剑要击杀张胜，张胜请求投降。

卫律对苏武说："副使有罪，应该连坐到你。"苏武说："我本来就没有参与谋划，又不是他的亲属，怎么谈得上连坐？"

卫律又举剑对准苏武，苏武岿然不动。卫律说："苏君！我卫律以前背弃汉廷，归顺匈奴，幸运地受到单于的大恩，赐我爵号，让我称王；拥有奴隶数万、马和其他牲畜满山，如此富贵！苏君，你今日如果投降，明日也是这样。可是，你如果白白地用身体给草地做肥料，又有谁知道你呢？"但苏武毫无反应。

卫律又说："你顺着我而投降，我与你结为兄弟；今天不听我的安排，以后再想见我，还能得到机会吗？"

苏武痛骂卫律说："你做人家的臣下和儿子，不顾及恩德义理，背叛皇上、抛弃亲人，在异族那里做投降的奴隶，我为什么要见你！况且单于信任你，让你决定别人的死活，而你却居心不平，不主持公道，反而想要使汉皇帝和匈奴单于二主相斗，旁观两国的灾祸和损失！南越王杀汉使者，结果九郡被平定。宛王杀汉使者，自己头颅被悬挂在宫殿的北门。朝鲜王杀汉使者，随即被讨平。唯独匈奴未受惩罚。你明知道我决不会投降，想要使汉和匈奴互相攻打。匈奴灭亡的灾祸，将从我开始了！"

卫律知道苏武终究不可胁迫投降，便报告了单于。单于越发想要使他投降，就把苏武囚禁起来，放在大地窖里面，不给他喝的吃的。天下雪，苏武卧着嚼雪，同毡毛一起吞下充饥，几日不死。匈奴以为神奇，就把苏武迁移到北海边没有人的地方，让他放牧公羊，说等到公羊生了小羊才得归汉。同时把他的部下及其随从人员常惠等分别安置到别的地方。

苏武迁移到北海后，粮食运不到，只能掘取野鼠所储藏的野生果实来吃。他拄着汉廷的符节牧羊，睡觉、起来都拿着，以致系在节上的牦牛尾毛全部脱尽。一共过了五六年，单于的弟弟於靬王到北海上打猎。苏武会编结打猎的网，矫正弓弩，於靬王颇器重他，供给他衣服、食品。三年多过后，於靬王得病，赐给苏武马匹和牲畜、盛酒酪的瓦器、圆顶的毡帐篷。於靬王死后，他的部下也都迁离。这年冬天，丁令人盗去了苏武的牛羊，苏武又陷入穷困。

当初，苏武与李陵都为侍中。苏武出使匈奴的第二年，李陵投降匈奴，不敢访求苏武。时间一久，单于派遣李陵去北海，为苏武安排了酒宴和歌舞。李陵趁机对苏武说："单于听说我与你交情一向深厚，所以派我来劝说足下，愿谦诚地相待你。你终究不能回归本朝了，白白地在荒无人烟的地方受苦，你对汉廷的信义又怎能有所表现呢？以前你的大哥苏嘉做奉车都尉，跟随皇上到雍的棫宫，扶着皇帝的车驾下殿阶，碰到柱子，折断了车辕，被定为大不敬的罪，用剑自杀了，只不过赐钱二百万用以下葬。你弟弟孺卿跟随皇上去祭祀河东土神，骑着马的宦官与驸马争船，把驸马推下去掉到河中淹死了。骑着马的宦官逃走了。皇上命令孺卿去追捕，他抓不到，因害怕而服毒自杀。我离开长安的时候，你的母亲已去世，我送葬

· 169 ·

到阳陵。你的夫人年纪还轻，听说已改嫁了，家中只有两个妹妹、两个女儿和一个男孩，如今又过了十多年，生死不知。人生像早晨的露水，何必长久地像这样折磨自己！我刚投降时，终日若有所失，几乎要发狂，自己痛心对不起汉廷，加上老母拘禁在保宫，你不想投降的心情，怎能超过当时我李陵呢？并且皇上年纪大了，法令随时变更，大臣无罪而全家被杀的有十几家，安危不可预料。你还打算为谁守节呢？希望你听从我的劝告，不要再说什么了！"

苏武说："我苏武父子无功劳和恩德，都是皇帝栽培提拔起来的，官职升到列将，爵位封为通侯，兄弟三人都是皇帝的亲近之臣，常常愿意为朝廷牺牲一切。现在得到牺牲自己以效忠国家的机会，即使受到斧钺和汤镬这样的极刑，我也心甘情愿。大臣效忠君王，就像儿子效忠父亲，儿子为父亲而死，没有什么可恨，希望你不要再说了！"

李陵与苏武共饮了几天，又说："你一定要听从我的话。"苏武说："我料定自己已经是死去的人了！单于一定要逼迫我投降，那么就请结束今天的欢乐，让我死在你的面前！"

李陵见苏武对朝廷如此真诚，慨然长叹道："啊，义士！我李陵与卫律的罪恶，上能达天！"说着眼泪直流，浸湿了衣襟，告别苏武而去。

李陵不好意思亲自送礼物给苏武，让他的妻子赐给苏武几十头牛羊。后来李陵又到北海，对苏武说："边界上抓住了云中郡的一个俘虏，说太守以下的官吏百姓都穿白的丧服，说是皇上死了。"苏武听到这个消息，面向南放声大哭，吐血，每天早晚哭吊达几月之久。

汉昭帝登位，几年后，匈奴和汉达成和议。汉廷寻求苏武等人，匈奴撒谎说苏武已死。后来汉使者又到匈奴，常惠请求看守他的人同他一起去，在夜晚见到了汉使，原原本本地述说了几年来在匈奴的情况，告诉汉使者要他对单于说："天子在上林苑中射猎，射得一只大雁，脚上系着帛书，上面说苏武等人在北海。"

汉使者万分高兴，按照常惠所教的话去责问单于。单于看着身边的人十分惊讶，向汉使道歉说："苏武等人的确还活着。"

于是，李陵安排酒筵向苏武祝贺，说："今天你还归，在匈奴中扬名，

在汉皇族中功绩显赫。即使古代史书所记载的事迹，图画所绘的人物，怎能超过你！我李陵虽然无能和胆怯，假如汉廷姑且宽恕我的罪过，不杀我的老母，使我能实现在奇耻大辱下积蓄已久的志愿，这就同曹沫在柯邑订盟可能差不多，这是以前所一直不能忘记的！逮捕杀戮我的全家，成为当世的奇耻大辱，我还再顾念什么呢？算了吧，让你了解我的心罢了！我已成异国之人，这一别就永远隔绝了！"李陵起舞，唱道："走过万里行程啊穿过了沙漠，为君王带兵啊奋战匈奴。归路断绝啊刀箭毁坏，兵士们全部死亡啊我的名声已败坏。老母已死，虽想报恩何处归！"

李陵泪下纵横，于是同苏武永别。单于召集苏武的部下，除了以前已经投降和死亡的，总共跟随苏武回来的有九人。苏武于汉昭帝始元六（前81）年春回到长安。昭帝下令叫苏武带一份祭品去拜谒武帝的陵墓和祠庙。任命苏武做典属国，俸禄中二千石；赐钱二百万，官田二顷，住宅一处。常惠、徐圣、赵终根都任命为皇帝的侍卫官，赐给丝绸各二百匹。其余六人，年纪大了，回家，赐钱每人十万，终身免除徭役。常惠后来做到右将军，封为列侯，他自己也有传记。苏武被扣在匈奴共十九年，当初壮年出使，等到回来，胡须头发全都白了。

相比较而言，班固《汉书》中撰写的《傅介子》更为精练：

傅介子是北地人，因参军当了官。从前，龟兹、楼兰都曾杀害过汉朝的使者，记载在《西域传》中。

元凤年间，傅介子以骏马监的身份，要求出使大宛，于是王下诏命令他去指责楼兰、龟兹国。介子到了楼兰，指责楼兰王教唆匈奴堵截杀害汉朝使者："大军就要到来，王如果没有教唆匈奴，匈奴使者经过楼兰到其他各国去，为什么不说？"

楼兰王谢罪表示顺服，说："匈奴使者刚走，将要到乌孙，路过龟兹。"

介子来到龟兹，又指责龟兹王，龟兹王也服罪。

介子从大宛回到龟兹，龟兹王说："匈奴使者从乌孙回来，现在这里。"介子于是率领他的部下杀了匈奴使者。

介子回到汉朝后，把这件事奏给皇上，皇上下诏书授介子中郎的官职，又改为平乐监。介子对大将军霍光说："楼兰、龟兹反复无常而不去讨伐，就没有惩罚的办法了。介子路过龟兹时，发现龟兹王对身边的人没有防范之心，容易得手，我愿意前去刺杀他，以此向其他各国示威。"

大将军说："龟兹路远，暂且到楼兰试一下。"于是，大将军禀告皇上后，就派介子出发了。介子与士兵一起携带黄金财物，扬言要用来送给外国人。

到了楼兰，楼兰王流露出不喜欢介子的神情，介子假装带领士兵离去，在西面的边界停了下来，派译官回去，并对他说："汉朝使者带着黄金和五彩丝绸，前去赏赐各个国家，楼兰王不来接受，我们要离开到西边的国家去了。"随即，使出黄金财物让译官看。译官回去报告了楼兰王，楼兰王贪图汉朝的财物，来见汉朝的使者。介子与他坐着饮酒，陈列那些财物给他看。等到楼兰王和他的手下都喝醉了，介子对楼兰王说："汉朝派我秘密地和你谈一些事情。"

楼兰王起身随介子进到帐篷里，让其他人退避，二人单独讲话，两个壮士从后面刺杀楼兰王，两把剑刺穿了他的胸，楼兰王立刻死去，那些贵人和身边的侍从都逃散了。

当即，介子宣布说："楼兰王背弃汉朝，皇帝派我来诛杀他，应当改立以前在汉朝做人质的太子为王。汉朝大军将到，不得反动，反动就灭亡楼兰！"于是，介子就带着楼兰王的头回去晋见朝廷，参加商讨的公卿都赞许他的功劳。

皇帝下诏说："楼兰国王安归曾经被匈奴反间，窥伺（侦察）拦截汉朝派往西域的使者，出兵杀害略卫司马安乐、光禄大夫忠、期门郎遂成等人，以及安息、大宛派来的使者，抢去汉朝使者带去的节印和安息大宛所献文物，很是违背天理。平乐监傅介子持节出使诛斩了楼兰王的头，挂在北阙，用正直来报答仇恨，不烦劳军队。现在封介子为义阳侯，赏七百户人口的封地。刺杀楼兰王的两个壮士都补为侍郎。"

须知，《汉书》100篇，共80万言，包括汉高祖元（前206）年到王莽地皇四（23）年230年间的史事，从政治、经济、文化、军事、民族等各个方面，反映了当时的社会面貌。《汉书》武帝以前的记载多采《史记》，武帝以后有《后传》为基础，参考其他有关著述，做了大量订正，增加了史料的可靠程度。班固还利用当时官府藏书，收集了许多遗闻轶事，经过取舍裁成，熔铸到著作中去，使《史记》缺漏的重要文献在《汉书》中得到补充。如在帝纪中增加了许多重要诏令，在传记中增加了有关政治、经济、军事等方面的奏疏和议论，都有很高的史料价值。

为了撰写《汉书》，班固当时下的可不是一般功夫：他的初稿先写于麻纸之上，一字字写，一遍遍改，改了十几遍后，他感觉很满意了，这才作为定稿。定稿之后，他便刻竹简，一笔一画刻，一字一句刻。而在竹简上篆刻，比在麻纸上书写慢多了，差不多每刻一个字，要花书写一百个字的时间和功夫。对此，班昭很是奇怪，她问班固："哥，你既然把文章写好了，可为啥还要刻竹简呢？这多慢啊！"

班固说："你不懂，这麻纸上的字，一般只能保持几十年，最多上百年。而竹简上的字，既可以保留几百年，以至上千年。现在，《汉书》部分文章既已定稿，那咱们就把它刻下来，永久保存下去。"

班昭这才知道了哥哥的意图，平时便更爱帮大哥做些事儿：或是整理麻纸，或是剪废弃的麻纸片儿，或是整理竹简，或是刮竹简上的错别字，忙得不亦乐乎。

就这样，作为中国四大史书之一的《汉书》，在龙湾班家谷里，在班府高窑里，才开始萌芽并诞生的。其之初，既有班彪的心血，更有其子班固的心血，也有其女班昭的心血。而最终，它还是经班昭之手才得以完成的，这既是一种缘分的使然，却也是一种历史的必然。

# 第十四章　小人可恶　阴暗之处射毒箭

　　且说，汉之时，即有扶风，那时的扶风，与现在的扶风大有不同。早在汉武帝执政的太初元（前104）年，即以扶风为三辅之地，所谓"扶风"，取意为"扶助京师，以行风化"之意，而三辅之地包括京兆、左冯翊、右扶风：京兆辖地即京都长安城，左冯翊即长安以东的关中地区，右扶风即长安以西的关中地区。以后呢？以此化分为基础，关中便有了长安、东府、西府之区分。其实，这样一种区分，也是以秦代的三秦划分为基础的。而汉代扶风为郡，郡之最高长官为郡守，扶风郡守的权力，几乎相当于我们现代的一个省长，权力可谓大矣！

　　当其时，扶风的郡守姓梁名扈，他系光武帝刘秀之婿、舞阳公主之夫、虎贲中郎将梁松之子。依仗家族和父辈的权力，他稳坐扶风郡第一把交椅，几乎把扶风郡变成了自己的独立王国。虽然，郡中有郡守、都尉和郡丞三个要职，皆由中央任命。但是，郡内属吏，却都由郡守自主选用，所以，郡守对于自选的属吏，拥有绝对的控制权。更何况，梁扈同其父梁松一样，性情霸道，十分任性，他总是根据自己的喜好，十分任性地选用、提拔和降黜属吏。即便对于郡丞，他也任用自己的亲信，因为这只是个副职。一郡之中，梁扈所不能完全控制的，唯有都尉，因为都尉掌有军权，但都尉毕竟是佐官，也还是在梁扈的领导之下。同别的郡一样，梁扈还在扶风郡设立有督邮这个监察官，这相当于后来御史，他经常性对属县进行巡察，使属县始终处在自己的监督管控之下。扶风郡的督邮，即梁扈的亲信种兢。

　　梁扈其所以喜欢种兢，能任命他为督邮，与二人有着共同的爱好是分不开的：他二人同属文人，但都是小文人，而不是大文人；二人同有些文采，但只是小采，而不是大采；二人偶也写些诗赋，但差不多都只是些顺口溜诗而已，连一般诗赋之作都够不上格。既为文人，他们虽然不具备文人的天赋和气质、硬骨和想象，但是"文人相轻"的这样一种毛病，他们却是具有着的。正因为此，尤其是种兢，他也想攀龙附凤，结交郡内文人学士，做些附庸风雅之事。经再三打听，他方知就在郡城南边不远处的龙湾班家谷里，有一位才高名重的大学者、大文人名叫班固，他的姑奶即前朝有名的女词人班婕妤，父亲班彪文名更甚，以至有书圣之称，甚至连她小小的女儿班昭也被称为才女，一门之中，能有这么多的大文人，实在十分少有。于是，种兢几番派人去请班固，可班固全都推辞了，这一是因为班固通过打听，知种兢其人心黑手狠，他既是贪官，也是酷吏，故不宜深交；二是因为自己写作确实很忙，根本顾不上应酬之事，尤其是官场的应酬。对此，种兢已很不悦，但他并不甘心，总想见识见识，看这班固到底是个什么样人，他怎么会有那么大的架子。他还想了个鬼主意，即让梁扈作诗一首，说是去请教班固看看，看会怎么评价。梁扈一时兴起，他便挥笔在手，在一块帛上作了这样一首诗：

走进扶风郡，

郡城像金瓮，

东西两里长，

南水北有坡。

种兢捧诗，正待走时，梁扈这样叮嘱："你对班固讲时，可别提我之名，以免他违心进行恭维。你呢？去时也穿身便装，别穿官服，也能听听他的真心话。"

"好嘞！"种兢说。于是，他回到自己寝室，脱了官服，换了便装，便信步直往班家谷而来。好在，扶风郡府衙距班家谷并不很远，走约一里之地，便来到了班家谷坡下沟底。在这里，种兢见到一位老人，他正在一个写有"惜字炉"的砖砌的小炉内，焚烧一些带字的麻纸片儿。对此，他感到奇怪，便上前攀问："老人家，你在烧什么呢？"

老人说："这是我家的主人，他正在写什么《汉书》，常裁得些废纸片儿，让我在这沟下坑里惜字炉焚烧。"

种兢说：“这麻纸十分珍贵，上面还写有字，烧了多可惜啊！惜字炉惜字炉，对于写好的字要十分爱惜，它是不应当焚烧的啊！我家老人常对我说，人若不爱惜字，烧了容易烂手，擦屁股易得痔疮，所以对有字的纸，一定要珍惜！”

“谁说不是呢，我也觉得可惜。”老人说，“可我家主人说，这些东西，残缺不全，有些甚至有谬误，留下多有不妥，故必须烧之。但他还交代，要我烧这些纸时，一定要在惜字炉中烧，不能随便乱烧，更不能乱丢乱弃。”

种兢再上前看时，见被焚烧的麻纸片儿仅剩几张，但麻纸片上的字却龙飞凤舞，笔精墨妙，天然真趣，丰筋多力，便叹道：“哟，多好的字，可不能烧啊！”

老人说：“没法子啊，我家主人非让烧不可。”

“那，你家主人是谁？”种兢问。

“是班固啊！”老人说，“老大人班彪在世时，我们都称他为班大公子，老大人走后，他自然便是新主人了。”

“噢，久闻大名，久闻大名。”种兢说，“这样好了，赶下一次，你家主人让你烧这些废纸片时，你千万不要烧，一定把它留下，我有用处。”

“你有什么用呢？”老人问。

“学字用啊！我是书法爱好者。”种兢说，“你看你家主人，人家这字写得多好，我拿它作字帖，得跟人家好好学习嘛！”

老人说：“你这样做就对了，我家主人的字，写得就是好。每次，我烧这些废纸片时，都会有人要了这些废纸片，带回家给自家孩子当字帖用，学写字呢！”

种兢一听，心里暗喜，他忙从身上掏出十两银子，递给老人说：“咱可说好了，赶下一次，你家主人让你烧这些废纸片时，你一定把它都留下，我要。”

“可这，也要不了十两银子啊！要不，我退你些银子。”老人似乎很过意不去，欲退给种兢一些银子。

“不用退不用退，权当我给你买了些茶叶。只要你能弄来我有用的字，让我能练好字，我会再给你银子。”种兢说。

"那好，每隔半月，我家主人都会让我烧一次废纸片儿，你半月后来，我一准叫你满意。"老人说。

"行，那咱们可说定了。"种兢说，"还有，我想见你家主人，不知能否得见？"

老人说："这个我不敢说。我家主人，他成天到晚都待在高窑里写书，连吃饭都是吊上去吃的，对外人一律不见。"

"那你说我是官府里的人，看他见不见？"种兢说。

"那，他更不会见了。"老人说，"我家主人常说，'官多是庸官，吏多是俗吏，还是少见为好'。更何况，你并不是官府里的人啊！"

种兢说："要不，咱们试试。"

老人说："试可以试，但你见不着的可能性大。我估计，光守门房的刘雷，就会把你拦住。到时，你可别怪我。"

种兢想了想，说："要不这样，我这里有朋友写的一首诗，你先拿着，咱们一起进府。我如能进去不说，如若进不去了，你便带这首诗让你家主人看，并让他评价一下。"说罢，他便交给了老人梁扈写的那首诗。

"这样也好。"老人收过诗说，"你如若进不去了，我还能替你办件事儿。"

他二人一边说话，一边上了坡儿，来到了班府门前。老人前面先进，种兢后面紧跟，他想蒙混进府。"你是个弄啥的？也不打个招呼，就想混进府去。"有人厉声而喝。这是一位身高丈二、五大三粗的黑脸壮汉，他即为刘雷，既是班府的守门人，也是府中的家丁。

"他是我的一位熟人，想见咱们主人。"老人说。

"是的，我是他的熟人，想见你家主人。"种兢面对这位凶神壮汉，不免有些胆怯。

"主人，他是什么人都能随便见的吗？"刘雷说，"你这个王山，也真是蚂蚁戴笼嘴，好大的脸面。你自己也不掂量掂量，不就班府一个老佣人，竟敢充大带人进府。主人明明说了，生人概不相见，写作不许干扰，你也是老糊涂了，连生人也要领进府去。"

"可是，他说他是官府里的人。"那位被称作王山的老人说。

"他说他是皇上身边的人，你也信！那么，他的官服呢？他的大印呢？

· 177 ·

也什么都没有，你怎么能知道他是官府里的人，现在骗子多的是，你靠边去吧！"刘雷如同一堵石碑那般，用巨大的身躯拦住了种兢，不让他进府。

"我真是官府里的，找你家主人有正事。"种兢不由得来了气，他特意引证身份地说。

"那也要看是什么样的人。"刘雷说，"我家主人交代了，即使是官府里边的人，正事就见，闲事不见。"

"你家主人，好大的架子。"种兢听得，心里已很不悦，他反问，"何谓正事，何谓闲事？"

"这主人未曾区分，他让我们自己把握。"刘雷说。

"那么，你看我呢？我来是正事还是闲事？"种兢问。

"你肯定是闲事。"刘雷说，"第一，你未穿官服，却冒充是官府里的人；第二，你并不认识我家主人，就贸然前来相见，会有什么正事？"

种兢听罢，满带讽刺意味地说："你呀，也不定会门缝里看人，把人看扁了呢！"

刘雷听罢，大为不悦，说："把你看扁了就看扁了，你又能把我怎么样呢？"

种兢狠狠挖苦刘雷说："也真是，阎王好见，小鬼难缠哟！"

刘雷听罢大怒，他大吼道："你说什么，谁是阎王？谁是小鬼？你也敢骂老子，看我这个小鬼敢不敢揍你！"他一边说，一边把种兢拎了起来，仿佛像要摔死种兢一般。

王山急忙来劝刘雷，又接住种兢让他站稳，并拉他走开。种兢被刘雷这么折腾，哪有不生气之理，他发狠说："不让进就不进，今后，你们即使用大轿抬我，我也不会进你们班府。"

刘雷更是不悦，他满含讥讽地说："像你这种赖皮，赶都赶不走，还大轿抬呢！"

种兢又发狠说："不用大轿抬，就带刑具来，到时，我自然让你知道马王爷有三只眼。"

"那，老子我就恭候你这位马王爷了，看你能把老子怎么样！"刘雷岂能怕这个种兢，他嘴上根本不会示弱。

王山自然知趣，他赶忙拉着种兢离开了班府，一直来到了沟下，稍带挑拨意味地对种兢说："那刘雷，他也狐假虎威是狗眼看人低。我虽是个下人，但我却看得出来，你不是一般人。"

"一般人，二般人，加起来就是山般人。"种兢用一种十分阴冷而骄横的口气说，"总有一天，我要叫他这种狗眼人，知道知道我的厉害！"

"应该应该！"王山说，"应当让他知道你的厉害。"

他们再说得一阵，种兢便欲离开，临走，他再三叮咛王山一番，让他一定要多保留班固让焚烧的废麻纸片儿。王山满打保票地说："俗话说，应人事小，误人事大，我既然答应了你，又怎么会误了你呢？"

……

半个月后，种兢果然如约而来，他依然穿着便服，王山也如约而至，他携着一个小小的包袱。他们碰头的地方，仍是班家谷坡下沟底的惜字炉前。

"看，你要的东西我弄来了。"王山眉开眼笑地递过手里的小包袱，有些神秘地对种兢说，"只不知，这些东西有没有用？"

种兢打开小包袱一看，见都是些带字的废弃的麻纸片儿，不由面露喜色，他十分高兴地说："有用有用，这些东西，真是太有用了。"

王山自然也高兴，他忙对种兢说："自那天你交代以后，我就天天留意，操心弄这些东西。正好今天，我家主人让我烧这些废麻纸片儿，我便将它都给你弄来了。"

"好好好！生姜还是老的辣哟！"种兢一边说，一边再塞给王山十两银子，王山好不高兴，他说："你真是我的财神爷啊！"

种兢话中有话地说："我可以说是财神爷，却也是阎王爷，就看对谁了。"

"对对对！你对我是财神爷，对刘雷是阎王爷，就应当这样。"王山表示理解地说。

"正是。"种兢只说了这两个字，便转身离开，直往扶风郡城而去。

王山呆立在那里，口里喃喃地说："他到底是财神爷，还是阎王爷？"

的确，对于王山，种兢他是财神爷，因为他一见王山，就赏给他十两银子，两次就赏了他20两银了，差不多是王山一年在班府打杂的全部工钱。可对于刘雷，尤其是刘雷的主人——班固，他可是真正的阎王爷呢！

正当王山转身欲走时，种兢问："你别急走，还有那事？"

"什么那事？"王山十分奇怪地问。

"让你家主人看我朋友诗的事儿呀！"种兢说，"你老，也真是贵人多忘事啊！"

"噢，噢！看这么大的事，我怎么能忘了呢？"王山一边说，一边从怀里掏出种兢交给自己的梁扈所写的那首诗，把它交给了种兢。

"对这首诗，你家主人，他是怎么说的？"种兢问。

"我家主人说，帛是好帛，字是好字，但诗是烂诗啊！"王山说，"他还说，这是什诗，铜臭满纸，如此诗人，满街皆是。"

"那，这话他没写下来？"种兢问。

"他没写，只是口头上这样说。可话说回来，我是个睁眼瞎，他即使写出来我也看不懂，反正，他就是这么说的。"王山说。

"他还说了些什么？"种兢再行追问。

"其他再没说什么。"王山说，"我家主人还问我，这帛诗从何而来？你是个什么样的人。我说了，你是个闲人，并且说了你同刘雷吵架的事。我家主人说，人家说不定还真是官府里的人。这刘雷也是，他对人家，就不能客气点儿，门可以不许进，但也不能讽刺挖苦人家，别惹出什么事来。"

"还算你家主人眼里有水。"种兢话中有话地说。

……

当天晚上，种兢小心翼翼地打开了王山给他的那个小包袱，仔仔细细地看了起来。他挑了又挑，拣了又拣，终于挑拣出一些有用的东西来，因为一张麻纸片上写有"文、景务在养民，对于稽左礼文之事，犹多阙焉"这样的内容。看罢，他大惊道："这难道不是在攻击文帝、景帝吗？文、景二帝，是有名的贤君；文景之治，自谓盛世。可是，这班固却说，他们虽然注重养民，可对于考究古人礼乐制度之事，还很缺乏。"再挑再拣，又见一张麻纸片上写有"元帝……而上牵制文义，优游不断，孝宣之业衰焉。"他又吃一惊：看，这又在攻击元帝了，说元帝过分受文义的牵制，遇事优游寡断，孝宣皇帝的大业开始衰落了。他继续挑继续拣，一个新的发现竟使他兴奋不已，欣喜若狂，这张麻纸片上竟然写有"成帝……遭世承平，上下和睦。然耽于酒色，赵氏乱内，外家擅朝，言之可为於邑。建始以来，王氏始执国命，哀、平短祚，莽遂篡汉，盖其威福所由来者渐矣！"他看罢更惊：班固对于成帝的攻击，是更过分的了，说什么成帝沉溺于酒色，皇后赵氏姐妹乱内，外戚舅氏专权把持朝政，说起来可使人呜咽哽泣。建始建元以来，外戚王氏开始执掌国柄，哀帝、平帝在位日短，王莽废汉夺取帝位，大概是他们作威作福由来已久的缘故！

"好啊！好啊！今有了这三张废麻纸片，我就有了班固的三道催命符。好你个班大公子，好你个班孟坚，好你个班书圣，你架子大归大，可你怎么能有我阎王爷的架子大，我说要你的命，你难道还能活下去吗？"他一边这样发狠，一边心里暗想：这最能要你班固命的，还是这第三个麻纸片儿，你攻击成帝、攻击赵氏姐妹，与别人却大是不同，因为你的姑奶，就是成帝的婕妤，你分明是在为你姑奶鸣冤叫屈，对成帝极尽讽刺，对赵氏姐妹疯狂攻击，你存心不良、目的不纯啊！单凭这一条，我便能置你于死地。想到这里，种兢越想越高兴、越想越激动，他继续发狠说：好啊！班固！我叫你不见我，叫你不让我进班府，叫你不接待我，我今就给你好果子吃，不把你送进监狱整死弄死，我种兢决不善罢甘休！

于是，种兢便拿着班固的罪证——三个麻纸片儿，来找郡守梁扈，向梁扈进行了举报，建议严办班固。梁扈听罢，并不着急，只是问："那么，对于我的大作，他作何评价？"

种兢一听，便义愤填膺地说："这事儿，我简直没法对您说。他说，这是什屁诗，铜臭满纸溢，如此烂诗人，满街人皆是。"看，就是这个种兢，他毒就毒在这里，狠就狠在这里，单是增加了一个"屁"字，那"这是什诗"，便变成了"这是什屁诗"；单是增加了一个"溢"字，那"铜臭满纸"便变成了"铜臭满纸溢"；单是增加了一个"烂"字，那"如此诗人"便变成了"如此烂诗人"；单是增加了一个"人"字，那"满街都是"便变成了"满街人皆是。"

梁扈一听，不由勃然大怒，他吼道："难道他真是这么说的，敢说我的诗是屁诗？"

种兢说："他真是这么说的。"

"他也真敢在太岁头上动土！"梁扈吼了起来，"好，来人啦！"

一将官闻声而进，躬身施礼："请大人吩咐。"

梁扈说："你可以带些人马，速速去那班家谷班府，逮捕那狂徒班固，把他打入大牢！"

将官说一声"是"，便转身欲出，要去班家谷逮捕班固。种兢却站起来说："慢！俗话说，捉贼捉赃，捉奸捉双，这捉拿诬蔑攻击朝廷之人，关键是要他的罪证。单叫这些个大字不识的武夫莽汉去，他们又能干什么？谁个又能找到班固的罪证呢？还是我去吧！"

"好！你去你去，你去很合适。文人整文人，这是常事情。"梁扈说，"随你挑，随你拣，咱郡里的兵，咱郡里的将，咱郡时的官，你爱带谁就带谁，去后多多搜集罪证，速将罪犯班固捉拿归案！"

"好呗！我这就去办，结果定叫大人满意。"种兢这样说罢，便带了队官兵，大约有几十个人，直扑班家谷而来。当时，班府上下没有任何防备，而种兢却蓄谋已久，有备而来。在班府门口，碰见了刘雷。刘雷刚要阻拦，种兢却大喝一声："大胆刁民，竟敢拦阻官兵？"

刘雷这时也有些傻眼，因为他意想不到，这个上次未穿官服还曾骂自己是小鬼的人，竟然真的是官府里的人，而且还是个小的官。"你真是当官的？"他喃喃而问。

"我说你是门缝里看人，把人看扁了，是不是？"种兢说。

"是看扁了，看扁了！"刘雷说。

"那上次的账怎么办？"种兢问。

"就这么办吧！"刘雷一边说，一边自扇自己的耳光。

"揍他，狠狠地揍他！"种兢且不依不饶，非要痛揍刘雷不可。于是，有几个官兵上前，摁倒刘雷就揍，直揍得他鼻青面肿，浑身带伤。

这一阵，早惊动了班府上下，那班母喜文，班固妻许氏和她的小儿班珪，家人王山等人，全都来到了门口。眼见官兵在揍刘雷，却没一人敢上前阻拦。

关键时刻，却不见了管家刘绪。原来，刘绪这阵急忙进了高窑，去向班固报信，让他躲一躲。"躲哪儿呢？"班固问。

"窨子，进窨子啊！"刘绪说，"钻窨子到郡城西壕沟，你不就逃走了。"

"不！"班固说，"我一没有犯法，二没有害人，只是自己写书，躲什么躲？"他仍坐在那里写书，什么也不管。

刘绪见劝不进班固，便又急急赶往门口进行应酬，因为他怕生出什么乱子。这时，种兢问："你们谁是管事的？"

刘绪谨慎上前，说："我是管家，老爷有什么事？"

种兢喝问："班固呢？他人在何处？"

刘绪支支吾吾地说："不在家，外出办事去了。"

种兢心里有底，他猛地将刘绪一推，几乎推倒在地。而后，他把手一挥，带人直扑主窑。在窑门口，他一脚将窑门踢开，第一个冲了进去，再指挥官兵，让他们从拐洞爬了上去，他自己也跟着爬进。他们都进了高窑，把正在高窑里著书的班固堵在了里面。

当时，班固大声质问："你们要干什么？"

"干什么？"种兢冷笑地说，"那你在干什么？"

"我在写书。"班固十分镇静地说。

"写什么书？"种兢问。

"写史书。"班固说。

"国史大事，没有朝廷授权，难道是什么人都可以写的吗？"种兢质问。

"正史实写，又有什么不可以写的？"班固反问。

"可假使有人诬蔑皇上、诽谤朝廷呢？"种兢冷冷地说。

"我只是认真写史，如实记史，何曾诽谤过朝廷？"班固极力争辩。

"没有诽谤朝廷？如今铁证如山，你的罪责难逃，我不跟你废话，咱们公堂上见！"种兢再厉喝一声，"押了他，带走！"

于是，有兵士上前，给班固戴了一副重重的刑枷。种兢再喝："把他的罪证，一律带走。"又有人一拥而上，把班固所写的《汉书》手稿，一律收拢起来，装在一大筐之内，就如同收拾一堆垃圾一般。班固看得心疼，他喊道："你们打我骂我都行，可别弄坏了那些手稿啊！"

种兢听罢发笑："你真是个书呆子！你的命能不能保住都是个事，还管什么手稿呢？"他又转身吼道："带走，把罪犯和罪证一律带走！"于是，班固即被戴上刑具，准备押走。

许氏抱着婴儿班珪扑了上去，她又哭又喊："你们随便抓人，到底有没有王法？"班珪也哭了起来。

种兢冷笑着说："我们来这里抓人，靠的就是王法。班固如没犯法，我们怎么能抓他呢？"

许氏上前欲拦，却被婆婆喜文拦住，喜文十分镇静地说："不怕！即使到了皇上那里，也得讲理啊！你先让他去吧！"

班固也说："母亲说得对，孩儿并未犯法，走到哪里也不怕！"

就这样，班固被押入扶风郡监狱，他的罪证——《汉书》手稿也均被查抄。

次日，梁扈赴京有事，他亲自将班固"诬蔑皇上，诽谤朝廷"一事上报朝廷。时为汉明帝年间，明帝是光武帝刘秀第四子，母为光烈皇后阴丽华。他初封东海公，再晋封东海王，后被册立为太子。中元二（57）年正式即位。他即位之后，一切遵循光武帝既成制度，对内提倡儒学，注重刑名文法，为政苛察，总揽权柄，权不借下。他严令后妃之家不得封侯干政，防范贵戚功臣势力。而且，他招抚流民，救济贫农，兴修水利，使得吏治清明，境内安定。因之，这一时期，东汉人口激增，由 2100 万人增至 3400 万人，故有"明章之治"之称。似此，汉明帝也算一位贤明之君。在得知班固犯罪一呈的奏报后，汉明帝便亲自召来梁扈询问："那班固，他是何人？"

"他是班婕妤的侄孙、班彪的长子。"梁扈说。

"什么，班彪的长子？"明帝反问。

"正是班彪的长子。"梁扈说。

"班彪，他可是有名的才子哟！"因为明帝此时想起，自己当太子之时，班彪给朝廷的上书，那上书正是由自己亲自处理，并且被光武帝采纳的。应当说，那份上书，的确文笔精练、才华横溢，是一般人所难以写出的。

"要说，这个班固，他也是个才子，但他是个邪才、歪才、蠢才，他不仅不歌颂我大汉，反而诬蔑我大汉，攻击我大汉，诬蔑我大汉皇上，攻击我大汉皇上。他虽有其才，但不为我用，不如杀之。"梁扈说。

"先不要这么说。"明帝说，"班固一事，当慎重处理，不可草率，我要亲自御审。"

梁扈说:"是。"

"这样吧!班固之事是大事不是小事,你即行安排,可将他押至京师,关在洛阳监狱,朕要亲自御审。朕倒要问问他,他为什么要私改国史?为什么要诬谤朝廷?为什么要攻击皇上?在此之前,你们一定要保护他的安全,一不能动刑;二不许折磨;三要好好待他,让他听候御审。"

"是是是!"因闻明帝欲亲自过问此事,梁扈不敢有丝毫怠慢,只能连连点头称是。虽然如此,但他心里暗想:这个小小班固,小小的案子,怎么能惊动皇上?怎么一定要御审呢?他百思不得其解。

为了慎重,明帝还专门下发了押捕"反对朝廷的罪犯班固"进京问罪这样的圣旨。这样,过了不多一些日子,班固连同他的"罪证",都由扶风郡押送至洛阳京都监狱,"罪证"均予存放,就单等朝廷的审判了。

# 第十五章　班超舌辩　明帝贤君佩其才

因班府遭飞来横祸——班固被捕并被押往洛阳监狱。出事当日，刘绪便单人独骑，飞奔华阴华山，向班超急急报信。刘绪上了华山南峰，进了金天宫，已是次日午时。当时，华山道长和班超他们正吃午饭。一见刘绪，班超有些吃惊，忙问："莫非家中出了什么事？"

"是出事了，出大事了，出大得不能得了的大事了！"刘绪情急落泪，急得一时说不出话来。

班超一见，知道事情非同小可，忙将刘绪拉进寝室，仔细进行询问，刘绪便简述了班固遭诬被捕一事。班超听罢，便急忙将事情向华山道长禀报实情，要求立即下山。华山道长说："这事确是大事，估计非一日两日就能办妥，你就将自己的要紧东西全都带上，以防无法上山。"

班超说："我下山后如救得哥哥，便会迅速返回，再上华山学艺，不会多耽搁的。"

华山道长说："不必了。我早就说了，你之天赋，超为师十倍；你之智慧，胜为师百倍；你以后的成就，将是为师的千倍万倍。为师曾劝你早早下山，干一番大的事业。当初时机未到，为师不能强逼你下山，今日时机已到，你就赶快下山去吧！况且，你今救兄长，必往洛阳，既至京师，又怎么能失去干事之机呢？老子云，'福兮祸所伏，祸兮福所倚'，今你哥被捕，也许正是福祸相伏相倚之事，你当认真对待才是。"

班超连忙跪拜华山道长，说："华山学艺，受益匪浅，授业学艺，师恩永记！"

华山道长双手扶起班超，说："以后，若是有用得上为师和师兄弟们的地方，可来华山说一声，我们一定全力相助。"说罢，他忙让人包得一包锅盔，又弄得些小菜之类，就催班超赶快下山。

班超说："怎么着也得向师兄弟们告别一下。"

"不必了。"华山道长说，"大事先办，急事速办，务必果断，这是我一直做事的风格。告别一事，就由我来向你师兄弟们解释，你就别耽搁了啊！"而后，他一推班超，让他快走。

班超东西并不很多，三下两下便收拾好了：他先携了那把七星剑，又包得一包自己常翻的兵书战策书籍，匆匆带上这些东西，便与刘绪一起，急急下山而来。下山后，进得一家客栈，刘绪忙将寄存在这里的坐骑交给班超，说："你先走吧！"

班超问："那么你呢？"

"我自己可另买一马匹，随后便会赶回。"班超也不客套，他便骑上那马，扬起马鞭，打马飞奔而回。到家以后，班超先向母亲和嫂子询问了情况，而后再问刘雷，又问王山，问清了事情的来龙去脉，他大概已知事情的前因后果。他见王山说话吞吞吐吐，知道他还有隐情，便把王山叫进自己的房间，进行单独询问。进屋后，班超突然把门一关，眼一瞪，猛地拔出七星剑，在桌上摔得"叭叭"作响，厉声吆喝："王山，你说，我班家待你如何？"

王山战战兢兢地说："班家待我，恩重如山。"

"既如此，你为什么还要出卖我们班家、出卖我哥班固？"班超再喝。

"小人听不明白，我何曾出卖了班家？出卖了主人？"王山半装糊涂半清楚地说。

班超用那宝剑，猛地朝王山头上一砍，竟砍下一撮头发来，他吼道："你是不是将那些废麻纸片儿，给了官府里的人。"

"是……不是……是不是……"王山更加支吾。

班超再发声吼："是就是是，不是就是不是，如你不说实话，我便要了你的狗命！"

王山仍支支吾吾，不知说"是"好，还是说"不是"好："反正，那都是些欲扔待烧没用的废弃纸片儿。"

"你说得倒很轻松。"班超说，"可那废麻纸片上有字，有些字，很可能成了我哥的罪证啊！"

"是是是……"王山连连说是，再不敢说半个不字。

班超再剑指王山喉头，说："再说一下详细经过，一点一滴都不许漏。"

王山哪里再敢隐瞒，便一五一十，说了事情的详细经过，甚至连自己收了20两银子的事，他都予以承认，并表示要交回银子。班超不愿听他过多啰唆，只是问："你可知收你废麻纸片儿、送你银两那人的名姓？"

"不知。"王山说。

"可知那人的官职？"班超再问。

"不知。"王山说。

"那么，你知道他的住处吗？"班超继续问。

"更不知。"王山说。

"你呀，真是个一问三不知。你既然对他什么也不知，却为什么敢那么相信他？为什么敢交他废弃的麻纸片儿？为什么敢收他的银子？你好糊糊啊！"班超埋怨说。

"是的，我真是老糊涂了。"王山满脸羞渐地说。

不一会儿，王山拿着那20两银子，把它给班超，欲赎回自己之罪。班超又好气又好笑地说："你以为，交回这20两银子，就能挽回你造成的损失吗？这不能，远远不能！你此举所造成的损失，是两千两、两万两银子也赎不回的。今事已至此，也只能就事论事，先设法救回我兄长再说。"稍停，他又说："至于你所收这20两银子，也有它的用处。"说罢，他即将那20两银子，用块锦绸仔细包好，却另将一大包银子，捧到王山面前说："我知道你家境贫寒，多有用银子之处。这是200两银子，你且收下先用。本来，按照家规，应将你乱棍打之，逐出家门，但念你待班家日久，又上了年纪，别处难以容身，就不逐你了，也许，找证人证据，你亦为当事人。只是以后，你一定要多动脑筋，要多想着班家，要对得住良心啊！"

王山有些不解地问："二主人，这是为何，你收我20两银子，却要给我200两银子呢？"

班超说："这银和银不同，那20两是赃银，是罪证，可这200两是赠银，是我给你的啊！"

班氏演义

王山感激涕零，赶忙双膝跪下，磕头如同捣蒜一般地说："班家待我之恩，如同再生再造，我以后如再做有损班家之事，必天打五雷轰、天打五雷轰啊！"

班超说："解铃还须系铃人，解救我哥，必要时还需你说明情况，提供证据。回头，我安排人进行书写，你可以提供证词，再签字画押，以备后用。"

正在这时，刘绪已骑马从华阴赶回，急急来见班超。班超又问了刘绪一些情况。刘绪说："那个人，我认识，他叫种兢，是扶风郡的督邮，也是郡守梁崑的红人。他既是个贪官，也是个酷吏，此人面冷心黑，奸诈无比，很难对付。"

班超听罢，只说一声："好，知道了。"

当天夜里，班超穿上夜行衣，戴上黑面罩，背上七星剑，直往扶风郡衙而来。到了郡衙，他先剑逼一个更夫，问清了种兢的住处，就直奔种兢寝室而来。进了种兢寝室，他用利剑挑起被子，让吓得半死的种兢披了上衣，再剑指喉头进行逼问，让种兢说了事情的全部经过。最后他说："你们为什么要诬陷班固呢？"

种兢说："没有啊！我们并未诬陷班固，只是想见他而未见，中间产生了一些误会。即使被捕，也的确事出有因，他确对先帝有所不恭啊！"

班超又问："那么，据你所知，班固的罪证到底是什么？"

"就是那攻击文、景二帝，攻击元帝，攻击成帝和赵氏姐妹的那三个废麻纸片儿，别的也没什么。"种兢说。

"那些所谓的罪证呢？"班超问。

"都弄到了洛阳，全在洛阳监狱里存放。"种兢说。

"那么，贪官梁崑的那首诗呢？"班超逼问。

"在我这儿，在我这儿。"种兢说，"梁郡守当时听我所说，气得头都发晕，只忙着逮捕关押班固，连自己的诗也顾不上要了。"然后，他便从自己的书案抽屉，取出梁崑之诗，把它交给了班超。

班超又剑指种兢，说："你想不想活命？"

"谁不想活命啊！"种兢殷勤地说，"好汉要我做甚。"

"那么，你就将班固事件的经过，一五一十都写下来。"班超说。

　　种兢也是书文之人，这件事对他来说并不难，他即刻再点一灯，铺开帛绸，就于那书案之上，将事情的经过写了个一清二楚。班超一看，倒也满意，喝道："快，盖上官印。"种兢便盖了官印。班超又喝："再盖上私章。"种兢又盖了私章。

　　班超带了种兢所写的凭据，又带了梁扈的那首诗，对种兢说："班固之事，皆以事实为准，单等朝廷定论。但是，如若有人捣鬼，我定砍他的狗头！"

　　种兢听了，吓得将脖子一缩，说："狗头狗头，我要保我狗头！"稍停，他有意无意地问，"敢问好汉，您是班固什么人？"

　　"难道你想报复吗？"班超反问。

　　"不敢不敢，我只随便问问。"种兢说。说话之间，班超已悄然无影，种兢惊叫："我的妈，好险啊！"

　　再说，回府后的班超，他认真准备一番，便单人独骑，飞马直奔洛阳而去。虽然洛阳路远，但是班超马快，且是快马加鞭，他当天清晨出发，第二天便赶到了洛阳。到洛阳后，他先找了家距明帝设朝的南宫不远的客栈，在那里住了一宿。次日清晨，他便直奔南宫而来。惜只惜，南宫宫门，此时依然紧闭，没有打开。班超见此，只好离开宫门，去那一边溜达。过了好一阵，眼见宫门大开，两队官卒走出，排列左右两边，显得十分威严。又过了一会儿，陆陆续续已有朝臣上朝，班超便大大方方跟着上朝的大臣往宫里走去。朝臣们都官服官帽，趾高气扬，班超虽布衣便服，但却气宇轩昂。一到南宫门口，班超即被拦了下来。一将官问："你干什么的？"

　　"找人？"班超毫不怯惧。

　　"找谁？"将官问。

　　"找马将军。"班超说。因为，当天夜里，他也思谋了进宫的对策。他知道，当今的明帝之母是马皇后，而马皇后的兄弟马光、马防和马廖皆为朝中重臣，他们都是扶风老乡，所以这阵，他便端出一个马将军来。也是歪打正着，马廖时为羽林左监、虎贲中郎将，掌管羽林军，这是众臣皆知的，谁人也不敢慢待，同样也不敢慢待班超。

班氏演义

"你找马防将军还是马廖将军？"将官问。

"他们两个都找，谁在就找谁。"班超说，"我是他们的亲戚，从故乡扶风赶来，因家有急事，特向他们禀报。"

正说话间，一位盔甲鲜明、形象威武的将军走了过来，他问班超："你是何人？找我何事？"

那将官急忙向马廖行礼："马将军，此人找您。"

班超不惊不慌忙向马廖施礼说："马将军老家有事，不便声张，可一边告知。"

马廖一见，果以为自己老家有什么急事，便拉着班超来到一僻静之处，问他到底是什么事情。

班超未曾开口，先向马廖下跪："马叔叔，马将军，在下是小侄班超。我父班彪，我兄班固，我姑奶班婕好，因我兄有天大委屈，今就关押在洛阳监狱，恳求马叔叔相救。"

其实，班固之事，马廖已知。原来，初捕班固之时，明帝曾向母亲马皇后谈及此事。马皇后说："班氏一门，才子众多，但从未听说过他们有什么叛逆之人。今说班固反对朝廷，只有些残缺不全的麻纸片儿和只言片语的字，证据明显不足，疑点重重，自相矛盾，需慎重对待，千万不要冤枉了好人，更不能冤枉了有才有德的文人。且我们都乡里乡党，如处理不好，会落人唾骂的啊！"

明帝说："既如此，孩儿当亲自过问此事，以免会有差错。"于是，明帝便明令梁扈，对班固不能动刑，不能虐待，速押至洛阳，关在狱中，自己要亲自御审。又因领母后之命，他也想解脱班固，只是，现在单有梁扈一面之词，却少有替班固辩护之人，明帝也顿感为难。

班固事，惊动了朝中所有大臣，马廖自然知道，他也有心搭救班固这个才子乡党。所以，今有班超前来，并且说明了来意，马廖自然高兴，他对班超说："好，你来的正是时候，我这就带你上殿去见圣上，也好辩明是非，解决你兄之事。"他便把班超领进了南宫，进了明帝议事的大殿，让班超在偏殿内等候。

议得一阵朝事后，明帝问："诸位爱卿，你们可有什么事情上奏？"

马廖立即上前，跪拜行礼，说："今有班固兄弟班超，他飞骑从扶风赶来，说要替兄长鸣冤。"

"唤他上来。"明帝说。

马廖去偏殿唤上班超，班超忙向明帝跪拜行礼。明帝眼见班超燕颔虎颈，十分威武，心里已经生喜，便对班超说："马将军讲，你要替你兄鸣冤，即可对朕讲来。"

班超面对着皇上和满朝文武，毫无怯惧之色，他说："我兄班固，领父班彪遗命，专心著写《汉书》，他不领国家俸禄，却一心为国家修史，却不意遭人断章取意，歪曲作者本意，被关洛阳监狱，实属莫大冤屈。"

明帝说："你兄专心著史，倒也无可厚非，可是，他为什么要私改国史、妄议朝廷呢？"

班超说："我兄班固，他力求体例一致，文风统一，在每一纪文章之后，都有一段评述。例如，《武帝纪第六》之后，他赞曰：

"汉承百王之弊，高祖拨乱反正，文、景务在养民，至于稽古礼文之事，犹多阙焉。孝武初立，卓然罢黜百家，表章《六经》。遂畴咨海内，举其俊茂，与之立功。兴太学，修郊祀，改正朔，定历数，协音律，作诗乐，建封禅，礼百神，绍周后，号令文章，焕焉可述。后嗣得遵洪业，而有三代之风。如武帝之雄材大略，不改文、景之恭俭以济斯民，虽《诗》《书》所称，何有加焉！

"其之本意是说，汉承接了历代弊端，高祖拨乱反正，文帝、景帝注重养民，对于考究古代礼乐制度之事，还很缺乏。孝武帝刚刚继位，卓有远见地罢黜百家，突出《六经》的地位。于是谁能为天下谋事，推举为优秀人才，让他建功立业。兴办太学，修建祭祀庙祠，改正月为一年第一个月，确定历法，协调音律，作诗赋乐曲，建造祭天禅台，祭祀百神，继续周朝传统，号令制度，光彩值得称述。后继者得以继承宏大事业，而具备夏、商、周三代的风气。像汉武帝这样的雄才大略，不改变文、景时恭俭以救助百姓的政策的话，就是《诗》、《书》所赞美的制度又能超过多少呀！

"但是，有人只截取了"文、景务在养民，对于稽古礼之事，犹多阙焉"，据此便说我兄攻击文、景二帝，实乃滑稽可笑。"

原来，班超此次赴京，为兄申冤，他做了充分准备，陈述时便无有任何纰漏。他接着说："再如，《元帝纪第九》之后，他赞曰：

"臣外祖兄弟为元帝侍中，语臣曰：元帝多才艺，善史书。鼓琴瑟，吹洞箫，自度曲，被歌声，分列节度，穷极幼眇。少而好儒，及即位，征用儒生，委之以政，贡、薛、韦、匡迭为宰相。而上牵制文义，优游不断，孝宣之业衰焉。然宽弘尽下，出于恭俭，号令温雅，有古之风烈。

"其之本意是说，臣的外祖父的兄弟在元帝时任侍中，曾告诉臣说，元帝是有多方面才艺的人，善写大篆，能弹琴瑟，吹洞箫，自己可以谱曲，配乐演奏，符合节拍，极其精密巧妙。青少年时喜好儒家思想，及即皇帝位，征用儒家学派的学者，并委以国政，贡禹、薛广德、韦贤、匡衡等人相继担任宰相。元帝过分受文义的牵制，遇事优游寡断，孝宣皇帝的大业开始衰落了。然而对臣下宽宏大量，表现出现严肃节俭的主张，发布号令措辞温和高雅，有古人之遗风。但是，有人只截取了'元帝……而上牵制文义，优游不断，孝宣之业衰焉'，据此说我兄攻击元帝，这样的罪名能成立吗？显然不能。"

班超面对明帝和百官，慷慨陈词、娓娓而谈，并且作以手势，这更增添了他讲话的气势，百官群臣都听得瞠目结舌、惊叹不已。明帝也深为佩服，暗自心喜。只听班超继续说："还有，《成帝纪第十》之后，他赞曰：

"臣之姑充后宫为婕妤，父子昆弟侍帷幄，数为臣言：成帝善修容仪，升车正立，不内顾，不疾言，不亲指，临朝渊嘿，尊严若神，可谓穆穆天子之容者矣！博览古今，容受直辞。公卿称职，奏议可述。遭世承平，上下和睦。然湛于酒色，赵氏乱内，外家擅朝，言之可为於邑。建始以来，王氏始执国命，哀、平短祚，莽遂篡位，盖其威福所由来者渐矣！

"其之本意是说，我的姑母，在宫中为婕妤，我家父子兄弟均为宫中近臣，侍俸皇帝于帷幄，多次告诉我，成帝善于修饰仪容，升车必正位，端庄严肃，不内顾外瞻，不轻肆大声喧呼，不亲指所疑琐事，登朝缄默少言，尊严如神，可说是一副威严而又温和的天子仪容！成帝博览古今经典，容纳直谏言辞。公卿称职，奏章议论言有文采。遇世承平安宁，上下和睦。然而成帝沉溺于酒色，皇后赵氏姊妹乱内，外戚舅氏专权把持朝政，说起来可使人呜咽哽泣。建始建元以来，外戚王氏开始执掌国柄，哀帝、平帝在位日短，王莽废汉夺取帝位，大概是他们作威作福由来已久的缘故！

"但是，有人只截取了"成帝……遭世承平，上下和睦。然耽于酒色，赵氏乱内，外家擅政，言之可为於邑。建始以来，王氏始执国命，哀、平短祚，莽遂篡位，盖其威福所由来者渐矣！"据此，便说我兄攻击成帝和赵氏姐妹。对于他们的功过是非，人们皆有结论，历史已有定论。我兄长班固，他只是将这结论和定论写成了文字，怎么可以说他是攻击成帝和赵氏姐妹呢？再说，人非圣贤，孰能无过，即使皇上也是一样，成帝的过错也是尽人皆知的，写史必须真实，评介皇上的功过也必须真实，我哥他这样做了，又有什么不对呢？"

班超一气讲了这么多，他仍然脸不变色心不跳，气不喘来面不笑。明帝却暗自发笑，他对班超说："还有吗？"

"还有！"班超说，"当然还有。在这里，我先给大家朗诵一首诗。"说罢，他便朗诵起了梁扈所写的那首诗：

走进扶风郡，

郡城像金瓮，

东西两里长，

南水北有垓。

朗诵完诗，他说："这是有人写了一这么一首诗，交给我兄班固让看，并让他进行评介。我兄说，'这是什诗，铜臭满纸，如此诗人，满街皆是。'他是据实而论，据诗而评，并未攻击那位伟大的诗人。结果，被人传成'这是什屁诗，铜臭满纸溢，如此烂诗人，满街人皆是'。似此，便大大增加了对诗人的人身攻击，这便也成了我哥的罪证。这难道不是欲加之罪，岂不受屈吗？"

此时，群臣听得，大都发笑。

司徒鲍星笑着发问："这首诗，是谁的大作？"

班超说："是扶风郡的一位大官，我这里就不点名了，免得他失了面子。"

太尉牟融也笑言："其实，这首诗之所写，却也是扶风郡的实际。我曾在扶风郡任职，那扶风郡城，的确像个大瓮一样，东西长而南北窄，南有漳水，北有土埂，埂上即飞凤山，诗写得不含蓄罢了，却也没什么大错。"

明帝也说："朕以为，官员们写诗，即使是附庸风雅，也不为错啊。当今之世，天下太平，国泰民安，朝廷提出要抑武修文，所以，对于此诗的优劣，我们就不过多探讨了吧！"

班超说："问题是，那传话之人，不该煽风点火、加油调醋啊！"

"好了，朕看，此事就到此为止吧！"明帝说，"也不是朕和稀泥，如说扶风郡无中生有，人家确有一些证据；如果说扶风郡衙证据充分，却有百出的漏洞；应当说，双方都有责任，班家也不是没失误，那些有字的废麻纸片儿，还不是你们的家人给弄出来的。俗话说，家丑不可外扬，今日之事，不宜过度张扬，以免庶民百姓，会说我朝官员，皆是无能无用之辈。"

众臣齐声回答："臣下明白。"

明帝又吩咐司空第五伦说："你即可行安排，将班固所著《汉书》，速速呈送于我，我要亲自予以过目。"

司空第五伦急忙跪拜领命。

这时，明帝宣布散朝，众臣便陆续退下。马廖正欲引班超告退，明帝却说："你们且慢。"待众臣都退下后，明帝又问班超，"你似仍有未尽之言，现在可对朕说之。"

班超便从怀中掏出王山的证词和20两银子，又掏出种兢的供诉，对明帝说："这些，都是能洗清我兄罪名的证据，请圣上予以过目。"

明帝说："这些证据，你且留下，我交司空府处理就是。此一事，你说清也就是了，朕会给你们兄弟一个满意的交代、给百官一个满意的说法。至于对扶风郡那边与此事有关的官员，我看就不再进行追查，从宽处理得了。这对你们也好，冤家宜解不宜结嘛！那事闹得大了，仇结得深了，事情会没完没了，是不是？"他又对马廖说，"你这位乡党年轻有为、气质非凡，就先由你来招呼他吧！稍后，朕自有安排。"

马廖忙跪拜谢恩，班超也跟着跪下谢恩。

"好了，你们且退，改日再会。"明帝说。

当日，退朝之后，明帝特向母亲马皇后禀报了班超当朝申辩一事，对班超大加赞赏，还谈及自己欲释放并任用班固一事。马皇后听罢，喜不自禁地说："想不到，我们扶风，又出了两个人才！不，是我们大汉，又出了两个大才，真是可喜可贺啊！"

再说，几日之后，明帝已仔细看罢司空第五伦呈送的班固所著《汉书》，他对班固称赞不已，连声说："这个班孟坚，他真是良史之笔、栋梁之材啊！"于是，他即刻降旨：立即释放班固，召其到校书部，任命当兰台令史，与前任睢阳令陈宗、长陵令尹敏、司隶从事孟异，共同写《世祖本纪》。随后升任为郎，典校秘书。班固又撰写功臣、平林、新市、公孙述之事，作列传、载记 28 篇，上奏朝廷，明帝乃令他写成前所著之书。

班固认为，汉代继承的是尧运，建成帝业，到了第六个皇帝（即汉武帝）之时，史官才追述功德，私自写下本纪，把汉代帝王编于百王之后，并与秦始皇、项羽这类人编在一起，而太初（前 104—前 101）年间以后，空缺而没有记载，因此采拾前史，收集所闻，写成《汉书》。起自高祖元年，终止于汉平帝及王莽被杀，共 12 世，230 年，综合其行事，以《五经》思想为纲，上下融会贯通，依《春秋》之义，作本纪、表、志、传共 100 篇。班固从汉明帝永平（58—75）中期才受诏写作，专心写作 20 多年，到汉章帝建初（76—84）年间才写成。写成后立刻得到人们的重视，求学的人没有不读它的。

班超呢？明帝命他先在洛阳皇家书馆抄书，而后再予任用。

因班氏兄弟都留在洛阳，他们操心家中老小，便向明帝请假，说是要回家安顿一下。明帝说："安顿什么？搬迁来就是，你们也好一心给朝廷做事。"他还当即让人安顿了班氏兄弟的住处，二人忙向明帝谢恩。于是，他们二人便赶回了扶风老家，将全家人搬迁到洛阳，即有他们的母亲喜文，妹妹班昭，班固妻许氏和小儿班珪，班超新婚不久的妻子邓燕。他们班氏一家，在这京师之地，开始了新的生活。

# 第十六章　两都名赋　千秋良史美名传

因有明帝的赏识，因有兰台令史职务的任命，又有《汉书》正式撰写的皇帝的允准，班固他不仅仅只是出狱，而且真的从地狱上升到了天堂。不久，班固又迁为郎，担任了典校秘书，职务有了大的升迁。他的事业，也正如日中天。

班固自迁升为郎官后，与皇帝逐渐亲近。这时，朝廷在京师洛阳修建宫室，整治城壕。而西汉在关中遗留下来的那些受人们尊敬的老年人，仍然企盼朝廷能西迁至长安。班固感到前世司马相如曾作《上林赋》《子虚赋》，吾丘寿王曾作《士大夫论》《骠骑将军颂》，东方朔曾作《答客难》《非有先生论》等讽喻性的文章，文藻华美，能以婉言隐语规劝帝王，达到较好的效果，于是，他遂著《两都赋》，盛称京都洛阳制度之美，意在挫败关中父老迁都长安的淫侈之论。其辞曰：

有西都的宾客问东都的主人："听说强大的汉朝在建国之初，创业规划的时候，曾经有意建都于黄河与洛水之间的洛阳，因为考虑到洛阳小不过数百里，四面受敌，非用武之国，为了国家的安定起见，于是，中止在洛阳建都的打算，决定西都关中，以长安为京师。不知主人闻说它的故事和看到长安的规模典制没有？"主人答道："没有。请贵客抒发怀旧之蓄念，阐明思古之幽情，使我通晓先皇治理之道，以宏大我东汉的京师。"西都宾客恭敬地答道："是，是。"

汉朝的西都位于陕西关中腹地的长安，此地左据函谷及东崤、西崤二关之固，加之有太华、终南二山之阻，右毗连褒斜、陇首之险，其间又有黄河、泾、渭之川，不论其名其实，都是九州最好的地方。从防御来说，是天下非常理想的腹地，所以能举兵纵横，宇括九州，三次成为帝王之都。周以龙兴而据华夏，秦以虎视而有天下，到我大汉，受命于天，建都长安。高祖仰承天命，至霸上而见五星聚于东井（秦地之分野）之精微，俯视则协合于河图之灵谶。奉春君娄敬始建迁都之策，留侯张良力主西迁，天人合应，皇帝兴发，显现神明垂怜西顾，于是定都长安，南望秦岭，北视阜陵，拥沣灞之水，据龙首之山，营建未央宫，规划大汉亿载基业，以宏伟的规模，大兴土木。从高祖皇帝起到平帝终，每世都增建装饰，以求更为华丽，历十二代，以至于极端奢侈。建成数万丈长坚固的城墙，开凿出广深的城河，开辟三条广阔的道路，立十二座高大的城门，长安城内，街巷通达，百姓万千。九处交易市场，货按类别而分。人流拥挤，熙熙攘攘，互不相顾，马不得行，车不能转，填城溢郭，商舍不尽，红尘迭起，烟云蔽空，富饶繁华，士庶人等，乐趣无穷。长安士民与他处之人迥然不同，云游四方的文人，自比于公侯之高贵。来到市场的妇女，奢侈华丽之状，超过周、齐这些过去大国的贵妇，乡里豪俊游侠等雄杰之士，仰慕齐孟尝君田文、赵平原君赵胜之节操，也希望名列楚春申君黄歇、魏信陵君魏无忌之后，结交、聚合众人，驰骋奔走于长安城中。

假如要游览、观赏长安的四郊和近县，南望有汉宣帝的杜陵、汉文帝的霸陵，北眺有汉高祖的长陵、汉惠帝的安陵、汉景帝的阳陵、汉武帝的茂陵、汉昭帝的平陵，迁移来富户豪商置县以守陵墓。都市相应，村舍相连，祭祀时仕大夫们的礼服礼冠华美如云。长陵人车千秋、杜陵人黄霸、王商，平陵人韦贤、平当、魏相、王嘉等七位丞相，长陵人田蚡（太尉），社陵人张安世（大司马）、朱博（司空），平陵人平晏（司徒）、韦赏（大司马）等五公。与各州郡的豪杰，五都（洛阳、邯郸、临淄、宛、成都）的富商，都迁来五陵守墓，目的在于加强中央集权，削弱诸侯，明尊卑而万事各得其所，使京师尊崇而兴盛以监察各郡县。京师地域千里有余，诸夏（中国）之特色兼而有之且超越已往。其南则有遮天高山，幽深的树林和深邃的山谷，陆海（物产丰饶之地）有无尽的珍藏，蓝田有晶莹的美玉。商山洛水曲折围绕，鄠杜二县近在南山脚下。引源泉以灌注，池塘交相连接，竹林果园，芳草甘木，郊野之富，与天府之国的巴蜀相类似。其北有如冠冕高耸峻拔的九嵕山，又有甘泉山陪伴。秦始皇在甘泉山上建林光宫，汉又造甘泉宫、益寿、延寿馆、通天台，为秦汉时最雄伟奇特的景象，王褒（字子渊）作《甘泉颂》扬雄（字子云）作《甘泉赋》予以极力颂扬，其建筑至今犹存。山下有郑国渠、白渠，引水灌溉肥沃的田野，通共灌溉有数百万亩，几十万户人家，仰仗其为衣食来源。田界的划分如锦绮般美丽，田畦水沟如雕刻一般整齐，高平的原，下湿的隰，如龙鳞之分五色。举锹开渠者云集，引水灌田如同降雨。五谷秀穗低垂，桑麻长势茂盛。东郊有畅通的漕运河道，汇合渭河之水，穿越黄河，泛舟华山以东各地，贯通淮、泗一带，与海相通。西郊则有上林禁苑，山麓林木丛茂，薮泽连属，池塘逶迤屈曲，通连川蜀、汉中。禁苑四周绕以围墙，长达四百里，内有离宫别馆三十六所，昆明池中有神池曰灵沼，往往引人逗留观赏。其中乃有九真之麟（九真郡，辖境相当今越南清化、河静省两省及义安省东部地区献的奇兽，驹形，麟色，牛角），大宛之马（汉武帝时，李广利斩大宛王首，获得的汗血马），黄支之犀（黄支国献的犀牛。黄支国约在今印度马德拉斯西南的康契普拉姆附近），条支之鸟（条支国献的大鸟。条支国，在安息以西，临西海，今波斯湾，当在今伊拉克境内）。这些奇禽异兽，都是跨昆仑山，越大海，行三万里，才运到长安的。

再说宫室之建造，象征天地之规制，南北东西经纬其间，合乎阴阳之法则，据大地居中之位，明堂之制，内有太室，象紫宫之方，南出明堂，象太微之圆。萧何作未央宫，立东阙、北阙，如周穆王中天之台，备极华丽。宫殿建在龙首山上，高冠入云，宽广宏大，用珍奇的材料予以装修，梁作应龙（有翼之龙）之形，又曲如彩虹。陈列屋梁和橑子，以布置屋宇四边的飞檐，负荷正梁和二梁，以成腾飞之势。屋柱镶以雕玉，瓦当则裁以藻金装饰，金碧辉煌，发出五彩之光芒，如火焰般之明亮。左边为行人之道，拾级而上，右边为行车之道，平坦畅通。小门连着房舍，四通八达，大门洞开，威严雄伟。宫之大院耸立饰有猛兽形象的格架，上悬巨钟。宫之正门外，立有十二尊巨人铜像。因地势高下，而设层层门槛，在道路险峻之处开设门户。正殿之周围，编设殿宇别院，次第排列着高高的楼台和宽广的馆舍，明若列星之环绕紫宫。未央宫有清凉殿、长年殿、宣室殿、温室殿、金华殿、玉堂殿、白鹿殿、麒麟殿，长乐宫有神仙殿，殿宇如此，不能一一尽述。更有众多重重曲曲，高挺峻拔的建筑，或登或降，灿然鲜明，或乘于茵（此指马车），或载于辇（人拉的车），所到之处，皆可宴息。后宫则有宫妃居处的披庭、椒房之宫室。有合欢、增成、安处、常宁、茞若、椒风、披香、发越、兰林、蕙草、鸳鸯、飞翔等殿。其中昭阳殿极为华美，兴盛于汉成帝时。殿内以椒泥涂抹墙壁，大庭之上涂饰成朱红色，整个宫殿也涂上各色光亮的漆。鎏金的铜门槛，白玉铺成的阶街。用珍珠织串为帘，风至帘响，如珩珩佩之声。橡桷刻作蛇龙萦绕其间，鳞甲分明。墙壁中露出的横木上，镶着鎏金钰，钰上再嵌装着蓝田美玉，明珠和翠羽，交错杂列，形似列钱。火齐之珠，光辉灿烂，照耀着壁间镶嵌的悬黎、垂棘之玉，夜间亦放出光芒。昭阳殿地上皆以漆涂之，台阶装以铜套，以黄金涂门槛，中庭以朱漆涂饰，白玉装砌台阶，精美的玉石和似玉的美石，色彩细密，青光闪映。神堂之上有玉树，以珊瑚为枝，以碧玉为叶，植之于殿曲。宫中之歌舞女郎，身着红色的轻软丝织品，长袖飘舞，精彩华饰，丝绸的衣带，繁盛纷飞，在华烛照耀下，一俯一仰之态，犹如神女。后宫之号，皇后之下，有妾皆称夫人，凡十四等，昭仪、婕妤、妊娥、容华、美人、八子、充衣、七子、良人、长使、少使、五官、顺常，是为十三等，又有无涓、共和、娱灵、保林、良使、夜者，秩禄相同，共为一等，合十四位。这些妃嫔，娴静而又美丽，地位显要，而又人数众多，列居此位者，常以百数计。辅佐皇帝的近臣，在朝堂设有百僚之位，萧何、曹参、魏相、邴吉等位居丞相之人，其谋划策略之才能，均在他人之上。他们辅佐皇帝创业，则能把基业留传于后世，辅助皇帝治理天下，则能完成教化，传布大汉和乐平易之德政，荡涤赢秦暴虐之毒害。故令此等贤臣良相传扬快乐和谐之声，民有歌颂萧曹德政的画或歌，功德著于祖宗，恩泽惠及黎民百姓。又有天禄阁、石渠阁，乃藏图书典籍之所，是长安学术研究和学术交流的中心，众学者殷勤教化的重要场所，名儒师傅在此讲授《诗》《书》《礼》《易》《乐》《春秋》等六艺，考证经书之异同。又有承明殿、金马门，前者是儒士受诏作文之地，也是皇帝延请名儒学士讲述文章之场所；后者是名儒学者待诏之处。那些德高而才识宏大畅达的人，多集中在这里，他们探索原始，寻求根本，知识和见闻广博，阐明文章之义，校勘整理宫廷之藏书和典籍。后宫之位，如钩陈星之环绕紫微星垣，有行夜打更之司署，予以护卫。有五经博士掌试策，考其优劣，为甲乙之科。亦有天下百郡兴廉举孝，推荐官员。宫廷之中有虎贲宿卫之臣，主衣之官，宦官阉寺之人及执戟百重警卫之士，各有职责。宿卫之庐舍，如千列遍布于皇宫周围，侍卫巡逻，交错于道。专供皇帝御辇通行之阁道，有上下两重，上为木结构的空中通道，故称飞阁。自未央宫而连桂宫，北至明光宫，东通长乐宫。阁道凌空而设，越未央宫西墙，而与建章宫相连。建章宫有东阙，高二十五丈，上置高丈余的鎏金铜凤凰，故名凤阙，或称双凤阙；建章宫正门名璧门，门高二十余丈，高大宏伟，因其门上装饰有玉璧，故称璧门。建章宫南宫门之东，有峻峭高耸用于辨别风向的别风阙，高五十丈，精微巧妙，高耸挺拔。宫中千门万户，夕闭朝开，如阴阳之闭开。建章宫之正殿名前殿，亦名玉堂殿，"度比未央"，高三十丈，三层台，内殿有十二门，阶陛皆用玉石做成。屋顶上装有五尺高的鎏金铜凤，下有转枢，向风若翔。建筑高大巍峨，宏伟壮丽。登临前殿之上，可以"下视未央"。经骀荡殿而出馺娑殿，穿过枍诣殿与天梁宫，其殿宇飞檐上翻，日光可以照进殿内。位于前殿西北的神明台，建在高大的台基之上，总高五十丈，升高而望，台之大半在云中，彩虹如在它的屋梁与门楣之上，虽敏捷勇敢地往上攀登，也觉心惊胆战，惊恐不已。若攀登井干楼（井干台、凉风台），未及一半，已觉头晕目眩，神志恍惚。若不抓住栏杆而站立，感觉就像从楼上坠下一样，继续留在那里，则神魂失度，循原路返回，到了楼下，方觉神安。既然登高望远而觉恐惧，于是往下走，在宫中环绕，流连徘徊，若在曲屈萦绕的甬道（复道）中行走，深邃而不见阳光。若推开甬道之门而至临空如飞之阁道上仰望，则广远无涯不知所归。前唐中池，后太液池，像收取了水流盛大的沧海，扬波涛于碣石之山，有将将水激之声。太液池中有蓬莱、方壶、瀛洲山，像海中之神山，而蓬莱居于中央。三座神山上有不死之药，灵草冬日不枯，欣欣向荣，神木丛生如林，山岩金石高而险峻。神明台上有高二十七丈大七围的承露盘，有铜仙人舒掌捧铜盘玉杯，承云表之露，以露和玉屑服之，而求仙道。铜柱高耸，承接之露免除了尘埃之沾染，鲜白洁净。昔日齐人李少翁以方士身份见武帝，拜为文成将军，他对皇上说："若想与神通，现在宫室中的器物不行，神不会来的。"乃作甘泉宫，中为台，图画天、地诸鬼神，置祭具以致天神。他虽得逞于一时，但终究那些骗人而荒诞不经的大话，还是被戳穿了；胶东人栾大口出大言，说他："常往东海中，见安期、羡门之属。""臣之师有不死之药可得，仙人可致。"于是拜栾大为五利将军。然而结果仍以诬罔之罪而腰斩。至于赤松子、王子乔之类神仙之事传播于宫廷之中，都是那些方士们的附会之说，我等为求得安宁，不待辨也。

再说盛大隆重的游乐活动的雄伟景象，为了矜夸武力，乃大陈武事于上林苑中，为威镇西方之戎，北方之狄，于孟冬之月，天子命将帅讲武，习射御，以炫耀威武。命荆州贡鸟，梁州进兽，将毛羽兽革集之于上苑而库藏。让掌上林苑的水衡都尉，守山泽之官虞人，修建其营署，按类区别，使部曲各有所主。如猎渔用之网那样，有纲有目，纲举目张，笼罩于田野之上，列卒环绕，如星罗棋布。于是皇上乘銮舆，备法驾，率群臣，打开上林苑中飞廉馆之门，进入苑中，遂绕丰镐之地，于上兰观（上林苑别馆，为西汉帝王狩猎之地）狩猎，皇上所统率之禁军六军，出发追逐，百兽惊骇。猎者威严壮盛，光采耀目，如雷奔电激般迅猛。草木为之倒伏，山水为之倾动，十之二三遭到蹂躏，虽曾抑止将士奋起之勇，却未少息。期门做飞等武官，横刀列刃，拉弓射箭，跃马急追，鸟惊而触网，兽恐而碰上刀锋，弓不虚拉，弦不再控，箭无单杀，发必双中。众多毛羽纷纷扬扬，系有生丝绳以射飞鸟的箭，互相缠绕。风卷羽毛，血洒如雨，坠落遍野，遮蔽天空。平原因而染红，勇士为之振奋。猿猴越村走脱，豺狼惊而逃窜。随后即移师奔赴险要之处，披荆斩棘，投入深山老林之中，穷途之虎，横冲直撞，如疯之兕（似野牛，一角，青色，重千斤的古代猛兽，一说即雌犀），狂跳乱蹦，以角触人。勇士许少施以技巧，秦成予以力制，敏捷勇敢地赶上去，用力抓住猛虎，拖翻在地而抓住了它，徒手拼搏，扭脱狂兕之角，折断它的脖颈，以一人之力而杀死猛兽。继而腋下夹着猎获的狮豹，拉住熊螭（古代传说中无角的龙），甩着犀牛和犛牛，拖着沉重的黑，超曲折回环的沟壑，越险峻的山崖，踩峭壁陡岩。三军所过之处，巨石坠下，松柏扑倒，丛林摧残，草木无余，禽兽杀尽。于是天子乃登上林苑益阳宫之属玉观（在今户县境内），登长杨宫（位于今周至县城东终南镇竹园头村）之台榭，览山川之形势，观三军行猎之所获，极目四望，但见原野萧条，禽鸟之尸相互压在地上，野兽之体纵横相枕。然后收拾猎获之物，会集三军，论功赐赏，轻装的骑兵列阵排列，传送烘烤的兽肉，乘酒车而斟酒，割鲜肉、燃篝火食肉饮酒。赏赐既毕，队伍经过休息，疲劳尽消。于是皇上登上玉辂之车，从容闲舒，徐徐行走，车上铜铃摇动作响。到达上林苑昆明池中之豫章观，观赏昆明池上之景色，池东西两岸安放有男女二尊石像，以像牵牛与织女（东岸的牵牛石像，后人称为石父，今斗门镇东南的石父庙中的石雕像，即昆明池东岸的牵牛像；附近石婆庙中的石婆雕像，即昆明池西岸的织女像），昆明池上似高空之天河，无边无际，岸边茂密的森林浓荫蔽日，郁郁葱葱，堤上芳草如茵，兰苣放香，盛茂华美，犹如铺陈锦绣，照耀着堤岸。湖上的鸟儿有丹鹤、白鹭、黄鹄（黄色天鹅）鹅（鱼妈）、鹤（鹤科水鸟）、鸧鸹（又名麋鸹，大如鹤，青苍色，亦有灰色者，长颈高脚，群飞）、鸨（似雁而略大，头小，颈长，背部阔，尾巴短）、鸱（形似鸩鹕善高飞）、凫鹥（野鸭和鸥鸟）、鸿雁，朝发河海，夕宿江汉，沉浮往来，云集雾散。于是后宫人乘卧车到达池边，登上龙舟，竖起凤盖，竖立华旗，张开黼帷（绣有黑白斧形的帷幕），池上水明如镜，微风拂拭，龙舟在池上随风轻轻飘荡。船家女引吭高歌，丝竹鼓乐齐鸣，其音激越，声高震天。仰观鸟儿成群在天空飞翔，俯视鱼儿结队在水中穿行。举白间之弓仰射，一箭而中两只黄鹄，引长竿而垂钓，比目之鱼成对上钩。手抚鸿幨（张挂在舟车上的大帷幔），御（使用）矰缴（带丝绳射鸟的短箭），两舟相并，急速行驶，舟上之人俯仰欢笑，极尽乐趣。随后再凭借风云飞腾而上，从空中俯览京师远郊的景色，前登秦岭，后越九嵏（九嵏山，在今礼泉县境），东薄（迫近）河华（华山之下，黄河之滨），西涉（到）岐雍（岐山、扶风、凤翔），离宫别馆，有百余处，天子巡游，朝夕所到之处，不改易其储蓄供具。礼敬天地，祭奠山川，为求天、神之佑助，尽用牺牲玉帛之物。采集童谣民谚，言今同于尧时，从臣争相以嘉词歌颂，皇上论等赐赏。那个时候，都郡相望，城邑相连，国家依托十世奠定的基础，百姓继承百年之基业，官员仰仗往日的德政而赖以为生并使其扬名。农民在先人所遗的田地上从事耕种，商人遵循世代谋生之道而从事经营，工人则继高祖和曾祖的技艺和工具而营生。百业兴盛，士农工商各得其所。

以上这些，乃鄙人仅观察于故居，闻之于故老，十分而未得其一，所以不能全部列举。

东都主人听后感叹道："相沿积久而成的风气、习俗，使人的精神情态改变，实在是令人痛心的事。先生你是秦地的人，夸耀那里的宫室，守河山之险以为疆界，赏识秦昭襄王、庄襄王而知秦始皇，怎么不看看我大汉之所为呢？大汉之开国，高祖以布衣提三尺剑取天下，起兵五年而即帝位，创万世之业，此业绩六经（《诗》《书》《易》《礼》《乐》《春秋》）所载无超出者，先圣前贤言论所描述的也没有比这更好的。那个时候，高祖入关，秦王子婴投降，虽以臣伐君，攻讨横逆，但应天顺人。天下初定，遂有娄敬建都长安之议，乃出于不得已之举。萧何出于权宜之考虑，大建未央宫，意在以壮丽重天子之威。那时天下并未太平，也是出于不得已啊！今日之你不曾看见当时度势权宜之考虑，反而炫耀后世子孙那些不值得称道的建筑物，岂不是不明事理吗？现在我告诉你光武皇帝建武年间之政，明帝永平年间之政，看看无为而化的事实，以改变你迷惑的心志。

"当年王莽篡逆，汉之君位中缺，以至天意人事共相诛之，普天之下共同讨灭。那时天下大乱，生民几乎亡尽，鬼神已临灭亡，死者无完整之尸骨，城郊没有残存的房舍。原野上坑人之体，川谷里流人之血，比秦坑赵降卒四十万，项羽杀秦降卒二十万那种残酷屠杀的灾难，犹未及此一半，自有文字记载的历史以来，也从未见过。因此之故，天下人大声呼号，上告于天，上天怜念下人之诉告，下视四海可以为君之人，而致命于光武皇帝。于是圣皇光武皇帝乃掌握并打开天地的符瑞，披览与稽考图纬之文，激起愤慨，发奋振作，响应者如风起云涌，盛怒如雷之震，昆阳一战如疾雷不及掩耳，予逆莽致命一击。遂北渡黄河，占据北岳（今恒山），即位于高邑（今河北柏乡县北，25年，刘秀在县南千秋亭五城陌即帝位，建立东汉政权），建都于黄河南之洛阳。光武帝绍继历代帝王之荒乱艰阻，涤除天地间之故俗恶法，以天地之元气为本，即帝王之位，为天下之君。能继唐尧之统，接汉帝之业，努力育养百姓，大复前代之疆域，光武帝之功业勤劳，兼于前代百王，胜过三皇五帝，不能与诸君王并驾齐驱论之，治乱之法，也非仅仅取自近古那一位圣君。而且建武开元之时，实施变革以应天命，四海之内，夫妇、父子、君臣之类的人伦之事，除旧布新，重新开始，如古时伏羲氏画八卦以治天下，因夫妇，正五行，始定人道一样，奠定了皇帝的恩德。划分一州所辖之地域，建立市集，制作车船，打造器械，如古时轩辕黄帝、炎帝神农那样，开辟了帝王的功业。攻伐无道之新莽，如商汤伐桀、周武伐纣，施行惩罚，应乎于天，顺乎人心，平定天下，兴复汉朝，此乃光昭日月的帝王之业。迁都洛阳，有如殷高宗武丁自大河北迁都大河南而使殷商中兴一样。洛阳居于中土，地势平坦，有如周成王营洛邑，而致昌盛太平之世。光武君临天下，又土均为其地，人人均为其臣，与高祖（刘邦）相合；克己复礼（约束自我，使言行合乎先王之礼），终始俱善，信实而恭谨，同于文帝（汉文帝刘桓）；法其旧章，考其古事，登封泰山，功成勒石，封禅之仪，炳然同于世宗（汉武帝）；按照六经衡量古人之德行，细看古人而论其功，光武皇帝仁德圣明之君全都具备，而帝王之道亦堪称完美。

"到了明帝永平年间，光武帝与明帝前后功绩相继，累世升平。明帝以盛大隆重的礼仪，至三雍（三雍宫，汉时对辟雍、明堂、灵台的总称），亲行其礼；制衮龙（绣有龙的图案）的法服（根据礼法规定的不同等级的服饰）；宣扬雄文，伸张盛明，上尊号于光武之庙曰世祖，正雅乐而曰大予之乐。由此人神协和融洽，群臣之序肃然确立。天子乃乘大辂车，沿着皇上车马专行的道路，巡视四方，视察邦国州郡，尽览天下物产之有无，考察声威教化是否延及天下，传播皇上的圣明，如光之照亮昏暗，明察事物之隐微。然后增修周建之洛邑，宫阙高耸凌空，崇高伟大，显明整齐，庄严雄伟，光大显扬汉京于华夏，总揽八方中正之地位，而达到顶点。所以，皇城之内，宫室光明，阙庭神妙妍丽，奢不可愉，俭不能侈（言奢俭合礼）。郊外则利用原野而作苑园，顺流泉而作池沼，繁育频藻而藏鱼，使园圃之草木丰茂以繁殖鸟兽。鱼兽各得其所，乃天子狩猎之地，如周文王之在灵圃。若顺应时节而蒐狩（春猎为蒐，冬猎为狩），检阅兵车和步卒，讲习武事，必然面对《礼记·王制》之规，夏日不狩猎，不习兵，考稽之于《诗经·风雅》。

察看《驺虞》(《诗经》篇名，为有关春日田猎，驱除害兽，举行一种仪式之诗。驺虞亦为传说中的义兽名，不食生物)，阅览《四骢》(《诗经》篇名，描写秦襄公田猎之纪事诗。驾一车之四匹赤黑色马谓之四城)，嘉许《车攻》(《诗经》篇名，周宣王会同诸侯于东都田猎之诗)，选取《吉日》(《诗经》篇名，亦为周宣王田猎纪事之诗)，由礼官具礼仪，皇帝乘坐的车舆即出行。于是发鲸鱼(指形状如鲸鱼的撞钟杆)，铿华钟(撞击有篆刻之文的钟)，登玉辂(登上有玉饰的车)，乘时龙(乘各随四时之色的高头大马，马高八尺以上曰龙)，凤盖随风飘扬发出立风飒之声，车上的铃铛撞出玲珑之音，百官小吏追随之紧，趋从之盛，如影随形。山神护卫于旷野，四方之神会合在一起陪伴圣驾，雨师殷勤洒尘，风伯忙忙打扫，千乘车动若雷鸣，万骑奔威武纷纭，戎车在田野驰骋，戈铤(小矛)林立如扫帚之密，羽旄(古时常用鸟羽和旄牛尾为旗饰，故亦为旄旗的时称)树起如云霓掠过，旌旗飘扬遮天蔽日。光彩闪耀，灿烂辉煌，发出的光焰如雄风猛吹，其势燎原，使人敬畏，日月似乎失去了往日的光辉，山丘亦为之摇震。随后聚集于饲养禽兽的园林之中，陈列军队驻守，聚集军旅，排列队伍，操练三军，将帅誓师，发布号令。然后燃起烽火，擂动战鼓，命令田猎之旅，遵行三驱之制(三驱，即田猎时须让开一面，三面驱赶，以示好生之德)，轻车竞发如风驰之速，骁骑腾飞如电掣之疾，如游基(养由基，战国时楚之善射者)之射箭百发百中，如苑氏(战国时赵之善驾车者)之驾车，无违背礼法驱车横射禽兽之事。田猎场上，飞鸟未及翔而被射落，走兽未及逃而被杀获。在很短的时间内，猎获之物已经满载。将士虽乐却意犹未尽，战马尚有未尽的足力，将士亦有未泄的勇力。然而先头部队已循原路返回，皇帝的侍从车马，按辔徐行。到了京城，行祭祀之典，献三牺(雁、鹜、雉)，贡五牲(牛、羊、豕、犬、鸡，或麋、鹿、麕、狼、兔)礼敬神(天神)祗(地神)，怀柔百神(使百神各安其位)。祀光武皇帝于明堂，驾临辟雍(学宫，亦为行乡饮、大射或祭祀之礼的地方)，行大射礼(为祭祀择士而举行的射礼)，宏扬光辉，传布皇帝的教化。登上灵台(帝王观察星象、妖祥灾异的建筑)，考察吉祥的征兆。天子仰则观象于天，俯则观法于地，近取之于身，远取之于物。目视中原之地而布朝廷德政，眼望周边四夷而扬大汉之威。西而荡涤河源（指西域一带），东而到海滨，北而达边界，南而至极远之地。对于那些远方异域与大汉隔绝不肯归顺，武帝所不能征，宣帝所不能服之邦，如今声威远播，四方畏服，竞相奔走而称臣，遂安定哀牢（国名，在今云南保山怒江以西，汉光武帝建武二十七（51）年，国王贤栗（一作扈栗）始和东汉交通，受汉封号，建立朝贡关系。永昌郡内附，东汉明帝永平十二（69）年，以新置哀牢人居地二县并割益州郡西部六县置，治所在不韦（今云南保山东北），正月元日，会同汉京。这一天，天子受四海之地图和户籍（指疆土和人民），接受万国贡献之珍宝，内则安抚中国各地，外则接待少数民族（百蛮）。乃于云龙门内之庭院，陈设帷帐，以盛大的礼仪，攀行宴会，百僚排列有序，引导四方诸侯及九州牧伯，各就其位，穷尽皇帝的仪容，展现皇帝的尊颜。于是庭上陈列多种品物，美酒万钟，列金罂（盛酒的容器），班玉觞（以等级排列玉制的酒杯），嘉珍御（用嘉美珍贵的食物），大牢飨（古礼，食牛谓之大牢），食时音乐助兴，食毕客出，歌唱《雍》诗撤膳。乐官奏乐，陈设钟磬（打击乐器），布置丝竹（管弦乐器），钟鼓之声铿锵，管弦之音盛美。五声（宫、商、角、徵、羽）之音高亢，六律（黄钟、太蔟、姑洗、蕤宾、夷则、无射）之声远扬，歌则九功（古谓六府三事为九功，六府指金、木、水、火、土、谷，三事指正德、利用、厚生），舞则八佾（天子之舞八佾，八人为列，共八列六十四人，象征八风），韶（舜乐名）武（周武王乐名）皆备，以至远古之乐尽奏之。威德所及，四方少数民族的音乐也参与交替演奏，有东方之《侏》，西方之《离》，南方之《兜》，北方之《僚》，莫不具集。万乐既备，百礼既至，皇上欢洽，群臣皆醉，于是撞钟宣告宴罢，百官遂退。圣上亲睹万方之欢娱，以为官民久享皇朝恩泽之福，怕由此萌发奢侈之心，而懒于田园之耕作。乃重申昔日的典章，明告天下，命令官吏，颁布法度，宣扬节俭，倡导朴素。去除后宫华丽之装饰，削减服饰车马器用，除掉工商业之牟取暴利，把兴旺农桑当作头等大事。遂令天下弃末（商）反本（农），背伪归真，女子纺织缝纫，男子务农耕耘，用具则使陶器，服饰崇尚朴素的赤黑色。以细巧华丽为耻而不佩带，以新奇华丽之物为贱而不视作珍贵，效古人弃金于山沉珠于渊的典故，以杜绝奢靡淫邪之欲。于是天下百姓如同擦洗尘垢而使镜面清明一般，形神清静恬淡，耳目不受迷惑。嗜欲之源既灭，廉正之心乃生，无不优闲如意，品德如玉一样润泽，钟声一般响鸣。是时，四海之内，学校林立，学子盈门。应酬往来，互敬酒酌，宴飨礼器，杯盘交错，既歌且舞，颂德咏仁。宴饮完毕之后，参与者相互吟叹当今皇帝之风同于天德，善言弘论，都含祥和之态，发出声气，赞颂之曰：当今真是太平盛世啊！

"今论之人，但知诵虞舜、夏禹之世的《尚书》，咏殷周时代的《诗经》，讲伏羲氏周文王的《易经》，论孔子的《春秋》，少有人能精通古今的清浊是非，弄明白汉朝德政之来由。先生你颇识旧目的典章制度，又历观诸子百家之学，应知温故知新已是难事，而知为政以德者更少啊。秦中虽边界远达西戎，山川险阻，四面有关隘之固，利其防御，但哪能比得上处于中原地势平坦，道路如车辐之状，四通八达，交通称便的洛阳？关中虽有秦岭九峻之山，泾水渭水之川，何如四渎（长江、黄河、淮河、济水）五岳（东岳泰山、西岳华山、南岳衡山、北岳恒山、中岳嵩山），毗连黄河，面向洛水，乃河图洛书（儒家关于《周易》卦形来源的传说）渊源之所在的洛阳？长安建章宫甘泉宫，设台以侍神仙，哪能比得上洛阳的灵台、明堂之能统理协和天人感应？长安太液池昆明池，乃鸟兽之园圃，何如洛阳辟雍之象教化流行于四海？长安游侠之士，过度奢侈违背义理，侵犯礼节，怎能与洛阳同履法度，众多恭谨之士相比？先生你仅仅熟悉秦宫阿房至天之高，却不知京都洛阳建造之有法度，仅识函谷之关阻，却不知帝王以天下为一家啊！"

主人之言未终，西都宾即惊惧失色，恭顺地走下台阶，意犹恐惧，口气缓和，拱手欲辞。主人曰："请复原坐，我将让你看看五篇诗作。"西都宾全部诵读完毕后称赞道："真是些好诗啊！道理正大如扬雄之作《长杨赋》《羽猎赋》，实有之事如司马相如之作《子虚赋》《上林赋》，不但说明主人之好学，也是遇到了这个太平盛世啊！小子我志向高远却处事粗略迂阔，不切实际，不知鉴别，今既闻正道，请允许我终身诵之。"其诗曰：

《明堂诗》：于昭明堂，明堂孔阳；圣皇宗祀，穆穆煌煌。上帝宴飨，五位时序；谁其配之，世祖光武。普天率土，各以其职；猗与缉熙，允怀多福。

《辟雍诗》：乃流辟雍，辟雍汤汤；圣皇莅止，造舟为梁。皤皤国老，乃父乃兄；抑抑威仪，孝友光明。于赫太上，示我汉行；鸿化惟神，永观厥成。

应当说，《两都赋》是汉赋重要的代表之作，它在汉赋的发展史上，有着承上启下的重要的地位；从内容上说，它把汉大赋的题材从天子田猎，宫室苑囿扩大到整个京都，形成了后世"京都赋"这一类型；从结构上讲，它改变了汉赋在讽谏上"劝百而讽一"的结构性缺失，属于一种大胆的创新。

班固《两都赋》确立了由扬雄《蜀都赋》肇端的京都赋。同时，因其集中展现两汉社会特别是长安、洛阳等中心城市的文物制度之盛，而在一定程度上具有类似于地志图经那样的文献博物价值。此外，《两都赋》中所传达出的政治理想与人文精神，也是两汉时期社会思潮的重要史料。

但《两都赋》的意义不止于此，若以赋体发展的眼光而论，将《两都赋》的创制，放到赋体演进的历史坐标系上来衡量其意义，它除了在开拓京都题材方面的奠基之功外，也为赋体与赋家走出西汉时期的艰难困境，争得政治伦理地位，做出了极其重要的贡献。

班固作《两都赋》之时，为汉永平五（62）年，即他 31 岁之时。这一时刻，也可以说，班固的事业达到了顶峰，而《两都赋》正是他的辞赋巅峰之作。

# 第十七章　投笔从戎　班超首战立奇功

有一天，班固与班超碰在了一起，班固问班超："你最近抄书，感觉怎么样？"

班超什么也没说，只是把自己所抄录的一篇小文递给了班固，说："你看看这，就知道我心里是怎么想的了。"

班固看时，见是一则寓言——笼里的小鸟：

一个人，养了一只漂亮的小鸟。小鸟被关在笼子里。

养鸟人很喜欢鸟，天天喂它好吃的饲料、甘甜的清水，真可以说是照顾周到、无微不至了。可是，小鸟并不满意，它虽然也叫，但它的叫声里满是忧愁；它虽然也唱，但它的歌唱里满是悲音。

一日里，养鸟人一打开笼子，不经意间，那鸟便从笼子里飞了出来，飞到了敞开的窗户台上，十分欢快地叫了起来。

养鸟人一愣，向那鸟发问："你这是要干什么？"

小鸟说："要离开你，离开你的笼子，离开你的房子，我要飞到大森林里去！"

"为什么呢？"养鸟人不解地说，"你在我这里，吃有吃的，喝有喝的，既没有猛禽袭来捕你的困扰，又没有野兽扑来食你的担忧，有这么好的条件，你为什么还要飞出笼子呢？"

"这你就难以理解了！"小鸟说，"虽说你们人类有志，却不一定有我们鸟类志向远大，我们志在蓝天啊！虽说你们都市繁华，却不一定有我们住处美丽，我们住在大森林里啊！最可悲的，是我们自由你们不自由啊！你们人类，全都生活在一个又一个笼子里。"

"没有啊！"养鸟人说，"我们人类谁个也没生活在笼子里啊！除非是罪犯，他们才是会被关在牢笼里的。"

"不，不仅仅是罪犯，你们每一个人，全都被关在一个又一个笼子里呢！"小鸟说，"什么国家、政权、社会、政治、权力、名利等等，这都不是无形的笼子吗？"

养鸟人听了，无言以对。

于是，小鸟展翅飞走了，它的叫声特别欢乐，它的歌声特别嘹亮。它一直朝大森林飞去。

班固看完后说："人各有志，不能强为。我自知超弟之志，你岂止是小鸟，而是鸿鹄、是雄鹰、是鹍鹏啊！庄子云：燕雀安知鸿鹄之志，一般人，又岂能知道你的远大志向呢？可是，我们刚来洛阳，脚跟还没有站稳，就再熬一熬，一有机会，你再施展自己的远大报负吧！"

"那好吧！"班超说，"也只能如此。"

……

这是一个暑伏的夜晚，长夜漫漫，酷热难熬，班超伏于案头，正在苦读兵书战策。看着看着，只因他眼困乏极，不觉昏昏入睡。好一阵，他突然醒了过来，惊叫一声："哎呀，我怎么会睡了呢？这多误事啊！"于是，他先揉了揉眼睛，再使温水一盆，用热毛巾轻轻抚面洗脸，长时间用热巾捂眼，先使自己清醒过来，眼睛也不那么疲惫了。而后，他竟用绳子扎住自己的发髻，再将绳子拴于梁上，继续苦读兵书战策，并认真思索起来。新婚不久的妻子邓燕见得，不由十分心疼，她起身穿衣，来到丈夫身边，一边摇扇扇凉，一边关心而疼爱地说："该睡时，你就好好睡觉，再这样整，那身体是要累垮的啊！身体一垮，不就什么也干不成了。"

班超说："不要紧，你看我这身体，跟牛一样壮实，又怎么能累垮呢？"

"你这就是吹牛了。"邓燕说，"哪有累不垮的身体呢？"

直到困乏至极时，班超方才入睡，只睡了三个时辰，黎明时便又早早起来，来到住处的后院练剑。后院虽然无墙，但有篱笆遮挡，篱笆上又爬得些藤蔓植物，却也十分好看。更好看的，还是班超那高明的剑术，只见他剑动如飞，光圈道道，令人目不暇接、眼花缭乱。直到那最后一招，只见他"哗"地一下收势，双腿立定，宝剑入鞘，双手抱定胸前，脸不变色气不喘，整个动作干净利落，毫无破绽之处，赢得叫好之声。可这叫好的不是别人，而是班超的爱妻邓燕，今丈夫起身练剑，邓燕又怎么能睡得着呢？便站在一旁仔细观看，看到妙处，不由叫好。班超开玩笑说："人家不夸自己夸，头上插朵刺梅花。别人不叫好，自家人叫好有什么用呢？"

邓燕正待搭话，又有一人叫好，并且说："自家人叫好也行，但要实打实的，好就是好，不好就是不好。"叫好和说话之人，正是他们的母亲喜文，她悄然出现在了班超夫妇面前。本来，邓燕以为，今初来京师，丈夫为皇家抄书，就应专以习文，放弃练武，他练剑是会遭母亲指责的，却不料母亲她竟会为之叫好。于是，她便代为母亲数说起了丈夫："你再练一会儿剑，还是看书吧！你现在要以看书习文为主。"

谁知，喜文一听，却这样说："别管他！他是个野小子，爱弄啥就弄啥，或习文或练武都行。老虎，怎么能老关在笼子里呢？只要他不惹祸就好。"

班超喜道："还是母亲了解孩儿，孩儿我决不惹祸！"

喜文又对邓燕说："你要知道，我的超儿，他既不属于我，也不属于你，甚至不属于他自己，而是属于国家，属于大汉，我这当娘的岂能不知，他的心大着呢！"

原来，班超每每练剑，喜文总喜悄看，她一看便想起妹妹弄剑，不由从内心发出感叹：如果妹妹在世，她能看到自己的超儿练剑，那该有多好呢……喜文所思所想，班超全然不知，他只一心练剑，吸引得那篱笆墙外，也站了不少人观看，自然也叫好连连。喜文听得，便很高兴，对邓燕说："你听，现在的叫好，可就不是我们自己人了。"

邓燕嘴上虽什么也没说，但满脸都是幸福的笑容。

突然，有一骑士，他手举着"火急"牌，骑马飞速而过，差一点撞上一位中年男子。中年男不由埋怨："真是个瞎尿，差一点把我撞倒！"

一老汉说："也不怪人家，你没看见人家手里拿着火急牌吗？火急火急，十万火急，那是边关有十万火急之事，准又是那些匈奴瞎尿来犯，故骑士前来向朝廷禀报，他不急能行吗？"

"咋的，边关又吃紧了？"中年男问。

"边关一直就吃紧！现在不但吃紧，而且紧得厉害！"老汉说，"我本来是个生意人，以前常年在西域商道上做丝绸生意，收益还不错。可这两年，匈奴兵不断侵犯，西域丝绸商道中断，边关战事常常发生，难得有一天安宁的日子，我生意便做不成了啊！大家都一样，生意都做不成了。"

又一人说："我现在也想去西域丝绸商道做陶瓷生意，难道也弄不成？"

老汉说："你想都别想，现在匈奴兵正闹腾得厉害，去后赚不了钱不说，闹不好还会把命搭上。"

中年男说："如能制服匈奴，复通丝绸商道就好了。"

"那当然好了，这丝绸商道，又称丝绸之路，能复通它，当然好了。"老汉说，"可是，这一时半会儿不行。你没看，有谁管这事呢？"

"可谁又能制服匈奴兵呢？"中年男说，"除非是卫青、霍去病复活。别人，谁又有这样的胆量呢？"

"可开通这个商道，不说是张骞干的吗？"一个人插话说。

"是的，是张骞首先开通了商道，因商道上以丝绸生意最为活跃，所以人称丝绸商道，又称丝绸之路。"老汉说，"但是到了王莽时期，这条路就被中断了啊！"

"那么，也就是说，若无张骞再世，若无卫青、霍去病复活，这丝绸之路，就一定难以复通了。"中年男说，"现在朝廷的兵，都是些软柿兵，现在朝廷的将，都是些豆瓣浆；现在汉朝的人，都是些吹牛皮的人。谁还有忠心？谁还有血性？谁还有勇气啊？我看，再过些年，匈奴人如占领咱整个汉朝，也只怕没人管呢！"

"可不是怎么的。"老汉说。

……

班超听得这些人的对话，不由胸潮滚滚，心似火烧。他微微抬起头来，久久凝视着西北的方向，谁也不知他在想些什么。其实，对于边关有匈奴入侵之事，班超已多有耳闻，他曾多次感叹：国家兴亡，匹夫有责，好男儿当建功立业于疆场，以马革裹尸还，岂能只留守于都市，待在鸟笼子里面呢？

这天上午，班超与同事郭恂、毛介、文辉三人，正待在皇家书馆里，默默地伏案抄写。以手抄写书文的班超，脑际里却不时出现别人讲述的匈奴兵阻断丝路，侵扰边境的幕幕情景：

嘉峪关外的小径上，一队匈奴骑兵，正紧紧地追赶着一队商客。商客们惊慌地驱赶马匹，拼命逃进关内。边关守卒慌忙关闭了城门。商客们望着紧闭的关门，额汗滚滚，疲惫不堪，失望至极。

嘉峪关外的边塞村庄。一队匈奴骑兵打败了中原边关的兵将，他们入侵汉朝边境，闯入边塞村庄，烧杀抢掠：村民中青、壮年纷纷抵抗，大多被杀戮而死；老弱妇女孩童哭号凄厉，纷纷躲逃；匈奴兵闯入之后，他们抢夺衣物粮食，掳掠妇女，驱赶牛羊、骆驼，焚烧房屋。霎时，大火四起，火光冲天。火光中，匈奴兵狂笑不已，满载而归。

……

想着想着，班超不由激情满怀、热血沸腾，他竟然拍案而起，投笔在地，声音十分铿锵有力："大丈夫没有别的本事，也应效法张骞、傅介子为国立功，为民着想，怎能一辈子在笔墨纸砚间打交道呢？"

几个同事先是一惊，毛介最先醒悟，他带头讽刺班超说："也真是吹牛皮不犯法，那就吹它一吹。你也能当张骞？你也能当傅介子？似这样，文人都变成了大使，书生都变成了将军，那还要那么多的使者和将军作何用呢？"

文辉充满讥讽地说："我也不想待在这书馆里，不想抄书了，我还想建功立业、当万户侯呢！"

毛介不甘落后，他也凑起了热闹，便附和着二人的口气说："我比你们想得更美，我想位列三公，即使列不上三公，也要当那九卿，成天名誉重重，俸禄多多，岂不美哉！"

郭恂继续火上浇油，他甚至学着班超的样子，先把笔一摔，又把一张作废的纸一撕说："是的，我是想当万户侯，当三公九卿，惜只惜，咱没那命嘛！有些人，也真是上天摘月亮——痴心妄想！"

三人说罢，全发出阵阵讪笑，都认为班超这是癫狂妄想。

班超十分轻蔑地扫视了他们三人一眼，神情激昂地说："你们这些个人，哪里知道我远大的志向呢？总有那么一天，我要叫你们知道我班超，知道我的理想、我的抱负、我的志向,知道我班超究竟是什么样的人!"说罢,他便蔑视地"嗯"了一声,拂袖而去。

虽然班超胸襟宽广,志向远大,但因为受到毛介等三位同事的嘲弄,心中还是不快。晚上回家,他书也不看了,剑也不练了,拉开被子,倒头便睡。邓燕端来饭菜,让班超起来吃饭,可班超硬是不起,说自己不想吃饭。邓燕十分奇怪地问:"你今天这是怎么了? 书也不看,剑也不练,饭也不吃,是犯什么病了?"

"不舒服。"班超说。

"哪里不舒服?"邓燕一边问,一边走到床前,用手摸了摸班超的额头,见他并没有发烧,便笑着说,"你呀! 准是碰到什么事了,心理不舒服呗!"

班超见隐瞒不过,便爬了起来,向邓燕说起毛介等三人嘲讽自己的事。邓燕笑而不笑,说:"你呀,还说人家呢,你的心眼,跟他们一般大。"

"不! 我哪里会是他们这些燕雀之辈?"班超说。

"不是,你不是!"邓燕一边说,一边把班超拽下床来,一边硬陪着他吃饭,一边说,"你跟他们赌气可以,可凭什么跟我赌气,连饭也不吃了。人是铁,饭是钢,一天不吃饿得慌。人一饿就慌,就瘦,就没劲了,还凭什么学苏武走西域,凭什么学傅介子刺楼兰王呢?"

班超被邓燕逗得直想发笑,只好老老实实坐起来吃饭,边吃饭边说:"那你说,我这么做应该不?"

"应该!"邓燕说,"要是我呀! 不光会摔了笔,还会摔了砚台,那响动多大! 现在呢? 你也可以摔,碗和碟子都可以摔,响动越大越好。"

"我是说正事,你怎么开起玩笑来了?"班超说。

"我也在说正事。"邓燕说,"叫我说呀,人家嘲笑,也有嘲笑的道理。只不过,他们没说到点子上。"

"什么是点子上?"班超不解地问。

"咱先说你这两个崇拜偶像,一个是苏武,另一个是傅介子。"邓燕说,"苏武呢? 他出使匈奴,被予拘留,北海牧羊,历尽艰辛,持节不屈,最终归汉,这种使于四方、不辱使命的精神值得赞扬。但是,他过分迎合武帝之好,声言西域各地盛产金玉名马,有意使武帝穷兵黩武,横征暴敛,只此，便是他的不对了。所以说，每一个人，都有他的优点，也有他的缺点，苏武也是一样的。"

"可是，傅介子呢？"班超问。

"傅介子也一样啊！"邓燕说，"傅介子有胆有识，人人称奇，楼兰王贪财好利，终于中计。傅介子设伏，刺杀了楼兰王，这从大的方面说，没什么不对。但是，你傅介子毕竟是使者，可楼兰王人家也是一国之主嘛！人家相信你的话，跟着你进了营帐，你却刺杀了人家，这叫作不仁不义又不信啊！"

班超说："你之所说，不是没一定道理。但是，要知道，我们讲善，却没有绝对的善；我们谈恶，也没有绝对的恶。对于英雄豪杰的看法也是这样，喜欢他们的人多看他们的长处，反对他们的人多看他们的短处。那么，至于苏武，他贵在节操，而不在他的文章和武艺啊！傅介子呢？他虽然文法不足，但是武功绝伦。我们为国为民为朝廷，必须弃小恶而从大善，弃小局而从大局。如过分计较什么礼义廉耻、仁义道德，那还怎么杀敌斩寇、出奇制胜呢？而对敌仁慈便是对自己的残忍，与敌对峙，生死相搏，是没有什么仁义可言的啊！"

邓燕说："好，我懂了，你是说，凡人当以看长处为主，凡事当以大局为重，莫以小短论英雄，莫以小善看小人，宁可多想小人之卑鄙，也莫要冷却壮士之雄心，你说是也不是？"

班超听罢，微微吃惊，他说："最知班超者，吾妻也！"

邓燕笑道："一个连自己丈夫都不了解的妻子，还算什么妻子？"说罢，两人相视一笑，心里都自明其意。

当时，班超有十分深情地说："燕，你真是我的好妻子。人常言，家有贤妻，男儿不遭横祸。我有你这样的好妻子，少虑家庭之事，以后一定能干成一番大事业的。"

……

再说那郭恂，他因与谏议大夫李邑关系极深，便把班超"投笔"一事对李邑说了。李邑呢？他早先也是千打听万打听，方才知道了自己儿子被毁容一事的真相，那仇人正是班超。而与之有牵连的邓坊主一家，今已从华阴迁至扶风郡，这也是班超帮干的事情。而邓燕呢？她已成了班超的妻子。既然自己与班超有"误子毁容"的深仇大恨，那此仇不报，枉为人矣！因此，他一直想伺机进行报复，只是没有机会。今闻得班超投笔一说，他觉得这虽是个机会，但却火候不够，便对郭恂这样说："班超这小子，的确是个狠角色，要治他，就要狠狠治，往死里治，否则打蛇不死，必留后患呀！往后，你多留神他，最好他走到哪里，你跟到哪里，要成为专门观察他的一双眼睛。他有什么过失，以至于他有什么功劳，你常来跟我说说。这次，他不就是个投笔吗？这说明他很张，你可以让他再张嘛！俗话说，人狂没好事，狗狂挨砖头，待他张到一定程度，别人都看不过眼了，以致能惹出乱子来，咱们再收拾他，把他一棍子打死，这样才解气嘛！总之，现在还不是动他的时候。"

"还是李大人高瞻远瞩、深谋远虑。您的话，我会牢牢记住。"郭恂说。

明帝永平十六（73）年，因匈奴呼衍王率大军来犯，朝廷便派遣奉车都尉窦固率领大军5万去征讨匈奴。班超一闻此讯，他便报名参加。从此，他便放弃了安逸的笔墨生涯，转入紧张的戎马生活。

窦固率军出征之日，先有巨大的"帅"字旗前引，那些披甲执锐、铠甲鲜明的将士们，个个精神抖擞、神情激昂。紧跟着窦固将军的，是一位身材魁梧、气魄雄伟的小将。他骑着一匹青色大马，手执着长矛，身佩着宝剑，目视着远方，显得十分沉着精悍，他就是刚刚投笔从戎，被任命为假司马的班超。虽初出茅庐，但他却有建大功、立大业的远大志向。

窦固的大军，行进到伊吾（今新疆哈密）一带便驻扎下来。因为，据探马来报，他们已与呼衍王所主的匈奴大军相遇，两军很可能就要在这里展开激战。

当天夜里，烛光之下，窦固正在伏案翻阅兵书，思谋克敌制胜的方案。班超却手拿着自己想好并已写出的制胜之策，欲进帐向窦固禀报，却被守卫军士拦住。守卫军士向窦固禀报之后，班超方得进帐。但窦固此时仍忙着，不及招呼班超，班超便小心翼翼站立一旁，默默等候。

过了一阵，窦固才抬起头来，问班超："你有事吗？"

班超双手奉上自己在帛绸上写的战策，说："禀元帅，昨日扎营后，我便去仔细观察了地形，根据两军的布营情况，我特意制作了一个战策，特请将军一阅。"

窦固先是一惊，他不料这位新招并刚刚出征的小将，竟敢献策献计，其计策有用无用且先不说，单是这种胆量，就足以令人佩服。而他接过帛书仔细观看，即被这才智超人的战策所吸引，忍不住惊叹地说："好啊！好主意！好计策！这真是一个杀敌取胜的良策妙计啊！"

班超听罢，自然也高兴，他对窦固说："您如认为此计可行，那就烦请您出帐，我可以指着地形，对您说攻敌的方略。"

窦固十分兴奋地说："好啊！"说罢起身，同班超一起走出帐来，说："你说吧！"

班超并不言语，只是以手捂嘴，并用手指了指远方的山峰。窦固立即深明其意，因为攻敌之计，全在于秘密，万一被人偷听泄露，就一定会招致失败。于是，窦固便喊一声："来人，备马！"

有军士备马两匹，窦固、班超各骑了一匹马，二人便予出行。有一将官上前，对窦固说："将军夜出，必须带一支人马，岂能二人出行？这样很不安全。"

窦固说："不要紧，我们并不远行，只是在这近处走走。"

那将官见此，也不好再说些什么，就让窦固、班超二人骑马而去。他二人一旦得出，哪里只是在近处走走，而是信马由缰，往前只顾跑去。班超先指了指这里的地形，对窦固说："将军您看，这是一个谷口，山林间易于伏兵，背后开阔地易于作战，多好的作战地形啊！"窦固点头称是。

班超再放开马来，向着前面奔去，奔约一阵，又见一两山之间的谷口。班超说："这是第二个谷口。"

"那么，前面还有谷口？"窦固问。

"还有一个谷口。"班超说，"但再往前恐有危险，因为距匈奴军营太近。"

"走，为将之人，成天都提着头颅跟敌人拼杀，哪里还怕什么危险？"窦固说。

"再走走也好，到前面观敌，才最为关键。"班超说。他一边说，一边悄然下马，摘去了窦固和自己马的马铃，将其掷于沟内，又给马戴上嘴笼，以防马发出叫声。只此一举，窦固不能不暗暗叫好，他这人还真细心，一般人，谁又会想到这些细节呢？但是，忽视细节，必出大差，万一暴露了自己怎么办，小心没大差啊！而后，他二人驱马悄行，不敢有大的动静，很快又来到一个两山之间的谷口。他俩将马拴于一树上，二人便开始爬山，爬上一座最高的山峰。

登高望远，眼前是一片星月的世界：山峦、树林、河流、原野、戈壁、大漠，全都笼罩在神秘的世界里。站在这里，远处匈奴军那一片又一片的营帐已清晰可见。匈奴兵多营也多，营帐里烛火点点篝火堆堆，充满萧杀的气氛。那里时不时的传来阵阵胡笛之声，并有人在唱边塞胡歌，其笛声悲哀，歌声低沉，它似乎代表匈奴军的士气并不很高昂。

窦固正欲发问班超，班超却说："我想，将军自然是知道晋楚城濮之战的了。"

"身为统军大将，我怎么对此能不知呢？"窦固说。

此战发生在春秋时期。当时，宋国派大夫门尹般到晋军告急，说是楚军来犯宋国，请晋国派兵救援。晋文公说："宋国来报告危急情况，如果丢开宋国不管，宋国将与我们绝交；如果请楚国退兵，楚国不会答应；可我们要是与楚国交战，齐秦两国又不同意，那该怎么办呢？"晋臣先轸说："让宋国不求我们，而把礼物送给齐、秦，通过齐、秦两国，让他们请求楚国退兵。同时，我们可以扣留曹国国君，把曹国、卫国的田地分给宋国。这样，楚国舍不得曹、卫，必定不答应齐国和秦国的请求而退兵。但是，齐国和秦国喜欢宋国的礼物，他们会怨恨楚国不接受调解的顽固态度，又怎么能不参战呢？"晋文公听了很高兴，他便让拘捕了曹共公，把曹国和卫国的田地分给了宋国人。

这时，楚成王率军进入申城并驻扎下来，他让申叔离开谷地，让子玉离开宋国，并告诉子玉说："你们不要去追逐晋国军队！晋文公在外边19年了，而结果得到了晋国。他险阻艰难都尝过了；民情真假，他都了解了。上天给予他年寿，同时除去了他的祸害，上天所设置的，难道能废除吗？《军志》说，'适可而止'。又说，'知难而退'。又说，'有德的人不能阻挡'。三条记载，适用于晋国。"

但是，子玉到了前线，却派遣伯棼来向楚成王请战，说："不能说一定有功劳，但愿意以此塞住奸邪小人的嘴巴。"楚成王十分不悦，他甚至发怒道："今不宜出战，却非要出战，能有取胜的把握吗？可以少给他们些军队！"这样，就只有西广、东宫和若敖的180辆战车跟了伯棼去。

子玉派宛春来到晋军营中，对晋文公说："请你们恢复卫侯的君位，同时把土地交还曹国，我们才能取消对宋国的包围。"

晋臣子犯说："子玉他真无理啊！给我们的，只是解除对宋国的包围这一项，而要求我们给出的，却是复卫侯并还曹地这两项，你们一定坚持这，那么这次打仗便是不可避免的了。"

先轸说："我们可以先答应他，使别人安定叫作礼，楚国一句话而安定三国，我们一句话而使他们灭亡，我们就无礼，却凭什么来作战呢？如不答应楚国的请求，这是抛弃宋国；救援了又抛弃他，我们将对诸侯说什么？楚国有三项恩惠，我们有三项仇怨。怨仇已经很多了，我们凭什么作战？不如私下里答应恢复曹国和卫国，却又来离间他们，逮了宛春来激怒楚国，等打起仗再说。"

晋文公听了很高兴。于是，他命令把宛春囚禁在卫国，同时私下里允诺恢复曹、卫，让两国与楚国断交。

晋国的此举，让子玉十分愤怒，便派军追击晋军，晋军迅速撤退。有晋国将领说："以晋文公国君的身份而躲避子玉臣下，这是一种耻辱；而且，今楚军已经衰疲，我们为什么退走呢？"

晋臣子犯说："出兵作战，有理就气壮，无理就气衰，哪里在于在外边时间的长短呢？如果没有楚国的恩惠，我们就到不了这里。退避三舍，就是作为报答。我们理曲而楚国理直，加上他们的士气一向饱满，不能认为是衰疲。我们退走而楚军回去，我们还要求什么？若他们不回去，国君退走，而臣下进犯，他们就缺理了。"于是，晋军退走三舍，楚国将士们都要停下来，但子玉却不同意，他说："晋军怯战，一退再退，我们不乘胜追击，还待什么时候？"

夏天四月初三，晋文公、宋成公、齐国大夫国归父、崔夭、秦国公子小子懿带领军队进驻城濮。楚军背靠着一个险要的名叫郤的丘陵扎营。晋

220

文公当时很忧虑。他听到士兵们唱的歌词说："原野上青草多茂盛，除掉旧根播新种。"他心中便十分疑虑。狐偃说："打吧！打了胜仗，一定会得到诸侯拥戴。如果打不胜，晋国外有黄河，内有太行，也必定不会受什么损害。"

晋文公说："那么，楚国从前对我们的恩惠怎么办呢？"

栾枝说："汉水北面那些姬姓的诸侯国，全被楚国吞并了。想着过去的小恩小惠，会忘记这些奇耻大辱，不如同楚国打一仗。"

这天夜里，晋文公梦见自己同楚成王格斗，楚成王把他打倒，趴在他身上吸他的脑汁，因此有些害怕。他把自己的梦告诉了狐偃，狐偃说："这是多么吉利的征兆啊！它预示我们会得到天助，楚王他会面向地伏罪，我们会使他驯服的。"

于是，子玉派斗勃前来挑战。子玉对晋文公说："我请求同您的将士们较量一番，您可以扶着车前的横木观看，我子玉也要奉陪观看。"

晋文公让栾枝代替自己回答说："我们的国君领教了，楚王的恩惠我们不敢忘记，所以才退到这里。对大夫子玉我们都要退让，又怎么敢抵挡楚君呢？既然得不到贵国退兵的命令，那就劳您费心转告贵国将领：准备好你们的战车，咱们明天早晨战场上见。"

第二天对阵，晋军有七百辆战车，车马装备齐全。晋文公登上古莘旧城的遗址检阅了军容，他说："我们对楚军以礼相待，一退再退，退避三舍，可他们却以为我们软弱可欺，一进再进、一逼再逼，我们难道能容忍吗？我们已经做好了一切准备，现在就准备同楚军来战斗了。"他还令晋军砍伐当地树木，作为补充作战的器械。

四月初四，晋军在莘北摆好阵势，下军副将胥臣领兵抵挡陈、蔡两国军队。楚国主将子玉用若敖氏的600兵卒为主力，他十分骄傲地说："今天，我们必须将晋国消灭了！"于是，子西统率楚国左军，斗勃统率楚国右军。

晋军阵里，晋将胥臣用虎皮把战马蒙上，首先攻击陈、蔡联军。陈、蔡联军的战马一见，以为是晋军骑着老虎来了，全都吓得腿软，所以一击即溃，四处逃奔。这样，楚国的右军很快便溃败了。晋国上军主将狐毛，又让竖起两面大旗假装撤退；晋国下军主将栾枝，让战车拖着树枝假装逃跑。楚军因之受骗,拼命进行追击,原轸和郄溱率领晋军中军精锐兵力,向楚军拦腰冲杀。狐毛和狐偃指挥上军从两边夹击子西,楚国的左军也溃败了。结果,楚军大败,晋军大胜。

晋军到达衡雍,在践土为周襄王造了一座行宫。郑文公曾到达楚国,把郑国军队交给楚国指挥。现在,郑文公因为楚军打了败仗而感到害怕,便派人去向晋国求和,晋国的栾枝便去郑国与郑文公议盟,在衡雍订立了盟约。晋文公又把楚国的俘虏献给周襄王,有四马披甲的兵车100辆,步兵1000人。郑文公替周襄王主持典礼仪式,用从前周平王接待晋文侯的礼节来接待晋文公。周襄王命令尹氏、王子虎和内史叔兴父用策书,任命晋文公为诸侯首领,赏赐给他一辆大辂车和整套服饰仪仗,一辆大戎车和整套服饰仪仗,还有红色的弓1把,红色的箭100支,黑色的弓10把,黑色的箭1000支,黑黍米酿造的香酒1卣,勇士300人。晋文公辞让了三次,才接受了王命,说:"重耳再拜叩首,接受并发扬周天子伟大、光明、美善的命令。"晋文公接受策书退出,前后三次朝见了周襄王。

卫成公听到楚军被晋军打败了,也很害怕,他便出逃到楚国,后又逃到陈国。卫国派元喧辅佐叔武去接受晋国与诸侯的盟约。五月二十八日,王子虎和诸侯在周王的厅堂订立了盟约,并立下誓辞说:"各位诸侯都要扶助王室,不能互相残害。如果有人违背盟誓,圣明的神灵会惩罚他,使他的军队覆灭,不能再享有国家,直到他的子孙后代,不论年长年幼,都逃不脱惩罚。"君子认为这个盟约是诚信的,说晋国在这次战役中是依凭德义进行的征讨。

当初,楚国的子玉自己做了一套用美玉装饰的马冠和马秧,还没有用上。交战之前,子玉梦见河神对自己说:"把它们送给我!我赏赐给你宋国孟诸的沼泽地。"子玉不肯送给河神。子玉的儿子大心和楚国大夫子西让荣黄去劝子玉,子玉不听。可是,子玉到了连谷,他还是因城濮之败羞惭难当,便自杀了。

晋文公听到了子玉自杀的消息,喜形于色地说:"今后,再没有人能危害我了!楚国的子玉死了,让吕臣当令尹,他只知道保全自己,是不会为国家和老百姓着想的。"

应当说，晋楚城濮之战，是一场诱敌深入的典型战例，也是促成晋文公为春秋霸主的著名战役。一想到此，窦固便十分惊喜地说："你是想诱敌深入？"

"对了！"班超说，"您看，这是多么好的诱敌深入地形啊！三道谷口，一个战场。如能诱敌于我们营地驻扎的这块地方，即使不能全歼敌人，他们也得大败啊！而且，据我所知，我军仅有五万，敌军却有八万，如布阵杀敌，敌众我寡，难以获胜。可如诱敌深入，出奇制胜，方为良策啊！"

"计是好计，可匈奴军也不是蠢猪，他们又怎么能中计呢？"窦固说。

"那么，人使钓竿钓鱼，鱼儿又怎么能上钩呢？"班超说。

"可这钓鱼之人，应当有非凡的胆量。"窦固说，"否则，鱼儿难以上钩。"

"那么，这个钓鱼之人，就非我莫属了。"班超说，"我既投笔从戎，必须要建立奇功，今日不立首功，有何颜面见人呢？"

"好！那咱们就这么定了。"窦固说，"你去钓大鱼吧！"

"那好，"班超说，"就这么定了。"

回营以后，窦固问班超："那么，你需要我为你做些什么？"

"选快马百匹，选壮士百人，马一定要快，人一定要精，我这就率这支轻骑队伍出击，前去敌营诱敌，将军你立即伏兵，做好败敌的准备。"班超说。

一切商量停当，窦固便火速布兵。他快中选快，壮中选壮，为班超选拔了百人百骑。而后，他又让人牵过一匹金黄色的马来，对班超说："这是我的坐骑，此马名䯄（guā 音"瓜"），它长相奇特，身黄嘴黑，速度极快，日行千里，今将它赏你，但愿你出奇制胜，首战成功！"

班超谢过窦固赠马之恩，便骑马而上，指挥百人百骑，直扑匈奴军营而去。这时，正是半夜时分，匈奴军睡得正香，突见班超率军杀来，不由人喊马叫，一阵大乱。但很快，他们便全军唤起，整军待战。好家伙，他们足足有八万之众。数万人面对百人，正如一小群羊面对着一大群狼一般，这还能有什么悬念？于是，呼衍王便把大军集聚围拢，欲把班超百人全都包抄。但是，班超百人百骑，他们跑得比兔子还快，转眼之间，便跑到了第二个谷口。

到了这这里，匈奴军怕有埋伏，不敢贸然前进。于是，班超便率人发起突袭，杀死了好几个匈奴兵，这又掉头逃跑。呼衍王一见，便挥军紧紧追来，很快追至第三个谷口。匈奴军便又停了下来。一匈奴将领不服，单骑出马前来挑战。汉军半晌，并不出战，但借匈奴兵疑虑重重、犹豫不决之际，班超突然单人独骑，飞马上前，一举擒拿了匈奴军这位出马的将官，又飞马跑回了本阵，并大声对匈奴统军将领呼衍王说："我们前有大军埋伏，你们敢来吗？如来，定叫你们死无葬身之地！"

呼衍王本来就犹豫，可一听班超说有埋伏，便觉这是虚张声势，他大吼一声："真是欺人太甚，我岂能叫你们逃走？"他便挥军又追了过来。

眼见匈奴军追了过来，班超挂好银枪，然后双手用力，把自己所擒的匈奴将官，朝着前来追赶的匈奴兵紧抛了出去，竟将其活活摔死。呼衍王一见更怒，便又指挥大军，不顾一切地追了过来。班超百人呢？他们只是跑，再跑，再跑！匈奴军呢？他们只是追，再追，再追！追过这个谷口，呼衍王一见汉军仍无丝毫动静，不由有些迟疑，便以手势阻止了大军的追击。但就在这时，他却看见附近的汉军营帐，虽然有兵丁把守，但全都懒懒散散的样子，仿佛毫无准备。他一见此，不由高兴了起来，便大喊一声："好啊！他们自己找死，快劫汉军大营！"

呼衍王身边，有一匈奴将领说："我看有些不对，小心他们埋伏。"

呼衍王说："有埋伏我们也不怕，他们一共才五万兵，我军却有八万，怕他怎的？"他便挥军直捣汉军军营。

谁知，汉军之营，全是空营，匈奴军扑进汉营后无人，只好又钻了出来。就在这时，鼓声大振，喊杀声声，埋伏在山林里的汉军全冲下出来，匈奴军都被包围了起来。

汉军以逸待劳，士气正旺，犹如猛虎下山，滚瓜切菜一般，把匈奴军杀得哭爹喊娘、狼狈逃窜；匈奴军长途追击，人困马乏，犹如羊落虎口、砧板剁肉一般，全都成了绑缚的祭品、待宰的羔羊……此一战，匈奴军虽众于汉军，但却被汉军斩杀两万，降者两万，伤者不计其数，大败而归。

班超首战成功，首战出名，他几乎成了汉军将士的偶像，有人写诗赞班超曰：

班氏演义

卧虎深藏扶风郡,
华山拜师学艺精,
洛阳为兄辩屈冤,
奋然投笔即从戎。
窦固帐下出奇谋,
诱敌深入巧计行,
伊吾大败呼衍王,
班超首战立大功。

# 第十八章　楼兰古国　一场喜事变悲剧

窦固所率的大军大败呼衍王后，窦固准备班师回朝。部队回洛阳之前，他向三军宣布："今三军听令！我们此番出征，一举大败匈奴呼衍王，杀敌两万，降敌两万，伤敌不计其数，取得了巨大胜利。今日，我们即凯旋还朝，待进京后，再论功行赏。"

窦固话音刚落，班超便昂首挺胸走出队列，他十分恳切地请求说："启禀将军，塞外西域，是我中原神州不可分割的领土，如久不平定治理，就会被匈奴侵占。今日，匈奴兵虽败，但他们并未被歼灭，元气未伤，军力未衰，还会卷土重来。况且，抵御匈奴，安边通道、联结西域是我中原天朝之大计也！我班超愿屯留塞外，出使西域，复通商道，为国家建功立业，望将军允准。"

窦固听罢大喜，说："好，我正有此意，只是苦无合适之人。今你既有此心，这与我的想法不谋而合，那你就留下吧！咱们可以同心共策，镇抚西域，完成复通商道、联结西域的大业。今提升你为军司马，命你领带一队人马，留守西域，固边安疆，复通丝绸之路。"

班超听罢，十分严肃地说："末将遵命。"

"那你需多少人马？"窦固问。

"我认为，今平定西域，宜心服而不是力服，开始以使者身份出现，不需要太多人马。"班超说。

"那，5000人马行不行呢？"窦固问。

"用不了那么多。"班超说。

"3000人马呢？"窦固说。

"也用不了。"班超说。

"怎么着也得上千人吧！"窦固说。

"根本用不了这么多人。"班超说。

"那你自己说，到底需要多少人马？"窦固说。

"36骑足矣！"班超说，"六六三十六，数中有术，术中有数，这是一个很好的数字。"

"啊？"窦固十分吃惊地说，"西域早就36国，现在已成52国，你只率36骑，这点人马够用吗？"

"够用了。"班超说，"我们一开始，只是以使团的名义出现，而不是以讨伐队伍的身份出现。当初，傅介子来鄯善时，不也只率领一支小小的队伍，但使命完成得很好。人少，有少的好处，不那么引人注目，不致轻易暴露自己的目的啊！至于以后，根据实际需要，如要增加兵力，我们再向朝廷和您求助啊！"

"那好吧！满营上下，尽你挑拣，你挑上谁是谁，拣上谁谁去。"窦固说。

"我一不挑，二不拣，随将军委派就是。"班超说。

"可是，委派之人，难挑出最勇者，他们能完成如此重要的任务吗？"窦固问。

班超说："将若勇，兵必勇；将若怯，兵必怯。今我班超不怯，所率之兵何以有怯。请将军委派就是。"

"那好吧！这也是件大事，一点也草率不得，容我再认真考虑一下，尽量分拨你精兵强将。"窦固说。

"好，谢谢将军！"班超说。

窦固经过一番认真的考虑和安排，他欲委派班超为军司马，申豹、秦龙、田鼠、师全、吕铁蛋、赵倔娃六人为参军，卫道通、占狼、山郎、郭浪、辛丑担、王狗蛋、周金担、韩银担、唐宝担、钱强娃、孙争娃、李愣娃、刘黑娃、姜彻娃、申瓜娃、张瓷娃、吴暮娃、方牛娃、耿牛、林虎、乔兔、武龙、丁蛇、索马、杨羊、侯猴、斗鸡、苟狗、褚猪等29人为随从，不多不少，整整36人。虽说不挑不拣，可窦固毕竟很了解自己的部下，他之所派，多为最精明强悍的关中汉子，人员虽少，却组成了一支强而有力的军队。特别是窦固帐下，"三狼""六蛋""九愣娃"和"十二生肖保镖"，人人精明强干，个个武艺非凡，且都是清一色的年轻力壮的未婚小伙。特别是十二生肖保镖，他们本来都是窦固得力的贴身保镖，今恐班超出使西域会有失误，窦固遂忍痛割爱，将自己这十二生肖保镖都搬了出来，分拨到了班超帐下。本来，这36人使团已经组成，但这时却冒出个郭恂来，他也主动报名，要求参加使团。当窦固回复郭恂，说使团人员已满员时，郭恂说："既是使团，怎么只能有勇汉猛士呢？这不行！还得有文职人员，要不，那谈判、报告、通告、关文怎么办？没有文职人员，真不行啊！"窦固一听也是，他平时觉得，郭恂文笔也不错，便有了让郭恂加入使团的想法。

这时，郭恂又说："将军，您有所不知，我和班超的关系，是最铁的了。他在皇家书馆抄书那阵，我也抄书，我们是好同事啊！如今，他投笔从戎，我不也投笔从戎了。他欲去西域，我也去，可以当他的好帮手啊！"窦固一听，自然高兴，他便挑选了郭恂，任命他为从事，但却从原来的36人中取消了吴暮娃。当窦固告诉班超，计划任命郭恂为使团从事，班超心里稍有嘀咕，但是，"君子一言，驷马难追"，自己已经说出了随窦固将军委派使团人员的话，仅就郭恂一人，他却怎么还能再挑再拣。于是，就郭恂加入西域使国一事，他也没再说什么。他只是问："将军，那么，我想问问，对于整个使团人员的情况，您能给我交个底吗？"

窦固没说什么，他只是从案头上拿起一块卷起的帛书，把它交给班超，让他打开观看。班超打了开来，见是窦固亲笔所写的一首诗，他朗诵道：

一虎一龙一只熊，

一豹一狮一道通，

三狼六蛋九愣娃，

十二生肖皆精灵。

这首诗，看似一首顺口溜诗，但班超却大感不解。他说："将军，能解释解释吗？"

窦固说："这首诗，看似很简单，但我为它想了一个晚上，也写了一个晚上，这也正是我给你的使团人员的交底啊！"

"可我一点儿也看不明白这个底。"班超老老实实地说。

"你过来，到我跟前来，我给你说。"窦固说。

班超走了过来，窦固让他将那首帛诗铺于案头，他指着那诗的开头说："你看，这一虎是谁呢？便是班超你。班者斑也，斑者虎也。对此，即不但你们的老祖先这样认为，大师袁天淳也是这样认为的，他不是说你'燕颔虎颈，十分威武，有万里侯之相'。那也就是说，你这只虎，是名副其实的。"

"不是还有林虎吗？"班超问，"他难道不是虎。"

"他呀！列入了十二生肖，不能重复嘛！"窦固说。

"那么，熊呢？熊指谁？"班超问，"十二生肖中，可没有熊啊！使团其他人中，也没有叫熊的人啊！"

"那郭恂呢？"窦固笑了笑说，"他不就是一只熊吗？"

"还有，一龙呢？"班超问。

"不是有秦龙吗？"窦固说，"同林虎一样，武龙属十二生肖，他也不作为龙单独列出。"

"哈哈！您在用谐音字代替，想象太丰富了。"班超说，"似此，那这'一豹一狮一道通'也就好理解了，它不就是指申豹、师全和卫道通嘛！"

"算你说对了。窦固追问说，"可三狼呢？你说三狼指谁？"

这么简单的问题，哪能难住绝顶聪明的班超。"是指占狼、山郎和郭浪了。"班超这样说，"六蛋呢？我自然也知道，不就是指周金担、韩银担、唐宝担、吕铁蛋、辛丑蛋和王狗蛋嘛！九愣娃呢？肯定是咱们使团九个十分有名的关中愣娃：赵倔娃、钱强娃、孙争娃、李愣娃、刘黑娃、姜彻娃、申瓜娃、张瓷娃和方牛娃。"

班超说到这里，窦固打断他的话说："现在，就剩这十二生肖了，那这是秃子头上的虱，明摆着的，诸如田鼠、耿牛、林虎、乔兔、武龙、丁蛇、索马、杨羊、侯猴、斗鸡、苟狗和褚猪。那么，现在你算，你们使团36人，看落下谁没有？"

班超扳着指头一数，36人，一个不多，一个不少。他十分高兴地说："是36人，恰巧刚好。"

"要知道，为你们这 36 人，我真是费尽了心思，想了整整一夜，想到了方方面面，选了整整一夜，选遍了全军官兵啊！"窦固说。

"谢谢将军费心，谢谢将军美意！"班超连连致谢。

这时，窦固的脸色立变严肃，他说："你们此次出使西域，肩上的担子重啊！你们 36 人，要顶 360 人、3600 人，以至 36000 人，一定要不辱使命，安边固疆，待复通商道后，你们方能考虑回中原。"

班超此时更为严肃，他说："我立誓，此次我率团出使西域，一定不辱朝廷使命，不负将军重托，将联结西域诸国，组成反匈奴同盟，共抗强贼，安边固疆，复通商道，繁荣西域！如不完成使命，我班超绝不回中原，不见关中父老兄弟！"

待班超的 36 人队伍组织好后，窦固又问班超："你还需要什么？"

班超说："需一些金银珠宝，绫罗绸缎。"

"这肯定很需要。"窦固说，"我率军出征西域之日，圣上曾亲自交代，西域诸国，蛮荒之地，民风彪悍，不服管制，对他们能征则征，能通则通，征则用兵，通则用金，并作以安排，倒是让带了不少金银珠宝和绫罗绸缎的。你不但要带，并要尽量多带，这是很需要的。"

"谢谢将军考虑周全。"班超说，"那么，我们此行，便是少带兵，多带金了。"

"既作为使团出使西域，就应当这样。"窦固说，"那么，你还需要什么？"

"还有一样东西不可缺少。"班超说。

"什么东西？"窦固问。

"美酒。"班超说，"柳林酒啊！"

"好！"窦固说，"这东西也是不可少的。"

"我听说，昔张骞曾对武帝这样说：'西域人把柳林酒称为神奇的魔水，因为它不仅能生津解渴，助威壮胆，而且能消疲提神，有着十分神奇的作用。西域人多为马背上的游牧民族，常吃牛羊肉和马肉，性格十分剽悍，所以他们喜饮白酒，更胜于我们汉人。'的确，柳林酒正是丝路魔水、西域魔水，它对于我们平定西域、复通商道，能发挥巨大而神奇的作用。"

"好，好！那我们就用这神奇的魔水，来联结西域、复通商道吧！幸好，咱们军中备有大量柳林酒，也尽你们拿、你们用吧！"窦固说。

"要说，这柳林酒最早叫周酒，是周室王族的王室用酒；先秦时叫雍酒，因它产于秦古都雍城（今陕西宝鸡凤翔）而得名，雍酒又叫秦酒，是秦朝将士南征北战、统一六国的征战用酒；因酒乡雍城柳林成荫，参天蔽日，故以柳林而得名，而这里又有多家造酒作坊，且水质极佳酒醇味香，故得名为柳林酒。因此，柳林酒自然便最出名了。所以说，我们此行，也少不了柳林酒。"班超说。

"那好吧，我安排。"窦固说罢又问，"你还有什么要求吗？"

班超想了想说："还有一条，那就是，我们使团，可以根据实际需要，修改我们的军规。"班超说。

"这可以。"窦固说，"你们留守西域，距家十分遥远，有些军规，对你们也许不切合实际。必要时可以改一改。但有一点，不能与国家的法律相违背，不能与大的军纪要求相违背。"

"看您说的，我毕竟是个军士，在修改军规时，又怎么能违背大的原则呢？"班超说。

"那，我问你，你率使团去西域，计划先去哪个国家？"

"鄯善国。"班超毫不犹豫地说。

"为什么要先去鄯善国呢？"窦固问。

"因为，那里有傅介子前辈打下的基础，他的余威尚在。"班超说，"初之时，傅介子到了楼兰、龟兹，责备楼兰王和龟兹王，他们表示服罪。于是，傅介子从大宛回到龟兹，率领汉军斩杀了匈奴使者。而后，他又带领一小队将士，带着金银钱币去了楼兰，声称要把这些东西赏赐给外国，以此来诱惑楼兰王安归。安归来见傅介子时，傅介子将其用酒灌醉，约他进帐幕进行单独谈话。安归进帐后，有两个埋伏的壮士刺杀了他。傅介子的成功，不是靠人多势众，而是靠机智勇敢、智慧谋略啊！

听完班超的话，窦固十分感叹地说："傅介子只率很少的汉军，就敢于深入西域，刺杀反复无常的楼兰王，这需要多么大的胆量和勇气啊！"

"其实，傅介子他有的胆量，我也有；傅介子他有的勇气，我也有；傅介子能做到的事情，我也能做到；傅介子做不到的事情，我也能做到，那就要看怎么做了。"班超说，"正因为傅介子的英雄壮举，震撼了楼兰所有君臣国民，而鄯善国也是傅介子为之改的国名，新国王便是傅介子奉朝廷之命任命的，故他们不能不亲近大汉。所以，我特选鄯善国作为平定西域诸国的突破口，这里也正是我大汉通往西域三十六国的必经之道，是一个重要的军事通道。所以说，此国不服，西域难平啊！"

"行！"窦固说，"你之考虑，深为有理；你的浑身，到处是胆；你既以傅介子为楷模，必能创出或超出傅介子那样的伟业啊！"

班超说："请将军放心，我决不负朝廷之托，不负将军之托！"于是，班超即带上窦固交付的印信之物、金银珠宝、绫罗绸缎和几十篓柳林美酒，率 36 人火速出发。要说，他们 36 人本为 36 骑，现在则变成了 72 骑，一人固然仍骑一匹马，但是，每匹马的背后都绳牵着另一匹马，这些未骑人的马，全都驮着金银珠宝、绫罗绸缎和柳林美酒，于是，这 36 人 72 骑，旋风般地往鄯善国而去。

鄯善是西域古国之一，国都设扞泥城（今新疆若羌附近）。它东通敦煌，西通且末、精绝、拘弥、于阗，东北通车师，西北通焉耆，扼于丝绸之路的要冲。其国本名楼兰，鄯善为改名。

这里地处吐鲁番盆地东缘，由北往南，随着海拔高度的不同，依次呈现出不同的自然风光：天山一带以牧场风光、高山湖泊、松林峡谷为烘托，著名的火焰山也就在这里。库木塔格沙漠极具特点：一边是大漠风光、沙潮起伏，一边却是江南秀色、小桥流水、绿树成荫；风沙地貌类型齐全，面积虽不很大，但却代表了新疆各大沙漠的风沙堆积地貌类型；沙漠周围，有着极为丰富的自然景观和人文景观，它可以向世人展示了干旱地区的独特风貌。

其实，这个鄯善国名，远不如楼兰古国那么有名，后者以致影响到了当代和现代。最有名的事件是 1895 年 2 月，瑞典人斯文·赫定沿克里雅河穿越塔克拉玛干沙漠，到达罗布泊地区，沿途进行了艰苦然而极富收获的地质学、生物学和古代文物遗迹的考察，初步摸清了塔克拉玛干沙漠中重要古代遗址的大致情况。4 年后，斯文·赫定开始了他的第二次塔克拉玛干之行，他的这次中亚探险，并得到了瑞典国王奥斯卡和百万富翁伊曼纽尔·诺贝尔的资助。当时，一场沙暴过后，探险队向导的眼前，突然出现了高大的泥塔和层叠不断的房屋，一座古城奇迹般地显露出他的面容。向导将这一发现做了汇报。斯文·赫定立刻来到这里，并亲手从遗址中找出了几件精美的木雕时，便断定这是个非常重要的古城遗址，并对这座古城进行了发掘。他还发出悬赏，终于有大批的汉文、佉卢文木简、纸文书和一些粟特文书以及精美绝伦的丝、毛织品，以及别具风格的木雕饰件出土。根据在遗址内发现的汉文简牍，便有了"楼兰"这一名词的出现。

斯文·赫定的探险和挖掘，一开楼兰古国研究之先河，在此之后，于1988年，新疆自治区文化厅文物处组织的罗布泊文物队伍，他们在部队的配合协助下，经过32天的奋战，在楼兰古城西南找到了"海头"等两座古城，并测绘了国内第一张这两座古城的地形图，采集了一批珍贵文物标本，进一步填补了罗布泊地区考古的空白。

米兰遗址是一个面积广大的区域，遗址中主要包括米兰城郭、两座佛寺及墓地。在沿城墙、佛寺的墙基处，东一个西一个刨挖的大坑随处可见。米兰，属古楼兰国的地域。还有小河墓地，那是1934年5月，一支探险队，在楼兰库姆河边，发现一个船形的木棺，棺内是一个年轻美丽的姑娘，她双目紧闭，嘴角微翘，就像着了魔法一样刚刚睡去，甚至脸上还浮现神秘会心的微笑，这就是传说中的"楼兰公主"或"罗布女王"，她已经在沙漠之下沉睡了2000多年，到今天才向世人展示了她美丽的面容。

无独有偶，于1980年，考古学家在罗布泊铁板河，又发现了一具保存完好的女性古尸，这个女性的皮肤为红褐色，还稍有弹性，她面部轮廓非常明显，眼睛大而深、鼻梁高而窄、下巴尖而翘。经过图像处理后，生活在数千年前的一位绝色美女的形象，美女，栩栩如生地出现在人们面前。由于这具女性古尸，是在神秘的楼兰古城附近被发现的，于是便有了"楼兰美女"之说。

除了楼兰古国、楼兰美女，也还有楼兰古城。总之，在这神秘的地方，这里悠久的历史，古老的文明，天方夜谭似的传说故事，是多么的令人神往、勾人留恋的啊！而它十分神秘地在地球上消失，却又意外地在世界上出现，却又引出了多少传奇的故事？

俗话说，军令如山。班超一行，既领窦固将军将令，便一刻也不敢耽搁，直奔鄯善国而去。一路上，因正值盛夏，骄阳似火，而西域之地，荒漠无垠，且这里又是火焰山这样的地方，夏日里过火焰山，那可真是把人搁在火上烤，把马放在锅里蒸，所以，班超他们，只能长途跋涉，艰难行进。在这西域之地，别的全都好说，只是大漠连片，饮水最是困难。几天过后，班超他们因为缺水，全都满面尘垢，嘴唇干裂，口渴难忍，汗流浃背。但是，他们依然快马加鞭，急速赶程，因为他们身负特殊的使命。

虽说西域广阔，鄯善遥远，盐泽片片，大漠难行，但班超所率的36人72骑，犹如72支利箭，直飞鄯善之国，他们一直到了鄯善国东境。因见有一条河流，那河水清澈，水草肥美，他们便人喝马饮，人脱衣卸甲洗浴一番，马去鞍卸镫撒欢一阵，而后便人吃饭，马喂料，待到人胃发胀，马腹鼓起，他们这才出发。当天晚上，他们到了一处村落，班超便向队伍传令："往后传，就地宿营，不得扰民。"

申豹再低声后传："就地宿营，不得扰民。"

于是，身后传来一连串的声音："就地宿营，不得扰民。"

这样，班超一行36人72骑，悄然无声地歇息在这个村落里。

要说，军人与百姓的区别是在于：军人他们站有站相，坐有坐相，吃有吃相，睡有睡相。那么，班超他们36人的睡相是什么样呢？大树底下，绕树大半圈，铺有兽皮36块，一人铺一块兽皮，形成一个大大的扇子形状，就那么睡了下来。他们头枕的是头盔，身盖的是铠甲。马呢？拴绳一道，系于绳上。这样做的好处是：无事则罢，有事人即能顶盔挂甲，骑马出发，同敌人进行战斗，好高的警惕性啊！

拂晓，一位老阿爸开启柴门，他不能不被眼前的一幕所震惊："啊，汉兵来了！"因为，他看见了睡于树下的汉军和他们的军旗。

老阿爸这一声呼喊，惊得村中各家各户的人都纷纷开门观看，到处一片惊叹之声。因为他们所看到的，只是36个睡在大树底下的汉兵，这么多的汉兵进村，却连一户人家也未惊动，他们怎么能不吃惊呢？

立时，班超他们36人全都被惊醒了。"走！"班超猛地将手一挥，他们即准备起程。

郭恂问："去哪里？"

"去鄯善王城扜泥城啊！"班超说。

"那就走吧！"郭恂说，"反正，你指哪儿，我们奔哪儿；你指哪儿，我们打哪儿！"

"可我们哪儿也不去，就去鄯善国！"班超说。

一位阿姆娘走上前来，她问："那你们是谁派来的啊？"

申豹用手指了指班超，说："我们都归他统领，他是我们的班司马。"

班超说："不！我们都归窦固大将军指挥，是他遣派我们来的。"

"那你们别急着走嘛！你们既然来了，就是我们的客人，怎么着我们也得表示表示啊！"老阿爸见班超他们欲走，便急忙上前阻拦，自己先从家里去拿东西。其他人一见，便也从家里拿来食物、肉类、瓜果、马奶等物慰劳汉军。

可是，班超他们只收下很少一点东西，便都飞身上马，奔驰而去。

阿姆娘十分感叹地说："瞧，多好的汉军，多好的班司马呀！可那些匈奴兵，他们全是强盗，是匪徒来了后见什么抢什么，见什么烧什么啊！"

老阿爸也说："现今，他们这些救咱们命的汉军来了，他们一赶走匈奴强盗，我们一定会过上好日子的。"

中午时分，班超他们快要抵进一个名叫美女村的村落，但就在他们抵达此村之前，这里却发生了一件悲喜交加的大事情：

这天上午，身着节日盛装的男男女女，全都笑逐颜开地走向村口，聚集在一块宽阔的草坪之上。因为，美女村的一对青年男女，他们要举行婚礼，全村人都赶来庆贺。

这时，有两个壮年男子走在一起，一个名叫扎克，另一个名叫阿木都，他们一边走，一边高兴地拉着话儿。扎克说："阿木都老哥，我听说，你又要去中原经商？"

阿木都说："是呀，我早就想去中原经商，但因我女儿要结婚，我便把经商的事往后推了推。这不，今天就办我女儿的婚事，待她完了婚，我才好远离家乡，到中原去做生意了。"

扎克说："原来，你女儿要结婚，怪不得今天会这么热闹，也怪不得你老哥今天会这么高兴？那么，你女儿她叫什么名字？"

"叫珠玛啊！"阿木都说。

"珠玛？珠玛？她可是我们这里有名的大美女啊！那么，女婿呢？你女婿他叫什么名字？"

"女婿叫里达。"阿木都说。

"哟，他可是有名的俊男哟！"扎克说。

"是的，他如不是俊男，我家的珠玛可是看不上他哟！"阿木都说。

"里达珠玛，骏马鲜花，天作之合，幸福之家嘛！"扎克赞叹说。

"谢你美言，谢你美言。"阿木都满脸都是幸福的笑容。

扎克说："早些时，匈奴兵闹腾得紧，好多事没法做。这阵子，总算安宁了一些，你抓紧时间给你女儿完婚是对的，这是正事，也是大事啊！"

阿木都说："可不是嘛，这几年，丝路商道一直被匈奴强盗阻断，想去中原做生意的人都耽搁了。我女儿的婚事，也因此一拖再拖，拖到今天才办。只要这事一办，我也就不牵心了，才能去中原好好做生意嘛！"

扎克十分高兴地说："那待会儿，我可得跟老哥好好喝两杯了。"

"没问题嘛！"阿木都说，"咱们今天就喝个美，喝个够！"说罢，他看了一下扎克，两人都朗声大笑起来。

扎克想了想，说："咱说正经的，你这次去中原，可要给老弟我捎一截绣花绸料，因为明年，我的儿子也要办喜事呢！"

"这，没麻达嘛！"阿木都说，"只要我能去中原，怎么着也忘不了老弟所托之事，我给你挑上好的丝绸。"

这时，扎克又挑起了新的话题，他对阿木都说："你说，这个美女村，到底是姑娘美还是媳妇美？"

"当然是媳妇和姑娘都美了。"阿木都说，"没有美的媳妇，哪有美的姑娘？这美姑娘，可都是美媳妇生出来的哟！"

"那，你家珠玛姑娘那么美，嫁这美女村以后，一定会生几个美姑娘了。"扎克说。

"那还用说。"阿木都说，"她不光要给我生漂亮的外孙女，还要生英俊的小外孙。以后，我领着一群外孙外孙女，那个美啊，可真叫享天伦之乐呢！"

......

就这样，他们两个人走着说着、说着走着，走到村口草坪处，这才停了下来。在这里，婚礼的一切准备工作都已就绪，青年男女们都聚集在一起，载歌载舞，逗趣嬉戏，热闹非凡。身穿艳丽服装的新郎里达和新娘珠玛，正似一对王子和公主，他们被围在歌舞的人群之中，犹如鹤立鸡群一般。这时，他们正在唱《我爱我美丽富饶的楼兰》：

我爱我美丽富饶的楼兰，
你是西域的明珠光华灿烂；
天山下有我们茂盛的牧场，
清清的湖泊似明镜一般；
这一边大漠无垠一片荒凉，
那一边江南风光小溪清泉；
这一边一片赤色热焰蒸腾，
那一边沙漠绿洲牛羊布满。

我爱我美丽富饶的鄯善，
鄯善姑娘如花似玉最为好看；
尖尖的鼻子大大的眼睛，
雪白的皮肤漂亮的脸蛋；
你是我心中可爱的女神，
我是你终生依托的靠山；
我们有我们勤劳的双手，
今后日子一定幸福美满。

阿木都看着听着、听着看着，他脸上笑眯眯的、心里甜丝丝的，因为他自己心爱的女儿，今天有了终身的依托，将会过上幸福美满的生活，他怎么能不高兴呢？于是，他情不自禁地随着那乐曲的节奏，也点头合拍唱了起来。扎克呢？他也不甘寂寞，便跟着阿木都一起唱：

我爱我美丽富饶的楼兰，
你是西域的明珠光华灿烂，

天山下有我们茂盛的牧场，

清清的湖泊似明镜一般；

……

谁知，这阵竟会乐极生悲，祸从天降。突然，村外传来阵阵马嘶声、嘈杂声、喧闹声，有人大声高喊："不好了！匈奴兵要进村了，快跑啊！"

众人先是一阵发愣，继而一片慌乱，都纷纷四处逃散。

但是，人快哪及马快，匈奴兵约有百人，他们很快便接近了这个村庄，冲入人群聚集的草坪，将众人全都包围起来，要村民交出财物和美女。一匈奴兵对总头领说："到了美女村，咱先抢美女，你看，那不是最美的美女吗？他将手指向了新娘珠玛。

总头领一看，珠玛果然宛如天上仙女，十分美丽，他便狂奔了过去，想抢夺新娘珠玛。新郎里达上前阻拦，却被几个匈奴兵拦住。里达双手抱住珠玛不放，可那残忍的总头领，竟使刀砍下里达的双手。里达用血肉模糊的双臂，上去扑打总头领，却被总头领猛捅了一刀，又几个匈奴兵一拥而上，将他乱刀砍死。

珠玛跌跌撞撞，扑到惨死的新郎跟前，抚尸大哭。总头领狞笑着说："不要哭嘛！他死了，不有我嘛，我才是你的好郎君。"说罢，便强拖硬拉珠玛，珠玛愤怒至极，狠狠地抽了总头领一个耳光。总头领大怒，便挥起刀来，欲砍珠玛。阿木都一见，便一个箭步冲上前来，死死护住了女儿。总头领便用刀一刺，一下刺中阿木都的左腿，他踉跄倒地，血流不止……珠玛又扑上前来，抱住阿爸大哭不止……

扎克一见，他将手一挥，领着几个青年，去同匈奴兵进行拼命。可是，他们手无寸铁，赤手空拳，哪里能是如狼似虎、持刀拿枪的匈奴兵的对手。片刻之间，这些个青年，便也有好几个人受伤。只有扎克还行，他虽也空手，竟夺下匈奴兵一把刀来，还砍死了两个匈奴兵。匈奴兵头领气极，便指挥着一群匈奴兵，一起向扎克围拢过来……见此情景，其他村民们或躲或逃，不敢同匈奴兵搏斗，有的只是躲起来进行观望。

正在这危急时刻，班超领汉军赶到，与匈奴军展开大战。这支匈奴军，只是一些散兵游勇，他们哪里是班超所率汉军精锐的对手？经过汉军勇士们的奋勇拼杀，只一阵，匈奴兵便丢下十几具尸体，全都跟着他们的总头领，没命地逃跑了。

这时，班超已急急上前，双手扶起阿木都。

阿木都问："你们是哪里的队伍？"

秦龙说："我们是汉使团，班司马是我们的领队。"

阿木都激动地说："你们，可是我们的救命恩人啊！"那几个被刺伤的鄯善青年，也都被汉兵进行照料，汉兵们忙给他们包扎伤口。尽管如此，众村民多数人仍只是远远观望，不肯上前，因为他们分不清班超一行是敌还是友。

班超见此，他便把阿木都交付给他的女儿珠玛，自己跃上近处的一块高台，他振臂高呼道："鄯善的父老乡亲们，我们是大汉天子派来的使者，是窦固将军派来的队伍。我们此番前来，就是要帮助你们抗击匈奴，驱敌扫寇，复通商道，让鄯善人都过上好日子。所以我们一定要同心协力，抗击匈奴，安邦治国，守护好我们鄯善家园！"

这时，阿木都已忍痛站起，在扎克的搀扶下上了高台，他俩站在班超的两旁。阿木都首先满含激情地说："我们大家看到了吗？天朝的使者来了，大汉的队伍来了，他们在班司马的统领下来了！他们一来，就救了我和女儿的命，救了美女村啊！班司马，他就是昔日的傅介子，是我们的救星啊！要知道，我们西域人早就盼望着这一天，鄯善人早就盼望着这一天了！"

扎克也十分激动地说："是啊！父老乡亲们，中原西域皆中华，塞内塞外是一家，我们西域人和汉民是一家人！匈奴强盗想把我们分开，他们是痴心妄想！现在，我们可把亲人盼来了，这是天大的喜事，让我们欢呼吧，歌唱吧！"

众村民这时都由惊转喜，个个笑容满面，兴奋无比，全都齐声高呼："亚克西！亚克西！亚克西！"

这时，那欢快的歌，便又唱了起来，那轻松的舞，便又跳了起来。

……

# 第十九章　多曼沟内　匈奴使团被斩杀

　　班超一行，终于来到了鄯善国王城扜泥城。因是天国（大汉）派来的使者，鄯善王自然不敢怠慢，当即，他身着迎宾礼服，率领文武大臣，走出王宫大殿，说了些多么企盼大汉使团，见了班超他们是如何荣幸之类的话，热情迎接大汉使团。一见到班超，鄯善王自然又客套一番。而后，他与班超并肩而行，一起向王宫大殿走来，文武大臣紧随其后。一见国王和班超来到，乐队，立刻奏起欢快的音乐；僧侣，马上诵起庄严的经文；侍卫兵们，都排起整齐的队列，迈着有力的步伐，也一起向大殿走来，煞是庄重肃穆，极其威严震撼。

　　进得鄯善王宫，但见到处张灯结彩、喜气洋溢，呈现出一片浓浓的节日气氛。班超笑着对鄯善王说："你们，怎么把迎接仪式搞得这么隆重？"

　　"这是应该的，必须隆重，必须隆重！"鄯善王说，"因为你们是天朝派来的使者嘛！"

　　班超说："大汉西域，本是一家，天朝鄯善，皆为兄弟。既是一家，既是兄弟，就不用这么客气嘛！"

　　"应该的，应该的。"鄯善王说。

　　入座之后，鄯善王与班超一行，互相分宾主坐好。而后，鄯善王将手一挥，一队舞女翩翩而入，开始了美仑美奂的歌舞。乐师们演奏着音乐，舞女们载歌载舞，侍者们上着菜肴美酒……这，看着都叫人眼馋，听着都叫人陶醉。

　　鄯善王亲执酒器，来到班超面前，向班超斟满一杯酒说："我们鄯善人盼天朝使团，犹如舟船盼舵手、禾苗盼雨露。现在，我们真的把班司马你们盼来了，我们真高兴啊！这杯酒，我敬您了！"班超并不客气，他端起酒来，一饮而尽。

鄯善王再给班超满斟一杯，说："天朝派遣班司马来我们西域，来我们鄯善固边安邦，驱除匈奴，复通丝路，以使我们鄯善国能与其他西域国家和睦相处，共谋发展，这是一件大好之事。今有班司马在，西域才大有希望，鄯善才大有希望啊！这杯酒，我再敬您！"

班超再次捧酒，又一饮而尽，饮罢后说："承蒙大王过奖，班某虽然不才，但我有决心替大汉和西域诸国固边安邦，重开丝路商道，为西域诸国和人民谋福祉。那么，下一杯酒，就我敬您了，您喝吧！"他说着倒酒一杯，欲让鄯善王饮之。

"这个嘛，使不得！"鄯善王说，"我们鄯善国有个规矩，如有尊贵的客人来，他必须先饮酒三杯，我们主人方能动之，今特请班司马饮了这第三杯酒。"

班超一听，便不再推辞，遂将第三杯酒饮下。

鄯善王眼看着班超将第三杯酒饮下，这才又满斟了一杯，举起酒杯对大家说："现在我提议，为了天朝社稷的万年大计，为了大汉使者班司马一行的到来，为了西域各族兄弟王国的和睦，咱们大家……"

但就在这时，也是天不作美、人不争气，鄯善王猛觉自己腹部一阵发胀，肌肉一阵收缩，随之，便有一股极不文雅的气体，从自己的消化管末端奋力喷出——嘟——叽——

这突如其来的一幕，使文武大臣都为之一怔。很快，他们便都窃窃私语起来："你看看你看看，咱们的国王，这下多出丑啊！"

"他呀！放屁也不瞅个时候，这般盛大宴会，他怎么能放屁呢？"

……

对于大家的议论，鄯善王他有些听得，有些却未必听到，只是面色难堪，尴尬至极。

班超见情，便急忙给鄯善王找台阶下。他端起酒来，对大家说："我们鄯善王还有这样一层意思，为了能驱逐匈奴强盗，为了能复通丝路，为了使西域和鄯善百姓能过上幸福美满的生活，我们干杯！"

"干杯!"

"干杯!"

"干杯!"

……

立时，整个鄯善王国大宴会厅里，那金杯、银杯、玉杯、大杯、中杯、小杯，全都碰在了一起，"叮叮当当"响成一片，气氛十分热烈。

宴会完毕，鄯善王还特意就班超替自己解围圆场一事进行道谢，班超却置之一笑说："不要紧，不要紧！不就屁大个事嘛！"这把鄯善王和大臣们全说笑了。

当时，鄯善王还问："班司马，我们西域这么大，国家这么多，可你怎么只带了36个兵呢？"

班超笑着说："我带的人不是兵，而是使者，因为我们是大汉的使团嘛！别看我带的人不多,但我带的金子不少。作为使团,我们代表大汉天子,代表大汉朝廷，总得对西域的友好国家进行奖励，还得给他们封赏啊！"

"那，有没有对我们鄯善的封赏呢？"鄯善王问。

"那就要看你们的表现了。"班超说，"如果你们表现得好，对我们大汉亲善，对匈奴进行抵御，那自然会有封赏。否则，不但无赏，还会有罚。"

鄯善王听得，吓得吐了吐舌头，却也没有再说什么。他们又吃得一阵，喝得一阵，呶喝得一阵，宴会这才作罢。

……

本来，这宴会无论之前，还是宴会之中，以至宴会之后，双方都那么融洽，气氛都那么热烈。但是，宴会正式结束之后，这样一种气氛却突然变了，鄯善王竟突然不理也不睬班超他们了，热情一下由沸点降到了冰点：饭也变简单了，菜也变清淡了，缺了那百果茶点，少了那伺候人员……

这一天，班超他正在客厅踱步，边踱步边进行沉思：为什么，鄯善王态度的变化会如此之快？如此之大？

参军师全这时走了进来，他对班超说："有句话，我想对您说一下。"

"你说呀！"班超说，"咱们之间，还有什么不可说的。"

"对这件事，我有看法，但不知对不对。"师全说，"人常说，财不露白，富不露相，贵不独行。您本是一个思路缜密、十分稳重的人，可这次咋这么爱露富呢？"

"你之所指，是不是说，我不该对鄯善王说我们带的金子不少。"班超问。

"对呀！你那么一说，难道就不会引他们贪心？不会给我们招来祸灾？你没看鄯善王他们，这几日对待我们有点怪，他们的态度为啥突然变冷淡了，您觉得，这正常吗？他们会不会想图财害命呢？"师全说。

"这又怎么能正常呢？"班超说，"你没看，我在这里边走边想什么吗？我觉得，鄯善方面，情况很可能有变。因此，我已经派人去密查了，看到底是怎么回事。至于所谓露富，那只不过是一种策略，我是想引鱼上钩呢！"

师全说："我和吕参军交换过意见，我俩都认为，对此，我们可一定要多加提防，免出意外。"

"正是。"班超说罢点了点头，他拉了一拉师全，说，"走，到外面看看去。"

于是，他们二人，走出了客厅，来到了门厅过道。在这里，有两位鄯善侍从正在打扫门厅，他们边打扫边拉着话儿。一见此情，班超急忙以手拦住师全，二人便躲在在暗处进行偷听。

侍从甲说："老弟，咱干的这差使，真烦死人了。"

侍从乙说："我说你老兄，就别再发牢骚了，再忍耐上几天，时间不会很长了。"

侍从甲听罢，停下了手中的活问："此话怎讲？"

侍从乙说："你还不知道，听说情况有变。"

侍从甲追问："莫非你老兄，听到什么消息了。"

侍从乙挤眉弄眼地说："还真有消息，重大消息……你过来。"

侍从甲走了过来，侍从乙同他悄悄耳语，谁也不知他们在说些什么。听着侍从乙耳语的话，侍从甲突然变得惊诧不已，他说："啊……你说……匈……"

侍从乙急忙伸出手来，紧紧捂住了侍从甲的嘴说："你难道不想活了，像这话也敢喊出！再说，你也不看这是什么地方，是汉使驿馆，你可得当心呢！"

侍从甲点头应诺，说："是……是，我一定给自己的嘴贴上封条，贴封条！"

班超听得，先思忖了片刻，这才向师全一示意，俩人一起走了过来。两个侍从一见，急忙躬身行礼，客气问候："班司马安好！师参军安好！"

班超随口寒暄："安好！你们的国王可否安好？"

两侍从同声答道："安好！国王十分安好。烦班司马不要操心。"

班超便对侍从甲说："既然国王安好，那烦扰你去向国王禀告一声，就说我明日有要事，要去拜见他。"

侍从甲说："是，我这就去。"他随即转身，就往厅外走去。班超即向师全使了个眼色，师全自然会意，他便跟了上去，防止这家伙会耍滑头。

待到侍从甲和师全走出老远后，班超这才回过身来，他乘侍从乙不备，猛然一把抓住他的胸襟，厉声质问说："我且问你，那匈奴使团，他们来了几日？住在何处？有多少人？快说！"

"没……没有，匈奴使团没来，没多少人……啊，我不知道，什么也不知道。"侍从乙说。

班超再一手抓住侍从乙的胸襟，一手抽出身佩的七星剑，再剑逼着侍从乙进行喝问："你怎么还不老实，我们已得到可靠情报，说匈奴使团已经来了，叫我们要多加小心。其实，我们什么都已经知道，只是想考验考验你，看你老实不老实，你如不说实话，我这就宰了你！"

侍从乙被班超这突如其来的动作吓蒙了，他结结巴巴地说："匈奴使团……是来了，已经来了三天，住……住在多曼沟，有三……三百多人。"

班超再用剑一逼，说："可有隐瞒？"

侍从乙说："全……全是实情，无丝毫隐瞒，若有假话，你……你就宰了我！"

班超这才松开侍从乙的衣襟，喊一声："来人啦！"

师全、铁蛋两参军闻声，立即走了过来，问："班司马何事？"

班超说："速将这小子押下，找个严密地方关起来，不要让他走露任何消息。再召集众人，速来议事！"师全、铁蛋正要离开，班超又特意叮咐了一声："议事之事，人人皆有，独不唤郭从事。"二人点头答应。

再说，那侍从乙说的果然不差，匈奴使团真的来了，也真有三百多人，全驻扎在多曼沟里。他们已经见过了鄯善王，并一起进行了密谋：鄯善王欲与匈奴交好，断绝与大汉的交往，并由匈奴使团出面，斩杀大汉使团 36 人，不留一个活口，用心何其毒也！而鄯善王见匈奴使团人多势众，汉使团人马极少，便决定听之任之，任由匈奴使团斩杀汉使团，一切听从匈奴使团的安排。

这时，在多曼沟匈奴使团营地，他们正在用犒赏餐，饮犒赏酒。只见他们有的手持大块牛羊肉急咬猛吞，有的手端大碗酒饮酒如水，那嘈杂声、嬉笑声、叫骂声交织成一片，洋相百出、混乱不堪。有一两个匈奴兵出帐篷撒尿，他们去得急急、回来匆匆，还边走边勒着裤子……

匈奴使团总头领与几个小头目，正围着一桌酒肉大吃狂饮。总头目已有了几分醉意，他站起身来，端着偌大的大酒碗，离开自己的桌案，摇晃着肥胖的身子，从众兵卒中间穿了过去，边走边说："弟兄们，大家饱饱地吃、足足地喝，吃饱喝足之后，等今晚后半夜，咱们就拿起刀枪，把来西域的汉使兵将杀个精光。据说，他们带来汉朝不少金银珠宝、绫罗绸缎和柳林美酒，说要联络西域诸国。今晚，这些好宝贝好东西，可都要成咱们的了！"

"咱们的！咱们的！宝物都是咱们的，绸缎都是咱们的，美酒都是咱们的！"匈奴的兵将们都在喊，边喊边碰着酒碗。

"还有美女，鄯善的美女，也都是咱们的！"一匈奴将官又这样喊。

"咱们的！咱们的！美女都是咱们的！"匈奴的兵将们都这样喊，边喊边碰着酒碗。有人因用力过猛，把酒碗碰了个稀烂。

有人弃碗，醉倒在地；有人吐饭，脏物满身；有人摔碗，"叭叭"作响……真是醉相种种、丑态百露。

那一边，在鄯善国汉使驻地，汉朝兵将们正聚集在一起，在听班超慷慨陈词，他越讲越兴奋，越说越激动，甚至猛地以拳击桌说："匈奴兵使团正做着美梦，妄想把我们一举吃掉。可我们一定要打乱他们的计划，破灭他们的黄粱美梦！我们先下手为强，他们后下手遭殃！虽然我们人少，可我们能以一当十、以十当百，把他们全部埋葬在多曼沟！我计划，可以这样做这样做……"他给大家说了自己的详细计划,大多数人表示赞成。但有一个军士说:"匈奴使团人那么多,我们人这么少,对付他们,能行吗?"

班超说:"不入虎穴,焉得虎子。那匈奴使团营帐,正是虎穴,那些使团人员,也正是虎子。虎子虽多,可它咬不了人,更吃不了人啊!相反,我们带着刀带着枪,收拾这些虎子,还不似割柴草一般,什么风险也没有啊!"

"对!割柴草,割柴草!"有人这样说,"的确像割柴草。"

真是天助班超,天助汉使。这天夜里,突然乌云压顶、狂风大作。虽然有云有风,但是天未降雨,这是多好的杀敌时机啊!

班超带领使团 35 人,全部操刀持剑,悄然而行,直奔多曼沟来。其中 10 人,各带一面大鼓,恰似去演出一般。要说,班超他们一行,共是 36 人,可怎么只剩下 35 人了呢?原来,他们采取行动之时,有人欲叫从事郭恂,却被班超拦住,他说:"郭从事过去和我同过事,他是个文人,是个树叶掉下来也怕打破头的人,就别让他参与这种打打杀杀的事了。他一听说,便会胆怯,去了后也下不了手,还要人保护他的安全,碍手又碍脚的。"

众人一听也是,他们便 35 人行动,独独留下一个郭恂,他仍在自己的寝室里呼呼大睡。于是,乘着夜色,乘着大风,班超他们 35 人,全都机警敏捷,轻行疾走,摸黑前往匈奴使团营地。到了那营帐门口外,见两两相对坐着怀抱刀戈、龟缩打盹的匈奴哨兵。营帐有 3 个,共 6 个匈奴兵在门口守卫,其余人都在营帐中呼呼大睡。

班超率众,摸到了匈奴使团营帐附近。班超先环视了一下四周,向 10 个携鼓人低声发令:"铁蛋,你们 10 人可隐伏在匈奴营地后面,以火为号,见火即擂鼓,只需大喊大叫,不用直接交战。"

铁蛋悄声低回:"遵命!"说罢,他便带着 10 个带大鼓者急速前行,向匈奴营地后面摸去。

而后,班超带领其余人,直向匈奴使团 3 个营帐摸去。到了营帐门口,他再将人一分为三,他和田鼠带人一队,申豹和师全带人一队,秦龙和倔娃带人一队,包围了 3 个营帐。班超一队所守,正是匈奴使团总头领的大营帐。只见班超将手一挥，先有人悄悄上前，结果了两个哨兵。那两支人马，也全如此行动，都先解决了营帐门口哨兵。而后，班超再摆手发令："点火发号！"霎时，一个火把点起，大火便熊熊燃烧起来。

匈奴使团营地后面，铁蛋带领的 10 个隐伏的带鼓人员，他们一见火光，全都跃身而出，奋力擂鼓，大喊大叫："冲啊！杀啊！前队在后，后队绕后，左军攻左，右军攻右，我天朝大军降临，定要把匈奴使团的人全部杀光，一个不留！"

风声、鼓声、喊声，响成一片，震动山沟。

营帐内，众匈奴兵从梦中惊醒，他们惊慌万状、乱作一团，总头领叫道："别慌！别乱！他们也许只是干咋呼，并没有多少人马，他们一共不就 36 个人嘛！"

一将官说："不对！他们这是大队人马来了。你听这喊声、听这鼓声，36 人，能有这么大的动静吗？36 人，也敢来犯我们 300 多人的营地吗？肯定是他们的大部队来了，我们跑吧！"说罢，他便急急忙忙向着营帐外跑去。只是，那营帐的进出口稍小一些，凡是进出帐之人，都需低头弯腰。这位将官也是，他一低头，一弯腰，就这么出了营帐。突然，他觉脖子上一阵冰凉，再一阵疼痛，那脑袋即刻便掉了下来。这砍头之人，正是班超，他使的是一把大砍刀。

又有一匈奴兵逃出营帐来，却被前面匈奴将官兵尸体一绊，再身子往前一扑。班超见状，他趁势将刀一翻，将刀口向上，刀背朝下，砍也不用砍，便把这个匈奴兵的脑袋砍了下来。田鼠一见好笑，忙说："这砍西瓜的事，我干好了，只要有蛮力就行，您去干别的重要事儿！"

班超点了点头，低声说："干这活儿，你行！"田鼠他有的是力气，便一刀一个，砍下多个"大西瓜"来。

班超呢？他去找了个新活儿，他命三个汉兵立即点火，点燃了匈奴使团的 3 个营帐。匈奴兵一见营帐起火，只能拼命外逃。可这阵子外逃，哪能有好果子吃吗？没有。等待他们的，除了大刀，还是大刀。班超带领众随从，将逃出营帐的匈奴兵将，一刀一个，无一漏掉，全都杀光宰尽了。

这时，汉使团 35 人全都动手，他们冲杀在匈奴营帐，大砍大杀、大

247

烧大斩，真似虎入羊群、秋风扫叶……夜色越来越浓，大风愈刮愈烈。眼见，匈奴使团营帐全部着火，大火冲天，烈焰万丈，变成了一片火海。立时，匈奴使团300余人，或是被杀，或是被烧，无一脱逃，全都死在了营地上。而班超他们35人，即不但无一亡者，甚至连一个受重伤的也没有。他们眼看着匈奴兵的遍地尸体，望着烧成灰烬的匈奴营帐，全都欢呼雀跃，兴奋不已，便互相击掌，共同高呼，以示庆贺。这，真是一个创举、一个奇迹，一个从未有过的以少胜多而战斗死亡比例是零比三百的典型战例！

……

次日上午，班超一行，突然出现在鄯善王宫宫殿门口。这次，他们毫不客气，不打招呼，直闯而入。

鄯善王惊慌不已，他指指身旁椅子，客客气气想请班超："班司马，请坐，快请坐啊！"

班超冷笑一声，说："你到底请谁坐呢？这恐怕不是我坐的椅子吧！"

鄯善王皮笑肉不笑地苦笑着说："班司马真会说笑，这椅子您不坐，那谁又敢坐呢？"

班超继续冷笑着说："难道匈奴的使者就不敢坐了？"

鄯善王大惊失色地说："班司马此话怎讲？"

班超以手指脖，并锯了锯说："你不已请匈奴使者坐了上座，欲取我等项上人头吗？"

"哪有此事？哪有此事？"鄯善王忙予遮掩，他脸色涨红，如猪肝一般。

"不过，那些匈奴使者，他们真的已坐不成这贵宾椅了。"班超调侃地说。

申豹这时跃上前来，他讥笑地说："能坐，能坐，匈奴使者，又怎么不能坐贵宾椅呢！"

他说话之间，从怀中取出一个包裹，打了开来，竟是血淋淋的匈奴使者总头领的首级。申豹将那颗首级，重重地它掷于鄯善王请班超入座的贵宾椅上。

鄯善王见此，惊得扑通跪下，说："班司马饶命，班司马饶命！"

班超顺手扶起他来，和颜悦色地说："我们知道，计是他们的诡计，谋是他们的阴谋，与你们并不相干。今他们罪有应得，已经得到了应有的惩罚，你们还是你们，该干啥还干啥，什么也不影响。"

"那他们人呢？"鄯善问。

"都像他一样。"申豹用手指了指匈奴使团总头目的首级，讥笑地说，"都西归了，升天了！"

"他们不有 300 多人吗？"鄯善王似乎有些不大相信。

"全都西归了，升天了！"申豹予以肯定。

"那你们人呢？"鄯善王问。

"我们不就 36 人吗？"班超说，"36 人，一人不缺，一骑不少，你可以数一数啊！"

鄯善王似有不信，他数了一数，见班超一行，真的仍是 36 人，便又"扑通"一声跪下，说："您是神司马，率的是神兵啊！"

鄯善的文武大臣也都跪了下来，齐声说："您是神司马，率领的是神兵啊！"

于是，鄯善王当即表示，愿意和大汉建立长期友好关系。见此，班超即让人给鄯善王送了些金银珠宝、绫罗绸缎和柳林美酒，热热闹闹庆贺了一番。鄯善王更加感激，即表示愿将他的儿子送到洛阳当人质，以示自己的诚意。

斩杀了匈奴使团，安抚了鄯善王之后，大汉使团几乎所有的人，他们无人不快、无人不乐。但是，有一个人却有例外，那就是郭恂。郭恂他是怎么做的呢？大家吃饭时，他一个人端碗一边；大家歌舞时，他一个人到旁边散步；大家谝闲时，他一个人待自个屋内……秦龙见此，对班超说："我看，咱们的郭从事，有点不对劲儿。"

"我也看出来了。"班超说。

"那么，怎么办呢？"秦龙问。

"我找他谈谈就是了。"班超说。

"就这么简单？"秦龙说。

"就这么简单。"班超说，"因为，我知道他的病害在哪儿。"

这一天，大家都聚在一起谝闲，郭恂他照旧，又一个人回到自己屋里，躺在床上看起书来。班超自个来到郭恂住屋门口，轻轻敲了敲门，但是人未吱声。

"谁呀？"郭恂问。

班超仍未吱声，只是又敲了一遍门。

"搞什么名堂？想进，就进来吧！"郭恂这样说。

班超轻手轻脚走了进来，到了郭恂床前，他才说："好我的郭从事，你好悠闲啊！"

"我啊！本来就是个闲人，怎么能不悠闲呢？"郭恂没好气地说，"班司马您是大忙人，怎么能来我这闲人屋里？"他甚至仍能躺在床上，连身也没有起。

"我可以坐吗？"班超说。其实，他早已自个坐在了椅子上。

"你不已经坐下了吗？"郭恂说。

"我可以喝茶吗？"班超说。其实，他早已自个冲好了茶。

"你不已把茶冲好了吗？"郭恂斜视了一下说。

"我看，咱俩这木偶剧演得还不错。只是，你也好大的架子，一直躺在床上，也不下来走走。"班超说。

"我走什么走？"郭恂说，"大汉使团，原来36人，现在只剩下35人。我是一个局外人，还怎么走呢？"

"看，我就知道，你的病，就害在这里。"班超说，"你是嫌斩杀匈奴使团的行动没有叫你，那完全是为了你好，却没有丝毫嫌弃你的意思。"

"如此重大的军事行动，叫我也不叫一声，说我也不说一声，还不是嫌弃我？嫌弃我就明说，让我回洛阳得了。"郭恂说着爬起床来，坐在床边同班超争辩。稍停，他又十分激动地对班超说："我知道，你对我有意见，我当初不该讽刺你、挖苦你，可那是过去，那是从前。后来，你投笔从戎，伊吾立功，这众人皆知，有目共睹。那么，我呢？我不也投笔从戎了嘛！尽管，我没有功劳，可我也有苦劳。咱们36人72骑，一起长奔伊吾，跋涉鄯善，我郭恂也没落你的队、没丢你的人吧！可为什么斩杀匈奴使团，你就不叫我呢？"

"话说完了吗？气撒完了吧！"班超说。

"完了。"郭恂气哼哼地说。

· 250 ·

"你看，是这样。我从来就没有记恨你的过去，而把你们说过的那些话当作激励。正是由于你们的激励，我才来了西域，立了功劳。而功劳呢？那是大家的，并不是我一个人的功劳。就像这次斩杀匈奴使团300余人，我们一直对外讲是咱们使团36人干的，并没说是35人干的，这自然包括你的一份功劳啊！"班超说，"再说，尺有所长，寸有所短，你郭从事的长处是你的文才，而你的短处是你的武艺。你想一想，那一天晚上，我们只30多人，面对匈奴300多人，那都是真刀真枪地实际拼杀，你去了，万一有个磕磕碰碰的，我们大家该怎么办呢？当时，我们的人，真是以一当十，哪有闲人招呼你呢？这样做，那全是为了你好。你怎么不领我们情，反而记恨我们呢？"

"噢，原来你们都是这么想的。"郭恂说。

"是啊！我们还能怎么想呢？"班超说。

"可是，我……"郭恂很有点不好意思。

"你！你赶快给朝廷写奏报，报告咱们36人是如何斩杀300余人匈奴使团的，也好领功啊！"班超说。

就这样，班超很轻易地便治好了郭恂的病，使他很快便把自己融到36人这个天朝使团的大家庭中来。

# 第二十章　神巫不神　欲斩宝驹自断头

那与鄯善国相近的，便是于阗王国，它是塔里木盆地南缘一个古老的塞人城邦。据《史记·大宛传》记载，于阗在西域之东，其盛时的领地包括今和田、皮山、墨玉、洛浦、策勒、于田、民丰等县市，都于西城（今和田约特干）。西汉时期，尉迟氏在此建立于阗国，成为西域南道国势最强的国家之一。它地处塔里木盆地南沿，东通且末、鄯善，西通莎车、疏勒，因其位居丝路贸易的重要据点，故曾经繁荣一时。且其为东西方贸易商旅的集散地，是东西文化之要冲。西汉时期，西域都护建立后，于阗归属汉朝，疆域包括今和田、洛浦、墨玉三县。张骞通西域时，知道了于阗这一国家，它便引起了汉朝的注意和重视。东汉初，于阗为莎车所吞并。汉明帝永平四（61）年，贵族广德灭莎车，被立为于阗王。

在平定鄯善后，班超的目光，便转向了于阗，他又要演绎于阗的故事。他甚至采用了一个十分巧妙的办法，即让鄯善王给于阗王送以国书，声称班超所率的大汉使团将至于阗，让于阗王做好迎接准备。

这天，于阗王正大设国宴，款待群臣。一开始，于阗王便十分动情地说："众位大臣，这次我们于阗西行出征，马及葱岭，击灭莎车，威震西域，名扬远方。此次大胜，皆为诸位能竭力效忠之所为，为我于阗立下莫大功劳。因此，今日本王特设大宴，让大家共享王恩，同领此荣，现在开宴！"

立时，祝福声声，碰杯声声，劝酒声声……伴随着的，有舞女们在狂欢舞蹈，有小丑们在尽出洋相。西域之舞，与汉朝大是不同；于阗舞女，与汉朝大是不同……那大胆，那奔放，那性感，那疯狂……令人目不暇接、眼花缭乱。

宴罢舞停，于阗王主持，让文武大臣议论朝事。于阗王略带醉意，向大臣们发问："众爱卿，朕接到鄯善王传来的国书，说是中原汉朝使臣，今日要来我们于阗。可我们王国，已与大匈奴通好，接受大匈奴的监护，还有大匈奴的使团，这两日就要到来，那么，我们当如何对待两国的来使呢？"

一位老臣说："以臣愚见，我于阗隶属中原大汉疆域，他们遣使，我们理应盛情迎请，礼遇务必周全，一点也不能疏忽。本来咱们的国宴应该迟开，待到汉使团来后开宴，那不很好嘛！"

一中年大臣说："前辈此言差矣！尽管我于阗原为天朝都护府节制的疆域，但是我们受匈奴的监护已有多年，并早已与大汉断绝了联系。所以，我们应以匈奴为亲，不能与大汉通好。汉使若来，我们可不接待便是，速速赶走他们，以免让匈奴方面生疑，以致会对我们兴师问罪。"

一青年将领说："大汉虽大，但离我们何其遥远；匈奴很凶，但离我们十分相近。而我于阗新近击灭莎车，威震西域，他们大汉也应尊重我们。所以，对于他们的使者，不要过分客气，即使冷落对待，礼遇不周，他们又能奈我何呢？所以，咱们的国宴，汉使团无权参加，大王宣布现在开宴是对的。"

老臣说："臣闻汉军带兵的司马班超，他神机妙算，英勇无比，在鄯善作为非凡，深得民心，而他如果在我们于阗遭到冷遇，恐怕深为不妥。"

中年大臣立即反对，说："老前辈之言差矣，你这是长大汉志气，灭我于阗国威风！对于我们于阗，他班司马又能怎的？大汉兵又能怎的？大汉朝兵马又能怎的？毕竟他们离得太远，鞭长莫及嘛！对他们别说让参加国宴了，饭都不用管，他们一来，就撵他们赶快走！"

……

这时，一位宫侍进得殿来，他向于阗王禀报说："大王，汉使班超他们已经到来。"

于阗王先吃了一惊，定了定神后，他十分骄傲地说："那也好，说他来，他就来，那就让他进宫，参拜本王就是，但朕只接见班超一人，其他人概不接见。"宫侍即出得宫去，传达于阗王之令。

第二十章　神巫不神　欲斩宝驹自断头

·253·

一闻于阗王召见，班超便欲率 36 人一起进宫，但却被宫侍拦住。他说："我们国王特意吩咐，只召见班司马一人，其他人概不接见。"

班超和众人听得，全都有些不悦，但班超还是止住了众人，他说："咱们初来乍到，还是按照人家的规矩来，于阗王只召见我一人就一人呗！"于是，他只身一人，先行进宫，待参拜完于阗王并问候众大臣之后，他说："汉使班超奉命出使西域，为的是安边通道，联结友谊，诚望诸位竭力相助，共求成功！"

于阗王高昂着头，以一种十分不屑的口吻说："你们是大汉朝，我们是小于阗，但国与国之间，总应该平等吧！"

"那，不知我们有什么礼数不周的地方？"班超问。

"为什么你们使团来我们于阗，不是大汉朝遣使送书，而是让鄯善国转呈国书，这总归于礼不通吧！"

"这又怎么于理不通呢？"班超说，"不管怎么说，我们大汉是天朝，是上邦啊！可你们西域诸国均都是属国，是下邦啊！按照礼义，上邦对下邦的国书可以由属国转呈，下邦对上邦却万万不能。似此，我们的做法难道有什么不妥吗？"

"可是，我还听说，你们此番来西域，带了许多金银珠宝，还有绸缎和美酒，计划封赏西域诸国。可对于我们于阗，却怎么一点封赏也没有呢？"于阗王说。

"这，我对您想说的，还是对鄯善王说的话，如果你们表现得好，对我们大汉亲善，对匈奴进行抵御，那自然会有封赏。否则，不但无赏，还会有罚。"班超说。

班超说得在理，于阗王自然理屈，他便搪塞地说："这样吧！你们长途跋涉，鞍马劳顿，可先至驿馆歇息。待你们休息好了，咱们明日再议国事。"

班超说："我们此来，主要目的是为联结友谊，通好关系，其事事关重大，势在必行，我们应当立即就办，怎么能拖至明日呢？"

于阗王却有些不耐烦地说："今本王还有重要国事，我们君臣议事，烦汉使不要相扰。说明日即明日，此一事，我总得与我们王宫神巫和大臣们再商量一下吧！"他说罢，即向宫侍挥了挥手，似有下逐客令之意。那宫侍自然会意，他便急急上前，对班超说："走吧！你们先去驿馆安歇。"

班超他们十分无奈，只能随宫侍退下。

可就在班超一行在驿馆歇息的同时，而在于阗京都一家匈奴会馆，一匈奴密使正与于阗王宫神巫进行密谈。匈奴密使先问："我让你给于阗王吹风，对大汉使团不要客气，一定要慢待，你给吹过风吗？"

"吹过了啊！"王宫神巫说，"要不，你看，汉朝使团咋能灰溜溜的，连个国宴也没赶上，都饿着肚子被赶到驿馆里歇息去了。"

"那么，下一步，你还有对付他们的办法吗？"匈奴密使问。

"有啊！对付他们，我有的是好办法。"王宫神巫说，"那就看你们有没有诚意。"

"怎么能没有诚意呢？"匈奴密使一边说，一边拿出了一小袋东西。起初，王宫神巫还不以为然，可当匈奴密使打开袋子让王宫神巫看时，他不仅惊叫了起来："啊，是宝石。"

"是啊！是宝石。"匈奴密使把宝石袋递给王宫神巫，说，"这够有诚意了吧！"

"有诚意！有诚意！太有诚意了！"王宫神巫激动地说，"就凭你们这种诚意，我刀山火海也敢闯、沸腾油锅也敢下。说吧，要我做什么？"

"那除掉汉使班超，你有什么好办法？"匈奴密使问。

"有啊！"王宫神巫说，"我可以向我们大王假说，因他们汉使得罪了天神，必须将班超的马献给神灵，他们才能消灾避难。班超马快，无马他便无了腿，无腿他怎么还会有命呢？"

"可是，还要除掉汉使团那另外 35 骑呢？"匈奴密使说。

"为什么要把他们全除掉呢？"王宫神巫问。

"报仇呗！"匈奴密使说，"你不知道，在鄯善国，在多曼沟，班超一伙有多残忍，他们刀砍枪刺，大火焚烧，杀死了我们使团 300 多人，真是惨不忍睹啊！"

"这是真的？"王宫神巫反问，他甚至吓得倒吸了一口冷气。

"是真的，没有半点虚假。"匈奴密使说，"你说，像这样的深仇大恨，我们怎么能不报呢？"

"那，班超他们的汉使团，也真够狠的。"王宫神巫说。

"是够狠的。"匈奴密使说，"所以，对付他们，也一定要狠，来不得半点心软和仁慈。"

"可如果真的把汉使团36人全除掉了，你们又怎么感谢我呢？"王宫神巫问。

"你不爱金银珠宝吗？汉使团那里，金银珠宝多的是，这都归你，我们不要。"匈奴密使说，"还有，我们将立你为于阗王，替代那愚蠢的广德，这还不行吗？"

"这是真的？"王宫神巫不太相信地问。

"真的。"匈奴密使说，"这不只是我个人的意思，而是我们大单于的意思。你若不信，我即给我们大单于写信，让他再予以确认。"

"好，那咱们一言为定。"王宫神巫说。

"一言为定！一言为定！"匈奴密使说。

……

次日上午，在汉使驿馆，班超正与申豹、秦龙三人在客厅里议事。突然，一侍卫走了进来，说："禀司马，于阗国王宫神巫来见。"

"他来做什么？"班超问。

"他说他是奉王命来的。"侍卫说，"声称有要事相商。"

"那让就让他来见吧！"班超说。

过了一阵，那王宫神巫带着一个小徒，他们跟着一位王宫侍卫，大摇大摆地走进了客厅。未待班超让座，那王宫神巫便大大方方地坐在一个椅子上，对班超说："我此来，本应提前禀报，但因事情紧急，更因王命难违，我便匆匆来了。"

班超并不搭王宫神巫的正话，却岔开话问："我听人称您为王宫神巫，因我们初来乍到，有一事尚不明白，你们于阗的王宫，为什么要设置神巫这样一职呢？"

"你连这都不知道？"王宫神巫神气活现地说，"这神者，神灵也；这巫者，先知也！那也就是说，我们王宫里的神巫，都是王宫里的先知者，这也相当于你们汉朝所说的国师。所以，在我们西域诸国，每一国都有王宫神巫亦即国师。既然我们神巫代表神灵，既然我们神巫能够先知，那纵然是当国王的人，他们又怎么能离开我们呢？所以国王有事，他必须请教我们，让我们给他指出好的路子和解决问题的办法来。"

班超假装惊奇地说："噢，原来如此。既然您职务如此显赫、身份如此尊贵，那我可不可以高攀，与您交友呢？"

"可以啊！"王宫神巫说，"我今日来，也正是要与你交友来的。听朋友我说一句，你们作为汉使，此番来我们于阗，怎么先不敬告天神一声，就这么径闯而来？为此，天神发怒了，它不仅要降祸于大汉使团，也要降灾于于阗王国，降灾于于阗王，灾祸不小啊！"

班超假装害怕地说："那，有化解的办法吗？请您赶快想化解的办法。"

"有啊！有办法。"王宫神巫说。

"什么办法？"班超问。

"借你一样东西。"王宫神巫说。

"什么东西？"班超再问。

"你坐骑的头。"王宫神巫说。

"为什么要我坐骑的头呢？"班超问。

"你们走得匆忙、来得仓促，不就因为骑马跑得快吗？可如果砍了那马的头，不就做到惩罚了吗？"神巫说。

"噢，我当是什么呢？不就是一个马头嘛！为了朋友，我应当两肋插刀，纵使人头也借，且莫说马头了，我借！"班超说。

"这就对了。"王宫神巫说，"只要用你的马头来祭奠天神，你们使团、我们于阗国和于阗王的灾难都可以化解，那我们何乐而不为呢？"

"好，够朋友！那咱们可说定了。"王宫神巫说，"班司马可真是爽快人啊！"

"来，上酒！"班超喊一声，"我要同我新交的神巫朋友，喝他个天翻地覆，喝他个痛痛快快！"

申豹、秦龙一听，忙安排让人上菜上酒，那酒自然是醇香的柳林酒了。立时，他们便都开怀畅饮了起来。纵然王宫神巫贪杯，可他远比不上班超饮酒海量，没过多长时间，王宫神巫便已有醉意。申豹和秦龙又上前敬酒，直把王宫神巫灌了个烂醉。也真是酒后吐真言，这阵子，王宫神巫的话匣子打开，连关也关不住了。他醉熏熏地对班超说："班司马，人都说你是英雄，是吗？"

班超说："也算是吧！只是徒有虚名罢了。"

"既是英雄，当讲义气，说话算话，是不是？"王宫神巫说。

"是的，我是最讲义气的了。"班超说。

"那么，我还想向你借一样东西，你肯借吗？"王宫神巫说。

"可以！要看是什么东西，借给你有什么用处？"班超说。

"借你项上人头，我能换来万里江山，只要有了它，我会成为于阗王呢！"王宫神巫直言不讳地说，"你刚才不也说了，不要说马头了，人头也借。"

"如我借给你人头，你真能换来万里江山？你真会成为于阗国王？真的能这样吗？"班超似不相信。

"真能这样。"王宫神巫显得十分认真地说，"这是千真万确的事。"

"那好吧，为了朋友，我既已答应送你马头，那么这颗人头，也就送给你了！"说罢，他便抽出七星剑，欲抹自己的脖子……众人一见大惊，申豹、秦龙、田鼠、师全、铁蛋、倔娃六参军都上前阻拦。班超却把他们都推向一边，大声说："大丈夫一言既出，岂有反悔之理？我既已答应王宫神巫，那就借给他我这颗项上人头！"说罢，他便持剑在手，抹向自己的脖子，却不料，他只是将手腕一翻，便手起剑落，猛一用力，却砍下王宫神巫的头来。

王宫神巫所带的小徒，吓得两腿一软，跪下连连求饶。

……

当天夜里，在匈使驿馆，一蒙面武士轻轻跃过驿馆围墙，摸至匈奴使者头领住屋窗前。屋内，灯光明亮，两人低声谈话。窗外的蒙面武士用舌头舔湿窗纸，用手指戳了一个小孔，向里进行窥望。

屋内，匈奴密使手拿一封密信，向一小卒叮咛："你可将此信，飞马速送呼延单于，决不许丢失，更不许让他人看见。"

小卒点了点头，便出了屋子。窗外，蒙面武士紧紧尾随其后。那匈奴小卒刚走到走廊拐弯处，蒙面武士从他身后出现，一下卡住他的喉咙，结果了他的性命，又从小卒怀中掏出那封密信，便速速离去。

原来，这蒙面武士不是别人，正是汉军勇士倔娃，他奉班超之命，前来截取了这重要情报。这封密信所写，正是匈奴密使唆使于阗王宫神巫，欲先杀班超之马，再借班超之头，欲斩杀汉使36人等等情况。最后，他还说，自己已经许诺，如王宫神巫计划能够成功，可假立其为于阗王，先搞一个假的任命，以后再让人取而代之，即可将整个于阗国土全部纳入匈奴。

一切准备就绪，班超一行，这才来见于阗王。一见于阗王，班超便这样说："王上，我班超奉命出使西域，旨在和好西域中原关系，联结塞内外友谊。谁知贵国王宫神巫，与匈奴头目密谋，想借陛下之刀，砍我班超之头，再在匈奴单于那里，换取于阗王宝座。对于反叛谋位之奸，班某实难容忍，特帮王上先刀斩此奸，再来向王上禀报，特请王上查验。"

说话间，铁蛋已将盛有王宫神巫首级的木盘端了上来。

于阗王听罢，并看了看王宫神巫的首级，他十分惊慌地说："贵使所言，可是实情？"

班超十分肯定地说："句句实言，岂有虚假？"

于阗王说："何以为证？"

班超说："神巫刚在我们驿馆，酒后吐出真言，一定要先借我马头，再借我人头，现有他的随身小徒为证。"

于阗王问神巫小徒："汉使所说可是实情？"

神巫小徒说："班司马所说，全是实情，无半句虚言。"

也就在这时，田鼠又押来匈奴密使，并把匈奴密使写给匈奴呼延单于的密信交给了于阗王。于阗王看罢密信，再让人押来匈奴密使确认一番，不由悔恨交加，连连向班超认错说："班司马，你真是有识之士、谋略过人、胆识超群啊！请你饶恕小王冷落对待，礼遇不周，认人不清，认贼作父之过啊！"

班超说："只要你明辨是非，爱憎分明就好。你时刻记着，大汉是天朝，是靠山，匈奴是强盗，是豺狼；善待大汉，江山万年，引狼入室，自取灭亡，这时时刻刻不能忘啊！"

"是的，是的，的确是这样的！"于阗王说，"小王还应该感谢您，您为于阗剪除了王宫神巫这个大内奸。现在，我才真正认识到中原汉朝和于阗国的兄弟情谊，认清了匈奴人的豺狼本性。今我已下定决心，立即杀了这匈奴密使，断绝与他们的一切来往，真心实意与中原兄弟联结友谊，臣服天朝，岁岁进贡，永远通好！"

班超兴奋无比地说："好哇！我们此行，就此目的。这一下，我大汉朝廷，会永远放心，你们于阗王国，不也就国泰民安了吗？"

果真，于阗王当即下令，斩杀了匈奴密使，断绝了同匈奴的关系。他还立即派出使者，向大汉朝廷递交了国书，送去了贡品，称将永服天朝、永不造反。

# 第二十一章　斩首行动　田鼠飞马擒兜题

这是一个浮云罩空、月光朦胧的夜晚，班超一行，正行进在前往疏勒国的半路上。这是一处山地，因山崖陡峭、山路崎岖，不便骑马而行，班超他们只能手牵着马匹，徒步盘山而行。疏勒地处嵌岭东坡和塔里木盆地西缘（即现在的喀什地区），汉时，它与于阗、龟兹、楼兰、车师一样，同为西域大国。不过，那时所谓的西域大国，它说大也不很大，说小也不很小，大不了，只是一个拥户1500多户、有人口将近20000、兵丁只有2000多人的国家罢了。可那时，在西域，这样大的国家也不很多，其余国家，他们的人口更少、兵丁更少，面积自然也更小了。

班超他们正行进间，突然从路旁的乱草丛中，先跳出几个人来，接着又跳出几个人来，拦住了他们的去路。班超他们以为是强盗突现，便都挺枪持刀，做好了战斗准备。可是，那些个人，只是借着月光，将班超等人左看右瞧，并未采取危害他们的行动。为首的一位中年汉子，首先试探性地问："请问，你们是中原汉使吗？"他的声音有些沙哑，但十分沉重。

这时，申豹首先厉声喝问："你们是什么人？"

中年汉子说："我们是疏勒国的百姓啊！"

秦龙又问："你们为何黑夜到此？为何打听中原使者？你们找中原使者有什么事情？"

这群人一齐跪了下来，叩拜乞求说："我们看出来了，你们就是中原使者，快搭救搭救我们吧！"

班超上得前来，对众人说："乡亲们，大家先起来吧，有话慢慢说。"

这一群人，这才站起身来，那位中年汉子满脸激动，他说："我们早在于阗就打听到了，说你们汉使要来疏勒。于是，我们便在你们必经之路的这半道上等候，足足等了三天，这才把你们等到了。你们既然来了，就快救救我们疏勒，救救疏勒的父老乡亲吧！"说罢，他便向班超他们哭诉起来。

原来，永平十六（73）年，龟兹王建倚仗匈奴的帮助，率军攻破了疏勒，杀了疏勒王，立龟兹人兜题为疏勒王。这兜题，不仅是匈奴的一条走狗，更是一位暴君，他对外对抗大汉、亲近匈奴，对内横征暴敛、作恶多端，使疏勒人民处在水深火热中，人们对他恨之入骨。

中年汉子还向班超讲述了自己亲身经历的一件事：

那是一个朦胧的月夜，他们四个疏勒客商，都身背行李，带着盘缠，沿着崎岖坎坷、盘山而上的山间小径艰难行进。他自己便是四人中的一位，而其中还有自己的亲哥哥。他们出行的目的，就是想去中原进些货物，拿来在西域贩卖，好挣些养家糊口的钱。但是，新上台的国王兜题有令，不准疏勒人去中原，不准与汉朝通商，违者将被斩首，所以他们必须百倍小心，以免会被官兵擒拿。

他们四人，不时地停住脚步四下观望，生怕有什么不测。由于山路崎岖，他们长途跋涉之后，全都疲惫不堪，便来到一棵大树下稍事休息，想过一会儿再继续赶路。可当他们歇下脚来，望望前方，刚要继续前行时，突然有四只大手，同时从他们的身后出现，各各抓住了他们四个人的肩膀。与此同时，四个查道兵也一齐出现在了他们面前。一个满脸横肉的查道兵头目，冷笑着说："兔子，终究不是猎狗的对手。我们一路都在跟踪，你们想去中原通商，有那么容易吗？要知道，你们是逃不出爷们的手掌心的！"与此同时，他们的全身被搜，盘缠和贵重物品被抢，并遭到了毒打和辱骂。而这些查道兵们都喜干此事，如逮住了欲前往中原通商之人便行搜身，没收的钱物归己，抓住人还能领赏。

这样，他们四个人，都被押往疏勒国王城盘橐城。半路上，这位中年汉子乘查道兵不备，拼命逃掉了，那三个人则不然，他们被送进了王城监狱。而通过王城监狱里的一位友人，他十分清楚地知道了这三人最终的命运。

第二天，一内侍来向疏勒王兜题禀报："王上，查道兵在东境山口，

· 262 ·

抓住了三个欲偷去中原经商的汉子。"

"好啊！这正好可以杀鸡给猴看了。"疏勒王说，"我已有令在先，不准与汉朝通商，违者必斩！他们这些个人，也真是吃了熊心豹子胆，竟敢违抗我的王命。我今不治治他们，他们也不知马王爷有三只眼！给我严加惩办！"

一旦领疏勒王之命，三个商客即被绑缚于王宫的偏厅，有一群专门行刑的打手，个个手执皮鞭，都如狼似虎一般，像是在专门等待猎物的降临。今有新犯人送上，他们丝毫不敢怠慢，立即将这三个客商都剥光了衣服，吊在屋梁上拼命抽打。只一阵，这三个商客都双目紧闭，脑袋耷拉，嘴角流血，全都奄奄一息了。但是，打手们虽然大汗淋漓、气喘吁吁，但仍轮番抽打，不肯停歇……这时，疏勒王由侍从陪同着，缓缓走进偏厅。打手头目一见，忙迎上前来，十分殷勤地对疏勒王说："报告王上，我们遵照您的旨意，正在揍这几个顽劣的罪商。"

疏勒王十分开心地说："好，给你们记功！依我看，纵然商顽，我有皮鞭，咱就看看，是顽商的皮肉厉害，还是我们的皮鞭厉害。就给他们点厉害看看，看谁还敢再去中原通商？"

打手头目一听疏勒王的鼓励，更得意了，对打手们说："好，再加点劲，狠狠地抽打他们！"

打手们又欲再下狠手，疏勒王却摆摆手说："慢，把他们落下来问问，看他们还敢不敢再去中原通商？"

于是，他们三人都被打手们落了下来，但个个被打得皮开肉绽、血肉模糊，躺在地上一动难动。一打手用脚踢着其中一个商客问："王上让问，你们还敢去中原通商吗？"

这位客商说："中原乃神州的腹地，我们虽处西域边塞，但仍是天朝子民。我们既是天朝子民，这塞内塞外通商有什么错？"

打手头目说："到了现在，你还敢嘴硬，再给我狠狠地抽打！"

打手们又狠打了一阵客商，乏了后才停下手来。打手头目夺过了皮鞭，又狠抽了客商几下，厉声问道："你还去不去了？"

但是，等待良久，无有回答。那打手头目又用脚踢着另外一个客商喝

第二十一章 斩首行动 田鼠飞马揭御题

问："问你们话呢，还去不去中原通商？"仍然无有回答。他便俯下身来，用手在三个人的鼻孔处试试，见无任何气息，十分吃惊地说："禀报王上，他们都好像、好像没气了，真太不经打了。"

疏勒王不仅没生气，反而冷冷一笑说："活该！他们都不遵王命，罪有应得，死得活该！"

……

看，这就是疏勒的王城，名盘橐城。这里城虽土城，但十分宽厚坚固，也十分高大雄伟。它同昔日一样，街道宽敞，房屋林立，行人众多。但是，摊点却远比原来稀少，货物也十分缺乏，几乎难见中原来的东西。这全是由于疏勒王严格限制疏勒与中原通商，故使盘橐城这原本十分繁华的市场一下子变得萧条起来，差不多只像个小县城的集市一般。

那里，围了一大圈人，因在大街中心一侧的墙壁上，新贴了一张疏勒王的告示；而墙角的木板上，还陈列着三具血淋淋的尸体；两旁，各有四个卫卒手执兵器把守。一卫卒指着墙上的布告和木板上的尸体，歇斯底里地喧叫："国王有令，不准东行，不准与中原通商……谁若违犯王令，就是这三个客商的下场！"

过往行人，目睹此情，全都议论纷纷。有人怒目相视，有人鸣呼不平，有人长叹不已，有人低头垂泪……

就是这位中年男子，向班超和使团人员哭诉了自己的亲身经历和自己听闻的这段悲惨故事后，接着说："那残暴的国王兜题，就是一直这样迫害我们去中原通商的商客。可我们都是商客，如不去中原经商，靠什么养活一家老少呢？现在，我们不但深受其害，而且手脚被缚，难以经商，实在是活不下去了！求求你们，赶快惩治魔王兜题，救救我们，救救苦难的疏勒国的父老乡亲们吧！"

听罢这位中年汉子的哭诉，班超和全体使团人员，个个胸膛起伏、气愤不已。班超安慰中年汉子说："放心吧，大哥！我们一定要替你们出这口气，一定要惩治这残暴的魔王兜题！"

"要不要我去把兜题这个魔王给擒过来？"这是又矮又小的田鼠在说话。这个田鼠，本名田虑，他是窦固将军"十二生肖保镖"的总首领，因人很机灵，十分瘦小，便在军中获"田鼠"的雅号，以至掩盖了他的真名。

"擒兜题王？就你？"看着瘦不拉几的田鼠，申豹又好气又好笑地说："这事，我去干还可以，你能行？"

田鼠并没回答申豹的话，他却双手抱住自己的马脖，猛一用力，竟把那匹战马摔倒在地。原来，田鼠虽然矮小，但是他力大无穷，而且十分灵活，只是深藏不露罢了，此番毛遂自荐，他是有自己的把握的。

申豹一看大惊，忙说："没想到，你还有这么一手。"

秦龙也说："好田鼠，你还真是银针藏在铁盆里，不露锋芒啊！"

班超原来也不太了解田鼠，今见摔马之后也心里暗喜，他说："你既有这般能耐，那你去就是了，你去办此事很合适。"

"好，我这就去。"田鼠说，"你们大家，就等我的好消息吧！"

班超又向田鼠交代："你此番前往疏勒王宫，单身一人行事，没有一个帮手，任务重啊！所以，你去后行事，既要胆大，更要心细，须处处谨慎才是！"

田鼠点了点头，说："请班司马放心，我一定能办好此事，一定会将这兜题魔王，像逮条死狗一样，扔在您的马下。"而后，他便跨上战马，打马而去，连头也没回一下。

田鼠单人匹马进了盘橐城，来到疏勒王宫门前。他勒马停行，飞身而下，对一守门卫卒说："请去禀告你们国王，就说中原大汉使者田鼠求见，让他速速前来迎接！"

卫卒点了点头，进宫禀报而去。过了片刻，一大臣出宫对田鼠说："我们国王说了，他国事烦忙，请我领汉使前去拜见。"

田鼠说："你们国王也是，他是城门楼上挂猪肉，好大的架子。你再去禀告你们国王，就说我奉班司马之命，有紧急密文，需要国王亲自接受过目。"

这位大臣听说，真以为田鼠有什么重要国文，便返回王宫，去向兜题王进行汇报。良久，疏勒王兜题才由卫卒开路，群臣陪同跟随，一大群人浩浩荡荡，簇拥着他走出宫来。兜题一见田鼠，就这样嘟囔："你有什么紧急密文，非得本王亲自出宫接收不可，我实在懒得出宫。"

田鼠嘿嘿冷笑着说："确有紧急密文，必须由我亲自交付王上。"

一大臣上前，说："那么，请汉使呈上紧急密文。"

田鼠不慌不忙，镇静自若，他将那大臣轻轻拨向一边，缓缓来到疏勒王兜题面前，说："王上，我是中原使臣田鼠，奉命跟随班司马出使西域，今日前来贵国，就是希望疏勒能与我中原大汉联结友谊，永远通好。但据说，你们疏勒现在疏远大汉，交好匈奴，这样做合适吗？"

疏勒王以不屑的目光瞧了瞧田鼠，皱皱眉头说："疏勒大汉相隔千里，我们在边疆塞外，你们远在中原腹地，即使能联结友谊，也是远水难解近渴，对我们有什么益处呢？可匈奴就不一样了，我们离得近啊！俗话说，'远亲不如近邻'，我们怎么能疏近邻而结远亲呢？所以，我们还是要联结匈奴，疏远大汉，这是我们的基本国策。"

田鼠说："王上此言差矣！中原西域同一疆域，情同手足。可匈奴人豺狼本性，穷凶极恶，他们疯狂掠夺，烧杀奸淫，使西域人民深受其害，百姓早对他们恨之入骨，你们为什么要与敌为友呢？"

疏勒王已有不悦，他说："至于谁是我们的敌人，谁是我们的朋友，得由我疏勒王说了算，不是由你小小汉使说了算。"

"不，不是我一个人说了算，而是疏勒百姓说了算。"田鼠驳斥兜题。

一听田鼠这话，疏勒王不由勃然大怒，他说："你这个汉使，真是满口胡说，一派谎言，我既是疏勒国王，怎么能我说了不算，而那些平头百姓说了才算呢？你还敢诬蔑我们友邦匈奴，也瞧不起我这个国王，真是吃豹子胆了！难道，你就不怕我处治你？"

几名卫卒，一闻兜题之王此说，便一拥上前，欲向田鼠动手。田鼠扬了扬手，止住卫卒后说："我们汉使来到贵国，是奉行天朝圣上旨意，欲怀柔镇抚西域，恢复行使都护权责。方才也怪我，不该触怒王上，惹王上生气，咱们还是先好好商量一下。"言毕，他只是哈哈大笑，却端立着不动。

疏勒王也觉自己方才发火有些不妥，便满面红赤地对卫卒们说："下去，下去，你们都先下去！我们即刻商议。"卫卒们急忙退了下去。而后，他望了望田鼠，和缓了一下口气说："那么，你可将你紧急密文呈上。"

田鼠既没有呈文，却也不显得慌张，他只是这样淡淡地说："我们班司马让我向您传话，你应尽快悬崖勒马，回头回岸！一定不要交友匈奴，交恶大汉，否则只能下场可悲，死路一条！"

疏勒王十分轻蔑地说："你这不是在威胁我吗？如今，在我们国土上，在我的王宫里，你竟敢如此顶撞我、威胁我、冒犯我！可如果我不按你说的做呢？"

"你如不这样做，我就擒你去见班司马。"田鼠说。

"你擒我？笑话！"看着又瘦又小的田鼠，竟敢说这样的大话，疏勒王不觉好笑，他说，"你也真是癞蛤蟆顶桌子，自不量力。来人啦！速给我将这小子擒……"可他的"拿"字还未说出口，田鼠便已飞速上前，猛力抓住疏勒王的胸襟，双手将他举了起来，举过了自己的头顶。他再飞奔几步，来到自己马前，一跃而飞身上马，将疏勒王夹在自己的腋下，以马撞开众卫卒大臣，便冲出了疏勒王宫，策马狂奔起来，如同离弦的箭一般飞驰而去。

田鼠这一连串的动作，把众人都看得心惊胆战、目瞪口呆。等到那些文武大臣和将士卫卒都清醒过来，田鼠早夹着疏勒王，跑得无影无踪了。

……

这一出戏，田鼠干得漂亮、演得精彩，他果真像逮了只死狗一样，把那魔王兜题，扔在了班超马前。待田鼠的独角戏演出成功，班超一没让打兜题，二没让骂兜题，只是给他戴了一顶高高的帽子，做了一个很大的牌子，上面写着"汉使擒获的背叛大汉天朝、残害疏勒百姓的疏勒魔王龟兹人兜题"字样。而后，他让人把大牌挂在兜题胸前，把兜题绑在一匹马上，再让人押送着他，不紧不慢，游行示众，直向盘橐城方向而来。一下子，整个盘橐城都传遍了："好消息，好消息！兜题魔王被汉使擒拿了，马上就要开刀问斩了！"

"咱们的苦日子熬到头了，兜题魔王被汉使擒获了！这个暴君，他早就该死了！"

……

对班超一行，人们都夹道欢迎，热烈高呼："汉使亚克西，汉使亚克西……"

疏勒百姓，全都激奋不已、热泪盈眶、无限激动。一老汉挤到班超马前，声音颤抖着说："谢谢班司马，谢谢汉使！是你们，帮我们除了兜题魔王这一大害啊！"

班超等人，在马上向人们拱手致意，边致意边向前行。他们大大方方来到了盘橐城，一路上毫无阻碍。守城将士一见，不但不加阻拦，反而大开城门，热情迎接汉使团押解兜题魔王进城。而后，班超他们径直来到疏勒王宫。同样，王宫宫门大开，守卫将士和文武官员，都十分热烈地欢迎班超他们，这也正是兜题魔王不得人心而导致的恶果。

班超站在王宫大殿门口的台阶上，他大声地说："疏勒的文武大臣们、父老兄弟们，中原大汉和西域本是一家亲人。但是，就是这个龟兹人兜题，他硬要分裂我们、离间我们。更可恶的，他残害疏勒父老，压榨疏勒百姓，杀人无数，坏事做尽……这样的国王，我们还能要吗？"

"不要！不要！不要！"

"我们不要兜题做国王！"

"我们要爱国爱民的新国王！"

"要班司马做我们的的新国王！"

……

喊声，四处都是这样的喊声，这里有庶民百姓的声音，有将官士卒的声音，也有文武百官的声音。

班超又说："我们出使西域的目的，就是帮塞外父老赶走匈奴强盗，安边通道，联结友谊，开通丝绸之路，以谋求塞内外万民安居乐业，促使神州大地的共同繁荣！至于要我当你们的国王，这可是把我往火坑里推哟！我是大汉的使官，怎么能背叛大汉，在西域当国王呢？"

这时，人群里又有人高喊起来："不，班司马不能只当我们疏勒的国王，他是西域的万国之王！"

人们跟着高喊："万国之王，万国之王！班司马是西域的万国之王！"

"万国之王！万国之王！"人们都热烈欢呼。

"那么，对这个兜题，你们说怎么办呢？"班超大声问。

"杀了他！杀了他！必须杀了他！"人们呼喊。

"剐了他！剐了他！必须剐了他！"人们大声呼喊。

"宰了他！蒸了他！吃了他！"人们疯狂呼喊。

……

"这我看就不必了。"班超说，"他嘛！只是龟兹王立的一个傀儡伪王，他过去的所作所为，也是身不由己。可他也是一条命，我们就饶了他吧！可是，这个国王，他无论如何也不能当了。你们大家可以推举出一个好国王来。"

众人立时无语，班超便令把兜题松绑放走。兜题即向班超跪拜谢恩，又向大家谢罪，而后便急急逃窜而去。

当时，班超这样问大家："你们说，田鼠飞马擒兜题这一举措，应当有个什么名字呢？"

众人面面相觑，无有一人回答。班超笑了笑说："这嘛，就叫斩首行动。俗话说，人无头不走，鸟无头不飞，一个人怎么行事，全靠他的脑袋，一个国家怎么行事，全靠他们的国王。可如若他这个人要干坏事，我们就剁了他的脑袋，那他还能干吗？同样，一个国家要干坏事，我们剁了或换了他们的国王，他们还能干吗？可是，如果想要这个国家干好事，多做有益于国民的事情，那就要换他们的脑袋，即换他们的国王，这也属斩首行动，你们说是也不是？"

众人一听，全都发一声喊："是斩首！是斩首！"

"好，好！"班超说，"那以后，对于我们的敌人，就是要多斩首，多控制其国王，这也是我们克敌制胜的法宝。"

其后，班超他们与疏勒的文武大臣们共同商议，要拥立新的疏勒国王，大臣们共推举了四个人选，一个是兜题的儿子楼，一个是兜题兄长的儿子钟即兜题的大侄，另两位都是兜题兄弟的子女，一个是儿子成大，一个是女儿疏勒公主，也就是兜题的二侄和侄女。一一比较之后，他们所选定的，是兜题兄长的儿子钟，因为他毕竟年长一些，也成熟一些。国王人选初定后，都尉黎弇不同意，他说："据我个人的看法，还是疏勒公主当疏勒王更合适：第一，她公正无私，年龄虽小但办事很有主见；第二，她貌美善良，很受疏勒人民的爱戴；第三，她自幼学文习武，十分优秀，是一位巾帼奇才。"

但是，黎弇的意见，很快被大家否定了，大家所考虑的，主要还是疏勒公主年龄太小，因为她只是一个十几岁的小姑娘啊！值此西域动荡、战争频发之际，一个小姑娘家，又怎么能担当国王这样的大任呢？最后，大家都让班超拍板定案。班超认真考虑了一阵，说："这样吧，新的疏勒国王，还是由钟来担任吧！但是，为了能让他对大汉忠心耿耿，永不背叛，我提议，可以将钟的名字改为忠，让他牢牢记住，要永远忠于大汉，忠于疏勒人民，大家说行不行呢？"

众人听罢，叫好声响成一片。于是，忠便成了新的疏勒国王。也正是从这个时候起，在班超的心里，也才有了"疏勒公主"这样一个印象。

班氏演义

# 第二十二章　日落月明　盘橐城里温柔情

正因为有了盘橐城，正因为班超他们在疏勒拥立了亲大汉远匈奴的忠为新国王，这一下，大汉使团便在西域有了自己的根据地。正因为有了这样的根据地，班超便作以安排，让全体使团人员在盘橐城歇息一阵，休整一下，以待再战。

这一天，申豹、秦龙、田鼠、师全、铁蛋、倔娃六参军都拥进了班超屋子，同他一起闲谝。申豹无话找话地说："班司马，你说，这天上的日头落下去后，为什么会有月亮升了起来？"

"废话！白天日升日落，晚上日缺月圆，这是一种自然规律，有什么好奇怪的。"班超说。

"可没有晚上那该多好？没有月亮那该多好？"申豹有些感叹地说。

"那你就别睡觉了，别休息了。"班超说，"可那样，你还不活活累死。你小子今天是怎么了，有话直说，别拐弯抹角的。"

秦龙说："你别说，你让我们歇息，我们却觉得无聊；你让我们休整，我们也觉得无聊。"

田鼠也说："这有事还罢，没事了，反而难受。特别是晚上，人翻来覆去老睡不着。"

师全说："我也是。"

班超笑着说："那很可能，你们想什么了。"

"想孩子。"秦龙说，"我太想我儿子了，那小家伙很聪明，挺机灵，我一想他就睡不着。"

"哈哈，想老婆就是想老婆，干吗说想儿子。"申豹说，"老实说，我想我女儿，但更想我老婆。"

铁蛋说："老实说，我也真想老婆。班司马，你想吗？"

"怎么能不想呢？"班超说。

秦龙说："也确实的，今远在这西域之地，啥事都好办，就没老婆不好办，我还真想我老婆了，当然也想我儿子。"他一边说，一边递给班超几页帛书，班超看时，见是一则《男人与女人》寓言：

据说，世上有不少男人和女人常闹矛盾，他们把官司打上了法庭。法官们纷纷汇报于司法大臣，这个司法大臣没有办法解决，他只能上告于天庭的司法大神，司法大神仍无办法，他便请示于玉帝。玉帝说："这对你们很难，对我却是小事一桩，因为我毕竟是玉帝嘛！好了，我亲自予以办理。这样办，你让世界上的男女们各选派一个代表来，我必须先了解一下真实情况，再确定具体该怎么办。"司法大神如此做了，人类遂选派了他们最优秀的代表来见上帝，当然有男代表也有女代表。

玉帝是这样来进行了解的，他先问男代表："你想成为什么？"

男代表说："我想成为火，像火一样熊熊燃烧。"

问女代表时，女代表说："我要成为水，像天上下雨一样把火浇灭。"

玉帝再问男代表想成为什么，男代表说："我想成为雪，像漫天的雪花纷纷扬扬地飘洒。"

问女代表时，女代表说："我要成为冰，把全部的雪水都冻结凝固起来。"

玉帝又问男代表想成为什么，男代表说："我想成为风筝，能自由自在地在天空中飞翔飘荡。"

问女代表时，女代表说："我要成为风筝线，把飘在天空中的风筝硬扯回来，让它别飞翔飘荡，那样飞多危险啊！"

玉帝最后问男代表究竟想成为什么，男代表说："我想法力无边，有飞腾变化之术，让谁个也约束不了我。"

问女代表时，女代表说："我要成为神巫，叫男人们不能飞腾变化，让他们怎么也逃脱不出我的手掌心。"

这样问得一番、听得一阵，玉帝也不得不搔头了。他说："唉，这世界上最难办的事情，就是你们人类男男女女的事了，你们想法差距怎么会如此大呢？你们既舍不得又离不得，既说说笑笑又打打闹闹，既亲密无间又多有争端，既恩恩爱爱又仇仇恨恨，这叫我究竟该怎么办呢？其实，你们这种性格上的极大差异也未必是什么坏事，它可以相互促进又可以相互制约，我看，你们依旧还像原来一样生活吧，打什么官司呢？"

人类的男女代表回到地球后，向司法大臣进行了汇报，司法大臣通过各种手段向人类进行了宣传，并强调这是玉帝的旨意。立时，那上告法庭的男女们撤诉的不少，成千上万桩男女官司案都通过法庭调解得以解决。

以后，人类的男男女女们，还像以前那样生活，有团结，有和睦，也有矛盾，有吵闹就是了。

班超刚一看完秦龙递过的寓言，申豹也来了这么一手，他也递给了班超一则帛书寓言，这是一则《阳刚与温柔》：

阳刚说："我要做最伟大的人，我要征服整个世界！"

阴柔说："我要做最渺小的人，我要做这家庭的主人！"

阳刚说："不，如果我征服了世界，你一切就得听我的，因为我既能成为世界的主宰，也必然是这个家掌柜的！

"那好吧！"阴柔说，"我一切都听主宰的，听掌柜的。"

阳刚自然高兴，他立即披挂上马，快速出来，南征北战，所向披靡，果真征服了整个世界，成了世界的主宰。

"世界主宰"回到了家中，但是，家里冰锅冷灶，脏床破被，全然没有一点家的样子，更不要说温馨了。

"我命令你，给我做饭，做我最爱吃的饭和菜！"世界主宰这样盛气凌人地说。

"你让世界去做吧，因为你已经征服了它。"阴柔不紧不慢地说

"那，我命令你，赶快给我铺床，我想睡觉，并且必须要你陪同！"世界主宰依然趾高气扬地说。

"你让世界去铺去陪吧，因为你已经征服了它。"阴柔不冷不热地说。

"那又怎么可能呢？"阳刚不能不顿时软了下来，他说，"我现在还你一个头衔，你仍当家里掌柜的吧！"

"也就是说，以后在这个家里，你一切都得听我的了！"阴柔说。

第二十二章 日落月明 蛮荒城里温柔情

"是的，是这样的！"阳刚虽然口服但却心不服地说。

"这不就对了！"阴柔说，"世界虽然很大，可是你最终还必须回自己家里；世界虽然富有，可你毕竟只有一个嘴巴；世界虽然美丽，可你最后还要睡在自己家里。贪大未必能得多，贪心未必能享受，贪婪未必能拥有。一个人，他毕竟只是一个人，不可能拥有十人、百人、千人、万人的体力、精力和能力。所以，当你圆了自己的世界主宰梦以后，还是得重新回到故土、回到家庭、回到实际中来。因为你只是一个普通的人。"

世界主宰不得不心服口服地点了点头。以后，这个世界虽然听从阳刚的旨令，但阳刚却不能不服从阴柔的指挥。这就是当今世界阴盛而阳衰的主因。

待班超刚刚看完，申豹即说："秦龙说得对，这没老婆的日子，可真难熬哟！"秦龙说，"所以，我建议，把咱们的老婆孩子都接过来。让孩子们来，也能了解西域，长长见识啊！"

"但你要考虑到，他们一来，咱们就没退路了。"秦龙说，"咱们成天打打杀杀，他们有个安全问题；咱们待在边疆西域，他们有个去路问题；老婆想家了怎么办？孩子长大了又怎么办？孩子还上学不？培养不？成才不？"他提出了一连串的问题。

"哎，你这人也真是，这有女人才有家，老婆她便是家，等老婆到了，咱还想哪门子家啊！"申豹说。

倔娃说："你们呀！都是成天吃核桃的，脑子里面渠渠多，手底下又能写诗文，什么问题都能考虑到，我是个大老粗，考虑很简单，只是想老婆，你们看怎么办？"

申豹说："想老婆，咱们把老婆接来好了。至于孩子，可以留老家嘛！"

"你听你，说的是什么话？老婆来大漠西域，孩子留中原老家，那孩子由谁来照管看护呢？这话，就跟没说一样。"秦龙说。

先听申豹、秦龙、倔娃在争论，班超半晌没有说话，待三人都让他表态时，他才说："应当说，我们这些个人，都是常人，凡是常人，都有七情六欲，都会儿女情长，我们又怎么能有铁石之心呢？有人说我们是英雄，但英雄也难过美人关啊！甚至会英雄难过女人关。那么，常人呢？常人就更难过女人关了。世上的事物，就这么奇怪，既有阳，也有阴；既有男人，也有女人；阳离不开阴，阴离不开阳，阴阳平衡是生命活力的根本。所谓阴阴平衡就是阴阳双方的转化要保持协调，既不过分也不偏衰，呈现出一种协调状态。阴阳平衡则人健康，有神；阴阳失衡人就会患病，早衰，以致死亡。正因为此，所以，我们平定西域一事要考虑，女人问题也要考虑，家庭问题也要考虑，否则，军心难稳，出使难久啊！”

倔娃听罢，搔搔头说：“怎么说得这么复杂？你只说，接老婆的事情怎么办？”

“那也就是说，你同意把大家的老婆孩子都接过来。”申豹说。

“这办是好办，接就是了。”秦龙说，“但是，后面一连串的问题，你考虑到了吗？”

“接老婆孩子是个很简单的事情，但把她们一接来，我们可要做好背水一战的准备哟！”班超说。

“什么叫背水一战呢？”倔娃十分奇怪地问。

“你小子，怎么还不知道背水一战呢？”班超一边说，一边讲起了背水一战：

汉高祖三（前 204）年十月，韩信率数万新招募的汉军越过太行山，向东攻打赵国。赵国成安君陈余集中 20 万兵力，占据了太行山以东的咽喉要地井陉口，准备迎战。井陉口以西，有一条长约百里的狭道，两边是山，道路狭窄，是韩信的必经之地。赵军谋士李左车向陈余献计：正面可死守不战，派兵绕到后面切断汉军的粮道，把汉军困死在井陉狭道中。但是，陈余对李左车的计不听，他说：“韩信只有几千人，他们千里袭远，十分疲劳，如果我们避而不击，岂不让诸侯们看了笑话？”

韩信探知消息后，迅速率领汉军进入井陉狭道，在离井陉口三十里的地方扎下营来。半夜，韩信派两千轻骑，每人带一面汉军旗帜，从小道迂回到赵军大营的后方埋伏，韩信告诫他们说：“交战时，赵军见我军败逃，一定会倾巢出动追赶我军，你们便火速冲进赵军的营垒，拔掉赵军的旗帜，竖起汉军的红旗。”其余汉军简单吃了些干粮后，马上向井陉口进发。到了井陉口，大队渡过绵蔓水，背水列下阵势，高处的赵军远远见了，都笑话韩信，说他不会领军布阵。因为，背水而战，不留退路是兵家之大忌。

天亮后，韩信设置起大将的旗帜和仪仗，率众开出井陉口。陈余率全军蜂拥而出，欲生擒韩信。韩信假装抛旗弃鼓，逃回河边的阵地。陈余下令赵军全营出击，直逼汉军阵地。汉军因无路可退，个个奋勇争先。双方厮杀了半日，赵军无法获胜。这时，赵军想退回营垒，却发现自己大营里全是汉军旗帜，队伍立时大乱。韩信趁势发起反击，赵军大败，陈余战死，赵王被俘。

战后，有人问韩信："兵法上说，要背山、面水列阵，这次，我们背水而战，居然打胜了，这是为什么呢？"

韩信听后，开怀大笑说："这也是兵法上有的，只是你们没有注意到罢了。兵法上不是说，'陷之死地而后生，置之亡地而后存'吗？如果是有退路的地方，士兵都逃散了，怎么能让他们拼命呢？"

讲完背水一战的故事后，班超说："这背水一战，是一次有名的战役，韩信用背水而战来引敌出战，他用出人意料的举动来达到激发士气的目的。同时，韩信巧妙地虚张声势，以两千轻骑兵突袭敌营的方法取得了战争的胜利。此次战役，是用计谋得以成功的，并非真正的不顾命地背水一战。

"那，这背水一战，与我们接老婆又有什么关系呢？"倔娃问。

"怎么能没有关系呢？我这么说，只是一种比喻，是说我们要做好长期待在西域，再少有机会回中原故乡的思想准备。韩信不是讲吗？陷之死地而后生，置之亡地而后存。当然，这种比喻不一定恰当，但事实却是，我们如果把老婆孩子都接来了，的确就没有退路了，因为我们不单要继续同匈奴对抗和作战，继续同西域诸国联合并交友，还要操心保护我们的老婆和孩子。"班超说，"我倒是同意秦龙的看法，咱们成天打打杀杀，老婆而尤其是她们同孩子来了，是有个安全问题。他们确实是有个去路问题，特别是孩子，让他们怎么上学，对他们怎么培养，他们长大了干什么，这都是一些需要认真思考的现实问题。"

"可这，也扯不上背水一战啊！"倔娃说。

"又怎么扯不上呢？"班超说，"我们既然敢把老婆孩子接来，就要做好在西域长期作战和生活的打算，以至于一辈子要待在西域。西域地大物博，幅员辽阔，但是，这空旷，这风沙，这风俗，这习惯，这生活，这条件，我们能适应吗？即使我们能适应，老婆孩子来了，他们能适应吗？这一切都是我们必须考虑的一个问题。"

"啊，一辈子？"申豹说，"我还真没这打算。"

"我也没有。"秦龙说。

"我更没有。"倔娃说，"这鬼地方，谁愿意待一辈子呢？"

"没这打算也不要紧，那就先让老婆来，别让孩子来。至于孩子的照料安排，那就得自个想办法了，比方请家里的老人或亲戚照料等。"班超说，"这里面，还有许许多多的问题要考虑。"

"你说吧，还要考虑什么问题？"倔娃说。

"比如，不愿长期待西域的人，他不想接老婆来怎么办？有老婆的人，老婆不愿来怎么办？"班超说。

田鼠这时发话了，他说："你们呀，都是饱汉不知饿汉饥，你们都是有老婆的，都嚷嚷着接老婆接老婆，可我们这些没老婆的，成年待这大漠西域，荒凉之地，我们却怎么办呢？"

铁蛋也说："是啊，我家里老催我回去订婚结婚，家离得这么远，我怎么回去呢？可军规让我们连女人碰也不能碰，我还怎么讨老婆呢？"

"所以，这才是我要说的重点问题。"班超说，"我们今待在西域，远离中原，那些没有老婆的青年汉兵，他们继续待在西域，耽误了婚姻怎么办？这也是最为重要的一个问题。"

"这前两个问题，好像不是什么问题，对于不想接老婆的人，我们也不能强迫人家接啊！至于老婆不愿来，那是人家的家庭问题，由他们自己解决。可这青年汉兵的婚姻，才是最难解决的问题啊！"秦龙说。

"是啊，咱们也都是过来的了，那样一种独身一人的光棍日子，也是挺难熬的，特别是在这异乡之地，特别是在这西域远方。"申豹说，"还有，男儿的婚姻问题，都是由父母操心并操办的，可这些青年汉兵，远离了家庭父母，他们便是我们的兄弟，我们便是他们的兄长，对于他们的婚姻，我们当兄长的怎么能不操心呢？"

"本来，这个问题也不难解决，只是咱们的军规有限制……"平时说话十分干脆利索的班超，这时竟然吞吐起来。

"你说清楚呀！什么办法？什么军规？"田鼠急着发问。

"这个办法便是，我们汉兵，可以与西域人通婚，娶西域女子为妻……"班超说。

班超话未说完，师全便抢过了话头，他说："这个办法好啊，太好了！采用这个办法，青年汉兵的婚姻问题不就解决了。"

铁蛋也说："我也很赞成这个办法。说实在的，这西域的女子，比我们中原女子漂亮，她们都是巴掌脸、白皮肤、大眼睛、高鼻梁、长睫毛，而且性格开朗，能歌善舞，看着让人心动，就是不敢行动，我都想要一个西域女子为妻。"

"那你为什么不行动呢？"申豹笑问。

"咱们不是有军规吗？军规中有这样的规定：临阵不许招亲，与外族不许通婚，女色不许接近……咱们的办法行不通啊！"铁蛋说。

"但我想，这军规是死的，可人是活的，我们的军规，也可以改一改嘛！"班超说。

"军规，也能改？"申豹问。

"怎么不能改呢？"秦龙说，"我记得，我们当初留守西域时，班司马曾向窦固将军要求，必要时可以修改军规，当时我不理解，现在才理解了。"

"对呀！现在的确用上了。"班超说，"当时，我还未想得这么长远，我只是想，西域之地，与中原大不相同，我们在中原制定的军规，在西域也许有不适应的地方，故而，我向窦固将军申领了'修改军规'这条将令，现在不是用上了。"

"既然有窦固将军这条将令，那就改军规呗，还等什么？"申豹说。

"但窦固将军还有要求，我们修改军规时，所修改的军规，不能与国家的法律相违背，不能与大的军纪要求相违背，这是一个大的原则。"班超说。

"咱们没有违背，什么也没有违背啊！"秦龙说，"大不了，只是给咱们的汉兵兄弟娶个比中原女子俊的乖媳妇，这犯哪门子法、违哪门子纪了！"

"那这不就简单了。"申豹说，"那咱们可以给它反着来一下，将'临

278

阵不许招亲'，改为'临阵可以招亲'；将'与外族不许通婚'，改为'与外族可以通婚'；将'女色不许接近'，改为'女色可以接近'。这样不就行了。"

"你胡说些什么呀！"秦龙说，"这样，不就乱了套了。似此，那我们36人，全都会成了西域的上门女婿，那兵还怎么带？仗还怎么打？使命又怎么完成？丝绸商道又怎么复通？"

"不过，我们可以采取变通的办法嘛！"班超说，"可以将'临阵不许招亲'，改为'临阵不许招亲，但特殊情况下可以例外'；将'与外族不许通婚'，改为'如汉兵与外族女子双方自愿时，可以登记结婚'；将'女色不许接近'，可以改为'反对欺凌女性，提倡纯洁爱情'，这样行不行呢？"

"行啊！"申豹高兴得拍着手喊，"看来，还是你肚子里墨水多，这一下可用上了。"

师全说："这样的军规修改，真可以说是周密无比、天衣无缝，就这么修改吧！"

秦龙说："但有一点要考虑，那就是一旦青年汉兵与西域女子通婚，那他们的家就安在了西域，就必须长期待在西域，甚至待一辈子，可他们愿意吗？"

"那就要做这方面的思想工作了，设法让他们待一辈子。"班超说。

"我呢？我愿意。只要我在西域能要个媳妇，我就愿意在西域待一辈子。"田鼠说。

"我也愿意。"铁蛋说。

当天，班超即聚集36人，谈及修改军规一事，大家听罢，全都欢呼雀跃，群情振奋。班超又当即给窦固将军写信，汇报了修改军规一事。窦固将军回复，对此十分赞许。他还专门给班超复信说："在西域出使并作战，是一种十分特殊情况，应采用特殊的办法解决汉兵的婚姻问题，如让汉兵的妻儿随军，让汉兵与西域女子通婚，甚至让汉兵纳妾，这都是一些不错的办法。似此，既能稳定军心、民心，让汉兵能长期扎根西域，这也能安定边疆、促进民族和睦啊！"

接到窦固将军的回复和信后，班超即让申豹、秦龙二人回到中原，去接 36 人中已婚人的妻室，计有六人。遗憾的是，从事郭恂的老婆不愿来，她不愿来的原因，是同郭恂合谋过的，一因郭恂还想升迁，待在西域少有机会，必须回京都洛阳机会才多；二因他们想育子成才，孩子在西域又怎么能上好学、读好书；三因西域实在太苦，郭恂他早就不想待了，只是李邑让他监视班超，他不待西域不行，他自己都这样想，又怎么能让老婆来呢？这样，她只能继续留守洛阳了。

于是，班超、申豹、秦龙、师全等六人，他们的老婆全接来了。邓燕呢？她自然也来了。她来西域时，还带有班超的儿子班雄，小班雄当时已 6 岁了。对此，班超他是下了决心的。他想：如果我不带头，不把老婆孩子接来，不做长期待西域的打算，还怎么给大家做长期待西域的思想工作呢？

邓燕和班雄的到来，给班超的生活增加了不少乐趣。邓燕刚来时，班超问她："我叫你来西域，你愿意吗？"

"怎么能不愿意呢？只要能和你待在一起，我到哪里都愿意。"邓燕说。

"可是，西域这地方苦啊！"班超说，"距中原远，风沙大，很荒凉，中原人来这里，大多都不习惯。"

"慢慢，也就习惯了呗！"邓燕说，"只要人能习惯，我就能习惯。"

小班雄这时也跟着垫话："只要爹爹和妈能习惯，我也能习惯。"

班超夫妇听得，他们全都笑了。

这样，至少他们使团的骨干成员，家庭都得以稳定，生活都得以安宁，也自然影响到了军心的稳定、军力的提升。就是他们这些个人，也包括他们的老婆，都又扮演了一种重要的角色，那就是当起月下老来，他们先后促成了好几对汉兵与西域女子的婚事。那就是窦固将军的"十二生肖保镖"，如今他们已是"十二生肖勇士"。经他们集体商议，这十二生肖勇士，有五人年龄都超过 25 岁了，便让他们与五个如花似玉姑娘的通婚。最有趣的，乃是田鼠与珠玛姑娘的爱情和婚姻了。且说，自从班超在鄯善救了阿木都、珠玛父女，珠玛便一直暗暗恋着班超，阿木都也多次来找班超，说珠玛愿意嫁给班超。班超回答说自己已有妻室，阿木都问过珠玛后，珠玛表示愿意给班超当妾，并直接向班超进行了表白，但被班超谢绝了。珠玛曾哭着对班超说："你明明是嫌弃我，认为我是有夫之妇。可我同里达的婚姻，你是知道的，在我们新婚之日，里达就已经被匈奴兵杀死，可你为什么还嫌弃我呢？"

班超说："我不是这个意思。我是个带兵的人，自己已经有了老婆，却怎么还能纳妾呢？我如今纳妾，别人会不服、会嫉妒，这样，我这个带兵的人，兵还怎么带呢？你放心吧，我一定在我们汉兵中，给你找一个比我强的人当丈夫，那不更好吗？"在他的一劝再劝下，珠玛最终才想通了。

今天，一旦有了这样的好机会，班超夫妻当然不愿放弃，于是，班超作为男方媒人去说田鼠，邓燕作为女方媒人去说珠玛，一对美满婚姻便得以成功。这样，不仅仅是田鼠，还有耿牛、武龙、杨羊、苟狗、他们"十二生肖勇士"中四个人，也全都成婚了。

另外，还有两对青年汉兵也都拥有了美满婚姻，最传奇的便是卫道通和哈丽娜了，他们二人本来早就相识，也正是因为这次机会，才得以共结连理，花好月圆。这样，他们十几个人，心里那个美呀，真是美娃她妈打美娃——美咋（扎）啦！

当时，卫道通和哈丽娜结婚之时，卫道通曾问班超："班司马，假如哈丽娜问我，你在西域是长期待还是短期待？你能不能待一辈子？我该怎么回答？"

班超说："那你就说，我会长期待西域，一定会待一辈子的。"

"可万一我待不了一辈子呢？"卫道通问。

"那就在你自己了。"班超说，"你如果不想待一辈子，那谁也不能勉强。"

"我自己是想在西域待一辈子，可会不会由于特殊的原因，朝廷叫我们回中原呢？因为，我们毕竟是士兵。"卫道通说，"真要是发生了这种情况，那我对哈丽娜说在西域待一辈子，不是在骗人家吗？说实在的，我待在西域，不只是因为爱着哈丽娜，也还是冲着您，冲着您在西域，我愿意在您的手下待一辈子。"

"那你看，我不是把老婆孩子都接来了吗？放心吧，我会在西域干一辈子的。"班超说。

"只要您能在西域待一辈子，我也一定待一辈子。"卫道通这样表态说。

同样，十二生肖勇士中新婚者，差不多都向班超问过这样的话，班超他回答的，是同卫道通一样的回答。这下，十二生肖勇士中的新婚者才放心了，他们全都下了决心，是要在西域跟着班超干一辈子的，其他新婚的汉兵，也全都放下心来。

汉兵与西域女子通婚的好处，很快便显现了出来：首先是军心，汉兵自己在西域有了妻子有了家，西域便成了他们的家，待在自己家里，军心哪能不稳呢？其次是交流，互联婚姻以后，汉兵们都学习西域语言，西域女子都学习汉语，他们的孩子双语皆通，带来了语言和文字交流的极大方便。还有战斗力，似此，汉兵再不思亲想家，妻儿们皆一心护着汉兵，那汉兵36人的战斗力，便有了成倍成倍的提升。还有很重要的一点，对于匈奴人的动向，对于西域诸国的任何大的动静，这些消息他们都会早早得到，据此而决定汉使团的种种行动，他们便一直处于主动的地位。

于是，这个时候，在疏勒国里，在盘橐城里，在汉使的驻地，在汉军的兵营，既有了男人，也有了女人；既有了大人，也有了孩子；既有了太阳，也有了月亮；既有了阳刚，也有了温柔；既有了喊杀声，也有了歌舞声……于是，一种汉军军营里从来没有的浓浓的温馨，便从这里升腾而起。

# 第二十三章　兄博妹才　共从文事皆有名

如果翻阅西汉历史，人所共知，在汉高祖刘邦手下，有一位能与萧何、樊哙、夏侯婴齐名的人物，那就是曹参。

曹参系江苏沛县人。早年为秦朝沛县狱掾，相当于典狱长一职，但已相当出名，萧何为曹参的上司，刘邦属押解犯人的亭长，为其下属。他们和樊哙、夏侯婴皆为沛县人。但当时，萧何、曹参二人已当上官吏，县中多有好名声，而刘邦、樊哙二人地位很低，只不过是些地痞罢了，他们在乡里父老眼中的地位大有不同。不过，萧何、曹参、夏侯婴等皆与刘邦交情深厚。

刘邦做沛公开始起事时，曹参以中涓的身份跟随他。曹参曾率军进击胡陵、方与，攻打秦朝郡监的军队，大破敌兵。他向东拿下薛县，在薛县外城的西面进击泗水郡郡守的军队。然后又攻打胡陵，夺取了它。他率军转移去守卫方与。因方与守军反叛，投降了魏王，他就领兵进击方与。而这时，丰邑也反叛投降魏王，他又去攻打丰邑，沛公于是赐曹参七大夫的爵位。曹参率兵在砀县东面进击秦将司马夷的军队，打败了它，夺取了砀县、狐父和祁县的善置驿。他又攻打下邑以西的地方，一直到虞县，进击章邯的军队。攻打爰戚和亢父时，曹参最先登上城楼，因立功而官职升为五大夫。他又向北救援东阿，进击章邯的军队，攻陷陈县，追击到濮阳。还攻打定陶，夺取临济。再往南救援雍丘，进击李由的军队，打败了他们并杀掉了李由，俘虏秦朝军候一人。这时，秦将章邯打败了项梁的军队，杀死了项梁，沛公便与项羽率军东归。楚怀王任命沛公为砀郡长，统领砀郡的军队。沛公封曹参为执帛，号称建成君。后曹参升为戚公，隶属砀郡。

从那以后，曹参跟随沛公攻打东郡郡尉的军队，在成武南面打败了敌军。他在成阳南面进击王离的军队，在杠里又跟王离军队交锋，把他们打得大败，继续统军追击败逃的敌军。挥军向西，他一直到了开封，进击赵贲的军队，把赵贲围在开封城中。又在曲遇进击秦朝将领杨熊的军队，俘虏了秦朝的司马及御史各一人，职升执珪。后来，他跟随沛公攻打阳武，拿下了轘辕、缑氏，封锁了黄河渡口，再回军进击赵贲的军队，在尸乡的北面打败了它，再跟随沛公向南攻打犨（chōu）邑，在阳城外城以东与南阳郡郡守吕齮交战，攻破了吕齮军队的阵列，还跟随沛公向西攻打武关、峣函，夺取了这两个关口。再战，他先在蓝田的南面攻打秦朝的军队，又在夜间攻打蓝田的北面，大败秦军，随即到达咸阳，灭亡了秦朝。可以说，在灭秦之战中，曹参的功劳是十分巨大的。

项羽到了关中，即封刘邦为汉王，刘邦便封曹参为建成侯。曹参跟着刘邦来到了关中，提升为将军。他又跟随刘邦回军平定三秦，先攻打下辩、故道、雍县、斄（tái，台）县。在好畤的南面进击章平的军队，包围了好畤，夺取了壤乡。在壤乡东面和高栎一带进击三秦的军队，又包围了章平，章平从好畤突围逃跑。打败章平后，又进击赵贲和内史保的军队，一胜再胜，再向东夺取了咸阳，把咸阳改名叫新城。

曹参率兵守卫景陵20天，三秦派章平等人进攻曹参，曹参出兵迎击，大败敌军，刘邦便把宁秦赐给曹参作食邑。曹参以将军的身份，领兵在废丘包围了章邯，以中尉的身份跟随刘邦出临晋关。到了河内，他的军队拿下了修武，从围津渡过黄河，向东在定陶击败龙且（jū，居）的军队，向东又攻取了砀县、萧县、彭城，再败项籍的军队。曹参以中尉的身份包围夺取了雍丘。其时，汉将王武在外黄反叛，程处在燕县反叛，曹参奉刘邦之命，率军前往进击，很快便打败了他们。柱天侯在衍氏反叛，曹参又去击败叛军，夺回了衍氏。在昆阳攻打羽婴时，曹参一直追击到叶邑，又回军攻打武强，随即又打到荥阳。曹参从汉中做将军、中尉，跟随汉王扫荡诸侯，到项羽战败回到荥阳，前后总共两年时间。

汉高祖二（前205）年，曹参被任命为代理左丞相，领兵进驻关中。一个多月后，魏王豹反叛，曹参以代理左丞相的身份，分别与韩信率军向东在东张攻打魏将军孙遨的军队，大败孙遨的军队，乘势进攻安邑，捕获魏将王襄。他率军在曲阳进击魏王，一直追到武垣，活捉了魏王豹，又夺取了平阳，捕得魏王的母亲、妻子、儿女，全部平定魏地，共得52座城邑。刘邦便把平阳赐给曹参作食邑。

曹参后来跟随韩信，在邬县东面大败赵国相夏说的军队，并斩杀了夏说。韩信与常山王张耳率兵至井陉，攻打成安君陈余，同时命令曹参回军把赵国的别将戚将军围困在邬县城中。戚将军突围逃跑时，曹参便追击并斩杀了他。于是，曹参率兵到敖仓汉王的营地。这时韩信已经打垮了赵国，做了赵国相国。

韩信向东攻打齐国，曹参以左丞相的身份隶属韩信，击溃了齐国历下的军队，于是夺取了临菑。回军平定济北郡，攻打著县、漯阴、平原、鬲县、卢县。不久跟随韩信在上假密进击龙且的军队，大败敌军，斩了龙且，俘虏了他的部将周兰。平定了齐国，总共得到70余县。他还捕获了原齐王田广的丞相田光、代替丞相留守的许章和原齐国的胶东将军田既。

韩信做了齐王，领兵到陈县与汉王会合，共同打败了项羽，而曹参便留下来平定齐国尚未降服的地方。

项羽已死，天下平定，汉高祖六（前201）年，分封列侯爵位时，朝廷把平阳的10630户封给曹参作为食邑，封号叫平阳侯，收回了他以前所封的食邑。

刘邦做了皇帝，韩信被调封为楚王，齐国划为郡。曹参归还了汉丞相印。不久，汉高祖把长子刘肥封为齐王，因其年轻，故任命曹参为齐国相，辅佐齐王刘肥。

曹参以齐国相的身份，领兵攻打陈豨的部将张春的军队，打败了敌军。黥（qíng）布反叛，以齐国相国的身份，跟随齐悼惠王刘肥，率领12万人马，与高祖合攻并大败黥布的军队，向南打到蕲县，又回军平定了竹邑、相县、萧县、留县。

孝惠帝元（前194）年，朝廷废除了诸侯国设相国的法令，改命曹参为齐国丞相。曹参做齐国丞相时，齐国有70座城邑。当时，天下刚刚平定，悼惠王年纪很轻，曹参便把老年人、读书人都召集起来，向他们询问安抚百姓的办法。但齐国原有的那些读书人数以百计，众说纷纭，曹参不知如何决定。他听说胶西有位盖（gě）公，精研黄老学说，就派人带着厚礼把他请来。见到盖公后，盖公对曹参说，治理国家的办法贵在清净无为，让百姓们自行安定。以此类推，把这方面的道理都讲了。于是曹参让出自己办公的正厅，让盖公住在里面，协助进行国家的治理。

此后，曹参治理国家的要领就是采用黄老的学说，所以他当齐国丞相九年，齐国安定，人们大大地称赞他是贤明的丞相。

孝惠帝二（前193）年，到萧何临终前，萧何向孝惠皇帝刘盈推荐的贤臣只有曹参。曹参听到萧何去世的消息后，告诉门客赶快整理行装，说："我将要入朝当相国去了。"过了不久，朝廷派来的人果然来召曹参。

曹参离开时，嘱咐后任齐国丞相说："要把齐国的刑狱和集市作为某些人行为的寄托，要慎重对待这些行为，不要轻易干涉。"后任丞相说："治理国家没有比这件事更重要的吗？"曹参说："不是这样。狱市这些行为，是善恶并容的，如果你能严加干涉，坏人他们在哪里容身呢？我因此把这件事摆在前面。"

曹参入朝成为相国，一切皆遵萧何之法而无所变更。并且从各郡和诸侯国中挑选一些质朴而不善文辞的厚道人，立即召来任命为丞相的属官。他对官吏公文中那些言语文字，并不苛求细微末节，对于一味追求声誉的人，就斥退撵走他们。

曹参偶见别人有细小的过失，总是隐瞒遮盖，因此相府中平安无事。他做汉朝相国，前后有三年时间。汉惠帝六（前189）年，曹参去世。他死了以后，被谥为懿侯。曹参之子曹窋接替了他父亲的侯位。百姓们歌颂曹参的事迹说："萧何制定法令，明确划一；曹参接替萧何为相，遵守萧何制定的法度而不改变。曹参施行他那清净无为的做法，百姓因而安宁不乱。"曹参继相三年病逝，汉史上与萧何齐名，"萧规曹随"一词遂成为历史上的佳话。

其子平阳侯曹窋，高后时任御史大夫。孝文帝即位，免职为侯。曹窋为侯29年后去世，谥号为静。曹窋的儿子曹奇接替侯位，为侯七年去世，谥号为简。曹奇的儿子曹时接替侯位。曹时娶了平阳公主，生儿子曹襄。曹时得了疫病，回到封国。曹时为侯 23 年去世，谥号为夷。曹时的儿子曹襄接替侯位。曹襄娶了卫长公主，生儿子曹宗。曹襄为侯 16 年去世，谥号为恭。曹襄的儿子曹宗接替侯位。征和二（前 91）年时，曹宗因受武帝戾太子刘据发动兵变一事的牵连，获罪处死，封国废除。

汉宣帝元康四年，曹参玄孙之孙杜陵公乘喜诏复家，令奉曹参祀。汉哀帝元寿二年五月，曹参玄孙之玄孙曹始续封平阳侯，封千户。元始元年，加一千户，共两千户。王莽时，曹始薨，子曹宏嗣。光武帝建武二年，曹宏举兵佐光武帝定河北，故袭爵如故。到了汉明帝时期，曹氏一族，诞生了一位名叫曹寿的才子，他要才有才，要貌有貌，也是天作之合，他与 14 岁的才女班昭终成眷属。其家，就住在关中茂陵一带，距班家谷也就几十里地。惜只惜，曹寿他名寿不寿，年纪轻轻，便英年早逝。当时，他和班昭结婚，也才只有几年。于是，年龄还不到 20 岁的如花似玉的班昭，便成了寡妇。身为寡妇的班昭，除了料理家务，孝敬公婆之外，一直严格恪守"一女不嫁二夫""未嫁从父，出嫁从夫""夫死节守"的封建道德标准，待在自己家中，专心读书，习字写字，勤奋著述，在乡里很有点名气。

班昭小班固十几岁，到了汉建初年间，即汉章帝执政时期，班固为四五十岁之间，而班昭才三十几岁，正当青春年华。其时，因皇上雅好文章，班固愈益得幸，屡次到皇宫为皇帝诵读书籍，甚至连日续夜地讲读。班固认为父子二世才学过人，位却不过郎，因之有些不满。他感慨东方朔写《答客难》、扬雄写《解嘲》以述己志，叹自己不如苏秦、张仪、范睢、蔡泽之生逢其时以展抱负，于是著《宾戏》以陈述己见，升任玄武司马。

这时，匈奴北单于派遣使臣到汉朝贡献，请求与汉朝和亲，皇帝下诏问计于群臣。有人认为北匈奴乃多变欺诈之国，无内向汉朝之心，仅以畏惧我大汉显赫的声威，受到压力而畏惧南匈奴，所以希望和亲，以安其内部之离叛。今若遣使回访，恐失去南匈奴亲附我汉朝交好之情谊，而中了北匈奴猜疑奸诈之诡计，他们和亲的请求不能答应。班固说："我自己思虑，汉朝自建立以来，历经多年，兵事缠扰，尤其用兵匈奴。安定抵御之方，可以有多种办法，或者兴修文德以致和平，或者使用武力予以征讨，或者卑下求和承受屈就，或者稽首臣服而致屈辱。虽然或屈或伸并无常规，因时而异，却没有拒绝与放弃有利于我的时机，而不与其交接往来。所以，自建武年代，复修旧日的方略，数度派出负全权重任的使臣，前后相继，直到建武末年，才暂告断绝。明帝永平八年，复议与匈奴交接往来。然而朝廷之上对此争议不休，异同之见变化繁多，多执其难之事，少言其易之状。先帝（明帝）圣德远虑，瞻前顾后，遂复出使，事同前世，永平八年派越骑司马郑众出使北匈奴。纵观前后，未有一世断绝往来而不修好之事。如今东方的乌桓来朝，行跪拜礼，带翻译官；西方的康居、月氏，自远方而来；北方的匈奴，分崩离析，名王（指古代少数民族声名显赫的王）来降。三方归服，并未动以兵威，这实在是国家赖于神明之佑合于自然的征兆啊！臣之愚见，宜依已往的做法，复派遣使者，上可承接与延续五凤、甘露年间发生的远人之会（指宣帝五凤三年，匈奴单于名王率众5万余人来降，称臣朝贺；甘露元年匈奴呼韩邪遣子右贤王入侍），下不失建武、永平年间笼络怀柔之义。如果匈奴使节再来，我朝亦派使节一往，既明中国崇尚与注重忠诚信实，而且令其知晓我大汉朝礼义之有规律和定则，岂能事先即猜疑别人存心欺诈，辜负其善意呢？与其断绝我不知道有什么利可言，与其交往我也不曾听说有什么害可言？设想以后匈奴稍有强大，起而侵扰能为我害，到那时再求与其交往，那还能办得到吗？于今之计，不如因势给其恩惠，这才是长久之策啊！"

班固又作《典引篇》，叙述汉之德政和汉皇之恩威。他以为司马相如的《封禅》文虽华丽，而体无古典；扬雄的《美新》，体虽典则（诗文等的法则、章法），述王莽之事却虚伪不实，自认为自己所写之文乃吸取了他们的教训，尽其所能而为之。

应当说，《典引》是班固的一部重要作品，梁昭明太子萧统编辑《文选》时，将《典引》归入"封禅"类，与司马相如《封禅文》、扬雄《剧秦美新》并列，成为东汉文学的"一代之典章"。《典引》与当时的政治、文化状况关系密切，带有显著的时代色彩，它不仅对理解汉代时期班固个人的生命历程，而且对把握整个东汉前期的文学进程，都是非常重要的。

而到了唐代，章怀太子曾对《典引》作了详细注释，而且，他在注释《典引》有关礼制及祥瑞的内容时，征引了很多史事，而且常常有明确的纪年。

这也足以说明，《典引》对于后世文学的影响，是十分巨大的。

人所共知，班固不仅仅是一位著名的史学家、文学家，他还是一位著名的编辑家、理论家。早在汉明帝永平十七（74）年，班固即与贾逵等撰《神雀颂》奉献。奉命诣云龙门，答对关于《秦始皇本纪》所引《过秦论》之是非。而到了汉章帝建初四（79）年，章帝令太常、将、大夫、博士、议郎、郎官及诸生、诸儒会白虎观，讲议《五经》同异，参加者有贾逵、丁鸿、杨终、班固、李育、楼望、成封、桓郁等数十人，有今、古文经学家。这场大讨论的引起，一是由于古文经学出现之后，在文字、思想、师说各方面都同今文经学派发生分歧，双方展开了激烈的斗争。自西汉武帝时占统治地位的今文经学派，为保住自己的地位，急需利用皇帝的权威制成定论，以压倒对方。二是自董仲舒的《春秋繁露》提出一整套"天人感应"的神学目的论的唯心主义哲学体系后，用神学解释经学之风便愈刮愈烈，到西汉末年，封建神学和庸俗经学的混合物谶纬迷信盛行起来，由于封建统治者的支持和提倡，迅速弥漫于学术思想领域。为了巩固封建统治的需要，明帝他乐于出面，组织一场大讨论，以便使谶纬迷信和封建经典能更好地结合起来，使神学经学化、经学神学化。于是，在白虎观，博士、儒生纷纷陈述见解，章帝亲自裁决其经义奏议。当时，撰有《白虎议奏》，统名《白虎通德论》，后章帝又命班固撰《白虎通义》。

《白虎议奏》和《通德论》现均无存，独《白虎通义》传世。此书为作者集两汉今文经学大成之作，主要内容为记述白虎观会议关于经学之议论，大部分为复述董仲舒的学说及基本观点，并有所发挥。关于天地万物生成，认为天是最高神，地是它的"妻子"，五行是它们生万物的材料，整个宇宙发展过程都是由最高的神安排的。

书中并提出了"三纲""六纪"的伦理金条，"三纲"是"署为数纲。父为子纲。夫为妻纲"，"六纪"为"诸父、兄弟、族人、诸舅、师长、朋友"，认为"三纲法天地人，六纪法六合"，"六纪"是从"三纲"而来，是"三纲"之纪，把封建社会的伦理关系说成合乎天意的、永恒的自然关系。

它提出："子顺父，妻顺夫，臣顺君，何法？法地顺天。"（《天地》）照它看来，君臣、父子、夫妇之间的关系，犹如天在上、地在下一样，是永远不能改变的。天之地位高，地之地位卑，犹如君臣、父子、夫妇之间的尊卑等级关系。它还将太阳比作君主，月亮星辰比作臣民，用日月星辰的自然现象来论证和神化君主的权威。

它重在宣扬维护封建统治的"三纲""五常""六纪"是《白虎通义》的主要内容。它说："三纲者何谓也？谓君臣、父子、夫妇也。……故《含文嘉》曰：'君为臣纲，父为子纲，夫为妻纲。'……人皆怀五常之性，有亲爱之心，是以纲纪为化，若罗网之有纪纲而万目张也。"（《三纲六纪》）从三纲出发，它进一步提出三纲之纪，即六纪：诸父，兄弟，族人，诸舅，师长，朋友。三纲六纪与自然法则是相通的："三纲法天地人，六纪法六合。"

总之，《白虎通义》沿着董仲舒开辟的天人感应的神学思想路线，以至尊的天神和由天神派遣到地下的五帝、五神、五精为基础，并大量吸收《易纬》中的太初、太始、太素等思想资料，终于建构起了一个庞大、完备的以论证君权神授为目的的神学思想体系。

它问世以来，产生了很大的影响。由于它是由皇帝亲自钦定的，内容又包罗万象，在政治、思想、伦理等各个方面，都为人们规定了行为规范。它用阴阳五行来普遍地具体地解释世界的一切事物，大者如"三纲五常"，小者如婚丧嫁娶、日常生活现象，都可以用阴阳五行说去说明，不管如何牵强附会，如何荒唐，说者言之凿凿，听者深信不疑，使阴阳五行成了人们认识与解释世界的万能的"金钥匙"，成为一种思维模式和定式，这对学术的更新、思想的解放无疑是一种致命的桎梏。

《白虎通义》融合今文经学、古文经学与谶纬迷信于一体，企图统一经学，建立神学经学，并将其奉为永恒的真理，要人们世代相沿，习之、诵之，不许怀疑和批判，这只是统治者一厢情愿的梦想，历史发展的事实告诉，经学一旦发展为神学，它的生命力也就接近枯竭了。这实际上是宣告了经学的衰落，也是经学走向没落与衰败的标志。

《白虎通义》又称《白虎通》，共四卷，班固是主要编撰人。这部由章帝亲自指派的巨著的编撰成功，少不了深受章帝的赞赏，还给了他很多奖励，也使他的文名达到了登峰造极的地步。但是，正所谓："日中则移，月满则亏，乐极悲来，物盛则衰。"同样，那一时期，班固他忽视了这一自然规律，头脑多少有些膨胀，行事多少有些张扬。也还有一句俗话，说是"狗仗人势"。主人的膨胀与张扬，不能不影响到自己的属下，属下们也不由得膨胀和张扬起来，那最为极端的，也还是班固的家人刘雷，他即为当初在班家谷班府守卫的家丁和守门人，如今已成了班府的家将。有一次，刘雷陪同班固之子班珪外出赴宴归来，其车队偶与洛阳令种兢的车队相撞。当种兢手下让班珪他们让道时，刘雷不仅不让，还与种兢的手下发生了争执。在与种兢相见时，刘雷竟借着酒劲破口大骂："好一个种兢，别看你现在到了洛阳，当了什么洛阳令，我家主人也不怕你。你官职高，有窦宪将军的官职高吗？你跟皇家近，有我们主人跟皇上的关系近吗？所以我们主人不怕你，我也不怕你！"

听得刘雷这话，种兢无言以对。的确，论与窦宪将军的关系，自己的确无法与班固相比，班固与窦宪不仅仅是扶风乡党，而且班固又是窦府的红人，他常为窦家写点美篇赞文什么的，是深得窦宪赏识的。而如今，窦太后听政，窦宪执政，谁个吃了豹子胆，也是不敢得罪窦家的。再论跟当朝皇帝的关系，自己更没法同班固比了。自己呢？虽身为洛阳令，但除了上朝时能见得皇帝的面外，朝下根本连个影儿也见不着。可人家班固不同，他除了朝上能见皇上，朝下他与皇帝谈文论书，吟诗赏字，几乎就跟兄弟关系似的。似此，他又怎么能跟班固较量呢？想到此，他即对手下说："好了，忍了吧！我们让道。"他硬是让自己的车队给班珪他们让了道，班珪和刘雷因此十分得意。但此一事，却使种兢同班固结仇更深，真是新仇旧恨，齐聚心头，他是时刻欲进行报复的。后来，班固闻知了此事，便召来班珪和刘雷进行询问，二人则加盐调醋，把事情的经过只轻描淡写地说了一下，并未提刘雷辱骂种兢之语，并把责任都归结于种兢。班固听了，也未很重视，只是淡淡地责备班珪说："你呀，难道就不知廉颇、蔺相如的故事吗？蔺相如因完璧归赵，立有大功，被赵王任命为上卿，廉颇因之不服，在与廉颇车驾相遇时，便急急予以避之，这是在为国家着想，为大臣们的团结和谐着想。可你们如此作为，与那种兢结下仇怨，以后恐遭他报复。"

班珪说："可您不知，那种兢当时太气人了，他说您假借窦宪将军之名，狐假虎威，仗势欺人，又借以与皇上亲近，把谁也不放在眼里，我们又怎么能受他这样的气呢！"

刘雷也说："那种虓，真不是个好东西。到现在，他还死记当初不让他进班府门之仇，说要予以报复，咱们也不能因此惯了他，不给他让道就不给他让道，看他能把我们怎么样？"

"今事已至此，又能怎么样呢？"班固稍有忧心地说，"反正，对于你们所惹之事，我有一种不祥的预感，你们以后注意就是了。"

# 第二十四章　它乾王城　班超逢凶巧化吉

东汉时期，龟兹（今新疆库车一带）也是西域的一个大国。追溯历史，在西汉元康元（前65）年，龟兹王携夫人即来朝长安，汉朝廷对他们夫妇皆赐以印绶，给他们赐车骑旗鼓，歌吹数十人，绮绣杂缯琦珍凡数千万。此后，他们又数次来朝贺，在长安学习汉朝衣服制度，归国后遂按汉朝制度治理宫室。汉成帝、汉哀帝时期，龟兹和汉朝关系就很密切。

汉武帝通西域后，龟兹夹在西汉和匈奴两大势力之间，由于多种复杂的原因，他们多次反复，并且袭杀过汉使。对此，傅介子曾责问过其王，并在龟兹袭杀过匈奴使者。后来，汉昭帝采纳桑弘羊的建议，任命入汉为质的扞弥太子赖丹为校尉，让他率兵屯田轮台，以监督并镇抚龟兹。

当初，李广利破大宛回军，途经扞弥时，恰逢赖丹要去龟兹为质。李广利便派人责问龟兹王，不许他入质别国王子，并将赖丹带回长安。这次，汉朝廷让赖丹率兵屯田轮台，龟兹贵人姑翼向其王进言："赖丹受汉官，逼近龟兹屯田，这一定会对龟兹造成很大威胁，当除之。"龟兹王听从姑翼之议，即派兵攻击赖丹并杀掉了他。事后，他们又感到害怕，遂上书向汉朝廷谢罪，西汉当时便没有出兵攻击龟兹。

汉宣帝本始三（前71）年，长罗侯常惠，监护乌孙国发兵5万大破匈奴，回朝途中，他上书请求攻击龟兹，以惩其攻杀赖丹之罪，大将军霍光准之令其见机行事。于是，常惠调集龟兹以西诸兵2万人，又遣副使调集龟兹东面诸国兵2万人，令乌孙发兵7000，从三面攻击龟兹。当时，龟兹王极为惊恐，并急忙派人向常惠报告，说杀赖丹是前王听信贵人姑翼所干，与自己无关，他还逮捕了姑翼，亲自押送着姑翼来见常惠。常惠见其主动认错，并能把主谋攻杀赖丹的姑翼送来，便在斩杀姑翼后罢兵回朝。其后，龟兹王绛宾，娶乌孙汉解忧公主之女为夫人。绛宾携夫人多次入汉朝，与汉结亲后，龟兹诚心臣服于西汉。

到了东汉时期，龟兹已经成为西域的泱泱大国，他们以库车为中心，东起轮台，西至巴楚，北靠天山，南临塔克拉玛干大沙漠，新疆的库车、拜城、新和、沙雅、轮台县一带，都曾是古龟兹国的领地，其势力范围可见一斑。

东汉光武帝建武二十二（46）年，莎车王贤杀龟兹王，将龟兹分为龟兹、乌孙国，封则罗为龟兹王，封驷鞬为乌孙王。几年后，龟兹国人起义，杀掉了则罗和驷鞬，遣使于匈奴，请立新王。匈奴遂立龟兹贵人身毒为龟兹王，从此，龟兹便隶属匈奴。班超一行，正是在这样一种极其不利的时候欲出使龟兹的。

班超使团欲出使龟兹的消息传到龟兹以后，龟兹王身毒心虚发慌，吃惊不已，因为他现在已背离大汉，亲近匈奴，深恐大汉使者前来问罪。对此，他不能不想应对之策。但是，他转念一想，自己有匈奴做靠山，汉使团大不了只区区36人，是不会对自己构成什么威胁的。这样一想，他心里便踏实了许多。总之，他现在是一种悲喜交加、矛盾重重的心理。在这样一种心理的支使下，他虽然白日里惶惶不安，但在夜间还做起了甜蜜的美梦。

龟兹王幸福地梦见匈奴优留单于已选中自己为驸马，并特意为他和自己的女儿丽雅英云公主举行了十分盛大的婚礼。因是公主的婚礼，满朝文武都来庆贺，婚庆的场面十分热烈：乐队高奏轻快的音乐，舞女们欢跳轻松的舞蹈，王宫中灯火辉煌，大殿里人声鼎沸，好一番热闹的景象。

那如花似玉、温柔贤惠、聪明多情的丽雅英云公主，同自己手挽着手、肩并着肩，亲亲热热、恩恩爱爱，游逛在匈奴王宫的花园里。花园里奇花异草，争奇斗艳，朱栏碧瓦，亭台楼阁，假山屹立于湖心，小桥拱起于水面，那宝石遍地闪光，那金银耀眼刺目，到处灿烂夺目、金碧辉煌。

湖岸边的青草坪上，丽雅英云公主正身披轻纱，手舞彩带，跳起美妙的舞蹈，其歌声婉转动听，舞技更引人入胜。他看得陶醉，便端起酒杯，狂饮不止，不觉醉意来袭，但是，他仍继续听歌观舞，优哉游哉，不知不觉，竟有点便神魂颠倒起来，却又有点飘飘欲仙。

偏在此时，汉司马班超一行，突然似神兵天降。那班超竟飞身而起，跃入空中，高约数丈，悬身于他的头顶，手举着利剑，猛地向他劈头砍来……他吓得惊叫了一声，连声惊叫："来人啦！快来人啦！班超要杀我了，班超要杀我了！"

一侍女首先跑来，惊问道："大王，您怎么啦？"其他侍女也围了上来。

侍卫们都拥了上来，不知是怎么回事。龟兹王夫人也赶了过来，安慰说："哎呀，你看看，你不是在王宫的寝室里睡得好好的吗，哪来的班超杀你呀！"

龟兹王大汗淋漓，脸色煞白，十分惊恐地说："可是，我刚才的确梦见了班超来杀我，这是真的！"

夫人安慰龟兹王说："那是做梦，做噩梦，你别当回事。这样吧，你喝杯奶茶，压压惊吧！"而后，她转面朝门口喊，"快端奶茶来！要热的。"

一位侍女，急急忙忙将热好的一杯奶茶端了上来。龟兹王接杯在手，只端在嘴边嗅了嗅，却猛地摔杯于地，咆哮着喊："滚，这是什么奶茶？分明是马尿，臭烘烘的！滚一边去！"

侍卫头目上前，想安慰一下龟兹王，龟兹王却冲着侍卫头目吼道："滚！你们这么多人，都守在我的身边，怎么还能让我做噩梦？滚吧！"

送奶茶的侍女战战兢兢地退缩于门外，其他宫女和侍卫们，也都灰溜溜地退了下去。眼见龟兹王摔杯，明显是不给夫人面子，夫人自然生气了，她讥讽说："一个堂堂国王，竟被一个年纪轻轻的汉使吓成这样，有本事，你找班超去，跟我们女人家要什么威风？"

龟兹王定了定神说："你懂个什么呀？别看班超年轻轻的，可他雄才大略、智勇双全。而且，他代表的不只是他个人，也不只是使团，而是天朝，是大汉啊！他刚到鄯善，就识破了匈奴的计谋，把300多匈奴使团人员杀了个干干净净；到了于阗斩杀了王宫神巫，那王宫神巫想先杀班超的马，再借他的头，却被班超利剑所砍；至疏勒后，他派出部下田虑，仅一人一骑，便飞擒了疏勒国王。类似他这样的人，我怎么能不害怕呢？"

夫人惊异得睁大了眼睛，说："你说的，这都是真的？"

"这还有假。"龟兹王说，"神使班超，在西域诸国，大名都已传遍，普天之下，无人不晓哟！"

"他真有那么大本事，那我们还真得小心，你赶快想办法，看怎么对付他呀！"夫人说。

龟兹王长叹了一声，说："唉，我这几日昼思夜想，想了又想，把什么办法都想遍了，只是苦无良策啊！"

夫人想了想说，"你不常说，你是匈奴优留单于拥立起来的，优留单于多么多么喜欢你，甚至连丽雅英云公主都对你很有意思，那你赶快去找优留单于想办法啊！"

尽管夫人说的这些话里，含有不少讽刺的成分，但是这阵龟兹王不敢同夫人计较，他说："这，我不是没有想到，早已派人给优留单于送信，但不知为了什么，这都好几天了，却一直不见回音，真叫人好心焦啊！"

"那怎么办呢？"夫人问。

"我真没什么好办法。"龟兹王说。

"要么，先睡觉吧，别把人愁病了，明日再等消息吧！"在夫人的一再劝慰下，龟兹王这才躺了下来。

……

第二天上午，龟兹王刚一设朝，一大臣便手拿一封书信走了上来："王上，优留单于派人送来了信。"

龟兹王接信在手，启封后急急观看，边看边说："好，好啊，太好了！"信一看罢，他便喜形于色，喊一声，"来人啦！"

一宫侍应声而问："王上，何事？"

"你去，速唤大监沙里来见我。"沙里是龟兹的一位重臣，他专门负责对外联络事宜。

不一会儿，沙里来到，龟兹王对沙里说："你速去安排一下，派人去请康居、乌孙、车师和尉头四国的国王，让他们速来它乾城议事，说有重大的事情急需商议。"

沙里说："好的，小臣明白。"他答应了一声，便立即去做安排了。

那么，龟兹王所说的康居，它是一个什么样的国家呢？汉永元九（91）年后，北匈奴被东汉击溃，而且鲜卑人在蒙古高原崛起，北匈奴便西迁康居，与郅支单于的残部会合。在北匈奴西迁浪潮的冲击下，康居被迫南迁到索格狄亚那地区，也有一部分匈奴人随着而来。这个时期，康居国北部的领土大为缩小，锡尔河以北地区，基本被西迁的匈奴人所占据。

东汉时期，康居国是西域52国之一，其领地很大，西南都城与安息国相邻，东南与贵霜王朝的大月氏国相邻，而北部的奄蔡国、严国均已臣属康居，中部则为康居国本土，使之形成了中亚地区月氏、康居、安息三个大国鼎立的局面。

因东汉与西域三绝三通，西汉末的50余国到东汉初时，经过相互攻伐兼并，已形成了龟兹、焉耆、若羌、楼兰、精绝、且末、小宛、戎卢、弥、渠勒、皮山、西夜、蒲犁、依耐、莎车、疏勒、尉头、温宿、尉犁、姑墨、卑陆、乌贪訾、卑陆后国、单桓、蒲类、蒲类后国、西且弥、劫国、狐胡、山国、车师前国、车师后国、车师尉都国、车师后城国等西域36个国。除此之外，还有乌孙、大宛、安息、大月氏、康居、浩罕、坎巨提、乌弋山离等52个西域国家。西域52个国，地域多在新疆境内，这里冬季严寒，夏季炎热干旱，玉门关是这里最出名的关隘。

在班超出使西域期间，已形成莎车、于阗、鄯善三国并立的局面，其中莎车势力最大，中亚大宛国已经臣属于莎车。班超出使西域前，莎车又被于阗国攻灭。但自西汉末王莽统治时期，因西域各国对汉朝廷的边疆政策不满，匈奴便乘虚而入，重新控制了整个西域。

早在汉宣帝年间，因匈奴内乱，五单于并立而争夺霸主。乱世之时，郅支单于向西扩展，后来被康居王接去，安置在与乌孙国相邻的地方，他们联手对付乌孙，这使康居的势力范围逐渐扩大。郅支单于西迁康居时期，已经有相当多的匈奴人在康居定居，这也给康居提供了极好的拓展机会。

郅支单于被汉朝剿灭后，康居在中亚的势力范围并没有受到影响，反而势力大增。所以在当时，康居也是西域一个重要国家。

乌孙国呢？这是西汉时期由游牧民族乌孙在西域建立的一个行国，它位于巴尔喀什湖东南、伊犁河流域，立国君主是猎骄靡。前二世纪初叶，乌孙人与月氏人均在河西一带游牧，他们北邻匈奴。乌孙王难兜靡被月氏人攻杀时，他的儿子猎骄靡刚刚诞生，由匈奴冒顿单于收养成人，后来得以复兴故国。

冒顿单于率兵进攻月氏，月氏战败后西迁至伊犁河流域。后来，老上单于与乌孙昆莫猎骄靡合力进攻迁往伊犁河流域的月氏，月氏不敌而南迁至大夏境内，但也有少数人仍然留居当地。在塞种人与月氏大部南下以后，乌孙人便迁至伊犁河流域，与留下来的塞种人同月氏人一样，过着游牧民族的生活。

张骞出使西域大月氏时，打算与大月氏人结盟夹击匈奴，可惜无功而返。随后，汉武帝便展开反击匈奴的战争：汉朝廷先发起马邑之战，占领了河套，又发动河西之战再败匈奴。当时，出现了"金城（兰州）、河西西并南山至盐泽（今罗布泊）空无匈奴"的状况。其时，张骞认为，如果大汉联合乌孙国，能切断匈奴的右臂，便向汉武帝建议拉拢乌孙国。汉武帝信之，命张骞出使乌孙，向乌孙建议返回敦煌祁连间故地，以便与汉朝联合，共同对抗匈奴，只惜又未能成功。单就此而论，张骞固然不失之为一个伟大的外交官，其军事才能却极其一般，这也是他回来每每有军事行动，但大多都归于失败的原因。其之军事才能，是无法与班超相比的。

车师是一个古老的民族，原名"姑师"，姑师人在战国时期就进入了阶级社会，其活动遍布新疆东部地区。汉武帝曾派赵破奴将军和中郎将王恢率兵击破姑师，改其国名为车师，分为车师前后王国及山北六国。车师是匈奴进入西域的门户，又因地处由玉门关沿丝路中段北道进入西域的交通要道，它是兵家必争之地。

而尉头国呢？其治所在今新疆阿合奇县的哈拉奇乡一带，他们国人多从事游牧，兼营农业。相比较康居、乌孙和车师三车，尉头国国土最小，人口最少，全国只有两三千人，兵丁还不足一千。官员只有左右都尉各一人，左右骑君各一人，共四位朝廷大臣，可这些官员形同虚设，一切事情都是由国王说了算。

相比较而言，在西域，龟兹国应是大邦，康居、乌孙、车师和尉头四国都是小国。俗话说，大国之臣，似小国之君，今既是龟兹王相请，四国国王哪里敢怠慢，他们便都急急赶赴龟兹国，忙忙来到它乾城，全都聚集在龟兹王宫大殿里议事。因来者都是国王，那龟兹国设国宴当然是不可避免的了。

开宴以后，龟兹王先这样说："诸位王兄，想必你们是已经听说了的。今中原司马班超率使团来我西域，他已马踏鄯善，征服于阗，击灭疏勒，所向披靡，其来势很凶啊！但是，他亡我西域诸国之心不死，并吞诸国，意欲统霸西域，恢复原来的汉督护节体制，斩断我们和匈奴的来往，不让大匈奴再来保护我们。我们如不提防，如不反抗，便有亡国亡种之危。据说，他将从疏勒来我们龟兹，龟兹危矣！龟兹危，则康居、乌孙、车师、尉头四国亦危。难道我们五国，都甘心被他们所屈服吗？我们五国君臣庶民，都甘心被他们所奴役吗？对此，我们怎么能答应呢？"

"不答应！不答应！"诸王全都异口同声地说。龟兹王这一阵煽火很成功，本来，四王初来之时，对依靠大汉还是依靠匈奴，还是一种犹豫态度，但现在听得龟兹王之说，不能不对汉使团充满了仇恨。康居王转而发问："那，我们该怎么办呢？"

龟兹王说："今请诸位前来，为的就是共商此事，拿出一个对付班超和汉使团的良策来。"这阵子，诸王们正在议事，侍女们忙着斟酒捧茶，端果送菜；舞女们翩翩起舞，低吟歌唱；诸王们吃吃喝喝，谈话不止，争论不休……倒显得十分热闹。

正在这时，一内侍慌慌张张来到龟兹王身旁，对他说："禀王上，汉使班超已在宫门外求见。"

龟兹王先是一惊，众王一听皆惊，不约而同地"啊！"了一声。龟兹王为了掩饰尴尬，便先向舞女们挥了挥手，说："下去下去，快快下去！"众舞女们都惊慌退下。龟兹王又将目光转向诸王，问："王兄们，真没想到，班超他们这么快就来了，你们看怎么办？快想对付班超汉使团的办法啊！"

康居王说："就让班超和他的使团人先等等，咱们得共同商议再拿主意，好好商量商量吧！"

尉头王说："依我之意，我等地处西域，虽系王国之君，但我们在数百年前已臣服天朝，受西域都护节制，实为天朝臣民。可是后来，天朝皇帝几经更替，他们对我们西域顾不上管理，我们的关系便变得疏远。今幸有大汉使臣代表朝廷前来，不如先诚请他们进宫，以礼相待，问明情况，商量个办法，以缓解眼下的危局。"

康居王说："错！班超其人，是只猛虎；汉朝使团，是群恶狼。对汉使绝对不能以礼相待，应当派兵绞杀，以绝后患！"

乌孙王问内侍："那么，汉使来了多少人？"

"共36人。"内侍说。

"怎么，他们36人全都来了？"龟兹王有些震惊地说。

"36个人，有什么了不起的，他们也真是吃了豹子胆了！撵走他们，把他们全撵走就是。"车师王说。

"不，不！你不晓得，他们36个人，都不是一般人，而是36只猛虎，是36个神人啊！他们36人，能顶360人，以至能顶3600人。在鄯善国，那不是例子？他们36人，斩杀的却是匈奴使团300多人，从古至今，有过这样的战例吗？没有！但班超汉使团却创造了这样的战例。所以，对他们切勿轻视！"

"那，你说怎么办呢？"车师王问。

"就只让班超他一个人来。"龟兹王说。

"让来两个人吧！"康居王说，"好赖人家是个使团，只让一个人来，有点说不过去。"

"那就让来两个人。"龟兹王说，"他们两个人也就四只手，怎么着也好安排。"

于是，龟兹王便向内侍交代，让汉使团只能来两个人。内侍遂去进行传唤。

车师王说："他们真来两个人，那还不是两盘小菜，好收拾得很。"

尉头王有些不安地说："这样做，恐有不妥。"

乌孙王说："有什么妥不妥的？不乘此机会收拾了班超，还等什么时候？"

龟兹王眨了眨他那狡诈的眼睛，说："收拾是要收拾，得有一个好的办法，以我之愚见，咱们须得如此如此，方能大获成功……"他说着，向诸王招了招手，诸王立即聚在了一起，他们几乎头碰着头，悄悄地密语了一阵，诸王听了龟兹王的密计，都称赞说："此计甚妙，定能成功！"

这时，只见龟兹王向一内侍耳语了一阵，那内侍点了点头，便急急出厅而去。过了片刻，那内侍又进得厅来，向龟兹王说："王上，按您交代，一切都已安排妥当。"

龟兹王说："好，那就有请汉使进宫。"

内侍出得宫去，立在宫门上呼喊："有请汉使进宫！"

36人一听，便准备列队进宫，却被内侍拦住："不行，我王有令，只能两人进宫。"

秦龙先是一怔，他质问："为什么只准两人进宫。"

内侍说："这是我王命令，诸王也是这样说的。"

"不要紧！两个人就两个人，进王宫毕竟不是进龙潭虎穴，我和申豹去。"班超说。

"你还别说，这真是龙潭虎穴，是鸿门宴啊！"秦龙说，"鸿门宴时，刘邦还带了谋士张良，以及猛将樊哙、夏侯婴和勒强，他们还是五个人，可我们咋能只去两个人呢？如去，定凶多吉少。"

"这样吧，咱不争了。"田鼠说，"我们六个参军陪同去，共七个人，这还不行吗？"

"不行！"内侍十分坚决地说，"就两个人，多一个去也不行，这是我们国王说的。"

申豹、秦龙、田鼠、师全、铁蛋和偃娃他们都要发火，却被班超拦住，他说："好了，都别争了，这毕竟不是鸿门宴嘛！事情成败，不在人多，而在策略。我们今天面对的，是五国。据我估计，龟兹王奸诡狡猾，他不会让我们多人进宫。西域五国的国王，如真正动起手来，不要说是我们36人了，即使是36000人来，也未必能战胜五国之兵。孙子兵法，不战而屈人之兵，此策方为上策，我们就是要取这样的上策，又怎么能取以寡敌众这样的下策呢？"而后，他只带着申豹，二人昂首阔步，威风凛凛地走进宫来。

诸王一见班超和申豹来到，自然先虚情假意，起身进行迎接。寒暄一阵后，他们各个入座，虽然表面十分客气，但气氛还是十分凝重，场面多少有些尴尬。班超用锐利的目光扫视了一下诸王，说："闻听诸王在此聚集议事，汉使班超我不请前来，也许有些不妥，但是机会难得嘛！因为西域广大，土地辽阔，诸王又十分繁忙，相聚一次，实实不易，故班超特借此机会，登门拜会，虽显得唐突，但其心很诚，望诸王海涵！"

龟兹王说："哪里？哪里？这没有什么不妥？你们是使者，是贵人，我们请都请不来吧！"

康居王十分客气地说："早闻班司马大名，只是从未见人，今日有幸相见，果真仪表堂堂、相貌不凡呀！"

乌孙王说："班司马岂止仪表不凡，他出使塞外，威震西域，名声大扬，实在令我们仰慕！"

车师王随声附合地说："对，仰慕！仰慕！"

龟兹王转而目光怪异，他端起一杯酒来，递给班超说："那么，既然汉司马班超来了，那我们大家，就先敬班司马一杯！"

诸王都说："好！敬班司马。"

班超并不推辞，他端起酒来一饮而尽。

侍女们急忙上前来斟酒，诸王也与班超和申豹互相祝酒，看是美酒在杯，大家开怀畅饮，但却掩盖着阴谋，饱含着杀机，真似那鸿门宴一般。

这时，龟兹王宫外边，天色突然骤变，狂风怒吼，雷电交加，大雨倾盆，仿佛要把整个西域全埋葬一般。这似乎是有天神在提醒班超：小心啊小心，班司马你千万小心，龟兹王他们，都是不怀好意的啊！

与宫外不同，宫内的气氛却截然相反，龟兹王与康居王正在碰杯，其之相碰，猛烈无比，竟将两个陶杯，一下碰了个稀烂。谁知，这竟是他们让刀斧手动手的信号。立时，众刀斧手应碎杯声倾巢而出，先将班超团团围住，他们那一把把明晃晃的刀斧，都叠加着架在班超的头顶，人人咬牙切齿，个个凶相毕露，他们都围着班超在转圈，仿佛群狼欲抢食一般，仿佛要生吞活剥了班超似的。

申豹眼明手快，他一见班超遇险，却不管班超安危，只是跃步向前，一把抓住龟兹王的胸襟，剑横其项，厉声吼道："你们要干什么？人常说，西域人好客，可我们从中原远路而来，而且都是大汉使者，你们却如此待客，这是何道理？"

龟兹王冷不防申豹会偷袭自己，他吓得浑身发抖，惊慌万状地说："怎么会这样？这可能是发生了误会，一定是发生了误会。”

班超哈哈大笑着说："可不是嘛，西域人最讲义气，怎会以刀斧待客呢？肯定是发生了误会。"

龟兹王听班超这样说，赶快借台阶而下，他满脸堆笑地对班超说："真是误会！真是误会！"

转过脸来，他即将脸一变，气势汹汹地对刀斧手们说："谁让你们来的？你们来干什么！怎么能这样对待班司马？这样对待汉使呢？"

刀斧手头领上前，对龟兹王说："我们是遵照……"他本来是想说："我们是遵照您的命令，这才对班超汉使下手的。"但是，狡猾的龟兹王，哪能容他把话说完，他大吼一声道："你们听谁的命令也不行！一切都听我的，因为我是你们的国王！你小子，胆大如此，私下用兵，反了！拿下去，把他砍了！"于是，这位刀斧手头领，即刻成了冤死之鬼，本来，他是遵龟兹王之命，率众前来欲砍杀班超，却不料自己先掉了脑袋。刀斧手们一见，全都面面相觑，不知所措，惊慌万状。龟兹王便厉声呵斥他们："看你们这熊样，哪像个当兵的？滚，都滚出去，快快滚出去！"刀斧手们全都灰溜溜地退了出去。

刀斧手们一退，申豹这才放开龟兹王，他缓缓收剑入鞘，气昂昂地站到班超身旁。他们二人，真似两尊天神一般，吓得诸王连个大气也不敢出。

龟兹王虽然对属下气势汹汹，淫威滥施，可他自己仍然惊魂未定，脸色苍白，却不知往下该怎么办了。车师王硬替龟兹王找台阶下，他借以批评龟兹王说："龟兹王兄，你怎么搞的，连几个小兵都管不好？叫他们这阵跑了出来，在贵宾面前耍蛮撒野，出丑弄怪，这失礼事小，闹出乱子来事大，我们当如何收场呢？"

龟兹王说："怪我怪我全怪我，这真是我的疏忽，我的大意，我的……"

班超并不理会他们的诡辩，他只是上前一步，大声地说："诸位，我们此来，是奉大汉天子之命来出使西域的。我们是前来联合的、结盟的、交友的！我们作为朋友，好心前来告拜诸王，可你们却刀斧相迎、兵戈相待，设下这么一个戒刀宴，闹了这么一场天大的误会，差一点出了乱子。可这不怪你们，因为你们不明真相，不辩事理，这有情可原。也许，你们是受

303

了匈奴人的蛊惑或利用，他们是骗子、是强盗、是豺狼，你们当猛醒啊！"

康居王急忙代为辩解："哪里，哪里，班司马您别见怪，要怪的话，就怪龟兹王治军不严，管教不力啊！您刚不是看见了，那位闹乱子的将官，龟兹王不已令人把他砍了嘛！"

龟兹王急忙面红耳赤地说："是呀是呀，怪我怪我！可班司马您大人不计小人过，宰相肚里能撑船，您若不解气，我便把那些闹事的将士们全都砍了。以后，我一定会严格治军，严加管教，再不会有类似的事情发生了。"

班超说："诸位，我班某做事，一直光明磊落，最讲仁义礼智信，那么，过去的事就过去了，咱们就不提了。那，咱们就说现在，诸位还有什么话就说，有什么事就讲，请进吧！"

康居王干咳了一声，首先发问："那么，请问汉司马，中原汉朝派您出使西域，想要干什么呢？该不是要踏平西域诸国吧！"

"我们奉命出使西域，意在安边固疆，复通商道，利用丝绸之路，发展商贸，联结友谊，怎么会是踏平西域诸国？"班超说，"对此，诸位千万不要多心，不要疑心。"

康居王又说："那么，我听说你们斩匈奴使团，杀王宫神巫，擒疏勒国王，你们到哪里都刀枪相加，到处征战，打打杀杀，这难道都是联结友谊之所为吗？"

班超说："你们有所不知，那匈奴使团欲斩杀我们在前，我们反击他们在后，我们是欲让匈奴人知道我们的厉害，故他们才不敢肆意而妄为之；于阗的王宫神巫也一样，他先欲砍我马头，次要借我人头，他杀我之心在先，我斩他之心在后，以其人之道，还治其人之身，这难道不应该吗？疏勒兜题王呢？他本来就是龟兹人，是匈奴人安插在疏勒的内奸，且又是一个暴君，本应全国共诛之，全民共讨之，疏勒人恨不能生啖其肉，饮其血，抽其筋，将其挫骨扬灰，但我仍放了他一马，没杀他斩他，留了他一条生路，以其侄忠取而代之，这难道还不妥吗？"

听得此说，诸王们个个无语，都面露尴尬之色。

乌孙王说："今我们西域有灾，而且十分严重，大汉天朝既然关心西域乡亲父老，为何不募送些衣物粮食、牛羊马匹，赈济灾荒，解救饥寒，以使我们度过危机，却为什么只卖嘴不救灾呢？"

"王上，此言不妥。"班超说，"据我所知，匈奴每岁抢劫西域各国的牛羊粮食不计其数，西域乡亲父老的贫困，主要是因匈奴人的抢劫所致。我们中原是既要赈济西域，但我们赈济的东西，没有落到西域百姓之手，却被匈奴强盗所抢掠，这哪能达到赈济的目的？所以，只有帮你们赶走匈奴强盗，这才能断了苦根，带来幸福安宁，此实为长久之计。古人云，'授人以鱼，不如授人以渔'。牛羊马匹、粮食衣物，我们中原自然会赈济，可并非能救其长远，西域人要幸福长远，非先赶走匈奴强盗不可。更何况，我们只是大汉使团，使团的主要任务，是先了解情况，联结友谊，看西域人民需要什么，我们再向朝廷汇报，朝廷再分拨什么、救济什么。干什么，都得有个程序、有个过程嘛！"

车师王说："那么，请问班司马，你此次出使西域，率兵统将，东杀西荡，南战北征，真的是在帮助我们西域诸国和庶民吗？"

班超淡淡一笑说："王上的话，我真听不明白。我之此行，何谓率兵统将？我们使团只有36人，这难道会是统治西域、占领诸国的军事安排吗？与之相反，匈奴在西域各国均驻扎大军，派使监护，他们阻断商道，烧杀抢掠，大逞凶狂。不仅如此，他们又对我们出使西域的中原使者暗使阴谋，派兵追杀。我们被逼无奈，只好奋起反击、力求自保，否则，我们便难有立足容身之地，又怎能完成复通商道、联结友谊的使命呢？"

尉头王这时发问："那么，请问班司马，你们今后将作何打算？"

"了解情况，汇报朝廷，说明情况，消除误会；联合诸国，组建联军；赶走匈奴，复通商道；丝绸之路，永远畅通；神州共荣，万民同富！这，就是我们今后的打算，我们今后永远的打算！"班超十分激动地说。

真像是有神灵在紧密配合着班超的行动一般：眼见得宫内的情景，由风云骤起变成了烟消云散；宫外呢？也一切发生了骤变，由雷鸣电闪变成了云消雾散。立时，雨住风停，彩虹现空，祥云道道，彩霞满天……到处一片祥瑞景象。那一缕阳光，从宫厅窗户照射进来，洒满班超和申豹全身，他俩更显得魁梧威严，更像是天神下凡一般。此番景象，对于十分迷信的五国国王，不能不生敬畏之心，他们心里都默默地说："哎呀，这班超不是人，他是神，是天神啊！对于天神，我们怎么敢反驳、敢对抗、敢不顺从呢？”

尉头王先说："众王兄，班司马已说得很清了。他们这次出使西域，确实是为了神州和西域众生之安危，是为了同我们联结友谊，为了复通商道有利通商，全是为我们好，别无他意啊！"

"对呀！看来真是这样。"康居王、乌孙王和车师王都异口同声地说。独是那个龟兹王沉默不语，他虽然心怀鬼胎，但却难以适应这风向的骤变。

车师王这时满脸高兴，他说："众位王兄，班司马既然真心实意，欲与我们西域诸国联结友谊，我等何不借此机会，与班司马携手并肩，共抗匈奴！"

"好啊！"诸王都齐声叫好，"就这么办！"独龟兹王一见，他满脸不悦，可他说不能说，挡也不能挡，便只能拂袖而去，扫兴而去。

尉头等四国的国王，他们并不理会龟兹王的不悦与离去，全都站起身来，情绪激动、慷慨激昂，竞相向班超敬酒示好，并表示愿意共建联军，以对抗匈奴的来犯，争取西域的安宁。

尉头王十分激动地说："班司马，今我等实心实意，愿与中原大汉同心协力，抵抗匈奴，安边固疆，复通商道，联结友谊。我们西域诸国，一定谋求与中原共繁荣！"

康居、乌孙、车师三国国王，也都似鹦鹉学舌一般，异口同声地说："我等实心实意，愿与中原大汉同心协力，抵抗匈奴，安边固疆，复通商道，联结友谊。我们西域诸国，一定谋求与中原共繁荣！"

这时，班超他立起身来，慷慨激昂地地说："诸位，俗话说，'人心齐，泰山移'，难得我们大家都有此心。那现在，我们就一起共商诸国联结，抗击匈奴的大计吧！我相信，正义属于我们大汉天朝和西域诸国，邪恶属于万恶的匈奴强盗，正义必胜，大汉必胜，西域必胜！邪恶必败，强盗必败，匈奴必败！快拿起我们的刀，拿起我们的枪，张开我们的弓，射出我们的箭，唤醒我们的将士和民众，同匈奴强盗进行战斗吧！最后的胜利，一定是属于我们的！"

"最后的胜利，一定是属于我们的！"诸王一起高吼了起来。

# 第二十五章　阴暗角落　魑魅魍魉施诡计

早在先秦时期，东北亚草原是被许多大小不同的氏族部落割据着的。当时，分布在草原东南西喇木伦河和老哈河流域的，是东胡部落联盟；分布在贝加尔湖以西和以南色楞格河流域的，是丁零部落联盟；分布在阴山南北包括河套以南"河南"（鄂尔多斯草原）一带的，是匈奴部落联盟。此外，还有部落集团分散在草原各地。后来的匈奴国，就是以匈奴部落联盟为基础，征服了上述诸部落联盟、部落以及其他一些小国而建立起来的一个强大的国家，它是一直与中原的汉族国家相抗衡的。

自西周起，戎族就已经严重威胁到了中原王朝的统治。尤其是周幽王统治时期，申侯联合缯国和西域举兵进攻周朝，一直攻到周都镐京，但由于他曾为取悦褒姒，数次烽火戏诸侯，因而无人救援。后来，犬戎大军攻入镐京，周幽王只能带着褒姒仓皇逃跑。结果，镐京陷落，周幽王被杀，宝物被抢一空，镐京被大火焚尽。周幽王被杀后，太子宜臼被立为天子，他就是周平王。其时，因镐被焚，关中大旱，犬戎又不时入侵，周平王便把京都东迁到了洛阳。战国时期，林胡、楼烦多次侵扰赵国，赵武灵王胡服骑射，驱逐了林胡、楼烦，在北边新开辟的地区设置了云中等县，筑起了赵长城。于是，林胡、楼烦只能北迁，融入了新崛起的部落匈奴。

前三世纪，匈奴统治结构分为中央王庭、东部的左贤王和西部的右贤王，他们控制着从里海到长城的广大地域，包括今蒙古国、俄罗斯的西伯利亚、中亚北部、中国东北等地区。

战国末期，赵国名将李牧出动战车 1300 乘、骑兵 13000 人、步兵 5 万、弓箭手 10 万，与匈奴相博大战，大破匈奴 10 余万骑，从此，匈奴 10 余年不敢南犯，中原地区获得了一段宝贵的和平时期。

秦始皇统一中国后，于前215年，他命蒙恬率领30万秦军北击匈奴，收复了河套，屯兵于上郡（今陕西省榆林市东南）。"却匈奴七百余里，胡人不敢南下而牧马"（摘自《过秦论》）。蒙恬从榆中（今属甘肃）沿黄河至阴山构筑城塞，连接秦、赵、燕5000余里的旧长城，据阳山（阴山之北）逶迤而北，并修筑了北起九原、南至云阳的秦直道，构成了北方漫长的防御线。蒙恬守北方10余年，匈奴慑其威猛不敢再犯。前215年，匈奴终于被蒙恬逐出了河套地区。

冒顿是匈奴头曼单于之子，他当太子时，头曼单于欲立所宠阏氏（匈奴皇后）之子为太子，将冒顿派往月氏（西域游牧部落）为质。头曼单于发兵攻打月氏时，月氏王十分恼怒，便欲杀在月氏为质的冒顿。冒顿闻讯后，他便盗了一匹好马，飞骑逃回了匈奴。头曼单于闻知此事，对冒顿十分赞赏，乃令其统领万骑，使之成了匈奴的一名重要将领。但就在这时，冒顿已对头曼单于产生了不满，并欲将其取而代之。于是，他将自己所统之部，训练成了绝对服从、忠于自己的部队，为政变谋位在做准备。为此，他特意制造了一种名鸣镝的响箭，对部下专门规定：鸣镝所射而不悉射者斩。出猎时，他射出了鸣镝，随从有不随鸣镝射往同一目标的皆斩。而后，他用鸣镝射自己的宝马，左右有不敢射者，也被立斩。进而，他又用鸣镝射自己的爱妻，左右仍有不敢射者，又被斩杀。后来，他以鸣镝射头曼单于的宝马，左右无一人不射。到了这时，冒顿知道部下已绝对忠于自己了，这才对他们放下心来。有一次，冒顿随父头曼单于率众出猎，利用这一机会，冒顿用鸣镝射头曼单于，左右无有不从，皆随之放箭，便射杀了头曼单于。随后，冒顿又诛杀了头曼单于的夫人瘀氏及异母弟，并尽杀异己大臣，他自己便自立为匈奴单于。

冒顿单于继位后，便开始对外大肆扩张。他先率兵大败东胡王，随即并吞了楼烦、白羊河南王（匈奴别部，居河套以南），并收复了蒙恬所夺取的河套地区，对汉之燕、代等地进行侵略，还向西进击月氏。老上单于继位后，又大败并杀死了月氏王，迫使月氏向西域迁徙，北方及西北一带的丁零、浑庾、屈射、鬲昆、薪犁等部族，先后都臣服于匈奴。

匈奴国的全盛时期，是从是从汉高祖白登被围即冒顿单于统治时期开始，到汉武帝统治的元朔年间，共有半个世纪的辉煌，共有半个世纪的辉煌。直至伊稚斜单于时期,他们遭汉军连续打击,这才由盛转衰。汉武帝时，因西汉的经济、国力大大增强，遂对匈奴从战略防御转为战略进攻，发动了三次著名战役：河南之战（也称漠南之战）、河西之战、漠北之战。此时，正是伊稚斜单于在位时期，也是匈奴衰落的开始。

前127年，汉武帝派卫青收复西域河南地区；前121年，汉武帝派霍去病夺取河西走廊，受降匈奴右部10万人，设武威、酒泉、敦煌、张掖四郡；前119年，卫青、霍去病率5万骑兵分两路出击，卫青击溃伊稚斜单于,霍去病追歼左贤王7万余人,封狼居胥。两军共歼灭匈奴军9万余人，使其一时无力渡漠南下。

伊稚斜单于死后，其子乌维立，乌维死，子詹师庐立，詹师庐死，季父呴犁湖立。在这十几年间，匈奴避居漠北休养生息，汉军也进行休整，并开始筑塞外列城，在赵秦二国修建的阴山长城以北修建汉长城，自敦煌往西至罗布泊，沿线构筑军事防御设施，专门设置官员镇守，以保护去外国的使者，并供应给养，使商路得以畅通。

汉朝还在东部联合乌桓，西部派张骞两次出使西域，联络大月氏、大宛等国，极力压缩匈奴的空间。并派汉兵在轮台、渠犁一带屯田，以作持久打算。

前103年,赵破奴率领汉军攻打匈奴,被匈奴所围,全军覆没；前99年,贰师将军攻击右贤王于天山，歼匈奴万余人，返军时为匈奴主力所围，将士损失大半；两年后，李广利率领6万骑、步兵7万人出朔方攻击匈奴单于,公孙敖率领1万骑兵、3万步兵出雁门攻击匈奴左贤王,战不利,皆引还；前90年,李广利率军深入漠北,战败后投降,损失士卒数万人。因一败再败，汉武帝便不再对匈奴发起攻击，匈奴才得以重新掌控漠北；汉昭帝时期，匈奴为缓和与汉的敌对关系，把扣留了整整19年的汉使苏武释放，向汉表以示善意；前73年，匈奴转攻西域的乌孙以索要公主（即西汉嫁给乌孙王的解忧公主），乌孙向汉求救，汉朝即组织五路大军十几万骑，与乌孙联兵联合进攻匈奴。

前71年，汉朝再次联兵二十几万合击匈奴，大获全胜，直捣右谷蠡王庭。同年冬，匈奴出动数万骑兵击乌孙以报怨，适逢天降大雪，生还者不足十分之一。是时，丁零从北面来攻，乌桓从东面来攻，乌孙从西面来攻，匈奴因之元气大伤，被迫向西迁徙以依靠西域，西域再次成为汉朝和匈奴争夺的重点。双方反复激烈争夺车师之际，前60年，匈奴内部因掌管西域事务的日逐王与新任单于屠耆堂争夺权位发生冲突。日逐王降汉，匈奴被迫放弃了西域，汉便完全控制了西域，匈奴实力因之大减。

匈奴因战争、天灾、领土及人口的减小，处境日益困窘，内部纷争开始激化。自伊稚斜单于后，匈奴单于更迭频繁。前58年，匈奴东部姑夕王等人共立呼韩邪单于，呼韩邪单于击败握衍朐鞮单于，握衍朐鞮自杀身亡。都隆奇等人共立日逐王薄胥堂为屠耆单于，他们又击败了呼韩邪单于。于是，匈奴进入五单于争立时期，自然变得不那么强大了。前54年，闰振单于率军东击郅支单于，闰振单于兵败被杀。郅支单于乘胜击破呼韩邪单于，据漠北王庭。呼韩邪单于被迫南下向汉称臣归附，是为南匈奴。后来，北匈奴郅支单于则率部众退至中亚康居（今巴尔喀什湖与咸海之间，即哈萨克斯坦一带），呼韩邪单于占了据漠北王庭。

前36年，为了清除北匈奴在西域的影响，西域都护甘延寿、副校尉陈汤远征康居的北匈奴，击杀郅支单于。三年后，属国南呼韩邪单于入长安朝贡，并自请为婿，汉元帝遂将宫女王昭君赐之。呼韩邪封王昭君为宁胡阏氏。呼韩邪死后，其后裔遵从他的遗嘱，与汉朝保持友好关系长达30多年，直到王莽篡汉为止。新朝时，王莽企图用武力树立威信，便分匈奴居地为15部，强立呼韩邪子孙十五人俱为单于，借以削弱匈奴的势力；还把汉宣帝颁给属国的金质"匈奴单于玺"索回，另发给乌珠留单于"新匈奴单于章"，蓄意压低单于的政治地位；并将"匈奴单于"称号改为"恭奴善于"，后改为"降奴服于"。这一系列举措，自然激起了匈奴的不满，便使得战火再起。

大约在46年左右，匈奴国内发生严重的自然灾害，人畜饥疫，死亡大半。而其统治阶级因争权夺利，再次发生分裂。48年，匈奴八部族人共立呼韩邪单于之孙日逐王比为单于，与蒲奴单于分庭抗礼，匈奴再次分裂为两部。

后日逐王比率 4 万多人南下附汉称臣称为南匈奴，安置在汉朝的河套地区，而留居漠北的人便称为北匈奴。

北匈奴，因连年遭受严重天灾，又受到汉朝、南匈奴、乌桓、鲜卑的攻击，退居漠北后社会经济极度萎缩，力量大大削弱，迫不得已，便多次遣使向东汉请求和亲。其目的，既是怕东汉北伐，也想挑拨破坏东汉与南匈奴的关系，并想在西域抬高自己的声望，还想通过和亲与东汉互市交换所需物资。但是，东汉政府没有答应和亲，仅同意双方人民互市，北匈奴自然不满，便在那一时期，曾不断袭扰劫掠东汉渔阳至河西走廊北部边塞地区。

随着东汉的政治稳定和经济的恢复发展，国力得到增强，便开始了征伐北匈奴的战争。73 年二月，东汉派窦固等将领率四路大军出击匈奴，班超出使西域诸国，也正是在这一时期。当其时，北匈奴的单于，即为优留单于。看，这就是匈奴王国，这就是匈奴王国的都城，这就是优留单于，这是一个十分奸诈狡猾、凶狠毒辣的家伙。

这时，大风在吹，北风尖厉；大雪在飘，纷纷扬扬。

在匈奴王宫大殿里，优留单于正豹眼圆睁，凶光四射，他手执着利剑，斥声如雷，正在痛斥龟兹王和遣往龟兹国的匈奴使者头领："你们都是废物，是浑蛋，那么多国家、十几万人马，却连一个中原小司马班超都制服不了，连他们区区 36 人都制服不了，你们还有何脸面来见我？今日，我非宰了你们不可！"

"这不怪我，不怪我呀！"龟兹王说，"全怪班超他能牙利嘴、巧舌如簧，硬是把康居、乌孙、车师、尉头四国国王都说动了啊！我一再坚持，要联匈抗汉，可是独力难撑、独木难支啊！"

"那你为什么不杀了班超？"优留单于问。

"我是要杀班超，可他们四王都护着，我没有机会下手啊！"龟兹王说。

"那，你去死吧！"优留单于说，"那班超不死，你就得死！"

龟兹王吓得四肢筛糠，他连连叩头求饶："老王爷饶命，老王爷饶命……看在我多年效忠单于份上，您就饶我一条狗命吧！"使者头领也是同样，不住叩头求饶。

军师哈密图走上前来，劝解说："老王爷，胜败乃兵家常事，您何必生这么大的气呢！"

优留单于仍然暴跳如雷，他说："眼下，只有宰了这两个丧门星，才能出了我的气，也才能出了我的气，也才能重鼓士气，以振军威！"

哈密图说："王爷，大怒伤肝，肝火伤身，您一定要注意少动怒，少发火，注重龙体，保重安康，至于如何对付汉使班超，咱们还有办法，有办法啊！"

优留单于不得不泄了气，他便掷剑于地，一屁股坐在龙椅之上，只可怜巴巴地"唉"了一声，却一句话也说不出来。

乘此机会，哈密图赶忙向龟兹王他们二人使了个眼色，说："还不快谢老王爷不杀之恩，都愣在那里干什么？"

他们二人便急忙跪下，连连叩头说："多谢老王爷不杀之恩，多谢老王爷不杀之恩……"

优留单于没好气地说："你们滚吧，滚得远远的！"

他俩闻听，便急忙起身，如同两只夹着尾巴的狗一般，战战兢兢地退出了宫廷大殿。

二人走后，哈密图又安慰优留单于说："王爷一直胸怀若谷，容量似海，何必与这些小人计较呢？我知道，您有壮志雄心，宏图大愿，一定能实现自己的远大抱负，会如愿以偿的。"

优留单于说："可你看，咱们现在连个中原小司马都斗不过，还谈什么远大抱负呢？"

"老王爷，那中原司马班超虽然年轻，但他确是文韬武略、智勇双全，真的不好对付。对此，我们还得从长计议！"哈密图说。

优留单于眯缝着奸诈的眼睛，紧盯着哈密图说："怎么个从长计议？你先说道说道。"

"王爷放心，我已想好了一个办法。"哈密图说，"采用这个办法，一定能够成功。"

"什么办法？"优留单于问。

"以汉治汉啊！"哈密图说，"我听说，那班超对大汉朝廷汇报时，说他在西域采用的办法是'以夷治夷'，即用西域国家来对付西域国家，先攻破西域诸国的团结，再从内部进行分化瓦解，挑起对立对抗，重在对抗我们匈奴。可他这种办法，我们也可以使用啊，即可以'以汉治汉'，具体呢？必须如此如此……"他遂向优留单于献以密计。

原来，当哈密图得知班超在鄯善一举斩杀匈奴使团300余人后，就觉得班超是一个很难对付的对手，于是便派出奸细，散以重金，到处搜寻班超的对立面和薄弱环节。终于，他打听到了，班超先结仇于梁扈和种兢，次结怨于李邑，后又与郭恂产生了矛盾，这梁扈、种兢和李邑今都是汉廷朝臣，李邑是当朝的谏议大夫，种兢已担任了洛阳令，梁扈进入了司徒府当长史。而郭恂呢？他与李邑关系密切，今已潜入西域使团内部，是藏在班超身边的一把尖刀。这敌人的敌人就是朋友，那么，班超的这些仇家，都是可以利用的。于是，他便施以重金，收买班超的仇家，搜集班超的罪证，必欲置班超于死地而后快，一定要把汉朝使团赶出西域。而且，他还打听到了，今汉明帝刚刚去世，汉章帝刚刚继位，这只是一个十几岁的小毛孩，他屁事也不懂，这不正是扳倒班超、撤回汉朝使团的好机会吗？

听罢哈密图的密计，优留单于说："好！不管你用什么办法，只要你能将汉司马班超赶出西域，使我们能够占领、统治西域36国，进而能并吞中原，你就是第一功臣。为此，你要什么我给什么，要兵给兵，要将给将，要金银给金银，要珠宝给珠宝。咱们的目的只有一个，扳倒或除掉班超，从西域撤回汉使团，但愿你此计能够成功。"

哈密图说："我此一计，不敢说有十分把握，但九成却是有的。我一不要兵，二不要将，只要金银珠宝就足够了，并一定能获成功！"

于是，优留单于即作安排，对哈密图所需的金银珠宝，让从国库中予以提取，用多少取多少，不作限制。这样，你想哈密图他还愁什么呢，很快，他便买通了班超的所有对立面，拉起了一道阴谋线，挖好了一个大陷阱，就单等班超他们往陷阱里跳了。

……

这是京都洛阳一个漆黑的深夜，谏议大夫李邑的两个心腹，一人挑着一个灯笼在前引路，一人领着一位背着包裹的"商客"模样的人，从李府后门而进，鬼鬼祟祟地来到李邑密室。客商见了李邑，便翻开内衣，撕掉缝在上面的布片，取出一封密信交给了他。

李邑接过信后，只稍稍扫视了一眼，便小心翼翼地搁入抽屉，说："信，我一会儿细看，你先说事吧！"

客商说："可那只是信，还有东西呢。"他一边说，一边取下自己身背的包裹，打了开来，里面全是名贵的宝石，真可以说是价值连城。

李邑一见，便惊叫了一声："啊！这么多好东西！"

"这些东西，现在全归您了。"客商说，"我们军师说了，这是优留单于赠给您的第一批宝物，作为您前期活动之资。东西您自行安排，想给谁就给谁，您想留多少就留多少。但有一个条件，您必须除掉班超，至少要把他扳倒，要撤回西域的汉使团。事成之后，另有重谢。"

"那，你代我谢谢优留单于和军师的美意。我一定尽力，尽全力完成你们的所托。"李邑说。

"你还是先看看信吧，看看优留单于和军师有什么吩咐。"客商说。

"也好。"李邑说，他一边说，一边再点亮一根大烛，在烛光之下，他细细看起信来。那第一封信，是匈奴军师哈密图写的，内容如下：

尊敬的李大夫：

您是中原大夫，我是匈奴军师，咱们各为各国，各为其主，这是对的。但我闻得，您与班超有"误子之仇"，如此深仇大恨，您难道不想报复他吗？当然了，我知道，您不是一般人，是那种"宰相肚里能撑船"的胸襟无比宽广的大人物，对于一般人一般事是不会计较的。但是，一想到儿子，一想到"鼻子"，您还能忍吗？换着我，是绝对不会忍的。您要忍则忍，我们并不勉强，可如若不忍，想报仇雪恨的话，我们将助您一臂之力。我闻得，您是一个十分清廉的人，一心为国为民，并不贪财谋私，经济比较拮据。此一事，我对我们优留单于说了，他交代我，一定要供您所需之资，找您所需之人，提供您所需信息，一定要帮您报了这个深仇大仇！

今前来送信送物之人，他姓李名才，是我们匈奴的一名臣子，他是优留单于和我任命的最好和我们信赖的中间牵线人。为掩饰其身份，我们特让他扮作客商的模样。为促事速成，我们先送些薄礼，您可根据需要，自行作以安排。总之，我们的目的，就是要扳倒班超，能除掉他当然更好，关键，还一定要从西域撤回汉使团。如能如此，您的任务便算完成了，那等待着您的，将是滚滚的财源和不尽的好处。以至于在匈奴这边，也还有高官厚禄。

事成之日，我们另有重谢！

看了哈密图这封信，李邑不由想起几天之前，郭恂托心腹带给自己的一封信。那封信是这样写的：

尊敬的李大人：

奉您之命，我是在一直严密监视和观察着班超的。当初，在洛阳时，他抄书我也抄书。后来呢？他投笔我也投笔，他从戎我也从戎，他出使西域我也出使西域，这并不是出于我对他的友谊，而是出于您交给我的使命。他的一切行动，几乎都逃不过我的眼睛。如实事求是的讲，班超他投笔从戎，出使西域，是大获成功的。他在鄯善斩匈奴使者，在于阗砍王国神巫，在疏勒擒王国国王，在龟兹化解伏杀危机，其之所作所为，正如神人一般，几乎无病可挑、无懈可击。

但是，班超他像是神人，可也毕竟是常人，他自到西域以后，也因远离家门，寂寞难耐，便接来了妻子儿子，一个当兵为将守军营的人，怎么能把自己的妻儿留在身边呢？自打妻儿来了之后，他在西域拥娇妻，抱爱子，大享其乐，不思军事，小日子倒也优哉游哉。更有甚者，他竟然私改军规：将'临阵不许招亲'，改为'临阵不许招亲，但特殊情况可以例外'；将'与外族不许通婚'，改为'如汉兵与外族女子双方自愿时，可以登记结婚'；将'女色不接近'，改为'反对欺凌女性，提倡纯洁爱情'等等，难道这严格的军规，都是可以私改的吗？类似这样的军队，有什么战斗力呢？

老实说，这个班超，他使我感到恐惧：他像是一个神人，对什么都能未卜先知；他像是一把利剑，对什么事都能迅速斩断；他像是一团烈火，在军中能熊熊燃烧；他像是一颗明星，在西域能腾空升起……说实在的，他真的是我们遇到的最可怕的对手。只是，他现在羽毛还未丰满，千万不能让他羽毛丰满啊！对于他，现不予以遏制，以后恐很难遏制，现不予以剪除，以后恐很难剪除。因为他羽毛丰满时，那一定是一只冲往云天的鹍鹏，我们却怎么遏制和阻拦呢？

但是，幸有天赐良机，我千方百计打听，知匈奴优留单于和哈密图军师都愿意尽力帮助我们，要钱给钱，要人给人，要情报给情报……可以说，这是外力，今借以外力，内外夹击，合力攻击，不难而一举而击碎班超，撤回大汉西域使团。如此天赐良机，切切不可失去，望李大人惜之惜之。

吾在西域，静候您的佳音。

李邑认真将哈密图的密信看完，便对那位名叫李才的客商模样的人说："好，事情我完全清楚了，你让优留单于和军师放心，我一定会把事情办好的。"

"好吧！我们静候您的好消息。"李才说。

"这样吧，具体的办法，我再好好想想，你呢？得赶快离开这里，万一被人看见，会有诸多不便。"李邑说。

"我必须速返西域，优留单于和军师那边，还急着等我的回复呢。"李才说。

"噢，对了，有个叫郭恂的人，你知道吗？"李才欲走，李邑却像突然想起什么似的问。

"正打算接触，不过还没顾上。"李才说，"我们军师都交代过了，让我抽空去找他。"

"郭恂，我们军师说过这个人，他不是汉使团的从事吗？"

"对，他正是汉使团的从事，可也是我的朋友，你以后的朋友，他以后是用得上的。"李邑说。

"那，我没同他联系。"李才说。

"不，同他你不要急于联系。好钢，要用在刀刃上，郭恂可以利用，但不要轻用。"李邑说，"他是深埋在班超使团内部的一把尖刀，一定要等到关键时候再用。"

"好，明白了。"李才说。

于是，这个李才，仍由李邑的心腹引领着，他们沿着小径，穿过了庭院，来到他们方才所进的后门，从那里悄悄走了出去，很快，李才便消失在茫茫的夜幕里。

李才走后，李邑便又取出郭恂那封信，他将两封密信仔细看了好几遍，而后，他在屋里踱步，踱步……沉思了良久，方从牙缝里挤出一句发狠的话来："班超呀班超,多年前,你为救一女子,坏了我儿子的美事,最可恶的,是你毁了他容并削掉了他的鼻尖,让他遗臭乡里,恶名在外,不仅难以上太学,而且难以成才。此仇不报,我枉为人父!今不是我对君不诚、对国不忠,实是因我与你班超结仇太深,才不得不借助外力,对你下手,这也是不得已而为之。今日,我一定要让你陷在我为你设计的圈套里,跌在我为你挖好的陷阱里,栽在我为你备好的墓穴里……你等着吧!"

室外,突然传来一声雄鸡的长鸣,李邑不由心里一惊:"啊,天都快亮了!好,天快亮了,我的苦日子也快熬到头了,我儿子的大仇终于能报了。班超啊!咱们就好好较量一番吧!"

……

# 第二十六章　等待时机　李邑种兢巧上书

　　按照自然的规律：历史，都是愈来愈发展的；社会，都是愈来愈进步的；国家，都是愈来愈强大的。但是，有时也有例外，特别是在皇权至上的封建社会。那种由皇帝一人说了算的中央决策方式，那种集国家最高权利于一身的独裁统治，那种都由皇帝一人行使军、政、财大权的领导方法，是有着绝对的独断性和很大的随意性的。在这样一种情况下，有明君还好，无明君便不好，它会使历史、社会、国家的发展都受到影响和阻碍，以至于退步。也还有这样一种情况，那就是"娃娃皇帝"的执政，它同样也会阻碍历史的发展、社会的进步，影响国力的强大、军力的提升。也就是在班超出使西域期间，恰好碰到了这样一种情况。

　　应当说，班超出使西域，是受窦固将军委派并征得汉明帝刘庄同意的。刘庄原名刘阳，为光武帝和阴皇后所生。少年时代，他师从经学大师桓荣学习，10岁时，就能背诵和理解古典名著《春秋》。当时，光武帝刘秀觉得儿子很了不起，他简直就是神童。而较早地在刘秀身边学习和观察政务活动，又增加了刘阳的不少才干。建武十五（39）年，刘秀下令检查天下的垦田和户口，并命令刺史、太守们逐一汇报。到汇报的这一天，12岁的刘阳站在刘秀身后，观察上报官吏的神色。刘秀仔细检查着文书，翻着翻着，在陈留县的吏牍中发现了这样一句话："颍川、弘农可问，河南、南阳不可问。"刘秀莫明其妙，问下面的官吏们，大家也说不出个所以然来。这时，站在刘秀身后的刘阳得到父亲的准允，站出来说："河南是首都所在，中央高级官吏都住在这里；南阳是陛下的故乡，陛下的亲戚多居住于此。因此对这两个地方的田亩数字，负责检查的官员们当然不敢多问。"刘秀听了，恍然大悟，他惊叹一个 12 岁的孩子，竟有如此锐利的眼光。于是便有了以刘阳为帝位继承人的打算。

这时，郭后由于失宠，心中颇有怨恨，时时讽刺阴丽华和刘秀，更促成了刘秀便废长立幼的决心。但皇太子刘疆并没有什么过错，刘秀便决心先废黜郭后再说。于是，在建武十七（41）年，刘秀以"怀势怨怼、数违教令"的罪名，废黜了郭皇后，另立阴丽华为皇后。皇太子刘疆觉得母亲被废，大势已去，不得已上书刘秀，请求让位，出镇藩国。刘秀因为刘疆毕竟没有什么过错，不忍心批准，刘疆又拜托亲近大臣，为其表白诚心。刘秀觉得现在时机成熟了，于是在建武十九（43）年，下诏封刘疆为东海王，立东海王刘阳为太子，改名为庄。这一年，刘庄 16 岁。建武中元二（57）年，刘秀去世，刘庄正式即帝位，是为明帝，时年 30 岁。

刘氏汉家天下在西汉后几位皇帝的时候，大权旁落于外戚手中，最终导致王莽专权篡汉。经过王莽改制和随之而来的社会动乱，国家的礼仪制度遭到破坏。所以光武帝刘秀去世时，诸王及大臣们前来奔丧毫无法度，朝廷里一片乱哄哄。明帝的兄弟们在宫殿中与明帝并肩而坐，一点也不把这个新皇帝看在眼里。为了树立威信，明帝命令秉性刚直、举止威仪、执法如山的太尉赵熹主持丧事。赵熹不负重托，他仗剑入朝，将与明帝坐在一起的诸王都请下殿阶，让他们加入到大臣的行列里，以辨明君臣之别。并且整顿宫卫制度，让王国官吏不得随便出入宫禁。这样，朝廷的秩序，这才逐步安定下来。此外，明帝不论对身边的下级官员还是对三公九卿这些重臣，都监督很严，每有过错，就当面训斥。所以，永平朝的吏治十分严正，为后世的史家所称道。

不过，对明帝以第四子的身份继承大统，他的众兄弟们很不服气。明帝的同母弟山阳王刘荆，伪造大鸿胪郭况（郭皇后的弟弟）的手笔，写信给东海王刘疆，劝其举兵以取天下。刘疆是个十分胆小怕事的人，他不仅没敢起兵，反而将刘荆派来送信的使节和信件原本，都押送到京城洛阳，交给明帝查办。明帝暗中侦知，此信系山阳王刘荆所为，为免激起更大的骚动，他将刘荆一案秘而不发；并对阴、郭二皇后，他同等礼敬；对前太子刘疆，他也关怀备至，其待遇远高于一般的王侯。在人事上，明帝委任开国元勋高密侯邓禹为太傅，同母弟东平王刘苍为骠骑将军，光武朝太尉赵熹保留原职，使宗室、功臣、官僚集团都有了自己的政治代表，增加了政权的稳定力量。与此同时，明帝还发布诏令，赐天下民爵，安顿流民，减免刑罚，照顾鳏寡孤独，最大限度地缓和社会矛盾，巩固了自己的统治。

但是，明帝并非一味采取退让政策，一旦其统治巩固，他就开始严厉镇压反对派，强化自己的专制统治。永平十三（70）年发生的楚王刘英入狱，就是明帝给诸侯王势力的一次沉重打击。楚王刘英，是光武帝刘秀与许美人所生。因许美人不得宠，所以刘英也受到冷落，被封在僻远之地，封地也很小。当时，佛教渐渐地传入中土，刘英在百般无聊中对佛教产生了兴趣，数次访求佛法，希望仗佛氏灵光，佑护己身。这一年，有一个名叫燕广的人到朝廷上书，弹劾刘英与渔阳人王平、颜忠等借信奉佛教为名，造作图书，图谋不轨。明帝得到报告，即马上命令宗正（管理皇族事务的中央官员）派员查证。派出去的官员不久汇报说，楚王刘英招集奸猾，捏造图谶，图谋篡位，罪证确凿，请求判处刘英死刑。明帝得到报告，宣布剥夺楚王刘英的王爵，命其迁往丹阳泾县。刘英行至丹阳，因不得其志，遂自杀身亡。同案犯颜忠、王平在洛阳狱中，由于受不住狱吏的严刑拷打，胡乱招供，牵连许多无辜。这些人中，有隧乡侯耿建、郎陵侯臧信、护泽侯邓悝、曲成侯刘建等。四人与颜忠、王平素昧平生，互不认识，但明帝这时已把往日对宗室诸王隐忍的仇恨倾注在楚王刘英身上，所以对颜忠、王平所招的人，不分罪证是否成立，一律穷治，下面的官员奉承上意，造成了众多的冤狱。后经侍御史寒朗的谏阻，使明帝顿然清醒，才改弦更张，亲临洛阳监狱查核案情，释放无辜千余人，使朝野安定了下来。

刘庄即位以后，他躬亲政务，事无巨细，都要过问。一日，明帝赐给西域使者十匹丝绸，负责登记的尚书郎误写为百匹，并将记录转交给大司农入账。明帝索要记簿查看，发现错处后大怒，急召尚书郎重新进殿，要当场施以重罚，命令左右将其按下，自己手持大棒，狠狠打去。尚书台的长官钟离意在宫外听说，急急进殿，叩首求情说："尚书郎乃小失，不足以施重刑。郎官是我的属下，陛下要处罚就处罚我好了，亦足惩戒百官。"一见钟离意亲自认错，明帝的怒气才渐渐平息了下去。有一天，郎官药崧犯了些微小的过失，明帝抄起木棒来就要敲打，以示惩戒。在明帝的躬亲政务和严格督责之下，其时纲纪整肃、吏制谨严，诸政颇多绩效。

当时，黄河的河道南移，改从东宛（今山东境内）入海。由于没有堤防约束，下游常常泛滥成灾。为了恢复农业生产，永平十二（69）年，明帝命令著名的水利工程专家王景、王吴负责修治黄河。王景、王吴率领几十万民工和士兵，先用"堰流法"修成浚仪渠，并从荥阳至千乘海口千余里间修渠筑堤，从而使河、汴分流。黄河受新筑堤防的约束，水势足以冲刷沙土，通流入海。

在对付周边游牧民族的侵扰问题上，由于社会的安定和国力的恢复，明帝一改光武时期的守势，采取积极进攻的战略。永平八（65）年，北匈奴骑兵进攻河西诸郡，焚烧城邑，杀掠甚众，人民深受其害，以致河西城门昼闭。永平十五（72）年，北匈奴又侵犯河西，而且胁迫西域小国随同入寇。面对北匈奴势力的猖狂侵扰，耿秉上奏说："中国虚费，边陲不宁，其患专在匈奴！以战去战，圣王之道。"明帝有志于北伐，十分赞同耿秉的意见。是年，明帝派遣窦固和耿秉出屯凉州（东汉治陇县，今甘肃清水县北），作为北伐的准备。永平十六（73）年，明帝命令诸将率同南匈奴及乌桓、鲜卑等少数民族组成的骑兵部队，出塞北征，揭开了东汉王朝同北匈奴战争的序幕。这次出征，窦固西出酒泉，在天山（今新疆吐鲁番城北）击败匈奴呼衍王部，追至蒲类海（今巴里坤湖），占据了伊吾卢城（今新疆哈密县）。

汉明帝崇尚儒学，他命令皇太子、诸侯王及大臣子弟、功臣子弟，都要读经。又为外戚樊氏、郭氏、阴氏、马氏诸子弟立学校于南宫，聘任高明的经师传道授业。明帝在"五经"之中，又独重孝经，倡导"以孝治天下"，甚至命令期门、羽林的守卫士兵都要背诵孝经。对礼仪制度，明帝也非常重视，他亲自与东平王刘苍讨论，制定了祭祀天地和祖先的仪式，按等级建立了一套天子、王侯、百官的车服制度。

明帝还十分提倡尊师重道，明帝为太子时，曾跟博士桓荣学过《尚书》，即位以后，仍尊桓荣以师礼。桓荣以少傅调任太常，明帝常常亲临太常府中，听桓荣讲课。桓荣的学生们请明帝讲解，明帝谦虚地笑着说："老师在座，不必问我。"桓荣这时年已逾80，常常生病不起，明帝亲自派太医去为其治病。桓荣寿终，明帝亲执弟子礼，做孝服为其举哀。明帝这样做当然是出于师生之谊，然而更重要的是为天下树立表率，向社会倡导一种尊师重道的风气，以维护封建地主阶级的伦理道德及政治统治。

永平十八（75）年秋天，明帝染病，不久病逝于洛阳东宫前殿，享年48岁。遗诏吩咐"丧事从简，不准奢费"。当年，葬于显节陵，谥号"孝明帝"，庙号"显宗"。

汉明帝之后，汉章帝刘炟继位，他初继位时十几岁，也属娃娃皇帝。但是后来，他也有较好的政绩。比如，他政宽刑疏、禁除酷刑、重视文化等。正因为此，也有了历史上有名的"明章之治"，使得东汉进入了全盛时期。明帝时期，因为他对匈奴采取积极进攻的战略，对西域诸国也采取积极联合之策，李邑他们便不敢轻动。

如今，明帝逝世，年轻的章帝刘炟新立，这是多好的机会啊！于是，李邑便串联了班固、班超的昔日对手梁扈和种兢，今梁扈回京后进了司空府，在朝为"九卿"之一的光禄勋，种兢更为了得，他竟当上了洛阳令，二人均为朝臣。有他们三个朝臣相互串联，还能掀不起大的风浪？

当日上午，在洛阳皇宫金殿，汉章帝第一次设朝问政。文武朝臣百官各站立两边，显得十分庄严威武。年纪轻轻满脸稚气的章帝刘炟坐在精雕细刻、镶金裹银的龙椅之上，见那么多的朝廷官员都向自己跪拜行礼，他感到十分新奇，却又十分好笑，多少有点手足无措、局促不安。他先干咳了一声，遂问："诸爱卿，这不是都设朝了，你们谁有什么事，可以上奏，怎么都不吭气呢？"

正当其他大臣都思量着，怎么给这位新皇帝上奏才合适时，李邑却第一个迈步上前，上奏说："禀圣上，微臣李邑，刚刚护送西域乌孙国太子回国，一切都平安，今使命圆满完成，特来缴旨。"

汉章帝说："李爱卿不负圣命，远赴西域，千辛万苦，护送乌孙太子平安归国，实属劳苦功高。那是不是要给他记功呢？你们看，这是谁管的事，就给他记功吧！"

司徒袁安站出来说："圣上，李邑护送乌孙太子回国，只是完成了分内之事，不属什么功劳，不应当记功。"

"那就不记了吧！"章帝说。

这时，李邑整了整自己衣冠，再上前一步说："可是圣上，臣在西域，闻听人说，司马班超在西域滥杀无辜，杀人如麻，尤其是尽斩外国使者，很不得人心啊！"

听李邑如此之说，马廖将军立即走出列来，他为班超辩护说："李大夫此言差矣！那班超所斩并非别人，而是匈奴使团300多成员。当时，敌强我弱，敌众我寡，班超他们，如不斩杀匈奴使团，我大汉使团即会被匈奴使团全部杀掉。班超此举，非但无过，且有大功，试想，以36人之使团，斩杀匈奴使团300余人，自己却无一亡故，这需要多么大的胆量和勇气啊！"

群臣听得马廖将军为班超的辩解，都深以为有理。舆论很快倒向了班超一边。章帝却听得心烦，他说："那这事，就不再议了吧！李爱卿说班超有过，马爱卿说班超有功，这功过相抵不就得了，好了，不说了不说了。"群臣们看这娃娃皇帝，辨是非如同判儿戏一般，全都感到好笑，可谁也不敢笑出声来，只能在心中暗笑罢了。

可是，李邑并不就此作罢，他又说："可我在西域时还听说，班超在西域拥娇妻，抱爱子……"

"嗨，这算什么事情？拥自己的妻子怎么了？他又没拥别人的妻子；抱自己的孩子又怎么了？他也没抱别人的孩子。这些都不是事，李爱卿你也真是，尽说些提不上串的事。"李邑本想告御状，但却被章帝驳回了。因为这个年轻幼稚的章帝，多年为太子，老待在深宫大殿，出皇宫的机会很少，他哪知道什么军规？哪知道什么纪律？李邑的御状明显没有告成。但李邑不甘失败，他转口便说："关键班超在西域老东游西逛，大享其乐，不思军事，忘却自己出使西域的责任。"

章帝呢？他根本不知道西域是什么样子，今闻听李邑说班超在西域东游西逛，大享其乐，便说："那西域，逛的地方多吗？很好玩吗？"

"不好玩，太不好玩了！那真是个鬼地方，千里大漠，遍地黄沙，没有人烟，到处都是盐碱地，是不毛之地，哪有什么逛的地方？"光禄勋梁扈这时站出来说话了。

"是这样的吗？"章帝问。

"是的，是这样的。"洛阳令种兢说，"那里除了黄沙，便是鹅卵石，人难居住，鸟不拉屎，不长庄稼，不收粮食，全是些荒漠地带。"这个种兢，和李邑、梁扈早商量过了，他们根据新皇帝刘炟的年龄和性格，分析他会怎样问话，会提什么样的问题，也是据此来回答并上奏的。他们知道，这新皇帝第一次上朝是机会，是扳倒班超最好的机会，是千载难逢的最好机会，他们都不肯失去这一次机会。所以，他的对话看似可笑，实则是深思熟虑过的。

"那还守在那里干什么呢？"章帝皱了皱眉头说："既然那里人难居住，鸟不拉屎，是个不毛之地，守这地方有什么用呢？他们逛，没处逛；他们玩，也不好玩，就别守了吧！要不就叫他们回来吧！"新皇帝这种小孩子家的话，群臣们都听得好笑，却也有些吃惊，实在不知该怎么劝谏。可李邑，他一下便找到了最佳机会，他赶忙说："我其所以上奏，就是这个意思，就是希望圣上应赶快把班超和使团人员全诏回，别让他们在那里逛，也别在那里玩了，不但劳而无功，也浪费国家钱粮啊！更何况，当今之际，中原大旱，到处饥荒，我们各地的粮食都不够吃，哪里还顾得上西域这些不毛之地呢？依臣之意，就让班超他们从西域撤回吧！"

安丰侯窦嘉一听，急忙说："不能诏回，圣上，千万不能诏回啊！军司马班超出使西域，忠心耿耿，他犹如前汉张骞再世，无人能及。那班超奉诏出使西域，是为我大汉安边固疆，复通商道，其责重大，他怎么能够逛或玩呢？圣上，千万千万不能诏他们归啊！"

窦嘉刚刚说罢，种兢便又急着上奏，他说："班超他们刚到西域，是干了一些事情，可现在啥事都没了，他们还待在那里逛，待在那里玩，浪费了朝廷许多粮饷钱财，空守着那毫无用处的不毛之地，这有什么用呢？还是赶快诏回来好。"

马廖再次上前说："圣上，常言道，急中有误，快而易错，不能太着急下旨，诏归班超确实欠妥，诚望圣上谨慎行事，三思而行。"

不料这时，李邑却来了更厉害的一招，他上前说："常言说，君无戏言，刚才圣上明明说了，要诏回班超，诏回西域使团，难道你们是让我们圣上，

· 324 ·

成为言而无信的皇上吗？"

章帝虽是个刚刚登基的新皇帝，但他毕竟年轻气盛，最怕落个"言而无信的皇上"，便十分不满地说："你们这个说诏回，那个说不诏回，到底是诏回好，还是不诏回好？是你们说了算，还是朕说了算？是你们是皇上，还是我是皇上？你们常说君无戏言，今朕已命诏归班超，你们却不让诏归，那圣旨岂不成戏言了？"群臣听章帝这样说，谁还敢再劝谏进言，便都不吭声了。

章帝一见自己已经镇住了群臣，哪有不高兴之理，他也很想要耍耍皇上的威风，便冲着李邑说："今朕意已决，可速速诏归班超！李大夫，你就代朕拟旨，即去西域宣旨便是。先诏回班超再说。"

"万一他不回呢？"李邑问。

"那就再诏。"和帝说。

"若还是不回呢？"李邑继续问。

"那就再诏。再诏不回，待他回朝就严加惩办。"因这是章帝第一次设朝问政，他也不清楚下圣旨应下几回，便同意让李邑一诏再诏，必欲将班超诏回。

众臣见此，谁还敢再言再语。李邑领旨，便神气十足地说："好，皇上圣明，微臣遵命，而后，我即去西域传达圣旨，尽快诏回班超！"

李邑退下时，还用十分仇视的目光，扫视了一下马廖和窦嘉，并十分轻蔑地哼了一声，脸上现出得意的笑容。

"准奏！"章帝说罢，便挥挥手说，"好吧，散朝散朝！"

# 第二十七章　道通挥泪　讲述自己西域情

也还是这个李邑，也还是当朝的御史大夫，其姓未变，其名未改，其官职仍同以前。但是，他现在却多了一顶帽子，那就是钦差大臣。这里的钦差，即指皇帝亲自委派，那么这钦差大臣，也就是指皇帝专门委派的朝廷要员罢了。李邑，这位受娃娃皇帝委派的官员要干什么呢？那就是受皇帝之托、领朝廷之命，专门来到西域，是要诏班超他们36人回洛阳的，你说这对于正拼死拼活、忙忙碌碌在西域转战与谈判的班超一行36人，能不是最要命的吗？

这一天，在疏勒国王城，在汉使驿馆议事大厅，朝廷钦差李邑正手持圣旨，高傲无比地立于厅内那形似舞台的高台之上，他用不屑的目光扫视了一下使团众将士，高声呼喊："班超，班超呢！让军司马班超接旨。"

班超初闻消息，他便风尘仆仆、急急忙忙从外面赶了回来。一进驿馆，听得李邑呼喊，他便俯身跪地，恭听圣旨。

李邑一见班超，便高声宣读起了圣旨：

应天顺时，受兹明命：

今因先皇驾崩，新主登基，无暇顾及西土。特命班超立即动身，撤离西域，返回洛阳。

班超听罢，莫名其妙，一脸懵懂，但在表面上还不能显现，只是恭恭敬敬地口呼拜谢："谢圣上明旨！圣上万岁，万岁，万万岁！"他虽然面带不平，但却面有难色地恳求说："李大人，纵使回朝，也不是不可以，但为何要催得这般紧呢？立即动身，这怎么也来不及啊！能不能宽限些时日？"

李邑却似催命判官一般，他十分严厉地对班超说："朝廷圣旨，岂能怠慢！立即便是现在，现在就是今天，你们今天就立即收拾东西，启程回朝便是。"

"今天？今天撤离西域？这根本来不及啊！那圣旨上，也没有这么说嘛！"秦龙也说。

"可圣旨上不是说：'特命班超立即动身，撤离西域，返回洛阳。'这个立即，难道不就是快的意思，这正是我，不，是朝廷，是朝廷要求你们今天就从西域返回洛阳。"在这里，李邑使了心眼，用了手腕，他圣旨上没说让班超当天动身，口头上却要让当天动身，是故意要让班超犯"抗旨不遵"之罪，以便将其除之。当时，李邑这样淡淡说罢，便拂袖而去，一副神气活现的样子。

李邑走后，班超只是自个在大厅里踱步，边踱步边沉思，陷入忧心忡忡、进退两难的境地。这时，那 35 人，他们全都拥了过来，全都愤愤不平的样子，郭恂也在其中，他首先装模作样地问："真是莫名其妙，怎么会有这么怪的圣旨？怎么能让当天撤离？这哪里能来得及，晚点走咋能不行呢？班司马，你看怎么办？"

"容我再考虑考虑。"班超仍在踱步，他甚至连头抬也没抬。

"这是什么圣旨？圣旨也……"倔娃明显欲发牢骚，差一点把"圣旨也不能胡说"这牢骚话吐了出来，但却被班超一下拦住。

"休得胡说，皇上其所以能下这样的圣旨，自有朝廷的道理。"他又说，"你们都先回屋吧！就让我一个人静一静、想一想。"

众人一听，便全都散了，但是，秦龙却悄悄拉了拉申豹、田鼠、师全、铁蛋和倔娃，他们六个参军，全都跟着秦龙，进了班超的屋子。郭恂呢？他也没敢跟来，这一是自己做贼心虚；二是怕言多出错，会让别人看出自己是使团的内奸。一会儿，班超也走了进来。他们似无安排，又像自有安排。班超首先落座，其他人也都坐了下来。

心直口快的申豹，首先打破了沉默，他说："班司马，我们不能走，说什么也不能走啊！前些天，您还给我们讲什么是背水一战，说是我们要在西域背水一战，并问我们有没有在西域待一辈子的打算。老实说，我们当时还真没想背水一战、真没有在西域待一辈子的打算。可后来，我们想通了，想背水一战了，想在西域待一辈子了，并且把老婆孩子都接来了，也把他们的思想工作都做通了。可他们才来了几天，我们却要回去，这给他们怎么说呢？给亲戚朋友怎么说呢？给西域诸国怎么说呢？"

师全也说："我们刚说要扎根西域，联络诸国，深结友谊，共抗匈奴，但刚刚却表了态，说我们要马上离开，回返中原，对这，西域诸国和百姓他们能答应吗？我们一走，那西域诸国的领土，又要被匈奴强盗所霸占，那西域各国的人民又要被匈奴豺狼蹂躏。似此，那我们复通商道，安边固疆的计划不是要泡汤了吗？"

"我也不想回啊！我之所以接来老婆孩子，为的就是背水一战，为的就是要带头在西域待一辈子。可是，那圣旨却要我们立即动身，撤离西域，返回洛阳。对此，我有什么办法呢？"班超有些委屈地说。

"这，我也在琢磨这个问题。"倔娃站了起来，他这样说，"刚才，我话说了半截，却被班司马拦住了，拦住也是对的，要不我会说漏嘴的。现在，我就把心里话给大家说一说。我看这个圣旨，就不像是什么圣旨，好像是开玩笑一般，说什么'先皇驾崩，新主登基，无暇顾及西土'，这才让'立即动身，撤离西域，返回洛阳'。这不是儿戏是什么？下圣旨，难道会这么轻率吗？"

"会不会李邑是假钦差大臣。真正的钦差大臣，哪会是他这个尿样？趾高气扬，不可一世。"铁蛋说。

"不，李邑这钦差大臣倒是真的，只是……"听得大家的话，班超想说什么，但却欲言又止。

"只是什么，你倒是把话说清楚啊！"秦龙说，"可你怎么知道，这个李邑是真钦差大臣呢？"

"因为我在洛阳为皇家抄书时，就知道他是御史大夫，是个老臣。只是我与他早已结下了恩怨。"班超说。

"什么恩怨？"秦龙问。

"这说起来话长哟！"于是，班超就把自己当初在华山学艺时如何救了邓燕，又因何伤了李邑儿子李虎，以及邓坊主一家为避祸而搬至扶风郡的事都说了。而后他说，"所以说，眼下的事，并不那么简单。这也可以说是李邑的报复，但他有备而来，而且来势汹汹，以至惊动了皇上，颁发了圣旨，我们实在难以进行辩驳。还有，如果说是李邑报复，他颁发的这道圣旨，却也不痛不痒，并未说不遵圣旨，对我怎么处罚啊！我看，事情不那么简单，背后还有名堂。再说呢，我们修改军规才几天，接来老婆孩子才几天，李邑以至皇上，他们怎么可能了解得这么快、这么具体呢？"

"我也觉得奇怪，我们刚要大干，皇上却说不干；我们刚要长久，皇上却说往回走；我们刚要背水一战，皇上却说'撤离西域，返回洛阳'。我们虽然都未见过那个新皇上，可我们谁也没有得罪过他，都忠心耿耿地在西域给他卖命，流血流汗为朝廷立功，可他一个大皇上，为什么要跟我们这些小兵卒过不去呢？对此，我真想不明白。"田鼠说。

对此，大家仍在议论，说个没完没了，有人甚至怀疑使团内部有内鬼，叱喝着要抓内鬼。班超挥挥手说："好了，咱不说了，你们只说，咱们现在怎么办吧？"班超问。

"那还用问吗？我们都听你的，你说怎么办，我们就怎么办！"申豹说。

"是的，我们都听你的！"他们几个人，全都异口同声地说。

"依我看，这次的确风硬，硬得很，因为来的是钦差大臣，他传达的是皇上圣旨，我们抗，是抗不过。所以，我决定，咱们还是回洛阳吧！但时间上，咱们可以拖，拖一天，算一天，先拖它三天，三日后再动身。至于当天动身，这只是李邑他本人的口头命令，圣旨上并没有这么说。"班超说。

"不这样做，我们又能怎么办呢？"秦龙也十分无奈地说。众人呢？全都沉默不语，他们本来大都不愿意离开，但听班超把话说到了这个份上，谁能再持反对意见呢？

"那好吧！咱们赶快集合大家，立即宣布三天后撤离西域，返回洛阳的决定。"班超说。

"那好，我去招呼大家。"申豹说罢，他便集合队伍去了。

队伍集合起来后，班超高声对大家说："我们这次来到西域，是为了帮助西域诸国赶走强寇，驱逐匈奴，复通商道，安边固疆。我们是为联结同西域民众的友谊而来的，不是为了个人什么利益而来的。本来，我们已经取得辉煌的战果，有了一个良好的开端。但是，今有圣旨，皇命难违，圣旨难抗，圣旨召我们离开西域，返回洛阳，又有钦差大臣在这里亲自监督，他三令五申，催我们速返，故我们不得不返。所以，我决定，咱们就按皇上的旨意，按钦差大臣的命令，可于三日后启程，撤离西域，返回洛阳。现在，就请大家这两天收拾东西，我们准备撤吧！"

班超刚一宣布，队伍一阵骚动，群情一片哗然。只见一位名叫卫道通的汉兵走出队列，他一下扑进班超的怀里，十分激动地说："班司马，您刚刚宣布，'皇命难违，圣旨难抗，圣旨召我们离开西域，返回洛阳，又有钦差大臣在这里亲自监督，他三令五申，催我们速返'。所以，您决定'三日之后启程，撤离西域，返回洛阳'。可是，我想不通，想不通，一百个想不通啊！我不想归，不想归，怎么也不想归啊！现在，您能不能让我给大家说一说，我不想回归中原的原因呢？"他一边说，一边哭了起来。

"你说吧！"班超轻轻拍了拍他的肩膀说。

"班司马，您知道，我是一个月前才同哈丽娜结婚的。十分荣幸的是，您和邓燕嫂子既是我们的媒人，也是我们的证婚人啊！"道通十分激动地说道，"我们结婚时，您当着大家的面，让我给大家讲我俩的爱情故事，我不是讲了嘛！您难道都忘了吗？"

对于道通所讲述的他们这段十分感人的爱情故事，班超他忘不了，大家都忘不了，谁又能忘得了呢？

道通他是老铁匠卫百锤的儿子，从军前，他跟随父亲在鄯善王城打铁为生。时间长了，他爱上了西域的山、西域的水，更爱西域的人，他和鄯善姑娘哈丽娜结下了不解之缘。他们的爱情之花在这里结苞，在这里开放。

当时，百锤师傅的铁匠铺里，有好几个鄯善青年，在他的指点下，认真学习打铁。学习时，他们全都一丝不苟、一环不漏，百锤师傅耐心讲，他们全都专心学……每天，那呼啦呼啦的风箱声，叮叮当当的铁锤声，就像是美妙的音乐，给这个铁匠小铺带来无限的欢乐。这位百锤师傅，不只是一位技术精湛的老铁匠，还是一位武林人士。他不仅教徒弟们打铁，还给他们教授武艺，使得自己的儿子和师兄师弟们不仅具有铁匠技艺，也有一身的武艺。

一次，鄯善青年哈里力问百锤师傅："师傅，您说一说，这打铁的要领到底是什么？"

百锤师傅先没说话，只是从哈里力手中接过大锤，挥了挥说："要想会打铁，先要会抢锤，这抢锤要领是：一要稳；二要准；三要狠。这打铁打铁，打的就是抢锤功啊！"

"哦，我记住了，师傅！"哈里力说，"那单这抢锤，要学多长时间？"

"三年，三年！"百锤师傅说，"俗话说，锤抢三年，胳膊似椽。如果你抢锤将胳膊抢得像椽一样，那说明你有劲了，也熟练了，再钻研打铁的技巧，你慢慢就会成为技术十分熟练的打铁匠的。"他说罢，就让哈里力配合着，十分娴熟地抢起锤来，"叮当，叮当！叮叮当当！"但是，他抢锤富有节奏，呼呼生风，有时几乎是闭着眼睛，却能将大锤准确地砸在铁砧的铁件之上，徒弟们全都十分惊讶，佩服至极。一位徒弟发问："师傅，您抢锤为什么这么熟练呢？"百锤师傅说："我刚不对你们说，这抢锤三年，胳膊似椽。可我呢？都抢大锤30年了，还能不熟练吗？再说，熟能生巧，这抢大锤，不仅要使力，也还有巧劲呢！"

就这样，一天又一天，一月又一月，一年又一年，在百锤师傅的精心培养下，那几个鄯善青年，都成了当地颇有名气的小铁匠。

也正是这个时候，道通认识了美丽的鄯善姑娘哈丽娜，她正是小铁匠哈里力的妹妹。不过，那时他不叫道通，而叫黑蛋，全名当然是卫黑蛋了。这阵子，哈里力与百锤师傅，卫黑蛋与哈丽娜姑娘，他们真的都难舍难分呢！但是，天有不测之风云，人有旦夕之祸福，不幸的是，黑蛋的爷爷病了，爷爷重病在身，将不久人世，百锤师傅父子不得不回中原看望安顿。当时，他们欲跟随往来西域的商队，准备返回中原。

百锤师傅定下回中原一事后，黑蛋便去跟哈丽娜告别，哈丽娜说："你要回中原，我也回，因为我是你的妻子。"

黑蛋说："是的，你是我未来的妻子，但现在不是，你不能跟我回中原。我们中原的风俗十分严格，男女婚姻乃是大事，非得家里大人给正式订婚，要明媒正娶，方能结婚，否则视为偷婚。而且，我们这次回家，是探望病危的爷爷，他可能不久于人世。我们家乡风俗还有讲究，如果家里有老人去世，子孙们是不能立即办婚礼的，至少要等一年以后。所以，你跟我回去，多有不便。你还是等等，等不久我便会回来。我回来后，咱们便订婚、结婚。"

哈丽娜含着泪说："那好，我等你，你可不能骗我，一定要回来，不能见了中原的漂亮姑娘，你就把我忘了。"

"一定，我一定回来！"卫道通十分肯定地说，"我怎么能骗你呢？又怎么能把你忘了呢？不会的，我发誓！"

百锤师傅父子临走时，那几个铁匠徒弟都来给他们送行。百锤师傅向徒弟们叮咛："师傅走后，你们就守好咱这个小铁匠铺，一定要天天烧火打铁，且不可投机懒惰，以免荒废了手艺。你们不仅要熟练铁匠技艺，也要坚持练好武艺，有朝一日，总是能用上的。要记住，师傅引进门，学艺在个人，往后的路，就靠你们自己走了。……过上一段，我们也许还会回来，再教给你们溅火加钢的窍门……万一我们因什么事回不来了，那这个铁匠铺，可就交给你们了。"

正在这时，邻居大胡子李怀抱两个哈密瓜走了进来，他十分热情地说："百锤大哥，你把这两个哈密瓜带上，让中原乡亲父老尝尝，说这是咱西域乡亲的心意。谁要是吃了哈密瓜，可别忘了留好瓜子，它是种子啊！有了哈密瓜种子，那咱这哈密瓜，在中原大地上，照样也能生根开花并结瓜呢！"

"好！好！"百锤师傅十分激动地接了哈密瓜。

这时，瘦老头巴布拉拿着几根葡萄枝走了过来，他对百锤师傅说："老弟啊，你把这几根葡萄枝带上，回去把它插在家中的院子里，让它在中原的大地上生根发芽，长蔓开花，结下串串甜葡萄。这样，每到了秋天，你们也就有甜葡萄吃了。"

百锤师傅扬了扬自己的眉毛，又眨了眨自己湿润的眼睛，这才郑重地接过了巴布拉送来的那几根葡萄枝，含着泪说："谢谢了，谢谢巴布拉大哥，你想得太周到了。"

那些小铁匠徒弟，将他们父子送了一程，又送了一程。送出大约十里地后，百锤师傅顿住脚，对送行的徒弟们说："你们回去吧，送君千里，终有一别。往后，师傅不在你们身边，你们可得自己多操心哟！"那几个小徒弟望着他们父子，眼里都挂满了泪花，他们真是在难舍难分啊！

突然，徒弟中有一人转回身来，哭着说："师傅，我舍不得让您走，舍不得你们父子走啊！"他一边哭，一边扑入百锤师傅的怀中，就跟小孩子离不开自己的父亲似的。这正是哈丽娜的哥哥哈里力。

正在这时，哈丽娜骑着她那匹可爱的"菊花青"马赶了过来，那马背上，搭有满满一袋瓜果。黑蛋一见，便说："你买的水果太多了，这么远的路，我们怎么带回去呢？"

哈丽娜笑了笑说："是让菊花青带，哪里是让你带啊！"

"啥？让菊花青带！"黑蛋不敢相信自己的耳朵。

"咋啦！你不喜欢菊花青？"哈丽娜问。

"喜欢，可是你更喜欢它，我怎么能把它也带走呢？"黑蛋说。

"你带上它吧！你们这么多的行李，又要走这么远的路，没有牲口，怎么行呢？"哈里力也上来帮腔。

百锤师傅也觉得骑走菊花青不合适，说是要将菊花青留下，怕以后哈丽娜没马骑了。哈里力说："放心吧，我们几个人都商量好了，你们骑走菊花青后，我们几个人凑钱，另给哈丽娜买匹马。"

黑蛋说："这怎么行呢？我们怎么好意思接受你们送的这匹马呢？"

"那么，我们又怎么好意思接受师傅赠送的铁匠铺呢？"哈里力指着铁匠铺说，"师傅给我们留下的这个铁匠铺，能值好几匹马呢！"

这样，在大家的一再劝说下，百锤师傅和黑蛋才同意收下菊花青了。

这时，哈丽娜又含情脉脉、泪水汪汪地对黑蛋说："你一定记住你的话，不能骗我，一定会来，回来跟我订婚，回来跟我结婚！"

黑蛋眼睛红红地说："一定一定，我一定回来，一定跟你订婚，一定跟你结婚！"

百锤师傅也来为儿子帮腔："哈丽娜姑娘，黑蛋他一定会回来，一定会同你结婚。他不回来，大叔我也不答应，会打断他的腿的。"

哈丽娜这才笑了，十分开心地笑着说："大叔，我相信您，相信黑蛋，他还会回来，一定会回来，但我希望，他再回来时，那腿可要好好的。"一听她这话，大家都被逗笑了。

黑蛋和父亲回家不久，黑蛋爷爷便离世了。安埋了黑蛋爷爷之后，黑蛋便急着返回西域，去见自己心爱的姑娘哈丽娜。但就在这时，边疆战火频起，西域很不安宁，丝路商道不通，朝廷多有禁令，他无法前往西域，难以实现自己的愿望。当然，丧事办理，习俗种种，他们师傅父子难以脱身，这也不能不是一些原因。可黑蛋的心，却一直是想着西域，想着哈丽娜的。

　　这一天，红日高竿，枝头鹊鸣，在"喳喳喳"地叫个不停。黑蛋母亲对黑蛋说："儿啊，今天喜鹊这般欢叫，咱们家，不知有啥好事呢？"

　　黑蛋虽然心里没底，但却安慰母亲说："有好事，肯定有好事的。要不，喜鹊不会叫得这般欢的。"

　　正说话间，只听见百锤师傅在门口高喊："黑蛋，黑蛋！咱们有好事了。"

　　黑蛋应声来到院里："爹爹，有什么好事？"

　　百锤师傅说："儿呀！这下可好啦，朝廷要派大军西征，驱赶匈奴，复通商道。我见街上贴出告示，好多人都报名参军，我也替你报了名。我还说你是铁匠，在西域打铁多年，对那里很熟，而且还会武艺，这样，作为特招，他们这才答应收你。"

　　黑蛋听罢，一蹦便是老高："好！这回，我不愁去不成西域了。"

　　婆婆、妈妈和哥嫂一家人都围了上来，跟黑蛋说这说那，全高兴得不得了。百锤师傅对黑蛋母亲说："大兵即日起程，你赶快给黑蛋收拾东西，咱们得送他从军啊！"

　　黑蛋母亲一听，便急急忙忙为黑蛋收拾起了行李。家人也都上来帮忙，待将黑蛋行李收拾好，百锤师傅十分郑重地叮嘱黑蛋说："儿呀，我听人说，有个名叫班超的人，原来只是个抄书的，可他投笔从戎，一去西域便立了大功！你到了军营，要设法找他，如能投到他的帐下，你很快便会有出息的。你如果到了西域，一定要当英雄，千万不能当狗熊啊！一定要杀敌立功，咱全家人都盼着你的立功喜报呢！"

　　黑蛋母亲说："儿呀，在外不比在家时，到军营后，你要自己多操心，一定记住你爹的话，好好干，要立功，给咱们光宗耀祖，别老是想家哟！"

　　百锤师傅又说："俗话说，学得文武艺，货卖帝王家，咱也不说帝王家了，起码是保国家吧！今日，为了汉朝，为了国家，为了早日复通商道，我替你报名时，专门把你黑蛋的名字改成了"道通"。道通道通，如匈奴强盗赶不走，丝路商道不复通，你就别回来见我！"

黑蛋说："爹爹，我一定好好杀敌，多多立功，力争早日复通商道，商道不复通，我决不回来见你！"

百锤师傅点了点头，十分欣慰地笑了。他又拍了拍黑蛋的肩头说："走吧，儿子，你走吧！"

于是，黑蛋，不，他现在已改名为道通。就是这个道通，他告别了亲人，跟随着父亲百锤师傅，前去应征入伍，跨进了窦固将军的大营。而且，当他听闻窦固将军为班超挑选36骑时，便毛遂自荐，以身为铁匠并很熟悉西域的特长，成了西域使团36人之一。

……

这时，道通含着热泪对班超诉说："班司马，可今日商道未通，我们却被诏回返。我回去以后，如何向爹爹交代？怎能对得住他老人家盼我复通商道的一片心愿？班司马呀！道通我曾经立誓，商道不通难遂愿，活着不过嘉峪关！可如今，我难道要违背自己的誓言，于心难安啊！"

稍停，道通又热泪盈眶地说："也就是在那幸福的新婚之夜，哈丽娜姑娘问我：'你还回不回中原了？'我说：'不回了！回也只是去探探亲，几天就回来了。我既然同你结了婚，那我便是西域的女婿西域的人，我一定要保护你，保护西域的土地和民众，驱逐匈奴的强盗和豺狼！'她说：'你起誓！'于是，我起了誓。我起誓说：'我要扎根西域，安家西域，一辈子不离开西域，一辈子保卫西域，一辈子不离开哈丽娜，一定同她白头偕老！'可是如今，我却要走，却要违背自己的誓言，我却要离开西域，却要离开心爱的哈丽娜，作为一个男子汉，我怎么能对得住自己的良心自己的誓言自己的理想呢？"

说话间，那美丽的哈丽娜，也出现在了道通身旁，站在了班超面前，她泪水盈盈地说："班司马，我感谢您，感谢您让我认识了道通，使我深深爱上了他。我曾经对道通说过，'我们俩，正好是一对比翼双飞的大雁，如果有一只死了，另一只不能独活'。可如今，我们活是活着的，但刚刚新婚，却要分离，一只待在西域，一只飞往中原。就这样分开了，还怎么比翼呢？

怎么飞翔呢？这样，有一只会死亡，另一只也是会随着死亡的啊！"

哈丽娜话未落音，田鼠和美丽的姑娘珠玛，也出现在人们的视野，他俩也是一对新婚不久的伉俪。田鼠十分动情地对班超说："班司马，正因为有了您和邓燕嫂子，我才得以和珠玛相识并成婚，而你们也是我们的介绍人和证婚人。当初，我们都担心在西域待不长久，可您让我们放心，说我们会在西域待一辈子的，并说您把老婆孩子都接来了，您自己也一定会在西域待一辈子。可这才过了几天，我们却要走，走得这么急促，走得这么匆忙！我担心就这么走了，我真的，真的无法向珠玛交代，无法向西域父老交代，我对不住自己的誓言，对不住自己的良心啊！"

珠玛也哭着说："我嫁给田鼠的，不仅仅是我的人，而是我的心。田鼠如果走了，那我的心便会死了。一个人，一旦心死了，他活着，还有什么意义呢？"

说话间，汉使团那些年龄较大的已接来家属的使团成员和夫人、十二生肖勇士中那些成婚的勇士夫妇，他们全都拥了上来，七嘴八舌地说："班司马，您既让我们结合，又为什么要让我们分离呢？您既让我们比翼双飞，又为什么要让我们成为孤雁呢？"

"班司马，难道您只是借自己老婆孩子做做样子，只让他们在西域待上几天，便把他们都送回中原，这不是故意糊弄我们吗？"

"班司马，你们这一走，我们肯定会落入匈奴强盗之手，又会被他们杀害和欺凌，那您不如现在就杀了我们！"

……

班超被说得心烦，吵得头大，他头疼欲裂地说："好了，静一静，静一静！大家都静一静，容我再好好考虑考虑！考虑考虑！"

# 第二十八章　别离真难　班超难于上青天

这仍是西域疏勒国，仍是疏勒国王城，仍是王城汉使驿馆。晚饭已罢，夜幕降临，班超只是在驿馆大厅里踱步、踱步……可惜无法计算，就这一阵子，在这小小的驿馆大厅，班超他踱步走了多少里？

住在汉使驿馆附近的温木耳大叔，领着孙子小石头轻轻走了进来，他怕班超着凉，便将一件外衣，轻轻披在班超身上，十分疼爱地说："班司马，你还是先去睡吧，都熬好几个通宵了，再这样下去，会伤身体的。纵有天大的事，也得先保护好自己身子。"

班超摇摇头说："不，我不能睡，心里不好受，又怎么能睡着呢？就这么自个走走，心里还能好受一些。"

温木耳说："班司马，我有句不该说的话想说给你。"

"你说吧，大叔。"班超说。

"班司马，咱们中原西域都是一家人，一家人不说两家话。今驱逐匈奴，复通商道的大事正需要你们，可你们却要走，为什么要走呢？你们千万不能走，不能离开西域。难道你能忘了十几年和西域父老乡亲相处的日日夜夜吗？"温木耳说。

班超上得前来，紧紧拉拉住温木耳的手说："我的好大叔，我何尝不是这样想的呢？我怎能忘记，怎能忘记和西域父老乡亲一起生活的日子？"

这时，小石头也扑上前来，他扑到班超怀里说："中原叔叔，我舍不得让您走，舍不得让班雄走，我们也要读书，我们也要练武，我们要接你们的班，可你们如果走了，我们就啥也干不成了。"稍停，他又说，"我和班雄，还有许多小伙伴，都曾经发誓，长大要当小英雄，要跟你们一起，赶走匈奴强盗，保护丝绸商道，保证西域父老乡亲平安。可如今，匈奴兵还未赶走，商道还未复通，你们怎么能忍心丢下我们离开西域回中原呢？"

面对着小石头，面对着这位班雄的小伙伴，班超不能不进行安慰，他说："小石头，我们走，只是初步的决定，是因为我们的皇上催我们回去。但我们要再好好考虑，也许还不走了呢！"

温木耳和小石头走后，住在附近的阿姆娘领着自己的孙女小雪梅走了进来，她一见班超便说："班司马，你们不能走，怎么也不能走啊！我们大家，都不想让你们走。我上你这儿来时，大伙儿都你一言、我一语，托我给你捎话，说什么也不让你们走，全村父老乡亲都让我捎话给你，他们说，我们西域人不能没有班司马，不能没有汉使团，否则，我们就没有了主心骨啊！"

班超上前，他一手拉住阿姆娘，一手拉住小雪梅，悲声说道："阿姆娘，小雪梅……你们别急，容我再想想，再想想！我们究竟走不走，还没有最后定。"

阿姆娘和小雪梅走后，班超的脑子里，如同翻江倒海一般，想起了自己在西域的诸多往事。他的眼前，首先出现的便是刚刚离开的阿姆娘和小雪梅。有一段时间，班超一行，就住在阿姆娘他们村里，而班超就住在小雪梅家里。班超很喜欢小雪梅，小雪梅更喜欢班超，经常缠着找班超玩，让班超常给她讲中原的故事，她有时候都听得入迷了。这一天，小雪梅拽着奶奶阿姆娘又来找班超，班超因为天热，穿了件休闲的绸衫，在院子里散步。一见小雪梅，班超便十分疼爱地把她抱了起来。小雪梅十分爱抚地摸着班超的衣服，奶声奶气地对阿姆娘说："奶奶，中原叔叔的衣服真好看！"她一边说，一边用自己的小脸蛋来亲班超的绸衫。

阿姆娘眉开眼笑地说："你呀，光看到了中原叔叔的衣服，还要看他们的善心，他们不光衣服好，心肠更好，做事都光明正大、无愧天地。"

聪明懂事的小雪梅，眨着一双黑亮黑亮的大眼睛说："奶奶，那，你给我也做件像中原叔叔这样的衣服，我也要这样的衣服，做中原叔叔这样的人。"

"好，好！等你长大了，奶奶一定给你做件这样的衣服，这种衣服的料子叫丝绸，它是用桑蚕的丝织成的，可名贵呢！"阿姆娘说。

小雪梅一听，满心喜欢地拍着小手喊："好，好！给我做绸衣服，绸衣服，咱们拉钩，拉钩！"她先同阿姆娘拉钩，边拉钩边喊："拉钩上吊，一百年不许变。"拉了后，她又要同班超拉钩，边拉边喊："拉弓放箭，一百年不许变！"可是，他们刚刚拉完钩后，班超即回到自己屋子，取来一截带着凤凰图案的彩绸，递给小雪梅说："咱们不用等一百年了，就是现在，现在就用这块绸子，让你奶奶给你做花衣服，好不好？"小雪梅刚要接受，阿姆娘却推辞说："不行，这怎么能行呢？现在，匈奴横行，商道不通，这丝绸，可是十分稀罕的东西啊！"

　　班超说："你不收，就是看不起我了，咱们不是一家人嘛！再说，咱们不正驱赶匈奴，复通商道吗？这匈奴军一赶跑，商道一通，我们中原大批大批的丝绸不就都运来了，你们还愁什么呢？"他硬是把这块彩绸，塞到了阿姆娘手中。

　　小雪梅一见，特别高兴，她蹦着跳着喊："好好好！好好好！我马上会有绸衣服了！"而后，阿姆娘和小雪梅，把那块丝绸瞧了又瞧、看了又看，小雪梅还把那块丝绸搭在自己身上试了又试，显得十分高兴，喊道："我这就去找阿妈，让阿妈给我缝绸衣服，缝新衣服去！"而后，她张开两臂，似蝴蝶一般，飞出屋去，找她妈妈去了。

　　当天晚上，班超便对妻子邓燕，讲了自己白天遇见阿姆娘和小雪梅的事。邓燕说："小雪梅我见过，挺可爱的。现在，咱们已有了小班雄，如能再有个像小雪梅一样的姑娘就好了。"

　　"是啊！一儿一女两枝花，一龙一凤才叫家，如能再有个女儿，咱们便一儿一女，那是再好不过的了。"班超也深有同感地说。

　　"不急，我们都还年轻，女儿会有的。"邓燕安慰班超说。

　　"会有的，会有的！女儿会有的。"班超这样喃喃地说。他们两人，完全沉浸在一个拥有女儿幸福的向往里。

　　班超的思绪，刚刚离开小雪梅之家，又转到了于阗国一个村落的草坪上。在这里，邓燕正在为汉兵们缝补衣服。她的身旁，叠放着一摞缝好的衣服。几位少数民族姑娘洗衣归来，全都凑到邓燕跟前，一起问询逗乐、嬉戏玩耍。

看那远方的山冈，一山连着另一山，一峰连着另一峰，山山岭岭翠绿，起起伏伏如画。一阵阵胡笛声传来，一阵阵歌声响起：草坪上，有英俊漂亮的男女青年在歌舞；山坡上，有如云一样的牛羊在吃草……这是一幅多么美妙的西域风情图啊！

一位姑娘说："邓大姐，汉兵的脏衣服都洗完了，我们现在干什么呢？"

"学刺绣吧，咱们现在学刺绣。"邓燕说。于是，就在那绿草茵茵、柔嫩清新的草坪上，一群姑娘在邓燕的指导下，学起了中原刺绣。一位姑娘绣了一阵，绣好了一个图案，她拿着自己的刺绣。走到邓燕面前说："邓大姐，你看看，我这刺绣行吗？"邓燕将她的绣物拿在手中看了又看，十分高兴地说："好，就这么绣。想不到，你这么快就学会了。"

邓燕又走到另外一位姑娘面前，拿起她的绣物看了看说："你呀，绣错了，要这么绣，你怎么能那么绣呢？来，我教你。"她便手把手地教起了那位姑娘。只一阵，那姑娘便学会了，她十分高兴地说："邓大姐，我学会了，我学会了。"邓燕这才放开她的手说："好，就这么绣吧！"说罢，她便走了开去，进行巡回指导……

班超的思绪不禁又回到了疏勒国某村落的一间小铁匠铺，在这里，道通正教一帮小伙子学打铁。那富有节奏的风箱声，叮叮当当的铁锤声，给这间小屋，带来了无限的欢乐和生机。

呼呼跳跃的火苗，映红了人们的脸，照亮了人们的心，他们拉着风箱，抢着铁锤，全都笑脸盈盈、谈笑风生，显得快活极了。只见，道通从拉风箱的小伙手中接过把柄，边拉边给这个小伙做示范，指要领："你别看这只是拉风箱，却也要使力气，讲窍门，要拉得长长的，听得响响的，你只呼哧呼哧短短地拉，白费了劲不说，那风箱里没什么风啊！"箱里风不大，炉膛里火不旺，那铁件烧不红烧不软，我们还怎么打铁呢？打什么东西呢？"

那小伙听得好笑，他说："我呀，真是头笨驴，怎么连风箱都不会拉呢？"他一边说，一边长长地拉起了风箱，那风箱里的风，马上便大了起来。道通便笑着说："你呀，不是笨驴，而是灵猴，精得很嘛！"大家一听，全都笑了起来。

道通又从另一个小伙手中，接过了一柄大锤，他让小伙子做搭档，十分卖力地抡起锤来，只见那块烧红的铁块，很快便有了锄的雏形，小伙子们一看，全都吃惊，连连称赞说："好啊好啊！在咱们师傅的锤下，这个铁块，分明变成了泥团，师傅想把它捏成什么，就能捏成什么……"

道通一听，马上接上话来："捏什么呢？这当铁匠，不能光是捏，还要抡，抡大锤！这抡锤三年，才能胳膊似橡呢！这个时候，在这个地方，他又说起了自己的父亲百锤师傅的老话，可这话对于眼下这群小伙子们，则是铁匠宝贵的经验之谈。道通又对大家说："我们只有把胳膊练得粗粗的、壮壮的、棒棒的，才能给父老乡亲打造出很多很多的锄头和镢头，也能打造出很多兵器和刀枪，匈奴强盗敢来，就把他们全消灭。只有这样，我们才能打通商道，过上幸福日子！"大家一听，全都吆喝起来："好！抡锤三年，胳膊似橡，打造好兵器，把匈奴兵杀完！"真好热闹哟！

渐渐地，班超的思绪，又到了天山脚下的荒漠地带，在这里，班超和使团人员，正教当地人如何开荒造田：班超手握板镢，干在最前边，那板镢剜起大块大块黑油油的泥土，散发出浓浓的泥土香。一大片荒漠被开垦完了，人们眼望着这片千年沉睡的荒滩变成肥沃的土地，擦擦额上的汗，喝着邓燕同一帮西域姑娘送来的奶茶，都甜甜地笑了。

申豹的额上也挂着汗珠，他笑盈盈地把从中原带来的良种，大把大把地撒在新开垦的土地上。真想不到，这申豹，不仅能打能杀能征战，却也是一个种庄稼的老把式……栽什么树苗结什么果，撒什么种子开什么花，正是申豹撒下的这神奇的种子，它像被魔术师幻化一样，很快便发芽了，开花了，成熟了……啊，一片片的麦田，一株株的麦穗；一片片的油菜，一片片的黄花；一株株的玉米，一个个的大棒；一片片的糜谷，一片片的黄金……多好啊！多美啊！多棒啊！

这时，班超的思绪，又回到了疏勒国，回到了小石头他们居住的那个村里。有一次，小石头领来一群小伙伴，同小班雄一起玩耍。小石头首先建议说："咱们大家，得有个头，我看，这个头，就由班雄来当这个头吧！因为呢？班雄他爹是大司马，那班雄就是小司马，他领着我们，是一定能学到真本事的。"

"好，好，好！我们有了头，就能打匈奴，保卫好家乡，幸福不用愁！"

小伙伴们都这样喊。

"好，好，好！我们有了小司马，就能勇敢打天下，丝绸商道能复通，西域人民笑哈哈！"小伙伴们还这样喊。

……

"不行，不行！"小班雄推辞说，"我是中原小孩，又没有什么本事，当不了大家的头。"

"你可以啊！既识字，又会武艺，怎么不能当我们的头呢？"小石头说，"再说，我们选你当头，就是想让你领着我们学本事啊！"

"你还可以给我们讲故事。"小雪梅说，"我知道，你肚子里的故事，一箩又一箩，一筐又一筐，多得很呢！"

"可以，你当头，我们服！别人当头，我们不服！"小伙伴们都说，"你比我们大家都强，你就当我们的头。"就这样，由于小石头、小雪梅的极力推荐，小伙伴们极力推选，小班雄便当选了"娃娃头"。当上了娃娃头以后，小班雄立觉自己突然长大了，肩上的担子也重了起来，他当时便这样对大家说："我爹常对我说，一个人，要能文，也要能武，他才能像只雄鹰一样，有两只翅膀，这才能飞起来。要不，他根本飞不起来。特别是小时候，这时正像雏鹰学飞一样，要好好学，好好飞呢！你们既然要我当头，那么我说，咱们就一定要好好学本事，既要读书学文，又要强体练武，行不行？"

"行，行，行！听头儿呢。"小伙伴们喊。

"行，行，行！听小司马的。"小伙伴又喊。

"可是，谁教我们呢？"一小伙伴问。

"就你教，足够了。我知道你的本事，你比我们强一千倍。"小石头说。

"行！你当我们的老师，准行！"小雪梅也说，"你肚子里的故事，差不多有一千个。"

"不行！不行！"小班雄连连摇头说，"我呢？才多大点本事！要不，就让我妈给咱们教文化，我爹教武艺，行不行呢？"

"这不可能。"小石头说，"你爹哪顾上教我们呢？"

"那这么办，我每天缠着他们，学一些东西，再来教给大家，这还不行吗？"小班雄说。

"行！你这办法，倒挺好的。"一小伙伴说。

……

这天晚上，一吃过晚饭，小班雄就对父亲说："爹爹，你要教我武艺。"

"你学武艺干什么呢？"班超微笑着问。

"保西域，抗匈奴，复商道，护乡亲啊！"小班雄说。

"对，你说得很对！我们学武艺的目的就是这。"班超说，"但是，你还记得爹以前对你说的话吗？一个人，要能文，也要能武，他才能像只雄鹰一样，有两只翅膀，这才能飞起来。要不，他根本飞不起来。特别是小时候，这时正像雏鹰学飞一样，要好好学，好好飞呢！"

"记得，爹爹这话，我是牢记着的。"小班雄说，"我不单记着，还对小伙伴们说了。"于是，小班雄便对父亲讲了他被小伙伴们推举为娃娃头一事，并说自己要带领小伙伴们学文练武。

"好！这才是好样的。"班超夸奖小班雄说，"这就叫有志气，爹爹我支持你。但是呢？你们都年龄都太小，年龄小要侧重学文，因为这阵记性好啊！长大点再练武吧！你说你们连刀都拿不动，还怎么练刀呢？连枪都拿不动，还怎么练枪呢？再说，历史上，那些最有名的将领，都不是大字不识的武夫莽汉，而是些文武双全的领军将领，比方像西周时的姜子牙、春秋时的孙武、战国时的吴起、秦时的白起和王翦、西汉时的韩信和曹参，以至我们东汉时的邓禹和马援等等，他们不仅武功卓绝，文才也十分高深。所以，欲学武艺，先得博文，只有这样，才能文博武精，武艺学深啊！而且，爹这段事情也多，等过了一阵子，我一定教你们练武。"

"那，你给我妈也说说，让她给我们当老师，教我们学文。"小班雄说。

"可以啊！"班超说，"你妈不是已让你读了不少书吗？就你学的那点东西，先教小伙伴们已足够了。你要知道，你的这些小伙伴，多数人一字不识，少数人只识几个汉字，你得让他们先认识一些汉字，懂得一点知识，大家这才好向前迈，齐步走啊！这事，你灵活办，或是你先给大家教，或是让你妈给大家教，都行。"

"那好吧！"小班雄点头答应了。原来，这小班雄也是个神童，他也具有班超那种"一目数行,过目不忘"之天赋。所以,当时他虽只有8岁,却已经读完了"五经",即《诗经》《尚书》《仪礼》《易经》《春秋》。他知道,"五经"是学生必读之书,一开始,他便给大家教起了"五经"。他想,这学文必读"五经","五经"首推《诗经》。于是,他们第一次正式聚会学文时,小班雄便给大家大讲特讲《诗经》。一开始,他仿佛像个教授一样,对大家这样说:"这"诗经"吗?它是中国古代诗歌的开端,是最早的一部诗歌总集,它收集了西周初年至春秋中叶的诗歌,共311篇,其中6篇为笙诗,即只有标题,没有内容,称为笙诗6篇:《南陔》《白华》《华黍》《由庚》《崇丘》《由仪》)。反映了周初至周晚期约500年间的社会面貌,《诗经》的作者佚名,据传为尹吉甫采集、孔子编订。《诗经》在先秦时期称为《诗》,或取其整数称《诗三百》。西汉时被尊为儒家经典,始称《诗经》。在内容上分为《风》《雅》《颂》三个部分,手法上分为《赋》《比》《兴》。《风》是周代各地的歌谣;《雅》是周人的正声雅乐,又分《小雅》和《大雅》;《颂》是周王庭和贵族宗庙祭祀的乐歌,又分为《周颂》《鲁颂》和《商颂》。孔子曾概括《诗经》宗旨为'无邪',并教育弟子读《诗经》以作为立言、立行的标准。先秦诸子中,引用《诗经》者颇多,如孟子、荀子、墨子、庄子、韩非子等人在说理论证时,多引述《诗经》中的句子以增强说服力。至汉武帝时,《诗经》被儒家奉为经典,成为"六经"及"五经"之一。《诗经》内容丰富,反映了劳动与爱情、战争与徭役、压迫与反抗、风俗与婚姻、祭祖与宴会,甚至天象、地貌、动物、植物等方方面面,是周代社会生活的一面镜子。

　　正因为小班雄他第一次登上讲台,第一次给大家讲课,所以他真的使出了吃奶的劲,是尽力在兜售自己的全部所学知识的。可他刚一介绍完《诗经》,一小伙伴便说:"你说了半天,可我们还没见《诗经》的面呢!《诗经》到底是什么呢?"

　　"噢,噢!《诗经》是个这,这个是《诗经》。"小班雄没有想到,自己这么认真,这么费劲,"教授"结果却并不佳。于是,他便来了个急刹车并急拐弯,对大家说:《诗经》的开篇是《周南·关雎》,《关雎》的内容是这样的。现在,我给大家朗诵一下。"说罢,他便大声朗诵起了《关雎》:

关关雎鸠，在河之洲。窈窕淑女，君子好逑。

参差荇菜，左右流之。窈窕淑女，寤寐求之。

求之不得，寤寐思服。悠哉悠哉，辗转反侧。

参差荇菜，左右采之。窈窕淑女，琴瑟友之。

参差荇菜，左右芼之。窈窕淑女，钟鼓乐之。

小班雄刚一激情朗诵完《关雎》，一小伙伴便说："这说的是啥吗？什么君子，什么淑女，什么好逑，什么寤寐，都啥意思吗？你给咱讲讲。"

小班雄说："这首诗，我只会背诵，却不知道意思。因为当初我问过我妈，她只教我背诵，却不讲解意思，说等我长大以后，她再给我讲。"

那小伙伴说："那咱连意思都不知道，学它干啥呢？要不，以后再学吧！"

"也好，以后学就以后学。"小班雄虽然受挫，但是他并不十分悲观。

小石头这时说话了，他对小班超说："我听你讲的，真像是大人在讲课，我们真像在听天书，一点儿也听不懂啊！你能不能讲点我们大家能听懂的。"

"那怎么办呢？这"五经"之中，《诗经》还算是最简单的了。你像那《尚书》《仪礼》《易经》和《春秋》，均比《诗经》深奥多了，那更像是天书了，我们还怎么学呢？"小班雄十分为难地说，"要不，咱们今天就算了，我回家再问问我爹我妈，看怎么大家读书学字。"

"那好吧！"大家都同意了。

"要不，你给我们讲故事吧！"小雪梅说，"我觉得，你的故事说得特别好。"

"行，以后有空，我一定给大家讲故事。"小班雄说。

"那，咱们拉钩。"小雪梅提议。

于是，小伙伴们全都伸出手来，同小班雄拉了钩，边拉钩边喊："拉钩上吊，一百年不变！"

"拉弓放箭，一百年不变！"

……

回家后，小班雄向母亲邓燕讲了小伙伴们如何推选自己当娃娃头，爹爹如何让自己教小伙伴们先学文后学武,自己又如何给大家教《诗经》一事。邓燕听了,直笑得前仰后跌,以致眼泪都笑了出来。她说:"你呀,真是个小傻瓜!这教人读书,怎么能这样教呢?这学《诗经》,又怎么能这样学呢?"

"有什么不对吗?"小班雄十分奇怪地问。

"这样吧!"邓燕以手指了指楼口搭的梯子,对班雄说:"你先上上这个梯子。班雄虽然不明其意,但却一阶一阶攀了上去,而后再下来。

"你再上,要一次上两阶。"邓燕说。

"一次,怎么能上两阶呢?这样没法上。"小班雄说。

"这不就对了,饭要一口一口吃,梯子要一阶一阶上,你呢?是想叫大家一口吃个大胖子,一步攀到二楼上,这怎么行呢?你没想你的小伙伴,他们全都大字不识,什么也不懂,你却让他们一下子就学大人都一时学不懂的"五经",这怎么行呢?"邓燕笑了笑,又说,"那么,你说过,《诗经》是"五经"中最简单的,我就想教大家学《关雎》,可你让我背诵时,就不给我讲意思,所以我才出了洋相。"小班雄有点埋怨地说。

一听小班雄这话,邓燕笑得更厉害了,她说:"不是我不给你讲,而是你现在不适合学。那《诗经·关雎》,这是一首爱情诗,你一个乳臭未干的小毛孩,懂得个屁的爱情啊!再说,你这些小伙伴,他们都是西域小孩,而不是中原小孩,中原和西域,文字语言不同,风俗习惯不同,你要教他们先学简单的汉字汉语,再一步步来,一字字认,千万急不得啊!最好,你给他们先讲故事,小孩子家,是最爱听故事的了。"

"这样就好办了,讲故事,这是我最拿手的了。"小班雄说,"小雪梅、小石头和小伙伴们都这样说,他们都让我讲故事,我们还拉了钩呢!"

"那你就给大家讲呗!"邓燕说。

……

渐渐地,班超的思绪,又回到了鄯善国,回到了鄯善国的一个村落。鄯善的蓝天真好,晴空万里,祥云朵朵,彩霞满天。鄯善的春天真好,春风送暖,阳光灿烂,百花吐艳。

山坡上，一棵棵绿树吐翠，一片片嫩枝舒展，一朵朵红花绽放；原野上，一片片禾苗露头，一棵棵新芽吐出，一片片庄稼苗壮……

班超正和使团人员一起，在禾苗田间锄草，邓燕也夹杂在人群中干活。人们汗珠滚落，但都笑脸盈盈，不少人都自己哼着小曲。干活就是这样，自己哼哼唱唱，却也能消疲解劳呢！

班超干了一阵，他停下锄头，擦擦额上的汗珠，又下意识地听了一阵大家的哼唱，便提议说："好了，咱们别光自个哼哼了，我们一起唱吧，就唱《锄禾歌》。"

"好，我们都唱《锄禾歌》，大家一起唱。"大家一起喊。

"好，我起个头，咱们一起唱。"班超一边说，一边起了头，"锄禾锄禾锄禾锄禾——"

锄禾锄禾锄禾锄禾，
欢乐的歌儿飞出心窝，
天朝派来了光明的使者，
后稷赐我们神奇的禾苗。
汗水滋润禾苗快快长啊，
汉使架起了友谊的金桥。
这金桥从长安往西延伸，
一直通向古老的罗马帝国。

锄禾锄禾锄禾锄禾，
我们的快乐实在太多，
匈奴强盗再不敢来侵犯，
幸福降临在西域诸国。
塞内塞外人皆是一家，
我们大家同唱和谐之歌，
只要重新把丝绸之路开通，
我们会永远过上幸福生活！

347

这情景，在班超的眼前久久地浮现着；这歌声，在班超的耳边久久地回想着；这思绪，在班超的心头久久地起伏着……

这时，温木耳大叔又缓缓走了过来，对班超说："班司马，你考虑好了没有？你们不能走，真的不能走啊！"

……

班氏演义

# 第二十九章　哭声一片　班雄难舍小伙伴

　　班超汉使团将要离开西域的消息，不仅仅使大人们震惊，小孩子们也震惊了，小石头立即去串联男娃小伙伴，对他们说："可不得了啦！班司马和小司马班雄都要回中原了，我们可怎么办呢？"小雪梅立即去串联女娃小伙伴，对她们说："可不得了啦！小司马班雄跟着司马爹爹要回中原了，可他答应给我们讲的故事还没讲呢！我们这都拉钩了，他不兑现怎么行呢？"于是，他们全都聚集在了一起，差不多有十几个小伙伴，一起来找小班雄，把他"揪"了出来，拉到他们经常玩耍的一块场地上，七嘴八舌，进行谴责和质问。这个说："小班雄，你说，咱们都拉钩了，说一百年不变，你怎么这么快就变了呢？你为什么要回中原？为什么不跟我们玩了？"那个说："小班雄，你怎么拉钩了不算，说要给我们讲故事，怎么半个故事也没讲就要走，像话吗？"

　　小班雄虽然能说，可他一张嘴回答，也架不住十几张嘴提问啊！他只是这样解释："不是我变了，也不是我爹变了，而是我们的小皇上变了，他让我们回中原，我们不能不回啊！"

　　"小皇上，他是小孩子吗？"一伙伴问。

　　"是啊，他只有十几岁，我听我爹说的。"班雄说。

　　"他能当皇上，你为啥就不能当呢？你又这么聪明。"一位小伙伴说，"再长几年，也不就十几岁了，如当皇上，准比他现在皇上当得好。"另一位小伙伴也说。

　　"这话，可不敢胡说乱说，叫人家皇上知道了，那是要杀头的啊！"小班雄十分认真地说，"那皇上，可不是一般人就能当上的，必须他爷是皇上，他爹是皇上，他才能当皇上呢！就好像老虎一样，必须他爷是老虎，它爸是老虎，它才能当老虎，成为百兽之王啊！所以说，其他人，想当皇上，休想！"

"那，你们不听他的话还不行吗？"一小伙伴说。

"不行！"小班雄说，"谁如果不听皇上的话，不仅会杀掉他，还会杀你全家呢！"

"那怎么办呢？"小石头说，"你走了，谁当我们的头呢？"

"你走了，谁又给我们讲故事呢？"小雪梅一边说，一边哭了起来。她一哭，引得大家都哭。特别是小雪梅领来的那群女伙伴，她们全都抱头痛哭，难分难舍，说什么也不想让小班雄离开西域。

小班雄首先擦干了眼泪，他说："我爹常说，男儿有泪不轻弹，我是男子汉，可我刚才怎么能落泪呢？你们不让我走，我不是没走嘛！而且，还不一定走。可如果真走，那咱们待在一起的时间就不多了，别的事干不了，可这讲故事的承诺，总可以兑现嘛！"

"好，讲故事，讲故事！"小雪梅带头说，"我最爱听你讲故事了。"

"对了，你讲课就像讲天书，可讲故事真像说书人说书，太吸引人了。"小石头说。

"讲故事，讲故事，你给我们讲故事！"大家都让小班雄讲故事。

"好的，我现在就给大家讲故事，我妈也让我给你们讲故事。"小班雄说，"讲什么故事呢？要不，我先给大家讲《哪吒闹海》吧！为什么讲这个故事呢？因为哪吒是小英雄，我们大家都应该学哪吒，都应该当小英雄！"他一边说，一边便讲了起来：

中国西周时，陈塘关有一位总兵李靖，他自幼访道修真，拜西昆仑度厄真人为师，学成五行遁术。因其仙道难成，故遣下山辅佐纣王，官居总兵，享受人间富贵。他元配殷氏，生有二子：长曰金吒，次曰木吒。殷夫人后又怀孕在身，已及三年零六个月，尚不生产，对此，李靖心中十分忧疑。

一日，李靖指着夫人之腹说："你怀孕已三载有余，至今尚不降生，想来非妖即怪。"殷夫人亦烦恼地说："此孕确非吉兆，我也日夜忧心。"

当夜，殷夫人忽然梦见，一位道人对她说："夫人快接麟儿！"殷夫人未及答，只见道人将一物往殷夫人怀中一送，她猛然惊醒，骇出一身冷汗，忙唤醒李总兵说："适才梦中……如此如此……"说了一遍。言未毕时，殷夫人已觉腹中疼痛。李靖急忙起来，唤来侍女和接生婆招呼夫人，他自去另一室中。

不一会儿，只见两个侍女，慌忙前来，对李靖说："启老爷："夫人生下一个妖精来了！"李靖听说，急忙手执宝剑来至香房，却见房里一团红气，满屋异香。有一肉球，滴溜溜圆转如轮，正在地上滚动。李靖一见大惊，便使剑往肉球上砍去，只听划然有声。那肉球分开，竟从里面跳出一个小孩来。那小孩面如傅粉，右手套一金镯，肚腹上围着一块红绫，金光射目。其实，这金镯乃是"乾坤圈"，红绫名曰"混天绫"，都是乾元山金光洞之宝。众人闻讯，俱来贺喜。

这时，有中军官来禀："启老爷，外面有一道人求见。"

李靖急忙让请。

道人进屋，对李靖说："将军，贫道稽首了。"李靖赶忙答礼。

李靖问："老师何处名山？甚么洞府？今到此关，有何见谕？"

道人说："贫道乃乾元山金光洞太乙真人是也。闻得将军生了公子，特来贺喜。借令公子一看。"

李靖闻道人之言，随唤侍儿将新生小儿抱将出来。道人接在手，看了一看，说："将军有几位公子？"

李靖答说："不才有三子：长曰金吒，拜五龙山云霄洞文殊广法天尊为师；次曰木吒，拜九宫山白鹤洞普贤真人为师。老师如觉合适，可让此小儿拜您为师。"

道人说："似此，此子第三，就取名叫作'哪吒'吧！"而后，道人便欲回山，李靖亲送出府。

……

这一日，哪吒因天气暑热，心下烦躁，便说要出关外闲玩一会儿，殷夫人让他带一名家将同去。哪吒同家将出关，约行几里之地，猛见一处清波滚滚，绿水滔滔，遂叫家将："我方才走出关来，热极了，一身是汗，想在这里洗洗澡。"而后，他脱了衣裳，坐在石上，把七尺混天绫放在水里，蘸水洗澡。不知这河是九湾河,乃东海口上。哪吒将此宝放在水中,把水俱映红了。摆一摆,江河晃动;摇一摇,乾坤动撼。那哪吒洗澡,不觉把那水晶宫晃得乱响。

且说东海龙王敖广正在水晶宫安坐,忽听得宫阙震响,他急忙唤左右相,问:"并无地震,为何宫殿晃摇?李艮呢?你去看看。"这是一巡海夜叉。李夜叉来到九湾河一望,只见水俱是红的,光华灿烂,有一小儿正将一条红罗帕蘸水洗澡。

夜叉大叫道:"你这孩子,将甚么作怪东西,把河水映红,使龙宫摇动?"哪吒与夜叉发生争执,夜叉竟分水一跃,跳上岸来,望哪吒头顶上便一斧劈来。哪吒正赤身站立,见夜叉来得勇猛,将身躲过,把右手套的乾坤圈望空中一举,夜叉哪里经得起,那宝打将下来,正落在夜叉头上,只打得脑浆迸流,死于岸上。哪吒笑道:"把我的乾坤圈都污了。"他复到石上坐下,洗那圈子。

再说,那水晶宫如何经得起此二宝震撼,险些儿把宫殿俱晃倒了。龙王三太子敖丙觉得奇怪,奉龙王之命,忙调遣龙兵,上了避水兽,提画杆戟,径出水晶宫来。

到水面后,一闻夜叉李艮被哪吒打死,三太子不由大怒,便举起画戟来刺哪吒。哪吒当时手无寸铁,便把头一低,躲将过去,遂跟三太子辩理。

三太子气极,又一戟直朝哪吒刺来。哪吒急了,把七尺混天绫望空一展,似火块千团,往下一裹,将三太子裹下避水兽来。哪吒抢一步赶上去,一脚踏住三太子的颈项,提起乾坤圈,照顶门一下,把三太子的元身打出,现出龙形,在地上挺直。见三太子已死,哪吒便把他的筋抽了,欲做一条龙筋绦给父亲束甲。而后便回关了。

龙王闻陈塘关李靖之子哪吒将自己三太子打死,连筋都抽了,他不由大惊失色,怒火冲天,便前来陈塘关,质问李靖说:"好你个李靖,你怎敢纵子行凶,让你逆子,打死了我的儿子,连他的筋都抽了!"

李靖起初只一个劲辩解,后经佐证查实,方知确是哪吒闯了大祸。当时,龙王怒气冲冲,欲至天庭找玉帝告状,却被哪吒偷偷赶上,将其暴打了一顿。

当小班雄将哪吒的故事讲到这里,他便不再讲了。他说:"这哪吒的故事很长很长，我以后再给大家讲吧！"

"可是，你也不能就这么停了啊！"小石头说，"你刚刚讲到哪吒打死了东海龙王三太子，把人家的筋都抽了，那东海龙王能依吗？故事的结果，你总得讲完啊！要不，让人心里憋得慌。"

"还有，那哪吒不是死而复活了嘛！这些，你给我们怎么都不讲呢？"小雪梅说。

"是这样的。"小班雄说，"因哪吒杀了东海三太子，东海龙王自然不依，于是便带领水兵前来兴师问罪，并水淹陈塘关。当时，李靖怕惹麻烦，欲杀了哪吒。而哪吒为了保护陈塘关民众，也为了不牵连父母，便割肉还母，剔骨还父，当场自戕，以此谢罪。太乙真人可怜徒弟，便将碧藕为骨，荷叶为衣，为哪吒重造了仙躯，使之起死回生。而后，哪吒以庙宇汲取人间香火，打算复活，却被其父李靖阻挠而失败。最后，太乙真人只好用莲花与莲藕给哪吒造了一个新的肉体让他复活。复活之后的哪吒，对父亲李靖之前的做法异常愤怒，便欲复仇，曾与李靖几番交战。李靖不敌哪吒，师父燃灯道人便赠他三十三天黄金宝塔，并将哪吒困于塔内。经燃灯道人调解，父子两人遂重新和好。之后，李靖、哪吒父子跟随姜太公，协助周武王克殷伐纣。哪吒凭着高强的武功和风火轮、乾坤圈、混天绫等法宝，多次立下奇功。更因为他是莲花化身，不易受到妖魔鬼怪的侵害，便建立了许多人难以建立的功勋。"

小班雄匆匆把哪吒的故事讲完，便草草收场了。小雪梅稍有不满，她这样埋怨说："你这样讲故事，好像是在糊弄大家，这根本没有你以前给我讲过的哪吒故事生动，也不详细。"

小班雄说："我不是糊弄大家，因为没时间嘛！今天，我还想给大家讲一个很有现实意义的《十兄弟的故事》。"他说罢，便讲了起来：

从前，有个老渔夫出海打鱼，竟然打到 10 颗珍珠。老渔夫非常高兴，便对着 10 颗珍珠许愿道："珠子啊，让我打到鱼吧！"

只见金光一闪，鱼篓里透着金光，出现满满的一篓子鱼儿，这让渔夫喜出望外。渔夫把珍珠拿回去，告诉老婆说："这珠子是宝贝，要啥有啥！"老婆十分开心，便对着珍珠许愿道："珠子啊珠子，我要白米，请帮帮我！"

当时，他们家里，便新堆了一堆白米。

打从这以后，渔夫夫妻两人不愁吃穿，但是他们并不贪心，不会要金银财宝，只会要一些生活用品罢了，而老渔夫依然会坚持每天出海打鱼，风雨不改。

不久后，10颗珍珠的事情传到皇帝耳朵里，皇帝想要这宝贝，便带着士兵，气势汹汹地来到了老渔夫家里。皇帝一见老渔夫，就让他把珠子交出来，老渔夫悄悄把珠子交给了老婆，叫她赶紧离开。

老太婆趁着士兵和老渔夫纠缠的时候，偷偷地溜走了，而皇帝这边，把老渔夫全身都搜遍了，却没找到10颗珍珠，这才想到老渔夫的老婆跑了，便大喊一声："给我追，追那老婆子！"

老太婆脚力并不快，眼看就要被追上了，情急之下，她竟然把10颗珍珠吞入肚中。士兵们追上老太婆，在她身上，也没找到十颗珍珠，最后皇帝怒骂道："那，把老渔夫给我带走，没有10颗珍珠就别让他回来！"

"你们这些千刀万剐的强盗……"老太婆在后面哭喊叫骂，但皇帝等人早已走远。她看着蔚蓝的海水，只想一死了之，可这时，她肚子胀痛无比，低头一看，肚子好像吹气一样，竟然变成了快要待产的孕妇。

老太婆忍着疼痛回到家，生下10个白白净净的孩子。说来也怪，这10个男娃，起初还是正常孩子大小，不一会儿就能下地走路了，再过一会，10个孩子竟然长大成人，变成了少年。

这10个少年个个生得俊俏，本领各异。

第一个儿子是千里眼，可以看到千里之外的事物。

第二个儿子是顺风耳，不管多远他都能听到声音。

第三个儿子是长脚，他的脚能有多长就有多长。

第四个儿子是大手，他的手可以伸到千里之外。

第五个儿子是飞天，他能像鸟一样，自由在天上飞翔。

第六个儿子是钻地，不管多坚硬的土地，他都能钻入地下。

第七个儿子是叫火鼻，他的鼻子能喷出烈火，也能把大火全都吸入鼻子里。

第八个儿子是厚皮，他的皮特别厚，能够从悬崖上滚下来，丝毫无损。

第九个儿子是铁头，头坚硬无比，就算拿兵器在头上砍，头也安然无恙。

第十个儿子是大嘴，他的嘴巴要多大就有多大，他一口气能喝干河水，喉咙一吼，好比打雷。

老太婆有了这10个儿子过得十分快乐，千里眼和顺风耳利用自身优势，出去打猎，长脚和大手出海捕鱼，飞天和钻地就去种地，有了他们，根本不用牛，钻地用脚一踩，就把地翻得很深，飞天就在空中撒种子，厚皮和铁头天天上山砍柴。火鼻能喷火，就在家里煮饭。

10个兄弟都非常能干，可是老太婆整天还是愁眉苦脸。

10个儿子问母亲为什么整天愁眉苦脸的。老太婆就把老渔夫被抓去皇宫的事情，告诉了他们，10个儿子听后，决定去救父亲。

千里眼和顺风耳站在大手的手心上，只见大手伸到了天际，千里眼和顺风耳听听看看，看到父亲被皇帝关在大牢里，天天逼问他10颗珠子的下落，最后皇帝发怒要砍掉老渔夫的脑袋。

铁头知道事情后，独自去了皇宫，刚好遇上老渔夫要被砍头，铁头说道："我愿意代替他砍头！"

士兵在铁头的脑袋上砍了10多刀，刀断成两截，还是没能砍下铁头的脑袋，气得皇帝要把老渔夫丢入火里烧死。

顺风耳听到了告诉火鼻，火鼻跑去皇宫，对皇上说："我代替他让你烧死！"

士兵铺上干柴，点燃了火，火鼻一吸，就把大火吸入鼻中。皇上气急了，见烧不死火鼻就亲自过来添柴，谁知道火鼻吸得太急了，打了一个喷嚏，从鼻子里喷出一大股火焰，把皇上的胡子给烧没了。

气得皇上大骂："快把这个老头子拉上山摔死吧！"

厚皮代替父亲去死，只见他从悬崖上坠落，皇帝以为他死定了，谁知道士兵找到厚皮的时候，他竟然在睡大觉。

皇帝忍无可忍，气得要把老渔夫送去大海淹死。

长脚听到风声，他代替老渔夫去淹死，可是他的长脚站在海里，只是到了他的小腿，他还顺手在海里摸鱼。

皇帝气疯了，让士兵下到海里，把长脚推到淹死，谁知长脚在海水里一个转身，海水里翻起一阵巨浪，把皇帝淋得好像落汤鸡。

皇帝气得要把老渔夫拉去活埋，钻地知道了，他代替老渔夫死，让士兵活埋了他。皇帝哪里知道，他能钻地，竟然在地下挖了一条隧道，从另一个地方回家了。

十兄弟谁也没把父亲救回来，他们很伤心，老太婆却告诉 10 个儿子："光靠一个人的能力是不够的，你们一定要团结起来。"

就这样，十兄弟告别了母亲来到了京城，而皇帝早就在大门前，准备好兵马等待着十兄弟。

这次大嘴要试试自己的本事，他用嘴一吹，立刻风沙走石，皇帝的兵马被吹得人仰马翻、乱成一团。

大手变成了巨人，把地上的士兵全都装在帽子里，送到了千里之外。

长脚一抬腿，城墙倒了，十兄弟冲进了皇宫。

大手很生气，掀翻了皇宫的房顶，吓得皇帝大叫救命。

铁头直接用头撞碎屋子，闯了进去，皇帝慌慌张张骑了一匹快马逃跑。

千里眼和顺风耳发现皇帝的行踪，长脚背起大手追了上去。

皇帝跑了很远，而大脚走了两步就到了，大手一伸就把皇帝抓住了，丢入大海里。

十兄弟冲进天牢救了老渔夫，全都喊道："爹……"

老渔夫还没明白怎么回事，等 10 个儿子把事情的原委全都说了，这才哈哈大笑起来。

打从这以后，10 个儿子和老渔夫夫妻回到了渔村，一家人快乐地生活在一起。

讲完这个故事，小伙伴们都是赞美声声，不住叫好。小班雄这时说："那么你们说，这十兄弟的故事，能说明什么呢？"

"说明皇上不可怕！"小石头说，"你看这皇上，还不是让十兄弟给治住了。"

"说明人多力量大。"小雪梅说，"如果只是三两个兄弟，他们也战胜不了皇上和官兵啊！"

"对了，它说明兄弟们要团结，团结力量大啊！匈奴强大不强大呢？

强大！西域的国家弱不弱小呢？弱小！但是，如果西域 36 国都团结起来，那力量真的可就很强大了。这正是，一根筷子易折断，一把筷子折不断，因为它力量大啊！咱们呢？都是兄弟姐妹，我们一定要互相依靠，紧密团结，就什么困难也能克服，什么敌人也能战胜。"小班雄十分激动地说，"所以，我们小伙伴们要团结，大人们更要团结，只要我们塞内塞外民众都团结起来，西域人都团结起来，就一定能打败匈奴，战胜匈奴，复通丝绸商道，使全西域人过上幸福美满的日子。"

# 第三十章　都尉自刎　仲升立杀回马枪

次日，又是这个李邑，又是这个烦人的钦差大臣，他又来到了驻在疏勒王城的汉使馆内。一进门，他又神气活现地说："班超及其使团人员，赶快来接旨！"

"不是已经接过旨了吗？"第一个碰见李邑的倔娃，他有些不耐烦地说。

"第二道，这是第二道圣旨。"李邑说，"快，快去叫班超接旨。"

倔娃无奈，只好去唤班超。班超呢？他只好恭恭敬敬，率众来到议事大厅接旨。只见，李邑仍立在那高台上宣旨，班超他们都跪在下面，俯首聆听：

应天顺时，受兹明命：

朝有军务大事，特命班超立即撤离西域，入关回朝，不得迟延！钦此。

班超同众人跪地俯首，口呼："谢主隆恩，吾皇万岁万岁万万岁！"

接旨毕，班超恳求李邑说："李大人，遵照圣旨，我们已积极做撤退西域的准备。只是西域遥远，再来不易，我们又人多事多，烦李大人勿催促过紧，以免我们撤离会有疏漏，请尽量予以宽限。"

李邑冷笑着说："班超，王命难抗，圣令无情，我本让你们昨日就撤离，但你们却拖至今天。特命你马上传令，即刻起程，不能有半点延误。"言毕，他得意扬扬，扬长而去。

宣布完第二道圣旨，李邑得意退出，众人却聚而不散，看班超怎么决定。班超十分冷静地说："这是大事，不是小事，我们可召开军事会议，研究后再做出决定。"所谓军事会议，即只有班超和六参军参加，从事郭恂可以参加，亦可不参加，具体由班超决定。今属特殊时期特殊情况，班超便动用了自己这一权利，他召开的是没有郭恂参加的军事会议。因没有郭恂参加，大家说话自然随便一些，铁蛋先说："你看看李姓钦差大臣那个尿样，我真恨不能一刀宰了他！"

秦龙忙劝铁蛋："现在呢？咱们已经够乱的了，你就别麻堆里搅棍子，再添乱了。究竟怎么办，就让班司马定吧！"

"对，班司马，您说吧，怎么办？"秦龙说："您说朝东，我们决不朝西；您说向南，我们决不向北。现在，还是得您拿主意。"

"话是这么个说法，但事还不一定是这么个做法。"申豹说，"究竟是撤离还是留守，咱们大家得好好商量商量。走，不是个容易事啊！"

师全说："可还有个说法，说'将在外，君命有所不受'。现在的皇上，他只是个 10 来岁的娃娃，什么也不懂，很难说不上奸臣谗臣的当。依我看，先拖一拖，拖拖再撤离，说不定那娃娃皇上还有变化的可能。"

"叫我说，咱不能回，说什么也不能回。"田鼠说，"一回长安，匈奴军便会席卷而来，西域 52 国都会跟随匈奴，背叛大汉，我们以前所做的一切，可都是白废了啊！"

倔娃则倔倔地说："反正，我反对撤离西域，回到洛阳。似此，我们还怎么驱逐匈奴强盗，联结西域各国呢？还怎么安边固疆，复通丝绸商道呢？"

听了大家的意见，班超这样说："如今，钦差大臣李邑连颁两道圣旨，催我们离开西域，速返洛阳。我们不返，王法难容，可如若返朝，却如何面对道通和哈丽娜？如何面对珠玛？如何面对'十二生肖勇士'中那些新婚不久的勇士和西域姑娘？如何面对温木耳大叔、阿姆娘和西域的父老乡亲？如何面对小雪梅、小石头和西域的小朋友？再说，假使我们回到洛阳，那广大的西域土地，便会被匈奴强盗所占领，众多的西域民众，又会被匈奴豺狼蹂躏。怎么办？我还真没想出个好办法来。我觉得，大家所说的采用拖的办法，倒可以试一试。"

"对啊！拖是个好办法。"秦龙说，"咱们也不是说不撤，也不是说不返，但一下两下确实走不脱嘛！我原来最担心修改军规这一点，好在皇上对此还没有过多指责。当初我都想到了，在这方面有问题时，可以找窦固将军帮忙。咱们出使西域，正是由他指派的；咱们复通丝绸商道，正是由他授命的；咱们修改军规，也是征得他同意的。"

"好，这主意好！"一听秦龙这话，班超说，"对呀！找窦固将军帮忙，这才是正主意，就这么办，我立即给他写信。"

于是，在当天，班超向全体使团人员，下达了"留守待命，暂不撤离西域"的命令。夜里，他又给驻军凉州的窦固将军，写了这样一封信——

尊敬的窦固将军：

遵照您和朝廷的命令，我们36人出使西域，担负着'驱逐匈奴，镇抚西域，复通商道，安边固疆'这样的重任。我们来到西域以后，可以说圆满完成了使团的任务：在鄯善，初至鄯善东境时，我们与一支百人匈奴军队遭遇，使团人员扬士气、奋神威，一举斩杀匈奴骑兵十多人，其余之众尽皆逃窜，此一小战，救得新娘珠玛和她的父亲阿木都，救得当地众多的父老乡亲，使匈奴军不敢轻举妄动；复至鄯王城扜泥城，因匈奴使团欲灭我们大汉使团，我们便先下手为强，以36人之军，斩杀匈奴使团300余人，我们却无一伤亡，一战而破敌胆，威名而扬西域；在于阗王城，因王宫神巫妖言，他欲先斩我马，再借我头，而后尽除我使团人员，我们便当即立断，先斩下王宫神巫之首，再斩杀匈奴密使，迫使于阗王与匈奴断交，递国书贡品同我天朝大汉交好；在疏勒王城盘橐城，我委派田鼠单人独骑，生擒匈奴拥立的魔王龟兹人兜题，重立于阗人拥戴的兜题侄忠为新疏勒王；正是在盘橐城里，我们众人立志，欲扎根西域，永守边疆，在向您上书修改军规时，便立志扎根西域，永守边疆，并搬来已婚人员家小，让部分大龄的未婚汉兵与西域女子通婚，既稳了军心，又深得民心；再至龟兹它乾王城，我们仅以二人而深入虎穴，舌战龟兹、康居、乌孙、车师、尉头五王，化众刀斧手伏杀危机，最终，不战而屈人之兵，使龟兹王阴谋败露，让康居、乌孙、车师、尉头四王愿亲汉远匈，还欲与我使团组建联军，共抗匈奴……可以说，在西域，我们受尽了人间艰辛，闯过了刀山火海，越过了阴沟陷阱，躲过了暗箭毒刀。这，既是我们之幸，亦是将军之幸，更是大汉和朝廷之幸啊！

眼看，胜利就在目前，我们西域使团使命的完成就在目前。但是，忽有钦差大臣李邑从洛阳而来，两日内两传圣旨，每次都是催我们当日便撤离西域，速返洛阳。对此，众将士不明，我们为何要将安边固疆大业半途而废？西域人不解，复通商道目标已经在望，却为何要轻易放弃？须知，闯西域难守西域更难，夺土地难争民心更难，驱匈奴难防匈奴更难。我们今虽然已进入西域，但我们远远没有守住；我们已帮西域多国夺得了土地，并帮助他们争取了独立，但留则留西域民心，走则失西域民心；我们今虽然帮西域人赶走了一些匈奴强盗，但匈奴强盗本性不改，撵走了他们还会再来，要切防他们再来侵犯西域啊！否则，广大的西域民众，就很难过上安宁的日子！对此，我也深有怀疑，明帝之时，他是何等雄才大略，年年出兵西域，驱逐匈奴之兵，联络西域各国，欲恢复丝绸商道，力争西域诸国的安宁太平。可是如今，新主章帝刚刚登基，却即有李邑传旨，让我们必须放弃西域。我怀疑，是不是有人欺哄新主，言西域乃不毛之地，故让我们轻易放弃。今已有圣旨两道，但我等冒天下之大不韪，以"将在外，君命有所不受"为由，这也只能将"撤离西域，返回洛阳"的命令拖延几日。今特以实情，报告将军。

有求于将军的是：将军如能上书或者回朝，可以了解朝廷真情，问明圣上本意，向皇上陈述西域真情，禀明西域使团功过，明辨是非曲直，讲清各种做法的利害。也许，真是因新主一时被人蒙蔽，他能回心转意，让我们继续留守西域，在边疆建功立业，那我们当然求之不得。

班超并西域使团 36 人企盼再企盼，叩首再叩首。

信写罢封好，班超将它交给秦龙，郑重相托说："此信，既是我个人相托，也是我们西域使团 36 人共同相托，更是西域 52 国民众重托，你一定要亲手把它交给窦固将军，并口头向窦固将军说明我们的实际情况。要恳求窦固将军能够回朝，了解情况，解决问题，这样我们才能峰回路转，或曰起死回生。事情成败，以此一举，你一定要用心再用心！谨慎再谨慎，再是，赴凉州时，你可骑上我的骊驹，此马奔跑特快，日行千里，夜跑八百，且又是窦固将军昔日坐骑。若是窦固将军回朝，或由你护送，或他骑骊驹，总能赶得一些行程，省得一些时日，也不致误事啊！"

秦龙收信，立即向班超表示："班司马，您放心，只要秦龙不死，信必交到窦固将军手中；只要秦龙舌不烂，必劝得窦固将军回朝问因；只要秦龙腿不断，必拉得窦固将军洛阳说情，回来后再向您禀明情况。”

"好，相托了！"班超特向秦龙送行。

"好，相托了！"众人都与秦龙辞行。

"请放心，我一定不辱使命！"秦龙当即向班超和众人辞行。而后，他去了马厩，牵出骝驹，飞身骑上，便飞马往凉州而去。

……

第三天，这是李邑来西域的第三天。也正是这一天，风云突变，雷鸣电闪，风雨交加。仿佛老天爷是在预告，不幸的事情将要发生！的确，也就在这一天，也就在这疏勒王城汉使馆，发生了一件十分不幸的事情——

仍是在西域使团驿馆大厅，李邑竟传下第三道更为严厉的圣旨：

应天顺时，受兹明命：

因朝有军务大事，已经三令五申，让班超所率西域使团全部撤离西域，速回洛阳。但司马班超，只留恋在西域拥娇妻、抱爱子的生活，贪享其乐，不思军事，忘记自己出使西域的使命，只顾东游西逛，实属视圣旨如同儿戏，为大不敬之罪。

此次圣旨，已是第三道，班超如再不遵，还借以他因，不撤离西域，不速返洛阳，即属违抗圣旨。违抗圣旨者，当属死罪，并株连全家，概不轻饶。特命班超及西域使团人员即日动身，立即返朝，一刻也不准延误。

钦此。

这第三道圣旨，行文如此严厉，措辞如此激烈，这是班超及其使团人员所始料不及的。当时，师全首先来安慰班超，他对班超说："班司马，从这道圣旨看，这一定是有人在幼主面前说您是非，故此才有这样稀里糊涂的圣旨，您可不要太在意啊！"

班超十分悲哀地说："我并非曾参，却也有三至之谗。如果总有人在皇帝面前抵毁自己，自己又无法申辩，不是也会使皇帝信以为真吗？曾参是孔子的著名弟子。他少年时，出门在外，有个同姓名的人杀了人，便有人跑来告诉曾参的母亲："曾参杀人了。"曾母说："我的儿子不会干杀人的事。"她像没听见一样，继续坐在机上织布。不一会儿，又有人来说："曾

班氏演义

参杀人了。"曾母还是不信。等到第三个人来告诉曾参确实杀了人的消息时，曾母再也坐不住了，惧怕株连，便越墙逃跑了。"正是在这样一种巨大的压力之下，班超他们不得不考虑返朝之事了。对此，连一再劝阻班超不要返朝的使团人员都犹豫了。申豹这样说："班司马，我再也不坚持不回返了，您自己拿主意吧！您说留就留，说走就走，我申豹没有二话。"

田鼠也对班超说："班司马，现在，我既代表我自己，也代表我们'十二生肖勇士'，即使您让立即撤离西域，我们'十二生肖勇士'也没有异议，包括我们已有妻室的人。至于我们的西域妻子，那就各人安排各人的家事，或是妻子同回中原，或是妻子仍留西域，这都由我们自行解决，您不必过多操心。"

铁蛋对班超这样说："按理说，我们不应撤离西域，不应回返洛阳，可不这样做，却会害了您性命，害了您全家。老实地说，我们35人性命，远远赶不上你一个人性命的价值。我们都宁可为您而死，却怎么能让您为了我们，而害您及家人的性命呢？要不，咱们就赶快撤离西域吧！"

铁蛋也对班超说："看来，我们想抗，抗不过皇帝圣旨；想拖，拖不过钦差大臣；想留，留不下忠义之名；想守，守不住肝胆赤心。那，我们也只能违心领旨，奉命而归了。但能不能我们再等等秦龙找窦固将军的消息呢？"

倔娃呢？也不见他再倔了。他只是说："这阵子，我也没了一点主意，你们说撤咱就撤，你们说回咱就回，我呀！跟你们谁都不倔了。"

甚至连最不愿意离开西域的道通和妻子哈丽娜，他们夫妻也双双跑来劝班超回朝。哈丽娜对班超这样说："班司马，我想通了，我既然是道通的妻子，那我就跟着道通回中原。怎么着也不能因为我们这些人的利益，而害了您的性命，害了您全家啊！"

……

不约而同的思路，不约而同的转变，不约而同的一致，终于促成了圣旨的落实、李邑阴谋的得逞，西域使团的撤离和回返，这也是班超最后不得不下的决心。于是，班超下令：全体西域使团人员，立即撤离西域，不能有片刻延误！

次日拂晓，天色微明，大雨稍住，阴云仍在，班超率领西域使团全体人员，以及他们的随军家属，行进在疏勒王城的郊野，走至一处十字路口。本来，他们时间紧迫，临走匆匆，既不想惊动疏勒国君臣，也不想惊动疏勒国民众。但是，这么重大的消息，又有谁能隐瞒得住呢？很快，它便传遍了整个疏勒王国，君臣民众人人皆知。于是，在那十字路口，在那班超们返回中原的必经之路上，跪满了疏勒军士和民众，其中还有不少大臣和将领。他们全都跪在道上，挡住了去路，欲强留班超他们。

班超和使团人员，他们下马牵行，苦劝众人，含泪告别。但是，西域民众，却抱住班超他们的马腿，全都苦苦哀求，哭声响成一片："尊敬的班司马，天朝的汉使们，你们不能走，说什么也不能走！你们不能狠心丢下我们，就这么回了中原。你们一走，我们又得羊入虎口，遭匈奴残害啊！"

班超听得，他犹如乱箭穿心，一时肝胆欲裂；使团人员，一个个也都愁眉苦脸、痛苦至极。

郭恂阴阳怪气地说："看一看，这有多热闹，你哭我闹，你喊我叫，都这么婆婆妈妈的，我们还怎么回中原呢？"

李邑一见，不由气急败坏，他跳下马来，挥舞着马鞭说："起来，起来，你们都起来！让开道，让开道，你们快快让开道！今大汉朝廷降旨，让西域使团速归，这皇命必遵，圣旨难违，班超他们必须立即返回中原。你们这些刁民，切莫要胡搅蛮缠，强行阻拦，都赶快把路让开，要不然我不客气了。"但是，跪地求留的人们，无人理会李邑，人们仍然紧紧抱住班超的马腿，怎么也不肯松手，怎么也不肯放行。

老阿爸跪在马前，苦求班超说："班司马，你们真的不能走啊！你们帮我们赶走了匈奴贼寇，种下了丰收的庄稼，但你们丝毫没有享受，咋能就这样走呢？"

阿姆娘跪在马前，流着泪说："班司马，您来西域十多年，绞尽脑汁联结西域各国，流血流汗为我们西域民众，一直在为我们的安危幸福着想，我们一直想报答你，可你们这就要走人，这叫我们心里怎么能过得去呢？"

班超说："老阿爸，阿姆娘，说实在的，我们不想走，真的不想走，但我班超身为朝廷命官，的确是皇命必遵，圣旨难违，我们不能不走啊！"

小石头、小雪梅那群班雄的小伙伴们，一起跑了过来，一直跑到了后队，把小班雄围了起来，小石头说："咱们说好了的，要一起认真读书，好好练武，驱逐匈奴，平定西域，保护西域民众，可你怎么要走呢？你们千万不能走啊！"

另一个小男孩说："你是我们的头，你如果走了，谁教我们识字？谁教我们练武？谁教我们武艺？再说，人无头不走，鸟无头不飞，你如果走了，我们可怎么办呢？"

小雪梅呢？她哭了，她哭着对小班雄说："我刚刚穿上你爹爹给我的绸布做的新衣服，还没让他好好看看，你们这就要走，为什么呢？你们一走，啥时才能回来呢？"她一哭，孩子们全哭了，哭声响成一片。

众人全都跪地，哀求挽留班超："班司马，你们不能走，不能走啊！你们走了，我们可怎么活呢？"

眼见，天又变了，风又起了，云又聚了，雨又下了。大雨中，疏勒都尉黎弇飞马赶了过来，他的身后，还紧随着自己的副将格尔巴扎。黎弇一见班超，他便滚鞍下马，跪在了班超面前说："班司马，你们不能走，真的不能走，说什么也不能走啊！"

班超用双手扶起黎弇，对他说："我刚才对乡亲父老都说了，的确是因为大汉天子降旨，让我们使团人员速归，我们皇命必遵，圣旨难违，故不得不返。你是当将领的，不能不明其理啊！"

黎弇眼含着热泪说："班司马，正因为我们相信你们，这才远离匈奴，亲近大汉，与匈奴结下了深仇大恨。此后，您又让我们西域各国互相联合，组成联军，共抗匈奴，我们也都这样做了。如今，西域各国还没有和好，抗匈奴联军还正在组建，在这节骨眼上，你们怎么能走呢？你们一走，匈奴兵又会蜂拥而来，我们又要遭受凌辱杀戮，对此，你们难道能忍心走吗？"

班超说："黎都尉，你所说这些，我不是没考虑到，可我们君命在身，真的不得不返。须知，大汉朝廷所下，可是三道圣旨啊！待我们先回洛阳，禀明圣上之后，再返西域就是了。"

黎弇说："班司马，您既然这样说，那你们一旦撤离西域，我们决不能安生？必死匈奴军之手。我们与其被匈奴人所杀，还不如就此诀别！说话之间，他冷不防拔出腰间宝剑，猛地在脖项上一横，就那么自刎身亡。

黎弅自刎，满颈血喷，那地下的雨水，全变成了一片红红的血水，令人心跳肉颤、无比胆寒。

班超一见黎弅自刎，便俯身跪地，手抚黎弅之尸，放声大哭起来："黎都尉，都怪我，都怪我！是我把你害了，我对不住你啊！"

一见黎弅自刎，格尔巴扎便飞马离去，边走边发狠说："班超啊，正是你害死了我们黎弅都尉，咱们从此结下仇了，我不报此仇，誓不为人！"而后，便打马而去，不见了踪影。

众人借机，再苦苦相劝并挽留班超："班司马，您看，今黎弅都尉为挽留你们，他都已经自刎了，你们难道还一定要离去吗？"

班超当时默默无语，但从他的眼神已经看出，他已经十分犹豫，以至有了停留下来的意思。李邑一看不好，他更加气急败坏，竟用马鞭抽打起了众人，叫喊道："走开！走开！快走开！你们不要拦、不能拦，拦是拦不住的！今日，班司马非走不可，汉使团非走不可！"

老阿爸满含讥讽地说："那你可以走啊，我们又没有拦你，我们拦的只是班司马，只是汉使团啊！"

李邑更加生气，他挥起皮鞭，欲抽老阿爸，并骂道："老东西，你活得不耐烦了，竟敢嘲笑我！要知道，我可是当朝谏议大夫，是钦差大臣啊！"

老阿爸故装糊涂地讽刺说："噢，没想到，你是简易大夫，是硬柴大臣，也真是失敬了。"

李邑并不搭话，只是挥起鞭子，猛向老阿爸抽来。眼看，皮鞭就要落在老阿爸身上，那班超却猛一挥手，以自己手中的马鞭，缠住了李邑的马鞭，异常悲愤地说："李大人，你这打马的鞭子，怎么着也不能打西域的父老乡亲啊！"

李邑愤愤地说："这些番邦蛮夷，性情刁野，不服管教，他们的生命犹如蝼蚁，打死几个都无所谓。"

班超十分生气地说："塞内塞外，本是一家，同为兄弟，情同手足，他们的命同我们的命一样值钱，他们的心同我们紧紧相连，你怎么能把他们看作是蝼蚁呢！"

显然，李邑的话也惹怒了众人，老阿爸他们，全都对李邑怒目相视，大有进行拼命的样子。李邑一见，他也有些害怕了，只好收起了鞭子，立于一旁，静观事态的发展。

　　此时，电闪刺破长空，雷鸣震撼苍穹；狂风摇拽树木，暴雨拍打大地；人们在风雨中依然跪地不起，仍在恳求班超一行留下。

　　狂风暴雨中的班超，他抬头凝视着远方高山，又低头望望跪求的人们，不由情绪突变，神情激动。只见他奋力挥舞了一下手中的马鞭，铿锵有力地说："西域的父老乡亲们，大家起来吧！我班超不回中原了！不回中原了！"

　　立时，山谷响起回音，大地都在轰鸣："我班超不回中原了！不回中原了！"

　　跪地相求的人们听见了，全都兴奋无比，跃身而起，四处响起一片欢呼："班司马不回中原了！不回中原了！"

　　……

# 第三十一章　释放叛军　反戈一击军威振

　　再说，一闻"不回中原"的消息，使团全体成员都欣喜若狂，欢呼雀跃，独有郭恂大为不悦，他试探性地问班超："班司马，你可得慎重考虑，这军令如山，不能更改，你已经下达了'全体西域使团人员，立即撤离西域，不能再有片刻延误'的军令，现在怎么又宣布'不回中原'了呢？你可不要因一时冲动，以致会后悔终生啊！"

　　班超以一种十分鄙夷的目光看了一下郭恂，十分坚定地回答："情况的变化，促进了我决心的变化，也才有了军令的变化。不回中原，这就是我慎重考虑的结果，并不是我一时的冲动，我现在才真正想好了，如果此时撤离西域，回到中原，我才会后悔终生的。"

　　郭恂虽是在劝诫班超，但他话中有话，说得十分含蓄，李邑则大是不同，他以致会怒发冲冠、暴跳如雷，竟朝着班超厉声大吼起来："班超，你不遵皇命，违抗圣旨，难道就不怕杀头问斩、满门被杀吗？"

　　班超冷冷地回答说："至于对我如何处置，那得由皇上说了算，朝廷说了算，而不是你李邑说了算。可今天在西域，还是由我班超说了算！我说留在西域，就留在西域，不回中原，就不回中原，你李邑又能把我怎么样呢？"

　　这时，西域使团的其他成员，无论是"一豹一狮一道通"，还是"三狼六蛋九愣娃"，抑或是"十二生肖勇士"，他们全都持刀挥枪，剑拔弩张，杀气腾腾，令人生畏。李邑一见，他自是害怕，忙说："你们可要知道，我是当今朝臣，是谏议大夫，更是钦差大臣，我可是代表皇上、代表朝廷的啊！你们只有听我的话，马上撤离西域，回到中原，这才能保住性命，全家不受牵连，否则，你们会人人被斩，户户株连，都可得想清楚啊！"

倔娃首先冲了上来，他一只手将李邑拎了起来，另一只手持刀，架在李邑的脖子上说："我早就想宰你了，大家一直阻拦，便一直等到了今天。我们纵然被斩，纵然全家受牵连，也一定要你死在我们的前面……你信不信，我现在就宰了你！"若是往日，一见倔娃如此，大家都会上前阻拦，可是今天，并无一人阻拦，大家都任由倔娃为所欲为。不仅如此，大家全都对李邑怒目而视，那眼里几乎能喷出火来，而且都抽刀舞枪，像是要立饮其血、生啖其肉的样子……

铁蛋也冲了上来，以刀逼着李邑说："你既是谏议大夫，那你更应该实事求是，给朝廷提些好建议啊！却为什么要诬蔑班司马，说他'拥娇妻、抱爱子，享受其乐，不思军事'，这都是谁编的？谁捏造的？你赶快说出人来，我把你们一起都宰了！"

铁蛋这话，明显是冲着郭恂说的，郭恂当时很不自然，便下意识地躲在了人群后面。李邑这时真害怕了，他恳求班超说："班司马，你看这，看这！你也不劝劝他们，让他们别胡来，千万别胡来！咱们有事好商量，好商量！我真是一片好心，让你们都想想违抗圣旨的后果，既然你们都不怕死，不怕株连全家，那你们爱怎么做就怎么做吧！"

"好！单冲你这话，'你们爱怎么做就怎么做'，我们就先饶了你！"班超说，"你现在就可以滚，或回洛阳向圣上告状，或待在西域继续监督我们，都行！但是，不准你再干涉我们的军事行动！"

"不干涉！不干涉！"李邑浑身颤抖着说，"你们再干什么，我也不会干涉！"

"那，放了他！"班超这才对倔娃发话了。倔娃便像放了只待宰的鸡一样，放了这位落魄的谏议大夫、钦差大臣。李邑一旦被放，也少了许多往日的神气，他像只斗败的公鸡一般，偷眼望了一下郭恂，再将目光转向班超说："班司马，那我这就回朝，向皇上如实禀报，看圣意如何裁决！"

班超话里有话地说："我们使团全体人员，一心为国为民，征战西域，固边安疆，问心无愧！我们身正不怕影子歪，相信皇上圣明，朝廷公正，会有还我们清白的一天。李大人，你既是钦差大人，朝廷命臣，那就请实事求是，秉公行事，向皇上如实汇报我们的情况，让朝廷做出公正的处理。只要秉持公正，我班超死不足惜，如确是班超有错，不怕全家株连；只为复通商道，班超义无反顾。如不这样，班超不服，使团不服，西域民众都不服啊！"

李邑这阵并不犟嘴，只口不住声地说："一定，一定，我一定如实禀报，秉公秉公秉公……"听李邑这样说，班超便挥了挥手，对大家说："你们且先退下吧，我还有几句话，要同李大人单独说。"众人便都散了，就只剩下班超和李邑两个人了。于是，班超这样对李邑说："李大人，这西域的真实情况，你也看到了，不是我不回洛阳，确实是这里离不开啊！你也不看看，那西域的父老乡亲是怎么拦阻我的？那西域的小朋友，是怎么哭喊我的？那黎弇都尉，是因何自刎身亡的？现在，急盼我们走的，只能是匈奴人啊！我们一走，他们挥军便来，那西域36国，就又得重归他们统治；那全体西域民众，就又重回他们的铁蹄蹂躏之下。似此，我们于心何忍呢？当然，我也理解你的难处，你是奉圣旨而来的，不看着我们撤回不行。但是，我们能不能想个折中的办法呢？"

李邑想了想说："这折中的办法吗？也有！我想，你有军务，可以留守西域，但妻儿呢？他们待在西域，并没有什么事情。要不要你让他们随我一同返朝呢？"

班超一听，立即明白了李邑的意思：言下之意，无非是要将自己的妻儿作为人质，借以控制和胁迫自己。而且，那圣旨上不也说，自己在西域拥娇妻、抱爱子，贪享其乐，不思军事，忘记自己出使西域的使命，只顾东游西逛吗？想到这些，他便说："那这样好了，必要时，我可以向朝廷写奏书，也可以让我妻儿回朝，以他们作为人质，让皇上秉公处理。但现在不能，因我还有许多事情要做，特别是有军机大事。我呢？继续留在西域，恭候朝廷的最终决定。"

"那也好！那，你让我想折中的办法，我就只想了这么个办法。可你又不同意。我吗？回洛阳后，只能如实向皇上禀报了。"班超如今决定这样做，虽不是李邑所要的最理想的结果，却也与他想要的结果距离不远，便说，"班司马如此安排，虽然仍有些欠妥，但我也能够理解。我只是建议，最好能让夫人小儿同我一起回朝，这样我才便于向圣上交差。"

"这容我再细细考虑。"班超想了想又说，"要不要让我们郭从事随你一起回朝，由他当面向皇上禀明情况，这样是否更为周全。"

"这，恐怕得问问郭从事了。"李邑这时态度有些犹豫地说。

班超唤人叫来了郭恂，征求他的意见。郭恂一听，他自然也乐意。从内心讲，一是因西域太苦，他并未做好长期待在西域的准备；二是因他给李邑投书，才招来幼主圣旨；三是他想与匈奴串通，自然做贼心虚；四是因他的夫人还在洛阳，他也寂寞难耐；五是因使团之中，人人与他疏远，他成了"孤家寡人"……如此种种，他急欲远离，盼回洛阳，只惜没有机会。可如今，班超愿给他提供这样的机会，他怎么能不抓住呢？于是，未等李邑说话，他便急急向班超表态："班司马，我愿同李大人一起回洛阳。如至洛阳，见到圣上，我一定如实禀报使团真实情况，让圣上做出明智决定。"

借此机会，班超十分诚恳地劝诫郭恂说："郭从事，不论怎么样，正如你以前所说，昔日里，我抄书你抄书；到后来，我投笔你投笔；再往后，我从戎你也从戎……而后，咱们斩匈奴使者，砍王宫神巫，擒疏勒国王，化龟兹危机，这一道道险关，我们都一起闯过来了，这一番番征战，我们都是一起挺过来的。所以，不管怎么说，我们都是同一个朝里的同事，是同一个战壕里的战友。当然，我也许有做得不对的地方，但我只希望你到了洛阳，能如实向圣上禀报，我们功就是功，过就是过，不求有功，但求无过，可以以功抵过，让朝廷秉公处理，以化解我们使团的危机、西域的危机！"

"一定一定！"郭恂不住点头说，"我决不负司马之托，大家之托！"郭恂已经做好了与李邑一起返朝的准备。

一切眼看都已成形，郭恂这个内奸的挖出也只在目前，但李邑却突然变卦了，他说："至于郭从事同我返朝，我看就免了吧！你们一共才36人，一个萝卜一个坑，没一个多余的人啊！而且，郭从事所担负的工作那么重要，你们又怎么离得了郭从事呢？他还是留下吧。"原来，李邑起初也想，让郭恂和自己一起回朝也好，还能多搜集些班超的"罪证"，但他转念一想，如果郭恂一走，使团就少了自己的耳目，班超他们干什么，自己就不知晓了，便决定不让郭恂离开。

……

这样，既然钦差大人都发话了，那郭恂自然便又留了下来，他也不能不留了下来，因为他实际上就是李邑的一条狗，李邑叫他干什么，他就得干什么，更何况他还负有搜索班超和西域使团情报这样的重任。

郭恂离开后，班超又对李邑说："李大人，有件事我想对你单独说一下，你看合适吗？"

"有什么，你就直说，咱们之间，还有什么藏着掖着的事。"李邑说。

"这既是私事，也是公事。"班超说，"咱们两个，你早就知道我是谁，我也早知道你是谁。早年间，我曾惩治过你的公子，割了他的鼻子。那时，也因我年轻气盛，是做得有点过了。可是你家公子，他有错在先啊！这，便是私事。那么，公事呢？你现在是钦差大臣，是代表皇上、代表朝廷而来的。按理说，你说什么就是什么，你说怎么办我们就怎么办。可是，偌大西域，一旦失去，却不会失而复得啊！所以，我再次恳求李大人，咱们公是公、私是私，公私切勿混为一谈。你可以尽量向朝廷禀明真实情况，让皇上做出正确裁决。"

听班超这样说，李邑脸色微微一红，他假作高姿态地说："班司马，你的确多心了，好赖我是个老臣，是当朝的谏议大夫，这公私还是分得清的，我怎么能因私废公，公报私仇呢？咱们的私事，都过了这么多年了，我怎么会计较呢？而且，我那逆子，他不成器，也不争气啊！当时，你帮我管教他是对的，是为他好啊！他现在还不是那样，一点也不学好，真把我要气死了。再说眼下，我诏你们不归，你们违抗圣旨，这事总要解决吧。"

"这样吧！你可先回洛阳复命，我再按照你的意见，做出妥善安排。"班超做出了这样的表态，李邑也同意了。

就这样，钦差大臣李邑与司马班超和使团人员便告别了、分离了，尽管双方心思相异、意愿相背，但他们最终也还是要分离的。尽管暂时的分离刚刚开始，但新的较量却仍在继续……

李邑回洛阳以后，班超率众，急忙策马飞驰，奔往疏勒军营而来。正在军营里翘首相望的疏勒王忠一见汉使团返回，不由喜不自禁，他和几员武将一起，兴高采烈地来迎接班超他们。班超刚一下马，疏勒王忠便与他紧紧拥抱，十分激动地说："我们盼啊盼，终于把你们盼回来了。"

"该回来时，我们还是要回来的。"班超说。

"那这一次，你们真的不回中原了？"疏勒王忠仍然有些不大相信，他这样发问。

"不赶走匈奴兵，不复通丝绸之路，我们誓不回中原！"班超口气坚决地说。

"这就好，这就好！"疏勒王忠说，"只要你们不走，我们就有了主心骨，就不怕匈奴军再来，就不愁商道不通。"他想了想，又问，"那么，黎弇都尉去找你了，怎么不见他人呢？得让他来，让他和你共议军事，看如何组建西域联军，如何共抗匈奴强贼！我呢？现在只是赶着鸭子上架罢了，我对军事不懂啊！"

"黎都尉，他、他已经……"一提到黎弇都尉，班超不由泪流满面、悲不自禁。

"他怎么了？"疏勒王忠问。

"他自刎了啊！"班超遂向疏勒王忠讲了黎弇一事。

"唉，他怎么能这样呢？这个黎弇，也真是！"疏勒王忠一边叹息黎弇的自刎，一边又说："你们刚一离开驿馆，就有好几个国家，他们在匈奴使者的唆使下叛变了。我们疏勒军也有人叛变，其头领便是格尔巴扎，他本是黎弇都尉的副将，不知为了什么，他也叛变了。所以，我们眼下的当务之急，那便是平叛。否则，反叛之势犹如野火燎原，平之不完燃之不尽啊！"

班超也十分生气地说："果不出我们所料，这些反复无常的小人，一有风吹草动，他们便会投靠匈奴，我们是应速定平叛之策，立即采取果断行动。"

班超和使团人员一起，同疏勒王忠和几位将领小作商议，便立即由班超率军，开始了追击叛军的战斗。他们一边追赶叛军，一边让人大声喊叫："班司马回来了，班司马率大军回来了！汉使团回来了，天朝派大部队来西域了！匈奴军已大败了，匈奴人是兔子的尾巴长不了，你们赶快投降吧！"

那些叛乱的军队，他们是闻得班超和汉使团返回中原，这才举兵反叛的。今一闻班超率军回返，又是带领大军前来的，不由都惊慌失措、仓皇逃窜，谁也无心恋战，班超率军英勇追杀，疏勒境内的叛军，很快被包围，叛军头领格尔巴扎和百余名将士被生擒，其他将士们全部倒戈，投降了班超的部队。

对于叛军首领格尔巴扎和近百名顽固的生擒叛兵，军士们都不知该怎么对待，便问疏勒王忠怎么办？疏勒王忠说："这还用问，都先绑起来，美美地揍一顿，再将他们全部斩首。对于这些叛变的人，一个都不能轻饶。"于是，这些叛兵，便都被绑在一排木桩之上，正遭受一排军士的皮鞭抽打。

正在这时，班超率众飞马而来……那些被捆绑的叛兵，有的耷拉着脑袋，两眼紧闭，静静等死；有的昂头挺胸，怒目圆睁，大是不服。一位疏勒军将领正向叛兵们训话："你们这伙人，可张大耳朵听清楚了，你们都得死，这就是你们背叛大汉，背叛疏勒，投靠匈奴，助纣为虐的下场。你们的死，一点儿也不冤，你们这是罪该如此，死有应得！"

格尔巴扎是因黎弇之死，激起他对班超和汉使团的无比仇恨，这才举兵反叛的。他现在虽然伤痕遍体，嘴角流血，但却双目喷火、怒骂不休："我们反叛，难道能怪我们吗？怪就怪班司马的离开，怪就怪汉使团的撤离。俗话说，'人无头不行，鸟无头不飞'，那班司马本是我们的头，他们都当软骨头溜走了，我们还怎么组建联军？还怎么对抗匈奴？还怎么保卫疏勒？还怎么复通商道呢？还有我们黎弇都尉，他也是我们的头，因苦求班超不归，他无奈便自刎了。今天我们依靠大汉不能，不投靠匈奴又怎么办？反正，怎么都是一死，你们杀吧！这迟死不如早死……"

格尔巴扎正在怒骂，疏勒王忠和班超一前一后赶了过来。疏勒王忠指着被绑叛军，发狠说："班司马，你看看这些可恶的叛兵，纵将他们统统剥皮抽筋，碎尸万段，也难解我心头之恨啊！"

一见班超，格尔巴扎的骂声又起："好你个班司马，好你个汉使团，你们出尔反尔，反复无常，不但害了我们黎弇都尉的性命，也害得我们无所适从，不得已而追逐匈奴军。明明是你们不对，现在却反怪我们，屠杀我们，你们于心何忍呢？"

班超未及言语，疏勒王忠却上得前来，他用双手抓住格尔巴扎胸前的绳索，吼道："我对你如此信任，让你统兵率将，但你却背叛于我，我真恨不能剥你的皮，抽你的筋，把你千刀万剐！来人啊，宰了他！"

谁知，疏勒王忠刚要让人斩杀格尔巴扎，班超却上前这样劝慰疏勒王忠："王上，你就让他骂吧！他骂得好，骂得对，骂得有道理！"他边说边走近了格尔巴扎，说："真的，你骂得好，骂得对，接着再骂啊！"

但奇怪的是，这阵子，格尔巴扎却不骂了，一句也不骂了，甚至连那些被绑的叛军，他们也全都情绪转变，神色大变，由激情愤怒变成了困惑不解，由视死如归变成了企盼生机……这时，班超站上了一处高垅，他十分激昂地说："疏勒军兄弟们，我深知，你们的反叛，是因为受了匈奴人的挑拨强迫，是不得已而为的。还有些人，是因为我们汉使撤离，这才予以背叛的，这怪我们而不怪大家。还有，黎弇都尉的自刎，他是因劝我回归才自刎的，我这不是按他遗愿回来了嘛！这些账，我们要记在匈奴单于身上，记在他们匈奴强盗身上，而不能内部起哄，互相争斗，干那种亲者恨、仇者快的事情啊！你们和汉使、疏勒军都是兄弟，我们怎能处决自己的兄弟呢？"

"那，对这些人，你打算怎么办？"疏勒王忠问。

"放吧，把他们全都放了！"班超说。

"这……这合适吗？"疏勒王忠说。

"合适，合适，绝对合适！我们释放的，都是自己的兄弟，这有什么不合适的！"班超说。他一边说，一边上前先给格尔巴扎松绑。他边松绑边对格尔巴扎说："你骂我是对的，正是我害了黎弇都尉的命，你不仅应当骂我，也应当打我，我确实对不起黎弇都尉。"他又转向汉使团人员和疏勒军说："快，都动手，解开绳索，将他们全都放了！"

叛兵被释缚，全都惊疑不定，不明白是怎么回事。班超面带微笑，向众叛兵说："疏勒军兄弟们，我知道，你们原来都是黎弇都尉的部下，正是因为黎都尉之死，你们才不得已举兵反叛。可是，你们应知黎都尉自刎的本意，他是欲劝我班超回归，留守西域，组建汉边联军，共同对抗匈奴。今将你们全都释放，你们愿参加联军的可以参加联军，跟我们一起斩杀匈奴强盗，为黎弇都尉报仇。不愿参加联军的人，那就回家去侍奉老人，养活妻儿，与亲人团聚。具体怎么办，由你们自己定。"

众叛兵听罢，全都议论纷纷，吃惊不已，大家的目光，不由都投向了格尔巴扎……

没想到，格尔巴扎这时却猛地跪下，跪在了班超面前，众叛兵也一齐跪下。格尔巴扎两眼闪动着激动的泪花说："班司马，汉使团和匈奴兵谁好谁坏，我总算认得清清的了。汉使团是为我们谋福祉的自家兄弟，而匈奴兵是侵入西域的豺狼魔鬼。我一定要参加联军，跟你们一起驱匈奴，打强盗，通商道，开太平！我们要为塞内塞外百姓做好事、办实事！"

众叛兵异口同声地说："我们都要参加联军！"

班超赶忙上前，扶起了格尔巴扎，他百感交集地说："我相信，这也是黎弇都尉所企望看到的，我们这样做，也是实现他的心愿啊！"

正因为有了格尔巴扎的投诚，有了"为黎弇都尉报仇"这一共同目标，那些当初反叛以至准备反叛的疏勒兵，现在都反戈一击，参加了汉边联军。这一下，汉边联军迅速从几千人增至几万人，军威大振，声势大增，形成了一支强大的抵抗匈奴的固疆保边队伍。

班氏演义

# 第三十二章　代父上书　班雄年小有大志

这是李邑返回京都洛阳的第一个晚上，在疏勒国王城汉使驻地，在司马班超寝室，从未和妻子有过大的矛盾的班超，这时却与邓燕发生了一场争执。事情，也还是由班超首先引起的。当时，他对邓燕这样说："燕燕，有一件要事，我想同你商量。只是……"他欲言又止，竟不说话了。

邓燕十分奇怪地问："你今天这是怎么啦？说起话来遮遮掩掩、吞吞吐吐，这可不是你以往的风格啊！"

班超说："我想让你带上雄儿，代我回京复命，并想让班雄代父上书，你看行吗？"

邓燕一听，即十分生气地问："你说，这是谁的馊主意？怎么会想起让我和雄儿回京去复命？让班雄代父上书？他只是一个8岁的孩子啊！8岁的孩子怎么能代父上书呢？"

"这不是别人的主意，全是我个人的想法，至于行不行，这不是正同你商量嘛！"班超十分耐心地说，"你也不想想，朝廷已经连下了三道圣旨，催我和使团回朝，我如果不回，那便是皇命不遵，违抗圣旨，会犯死罪以致株连全家。可我如果回呢，出使西域的使命并未完成，丝绸商道还未复通，西域父老乡亲仍处在水深火热之中，我的事业怎么能半途而废呢？我又怎么能弃西域民众的苦难而不顾呢？"

"这我也能理解，我也不想让你的事业半途而废，但这与我和雄儿有什么关系？我们待在西域，对你并没什么影响，我以至还帮了你的忙，虽不是大忙，小忙也没少帮吧！"邓燕说，"再说，那钦差大臣李邑不是已回朝了吗？他们会向皇上说明一切的。"

"可是，我所担心的正是这一点。"班超说，"你自然知道，那李邑是个什么样人，他正是当年欺侮你的小流氓李虎的父亲，是咱们的仇家。而郭恂呢？他恐已与李邑串通一气，时时给李邑透露我们的消息，寻找我们的漏洞，必欲抓我们的把柄。这样，李邑借以自己身为朝臣谏议大夫的身份，便会给新主上奏，欺骗和蒙蔽幼主，新主是非不清，便会稀里糊涂下圣旨。这三道圣旨，八成都是这么来的呢！现在，李邑施以阴谋，用阴险手段，必欲置我班超和使团人员于死地。他们有诡计，我们也得有对策啊！我不已让秦龙向窦固将军投书，想让老将军赴朝探明情况，洗清我们的不白之冤；起初，我本欲让郭恂随李邑回朝，实际是想清除我们使团内部的一个祸害，可惜未能如愿，因李邑他不同意；今让你和雄儿回朝复命，向朝廷呈送我的亲笔奏书，这是我走的第三步棋，如无此举，难以辩白啊！更何况，那圣旨上不是说我'拥娇妻、抱爱子，贪享其乐，不思军事，忘记自己出使西域的使命'吗？这既是冲着我，也是冲着你和雄儿来的。你们待在西域，他们便拿此说事，你们如若离开，他们便少了口实。所以我才想到，让你们代我回京复命，这也是没有办法的办法啊！再说，你看那连连颁发的圣旨，真如同儿戏一般。我想过了，当朝的幼主章帝，他只不过是一个 10 岁的孩子，孩子和孩子之间，他们有自己的共同语言。所以，我决意，让雄儿代我上书，这也是我深思熟虑过的，并不是轻率之为、冲动之举。"

"那，当初李邑让我们随他一起回朝，你为什么又不依呢？"邓燕的口气和缓了许多。

"那不是把羊往虎口里送，把小鸡给老鹰喙下送吗？"班超说，"你看那李邑，他一再要求让你和雄儿同他一起赴京，那分明是要拿你们当人质，借此来控制和胁迫我，我怎么能上他这个当呢？如今，我们自个回洛阳，我再派得力人进行护送，这样不就安全了。到洛阳以后，你们即找窦固将军和秦龙，更多了许多成功的把握。"

"那，要么你就这样安排吧。"对此，邓燕虽觉突然，但经班超一番解释，她觉着很有道理，便也无法争辩。她虽然嘴里没有说话，但眼里却满是辛酸和委屈的泪水。班超瞅瞅自己心爱的妻子，心里满是歉意和内疚，哽咽着说："燕儿，我班超对不住你，对不住雄儿，但我不这样做，却对不住自己的良心，对不住全使团人员，对不住西域父老乡亲，你能理解我吗？"

邓燕点了点头，她哭着说："我理解，我理解，我什么都理解！今我和雄儿回洛阳，随朝廷怎么处置，哪怕是丢了性命也无所谓。但你一定要活下去，坚持活下去。以后有福，咱们一家人一起享；有罪，咱们一家人一起受；要活，咱们一家人一起活；要死，咱们一家人也一起死！"她一边说，一边扑上前来，紧紧抱住了班超。谁知，他们的对话，早惊动了正在装睡的小班雄。小班雄骨碌一下爬起床来，扑到父母亲的怀里大哭不止，边哭边说："爹爹，我不走，不走，我和妈妈都不走。我仍要待在西域，和爹爹待在一起，和小伙伴待在一起！"

班超忙先擦了一下自己眼里的泪，再帮小班雄擦干了泪水，他抱起小班雄说："雄儿，你知道，爹爹为什么给你起名叫班雄吗？"

"是要我当英雄！"班雄哭着说。

"对！是要你当英雄，可英雄怎么能哭呢？"班超强装笑脸说。

"不哭，不哭！英雄不哭！"小班雄忙抹了一把脸上的泪，故作坚强的样子说，"是英雄就要顶天立地，是英雄就要敢做敢为，什么也不怕，一切都不惧！要像哪吒那样，不怕龙王，不怕龙子，不怕夜叉，不怕邪恶，凡事敢做也敢当，粉身碎骨也心甘！"

"对了，是英雄要顶天立地，是英雄就要敢做敢为，什么也不怕，一切都不惧！要像哪吒那样，不怕龙王，不怕龙子，不怕夜叉，不怕邪恶，凡事敢做也敢当，粉身碎骨也心甘！但是，爹爹现在要你离开西域，保护妈妈回洛阳，你敢不敢？"班超借机激励小班雄。

"敢！"小班雄毫不犹豫，当即向班超这样表态。

"那么，爹爹让你去见皇上，送上爹爹的一份奏书，你敢不敢呢？"班超问。

"敢！"小班雄说，"我谁都敢见,谁都不怕,因为我是大英雄班超的儿子，是哪吒那样的小英雄！"

"好，好！"班超连连夸奖说，"这呢？才真正像个小司马、小哪吒、小英雄！可是，那皇上不是一般人，是全国最大最大的官，你见了他一定要有礼貌；我写给皇上的信是最重要最重要的信，你一定要硬记背熟，一字不落一字不错背诵给皇上。这，你能做到吗？"

"能，我能做到！"小班雄的回答十分干脆。的确，这对他真是小菜一碟，因他有着一目数行、过目不忘这样的天赋，今对于背诵一份短短的奏书，岂能是什么难事，他便满口答应了下来。

"好，那爹爹在西域，就专等你的好消息。"班超说。

"放心吧，我一定要带给你好消息！"小班雄说。说话之间，他眼已发困，不知不觉，打了个哈欠。

班超说："好了，你困了，快睡吧。"

"我……我不困，一会儿睡。"小班雄还要坚持，班超忙把他抱起来放到床上，不一会儿，他便呼呼入睡了。

待小班雄入睡之后，邓燕又对班超说："那么，我和雄儿离开后，有件事情，你必须依了我。"

"什么事？"班超十分奇怪地问。

"我走后，你少人照顾，就纳个妾吧！"邓燕说，"你甚至可以休了我，自己另娶个妻子。"

"你看看你，都胡说些什么呀？我有你这么个好妻子，为什么还要纳妾？为什么还另娶妻？你是不是，在故意考验我？试探我？"班超不太高兴地说。

"真的，我是认真的，这既不是考验，也不是试探。"

邓燕说，"因为，据我的观察，女人生活，一般可以离开男人，但男人生活，却一般离不开女人。你别看你们男人，嘴上虽然梆梆硬，心里却老是想女人，这个说不怕老婆，那个说不要老婆，可一旦真的失去了老婆，他们干啥都没有心思。真的，你纳个妾吧！而且，我还发现，要待在西域，如娶个西域女子，那是再好不过的了：既利于交流，语言会慢慢相通；又有利于生活，她们都是很会照料男人；特别是后代，他们既懂汉语，又懂西域语言，既熟悉汉族风俗习惯，又熟悉西域风俗习惯，会是真正的西域天使呢！再说，她对于你所说的事业，也是大有帮助的啊！但有一点，你必须找个既漂亮美貌又温柔贤惠的西域姑娘。我呢？以后会像待亲妹妹一样对待她的。我现在都有些后悔，没帮你找一个合适的西域姑娘……"

"你快别胡说了，睡觉吧！"班超嘴上虽这样说，但心里却在说，"多好的邓燕，多好的妻子，多好的贤内助啊！"他的眼里，早已变得湿漉漉的了。

……

第二天，当班超向大家宣布了想让邓燕母子奔赴洛阳，代自己回朝复命的消息后，田鼠第一个站了出来，他对班超说："班司马，如若这样，那我们全体成员的家属，都可以前往洛阳，听候朝廷如何处理，为何只让嫂子和小班雄前往呢？"

一听田鼠这话，那些拥有妻室的使团人员，全都拥了上来，这个说："好，班司马，似这样，让我们的家属都去洛阳，随他皇上怎么处置？"那个说："再说，毕竟法不责众，更何况，我们并没有犯什么法，朝廷又怎么处罚我们，处罚我们什么罪呢？"

……

"这大可不必，大可不必！"班超连连摇头说，"人家朝廷，主要盯的我班超一个人；那个钦差大人李邑，他也单盯着我班超一个人。俗话说，一人做事一人当，有我的妻儿进京当人质就足够了，为什么还要牵连那么多无辜呢？还有，那么多人去洛阳，人家皇上能不烦吗？朝廷能不烦吗？好了，此事不再作议，让邓燕他们母子赴京便是了。"

"但是，安全呢？嫂子和小班雄的安全怎么保证？"师全这时提出了新的问题。

班超想了想说："要么，这个任务，就由你来完成吧！你可以保护他们，让他们安安全全抵达洛阳。到了洛阳，你还可以与秦龙和窦固将军取得联系，了解朝廷的真实意图。必要时，可向朝廷禀明情况，让大臣们明辨是非曲直，带回朝廷最终的正确决定。"

师全说："班司马，你放心吧！我一定会把嫂子和小班雄安全送回洛阳。我到了洛阳，一定先与秦龙联系，问他有关窦固将军那里的情况，力争劝解幼主，让皇上收回让使团撤离西域的圣旨，让我们使团人员仍留西域，安心复通商道，固边安疆。"

这样，又是分离，分离，分离！这次可是真正的分离，是班超与自己的娇妻爱子真正的分离，是他们一个完整之家在西域不得已的一次难分难舍的分离。

分离了，虽有恩恩爱爱，缠缠绵绵，夫妻情深，但是也得分离；分离了，虽有眼眼泪泪，悲悲切切，愁愁苦苦，但是也得分离；分离了，虽有父子情深，骨肉之情，揪心之痛，但是也得分离。

经过一场痛定思痛，箭射鸳鸯，生离死别，邓燕只能带着小班雄，在师全的护送下，踏上了回归洛阳之路。尽管，他们封锁消息，走得秘密，但还是有人知道了消息，甚至连小班雄的小伙伴们都知道了，大家都欲前来送行，但却被小石头拦住了。他对众小伙伴们说："小班雄不告诉咱们，他要悄悄离开，也许有什么原因。要不，大家别去了，就我和小雪梅去，我俩代表大家就是了。"在他的一再劝说下，大家也同意了。于是，他俩抄着近路，拦在了小班雄和母亲回中原的半路上。远远的，骑在马上的小班雄就看见了他们，他猛地跳下马来，喊着向他们跑去："小石头！小雪梅！我看见你们了！"

小石头、小雪梅也气喘吁吁地跑了过来，他们边跑边喊："班雄哥，我们来了！"

跑到一起后，他们三人抱成一团，全都哭了起来，小石头深情地说："班雄哥，你不能回中原，我们舍不得让你走。"

小雪梅更依依不舍，她说："班雄哥，你走了，我们和谁玩呢？"

小班雄紧紧拉住小石头、小雪梅的手说："我也舍不得离开你们，但是我有很重要、很重要的任务，不回不行啊！"

小石头说："我不信，你一个小孩子家，会有什么重要任务呢？"

"怎么没有重要任务呢？"小班雄十分神秘地说，"我要代父上书，去见我们汉朝的皇上，你们说，这个任务，还不重要吗？"

"那，你再玩几天走不行吗？你再给我们讲讲故事，那些小伙伴，都想跟你告别呢！"

小班雄说："不管怎么说，我是个男子汉，说话要算数，我必须回去，一定要完成我这个重要任务！我还必须回来，要和你们一起玩，一起抵抗匈奴侵略者。"

"那，你真的要走，咱们真的要分别了……"小石头哽咽地说着，从自己的怀中，掏出一把木制的玩具宝剑来，递给班雄说："班雄哥，这个给你，我听说你要回中原，便让我爷爷和爹爹帮忙，连夜赶出了这把剑，你把它带上吧！你先用它学好剑术，以后再教给我们。你不是说，咱们要既能文又能武，要不怎么打匈奴呢？"

小雪梅呢？她从兜里掏出几个熟雀蛋来，硬塞给了班雄，说："我想送好东西给你，可是时间太紧，没找下什么东西，就这几个熟雀蛋，你带上！回中原路远，你还能当顿饭吃。"

小班雄接过木剑和熟雀蛋，眼泪不由唰唰落下，他哭着说："小石头、小雪梅，你们放心吧，我还会回来，真的会回来。"

这时，邓燕走了过来，她手里拿着几本书，交给了小班雄，对他说："你看，人家小石头、小雪梅都送你礼物了，你怎么不回赠人家礼物呢？这几本书，你回赠他们吧！"

小班雄一听，赶忙接过母亲手中的书，赠给了小石头和小雪梅，对他们说："噢，对了，我走了以后，你们读书写字，一天也不能放松。咱们要听我爹的话，小时候多学文，长大点再练武，等我回来，咱们再好好练武，大家都要成为能文能武的英雄呢！"

小石头、小雪梅接过了书，对小班雄说："你走后，我们会认真读书写字，但你可要回来，我们都等着你，等你领着我们练武呢！"

这时，师全已经把小班雄抱到了马上，他先是哭着不肯上马，到了马上仍哭喊着说："小石头、小雪梅，你们等着，我一定会回来的！"

"小石头、小雪梅也高喊，我们等你，大伙儿都等你，你可一定要回来啊！"

就这样，马匹渐行渐远，缓缓前行；哭声呢？也愈传愈远、愈传愈远，久难遁去。

邓燕和小班雄母子，他们在师全的精心保护照料下，终于安全抵达了洛阳。班超呢？他仍然待在西域，联络诸国，征战沙场……

再说，那秦龙先至凉州，向窦固将军呈上班超之信，又禀明了当下班超和西域使团的困境，以及李邑连连下圣旨催使团撤离西域等情况。窦固听了秦龙所说，又看了班超的信后说："怎么会是这样？怎么会是这样？"

"但，这都是真实情况。"秦龙说，"情况就是这样。"

"你看这样行不行？"窦固说，"如今朝中，我们窦家权势越来越重，这既是好事，也是坏事，因为权高震主，那是当政者之大忌。正因为此，我老懒得去那洛阳，以免引起些是是非非，我甚至都担心，再若这样，我们窦家，只怕要出事呢？要不，我可修书一封，你去找我侄孙窦宪，让他帮你查之办之，也许能解决问题。"

"不妥不妥，这样实实不妥。"秦龙赶忙对窦固说，"这事跟事不一样。此次之事，实属大事，并非小事，实属正事，并非闲事，非老将军亲自出面不可。窦家权重，这是一回事，西域危机，这是另一回事，如若借以窦家重权，办一些利国利民的好事，那于国于民于窦家，都不是很有益吗？而且，今洛阳那边，明帝新逝，章帝新登，他还是个小年轻、并不知晓边疆之事，是极易被那些其心不规的大臣所蒙蔽的，这就更需要您这样的守边老将出面。西域那边呢？我们班司马有功未赏，反而成过，他依圣旨则需放弃西域，不依则会违背圣旨，会被判以死罪以致株连满门，这是非常不公的啊！到了这种非常时期，您还能稳坐钓鱼台吗？您不亲自出马，不去洛阳能行吗？您能见死不救吗？"

听得秦龙此说，窦固哪里还能再坐安稳，他说："罢罢罢！既然如此，那老夫我就放下这个身段，抹下这张老脸，去趟洛阳得了。"

一见已经说动了窦固，秦龙又说："老将军如要赶路，我们班司马还让我骑来了您昔日的坐骑——骊，您可否再骑之。"

"不了，不了，难得你们班司马想得如此周到。那马，还是你骑，我呢？年龄已经大了，还是坐车稳当，骑也爱骑那温顺老实的坐骑。就这样吧！咱们就一起去洛阳，一路也好有个照应。"于是，窦固安顿好军营之事，专门挑选得精兵良将百余人随行，即日动身，与秦龙一起奔赴洛阳。

到了洛阳，窦固先去后宫，拜见了窦皇后，问及李邑至西域颁布圣旨一事，窦皇后即将当时实情告之。窦固一听，顿足说道："你看，这不是视圣旨为儿戏吗？"

"可不是儿戏是什么？"窦皇后说，"我们章帝，他只是个十几岁的小青年，平时老跟我使性子，在朝上也耍性子，有什么办法呢？他呢？让李邑代他去拟并颁发圣旨，这中间出现漏洞，也许是不可避免之事。"

"但是，漏洞小还可以，可这次的漏洞却太大了。"窦固说，"西域一旦撤离，匈奴必会侵入；班超一回洛阳，西域必定失守；匈奴一旦侵入，若要驱逐很难；西域一旦失守，再要夺回不易。当务之急，是必须先撤回已颁圣旨，让班超使团继续镇守西域，联络诸国，共抗匈奴，这是一点也拖延不得的大事啊！"

"那么，明日朝上，你可以亲自上奏，告以实情，让咱们小皇上做出正确决择。"窦皇后说。

"可我也怕他耍娃娃脾气，把我的话听不进去。"窦固有些担心地说。

"我了解他这个人，他是爱使性子，但好坏也还能分，是非也还能辨。问题是，你得顺着他的性子，把道理给他讲清，是非给他辨明，这样，他才能做出正确的决定。"窦皇后说。

从后宫回府，窦固正与秦龙商议，看明日上朝如何面圣一事。恰是这时，已有师全领着邓燕母子寻进府来，向窦固将军呈上班超的奏书和亲笔信，并汇报了他们母子回洛阳欲代班超回朝复命并欲让班雄代父上书一事。窦固将军先看那奏书，见写得语言清楚，干净利落，不由心喜。便说："这样吧，明日朝上，可以由班雄代父上书，你们进行协助，我再帮着说明情况，咱们争取一举成功。"

不过，窦固对班雄代父上书一事很不放心，遂对小班雄说："班雄，你先将你父之上书，给爷爷背诵一下，能背过吗？"

"没问题。"班雄说。一边说，一边便背诵起来。原来，这几日里，邓燕日日教班雄背诵奏书，他早已背得滚瓜烂熟，今给窦固背诵，自然一点也不怯场。

窦固又以皇上的身份，给班雄提了几个问题，班雄对答如流，无一疏漏。当时，窦固十分高兴地说："好，这小子，还是个小人才！就这么办，先由班雄代父上书，次由邓燕说明情况，再由我补充说明。你们秦、师二位呢？因为你们都上不了大殿，只能在偏殿里等候，等待机会，我再使人传你们上殿。再说朝上，还会有百官上奏，根据实际情况，我们再采取行动。"

"可以。"秦龙、师全和邓燕母子都点头答应。

次日上午，章帝刘炟又一次设朝问政。从第一次设朝至今，章帝虽然年龄未变，宫殿未变，身边的文武大臣也大多未变，但他毕竟经历了多次设朝问政的历练，显得比第一次设朝问政时熟悉多了，也老练多了。刚一设朝，他就发问："众爱卿，朕今日设朝，是要探问国家大事，寻求治国安边方略，你们谁有奏书，即可速速呈上。大事上书，小事免奏，咱们必须分个轻重缓急。"他俨然似个成熟的皇上一般。

章帝话一落音，钦差大臣李邑便走上殿来，他向章帝上奏说："臣李邑有要事禀报皇上。臣奉命拟旨，诏司马班超从西域回返，可是连发三道圣旨，班超均抗旨不遵，不予返回。微臣无奈，让其以妻儿为质，带回洛阳接受皇上惩处，他仍是不允，拒不让妻儿返回洛阳，故请圣上严肃处理。"

"既是圣旨，为什么要下三道呢？下一道不就行了嘛！"章帝说。

"可那班超不遵啊！"李邑说，"他第一道不遵，第二道不遵，微臣无法，便又颁发了第三道圣旨，可那班超仍然不归，我实在没有办法。今特奏明皇上，请治班超违抗圣旨之罪。"

"违抗圣旨，该当何罪？"章帝问。

"违抗圣旨，当犯死罪，以致株连全家。"李邑说。

"那依法处理也就是了，如果都这样，那圣旨还有什么威严可言？"章帝说，"李爱卿，你是谏议大夫，有权对于班超抗旨一事，按律严加惩办。"

"但是，违抗圣旨，这要看实际情况。"这是一个庄重而威严的声音，君臣们注意看时，见是德高望众的老将军窦固走上殿来，全都有一种肃然起敬的感觉。

"窦老将军辛苦！"一见窦固露面，章帝也不敢怠慢，便招呼问候窦固。窦固急忙跪拜行礼。礼毕，他对章帝说："微臣今引领 2 人，他们有本上奏。"章帝准之，窦固即让人传邓燕母子从偏殿上殿，向章帝呈以奏书，而让秦龙和师全仍在偏殿等待。

眼见新上殿的二人，有一女人，还有一小孩，章帝倒感新奇。只见二人彬彬有礼，礼节甚周，章帝已有好感，遂问："你们是何人？"

邓燕说："罪妇邓燕，我是司马班超的妻子。"

小班雄说："罪子班雄，我是司马班超的儿子。"

"这是怎么回事？他们不是都回来了吗，李邑怎么说他们没有回洛阳呢？"章帝问。邓燕母子的突然出现，不仅仅使李邑，也使章帝和文武百官都大吃一惊。

"皇上圣旨相召，罪妇母子不敢不归，只是罪妇之夫班超，他因军务在身，不能耽误，故仍留守西域，静等皇上明示，再作回归还是停留的决定。"邓燕说。

"那你们来京，是有何事？"章帝问。

这时，小班雄上前，先行跪拜之礼，再双手将父亲班超的奏书呈上，说道："罪子班雄，今代父班超上奏投书，请圣上过目。"

有太监上前，替章帝接过了奏书，摆放于龙案之上。章帝并不急着看奏书，而这样问小班雄："你是叫班雄吗？"

"是叫班雄，我是班超的儿子。"小班雄说。

"那么，你为什么要自称罪子呢？"章帝问。

"我母亲既然口称罪妇，我父亲回朝应口称罪臣，他们有罪，我自然有罪，因为我是他们的儿子，便自称罪子。如若不对，请圣上指正。"

"好！罪子就罪子吧！"章帝问，"那，你几岁了？"

"8岁了。"小班雄说。

"你8岁，比我小多了，那应是我的弟弟，我是你的哥哥。"章帝说。

"罪子不敢！"小班雄说。

"为什么？"章帝问。

"因为您是君，我父是臣，君臣有别，罪子岂敢与您称兄道弟。更何况我父抗旨有罪，他的罪名还未洗清，罪子实实不敢与皇上以兄弟相称。"班雄说。

这时，章帝打开了龙案上的班超奏书，他故意考问小班雄，说："班雄，你既然代父上书，那你可将此奏书，现在念给朕听。"别看这个章帝年龄轻，他也够精明的，因这奏书上的字，他自个认不很全，如叫别人念，自己也脸上无光，灵机一动，便叫小班雄念，也欲考察一下小班雄。

"不用了！"小班雄说，"我背诵给皇上即是。"他一边说罢，便一边背诵了起来：

尊敬的大汉天子章帝皇上：

罪臣见先帝（指汉明帝）欲开发西域，派大军北击匈奴，西通外国，鄯善、于阗当时即归顺臣服。如今拘弥、莎车、疏勒、月氏（yuèzhī，音悦之。国名，在今阿富汗、巴基斯坦一带）、乌孙（在今哈萨克斯坦马尔喀什湖以东至中国边界一带），都欲归汉朝，愿与我并力破灭龟兹，打通通往大汉朝的道路。若能臣服龟兹，则西域未服的国家只剩百分之一而已。臣虽是卒伍之中一员小吏，实愿效命绝域，像张骞那样弃身旷野。连前人都已看出，取得西域36国，等于割断匈奴右臂。如今西域各国，从日落之处（指极西地区）开始，都向往大汉，贡举不绝。唯独焉耆、龟兹未服。这也就是说，匈奴的右臂，差不多快要断了。

于是，罪臣于永平六年领军司马之职，奉窦固将军之命，率36人出使西域，负'驱逐匈奴，镇抚西域，复通商道，安边固疆'之重任。我们至鄯善逐匈奴流寇，斩匈奴使者300余人；在于阗先砍王宫神巫，再斩匈奴密使；在疏勒使田虑单人独骑擒伪王兜题，重立忠为新王；到龟兹它乾王城，只使团二人便径闯王宫，斗勇而化解伏杀危机，斗智而瓦解反汉联盟……其之势，正如星火燎原，这燃的是天朝之火，发的是大汉之光，焚的是匈奴强盗，烧的是虎豹豺狼。

然，突有钦差大臣李邑传旨，三日传得三旨，均让我们当日即回。试想，我们使团那么多人，西域又那么遥远，要归，怎么能一日便归呢？故此，我们不得拖延。俗话说，'箭在弦上，不得不发'。今我们对抗匈奴，已搭好在弦之箭，举起砍贼之刀，这阵这势，怎么可以随便撤离呢？撤离则谓之怯逃，撤离则谓之失败，那是丢我们之人，丢朝廷之面的大事啊！对此，决不可轻之慢之。为此，我们选择了拖延，选择了杀敌，选择了胜利。我们知有错，抗了旨，犯了罪。但我们深知，原来的圣旨，一定是圣上情况不明以致被人误导的结果，圣意并非如此。应当说，对于各国情况，臣等颇为了解。无论大国小国，皆愿依附汉朝。这样，葱岭（帕米尔高原）可通；葱岭若通，则龟兹可伐。建议拜龟兹侍子（龟兹以前派往汉朝廷做人质的前国王的儿子）白霸为国王，派步骑数百送之回国，与其余诸国联合发兵打过去，用不了多久，就可以平定龟兹。用夷狄（指边疆少数民族）攻夷狄，这是最好的计策。臣见莎车、疏勒田地肥沃广阔，草木丰盛，养兵可不必由内地运粮。姑墨、温宿（在今新疆乌什县）二王都是龟兹所立，不是本族人，当地百姓反对他们，必有愿降我者。若二国来降，则龟兹自破。臣万死不悔，但愿亲见西域平定，匈奴不敢再来侵犯，天下人都高兴，皇上就能安享太平。

我们深知，闯西域难守西域更难，夺土地难争民心更难，驱匈奴难防匈奴更难。我们今虽已进入西域，但我们远远没有守住；我们虽已帮西域人赶走了一些匈奴强盗，但匈奴强盗本性不改，撵走了他们还会再来，要切防他们再来侵犯西域啊！否则，商道就很难复通，广大的西域民众，就很难过上安宁幸福的日子！

有道是：有功当赏，有过当罪。我们不求领功，但求以功补过。因之，罪臣班超，特遣妻子邓燕和儿子班雄赴京复命，并让儿子代父上书。但愿圣上能以罪臣之微功，顶替罪臣之罪过，善莫大焉！如圣上必欲治罪，那可先让罪臣妻儿代罪臣领罪，后再治罪臣之罪。罪臣唯求，仍让我36人留守西域，完成‘驱逐匈奴，镇抚西域，复通商道，安边固疆’之大业，实臣之幸也！如此，则罪臣死而无怨、死而无悔矣！

今臣等36人仍在西域，盼圣上明示，如让归则归，如让留则留，归则一输百输，留则一赢而赢。如有可能，望圣上能派兵支援，我等取胜，才更有把握。望圣上明断裁决。

吾皇万岁万岁万万岁！

罪臣率西域使团36人顿首再顿首

那小小班雄，他将班超上书一气背完，却脸不变色心不跳，平静无怯面带笑，这不仅仅使章帝这位登基不久的新皇帝，也使得文武大臣们都大吃一惊。那些老臣，从小班雄的身上，又看到了当年班超在洛阳皇宫大殿，替兄班固申冤的影子，都大发感叹地说："真是虎父无犬子，这又是一个神童啊！"

这阵子，章帝对小班雄大生好感，但他却切记"君无戏言"的古训，并未对小班雄和班超上书作什么赞许，只是重提自己第一次设朝问政时的老话题。他问小班雄："那西域，逛的地方多吗？很好玩吗？"

"西域之地，十分好玩，春有百花，秋有百果，山清水秀，沃野千里。"小班雄先是兴致勃勃，后又有些遗憾地说，"但是，我父亲到了西域，一直杀东砍西，南征北战，要赶走匈奴强盗，没一点功夫陪我和母亲玩。"

听得小班雄之说，章帝脸上渐渐变色，他说："那上次，是谁说的？说什么西域是不毛之地，人难居住，鸟不拉屎……谁……谁说的。"

一位太监走上前来，说："上次，说这话的有李邑、梁扈和种兢。"

李邑、梁扈和种兢三人一听，全都上殿跪下，听候皇上训斥："为什么你们为什么要欺骗朕呢？"章帝是这样来训斥他们的。

起初，三人都不敢反驳，只是叩头谢罪。好一阵，李邑才说："可那西域有些地方，的确是不毛之地，人难居住，鸟不拉屎啊！"

"那上一次你说到是有些地方了吗？"章帝质问。

"没有。"李邑说，"上次都怪臣没有说清。"

"那你们说，西域那地方到底好不好？"章帝问。

"好！好！好！"李邑、梁扈、种兢三人，他们都连连叫好。

"那，你们说，我们对西域是守还是不守？"章帝问。

"守！守！守！"三人又连连说守。

"那为什么你们上次说西域不好，不让守，这次却说西域好，让守，这是谁的过错？"章帝再问。

"臣的过错！臣的过错！臣的过错！"三人连连认错。

"你们呢？也真是视朝事如同儿戏，知罪吗？"你别看这年纪轻轻的的章帝，他真也精明透顶，聪明至极，他现在对李邑等三人的训斥，已经为撤销已颁的圣旨打下了伏笔。但是，他把颁发错误圣旨的责任，全部怪罪在了李邑等三人头上。这时，他将自己的目光，再次转向到小班雄身上，问道："班雄，那么你说，你父亲之事，朕当如何处理呢？"

"皇上，您看这样办行不？我父亲平西域诸国，这是功，但他因故抗旨未遵，这是过。对此，功过相抵，不予追究行不行？因皇上您受人蒙蔽，所下圣旨有误，故对原圣旨应予以撤销。另外，再降新圣旨一道，让我父和他所率西域使团的人仍留守西域，继续完成'驱逐匈奴，镇抚西域，复通商道，安边固疆'之大业。"

章帝听得十分高兴，他本想说"就这么办，这么办挺好"，但想到了"君无戏言"这句话，故并未轻意表态，只是又把目光转向窦固将军，问："那老将军的意见，此事该如何处理？"

窦固说："依我看，咱们都别小看了这个娃娃班雄，我倒很赞成小班雄的意见，对班超功是功，过是过，可以以功抵过，不追究其抗旨不遵之罪。但应另降新旨，让其继续留守西域。同时，他应整军备战，以应对匈奴人反扑，加强汉边联军之联合，一定要使边疆安宁，把商道复通。"

"行！就这么办。"章帝一边说，一边唤上司徒袁安，对他说："那么，你可拟旨，因李邑、梁扈、种兢三人误导，致使所传圣旨有误，特予撤销。命班超西域使团继续留守西域，一定要完成'驱逐匈奴，镇抚西域，复通商道，安边固疆'之重托。"袁安领旨退下。

这阵，无论是窦固还是文武大臣，他们都对章帝的迅速成熟，感到十分欣慰。章帝又问窦固："老将军，那么新的圣旨写好，由谁传送西域合适？"

"这里有现成的合适人选。"窦固说。说罢，他即使人从偏殿传唤上秦龙和师全，向章帝介绍说："他二人，都是班超手下西域使团人员。他们此来，就是恭候皇上新的圣旨。这新圣旨，就让他们带回西域好了。"

章帝一见秦龙、师全都十分英武，忍不住夸奖说："你们呀，都是英雄！以一支36人之使团，敢对抗匈奴数十万之师，镇抚并联结西域52国，乃是奇兵创奇迹也！"

显然，在这里，他对班超使团在西域所建的功绩，做了极大的肯定。

# 第三十三章　联军盛宴　司马班超谈美酒

一得章帝撤销原来圣旨的口谕，一得朝廷"命班超继续留守西域，完成驱逐匈奴，镇抚西域，复通商道，安边固疆"的新的圣旨，秦龙、师全二人便立即扬鞭催马，直奔疏勒盘橐城而来。同时，秦龙和师全，还带来另一个好消息，说是不久，章帝将派徐干将军统领一支汉军至西域，对汉使团进行支援。当秦龙向众人传达了章帝的口谕和新的圣旨，汉使团立时群情振奋、一片欢腾。

这时，班超站了起来，他十分激动地说："这次，由抗旨到撤旨，由旧旨到新旨，我们使命的转变真不容易啊！那么现在，对抗匈奴就成为我们的首要任务了。怎么对抗匈奴呢？以我们36人相对抗，那是远远不够的。我记得，在鄯善王国，当我组织咱们这36人使团之时，窦固将军曾对我说，'你们此次出使西域，肩上的担子重啊！你们36人，要顶360人、3600人，以至36000人，一定要不辱使命，安边固疆待复通商道后，方能考虑回中原。'我一直在琢磨窦固将军的话，如何将我们36人变成360人、3600人，以至36000人呢？一个最重要的办法便是组建汉边联军，再就是请求朝廷派遣援军。现在，朝廷的援军已快到了，那我们的汉边联军，也应尽快组建，这才是我们目前最紧要的任务。"于是，汉边联军的组建工作，便紧锣密鼓地开展起来。

第二天，在盘橐城，他们便竖起了汉边联军的大旗，开始了汉边联军的正式组建，并举行了隆重的组建仪式。但见，在那盘橐城城门口，贴有偌大的"汉边联军招兵布告"，布告曰：

只因匈奴强寇，侵占西域土地，屠杀西域民众，抢掠民众财物，斩断丝绸之路，阻塞货物交流，他们烧杀抢掠，无恶不作，罪恶累累，人神共诛。故此，天朝司马班超所率之大汉使团，欲与西域诸国，组织汉边联军，共抗强寇匈奴。凡西域52国之男性，年满16岁以上者，皆可应征入伍，参加到联军行列。但是，我们将视各人身体状况、道德品行，择优而选之，拣良而留之。今保卫西域，人人有责，保家卫国，个个有份，国不保，家难存，家不存，个人何处栖身？为了国家，为了家庭，为了幸福，为了安宁，望大家积极响应，踊跃参军。我们不能像草木一样任人践踏，我们不能像羔羊一样待人宰割，我们的土地需要我们来保卫，我们的妻儿需要我们来保护……但是，匈奴强盗不走，我们日子难宁，匈奴豺狼不走，我们灾难深重：我们会土地不保，妻儿不保，财产不保，生命不保！快拿起我们的枪，拿起我们的刀，拿出我们男子汉的血性勇气，赶走匈奴强盗，斩杀匈奴豺狼，复通我们的丝路商道，争取我们的幸福日子吧！

汉边联军统帅部元帅　班超

副元帅　格尔巴扎

再说，这个疏勒的叛军首领格尔巴扎，怎么一下子便成了汉边联军副元帅呢？这说起来，还有一段故事呢！当初，组建汉边联军一事，是由班超和疏勒王最先说起来的，班超问疏勒王："您说，咱们这汉边联军首领，该怎么称呼呢？"

"叫将军吧，怎么样？"疏勒王说。

"也可以，但不显大气。"班超说。

"那就叫元帅吧！"疏勒王又说。

"可以，叫元帅，挺大气的。"班超说，"可这汉边联军元帅、应当由谁来担任呢？"

"除了您，还有谁能担当这样的大任呢？"疏勒王说，"再说，你们大汉皇上也是，像你这般有本事的人，怎么只封你个军司马，官职太低了啊！"

"不低，不低，这职务确实不低。"班超说，"其实，称呼只是个虚名，只是个代号，称呼我啥都行。"

"那我这个元帅，咱就定了。"班超说，"但还要走程序，等各国国王聚齐之后，大家再推选一下。"

"推选不推选，这个元帅都非你莫属。你这杆大旗不树，汉边联军就组建不起来。"疏勒王说。

"那么，就先由我来滥竽充数吧！"班超说。

"你哪里是滥竽，而是玉竽、金竽，是宝竽呢！"疏勒王说。

"再怎么推选，没有谁比您更合适了？"疏勒王说。

"那么，您还能推荐个合适的汉边联军副元帅人选吗？"

"那还用推荐，你们使团36人，谁个出马也能当副元帅，您随便指定一个即可。"疏勒王说。

"那还叫汉边联军吗？只能叫大汉军队罢了。这汉边联军既然由我出任元帅，那这个副元帅，就必须从西域诸国将士中产生，否则难以服众。"班超说。

"可是，我们西域诸国，没有合适的副元帅人选啊！"疏勒王说，"更何况汉边联军刚刚组建，对各国将领情况，我们也不太了解啊！"

"我这里倒有一个合适的人选。"班超不紧不慢地说。

"谁？"疏勒王问。

"他就是你们疏勒国的将领格尔巴扎。"班超说。

"你说谁？"疏勒王不由惊叫了起来，"他能行？他曾经是叛军首领啊！"

"行，他准行！"班超说，"他其所以成为叛军首领，那是有原因的，他只是想为黎弇都尉出气报仇，并不是想死心塌地替匈奴卖命。如今，黎弇都尉的仇人找到了，那是匈奴人而不是我班超。他格尔巴扎既已找到了黎弇都尉真正的仇人，不与我们同心协力能行吗？"

"但是，你用他还是要慎重！"疏勒王仍不放心，"他可是一匹难以驯服的野马啊！"

"但是，这样的野马，只要你能驯服了他，他便是良驹啊！"班超说。

谁知，当班超同格尔巴扎谈话，说欲让他担任汉边联军副元帅时，他显得十分吃惊，连连摇头说："不行，不行！我一介武夫莽汉大兵，咋能当副元帅呢？这可是多国组建的汉边联军啊！"

"可你不当，现在没有更合适的人选啊！"班超说。

"等诸王聚齐，咱们再推选还不行吗？"格尔巴扎说。

"那也得有候选人啊！"班超说，"就权当撑摊子，你先把这副元帅当上，把咱们这汉边联军统帅部的牌子先撑起来。这样，咱们马上即可以招兵买马，抵抗匈奴了。"

"那，咱可说好了，我这个副元帅，只是聋子耳朵——样子货。赶以后，如果有了合适的副元帅人选，就把我赶忙更换，行不？"

"行！"班超满口答应地说，"不要说你了，我呢？这元帅也是样子货，必须等各国国王推选呢！"

"那可不行，我是样子货副元帅，你却是名副其实的元帅，还能有谁比你当元帅更合适呢？"格尔巴扎说。

"行！对这，咱就不争了，先干正事呢！"班超说。

于是，这便有了一个以班超为元帅、格尔巴扎为副元帅的汉边联军统帅部。

……

再说那城门口布告周围，人山人海，指指点点，议议论论，喧喧哗哗。而进得盘橐城往前走不很远，即见一偌大的舞台状的高台——帅台，这帅台最明显的一个标志，便是有面巨大的"帅"字旗，在风中哗哗作响，十分威风。而帅台周围，张灯结彩，旌旗飘飘，锣鼓喧天，好不热闹，还有跳舞的、唱歌的、说笑的、嬉闹的、放爆竹的、送水的、送饭的、送水果的，真是说多热闹有多热闹！

那最为引人注目的，还是帅台中央的上首，在高大的"帅"字旗下，有一面装饰浓绿的草墙，那绿草墙上，嵌有一个巨大的红色"帅"字，"帅"字中心，套饰有一猛虎图案。而"帅字猛虎图案"前，摆有一排桌案，桌案中央，坐有盔甲鲜明的汉司马班超，只可惜他手里未有七宝玲珑塔，假使他能托宝塔在手，那分明是托塔李天王。桌案两旁，架有两排大型的兵器——弓、弩、枪、棍、刀、剑、矛、盾、斧、铖、戟、殳、鞭、锏、锤、叉、钯、戈。这些兵器，都比日常将士们所用的兵器，放大了好多倍，无形中更增添了许多威严的气氛。此时，班超正忙于组织建汉边联军之事。那些个汉使们，他们全都出出进进，或联络，或待客，或接送，忙得不亦乐乎。他们从数千里外带来的柳林美酒，这时可派上了用场，一壶壶、一杯杯地摆上了桌面，酒香四溢，十分诱人。东道主疏勒王呢？他也在迎这送那，忙碌有加，以尽自己地主之谊。先是于阗国王，次是乌孙国王，后有鄯善、康居等国国王，都陆续领兵来到。班超不慌不乱、有条不紊把他们都安排进入各自的场地。各国的队伍都整齐列队，进入了场内。那些国王们，全都排列而坐于班超的两侧，显得严肃而整齐、肃穆而威严。

待各国国王来到，各国军队到齐，军士们都列队整齐以后，诸王们首先进行联军元帅选举，班超毫无悬念地当选为元帅。在班超的极力推荐下，格尔巴扎正式当选为副元帅。选举完毕，于阗王便站了起来，他在帅台上大声宣布："诸王们，军士们，民众们！我现在向大家正式宣布，今天，我们的汉边联军正式组建，经各国国王共同推选，大家一致推选大汉司马班超为我们的汉边联军元帅，格尔巴扎为我们的副元帅。今有班超这位天朝的神武将军做我们的元帅，我们一定能所向披靡、势如破竹、攻无不克、战无不胜！现在，就请我们新上任的联军元帅班超给大家讲话。"

于阗王讲毕，班超便十分威严地站立起来，他大声地说："各位尊敬的国王，各国忠诚的大臣，各位勇敢的联军兄弟：今天，我们这支汉边联军，终于在此成立了。对此，我和大家一样，都感到无比的高兴。我们汉边联军的成立，旨在捍卫西域边塞安全，团结各民族兄弟，共同抗击匈奴强贼，护卫众父老乡亲，我们一定要扫除一切障碍，畅通丝路，交流大汉和西域各国的货物，联结各国各民族的友谊。我坚信，只要大家精诚团结、齐心协力，塞内塞外一家亲，汉朝西域共结盟，就一定能赶走匈奴侵略者，实现神州的共同繁荣！我相信，我们联结西域，复通商道，繁荣丝路，争取幸福，万民同乐的目的能达到，一定能达到！"

班超演讲一毕，台上台下，一片高呼，欢声雷动。

……

汉边联军组建仪式完毕，他们又举办了盛大的庆贺宴会，诸王同乐，三军共欢。一开始，先由联军元帅班超给大家祝酒，他说："诸王们，将领们，各国的军士们。很荣幸，我们的汉边联军得以在今天成立，这是大喜不过的事情。过去，我们西域诸国对抗匈奴，都是小国对大国、小鸡对狐狸，现在，我们汉边联军一经成立，那便是大国对贼寇，雄鹰对狐狸。如果说，我们过去没有胜利的把握，现在怎么能没有呢？大家看到了没有，今摆在你们面前的，就是我们大汉天朝最醇厚淳香的美酒——柳林酒。为什么要摆柳林酒呢？这是因为它是我们大家共同的老祖先——神农炎帝造的酒，我们都自称是炎黄子孙、龙的传人，今日里共同喝老祖先的酒，便更能思同根同源，更能够同心协力。同时，柳林酒是我们古都长安的美酒，是我们关中故乡的美酒，也是我们中华的国酒。这个酒，在咱们所处的这个丝绸商道上，一直被称作是丝路魔水、西域魔水。今天，作为新当选的汉边联军元帅的我，即用这神奇的魔水来招待大家，它也是大汉朝廷和窦固将军送给我们的美酒啊！如今，我们喝了这神奇的魔水，便会产生神奇的力量，达到神奇的效果，这就是我们这支神奇的汉边联军，一定会无坚而不摧、无往而不胜，匈奴强盗一定会被我们消灭，营商古道、丝绸之路一定会被我们复通，西域各国人民的幸福生活一定能够实现！现在，我宣布，宴会正式开始！"

立时，四处响起一片问候声、祝福声、喧闹声、碰杯声。

正当大家热烈碰杯之际，有人突然提议："这柳林酒太好喝了，这神奇魔水也太神奇了，那么，就请班元帅给我们讲讲这神奇魔水的故事吧！班元帅刚才还讲，这柳林酒是炎帝老祖先造出来的，那就请班元帅给我们讲讲炎帝造酒的故事。"

班超并不推辞，他当即便给大家讲了起来："要说这柳林酒的历史，它可是太悠久了，它真是由我们伟大的先祖神农炎帝制造的啊！当初有一天，神农正同一群族人在路上行走，突然，一只奇怪的猴子在不远处出现了。这只猴子，身体摇摇晃晃，脚步踉踉跄跄，见人欲躲不躲，视物有觉无觉……一个部落的族人一见，乐得哈哈大笑："看，糊涂猴，糊涂猴，那是只糊涂猴啊！"

神农一听，那双深邃的双眼里闪出了疑虑的神色："你叫它什么，糊涂猴？"

"叫糊涂猴，是糊涂猴啊！因为，这只猴子吃了腐烂的果子，它中毒了，也糊涂了。"一个瘦汉族人插话说。

神农问："现在是冬天，哪有果子让它吃呢？"

这时，一个名叫白阜的部落首领发话了。要说，这白阜也是一个奇人，他出生时白眉、白发、白皮肤，人特聪明、特能干，又精通水性，人称"水上飞"。白阜对神农说："这些猴儿非常聪明，它们在秋天果子成熟的季节，就藏了许多果子在石洞窠里，准备在冬天没有果子的时候吃。我曾亲眼看见，一只猴子从石洞窠里掏出果子吃，还喝了果子烂后渗出的汁子解馋呢！"

那瘦汉还说："这些猴儿还真皮实，吃了烂果子中点毒后，很快就没事了，要是咱们的娃娃们吃了，那可不得了！"

白阜说："是啊，猴群里常有猴子中毒的事情发生，不过却少有中毒死去的猴子。只是，它们喝了变质的果汁后，总是摇来晃去，有点神神经经的样子，好一阵后，才能恢复正常，我们把这类猴子叫糊涂猴。"

神农听罢问："对此，你怎么知道得这样清楚呢？"

白阜说："我也是一次无意中遇见这种事，然后观察了好长时间，这才弄清楚的。我常常暗中琢磨，这种果汁，如果人喝了，那又会怎么样呢？那种摇摇晃晃的感觉，究竟会是一种什么样的感觉？"

神农听白阜说了这么多，就说："那些猴子藏果子的石窠在哪里，你带我去看看。"

"这不远处就有，刚才这个猴儿，肯定是从那个山洞里出来的。"白阜说着，用手指了指不远处山上的一处石洞。

神农他们几个人，一起来到这个石洞旁。神农朝石洞里一看，只见在一个不大不小的石窠里，有一些烂果子堆在一处，由于腐烂变质，果子上早已沁出了起着气泡的淡黄色汁液。神农敏感地抽动了几下鼻翼，一股清香带着甜丝丝的气味扑鼻而来。他习惯性地伸出了自己的手，用食指在那汁液里蘸了蘸，再将手指送进嘴里……好一阵，神农的神色突然从严肃转为释然，旋即变成了激动的喜悦。

"真奇妙啊！这汁液甘美、清香，后味悠长。"神农十分兴奋地对身旁的人说，也像是自言自语，"等一会儿，我要是没有什么不好的变化，你们就可以尝尝了。"

大伙儿静静地盯着神农，心里着实感动，因为神农总是这样，每一次

班氏演义

发现什么食物及野草，他会第一个尝试，如若有毒，他便自己忍受着折磨和痛苦，却不肯让自己的族人有什么危险。好一会儿，神农安然无恙。于是，大伙儿都试着品尝起了石窠里的汁液。"好味道，真是好味道啊！"大家赞不绝口。这时，神农却陷入了沉思：这种汁液果然好吃好喝，难怪猴儿们常常会这样吃喝。

"这下可好了，我们的部族，又多了一种美味。"瘦汉族人说。

"是啊，这都是我们首领的功劳，他教会我们种植五谷，吃熟食熟肉，如今再配上这能喝的东西，那日子才叫美呢！"另一个族人说。

"可这种美味，我们把它叫什么呢？"神农问。

"叫什么呢？"白阜说，"它是果子存放了很久才变成的美味，该叫它什么呢？噢，对了，因为这是猴子们最早发现的饮物，而且必须将果子储存很久，渗出果汁后才能饮用，我们就叫它猴果久吧！"

"猴果久这名字挺好的，因为它必须将果子储存很久，其果汁才能产生浓郁的香味。"炎帝说。

"可以，就叫猴果久。"白阜赞同地说。

"好，那就这样定，我们就叫它猴果久。"炎帝说。

"猴果久，猴果久，猴果久！我们有猴果久吃了！"大家一阵欢呼。

"猴果久，猴果久，猴果久！我们有猴果久喝了！"大家又一阵欢呼……一年后，神农领着他的族人，利用水果酿制成了猴果酒。到了周代，周人利用猴果酒酿制出了周酒，一时饮酒成风，难以禁止，周公便颁布了《酒诰》，对过度饮酒进行公文劝诫和法律约束，到了秦代，秦人又利用周酒酿制出了雍酒，雍酒即为秦统六国征战之酒。在周秦两朝，周酒和雍酒，均为我们的国酒。那么今天呢？我们中华之国，到了大汉天朝，我们的国酒即为这柳林酒，即为这神奇的魔水。它是因出产于秦朝故都雍城柳林镇，这才得名为"柳林酒"的。那么，我们今天喝了这神奇的魔水，就一定能得到神的帮助，得到大汉天朝的全力支持，就一定能打败匈奴，消灭匈奴，复通商道，联结西域，安定西域……来吧，为了汉边联军的成立，为了汉边联军的胜利，我们干杯吧！这里，我先干为敬！"而后，他即将手中的酒一饮而尽。

班超饮罢，大家便竞相畅饮起来。

就因为班超所讲的这个"猴果酒"的故事，直到汉边联军组建仪式之后，仍有不少人围着班超，让他再讲些有关酒的故事。班超被缠不过，他说："那么，我这里不讲周酒，也不讲柳林酒，单给你们讲个有关秦代雍酒的故事。"他说罢，便讲了起来：

那是秦穆公十四年（前646）年九月的一天，秦穆公与晋惠公在古韩原交战。一开始，晋惠公见秦军马瘦兵弱，而自己队伍兵强马壮，就催促部队进攻，想一举打败秦军。他自己甩开卫队，身先士卒，在部队前边，带头冲杀向秦军。不料，后退的秦军转了几个弯，来到了龙门山下一处小河边上，晋惠公驾车的战马陷到了深泥里。借此机会，秦穆公与部下返身回来，纵马驱车杀向晋惠公，不料碰上随后赶来的大批晋军，秦军反而被晋军团团包围起来。尽管秦穆公奋力反击，胳膊上受了箭伤，甲胄也被石块击破了。他想招呼人来救援自己，但向四面看去，只见和他一起赶回来的将士们，都被晋军团团围住。秦穆公不由仰天长叹："只可惜，天不睁眼，老天为什么要帮这些恩将仇报的晋军呢？"

秦穆公喊声未了，突见从晋军背后，杀出300多名"野人"，他们手持异样兵器，飞驰而至，个个奋勇，人人争先，直向晋军人多处杀去。这些野人，全都身材高大、蓬首袒肩、脚穿草鞋，步行如飞，力气大得惊人，作战十分勇猛。他们一阵大杀大砍，晋军一下阵脚大乱，立时各奔东西，四散逃命，连陷在泥窝里的晋惠公都没人管了。

这时，秦国大将公孙枝杀出重围，和野人们一起，把晋惠公活捉，押送到了到秦穆公面前。所谓野人，都是些散住在城外的以打猎为主的百姓，他们常常来去自由，不受约束，故一直被称为野人。

秦穆公大获全胜，立即在军帐中设酒宴款待这群野人。秦穆公问野人首领："你们为什么要拼死相救我们呢？"

野人首领说："穆公，您可能想不起来了，我就是以前杀了你的战马，还吃了你的马肉的张见中啊！"

秦穆公这才想起来了：有一年，秦穆公十分心爱的一匹战马丢失了。负责养马的官员非常害怕，便带着人四处查询。后来，他终于查出，这匹马是被住在雍城外面的野人捉住后偷吃了。参与偷马和食马的人，竟有300多人，他们的头领叫张见中。当地官吏，便把这些野人全部抓住，准备一律处死。

秦穆公知道这件事后，立即制止说："马既然已经死了，又何必因畜生而杀人呢？如果这样，百姓会说我重畜生而贱人命，这对我们有什么好处呢？"

"那，对这些野人怎么办呢？"司法官员问。

"放了吧！牵扯到这么多人，怎么可以随便杀他们呢？"秦穆公说。听秦穆公这么一说，大臣们都称赞说："大王仁慈，无人能比。"

秦穆公接着说："我曾经看过《黄帝内经》，那里面，记载有黄帝与岐伯关于保健养生方面一次有趣的对话。起初，黄帝和岐伯共同论酒，称赞酒是一种很好的饮物，他们那时把酒叫醪醴。可是，当黄帝大杯畅饮美酒时，岐伯便劝他，说酒虽然能饮，但饮之过量，对身体无益。黄帝又问，既然酒多饮无益，可人们为什么必欲多饮呢？岐伯说，因为人喝酒会上瘾。可他又说，如果食肉时饮酒，能起到增食、消食、解毒的奇妙作用，特别是马肉。因为马肉味甘酸，性寒，而酒性大热，所以食马肉时饮酒大有益处。对于这一道理，我们秦人有懂的，也有不懂的，那些个野人，他们自然都不懂了。这样吧，帮人帮到底，救人须救彻。我们既然已经饶了这些野人，索性再送他们些酒，他们自然感激，以后怎么还会再抢食我们的军马呢？"

于是，那司法官员便依照秦穆公所说，不但放了这些野人，还给他们赠送了30坛雍酒，并向野人的首领张见中转达了穆公的关怀和忠告，让他们以后吃马肉时一定要饮酒，说这样对身体有益。此举，自然使张见中同手下300多人感激涕零，他们发誓要报秦穆公之恩。

这时，张见中对穆公说："我们听说，秦国要讨伐恩将仇报的晋国，为报答您的恩德。为此，我们尾随您的军队来到了韩原，准备伺机报恩。后来，我们眼见秦穆公落败，便奋力杀出，以助你们一臂之力。"

秦穆公听罢非常高兴，说："那么，你们是否能从军呢？如从军，我一定重用你们。"张见中说："我们已经习惯于山野生活，自由惯了，不便从军。"秦穆公再三相邀，张见中固辞不从。

一见如此，秦穆公又令人以大批金银珠宝相赠。张见中又再三推辞，他说："我们曾吃了大王的战马，按律犯的是死罪，可大王您不但不怪，反而赐我们美酒，怕我们食马肉中毒，这是多么大的恩德啊！今日相帮，正好还了人情，如再赠金赠银，那我们的人情可就欠得更大了！"

秦穆公一听此说，也只得作罢，说："那，我怎么感谢你们呢？"

张见中说："如果能再赐我们雍酒，那是再好不过的了。因我们一般都在山野打猎，常食那些未熟透之肉，如有雍酒饮之帮助解毒，身体自会受益无穷。"

秦穆公一听，即令人将 300 多坛雍酒，一人一坛，一一分赠给这些野人，他们全都欢天喜地，抱着酒坛离去了。

对于这一历史典故，北周庾信还专门写有一首《秦穆公饮盗骏马赞》诗：

骏马遇盗，秦王不嗔。

先倾美酒，反畏伤人。

领兵向国，穷寇侵秦。

于是大盗，还作功臣。

当时，班超讲了这《炎帝造酒》和《赐酒野人》的故事，它迅速在西域各国流传开来。于是，这神奇的魔水——柳林酒，在丝绸之路，在西域诸国，在中华大地上，流行更广，名声更大，酒香更浓，而在班超平定西域、复通商道、安边固疆、延伸和拓展丝绸之路的事业上，也发挥了十分重要的作用。这种酒，就是一直延续至今的中国四大名酒之一——西凤酒。

# 第三十四章　军帅坐镇　扎克远赴来从军

这一天，有一胖一瘦两位守卫的联军军士，正在汉边联军帅帐门口站岗，突然有一位中年男子，走过来便欲闯帅帐，即被两位守卫军士拦住。中年男子不太高兴地说："你们拦住我干什么？快让我进去吧！我要找个人。"

"找谁啊？"胖军士问。

"找谁？这个人我说出来，把你俩能吓死！我要找的人，就是你们的元帅班超啊！"中年男子说，"你们不晓得，我和他，可是铁哥们，是地地道道的铁哥们、老熟人哟！"

"你该不是吹牛吧！我们大元帅，他能是你这样的人的老熟人？"胖军士不大相信地说。

"你看看你，这人不可貌相，海水不可斗量，你别看我人不咋的，那我与你们元帅班超，真的熟得比米汤还熟。"中年男子说。

"如真是这样，那我去给元帅说说，看他见不见你。反正，这阵子不行，谁也不许进帐，因为正在开会，元帅他忙得很呢！"胖军士嘴上虽这样说，但他也恐怕来人真是元帅的老熟人，不告知恐怕遭元帅斥责。于是，他便进入帐中，向班超请示去了。但好一阵，却不见胖军士归来，扎克等得不耐烦了，便十分急切地问那位瘦军士："唉，你那位老兄，他怎么还不见回来？"

瘦军士说："你急什么呀，元帅的事很多，哪像你这样清闲，你就耐心等吧！"

中年男子一边苦笑，一边撩起自己的衣服，拍拍有点干瘪的肚子说："我有耐心，可它没耐心呀！我从清早到现在，还没吃一点东西呢！它早

· 403 ·

已咕咕叫着不答应了。"

瘦军士不屑地问："你找我们元帅，就是为了混顿饭吃。你的鼻子也真够灵的，昨天汉边联军成立，今天班元帅同汉边联军将领开会，盛宴后又是聚餐，正好有好东西吃呢！"

"瞧你说的，我哪里是为了混顿饭吃来这儿呢？我来有大事，要参军呢！"中年男子说。

"你也想参加汉边联军，只怕你不够格！"瘦军士不屑地说。

"咋啦？"中年男子问。

"我看你年龄有点大，都胡子拉碴的，并不是小伙子，怕人家嫌你年龄大不收你。"瘦军士说。

"可那征兵布告上，并没有年龄限制啊！"中年男子说。

"布告上没有，但实际上有啊！我见有好多年龄大的人报名参军，都被劝回去了！"瘦军士说。

"啊！还有这事。"中年男子吃惊地说。

"有啊！"瘦军士进一步肯定。

他们正说话间，胖军士已经出了帅帐，来到中年男子面前。一见面，他便埋怨说："你看看你这人，让我进去通报，你却不说你的名字，元帅问时，我一问三不知，只能说你是他的一位铁哥们。为这，元帅还训了我一顿，他说：'我班超只有战友，只有兄弟，就没有什么铁哥、铜哥、面哥、豆腐哥的。'这叫我，多尴尬啊！不过，元帅他说了，待开完会，他会出来见你。"

"我名字，你没问啊！"中年男子说，"哦，我叫扎克，扎东西的扎，克服的克。你一说我的大名，你们元帅，准会惊得跳了起来。要知道，我们关系，可非同一般呢！"

"那你，想从军？"胖军士问。

扎克一见，便拍拍自己的胸脯，说："咋啦？你也瞧不起我！敢不敢，我与你俩比试比试。"

"不是不敢比，我俩正站岗，没工夫跟你比。"胖军士说。

"要不，你自个蹦跶蹦跶，叫我俩也看看热闹。"瘦军士接上话来。

"好！真的假不了，假的真不了，看我的。"扎克一边说，一边真蹦哒起来，扎克本来多少懂一点武术，可这几年他对武术却很痴迷，老跟着些会武术的人，日日夜夜都在练武，也练就了一些功夫。于是，他先走步型，什么平马、弓步、丁步、歇步、仆步、虚步、凤凰步、拐步、横裆步，都来了一下；又试拳法，什么挖拳、插落捎开、计势、横拳、冲天拳、扳弓拳、劈拳、斗额拳、冲拳，都来了一下；还有掌法，什么捺掌、单摧掌、插掌、摇掌、分掌、挑掌、穿掌、劈掌、砍掌、撩掌、亮掌、搂手、缠手、抡出、拍掌、耳光掌也都试了一遍；再来腿功，什么正压腿、侧压腿、后压腿、仆步压腿、搬腿、竖叉、横叉；又有腰功，前俯、后甩、涮腰、翻腰、压肩、下腰；还有跳跃和跌扑，什么腾空飞脚、腾空二起脚、腾空摆莲腿、旋风脚、旋子、大跃步前穿、急狗跳，以及扶地后倒、抢背、鲤鱼打挺、乌龙绞柱、倒立、前后手翻、侧翻、侧空翻、后空翻、前倒、前滚翻，他那招招式式，也都有模有样的。看得两军士目瞪口呆，眼花缭乱，不能不显示出一种敬佩之色。

"真没看出，你还真有两下。"胖军士说。

"两下，我三下都有呢！"扎克骄傲地吹嘘说："说句吹牛话，如果真试，别说你俩，再来两个我也不在话下！"

胖军士说："像你这，那你直接投军得了，还找元帅干啥？自己报名就是了。"

"对呀！你又有功夫，这联军很欢迎啊！"瘦军士说。

"我找班元帅，不只是想当兵，而是想当将领，想当先锋官呢！"中年男子说。

"你看看，一说你胖，马上就喘起来了，那先锋官是将领，你兵还未当，就想当将领，想当先锋官，这可能吗？"胖军士说。

正在这时，班超从帅帐里走了出来，问："这是谁？好大的口气，一来就想当将领，当先锋官。"

扎克急急奔上前来，说："班司马，不，班元帅！是我，是我呀！"

"你是谁？"班超左瞧右看，好像并不很熟。

"你看看，吹了吧，还说跟元帅是铁哥们，说比米汤还熟呢！"胖军士说,"你看人家元帅,并不认识你嘛!"

"就这还想当将领,当先锋呢!"瘦军士也说。

扎克一听,他也有些急了,忙对班超说:"班元帅,您也真是贵人多忘事啊!您难道忘了,在鄯善国,在美女村,您救过阿木都和珠玛父女的命,我当时也帮忙了。我领着好几个青年上前给您帮忙,正是我夺了匈奴兵一把刀,还砍死了两个匈奴兵呢!这,难道您也能忘了?我就是那个扎克啊!"

班超略思片刻,忙点点头说:"噢,我想起来了!你是扎克,咱们是老朋友嘛!"

"对呀!真是老朋友。"扎克十分高兴地说,"这老朋友也就是铁哥们,可他俩还不相信。"扎克说这话时,故意向两位军士瞥了瞥眼,以表示自己并未吹牛皮。

"那你这次来,是想干什么呢?"班超问。

"当兵啊!"扎克说,"我要参加汉边联军,想当将领,当先锋官!要不,我找你元帅干啥?"

"将领要从士兵中选拔,先锋要从将领中推选,你不会武艺,得一步步来啊!"班超说。

"会,我会武艺啊!我怎么能不会武艺呢?"扎克说,"你问问他俩,我刚才都给他俩表演过了。"

俩军士齐声说:"他还真会些武艺,有两下子。"

"可你以前不会啊!"班超说。

"是这几年练的。"扎克说,"我这几年天天练,夜夜练。"

"这真是士别三日,得刮目相看了,对你,我也要刮目相看呢!"班超说,"这样吧!咱们先进军帐,到军帐里边说吧!"他即把扎克领进了军帐,并当即令人端上了饭菜,还少不了柳林酒,显得十分丰盛。

扎克说:"那咱们一起吃吧,这么多菜。"

"我吃过了,你快吃吧!"班超说,"也算你有口福,赶上了。"

"那,您是怎么知道我没吃饭的?"扎克问。

"这不用问吗?你从鄯善老家赶来,少说也有几百里路程,一定很饿了,先填饱肚子再说。你一边吃着,咱们一边聊着。"稍停,他又问,"那么,你来参加联军，这事，跟妻子商量过没有？"

"妻子？我正是因为妻子和儿子，这才来参加汉边联军的！"扎克说着话便伤心起来，他给班超讲了一段痛苦的事情：

几年前的一个中午，扎克一家五口人正在吃早饭。一位邻居大叔走进屋来，对扎克说："老弟，我给你们捎了个信儿，刚才我在街上，碰见你孩子的舅舅了，他说你孩子他外婆病了，让你们去看望呢。"说罢，他便离开了。

"啥，我妈病了，那得赶快去看啊！"扎克妻一听，便急忙从屋里走了出来。他们的一对双胞胎儿子，8岁的达娃和多娃，都齐声嚷嚷："阿爸阿妈，我们要去看外婆，我们要去看外婆！"

扎克想了想，对妻子说："依我看，还是我去好了，现在兵荒马乱的，很不安宁，你们去不安全。这样吧，我领着达花去看她外婆，你们待家好了。"达花是达娃和多娃的姐姐。

"这样也好。"扎克妻说。她转头对女儿说："达花，那你赶快收拾东西，跟阿爸看望你外婆去。"

"好吧！"达花点了点头，急忙放下饭碗，先扎起自己的小辫子来。而后，她又收拾自己的东西。一阵后，扎克呼唤达花，她便跟着阿爸动身了。扎克妻送丈夫和女儿出了门，目送他们渐渐远去后，这才回到了家中，顺手又做起针线活来，两个小儿子都在屋角玩耍。

突然，街上传来了阵阵马嘶声。接着，又传来一阵杂乱的脚步声，夹杂着女人、孩子们的哭喊声。扎克妻预感不妙，她急忙出屋，便到街上来查看。原来，大街上，有一队鄯善匪徒正在烧杀抢掠。他们在狂喊乱叫，到处砸门打户，抢钱抢物，强抢妇女……有几个匪徒抱着抢来的衣物，牵着抢来的马匹、骆驼，故意张扬着走在街上。这时，一高一矮两个匪徒，正在强拉硬拖一位年轻女子。那年轻女子大哭大喊，拼命挣扎。这时，高个匪徒已把年轻女子拉在怀里，他对矮个匪徒说："这是我先发现的，应该我先享用。"矮个匪徒说："可这女人这么野，没我帮手，你还不一定能制服了她，我出的力也不小……"

他俩正争执间，那矮个匪徒猛地看见了不远处的扎克妻，便淫笑着对高个匪徒说："我不跟你争了，那里还有一个，我自个找去。"他一边说，一边撵了过来。扎克妻一见，急忙往家跑去。其实，他们这更多的是在演戏，是匈奴军扮演了鄯善匪徒，在上演一场大肆给自己脸上贴金的大戏。

再说，扎克妻失魂落魄，没命地跑回家来，她紧紧关上门，身子靠在门板上，一身虚汗淋淋，嘴里直喘粗气。两个小儿扑了上来，扑在母亲怀里，"哇哇"直哭。"别哭！别哭！外面有豺狼，真有豺狼！"扎克妻一边说，一边用两手捂住两个小儿的嘴巴，生怕让匈奴兵听见哭声。

突然，屋门被砸得"咚咚"直响。门外，那矮个匪徒正大喊大叫："开门！开门！快开门！再不开门，我就烧了你们家！"

一听说要烧房子，扎克妻吓得急忙抽回身子，领着两个小儿躲进了屋角……门，还是被砸开了，那矮个匪徒闯进屋来。他一见扎克妻搂着两个小儿，便少了许多兴趣，淫笑着说："噢，原来是个旧货！旧货就旧货，先凑合着用吧！"一边说，一边朝扎克妻走了过来……

正在这时，又有一群凶神恶煞般的鄯善匪徒强行闯进。一进屋，他们便用刀枪东挑西戳，翻箱倒柜，抢拿东西。边抢东西边故意喊："你们有什么好东西，就赶快拿出来，要不，你们人都得死，房子都得烧！"

突然，又有一队匈奴兵赶了过来，他们大喊大叫："我们是善良的匈奴单于派来的军队，是专门驱赶鄯善匪徒、解救西域民众来的。所有的人，你们都不要怕，我们一来，你们就有救了！"他们还装模作样，驱赶着那些鄯善匪徒。那些鄯善匪徒这时便仓惶逃跑，而那个正与扎克妻纠缠的矮个匪徒也只得逃跑，他逃跑之际，却不忘放火烧扎克家的房子……大戏，还在继续上演：后来的匈奴兵，竟夺回了鄯善匪徒抢走的衣物、牛羊、马匹和骆驼。而后，他们把这些东西衣物都堆积在草坪上，把牛羊、马匹、骆驼也驱赶到草坪中……村民们，也全被在草坪上集合起来，大家都用愤怒、恐慌、畏惧和疑惑的目光望着这群匈奴兵，不知道他们到底要上演一出什么戏？不知道他们的葫芦里到底卖的什么药？

一位奸诈狡猾的匈奴军头领，走到村民们面前，他用奸诈微笑的目光扫视了一下众人，扯着公鸭嗓子说："各位父老乡亲们，大家受惊了！恨只恨，鄯善匪徒烧杀抢掠，无恶不作，使诸位遭受了这场大祸。而我们匈奴军,奉优留单于之命,前来解救大家,我们紧赶慢赶,但还是晚来了一步,使你们蒙受了损失,对此,我们心里感到难受啊!"

这时,他又假意用手帕擦了擦自己的眼睛,说:"今把诸位召来,别无他意,就是要大家把各自被抢的东西都认领回去。不过,我要提醒各位父老乡亲,比这些鄯善匪徒更可怕的,便是汉朝司马班超带来的那帮中原人,他们是最可怕的。他们虽然只有 36 人,但这是 36 只虎,36 只豹,会吃掉我们西域和匈奴无数人啊!正是他们挑拨离间,让西域人杀西域人,让西域人杀匈奴人,让我们自相残杀,他们好渔人得利。我们英明的优留单于,他大仁大义,大慈大悲,特意派遣我们来,施救你们于水火之中。你们西域人,一定要擦亮眼睛,分清敌友,一定要和我们匈奴人团结起来,驱赶汉使团,消灭汉军和走狗,把汉军全赶出西域!只有这样,你们才有安宁的日子、幸福的日子!还有,那些汉使团挑拨的鄯善匪徒,不但抢了你们的东西,抢了你们的妻子,甚至还烧了你们的房子。对此,我们优留单于非常同情你们。他说了,匈奴西域一家亲,你们没有房子的西域人,可以跟我们到匈奴去,优留单于会给你们房子、帐篷和牛羊,让你们都过上好日子。现在,就请各人认领各自的东西吧!"

他这一阵子鬼话,也正如给人们灌迷魂药一般,把大家都灌得迷迷糊糊,神魂颠倒,全都黑白不分,是非不辨了。但是,无论如何,可这认领东西是真的。于是,村民们都畏畏缩缩上前,开始认领各自的东西,自家的马匹、骆驼,赶自家的牛羊,陆续离开草坪回家了。很快,草坪上,就只剩下无家可归的扎克妻了,她没有马匹,没有骆驼,没有牛羊,有的只是两个小儿,有的只是一些杂乱的衣物,她边拣衣物边哭,因为家已被烧,她和两个小儿何去何从呢?

那匈奴军头领走上前来,问扎克妻:"可怜的女人,你怎么还不回家呢?"

扎克妻哭着说:"我们房子被你们烧了,哪里还有家呢?"

"不!不!不是我们烧的。"匈奴军头领纠正说,"你们的房子,是被汉使团挑拨的鄯善匪徒烧的,东西也是他们抢的,我们给你们夺过来了。那么,既然你家房子被烧了,东西也被抢了,孩子又这么小,那就跟我们走吧。我们仁慈的优留单于，他一定会善待你们。"他一边对扎克妻说话，一边命令两个匈奴兵："还不赶快侍候马匹！"

两个匈奴兵，赶紧牵过两匹马来。匈奴军头领说："快，扶他们母子上马！"

两个匈奴兵上前来，欲扶扎克妻上马，她吓得连连后退，说："不……不，我不去，我不跟你们去！"

匈奴军头领说："不要怕，走吧！我们优留单于会善待你，我们会好好关照好你们的。"

扎克妻挣脱开匈奴兵的手，紧紧搂着两个儿子，她一直向后躲闪，说："我不去，我不跟你们去！我有家，有丈夫，不要你们关照。"

匈奴军头领说："你们已无家可归，不跟我们走，还能到哪里去呢？"说话之间，他又向那几个匈奴兵使了使眼色，并下意识地摸了摸自己腰间的刀柄。一个匈奴兵小头目自然会意，他"哗"地一下抽出刀来，以刀逼着两个小儿，威逼扎克妻说："你看，两条路任你选，一条路是跟我们走，另一条路是马上死，看你走哪一条路！"两个小儿，自然被吓得哇哇大哭了起来。那几个匈奴兵一见，也全都抽刀弄枪，摆出一副凶神恶煞的样子，像是要活吞了他们母子似的。

扎克妻一见，害怕了！就在她发傻发愣之际，那几个匈奴兵便强拉硬拖，把扎克妻和两个小儿硬绑在了马上。他们母子三人，都哭得死去活来，扎克妻在马上拼命哭喊："我不去……不去啊！扎克，快来救我，救孩子呀！"她的哭声凄厉，令人撕心裂肺。

她的哭叫声，伴随着匈奴军的队伍，渐渐消失在滚滚的马队沙土烟尘之中。

……

这时，在汉边联军营帅帐，扎克还在向班超继续述说："就这样，她们母子三人，都被匈奴兵抢去了！我呢？活不见人，死不见尸，虽一直在寻找，却寻找不见他们。所以，我想报仇，要报仇，但我一直没有机会。于是，为了报仇，我便学武，天天学，日日练，这几年一直在练武，我一直等待报仇雪恨的这一天。这不，真把你们等来了，盼来了，对此，我能不激动吗！"

班超听罢，十分气愤地说："你的仇，不仅是你个人的仇，也是我们大家的仇，是我们汉边联军的仇！放心吧，这个仇，我们要报，一定要报！对于这群强盗，这群坏种，我们一定要赶走他们，消灭他们！今有我们汉边联军在，在这西域大地，神州边陲，绝不许匈奴兵胡作非为，不能任他们烧杀抢掠！"

扎克说："班元帅，似此深仇大恨，我不参加汉边联军、不报仇雪恨能行吗？"

班超说："好！那汉边联军就收下你。今后，咱们将一起战斗，一起杀敌，共同为你报仇！为西域民众报仇！"然后，他又问，"那么，这些年你自己又是怎么过的呢？"

"真是一言难尽，一言难尽啊！"于是，扎克便对班超讲起了他这几年的传奇经历：

为了报仇雪恨，为了找回自己的妻儿，扎克虽然下定了决心，可他想到自己文不能文，武不能武，又靠什么报仇雪恨并找回妻儿呢？他又想：这文，我肯定是没有条件也没时间学了，而靠文也不能杀敌救人啊！那么，也只有学武了。如学武，自己有的是力气，也能吃苦，不可能学不会的。可学武，我到哪里去学呢？他想到了青龙山青龙寺。因为，他知道，那青龙寺的方丈，既是一位大德高僧，也是一位武林高手，如能拜其为师，是能学得一身好武艺的。于是，他便把女儿，寄养在了岳母家中，自己孤身一人，直奔那青龙山而去。

这天清晨，扎克早早起身，急急赶路，直往青龙山的方向。一路上，山路虽然崎岖，但却十分幽静，也十分美丽，但见晨风习习，朝霞满天，景色令人留恋，最是那山间的小鸟，正在自由自在地飞翔欢唱，到处呈现一片美丽祥和的气氛，这不能不对置身于其间的扎克深有感染。

好不容易，扎克来到了青龙山。但见，青龙山高峻挺拔，风光秀丽，它傲然挺立于连绵的群山之中，可青龙寺又在哪里呢？扎克他看了又看、瞅了又瞅，只见在青龙山半山腰间，有那么一座庙宇，它会不会就是青龙寺呢？他走了过去，走近看时，只见它建筑宏伟，古朴端庄，殿堂座座，画栋雕梁，飞檐高挑，黄绿相间，气势雄伟，巧夺天工。这寺，正是西域十分有名的青龙寺。

于是，扎克直往青龙寺而去。他走进寺院，进了一座大殿，但见金佛尊尊，仙光四照，香插满炉，烟雾缭绕。众多僧人，经声琅琅，钟声时起，磬声悠扬，这显然是一座香火十分旺盛的寺院。

在大殿里，扎克先烧香叩头，虔诚拜佛，默然许愿一番。拜佛后，他先向一位小僧打问："请问，你们的方丈在吗？"

小僧只睁开眼睛看了看他，却又闭上了眼睛，不理也不睬的，好一阵，他才说："阿弥陀佛！我不知道。"

见小僧答非所问，扎克便又去问旁边的一位中年僧人："请问，你们的方丈在哪儿？"

中年僧人问："你找我们方丈，有什么事吗？"

扎克点点头说："是的，我有要事求见方丈，请您能予以引见。"

"让我转告，还不行吗？"中年僧人说，"我们方丈轻易不见外人。"

"可我有要事啊！"扎克说，"我必须亲见方丈，要向他当面禀告。"

"那好，我去禀报。"中年僧人说罢，便走出殿来，他也真以为扎克会有什么天大之事。

一阵后，那中年僧人方走进殿来，他对扎克说："阿弥陀佛，老方丈让回禀施主，出家人不理俗事，他没空见你，还是请施主下山去吧！"说罢，他便欲出殿。

扎克一听急了，上前拦住中僧人，"扑通"一声跪下来说："我一定要见到方丈。如果方丈不见我，我会在这里跪三天三夜。"

中年僧人只好说："好，那我再去禀报。"一会儿，他又来对扎克说："我又去禀报过了，老方丈仍不愿见你。"说罢，便离殿而去。扎克见此，只有继续下跪，他从上午跪到了下午，又从下午跪到了晚上，不言也不语，不吃也不喝。仍是那位中年僧人，他晚上来大殿欲关殿门，见扎克仍跪在那里。便说："你怎么还不走呢？"扎克说："我不走，就不走！我说过了，老方丈不见我，我就在这里跪三天三夜。"中年僧人无奈，只好又去禀报老方丈。老方丈终被感动，答应见一见扎克。

须臾，那中年僧人走进殿来，对扎克说："施主，你真荣幸，好不容易老方丈才答应了，你跟我去见他吧！"于是，他领着扎克，来到了后殿。

　　在后殿方丈室里，身披袈裟、须眉皆白、童颜鹤发、仪容端庄的老方丈正端坐在室内案前。一见扎克来到，老方丈便问："你说，你有要事见我，是什么要事呢？"

　　扎克急忙跪了下来，十分诚恳地说："老方丈，我此来，是想拜师学艺，恳请您能收下。"

　　"就此事，这是什么要事？"老方丈不大高兴地说。

　　"是的，就此事。对于我个人来说，这可是天大的事啊！"扎克说。

　　老方丈望了望扎克，摇了摇头说："阿弥陀佛，佛门不介俗尘，出家人超尘脱俗。我今已不理凡事，不收徒弟，你还是请下山去吧！"

　　扎克苦苦哀求说："老方丈，我之所以要拜师学艺，只想找回我的妻儿，并没别的想法，就请您可怜可怜我吧！"他字字血、声声泪地向老方丈讲述了自己一家的悲惨遭遇。最后，他又说："老方丈，我估计，我的妻儿，要么是被匈奴人，要么是被强盗掳走了。可我纵然找见了他们，又怎么能从匈奴人或强盗手中，把他们夺回来呢？所以，我必须学武艺。对于我的这一要求，你能答应便好，如果不答应，我会在您的门口，跪上九天九夜，直到把我跪死我也不会离开，也就是说，我的灵魂也不离开。"

　　不知是扎克的话，还是他们一家人的悲惨遭遇打动了老方丈，要么就是扎克这"一跪不起"的功夫吓住了老方丈，老方丈方动了恻隐之心，有了收留扎克的念头。于是，老方丈对扎克说："我看，你年岁也不小了，这学武练艺，可是要苦其心志，累其筋骨，损其肌肤，你能受得了吗？"

　　"能行，能行！我这人没别的优点，就是最不怕吃苦，只要师父能收下我，再大的苦我也能吃，再大的罪我也能受。"扎克赶忙表态。

　　老方丈又说："可佛门寺规严格，武林艺道严厉，你能严格遵守吗？"

　　"能啊！"扎克说，"我怎么不能呢？反正我既然来了，就没打算回去。我真要是被师父收留，不但能严守寺规艺道，而且为学艺，我不怕损筋折骨、流血掉肉，我求您了，请您收下我吧！"

　　"那好吧！"老方丈无奈，只能这样表态。

扎克听罢，兴奋不已，他急忙叩头行礼道："师父在上，请受徒儿一拜。我扎克永生永世，不忘师父的大恩大德！"

从那以后，每天，在火红的霞光里，在百鸟的啼鸣里，在青龙寺外的盘山小径上，会看到扎克随着众僧，担着满满的两桶水，而扎克的桶总是比别人的大，水总是比别人的满，他们一直把水挑到寺内，挑了一趟又一趟，或做饭，或饮用，或浇菜……

每天黄昏，在落日的余晖里，在百变的晚霞下，在歌声婉转的归林的鸟儿的鸣叫声中，都会见到扎克和众僧们一起，背驮着一天里辛勤砍下的柴火，沿着山间的小径，十分艰难地回寺而去，而那些柴捆，扎克总是比别人的大、比别人的重。

春日的中午，鸟语花香，阳光明媚，扎克便会跟着众僧，来到寺院殿前，在老方丈的指导下，踢腿蹬脚，伸臂舞拳，学武练艺，而扎克他练得最为认真，练的时间也总是比别人长。

夏日的夜晚，晚风习习，残月如钩，在寺外老槐树下，老方丈总是单独给扎克吃小灶、教武艺。每到这个时候，老方丈专人教授，显得十分认真，扎克独自学艺，一刻也不歇息……就这样，花开花落，整整八载；暑去寒来，八个春秋……不知不觉，在这青龙寺里，扎克已待了整整八个年头，学到了一身本领。

这一天，老方丈对扎克说："徒儿啊！你初来学艺，不就是想找回你的妻儿吗？那么，你今已学成，为什么还不下山呢？"

扎克说："徒儿生性愚笨，半路出家，学武未成，艺也不精，不敢提前下山，生怕寻找妻儿不成，反而会误了他们。"

老方丈说："你所学的这点本事，虽不是出类拔萃，但寻找妻儿已经足够，你可以下山了。你下山后切记，凭着所学武艺，只可除暴安良，助弱扶贫，保家卫国，扫除强寇，却不可以肆意妄为，残害百姓。如若违反，寺规不容。"

扎克施礼拜谢说："师父教诲，弟子铭刻在心，永生不忘，绝不违反！"

长老听罢，摆摆手说："好吧，记住就好，你下山去吧！"

扎克再拜再谢，这才辞别了老方丈——自己的师父，便离开青龙寺，下了青龙山。再辗转一番，他才来到了盘橐城汉边联军军营。

……

于是，不仅仅是扎克，还有一批又一批新的西域民众，都加入了汉边联军，这其中就有满怀希望和仇恨的扎克，也还有鄯善人、龟兹人、若羌人、且末人、小宛人、温宿人、莎车人、车师人等等，总之，西域52国，大部分国家的人都有。这些新鲜血液的输入，使汉边联军有了新的阵容、新的气势、新的战力。再看那汉边联军军营，自有那帅旗高悬，铠甲耀日，刀剑闪光，杀声震天，一派热气腾腾的练兵景象。又见，汉边联军元帅班超正手执令旗，在训练汉边联军。联军队列整齐，步伐有力，声音洪亮，雄壮威风，十分威武。见此，扎克的心里，怎么能不高兴呢？

# 第三十五章　意乱情迷　郭恂正中美人计

　　这是匈奴的京城，这是京城的王宫，优留单于坐在威严的虎皮帅椅上，他正恼羞成怒、怒不可遏，大声吼道："来人啦！传军师进帐！"

　　一阵后，军师哈密图被唤进得屋来，他小心翼翼地问："老王爷，有何吩咐？"

　　"有何吩咐？你看到没，上一次，你说你之计谋，能有九成把握。但是，我们费了那么多金银财宝，可如今，班超汉使团仍留在西域，并且组织了汉边联军。那汉边联军，他们先打败了我们的盟友尉头国，又进攻我们的盟友姑墨国，连石城都被他们攻破了。据说，班超他还投书汉朝廷，请求派兵支援，我们还能等吗？如今，他们已不是36人，而是3600人、36000人，并把我们的军队，几乎要全赶出西域了。可是，你看看你，却像没事一样。在这样的关键时刻，你还能坐得住吗？"优留单于十分生气地说。

　　"老王爷有所不知，上次计策的实施，我确实有九成把握，只差一步之遥。您没见，汉朝廷不是连下三道圣旨吗？班超汉使团不是差一点被撤回了吗？班超的命也不是差一点被要了吗？怪就怪，这个班超太狡猾了，他竟然抗旨不遵，却让妻儿代己回朝复命，并让小儿班雄代己上书，还让窦固将军亲自回朝明辨是非。这一切，都是微臣所没有料到的。但事情的成败，不在一朝一夕、一时一事，这些天来，微臣也没少想办法、没少用对策，今我已有了巧策妙计，微臣正在施展，老王爷千万急不得啊！"

　　"急不得，急不得！这话，你都说过一百遍了，可我咋能不着急呢？"优留单于说，"你没看，那班超的人马越来越多，汉边联军的兵力越来越强，我们在西域的地盘越来越小，又连连吃着败仗，我们所有的军马，都即将全部退回匈奴。如今，我们想反败为胜，争取主动，你难道真的还有什么奇招妙计吗？"

哈密图转动了一下贼眼珠子，说："老王爷，我这里有一计，叫美人计，它可以说百发百中、万无一失，因为英雄难过美人关吗！"

"可班超，他吃这一套吗？"优留单于不大相信地说。

"他不吃，可手下人吃嘛！"哈密图说，"俗话说。堡垒最容易从内部攻破。而这堡垒内部，又会因'千里之堤，毁于蚁窟'。也就是说，我们要找敌人的最薄弱环节，发起最猛烈的攻击，必能取得成功。如今，班超他们汉使团，号称 36 勇士，而实际勇士只有 35 人，另一个则是懦夫，他就是蚁窟，我们就专从这里下手，又怎么能不成功呢？"

"那么，就请你说说，这个蚁窟是谁？"优留单于迫不及待地问。

"难道，老王爷忘了上次李才所说的那个郭恂吗？这可是我们留的最后一张王牌了。这张牌，我本来早想用，但李邑托李才给我们捎话，说郭恂可以利用，但不要轻用。现在，是该打这张王牌的时候了。"哈密图说。

"对呀，那郭恂是汉使团的从事，一定了解班超和汉使团的内部情况，让李才去找他。"优留单于说。

"不，这次不用李才，用阿巴冬就是了。"哈密图说。

"阿巴冬，不就是那个只要钱、不干事的'醉梦西域'酒店的老板吗？"优留单于问。

"对，是他，正是他。"哈密图说，"当时，我让他在盘橐城开酒店的目的，就是让他了解班超和汉使团的情况，他虽然给我们没提供多少大的有用的情况，但小的信息还透露了不少。这一次，施美人之计，拉郭恂下水，靠的就是这个阿巴冬了。"

"是不是，又要花钱了？"其实，优留单于并不太在乎钱，而是这个阿巴冬不断要钱，却没干多少事情，把个优留单于，要得都有些烦了，因而才这样对哈密图说。

"老王爷还在乎这些小钱吗？"哈密图说，"不仅仅是阿巴冬，还有西域各国和诸王，他们的所有金银财宝，以及汉使团从洛阳、长安东西二都带来的宝物和美酒，还都不是老王爷的，他们只是代老王爷保管罢了。有朝一日，我们大军所指，马踏西域，那所有的金银、宝物、丝绸、锦缎、财产和奴隶，啥能不是您老王爷的？您就单等那天降的好事吧！"

"那好吧，这就看你的本事了。"优留单于说。

"放心吧，这一次，我有十成的把握。"哈密图说。

……

同优留单于说罢有关阿巴冬的事，哈密图即给阿巴冬写了一封信，让李才前去盘橐城送给阿巴冬，并又带了些金银宝物，催阿巴冬立即行动，刺探有关汉使团和汉边联军的军情。一接到哈密图之信，阿巴冬立即行动，当夜便悄悄来到汉边联军营地，前来刺探军情。他走到军营附近，远远看见一个人影向这边走来，便连忙躲到一棵大树背后。来人正是汉使从事郭恂，他闷闷不乐地来到另一棵大树旁，倚着树干，懒洋洋地坐了下来。而后，他仰望天空明月，唉声叹气道："明月明月如玉盘，何时方能照我还？妻在洛阳居空房，我在塞外守边关。"叹毕，他凝望着那在白云间飘动的明月，呆呆想着自己的心事……

那是李邑在向班超使团颁布第三道圣旨的当天晚上，李邑曾派人把郭恂叫到自己的住室，进行了一番密谈。当时，李邑对郭恂说："郭从事，今班超让你跟我回洛阳，我不让你回，你该不会恨我吧！"

"不恨，我怎么敢恨李大人呢？"郭恂说，"我谁的话都可以不听，但不能不听李大人的。"

"是这样，你别看他班超很张狂，敢于违抗圣旨，但他因此会死罪难免，甚至会满门抄斩啊！你们这些手下人呢？也一定会受到牵连。我想，你久在塞外，长期戍边，备受戎苦，饱经危情，这为何呢？说不定，有朝一日，胡人会给你一刀，你会葬身于这西域之地，也许还会遭暗算，含恨于九泉，丧身在塞外，这都是不可预料的啊！有道是，'人不为己，天诛地灭'，'千里做官，只为吃穿'，吃喝玩乐才是人生真正的追求，你也该为自己想一想啊！"

"既然如此，那班超让我和您一同回洛阳，您怎么不让我回呢？我也很想回洛阳啊！"郭恂问。

一听郭恂这话，李邑便走近他的身边，轻轻拍拍他的肩膀说："老弟呀，你不能只看目下，要往长远想啊！现在，我们都视班超为我们眼中钉、肉中刺，他也一样啊！如我们不扳倒他，他一定会扳倒我们。你看他这势头，只率36人，便平定了西域52国一大半，一旦他将西域完全平定，把匈奴人全赶走，并把丝路商道复通，那他便功比天高，无人可比。到那时，他有大功于朝廷，必受皇上的重用，我们还怎么能撼动他呢？那时，也只有他收拾我们的份了。再说，你今就在汉使团堡垒内部，是攻破班超堡垒最为关键的人物，又怎么可以轻易离开呢？当然了，离家出走，寂寞难受，人挺难熬的，但这不要紧嘛，西域不比中原，女性十分开放，你纳个妾，找个相好，也不是不可以啊！"

在这棵树下，郭恂还想着自己的心事，而那棵树后，阿巴冬把郭恂的一切举动全看在眼里，对其心中所思所想，也猜了个八九不离十，心中便有了应对之策。

……

这仍是晚上，只是比郭恂刚出来之时，又晚了许多时间。盘橐城大街，行人稀少，街面冷清，几家店铺还未关门，店主正没精打采地坐在里面，等候着那并不很多的顾客。郭恂呢？正闷闷不乐，在大街上游走。不知不觉，他走到老熟人阿巴冬"醉梦西域"酒店门口。要说，在这个地方，郭恂可没少蹭过饭、喝过酒，而这位阿巴冬老板，对他也是最照顾的了。"噢，这不是郭从事吗？郭从事，多日不见，万分想念，真想你老弟呀！来，进店喝两杯聊聊。"打老远的，阿巴冬便跟郭恂打起了招呼。

"不……不，我这几日心绪不好，改日再喝吧！"郭恂摇摇头回绝。

阿巴冬不依，他来到郭恂跟前，强拉硬推地说："走走走，店里走，唯有酒，解忧愁。今天，不让你花一文钱，我做东！"

"不，不，我真的不想喝，也没心思喝嘛！"郭恂虽小有心动，但仍继续推辞。

阿巴冬假装生气，他猛地丢开郭恂的胳膊说："怎么，还蹬鼻子上脸了，因咱们是老朋友，我今日兴趣正好，想让你陪着喝两杯，你却不赏脸，要不，往后就别来我店了。"

郭恂一见阿巴冬认真了，忙说："好，好！咱们走，咱们走，借壶酒，浇浇愁，这最好不过了，这样挺好。"他跟着阿巴冬进了酒店。阿巴冬顺手关上了店门，故献殷勤地对郭恂说："今日格，为同老弟喝酒，我生意也不做了。"说着，他便给郭恂倒了一杯酒。郭恂接过酒杯放在桌上，叹了口气说："老兄，不是老弟我不想喝酒，心事满腹，没心情喝呀！"

阿巴冬并未强求，他只是先自饮了一杯酒，遂放下杯来，抹抹自己的嘴说："老弟，一杯酒下肚，能解万般忧，你还愁什么呢？来，喝吧！"他再推给郭恂那杯酒，郭恂仍摇摇头，未喝。

阿巴冬自己将那杯酒一饮而尽，他放下空杯说："老弟，你愁什么呢？是不是想老婆了？"

"有点。"郭恂说，"离家好多年，不能不心寒，饱受边塞苦，难以回中原。"

阿巴冬话中有话地说："老弟，只要有老哥在，你就把心放宽，没老婆怕啥？西域的漂亮姑娘多的是，找几个女人有啥难的！这事，我帮忙，来，先喝酒。"他又满斟了一杯酒，自己先一饮而尽，当他端起壶来再倒酒时，发现酒壶已空，便向里间喊道，"阿琼，端酒来。"

阿琼应声而进，这是一位打扮得花枝招展、分外迷人的姑娘。阿琼来到酒桌旁，向阿巴冬微微点了点头，又向郭恂甜甜一笑，便端起酒壶走向里间。郭恂望着阿琼那姣好的面容、迷人的姿色、轻盈的举止，那眼睛只直勾勾地盯着她，其他一概不顾，仿佛丢了魂似的。

阿巴冬坐在一旁，将郭恂的这些举动全看在眼里，暗想着这鱼儿已快上钩了，可怎么才能使他正式上钩呢？稍停，他对郭恂说："这阿琼，你知道她是我家什么人吗？"

"不清楚。"郭恂说。

"他是我未婚的儿媳啊！"阿巴冬说。

"你儿子好福气，媳妇这么漂亮。"郭恂称赞说。

阿巴冬仿佛已经喝多了，借着酒意，他对郭恂这样说："郭从事，你知道不，在我们西域，有这样一种风俗，如果未过门的媳妇被男人睡了，那叫'开苞'，说明这媳妇很漂亮。即使结婚以后，媳妇如果有了外遇，也不要紧，那叫'开花'，说明这媳妇迷人。对'开苞'或者'开花'，我们西域人并不计较，好多新媳妇还竟相比较，说我开了几次苞，开了几次花，等等，开苞开花越多，才越荣耀呢！可搁到你们汉族，如谁家媳妇开了苞或开了花，那个计较呀，真的会没完没了。"

"你们西域，还有这等怪风俗？"郭恂十分惊异地问。

"怪吗？不怪！在我们西域，这'开苞''开花'，那是常事。还有我们西域女子，最喜欢中原的文化了，如有这些文化人给她们开苞开花，那真是求之不得的。要不，咋有'若要会，就得跟师傅睡'这一说呢！"阿巴冬说，"实不相瞒，我呢？就曾经开过十几次苞，也开过十几次花呢？可以说不计其数。以后，你若想开苞，或想开花，便来找我，准帮忙！"

"噢，噢！这风俗怪，很怪！"郭恂喃喃地说。

这时，阿琼已从里间屋端酒出来，郭恂却失神地望着她。阿琼将酒壶往桌上一放，转身欲走时，阿巴冬却冲着她说："别急，你怎么这么没礼貌，该给客人敬酒啊！"

阿琼便斟满了一杯酒，望着郭恂甜甜一笑，双手给他敬酒，说："郭从事，喝呀！"郭恂接过酒来，色眯眯地望望阿琼，便一饮而尽。阿琼又甜甜地说："按我们这里的风俗，敬客人酒时，当连敬三杯，就看郭大人赏脸不赏脸了。"她一边说，一边便又敬上酒来。郭恂毫不推辞，又接连饮了阿琼所敬的这两杯酒。这时，阿巴冬则站起身来，他以目示意阿琼，说："阿琼，我有事，出去一会儿，你陪客人好好喝，这位大汉的郭从事，他既是天朝的高官，又是我们的贵客，一定得好好招呼。"

阿巴冬走了以后，饭间里只剩下郭恂和阿琼两个人了。郭恂两眼直勾勾地望着阿琼，阿琼不惊不慌，又献媚一笑，满斟了一杯酒敬给郭恂。郭恂接那酒杯之时，却乘机抓住阿琼的双手不放。阿琼娇气地说："郭从事，叫您喝酒，您怎么拉手？"

郭恂带着醉意，说："喝喝酒，拉拉手，有滋有味解忧愁嘛！"阿琼借机又连敬了三杯酒，郭恂都一一饮尽。阿琼媚笑着说："郭从事，您真海量啊！"

郭恂说："我不敢说海量，但喝这么点酒，算不了什么。那，你也喝啊！"

"喝，喝！我喝。"阿琼说，"我呢？要一边喝酒，一边吃菜。"她挟了点菜一吃，便将一杯酒喝了下去。

"是，是！边吃边喝，才叫快乐，这喝酒吗，就是要一边喝酒，一边吃菜。"郭恂他也同样，边吃菜边喝起酒来。

就这样，他们俩人一边吃菜，一边喝酒，吃了个天翻地覆，喝了个一塌糊涂。很快，郭恂他喝得醉熏熏的，阿琼也喝得晕乎乎的。

"我头有点晕。要不，咱们去里边喝。"她一边说，一边往里走，还故作摇摇晃晃的样子。

郭恂借势，上前一把扶住阿琼，说："我头也有点晕，咱们都去里边喝，里边喝……"

于是，两人都走向了里间，阿琼欲去外间取酒菜，郭恂十分殷勤地说："你休息吧，我去取，我去取！"他便去了外间，把酒和菜都端了进来。这里面屋里，面积虽小，但有小床，显得十分温馨。一进屋，阿琼便说："郭从事，我听我阿爸说，你是一身才华、满腹经纶啊！"

"不敢当，不敢当！"郭恂说，"郭某只是粗通文墨罢了。"

阿琼说："对于你们这些有文墨的人，我真的好仰慕哟！我们西域的男人，全都是草原上的草包、马背上的莽汉，根本都没有什么文才内秀啊！"

郭恂说："没什么，我真的没有什么，如果你不嫌弃，我会经常来的。"

"你骗人！我恐只恐你这一走，就再也不会来了。"阿琼一副恋恋不舍的样子。

郭恂一看机会来了，便说："真的，以后我会经常来的。"他一边说，一边又紧拉住阿琼的手。阿琼并不反抗，郭恂便乘势一拉，把阿琼紧搂在了怀里。

过一阵，阿巴冬从外边悄悄走进店来，他先关上店门，轻轻来到客厅，见客厅里无人，知道俩人都在里屋，便从门缝向里窥看，见郭恂正与阿琼搂抱在一起。他便先轻轻敲门，阿琼吓得早已惊觉，便急急推开郭恂，披衣站起身来，立刻假作哭泣之状。郭恂开始浑然不觉，后来虽有所觉察，却有些不知所措。正在这时，阿巴冬一脚踢开门闯了进来，对郭恂大发雷霆，吼道："好你个郭恂，我敬你是中原使者，是文化人，拿你当朋友，当贵宾，可你却是个禽兽，是个色鬼！人说兔子不吃窝边草，你怎么能糟蹋我的儿媳，做出这种伤天害理的事来！"

阿琼这时哭泣不止，她竟倒打一耙说："不怪我，都是他，硬灌我喝酒，我不喝，他非让我喝，硬拉我……我……"

谁知，阿巴冬一听这话，显得更生气了，他猛地冲上前来，一把抓住郭恂胸襟，喊道："你们汉使，咋能干这种丢人损德的事！走，咱们见你们班司马去！"他仿佛真要拉郭恂去见班超。

郭恂吓得面如土色，虚汗直淋，他嘴里已无话说，只是"叽"地跪倒在阿巴冬面前说："老兄，你咋能开这种玩笑，我还信以为真呢！如今，这大错已经造成，求你千万别张扬。往后，你让我干什么，我干什么就是。"

阿巴冬黑着脸说："说实在的，这件事，我也不便张扬。你看看，一边是我的朋友，是汉朝的使者，另一边是我的儿媳，是我女儿一般的儿媳。如今，阿琼她这么年轻，可已经毁在了你的手里，丢人啊！但是，她这个儿媳，肯定是当不成了，我总不能让我儿子还没有结婚，就给他头上戴绿帽子呢！"

阿琼一听，便又哭了起来，哭着说："那我可怎么办呢？我这一辈了，不是被毁了啊！我……我……我不想活了。"

阿巴冬冷冷地说："那这也怪你啊！母狗不寻情，公狗咋能跳墙呢？不能说没你一点责任。你先走吧，这事，容我和郭从事再细细商量。"

阿琼仍装模作样，便哭哭啼啼地走了。阿琼一走，阿巴冬便对郭恂说："要说，这事也难办也好办。女人嘛！那是男人身上的衣服，脱了这一件，换上另一件，没什么，西域女子多的是。以后，这阿琼就归你了，我给我儿子另找个媳妇。可是你，必须监视班超的一言一行、一举一动，特别是他的军事部署，你都要及时告诉我。"

"你要我们的军事部署干什么用呢？"郭恂心里满是疑惑。

"没什么大的用处，我只是挣点小钱花罢了。"阿巴冬说。

"你该不是给匈奴人搞情报吧？"郭恂又这样问。

"也是，也不是。"阿巴冬说，"我这个人嘛，只是个生意人，别的事我不管，只是想多赚点钱。我知道些情况，可以将匈奴人糊弄糊弄，也能挣点钱嘛！可话说回来，我告诉他们些情况，从他们那边，也能打听些情况，再告诉给你，你不也能立功嘛！"

"那，你这不是双面探子吗？"郭恂吃惊地说。

"也可以这么说，但又不能这么说。"阿巴冬说，"我呢？办事自有我的分寸。"

"说实在的，我郭恂虽不是英雄，却也不是探子，虽不是勇士，却也不是奸细。"郭恂有些为难地说，"一般的信息我可以告诉你,但重要的情报,我真的不敢提供。"

"这样的话，我只能将你今天所做的事情，告诉给班司马了，告诉给汉使团所有的人，还要报告给你们朝廷。对此，你自己掂量掂量吧！"阿巴冬说，"但有一点，你跟着我干，我不会让你白干，金银，你缺了就来；美酒，管你吃好喝好；美女，阿琼她以后就是你的人了。其他，你还需要什么呢？"

其实，在这件事上，阿巴冬早已给郭恂设计好了一个圈套，挖好了一个陷阱：那个阿琼，根本不是阿巴冬的什么儿媳，而只是他用金钱买通的一个老油条妓女罢了。而他所花的金钱，自己还一毛不拔，全是优留单于和军师哈密图给的，做这桩生意，他可是赚大了。尽管如此，这个愚蠢的郭恂，他又怎么能摆脱阿巴冬的圈套呢？

"那，容我再考虑考虑，行吗？"郭恂说，他这时已被阿巴冬所说的话所打动。

"可以,但时间不能太长。"阿巴冬说，"最多，你只有十天半月考虑时间，因为优留单于和哈密图军师那儿，还等着我的消息呢！"

"如果真有了有用的消息，我还来找你吗？"郭恂问。

"找我，我不在时，你就找阿琼好了。"阿巴冬说，"我刚不说了嘛，以后，阿琼就是你的人了，就让她专门服侍你得了。"

"谢谢你的美意！"郭恂说。这阵，他已完全被金钱和美色所迷惑，是准备要做那种出卖灵魂的人了。

# 第三十六章　陈睦被歼　班超起兵报仇冤

　　这是郭恂离开醉梦西域酒店几天后所发生的事情。那是一天夜晚，天漆黑漆黑，伸手不见五指。一个人，一个鬼鬼祟祟的人，正抄着行人稀少的背街小巷，行踪诡秘地来到醉梦西域酒店门口，此人正是郭恂。原来，郭恂经过一番苦苦的思想斗争，他决定采取一种投机取巧、明哲保身的办法，他不想完全背叛大汉，投靠匈奴，却想背叛自己的妻子，与阿琼长相厮守，以享受人间的甜蜜与富贵。他今来醉梦西域酒店的目的，就是来找阿巴冬，送来一些军事情报。他敲开酒店门，闪身入内，先见了阿巴冬，与阿巴冬一阵耳语之后，他便十分诡秘地离开了酒店，消失在茫茫的夜幕之中。又一天，还是这个郭恂，他又夹杂在众多的顾客之中，走进了醉梦西域酒店，坐在单间里一张无人的饭桌上，要了几个小菜，自斟自饮地喝起酒来。他饮罢酒，大约只是为了遮人耳目，照样付给酒钱，当他将些碎银，用一小块帛绸包裹着，交给了收钱的阿琼时，下意识地往阿琼手上压了压，谁人能知，那块帛绸上面，即写有军事情报。

　　这一天，在盘橐城汉边联军军营，联军们正在举办庆贺汉使班超出使西域 10 周年及汉边联军成立 5 周年纪念仪式。军营门口，彩旗飘扬，对联醒目。军营中，锣鼓喧天，军乐高奏，礼炮鸣响，各国使节和当地群众的代表，都前来送礼赠物表示祝贺。元帅班超和副元帅格尔巴扎也都在迎送宾客，人们都出出进进，喜气洋洋。军营门前，能歌善舞的联军将士们聚集在一起，唱歌跳舞，欣喜若狂。汉使们不会跳舞，但也跟着联军们学习跳舞，大家好不快乐。

　　半夜里，欢腾喧闹了一天的汉边联军军营，此时才安静下来。将士们带着白天喜庆的欢乐，沉浸在香甜的睡梦里。也就在当天晚上，有一批汉边联军，大约有1000多人，他们并未进盘橐城，而是驻扎在盘橐城城门口的广场上，分住在几个扎好的军帐里。因为，明日一大早，他们还要继续进行攻城训练，驻在城门口的军帐里更为方便。这时，在一个军帐门口，有两个守卫的哨兵正手执兵器，在那里站岗守卫。不料，郭恂掂着一个皮囊，走到两位哨兵跟前，说："来，两位兄弟，你们辛苦了，喝点酒吧。"

一个哨兵推辞说："班司马交代，站岗放哨期间，谁也不许喝酒，如喝就违反了军纪。"

"对，对！你看！这么大的事，我怎么能忘了呢？可我哪里敢让你们喝酒，只是见你们太辛苦了，便送了些白开水来，这喝白开水，总不违反军纪吧！"郭恂说。他一边说，一边递来那皮囊"白开水"。

另一哨兵也确实也渴了，便接过那皮囊"白开水"，说："班司马人是好人，只是太死板了，吓得人站岗放哨时啥都不敢喝，郭从事这人还是活套。这站岗喝口水，能违反什么军纪呢？"

郭恂笑笑说："那你们就快喝吧！喝点开水，可以提提神，站岗放哨才精神嘛！这也叫磨刀不误砍柴功嘛！"

"那，真得谢谢郭从事的美意了。"一哨兵说。

"不用谢，只送点水喝，有什么好谢的。喝吧！喝点儿水，再好好站岗，千万不可粗心大意，你们肩上的担子重啊！"郭恂说。

两个哨兵全都点头，齐声说："遵命，遵命！"说罢，一个哨兵便先喝了起来，他一喝，先是一怔，但又继续喝了起来。稍停，另一个哨兵也喝了起来。眼看着两个哨兵在喝水，郭恂在一旁偷笑。原来，这哪里是水，而是上好的柳林酒。但这阵，即使自知自己喝的是酒，两个哨兵却都不敢吭声，他们害怕受到军纪的处分。一会儿，郭恂便十分会意地笑了笑，这才缓缓走开。谁知，这时在军帐不远处，一批匈奴兵正摸索而来，欲偷袭汉边联军军营。那两个哨兵，他们虽然喝酒不多，但很快便头昏脑涨，全都摇摇晃晃、站立不稳，倒在地上呼呼大睡起来，因为在这酒里，郭恂是下了药的。这时，前来偷袭的匈奴兵们正蹑手蹑脚，迅速接近了联军军帐，危险即在眼前。也正在这时，道通奉班超元帅之命前来查哨。他在营门口，看见两个哨兵正昏然大睡，便想要唤醒他们。但他猛然发现，有匈奴兵正偷袭而来。道通正欲呼喊，却被匈奴兵那边，有人猛地射出一支冷箭，直穿他的前胸。道通虽胸部中箭，但仍拔出腰间的宝剑，喊叫着向匈奴兵冲杀了过去："不好了，匈奴兵来了，都进军营来了，快同他们战斗啊！"一群匈奴兵闻声拥上前来，紧紧包围住了道通，他们双方展开了激烈的拼杀。那两个正在昏睡的哨兵，很快便做了刀下之鬼……

帅帐内，班超正与副元帅格尔巴扎商议有关事宜。一听到喊杀声，班超便迅速拿起长枪冲出帐来。格尔巴扎也拿起大刀，紧跟班超冲上前去，与摸进营的匈奴兵混杀在一起。那些熟睡中的汉边联军，他们有的惊醒，有的懵懂，不知所措，乱成一团。只有汉使团成员临危不惊，阵角不乱，"一虎""一道通"已经出战，而"一龙一豹一狮""三狼六蛋九愣娃"和"十二生肖勇士"，他们全都训练有素，一听到喊杀之声，他们立刻惊醒，虽然衣衫不整，但都手持武器参加了战斗。最可悲的是那些参军不久的西域汉边联军，他们大都在熟睡之中，还不及穿衣拿起武器，就被蜂拥而来的匈奴兵所杀。但也有不少汉边联军，他们还是操起了武器，同匈奴兵厮杀在一起。道通胸前带箭，血流不止，但仍在军营门口，同一群匈奴兵进行拼杀。这时，他身上已多处负伤，但仍紧咬牙关，奋力冲杀，杀死了多名匈奴兵。最终，他因寡不敌众，力尽衰竭，便壮烈地倒下了。

那正、副二帅，以及他们的护卫，人数虽少，但却以一当十，一次次地杀退冲在前面的匈奴兵。最终，汉边联军虽然杀退了这批前来偷袭的匈奴兵，但他们自己是伤亡惨重，有数百名军士阵亡。这阵，在军营门口，班超、格尔巴扎和汉使团的成员们，他们望着一具具汉边联军的尸体，全都泣不成声。班超默默来到道通尸体跟前，凝望着他的遗容，耳畔响起他的铮铮誓言："班司马，可今日商道未通，我们却被诏回返。我回去以后，却如何向老爸交代？怎能对得住他老人家盼我复通商道的一片心愿？班司马呀！道通我曾经立誓，商道不通难遂愿，活着不进嘉峪关！可如今，我难道要违背自己的誓言，于心难安啊！"

过一阵，他的耳边又响起了道通对哈丽娜的起誓："我起誓，'我要扎根西域，安家西域，一辈子不离开西域，一辈子保卫西域，一辈子不离开哈丽娜，一定同她白头偕老！'可是如今，我却要走，却要违背自己的誓言，我却要离开西域，却要离开哈丽娜，作为一个男子汉，我怎么能对得住自己的良心自己的誓言自己的理想呢？"

想到这里，班超不禁俯下身去，紧紧抓住道通的双手，用力地摇晃着他的尸体，他悲痛欲绝，泪如泉涌，撕心裂肺地呼喊："道通，我的好兄弟，我们全体汉使团成员，都不会忘记你，塞内外的父老乡亲，都不会忘记你呀！放心吧，我们一定给你报仇，报这血海深仇！"

立时，军营四周，青山叠翠，空谷回音，绵延不绝："道通，我的好兄弟，我们全体汉使团成员，都不会忘记你，塞内外的父老乡亲，都不会忘记你啊！放心吧，我们一定给你报仇，报这血海深仇！"

再看，那大漠之上，黄沙一片，红柳低垂，胡杨哀悲，莫不都是在痛悼汉边勇士的离世。

又见那青松高大、苍劲挺拔，显示无限的生机，它们将永记汉边英雄的壮举，展示汉边勇士英雄精神的常在。

冷风凄凄，这是神在哭泣；晚霞如血，这是血的记忆；神在哭泣，哭泣道通和他的那些长眠的汉边勇士；血的记忆，记忆不败的班超出使西域以来一次败的战绩。

当时，还有这样一个插曲，在安葬道通之时，班超特令将道通的一身血衣，用一套崭新的军装替换下来，而他自己，专将道通的血衣细心保管起来。秦龙问班超："班帅，您留道通的血衣，到底有什么用呢？"班超这样回答："我想以后某一天，百锤师傅会问我，他的儿子道通究竟是怎么牺牲的？我会将道通如何牺牲的详情告知他，他一定会感到无比悲痛，又无比骄傲。而他还会问我，'我儿子临终，就没留下什么纪念吗？'我呢？会将这身道通用鲜血浸染的军衣交付于他，以示对道通亡灵的一点纪念。"听得班超如此说，大家这才明白了他的良苦用心。紧接着，班超即予安排，把道通和那些阵亡的汉边联军将士，十分庄严地安埋下来，在盘橐城外的一处空地上，修筑了一座"汉边联军英雄阵亡陵"，并将道通之陵称为首陵。以后，他们年年祭奠，岁岁扫墓，从未中断。当地的群众，也是如此。

事后，秦龙曾将他所知道的此次郭恂的一些非正常举动，悄悄告诉了班超，说郭恂很可能是汉使团里的奸细，对其应当严肃处理。班超说："处理郭恂，并非一个简单的事情：第一，他是朝廷正式任命的汉使团的从事，有这样一个正式身份；第二，他和李邑有特殊关系，有事即会奏报于朝廷；第三，即使郭恂有通匈奴嫌疑，以后还可以放长线钓大鱼，以至让他当双面间谍，才能真正发挥其作用；第四，假使说郭恂通敌，却无什么确凿证据，纵有证据，将会是株连九族之罪，那对他也太残酷了。现在呢？借以他是文职人员，不让他参加军事会议就是了。许多重要事情，如果不让他知之，也就不至于泄密了。"正由于此，班超对于郭恂，采用了一种最大容忍的办法，那层窗户纸一直未予捅破。

应当说，班超所率的汉边联军之败，这只是场小败，与之相伴的，还有一次汉军的大败。那几乎是在班超汉边联军遭袭的同时，汉朝廷曾派遣关宠、耿恭领一支汉军驰援班超汉边联军。而那时，由于班超仅统 36 人，就征服了西域多国，所以汉朝廷对于强大的匈奴军队，他们还是过分轻视了的。相反的，对于汉军，匈奴方面却十分重视，每有战事，必以数倍以至十几倍兵力来对付。当优留单于闻知关宠、耿恭率军至西域，并打听到他们只有数千人，便遣左鹿蠡王率 20 万骑兵出击攻之。出征之前，左鹿蠡王对优留单于说："汉军仅仅数千人，我们却出 20 万铁骑，这不是用巨石来砸鸡蛋吗？"

优留单于说："也许我们要砸的，并不是薄皮的鸡蛋，而是硬硬的铁蛋。你没看那班超，他所率不过 36 人，但杀了我们多少人？打了多少胜仗？但他现在所对抗的，是我们十几万大军啊！据说，那关宠、耿恭，他们也不是善茬，你们一定要认真对付。"

当时，西域之地，纷乱异常，52 国，互相争战，有国家与大汉通好，有国家与匈奴结盟，敌友难辨，是非难分。那焉耆、龟兹两国，他们便是与匈奴结盟的国家。再说，一见匈奴左鹿蠡王率大军来攻疏勒城，关宠、耿恭一方面领军守城抵抗，另一方面派人急赴洛阳报讯求援。但朝廷却犹犹豫豫、迟迟慢慢，仅让西域都护陈睦率兵 2000 人来西域驰援关宠、耿恭。班超得此消息，便急急遣人向陈睦报讯，说到匈奴兵众，汉军兵寡，让他千万不要轻敌，尤其要谨防匈奴兵的伏击。但陈睦并不在意，他嘲笑班超说："班司马还是太谨慎了，他自己只率36人，就敢于直奔西域，扫平诸国。我陈睦所率，可是2000人的大军，还怕什么匈奴兵呢？"结果，他与关宠会师于柳中后，即遭到匈奴大军伏击，关宠、陈睦二人尽皆战死，2000汉军，无一生还。而汉军此次大败，主要由陈睦的麻痹轻敌造成，因匈奴军提前知情，且他们拥有数倍于陈睦军的兵力，又是躲在暗外进行伏击，采用这种"巨石砸鸡蛋"的战法，汉军焉能不败？关宠、陈睦焉能不亡？

这样，左鹿蠡王所率的20万匈奴大军直扑西域，犹如虎狼之师，他们在疏勒城围攻了耿恭，在柳中歼灭关宠、陈睦，再大军直扑班超镇守的盘橐城而来，将城团团围住。其时，匈奴军队达10余万人，而班超的汉边联军却只有2万余人，兵力相差悬殊，形势异常严重，班超孤军奋战，盘橐城危在旦夕……在此情况下，班超一方面顽强抵抗，另一方面向朝廷上疏，请求派兵援助。他的奏疏是这样写的：

我暗自想过，作为军人和下层军吏，其实都愿意跟随像谷吉那样的人，在遥远的异国为国效力，即使牺牲也无所谓，这跟张骞被匈奴拘禁十多年，弃身旷野的事例差不多。而那些忠实于朝廷的人，又都是类似于谷永那样的人，他们都是直言敢谏的。从前，魏绛作为诸侯国的大夫，早在春秋时期就能够做到与各戎狄和睦，何况我是奉承了洋洋大汉朝的威灵，怎么能够不发挥自己应该发挥的作用呢？有人这样议论，说夺取了西域36国，就可以称作切断了匈奴的右臂。今日西域各国，向西直至日落之处，没有不向往汉朝的。他们无论大国小国，都很高兴向汉朝连续不绝地贡献，唯独焉耆、龟兹还没有归顺。我先前和手下的人，一共36人奉命出使异国，遇到过各种各样的艰难险恶。自从我们孤守疏勒以来，至今也有五年了。对于他们的情状心理，我了解得很透。问到他们城郭范围的大小，他们都说"依靠汉朝和依靠老天的照看是相等的"。从这些方面分析，丝路商道是完全可以重开的。但是如今，西域各国，人心不一，不尽相同，有人会投降，有人会反叛的，一切都取决于我们大汉与匈奴方面在西域的实力。我希望，朝廷能给我一个规章，好让我依照行事。我身处西域，早已做好了最坏的准备，假使我真的有什么意外，但我毕竟已在西域做了一些事情，自己即使死了，又有什么可遗憾的呢？

臣总是以窦固将军所言的"你们36人，要顶360人、3600人，以至36000人"来鼓励士气，但这只能是一种豪气之言、激励之举，因为36人毕竟只是36人，特别是在兵对兵、将对将、刀对刀、枪对枪这样一种实战情况下。最近，我汉军的关宠、陈睦在柳中被杀乃至全军覆没，与陈睦对于匈奴的轻敌和兵寡不无关系。今我们汉边联军在盘橐被围，耿恭在疏勒城遭困，莫不是吃了将寡兵少的亏。基于此，望朝廷能速派兵驰援西域，一解我盘橐之围，二解耿恭疏勒之困，三报陈睦之仇。

臣以为，对于匈奴，战略上应予藐视，但战术上应予重视，要动则大动，如能以十万乃至数十万之众讨伐匈奴，必横扫匈奴军以北地，永灭其焰，永绝其患，此实乃我大汉长治久安之大计也！

我自知，我班超本来很藐小，只因为蒙受了神灵的看顾，才能有今日小小的战功和威望。我希望我短时间内还不至于死去，还能够亲眼目睹西域的平安和商道的复通。我希望，陛下您能够举起恭祝万寿的酒杯，向祖庙进献祭品，向天下人公布国家的大喜。

班超在奏疏中所写到的谷吉和谷永，他们本是一对父子，皆是西汉名人。谷吉是长安人，他在汉元帝时任卫司马。汉元帝初元四（前45）年，匈奴郅支单于派到汉朝的侍子，由汉朝送回匈奴，谷吉奉命护送出使匈奴。御史大夫贡禹等主张，让谷永将侍子送至边塞后就返回，因为他们考虑到郅支单于反复无常，怕对谷吉进行报复。但谷吉不顾个人安危，他以完成朝廷使命为主，特上以奏疏，称愿意送其侍子至匈奴京都龙城，以表示汉朝的信义，朝廷准之。结果，谷吉送侍子至龙城后，他却被郅支单于所杀。尽管如此，但谷吉一行上下齐心，忠于使命，尽心尽职，却成为后人的美谈。

谷吉的儿子就是谷永，他的成就，远比自己的父亲谷吉要大。谷吉最突出的特点便是敢于直言进谏。他年轻时作为长安小吏，后来广博地学习经书。建昭年间，御史大夫繁延寿听说他才德优异，拜任他为自己的属吏，后举荐他为太常丞，他多次上奏谈论政治得失。

新天凤二年（15年），御史大夫王音薨，成都侯王商代替他做了大司马、卫将军，谷永升迁为凉州刺史。谷永在京师奏事完毕，本应到凉州去，但当时有黑龙出现在东莱，皇上即派尚书来询问谷永。谷永大致是这样说的：

我听说，称王天下据有国家的人，忧患在于君主有危身亡国的行为，而告诫危亡的话却不能够被君主听到；假如告诫危亡的话能马上让君主听到，那么商周就不会改变姓氏而交替兴起，三代不变更政治而更相使用。夏商将要灭亡了，道路上的行人都知道，君主却安然地自以为，自己像太阳在天上一样没有谁能危害到他，因此灾祸日益严重，他自己却不知道，大厦倾覆却不醒悟。陛下果真能注意宽宏英明地听取意见，没有因忌讳而杀人，使草野之人能够在您面前陈述全部所听到的，不担忧后患，直言的路径打开了，那么四方众多贤士就会不远千里，像车的轮辐集于轴心一样聚集到朝廷陈述忠诚，这是群臣的最大愿望，社稷的长久福气啊！

汉家实行夏历正月，夏历正月属黑色。黑龙，是同姓的象征啊。龙属阳德，从小到大，因此是王者的祥瑞之应。不知是不是同姓有看见本朝没有继嗣的福庆，多有危险的裂隙，要趁此侵扰作乱举兵而起呢，还是心思期望继嗣君主之后，残暴不仁，像广陵王、昌邑王之类？我很愚钝不能断决。元年九月黑龙出现，又连续出现日食，这在春秋混乱之时，也不曾有过啊。我听说三代社稷灭亡宗庙丧失的原因，都是由于妇人和一些恶人沉湎于酒乐。秦经历二世十六年就灭亡的原因，是养生过分奢侈、奉终过分华富啊。

建始、河平之际，许、班两家的尊贵，顷动前朝，气焰熏灼四方，赏赐无法计算，致使内库空虚，女宠达到顶点，不能再增加了；现在后起的人，天不赐福，比以前更胜十倍。废止先帝的法令制度，听从采用她们的话，授予宫爵和俸禄不恰当，释放王法当杀的罪人，骄纵他们的亲属，凭借他们的威势权力，恣肆横行扰乱政事，主管侦视揭发的官吏，没有敢遵循法令的。又在掖庭狱大量挖掘坑阱，鞭笞拷打比炮烙还痛苦，灭亡人的性命，有些官吏，往往拘囚无罪的人，拷打逼迫威吓使其屈服来定立罪名，直至替人放债，分取利息接受报谢。活着入狱死着出来的人，无法计算。因此日食两次出现，来显明他们的罪过。

帝王一定先自取灭亡，然后天才泯灭。陛下抛弃拥有万乘的最尊贵地位，喜好平民之家的卑贱之事，厌恶高尚美好的尊号，喜好庶民的卑字，推崇聚集浅薄无义的小人把他们作为私客，多次离开防守坚固的深宫，昼夜引身与众，小人相随，像乌鸦聚集一样杂乱会合，饮酒沉醉在官吏百姓家中，服色混乱共坐一榻，放纵狎侮，尊卑混淆没有区别，尽情遨游寻乐，昼夜出行。主管门户奉有值宿守卫职责的大臣持着干戈守护空宫，公卿百官不知道陛下在什么地方，累计已有几年了。

帝王以百姓为基础，百姓以财产为根本，财产枯竭了百姓就会叛乱，百姓叛乱国家就会灭亡。因此圣明的君主爱惜休养根本，不敢让它们穷尽，使用民力像承办大祭祀一样谨慎。现在陛下轻易地夺取百姓的财产，不爱惜民力，听从邪臣的计谋，离弃高大宽敞的初陵，抛去 10 年功作的开端，改作昌陵，违反天地本性，依着低下的地方来做成高地，堆积土壤作为高山，派遣罚做劳役的人兴建城邑，同时修建宫殿宾馆，大兴徭役，大量增加赋税和征敛，征发服役像雨密集，劳役之功比干溪多百倍，费用与骊山相比拟，败坏疲敝天下，五年没修成而后回到原来的陵地。又扩大营表，掘开人家的坟墓，截断骸骨，暴露尸首灵柩。百姓财产枯竭劳力用尽，愁苦怨愤感动天帝，灾祸异象多次降临，饥荒频繁出现。人们四处流散寻找食物，饿死在路上的人，以百万计算。公家没有一年的积蓄，百姓没有十天的储藏，上下都匮乏，无法赈救。希望陛下能够追溯观察夏、商、周、秦丧国的原因，来借鉴考察自己的行为。我所说有违背事实的，我一定承受妄言的诛罚。

汉兴起九世，190 余年，继位的君主有七个，都承合天意顺应天道，遵循先祖的法令制度，有的以在衰落中复兴而有名，有的以政治清明国家安定而有名。到了陛下，单单违背天道放纵私欲，轻贱自身胡妄行动，正当壮年的隆盛，没有继嗣的福气，而有危亡的忧患，积累丧失为君之道，不合天意之处，也已经很多了。作为先祖的后代子孙，保守先祖的功绩事业，像这样，岂不是辜负了先祖吗？现在社稷宗庙祸福安危的关键都在于陛下，陛下果真愿意发扬圣明的品德，明显而深深地醒悟，畏惧上天的威严和愤怒，深深地戒惧危亡的征兆，冲洗掉乖戾不正的不良志趣，振作精神致力政事，一心一意地恢复为君之道，杜绝众小人做私客，避免不公正地任用官员，全部停止北宫私奴车马惰游外出的备办，克制自己恢复礼法，不要再犯微行出宫饮宴的过失，来防止即近的灾祸，深深思考日食两次出现的示意，抑制减损椒房玉堂隆盛的宠幸，不要听从后宫的请谒，废除掖庭不合法的牢狱，填平炮烙般的陷阱，诛杀奸邪谄媚之臣以及左右持邪门旁道来奉事皇上的人，以满足天下的期望，暂且停止初陵的劳作，停止各种修补整治宫室的工程，削减更卒减少赋税，完全停止微用民力，慰问抚恤赈救贫困的人，以安定远方，勉励推崇忠诚正直之人，放逐屏退凶狠暴虐之人，不要让白吃饭的官吏长久地占据厚禄，按顺序连续实行，坚持不懈没有违背，早晚勤奋，多次省视不倦怠，旧的过错全都改正了，新的德行已经显著了，细小的邪恶不再放在心上，那么赫赫盛大的异象差不多可以消失了，天命的去无德就有德差不多可以恢复，社稷宗庙也就差不多可以保全了。希望陛下留意不要重复过失，仔细省察我的话。我有幸得以备位边署官吏，不了解本朝的得失，谬论触犯忌讳，罪该万死。

本来，汉成帝生性宽厚而且喜好文章，又因长时间没有继嗣，多次微服出行，常亲近宠幸无德之臣，赵、李由微贱而得以独占宠幸，这都是皇太后和诸舅早晚所忧虑的。这些最亲近成帝的人都难以进言，因此便推举谷永等人，让他们趁着天象的变化来恳切劝谏，这才有了谷永这样的大胆的直言，谁知，成帝见这一奏章后，竟勃然大怒。卫将军王商一见，便秘密指使谷永赶快离去。当时，皇上派侍御史来拘捕谷永，谷永早已离京，御史回来向成帝禀报，成帝这时的气也消了，便自己进行反思。第二年，成帝竟召谷永做太中大夫，升任光禄大夫、给事中。

元延元（前12）年，谷永做了北地太守。当时灾祸异象特别多，成帝派卫尉淳于长去咨询谷永。谷永的回答大致是这样的：忠诚的大臣对于皇上，志在尽量奉献自己的忠心，因此虽远离也不会背叛君主，虽死也不会忘记国家。从前史鱼已死，余存的忠诚没有终止，就遣命把灵柩放在后堂，用尸体传达忠诚；汲黯身在外而想着朝廷，显露愤懑舒展忧怨，留言李息。

天下是天下人的天下，不是一个人的天下。君王亲自施行道义仁德，承合顺应天地，博爱宽厚，恩泽布及路边芦苇一样微贱的人，收纳赋税取用民财不超过常行的法度，宫室车马服用不逾越制度，做事节俭财产富足，百姓和睦，就会卦气和顺，五种自然现象按时间的先后出现，百姓长寿，草木生长繁茂，祥瑞的征兆一齐降临，来显示上天的庇护和扶助。无道而行为荒诞，违逆天意残害生物，穷奢极欲，沉湎于逸乐而荒废政事，听从妇人之言，诛杀放逐仁厚贤能的人，离弃骨肉，众小人当权，严峻刑法加重赋税，百姓愁苦怨恨，就会卦气惑乱，灾祸的征兆显示过失，上天盛怒，灾祸异象多次发生，日月相掩而食，五星失去正常的运行，大山崩塌江河溃决，泉水涌出，妖孽同时出现，孛星放光，荒年相连，百姓夭折，万物早亡。一直不改悔醒悟，罪过广布变异备具，上天不再责备告诫，而另外扶立有德的人。

远离恶人夺去无能的人的王位，转而扶立贤能圣明的人，是天地不变的规则，历代帝王都是一样的，再加上功德有大小，时间有长短，时代有先后，天道有盛衰。积聚众多的灾祸异象，接着是荒年，接着是贫困。彗星，是最大的异象，土精所生，陨落的效验出现在饥荒变乱之后，兵乱兴起了，衰败的时候不远了，修德积善，恐怕也不能补救。应验在内就是深宫后庭将有骄臣悍妾因醉酒而狂妄背理突发的混乱，北宫园林街巷之中臣妾之家的幽闲之处有夏徵舒、崔杼之类的叛乱；应验在外就是诸侯边地将有樊并、苏令、陈胜、项梁振臂而起的祸患。内乱，那么祸患在早晚之间；外乱，则应终日警戒，发兵以火星角气强烈时作为约定。安危的分界，是宗庙的最大忧患。

灾祸兴起于细微之处，邪恶产生于轻忽之间。希望陛下端正君臣大义，不要再和那些小人轻慢亵狎宴乐饮酒；中黄门后庭平日骄横傲慢不谨慎曾因醉酒丧失为臣之礼的，都逐出不留。努力修正三纲的威严，整治后宫的事务，抑制远离骄纵嫉妒的宠爱，推崇亲近柔婉顺从的行为，加恩施惠失意之人，安慰抚恤怨恨之心。保有至尊的重位，握有帝王的威严，朝觐之臣法车先出而后驾出，陈列卫兵清理道路而后驾行，不要再轻贱自身独自出行，在臣妾的家中宴乐。三方面已经修正，内乱之路就堵塞了。

我希望陛下不要允许增加赋税的奏请，还要减少大官、导官、中御府、均官、掌畜、廪牺的费用，停止尚方、织室、京师郡国的工服官的发输制作，来扶助大司农。流布仁德广施恩惠，救济补助困乏之人，打开关门津梁，接纳流散的百姓，任凭他们到自己想去的地方，来救济他们的危急。立春的时候，派遣使者巡视民风习俗，宣扬散布圣明的恩德，慰问抚恤孤儿寡妇，询问百姓疾苦，慰劳勉励地方官，告诫奖励农耕植桑，不要夺取农耕的时间，来慰劳安抚百姓的心，防备阻塞大的奸邪产生的空隙。诸侯的叛乱，差不多就能够平息了。

我听说，上主可与他一起做善事，而不能与他一起做恶事，下主可与他一起做恶事，而不能与他一起做善事。陛下天然的品性，通达聪慧，是上主的姿质。只要能稍稍省思愚臣的话，感悟三种灾难，深深忧惧大的异象，定下心思推行善政，抛弃忘掉邪恶的心志，不要再犯以前的过失，振作精神致力治政，最大的诚意感应上天，那么天上积久的异象遏止了，地下的灾祸叛乱降伏了，还有什么忧虑担心的呢？

似此，谷永的直言敢谏，的确是十分出名的。对此，成帝由反感转为刺耳，由刺耳转为静听，由静听转为反省，对于谷永所指出自己的缺点和错误，他有些予以改正，有些有所收敛，有些依然不改，这也很不错了。而这一次，尽管谷永直言如此，成帝非但未怪，还给了谷永很多赏赐。

围绕着谷永与汉成帝，还发生过这样的故事：汉成帝刘骜20岁当上皇帝，到40多岁还没有孩子。他听信方士的话，热衷于祭祀鬼神。许多人向汉成帝上书，谈论祭祀鬼神或谈论仙道者，都轻而易举地得到高官厚禄。成帝轻信他们的话，在长安郊外的上林苑大搞祭祀，祈求上天赐福，花了很大的费用，但并没有什么效验。

于是，谷永向汉成帝上书说：我听说，对于明了天地本性的人，不可能用神怪去迷惑他；懂得世上万物之理的人，不可能受行为不正的人蒙蔽。现在有些人大谈神仙鬼怪，宣扬祭祀的方法，还说什么世上有仙人，服不死的药，寿高得像南山一样。听他们的说话，满耳都是美好的景象，好像马上就能遇见神仙一样；可是，你要寻找它，却虚无缥缈，好像要缚住风、捉住影子一样不可能得到。所以古代贤明的君王不听这些话，圣人绝对不说这种话。

谷永又举例说：周代史官苌弘想要用祭祀鬼神的办法帮助周灵王，让天下诸侯来朝会，可是周王室更加衰败，诸侯反叛得更多；楚怀王隆重祭祀鬼神，求神灵保佑他们打退秦国军队，结果仗打败了，土地被秦削割，自己做了俘虏；秦始皇统一天下后，派徐福率童男童女下海求仙药，结果一去不回，遭到天下人的怨恨。最后，他又说道："从古到今，帝王们凭着尊贵的地位、众多的财物，寻遍天下去求神灵、仙人，经过了多少岁月，却没有丝毫应验。希望您不要再让那些行为不正的人干预朝廷的事。"这一次呢，汉成帝竟听从了谷永的意见，再不搞什么祭祀了。

而班超在奏疏里所提到的魏绛，则是以《魏绛和戎》的故事而出名的。周灵王三年，鲁襄公四年（前569年），无终戎人的头领嘉父派孟乐来到晋国，通过魏绛送给晋国虎豹的毛皮，用来请求晋国同各戎族建立和睦关系。晋悼公说："戎狄没有亲近的国家，而又十分贪婪，不能和他们和好，不如征伐他们。"

魏绛说："诸侯刚刚服从了晋国，陈国又是第一次来与我们建立同盟的，他们都要看我们的行动。我们有仁德，诸侯各国就会同我们亲睦；否则，就会背离我们。如果对戎族用兵，而楚国要进攻陈国，我们一定不能去援救，那就是抛弃了陈国。华夏各国也要叛离我们。"

晋悼公说："要么，就与戎族议和吧？"

魏绛说："这当然是再好不过的了。与戎族和好有五方面的利益：戎狄在草地上居住，看重财货而轻视土地，我们就可以买他们的土地，这是第一个利益。和戎后边疆地区就不再害怕，人民就习惯于在那里的土地上生活，管理田地的官吏就能完成农业生产，这是第二个利益。戎狄都服侍晋国，晋国周边的国家就因此而受到震动，各诸侯国就更慑于晋国的威力而对晋国怀恋，这是第三个利益。用仁德来安抚戎族，将士就不会劳苦，战衣兵器不致损坏，这是第四个利益。以后羿为借鉴，而采用道德法则，远方的人会来，近处的人会安宁，这是第五个利益。请主公考虑吧。"

晋悼公听了很高兴，说："行，就按你说的办。"他便让魏绛与各戎族订立了盟约。在国内，他也整顿民事，让民众在应当狩猎的时候狩猎，应当耕田的时候耕田，到处呈现出一派和睦相处、欣欣向荣的气象。

从班超的这些奏疏，我们不难看出，他不仅是一位伟大的军事家和外交家，其文学的造诣也是很深的，他至少是一个文武双全的军事家。

# 第三十七章　巾帼英雄　疏勒公主文武能

　　汉建初九年，元和元年（84年），即徐干领兵驰援班超的第二年，汉朝廷又派遣代理司马和恭等四位将领，率领800兵士归从于班超，使以班超部与疏勒和于阗等国联合组建的汉边联军兵力渐长。在此情况下，班超便统领汉边联军，去进攻一直敌视汉朝、亲近匈奴的莎车。班超其所以要攻伐莎车，还因为莎车王在暗地里曾派使者前去游说疏勒王忠，给其送以重礼，使忠竟然反叛，亲莎车通匈奴反大汉而固守于乌即城内，这自然是班超所不能容忍的。因为忠的叛逃，班超便另立疏勒王室的成大为新疏勒王。原疏勒王兜题虽然窝囊，但他的家族势力强大，影响甚广，是疏勒最大的王族。兜题共有兄弟三人，他本人无子，但其兄有子名种，即班超为之改名的忠，其弟有子名成大，即被班超新拥立的疏勒王，另有一女为疏勒公主，其名雪莲，人皆称雪莲公主。疏勒王室的子弟，无论是忠还是成大，皆非栋梁之材，但疏勒公主却天赋极高，聪明非凡，她自幼学文，诗词书赋，样样皆能，琴棋书画，无所不通，又因在这大草原上，视女如同男儿，她是在马背上长大的，故弓马剑术十分娴熟，十八般武艺全都精通，她既是一位高智才女，又是一位巾帼英雄，且年方二八，这样的美妙年龄，长得如同仙女一般，便成了疏勒臣民心中的女神。正由于此，原都尉黎弇对其十分看好，以至极力推荐她担任疏勒王，这也不是没有原因的。尤其是，自成大成为新疏勒王之后，他暗有将其妹妹嫁给班超的想法，便极力促成胞妹拜班超为师，跟其学文习武，使她的本领日渐飞进，令人刮目相看。当时，一边是班超所统的汉边联军，对忠所固守的乌即城的猛烈进攻，一边是忠所联合的康居王部，对汉边联军所进行的坚决反击，双方便互相僵持了下来，一对峙就是半年之久，一时难分输赢。于是，班超便聚众进行商议，共议破敌之策。当时，疏勒公主向班超建议，说月氏与康居刚刚联姻，双方关系密切，如能让月氏王开导康居王，让康居王投靠大汉，这样，康居和忠的联盟便不攻自破，汉边联军就胜券稳操。班超采纳了这一建议，他让新疏勒王成大和疏勒公主兄妹前去游说月氏王，带给他不少金银珠宝、精美丝织品和柳林美酒。月氏王一见成大兄妹送来这么多好东西，不由心动，便又带了不少礼物前去劝解康居王，让他不必再帮助忠，说忠注定是要失败的。康居王终被月氏王说动，他便软禁了忠，又撤走康居在乌即的全部军队。乌即城内守军见康居王如此，便立即开城向班超投降，其城不攻自破。

三年后，忠与康居王的关系渐渐缓和，他又说动了康居王，欲借些兵马回国，以图东山再起。康居王被忠巧言说动，便借给他 3000 军士，让他回国占据了桢中城（系疏勒所有），同班超汉边联军对抗。忠一在桢中城驻扎，又急急去龟兹国，同亲匈反汉的龟兹王秘密谋划，说自己可以假意投降班超汉边联军，与龟兹军里应外合，消灭汉边联军。龟兹王说："只怕你的这一计划，很容易被班超识破，他可不是一般人啊！"忠说："不一定。现在，有这样一种机会，我的堂弟成大，是新拥立的疏勒王，而我的堂妹疏勒公主，既是班超的徒弟，也是班超手下十分信任的将领，有他们兄妹二人替我说话，班超一定会相信我的。"

龟兹王说："你如有把握，不妨一试。我可将军队驻扎于疏龟边境，你一旦成功，即派人与我联系，我们龟兹大军便向疏勒发起攻击，将班超杀掉，将他所统的汉边联军全部消灭。"

忠说："好，咱们一言为定。"于是，忠先向疏勒公主写一密信，叙述了一番兄妹情后，又说自己愿率部投奔汉边联军，请疏勒公主予以牵线。

于是，疏勒公主即来找班超，向他呈上忠的密信。班超看罢忠的密信后，这样问疏勒公主："你说，你堂哥这次的投诚，会是真心的吗？"

"不一定！十有八九会是假的。"疏勒公主说，"我堂哥这人我了解，他是个小人，鸡肠小肚，反反复复，做事没一点男人家的主见和果断。所以，我们还是多提防为好。"

"这话，还真让你给说对了。"班超说，"他明摆着的，是一次假投降嘛！事实证明，忠的确是小人，他的王位，本是我们拥立的，但却又背叛了我们。以前敌强我弱时，他一因担心我们失败，二因莎车王的利诱，便投靠了龟兹王。当下，敌强我弱，敌人的兵力数倍于我们，他又怎么能轻易投降我们呢？况且，龟兹王那边，他们不但军力强盛，又有莎车和康居相助，更有匈奴做他们的后盾，他是更不会向我们投降了。根据情报，龟兹王正将重兵集结于疏龟边境，时刻伺机对汉边联军发起攻击。这样，忠分明是想借以他的假投降，与龟兹王双方配合，对我们实行内外夹攻，一举而攻破我们汉边联军，玩这样的小把戏，我们怎么能看不穿呢？"

"您的分析，很有道理。"疏勒公主说，"我也有这样的感觉，但没您考虑的这么周到，也没您说的这么透彻，那么您说，我们究竟该怎么办呢？"

"我们只有将计就计了。"班超说，"但是这次的计划能否成功，你是十分关键的人物。因为忠是你的堂哥，他很相信你。我还是那句老话，不入虎穴，焉得虎子。你可以去一下桢中城，直接见一下忠，先探明他的真实情况。如果他确实真心归降，那我们自然欢迎。可如果他没有什么诚意，那我们可以引鱼上钩，将他们全部消灭。"

"好，就这么办。"疏勒公主说。于是，疏勒公主便领着一队人马，来到桢中城见到忠。他们兄妹见面之后，忠辞退左右，悄问疏勒公主："妹妹，我的信，你呈送给班元帅了吗？"

"呈送了。"疏勒公主说。

"那么他对我的投诚，到底欢迎不欢迎呢？"忠又问。

"欢迎啊！"疏勒公主说，"若不欢迎的话，他怎么能让我代表他来桢中城，与你商量有关具体事宜呢？他只是说，你这个人做事，也是反反复复，缺乏果断，怕你会耍什么花招。"

"看你说的，我这次可是真心，是真心要投班元帅的。如果有假，便天打五雷轰！"忠显得无比激动地说，"今桢中城中守军，共是3000军士，全是哥所借的康居王的人马。哥愿意带一部分人马先投奔班元帅，再让其他人随后降之，这样，整个桢中城，便都属于汉边联军了。"

疏勒公主问："那么，哥哥计划先带多少人投诚呢？"

"就 800 人呗！带兵太多，班元帅恐怕会有怀疑的。"忠说。

"800 人，这已经不少了，你怎么要带这么多人呢？"疏勒公主问。

"人太少了，哥不放心啊！"忠说，"今实话对你说，咱们是兄妹，哥对你自然十分放心，可对于班超，他毕竟是汉人，更是外人，哥自然放心不下。"

"这倒也是。"疏勒公主顺水推舟地说，"亲不亲，自家人，我们兄妹，毕竟是自家人嘛！而且，俗话说，害人之心不可有，防人之心不可无，无论对谁，还是多提防为好。"

听疏勒公主这样说，忠便情不自禁，冒出一些心底的话来，他说："咱们是兄妹，我这里有几句掏心窝的话要对你说，哥这次投降，带着试一试的态度。那班超，他能善待我，我自会依从他，可万一他不善待我，我还可以与龟兹和匈奴联合，对付他们汉边联军。这一点，哥是有两手准备的。"

"那么，也就是说，哥像是墙上的芦苇，随风摇摆根不稳了。"因为听忠这样说，疏勒公主自然知道了他的真实意图，但她却安慰忠说，"哥哥考虑得十分周全，但还是小心为妙，小心为妙！"

忠说："今哥将自己的性命，就交到了妹妹的手上，你回到盘橐城后，一定要仔细打探，看班超是否真心待我？如他稍不放心，你务必要对哥多加提醒，我们好做别的打算。"

"这个自然，这个自然！"疏勒公主说，"正如哥所说，毕竟那班超是汉人、是外人，而我们才是疏勒人，是亲兄热妹嘛！"于是，她辞别忠，回到了盘橐城，向班超说明了详细而真实的情况。

班超说："如此看来，这个忠的确是假投降了。"

"是的，至少十有八九是假投降。"疏勒公主说，"那么我们也只有将计就计了。"

......

几日后，忠领着 800 精兵，来到盘橐城投诚。班超呢？自然做了周密部署。表面上，他多设营帐，安排音乐，有歌有舞，有酒有肉，大宴相请。实际上，他将忠所统之兵，却分割于多个营帐，处在层层包围之中。将忠的精兵刚刚安顿好后，那疏勒公主却突然拔出剑来，对准忠的一位部将的胸部，猛地一剑刺来。那部将猝不及防，不由脸色大变，以为自己要做剑下之鬼。可谁知，那疏勒公主并未太用力，用剑之际，只听"当"的一声，便自知这部将胸前，藏有利刃兵器，心里便已知底。忠一见，不由大惊失色，问："妹妹何故如此？"疏勒公主说："对于你们的投降，我既是牵线人，也是担保人啊！万一有什么失误，我不是要担责任吗？我这只是试试，看看哥的手下，对我相不相信。"忠说："看妹妹说的，我的手下，对妹妹同对我一样信任，你即使刺死谁，他们也不能反抗。"

事后，疏勒公主即将这一情况，及时报告给了班超。于是，班超便大宴相请忠，但正在斟酒劝饮之间，班超突然大声宣布："拿下，给我将忠这个小人迅速拿下！"

立时，有武士上前，先下了忠的佩剑，再将其用绳缚之。与此同时，埋伏的各个营帐的汉边联军武士则一齐动手，将忠的800精兵全部擒拿。忠一见，便大哭大喊："班元帅，我们忠心投诚，您何故如此待我！"

班超冷笑着说："你真是个忘恩负义、反复无常的小人，真是无药可救了。当初，我们逼兜题下台并远走而立你为王，并给你取名为忠，是让你忠于大汉、忠于信义、忠于疏勒国家和民众。可是，你却一点也不忠，你先背弃大汉而投靠龟兹，迫不得已才向我们投降，今又来进行诈降，欲灭我汉边联军，用心何其毒也！"

忠又急忙哭求班超身边的堂妹疏勒公主："妹妹，哥已知错，你怎么还不向班元帅代我求情呢？"疏勒公主并不搭话，她只是持剑上前，用剑直刺忠的胸部……众人一见大惊，以致连班超也不例外，他们都误以为疏勒公主会刺杀其兄，落个不仁不义之名。但在顷刻之间，却猛见疏勒公主的剑尖一挑，先挑破忠的胸前衣甲，又挑出一把明晃晃的利刃来。她以剑尖直指着刚从忠胸衣里挑出的利刃，厉声质问说："你自己说，你嘴上抹蜜，却怀揣利刃，分明是要行刺班元帅，这已经牵连到了我，我还怎么给你求情呢？"

忠又行狡辩，说："我带把利刃，只不过是用以防身罢了，怎么敢行刺班元帅呢？"

疏勒公主便又似方才以剑直挑忠的几个护卫的胸前衣甲，都挑出明晃晃的短刀利刃，她斥问忠说："好，我的哥哥，似此，你又作何说？"

班超见此，便喝令将忠所统的800精兵一一搜身，全都身藏利刃，无一例外。更有甚者，还有他们的几位文职人员，怀里都藏有剧毒药物，欲伺机向班超和汉边联军投毒。面对这些罪证，疏勒公主厉声质问忠说："你看看这，我还怎么给你求情呢？你这明摆着的，是要牵连着把妹妹往火坑里推啊！"

忠一见事情完全败露，只好下跪向班超叩头求饶，跪起后又"叭叭"直扇自己耳光，边扇边哭喊："班元帅，我不是人，我是小人，是猪狗不如的小人，是忘恩负义的小人！您有大恩于我，我却恩将仇报，还想置您于死地，的确罪该万死，罪该万死！但是，我还想重新做人，戴罪立功，就请班元帅能饶我一命！"

班超并不搭话，他面对疏勒公主说："忠是你的堂兄，你二人同为兄妹。今他的投诚，又是你引荐的。那么，对他如何处置，就由你来决定吧！"

疏勒公主说："按理说，忠有大罪，死有何妨？但我记得，昔疏勒旧王兜题曾是暴君，他杀人无数，祸害疏勒。对于如此暴君，班元帅都能留其活路，让他重新做人。好在我这位忠兄，虽然反复无常，但毕竟还不是暴君，并没屠杀太多的人。再说，他固然是假投降，可并未成功，未遂其愿。依我之意，就让忠还是做第二个兜题吧！"

班超一听，十分高兴地说："如此安排，正合吾意，大家也都能接受。"

忠听得此言，连忙再跪再叩头，说："谢谢班元帅不杀之恩！谢谢班元帅不杀之恩！"

班超以手指指疏勒公主，说："你呢？不用谢我，要谢，还是谢你这位妹妹吧！"

忠便急忙站了起来，转面而向疏勒公主，作揖行礼说："谢谢妹妹救命之恩！谢谢妹妹救命之恩！"

疏勒公主向忠还礼说："只要哥哥能重新做人，那你仍旧是我的哥哥，我仍旧是你的妹妹。"而后，她又问班超，"班元帅，您说，对于忠的800部属，您打算如何处置呢？"

班超说："一个不杀，一个不抓，愿留则留，不留的都回家。如有想回家的，统一都发给路费。"忠的部属们一听，全都兴奋不已、欢呼雀跃，一位部将带头高呼起来："我们都愿留，留在汉边联军，跟随班元帅立功！跟随疏勒公主立功！"他这一喊不要紧，那800忠的部属，全都这样高呼起来。班超一见，自然十分高兴，他趁热打铁地说："那么以后，你们就都归疏勒公主统领，由她来做你们的统领吧！"

忠的部属们都加大声音高呼："我们愿跟随疏勒公主，愿跟随班元帅，誓死相随，永不叛离！"

听这些部属们这样喊，疏勒公主的脸不由发红，她对班超说："班元帅，我哪能担当这样的大任呢？"

班超还未搭话，忠却抢上前来，他对众部属说："你们大家都听好了，以后，你们就跟着我妹妹疏勒公主干吧！我是浑蛋，她是仙女，我是非不分，她头脑清醒，我走的是独木桥，她走的是阳光道，我把你们领向了小道沟底，她却将你们领向康庄大道。你们跟着她，是一定会有光明前途的！"

众部属们一听，更加热烈欢呼起来："我们一定听从班元帅的指挥，服从疏勒公主的领导！"这样，自此以后，在汉边联军中，又增添了疏勒公主所统领的疏勒军这么一支劲旅。

这天，疏勒公主刚一进汉边联军军营帅帐，格尔巴扎便忙对班超说："班元帅，这一回来了疏勒公主，你可得兑现原来对我的承诺了。"

"什么承诺？"班超十分奇怪地问。

"当初，让我当汉边联军副元帅，那可真是赶着鸭子上架，是实在没有办法的办法。您曾经答应，说以后一旦有了副元帅的合适人选，就把我予以更换。现在，既然来了疏勒公主，她能文能武，又是王室成员，就让她赶快替换我吧！"格尔巴扎十分诚心地说。

"可她，毕竟只是一个十几岁的小姑娘啊！"班超说。

"秤砣虽小，能压千斤呢！"格尔巴扎说，"其实，最了解疏勒公主的，还是我们的黎弇都尉，当初，他是建议让疏勒公主当疏勒王，而不只是一个副元帅啊！她可是一位真正的巾帼英雄啊！"

"英雄不英雄,实践来证明。"班超说,"副元帅这个担子,还是你先挑着,再等一等，如果疏勒公主真是这块料，那让她替换你也行。"

"不，不！"格尔巴扎十分坚决地说，"深入桢中城探虚实，将计就计降小人忠，这不已经证明了嘛！说实在的，疏勒公主的才能，的确比我强十倍百倍，就让他做我们汉边联军的副元帅吧！"

那些汉边联军中疏勒的将士们一听，也都大声高呼："我们愿意听从疏勒公主的指挥，就让她做汉边联军的副元帅吧！"

班超见此，他不能违背众意，便说："既然大家都有此意，那就让疏勒公主代替格尔巴扎，做我们汉边联军的副元帅。"于是，自此以后，这位年轻美貌的疏勒公主，便成了汉边联军的第二号统领。

# 第三十八章　班超中镖　昏迷沉睡性命危

现在，就让我们的目光，还是先离开盘橐城，聚焦于疏勒城，来看看在这个城里，所发生的传奇故事吧！

让汉边联军移驻疏勒城，还是疏勒公主最早提议的。当时，疏勒公主对班超这样说："班元帅，还是让咱们的汉边联军，进驻疏勒城吧！盘橐城地处平地，无险可守，很容易被敌人攻破。但疏勒城不同于盘橐城，那城倚山而建，又有沟涧，地势十分险要，是一个易守难攻之城。您一直因汉军兵力太弱，主张以夷制夷，即以西域的亲汉国家，来反制西域的亲匈奴国家。您还主张，应当剑与犁并举，立足当地，扩大屯垦，自给自足。您还曾向大汉皇上建议，可以把在洛阳做质子的龟兹王子白霸礼送回来，扶持其为龟兹王。这如果落实了，姑墨、温宿等几个跟风小国，自然会倒向大汉，龟兹便会孤立无援，会不攻自破。那么，这些计划的实施，都需要我们移驻疏勒城。而那城虽名疏勒，但并非疏勒的城池，而归车师管辖，又紧邻龟兹国。辖一城而震慑疏勒、龟兹、车师三国，我们又怎么能不争取这么好的有利位置呢！"班超听了，觉得十分有理，便将汉边联军驻地，从盘橐城移驻于疏勒城。移驻疏勒城后，班超见此城位于天山北坡的丘陵地带，又有石城建在麻沟河西面的悬崖之上，故当地人称其为"石城子"。这石城傍临深涧，地势十分险要，它扼守着天山南北通道。疏勒城依山形而建，城虽然不很大，但是十分坚固，它东西长而南北宽，其北、西城墙，皆建在自然地形的梁上，只是东城墙显得略低一些罢了。那城中偏西南处，有一块圆形凹地，其面积不大，但利于取水，而该城东邻的悬崖石壁，其北面是陡坡，南面地形虽低但坡度较大，南端城墙有两块圆形巨石。旁边呢？

有一河谷，深约十余丈，地面露出岩石。整个疏勒城堡，居高临下，处处险关，的确是一军事要地。今有这么一个已经形成的"军事堡垒"，班超自然十分高兴。于是，在部队进驻疏勒城不久的一天晚上，他便安排了一次重要的军事会议，与将领们一起总结汉边联军的经验教训，确定新的作战计划。

帅帐外，郭恂借着夜幕的掩护，悄悄走近帅帐，注意窥听起来。可这阵，那帅帐里，将领们只是说说笑笑，并没有谈什么正经之事。郭恂他不甘心，还是想多待一会儿，听听开会会说些什么。于是，他有意无意地，又走近了帅帐几步……冷不防，有人悄悄上前，一把抓住郭恂的肩膀，使他怎么也动弹不得。"谁？"他十分惊恐地发问。

"我！"郭恂背后传来的，是扎克那粗犷憨厚的声音。原来，按照班超的安排，让扎克去通知疏勒公主，他俩可一起来参会。他俩虽晚来了一阵，却把前来刺探消息的郭恂逮了个正着。

"噢，我当是谁呢？原来是扎克，你吓我一大跳。"郭恂调整了一下情绪，假装轻松地说。

"我怎么能吓你一大跳呢？"扎克说，"反倒是，你吓了我一大跳，你怎么这么鬼鬼祟祟呢？"

"我鬼鬼祟祟，你才鬼鬼祟祟呢！"郭恂很不高兴地说，"你冷不丁的，就跟个鬼似的，吓了我一大跳。"

郭恂很不高兴，扎克更不高兴，他冷冷地说："你刚说，谁跟个鬼似的，你才跟个鬼似的，偷偷摸摸、蹑手蹑脚，不像鬼像什么？"

"你才像个鬼呢！"郭恂说，"冷不丁的，把人的肩膀一抓，我不当是鬼是什么？"

"我才不是鬼呢！"扎克话中有话地说，"我呢？做人做事堂堂正正、明明白白，我是来开会的。不像有些人，自己心里有鬼，便装起鬼来，反倒自己吓着了自己。那么，我且问你，你来干什么？"因为扎克虽不是汉人，他也听闻得郭恂的一些怪事，故对他就不那么尊重。

"开会啊！"郭恂煞有介事地说，"班元帅亲自通知我的，让我来开会。"

"既有班元帅的通知，那就一起去开会吧！"这时，扎克身后的疏勒公主接上话来。

郭恂正欲同扎克搭话，冷不防又有人在问他话："我通知你了吗？"郭恂的身后，传来的正是班超的声音，那声音说，"我记得，几个月前，我就告诉你了，以后凡军事会议，你作为文职人员，就不要参加了。而后来的军事会议，你的确都没有参加嘛！这次呢？我专门告诉你的，召开的是军事会议，你就不必参加了。"

"噢，我当时没听清，没听清。"郭恂既是在作狡辩，更多的是在掩饰，"你们看，连疏勒公主都来开会，我现在怎么连个小姑娘都不如了？"

"人家哪是什么小姑娘？疏勒公主，她现在已是汉边联军的副元帅，我专门去通知请她来参加军事会议。"因扎克见郭恂的矛头指向了疏勒公主，便急忙替疏勒公主辩护起来。

"那，你既然来了，就请进帅帐一起去开会吧！"班超见郭恂下不了台，就设法进行解围。

"不必了，不必了！"郭恂说，"我既然知道了召开的是军事会议，我参加干什么？好吧，我回去了。"他虽然有些尴尬，但是却强作镇静，转身往自己的住处走去。

"路上当心，小心有鬼！"扎克呢？又给郭恂撂了这么一句。郭恂本想计较，可又不便计较，却也只好忍了。暗暗地，他多少有点感谢班超，总归给自己找了一个台阶，否则自己确实不好收场。于是，他有意无意地，对班超说了这么一句："班元帅，你要多加小心啊！"说这话时，他有着一种怪怪的腔调，究其实，郭恂因为有他那样一种特殊的身份，他从阿巴冬那里，多少听闻了一些北匈奴单于庭和军师哈密图，欲派刺客前来刺杀班超的消息。

……

开完军事会议，班超本想入睡，但躺下来后，他却怎么也睡不着，身子反过来翻过去，也还是睡不着。于是，他索性爬了起来，起床披衣，来到帅帐外面，自己散起步来。

正在这时，远处天边，响起一声闷雷，又是一道闪电，刺眼地亮了起来。第一声闷雷之后，又响起第二声、第三声……

第一道电闪之后，又闪起第二道、第三道……

"看样子，这天怕是要变了……"班超因觉有一阵凉意，便一边进帐，一边这样喃喃地说。进帐之际，他的心里，又突然响起郭恂方才的话："班元帅，你要多加小心啊！"那么，郭恂这么说，他是叫我小心什么呢？想到这，他便从门口的墙壁上，取下那把悬挂的七星剑，把它搁在了床头，好预防万一。然后，他才准备上床。正在这时，他猛见窗外有黑影一闪，便欲推门仗剑而出，看看外面究竟是什么人。但就在这时，却有一支飞镖破窗而入，不偏不倚，正击中班超的左肩……他"啊"了一声，便一头倒在床上……在帅帐外巡查的倔娃闻迅，便大声喊叫了起来："快，来人呀！有刺客！有刺客！"秦龙、申豹和田鼠三人，便各带一支队伍，分头去追击刺客。

很快，师全、铁蛋、倔娃、格尔巴扎和扎克等人，便围了班超一圈，都有些不知所措，只闻得各种各样的"怎么办"。"怎么办？还能怎么办？只有找郎中。"说这话者不是别人，正是疏勒公主。她刚一说罢，便转身而出，骑一快马，前去寻找当地的郎中。原来，就在疏勒城里，有一位医术高明的老郎中，他曾经给成大王看过病，一剂药便除了病根。成大王十分高兴，拿出重金酬谢，疏勒公主对此印象十分深刻。疏勒公主想要寻找的就是这位老郎中。

眼见班超此时仍昏迷不醒，众人都为之揪心。正在这时，疏勒公主急急返回，她领来了疏勒城里那位十分有名的老郎中。申豹一见，急忙对老郎中说："快，快啊！快给我们班元帅看病。"

众人也都你一言我一语："快，快给我们班元帅看病，我们不能没有班元帅啊！"

老郎中轻轻点了点头，便急急放下药箱，仔细查看班超的伤情。检查班超的伤口后，老郎中十分吃惊地说："啊！班元帅所中的，是一支毒性极大的药镖，必须及时治疗。若过了三日，他性命难保啊！"

一听班超中了毒镖，别人还没反应过来，疏勒公主却早已用剑划破班超受伤处的衣裳，再撕裂开来，将嘴对准班超左肩处的伤口，不住地吸起了那有毒的黑血，吸出后吐在一小盆之内，吸了便吐，吐了又吸，吸了又吐……老郎中一见，连连惊呼："公主，公主！这危险，危险啦！"

疏勒公主一边吸血吐血，一边说："不要紧，不要紧！"直到把班超中镖的伤口的黑血全部吸完吐尽，疏勒公主反复漱口以后，她才说："我以口吸血是有危险，但班元帅更是危险。现在，抢救班元帅的生命，比什么都重要！我呢？只要不把这毒血咽下去，就没事。"

扎克这时拉着哭腔，乞求老郎中说："那就请您赶快，赶快给我们班元帅治疗吧！"

老郎中十分为难地说："可治疗这种毒镖伤，需要'九大仙草'中的三大仙草，这才能治啊！"

倔娃听得不耐烦地说："你倒是说清楚，什么九大仙草？什么三大仙草？它们都是些什么东西？我们也好找啊！"

老郎中说："石斛、雪莲花、人参、何首乌、茯苓、苁蓉、灵芝、珍珠、冬虫夏草被称为中华九大仙草，其中的雪莲花、何首乌和珍珠，治疗班元帅的镖伤必不可少。"

扎克一听即说："这三味药，药店里有，我去买。"

"没那么简单。"老郎中说，"我们这里需要的雪莲花，可是千年天山雪莲，它能活血通络、散寒除湿、滋阴壮阳。主治风湿性关节炎、结核气喘、小腹冷痛、筋骨损伤、肺寒咳嗽、麻疹不透等，甚至能起死回生；何首乌呢？必须是百二十年何首乌，一般的不行，非百二十年不可。它呢？能补益肝肾，益精血，壮筋骨，解毒消痈，润肠通便，主治瘰伤疮痈、风疹瘙痒、肠燥便秘、血虚萎黄、肢体麻木等；珍珠呢？一般的可不行，必须是海底珍珠，它能镇心安神，养阴熄风，清热坠痰，去翳明目，解毒生肌，主治惊悸、怔仲、癫痫、惊风搐溺、烦热口疳、目生翳障、疮疡久不收口等。"

疏勒公主听得，急忙说："不要紧，这三大仙草，别处没有，但我们疏勒王宫里有，我去取吧！可是，我们疏勒王宫只有百二十年何首乌和海底珍珠。天山雪莲也有，但是时间最长的也只有百年天山雪莲，却没有千年天山雪莲啊！"

"百年天山雪莲也有用，它虽不能治好班元帅的毒镖伤，却可以短期能保住他的生命延缓病情。"老郎中说，"要根除镖伤之毒，必须有千年天山雪莲。"

"那，这可怎么办呢？"倔娃最先发急，他冲着格尔巴扎和扎克说："你们守着天山，却怎么还缺少天山雪莲呢？"

格尔巴扎说："我们并不缺天山雪莲，但缺千年天山雪莲啊！你想想，让它生长上千年，容易吗？"

这时，带兵前去抓刺客的秦龙、申豹和田鼠均无功而返，因那刺客本领极高，他飞檐走壁，行动特快，一见秦龙他们带人追赶，他便迅速抽身，急急而逃。因此，他们并没有抓住刺客。

"那，怎么办呢？"铁蛋也急了。师全、格尔巴扎和刚刚回来的秦龙、申豹和田鼠，全都急得团团转。

"这样吧！"老郎中这时发话了，他说，"公主可以速去疏勒王城，取来百二十年何首乌、海底珍珠和百年天山雪莲，以此来配药，先延缓班元帅的病情。至于千年天山雪莲，我倒知道什么地方有，就看你们能不能采来？"

"千年天山雪莲无论在什么地方，我们一定要把它采来。"格尔巴扎首先表态。

"我们一定能把它采来！"师全、铁蛋、倔娃、格尔巴扎、秦龙和田鼠，都争先恐后进行表态，"老郎中，您快说，快说它在什么地方！"

"在什么地方？"老郎中说，"它在匈奴占领的北野沟冲天峰鬼见愁半崖上。就在那个地方，有一朵千年天山雪莲，人们都视它为神品，而匈奴单于更把它作为自己的专用品，长年派兵守护，任何人不准采摘，独有单于可以享用。那年，优留单于突患重病，就派人逼我去北野沟冲天峰鬼见愁崖采摘这千年天山雪莲，并且要我亲自去采，因为其他人纵使见了雪莲花，也分不清哪棵是千年天山雪莲，哪棵是几年几十年的天山雪莲，只有我这样的老郎中才能分清。于是，优留单于派了自己的两个亲信匈奴兵，看押着我去了北野沟冲天峰鬼见愁半崖边。我经过多方打听，倒是知道那千年天山雪莲的确长在北野沟鬼见愁半崖上，我采或不采，都有性命之忧，如采，我人容易掉下悬崖，会有生命危险；不采呢？又会被优留单于杀掉；可纵然我采到了千年天山雪莲，也治好了优留单于的病，但心胸狭窄的优留单于，仍然难放我一条生路……怎么办呢？我便让那两个看押我的匈奴兵，将我用长长的绳子，从冲天峰顶一直吊下鬼见愁悬崖，但我却未采那千年天山雪莲，而是找机会逃跑了，这才保下一条命来。"老郎中说。

"对，对！那北野沟鬼见愁半崖上，是有千年雪莲的，我也听说过。就让我去吧，我一定会把它采下，带回来给班元帅医伤。"扎克信心满满地说，"您快告诉我具体的地方吧！"

于是，老郎中便给扎克画了张北野沟冲天峰鬼见愁半崖地形图，还标明了鬼见愁半崖千年天山雪莲的具体位置。在交付给扎克北野沟冲天峰鬼见愁半崖地形图后，老郎中有点不放心地对扎克说："恐怕只你一个人去，不行吧？"

"我去！"

"我去！"

……

一听老郎中这话，秦龙、申豹、田鼠、师全、倔娃和格尔巴扎，都争着抢着要跟扎克去北野沟采天山雪莲。疏勒公主却摆摆手说："你们都去采千年天山雪莲，那军中的事怎么办？眼下，班元帅身中毒镖，汉边联军需人统领，我们仍要防敌御敌，你们该多操这方面的心才是。我呢？即去疏勒王宫取药。扎克呢？仍去北野沟冲天峰鬼见愁半崖采千年天山雪莲。但是，他只带一两个帮手即可，人不能多，多了没用。因为，北野沟是匈奴军重点守护的地方，去那里人多了，不但易暴露目标，对采药一事也大不利啊！"

听疏勒公主这样说，大家便不再争吵了，田鼠却抢上前来，蹦蹦跳跳地说："我看，只有我跟扎克去北野沟最合适。你们没听老郎中说，那千年天山雪莲，长在北野沟鬼见愁半崖上，采摘时自然要翻山越岭，攀壁爬崖。可干这种事，谁又能比我田鼠更合适呢？所以，我看这事大家都别争了，还是让我和扎克去吧！"

"不用了。"扎克说，"你去好是好，但你不是西域人，又不懂西域话。去后，如匈奴兵一盘问，就一下子露馅了，还是我一个人去吧！而且，多年前，我曾随阿爸去北野沟打猎，阿爸在那里收了一个名叫阿勒的干儿子，他和妻子都是采药人。我们感情极深，关系挺好，他一定能给我帮上忙的。"

"可以。"疏勒公主说，"那就这样办，田参军就不去了，军中的事，就有劳诸位参军多操心，我这就回王宫去取药，扎克去北野沟冲天峰鬼见愁半崖采摘千年天山雪莲。咱们立即分头行动，一不能耽误军务，二不能影响对班元帅的抢救。你们看，这样办行不行？"

"行！"申豹第一个表态。

"行！"大家都一致表示同意。

于是，他们便各个去干自己应该干的事情。扎克临走时，老郎中又专门对他交代说："北野沟冲天峰那里，还有一种比较名贵的雪苋刺，你可以采摘一些，这种药，不仅治疗班元帅的镖伤能用，军中疗伤也有大用，别忘了采摘些。"

"好的。"扎克答应一声，便匆匆收拾了一下东西，就骑快马出发了。疏勒公主呢？她自然也动身了。

# 第三十九章　鬼见愁崖　扎克飞身采雪莲

　　这是西域北境的一处荒漠，三伏炎夏，骄阳似火，一身匈奴装扮的扎克，正飞马狂奔，行进在去北野沟的半路上。眼见得，他的嘴唇干裂，汗珠滚滚，显示了他一路所受的劳顿和艰辛。

　　虽然，从疏勒城动身的时候，扎克是骑马而来的。可到了北野沟附近，这里大道多有匈奴兵的关卡，小路又全是高山峻岭，羊肠小道，他为了安全，要多些攀爬，那马自然是用不上了。于是，他便把马寄留于一家客栈，自己单人独行，昼夜赶路，方到了这个地方，这个有着崇山峻岭、悬崖峭壁的地方。这是一个月夜，在朦胧的月光下，扎克正十分吃力地在山路上攀爬着、攀爬着……最要命的，这里的危险，并不只来自山路的险峻、野兽的侵扰，还有来自匈奴兵的盘查和弯刀。走得一阵，扎克便俯下身来，向山下进行观望：山脚下，匈奴军营帐座座，互相连接，营寨周围，手持灯笼火把的匈奴军哨兵，三三两两正在走动……他正在俯瞰山下之际，猛不防，从山顶上的驻军哨帐里，来了几个挑着灯笼的匈奴巡逻兵，他们渐渐逼近扎克，莫不是他们已经看见了什么，或者听见了什么动静。扎克一看不好，便十分逼真地学了几声猫头鹰的叫声，再向旁边的草丛中扔了一粒小石子，惊动了几只飞鸟，并十分机警地把自己的行包隐藏于草丛之中，再用手紧握着匕首，隐藏在一棵大树的背后。那几个匈奴巡逻兵，好像确实听到了什么动静，便挑着灯笼，冲着大树走了过来。好在，巡逻兵们在明处，扎克他在暗处，一见巡逻兵过来，扎克便急急躲于另一棵大树之后。那几个巡逻兵，绕扎克方才所躲的大树转了一圈，没有发现什么人，只好回山上哨帐而去。待这些巡逻兵走后，扎克才从大树背后钻出，去那片草丛中取出行包，往肩上一甩背了起来，顺着山间小路，直向北野沟而去。

这里是北野沟，是北野沟半山上悬崖下一块小小的空地，在这块小小的空地上，先见一顶破烂矮小的帐篷，那里面射出微弱的灯光。此时，经过长途跋涉的扎克虽然疲惫不堪，但他还是背着行包，跌跌撞撞、晃晃荡荡地来到这个帐篷跟前，他四下里观望了一番，见没有什么危险，便扒在窗前低声呼唤："阿勒兄弟！阿勒兄弟！"

帐内有女人在应声："谁呀？"

扎克说："是我呀，我是扎克！阿勒兄弟呢？"

"你真的是扎克哥？"帐篷里女人的声音又问。

"是啊！我不是扎克，还能是谁呢？"扎克赶忙答话。

一阵，帐门开了，一位挑灯的女人出现了，她正是阿勒的妻子。扎克急忙迎了上去，阿勒妻问："扎克哥，你这是从哪里来的？"

扎克说："一言难尽，一言难尽。"

阿勒妻说："那，进帐说吧！"她领着扎克，进了自家的帐篷。这帐篷，还连接着一个崖洞，崖洞外套着帐篷，这就是阿勒家的住处。

帐篷内，灯光下，阿勒妻见扎克两眼通红，嘴唇干裂，面额上有好几处伤疤，褂袖裤角也扯裂了好几处，便惊问："扎克哥，你怎么成了这般模样？"

扎克苦笑着说："我是从远方来的，路上不小心，滑了几跤，撞来碰去的，就成了这般模样。"

阿勒妻说："那先把伤口包扎包扎，别发炎了怎么的。"

"也行，你找点药来。"扎克说。

阿勒夫妇都是采药人，多少有点医药知识，家里自然备有跌打损伤类药。一会儿，阿勒妻便取来些外伤用药，帮着扎克敷好并包扎了一下。扎克一边配合阿勒妻包扎自己的的伤口一边问："阿勒兄弟，怎么不见他人呢？"

阿勒妻唉声叹气地说："唉！别提啦，他被匈奴军拉去当兵，已三年多了。"于是，她便讲起阿勒被抓当兵的经过：

三年前的一天中午，一队匈奴兵冲进了北野沟，他们此来，主要是抓男丁，让他们从军当兵。当时，在北野沟一个个破破烂烂的帐篷和崖洞里，妇女儿童们哭声一片，令人撕心裂肺。一个个男性青壮年，都被匈奴兵用刀枪逼着押出了帐篷，他们都挣挣扎扎，但是却无济于事。妻儿老小都来阻拦，有的男性还激烈反抗，结果，匈奴兵被激怒了，便点燃了一个个帐篷……山民们一见，只好去抢救家里比较有价值的东西。借此机会，匈奴兵便把那些抓来的男性，全都绑了起来，拴在马后拖走了。阿勒呢？便是其中的一位。

扎克听着阿勒妻的话，直气得胸脯一起一伏的，半天说不出话来。半晌，他才愤愤不平地说："这些该死的东西，可把你们害苦了，他们一定会遭报应的！"

阿勒妻又问扎克说："可我听说，汉司马班超统领的汉边联军更坏，他们抓西域人当兵时，谁若不从，就会把他们房子帐篷烧光、东西抢尽、全家人活埋，这更狠啊！还听说，你也因为抓丁时反抗，被他们活埋了，可咋又复活了呢？"

班氏演义

"哪有的事啊！"扎克微微笑了笑说，"这全都是胡编乱造的事。那汉司马班超，实际是救苦救难的活菩萨，怎么能活埋人呢？他呀！对待我们西域人，就像亲兄弟一样。正因为他一心要帮我们赶走匈奴兵，让我们过上好日子，我们西域人，这才自愿参加汉边联军，没一个是绑架去的。班超呢？已被推选为我们汉边联军的大元帅。我也自愿投军了，还当上了小官。你看看，我身体可比前几年好多了。"他一边说，一边伸出胳膊腿让阿勒妻看。

阿勒妻瞧了瞧说："是的，你是更壮实了，如不因远道赶路，身上受伤，会更精神的。"

扎克接着说："那些匈奴人所散布的消息，和事实恰恰相反，那班超元帅，的确是我们西域人的救命恩人。他经常讲，西域中原一家人，匈奴是我们共同的敌人。他时时把西域人的苦难和幸福放在心上，今见西域人受苦受难，他急得吃不下饭，睡不着觉。甚至于汉朝廷连下了几道圣旨，都没把他召回去，他这可是犯的满门抄斩以致株连九族之罪啊！"他还给阿勒妻讲了许多班超关心爱护西域人民的故事。

阿勒妻大睁两眼静静地听着，仿佛像佛教信徒在认真听佛祖大慈大悲的传奇故事一般。她虽然从未见过班超。但听扎克一讲，已有了十分深刻的印象，便双手合十祝愿说："但愿班元帅这样的好人，能够平安长寿。"

"还平安呢？还长寿呢？"听得阿勒妻此话，扎克长叹了一口气说，"眼下这一关，他都难挺过去。因为班元帅被匈奴贼寇毒镖所伤，中毒很深，命在旦夕，我大老远来这里，就是想采药给他疗伤呢！"

阿勒妻说："对，像班元帅这样的好人，应该帮！可是，现在这北野沟，匈奴兵看管得很紧，药不好采呀！"

扎克十分坚决地说："他们看管得再紧，这药我也要采，哪怕是豁上命去！"

"那么，你想采什么药？"阿勒妻问。

"千年天山雪莲！"扎克说，"我原想让阿勒兄弟帮忙，可惜他现在人不在。也只有这千年天山雪莲，才能救班元帅的命啊！还有雪茺刺，也需要。"

阿勒妻听罢一惊，说："那千年天山雪莲，在鬼见愁半崖上，采会有生命危险呢！而且，它是匈奴单于的专用药，看管得更严。"

"可是，我一定要为班元帅采得这千年天山雪莲。"扎克说，"为了班元帅，即使丢了我这条命，也值！"

"那，我也一样，我帮你。"阿勒妻说，"你阿勒兄弟虽然不在，可是我在呀！我也愿豁出命来，帮你采千年天山雪莲。"

……

次日清早，扎克和阿勒妻背着药篓，扎克那偌大的药篓内放有一盘大绳，两人直往冲天峰鬼见愁崖方向而去。他们沿着陡峭的山崖，爬到了冲天峰峰顶。沿冲天峰峰顶那刀切般的悬崖直下，下到半崖处即鬼见愁崖。此崖，为什么叫鬼见愁呢？因崖高万仞，形似刀切，鸟飞艰难，兽走无路，故而鬼见了都会发愁。可人呢？人要去那里就更发愁，人必须先爬上峰顶，再从峰顶抛绳而下，顺绳一点点溜下，才能到半崖处那千年天山雪莲生长的地方……所以说，采千年天山雪莲不易，得这一宝贵药物艰难，并非只是虚说。但是，扎克他是何等样人，又下了怎样的一种决心，对于千年天山雪莲，他一定是要志在必得了。所以，一到冲天峰峰顶，他在临崖边处，

·457·

找见一棵坚固的松树，将大绳的一头留了些余头再绑于树上，又将另一绳头绑上一块小石，再顺崖抛下，直抵鬼见愁半崖……而后，他对阿勒妻说："我这就下崖，去采摘千年天山雪莲。你注意几点，我一直顺绳往下溜时，绳子自然紧绷绷的，你千万不要动绳子，尤其不能解绳头，那样我会有危险；而我下到某处，有一个地方站立时，绳子便会松松的，这时方可动绳；我若因绳子长度不够，需要放下另一端的余头时，便会不住地晃动绳子，你便可以解开绳头，把另一头多余的绳子放下，再重新将绳头绑好，不住地晃动绳子，我便已知会；我在下边采取激烈行动时，或是左右跳动攀壁爬崖，或是紧拽绳子上上下下，那绳子依然紧绷绷的，这时千万不能动绳子，不能解绳头，还要防止绳子被松鼠或其他动物咬断什么的……"

阿勒妻问："你为什么只用晃动绳子来表示自己的意思，互相呼喊还不行吗？"

"那还不如这样喊，匈奴军，我们来采药了，你们快来逮我们吧！"扎克说。

"噢，你看看我这脑子，这山上山下，都有匈奴守兵守护，我怎么能忘呢？"阿勒妻说。

扎克又说："再说，人往下下得太深了，上头下边人对话，也听不清啊！"

一切准备停当，扎克便用手抓住大绳，顺绳下溜，一点一点，小心翼翼地，一直下到了鬼见愁半崖处，找个能立足的地方站了起来。可是，这里却没什么雪莲花，更不要说是千年天山雪莲了。他再四处探望，终于看见自己左边不远处，有一处凹进的崖面，在那里，隐隐约约，似有一朵雪莲花。他暗想：那朵花，会不会就是千年天山雪莲？很可能是。因为，这里即为北野沟，这里即为冲天峰，这里即为鬼见愁崖，这里正是众口一词的千年天山雪莲生长的地方。除了自己所看见有可能是雪莲花的地方外，别的地方都没有雪莲花啊！可是，要到那雪莲花的地方，毕竟还有一段距离，到那个地方去，连猴子都无法到达，更不要说人了。也许，这也正是它能千年保存而没有被采摘的原因，它很可能会是千年天山雪莲。假使它是千年天山雪莲，可自己如何采摘呢？怎么到达那地方呢？于是，他再歇定站稳，解下身上的绑绳，便不住地晃动起来。阿勒妻一见，自然知道是什么意思，她便解开绑在松树上的绳头，把另一头多余的绳子放了下来。然后，她再将绳子牢牢绑好。扎克呢？他先把上面的绳子拽了拽，见已紧绷绷的，就知道阿勒妻已把绳子另一头绑好了，他便自己绑好身子，再飞身跃下，直朝着左边方向，再用双脚猛力一蹬，身子便往左边飘飞而去……他此举的意思，是想一直飘飞到左边的凹崖处，采摘那千年天山雪莲。但是，那处地方，看来很近，想抵达却变远了，他试了几次，仍然无法抵达。于是，他就这样，连续找了几个落脚点，不住地蹬崖飞荡，才终于到了那凹崖处。他手抓一块崖石，继续攀爬登上了凹崖，这才有了喘口气的机会。这时，他定睛再看那方才所见隐隐约约的雪莲，看得十分清晰、特别逼真，它分明正是那朵西域的圣品神物——千年天山雪莲。这朵雪莲花特大特大，它有着雪白雪白的花瓣，紫红紫红的花冠，黄绿黄绿的花托……再往下，那杆那茎，也全都是黄绿色的。扎克本来早已身心疲惫，困乏无力，可一看到这朵千年天山雪莲，他立时来了精神，有了劲头。他生怕这千年天山雪莲会跑似的，便使自己身带的利刃，把它连杆带茎割了下来，小心轻放在自己身背的药篓之中，这才放下心来。就在这个地方，就在这千年天山雪莲生长的凹崖处，他美美歇得一阵，这才把身上的绳子绑好，把装千年天山雪莲的药篓背好，便又身子腾空，双脚蹬崖，重新荡飞到自己方才从冲天峰顶落下的地方。在那里稍歇一阵，体力恢复后，便顺着那根大绳，一节节地爬了上去。爬得累时，他便找能歇的地方歇一歇，再继续往上爬去……最后，他终于攀上了冲天峰顶，抵达他必须抵达的地方。这时，他已浑身乏力、精疲力尽，还是在阿勒妻死命的拖拽之下，才把他拉了上来。

"那千年天山雪莲，采到了吗？"刚刚坐定以后，阿勒妻便十分焦急地问。

"采到了，那不是。"扎克用手指了指药篓。

阿勒妻往药篓里仔细一看，看见了那偌大偌大、鲜嫩鲜嫩的千年天山雪莲，激动得眼里涌出了泪花，她说："这雪莲花，可是你用命换来的啊！"

扎克说："可这也离不开你的帮助。我一个人，无论如何是采摘不到它的。"

"这一下，班元帅可有救了。"阿勒妻说。

"也是老天爷开眼了。"扎克说，"有了这千年天山雪莲，我们班元帅真有救了，西域民众都有救了。"

突然，阿勒妻看见前面不远处，有一片雪苋刺，便说："你不还要雪苋刺吗，那里有，我去采。"

"好，你去采吧！"扎克说，"你采些雪苋刺，咱们把这千年天山雪莲遮住，以防被匈奴兵发现。我呢？得把这大绳解下，扔到沟里。因为，一旦被匈奴兵发现大绳，便会暴露我们的行踪。于是，他便去崖边松树前，解那大绳去了。"

这一边，在崖边松树前，扎克正解着大绳；那一边，在一块巨石跟前，阿勒妻正采着雪苋刺。阿勒妻用采得的雪苋刺，把药篓里的千年天山雪莲，严严实实地遮盖了起来。因为，她想到，扎克丢掉大绳之后，还能腾出一个药篓，便能装雪苋刺了，就计划再多采些雪苋刺。好在，这块巨石旁，有不少雪苋刺，她便又采集起来，离扎克也愈来愈远。可是，她未曾料到，有两个匈奴兵，跟一对鬼似的，正蹑手蹑脚，向阿勒妻身边而来。原来，这是前来巡查的两个匈奴兵，他们已发现正在采药的阿勒妻，阿勒妻却浑然不知。直到匈奴兵到了跟前，阿勒妻听见了身后的响动，便急忙站起身来。她一转身，看见来了匈奴兵，便背起药篓准备逃跑。可是，两个匈奴兵却一前一后，拦住她的去路，一个青年匈奴兵先高声厉喝："是谁让你来这里采药的？"

阿勒妻不慌不忙，赔着笑脸说："军爷，孩子砍柴伤了腿，采一点药给治治。"

"采一点，这是一点吗？"壮年匈奴兵指着那满药篓的雪苋刺，说，"我看，我们若不来，你还会采，采那么多干啥？再说，这是雪苋刺，是禁采药，你怎么敢来采它，为什么采这么多呢？"

阿勒妻显得可怜巴巴地说："不瞒军爷，家里太穷，没钱买药，只得来这里采。顺便多采些，卖几个小钱，好补贴家用啊！"

青年匈奴兵并不客气，他冲上前来，直抢阿勒妻的药篓，边抢边说："快，把药篓给我，得交给我们的头儿。"可这个药篓，它哪里只是个普通的药篓，而是扎克和阿勒妻的命啊！同时，它也牵扯到班元帅的命啊！因为这药篓里，岂止有雪苋刺，还有珍贵无比的千年天山雪莲呢！这时，只见阿勒妻背着药篓，仍在退缩，一个劲地向后退缩。青年匈奴兵上前抓住药篓，同阿勒妻进行争夺，阿勒妻宁死也不放手。壮年匈奴兵见状，便挥起手中的刀，冲着阿勒妻吼道："放手，快放手，不然，我就砍死你！"他们其所以非要抢夺药篓，是因为抓住采药人也要有"罪证"，凭此才可以领到奖赏。

阿勒妻她一人，怎能抢夺过两个匈奴兵，但是她急中生智，猛然大声呼喊起来："孩子他爹，快来呀，有人抢药了！"她这样喊的目的，一是为了吓唬匈奴兵；二是为了给扎克打招呼，让他好有提防，做些准备。听她这一喊，两个匈奴兵先是一惊，手便松开了药篓。可他们四下里一瞅，见没有一个人影，壮年匈奴兵便说："这个臭娘们，她还糊弄咱们，这连个鬼都没有，哪有她男人呢？我真想宰了她！"说话间，他竟举起了刀。

青年匈奴兵忙拦住他说："别宰，别宰！这个女人，长得还可以，要么奖金归你，这女人给我做老婆。"

"你呀！还挺会算账，给你就给你。"壮年匈奴兵这才收起刀来。

……

这在这时，扎克突然出现了。原来，扎克从松树上解下大绳，把它丢入深涧之后，便来找阿勒妻。他听见了不远处一块巨石背后，传来阿勒妻的呼喊之声，就知道是她遇上了匈奴兵。于是，他便持利刃飞步快进，跑近了这块巨石。而后，他绕着巨石摸近，寻找阿勒妻……冷不丁地，扎克出现在阿勒妻和两个匈奴兵面前。阿勒妻自然高兴，两个匈奴兵却个个吃惊。于是，他俩便双双挥着弯刀，同扎克搏斗起来。好个扎克，只见他且战且退，把两个匈奴兵引到悬崖边上。他再瞅个机会，先飞起一脚，将举弯刀发横的壮年匈奴兵踢下万丈深渊，再飞起一脚，踢飞了青年匈奴手中的砍刀，以自己手中的利刃，割断了青年匈奴兵的喉管，把他也扔下了悬崖……

眼见只在片刻之间，扎克便收拾了两个匈奴兵，阿勒妻不由大喜，她惊呼："扎克哥，你咋还会功夫？"

扎克十分自豪地说："这几年，我一直在青龙寺学武练功呢！特别是自加入了汉边联军以后，跟着班元帅，我还能不学点武艺和本事吗？"

"怨不得你现在这么厉害！"阿勒妻说，"这两个匈奴兵都让你收拾了。"

"我不是吹，别说是两个，就来他十个八个匈奴兵，我也能收拾得了。"扎克十分自豪地说。

这时，他们二人的心里，都充满胜利的喜悦。

# 第四十章　公主飞马　王宫取药救班超

　　这时，在疏勒城班元帅的寝室，班超正昏迷不醒地躺在床上，他四肢不断抽搐着，病情一时比一时严重。申豹、秦龙、田鼠、师全、铁蛋、倔娃和格尔巴扎他们，都不时从帅帐里出出进进，活动在帅帐和班超寝室之间，既像是无头的苍蝇，更像是热锅上的蚂蚁，他们全都心急火燎，但却一无主意，不知所措。

　　申豹性子本来就急，更是来回踱步，他不时擦着额头上的汗珠，把那衣袖都擦得湿漉漉的，也许因肝火太旺，烧得他有些忍受不住，索性解开纽扣，脱掉上衣，往椅子上一扔说："怎么办？怎么办？老郎中啊，你说，我们到底怎么办？"

　　老郎中望望窗外说："今日，已经是第三天了。可是，疏勒公主和扎克怎么还不回来？再过几个时辰，如他们还不把药送来，那班元帅可就……"

　　正说话间，有人前来报告："疏勒公主回来了！疏勒公主回来了！"

　　这一大好消息，迅速在整个帅帐传开，在整个军营传开，在整个疏勒城传开：

　　"疏勒公主回来了！疏勒公主回来了！"

　　"班元帅有救了！班元帅有救了！"

　　……

　　眼见，一匹白马，飞驰而来；飞奔入城，飞奔帅帐，飞奔班超寝室；马上之人，白人白马，白衣白甲，银装素裹；她宛如一位白衣天使，又宛如一朵美丽的雪莲花……她不是别人，正是疏勒公主。一到班超寝室跟前，疏勒公主正欲飞身下马，但却从马上跌落下来，亏得申豹眼疾手快，在疏勒公主从马上跌落之时，他立即伸出手臂，把她稳稳接住，使她未受任何损伤……原来，这疏勒城距盘橐城少说也有五百里地的距离，往返已逾千里。疏勒公主呢？她为了给班超取药，这三天之内，一直马不停蹄，人不离鞍，飞马狂奔，水米未进。今眼见疏勒城已到，帅帐已到，班超寝室已到，她既有惊喜也有松懈，既有疲劳也有饥渴，故而便从马上跌落了下来。可这时，疏勒公主不顾自己浑身疼痛，饥渴劳累，她只是急呼："快，快！叫老郎中，叫老郎中！"

老郎中闻声赶到，说："公主，请您吩咐。"

疏勒公主指指马背上的褡裢，十分着急地说："快，快！药，药！"

老郎中忙取下马背上的褡裢，见何首乌、珍珠、雪莲花三样药均有，便问："这何首乌，是百二十年的吗？"

"是的。"疏勒公主说。

"那么，这珍珠，是海底珍珠吗？"老郎中又问。

"是的。"疏勒公主又说。

"可这雪莲花呢？"老郎中继续问。

"它是百年天山雪莲，是百年天山雪莲。"疏勒公主说。

"也好，也好！只要有了这三种药，至少可以延缓班元帅的生命。但要救其命，还必须是要等扎克采回的那千年天山雪莲呢！"老郎中说。

"能延缓就延缓，你先救班元帅的命吧！等扎克采回千年天山雪莲再说。"疏勒公主一副心急火燎的样子。

"好，救命要紧，救命要紧！请您先救班元帅的命吧！"当时，申豹领头，众人围了一堆，都在乞求老郎中。

老郎中便从褡裢之中，取出那百二十年何首乌、海底珍珠和百年天山雪莲，他将大部分药安排让人用药锅煎熬，小部分则制成糊状药，将用于伤口外敷。老郎中将外敷药制好后，疏勒公主已草草洗了一下，她喝了些水，吃了些东西，就急急要过老郎中手中的外敷药，敷起班超的镖伤来。一会儿，那煎熬的药也熬好了，申豹、秦龙、田鼠他们，都抢着要给班超服用，可他们还待动手，那药已洒了不少。疏勒公主一把抢过药碗，对他们说："你们都笨手笨脚的，能给班元帅喂药吗？都一边去吧！"她这时的神情和口气，

班氏演义

464

分明像一位大人在训斥小孩。

申豹他们全都面面相觑，有的还吐了吐舌头，都不好意思地笑了笑，全退一边去了。他们眼看着的，是那疏勒公主，先坐于班超的床头，她用自己的玉手，轻轻将班超的头扶了起来，搁于自己的左臂之上。再一勺勺一口口的，将熬好的汤药吹得一吹，再轻轻给班超喂下……那情那景，正似一位美丽善良而又孝心满满的女儿，在伺候自己重病在身的父亲一般……大家，全都看得落泪了。有人说："再孝顺的女儿，也不会像疏勒公主这样伺候班元帅啊！"又有人说："再忠诚的徒弟，也不会像疏勒公主这样，在伺候班超师父啊！"

……

眼见，在用"三味仙草"配制的神奇药物的作用下，在疏勒公主的精心伺候下，那班超元帅，他竟然醒了过来。

"班元帅醒了！班元帅醒了！"班超身边的人都不由欢呼起来。

"班元帅醒了！班元帅醒了！"整个疏勒城里的汉边联军，都不由得欢呼起来。

"静！静！"老郎中急忙招呼大家。

"静！静！"疏勒公主也这样招呼大家。这时，她的怀里，仍然躺着班超；她的手里，仍然拿着药勺。

刚刚苏醒过来的班超，一见自己正躺在疏勒公主的怀里，他不由一怔，脸上也不由一红，惊道："这是怎么回事？"便急欲从疏勒公主的怀中挣脱出来，疏勒公主却把他抱得更紧、按得更稳，警告并提醒说："别乱动，别乱动！你有镖伤，有伤啊！"那架势，那口气，分明像是一个大人，在哄劝病重的小孩一般。看这阵势，听着话语，这位叱咤风云、大义凛然的班超元帅，他怎么能不感动、落泪呢？

看着熬得十分疲惫的老郎中，班超十分感激地说："谢谢你，郎中老先生，是你救了我啊！"

老郎中说："哪里是我救的你，而是疏勒公主，是她救了您的命啊！"

众人也说："确实是疏勒公主，是她救了您的命啊！"

班超这才脸红着对疏勒公主说："谢谢你，谢谢你救了我的命！"

疏勒公主又问老郎中："扎克呢？扎克他回来了吗？"

"没有。"老郎中说，"现在，就等扎克采回的千年天山雪莲了。只有它，才能剜除班元帅的病根，使他的镖伤痊愈。眼下，我们只能延缓他的病情，暂时保住他的性命啊！"

……

那么，此刻的扎克，他的情况到底怎么样呢？

原来，扎克采得千年天山雪莲后，便去了寄存马匹的那家客栈，准备骑马回疏勒城，也好抢救班超元帅。于是，他用条裌裢，将千年天山雪莲装于裌裢，再将雪苋刺层层复上，包扎好后，便将裌裢绑在马背之上，跃马扬鞭，直往疏勒城而来。但是，他正骑马穿密林飞驰之间，那马却被人用绊马索绊倒，他人也猛地摔下马来。原来，这正是四个匈奴兵暗哨，他们守护在这里，不许任何人进出。一见扎克人和马都被绊倒，匈奴兵即将扎克绑了起来。为首的一个匈奴兵问："你是什么人？为什么半夜出山，难道不知道单于颁布的不许进出山的禁令吗？"

扎克故作可怜地说："军爷有所不知，我的侄子，不幸食物中毒，我便去北野沟采了些草药，欲给侄子解毒。你们行行好，放我走吧！晚了，会误我侄子性命的。"

"采药，采什么药？"一个匈奴兵问。

"采雪苋刺呗！"扎克说。

"雪苋刺禁采，你采的是禁采药，这样，更不能放你走了。"另一个匈奴兵说，"雪苋刺呢？在哪里？"

"在裌裢里。"扎克指了指马背上的裌裢说。

"好家伙，采了这么多。"这匈奴兵看了看那鼓囊囊的裌裢说，"不行，打开，让老子看看。"他一边说，一边就要取马背上的裌裢。可是，这裌裢，能让匈奴兵打开吗？若打开，那千年天山雪莲不就……

扎克一边阻拦，一边巧辩，却有一个熟悉的声音在给他帮腔："你这人啊！真是个死脑筋，你实说，想采药卖药，我们也不一定会难为你，都是穷苦人出身嘛！可你哄我们，我们怎么会答应呢？"扎克正欲分辨这是谁的声音，便有一个匈奴兵走上前来，轻轻拽了拽扎克的衣角，靠近他耳语道："我是阿勒。"原来，此匈奴兵正是阿勒，他早已认出了扎克，便站出来予以解围。他故意大声地问："你莫不是扎克兄吗？"

"是的，我是扎克，是扎克！难道你真是阿勒兄弟吗？"扎克也听出了阿勒的声音，便十分惊喜地发问。

"阿勒兄弟，你让我找得好苦！"扎克说，"我专门去你家找你，弟妹说你已从军了。正是弟妹，帮我采的雪荮刺，欲抢救我中毒的侄子，我顺便多采了些，也好卖几个钱补贴家用。但想不到，在这个地方，能碰见你。"

他俩待在一起，互叙兄弟之情，另几个匈奴兵待在一边，都有些不知所措。阿勒忙对那几个匈奴兵说："各位兄弟，此人并非外人，他是我的一位好兄弟。请看在我的面上，咱们就睁只眼闭只眼，放我这位老兄走吧！"

"好，放就放。救人一命，胜造七级浮屠。你这位老兄采药，也是为了救他侄子，就放他走吧！谁还没个三朋四友，咱们兄弟之间，本就应互相帮忙嘛！"一位年龄稍大的匈奴兵这样说。

于是，阿勒便解开了绑扎克的绳子，又牵来扎克所骑的马，让扎克赶快离开。扎克说："可这样，会不会连累你呢？"

阿勒说："不会的，我们这几位兄弟，都是有福同享，有难同当，他们是不会为难我的。同样。他们谁若碰到了类似的事，我照样是会帮忙的。"

"那就好，你多多保重！"扎克说罢，便飞身上马，向阿勒辞别。

"你也一路保重！"阿勒也向扎克辞别。

……

正如疏勒公主初将"三大仙草"送到班超寝室时一样，今扎克一将千年天山雪莲和雪荮刺送到老郎中手中，老郎中便十分激动地说："这下，你们的班元帅，真的有救了！"

立时，四处便一片欢呼："千年天山雪莲采到了，班元帅有救了！"

整个疏勒城也一片欢呼："千年天山雪莲找到了，班元帅有救了！"

……

也还是少不了老郎中的用药治疗，少不了疏勒公主的精心看护，班超的镖伤，终于日渐好转，身体也慢慢得到恢复。也正是在这些日子，疏勒公主硬缠着老郎中，让他讲述了有关"三大仙草"的故事，借以让班超休息和疗伤，她自己也能增长知识。

这天，在给班超换过药、服过药后，他们三人无事，便闲聊起来，疏勒公主对老郎中说："老先生，你能说说，这天山雪莲、何首乌、珍珠，为什么会被称为三大仙草呢？你能说说原因吗？"

老郎中说："其实，这里面，都是有故事的。我听说过一个有关天山雪莲的故事，可它太长，今天没多少时间，就不讲了，以后讲吧！我先给你们讲一个《千年何首乌》的故事。"他说罢，便讲了起来：

这个故事，发生在湘西凤凰山。据说，很久以前，在凤凰山下，住着一位长寿老人。村里的人，谁也记不清他有多大年纪了，因为这位长寿老人，他曾亲眼看到附近的村民，都生生死死地过了五六代。他虽然年纪很大，可是，他鹤发童颜，耳聪目明，身子骨硬朗，力大无穷，甚至可以空手擒老虎，同胖大的狗熊摔跤。而他长寿的诀窍，就是因为有一个用千年何首乌做的枕头，这还是被外地的一位风水先生发现的。对此，长寿老人自己并不知情，风水先生便用一个漂亮柔软的棉花枕头，换走了长寿老人那个千年何首乌枕头。半年后，那位长寿老人便逝世了，而那个得到千年何首乌的风水先生，因故乡在凤凰山，他便回到了凤凰山。可谁知，尽管那风水先生对千年何首乌小心珍藏，它却突然无影无踪了。千年何首乌不翼而飞，使不少人有了想得到它的念想。因为，谁都知道，这千年何首乌是个宝贝，谁要是能得到它，就会身体健康，长生不老。这一点，凤凰庙里的住持是最向往的了。

几十年的时间，很快便过去了，凤凰山凤凰庙的老住持圆寂了，他的大徒弟智慧成了庙里的新住持。智慧一直牢记着师父给自己讲过的千年何首乌的故事，他希望有一天能够找到它。所以，他以后便不辞劳苦，天天上山采药，但采药只是现象，实际上，他只是想得到那千年何首乌。可是，十多年的时间过去了，智慧虽然走遍了凤凰山区的山山岭岭，记下了山上一草一木的具体位置，可就是没有发现那千年何首乌。但是，他对此毫不灰心，仍旧天天上山采药，日日寻找那千年何首乌。

一天黄昏，夕阳西下、晚霞满天时，智慧采药归来，他走到一个山头上，突然看见一男一女两个活泼可爱的小孩子，在一处长满青草、开满鲜花的山坡上戏耍。智慧一见，便急忙停下脚步，躲在一棵大树背后仔细观看，只见那男孩儿有着大大的脑袋、圆圆的脸蛋、明亮的眼睛，显得十分活泼可爱；那女孩儿呢，她扎着一对翘起的小辫，有着桃花一样粉红的脸蛋，还长着水灵灵的大眼睛，更是逗人喜欢。

对此，智慧深感奇怪，他想：在这荒山野岭之中，除了我们那座寺庙，方圆几十里没有人家，可怎么会有小孩子呢？纵然有人带小孩在山中路过，却也不会这么晚仍单独让小孩子在山中玩耍啊！那么，他们到底是哪里来的呢？一想到这，他便忍不住想走近小孩并进行询问。可是，那两个小孩一见他，便飞快地朝东边的一处山坡上跑去，一眨眼就无影无踪了。

智慧更奇怪了，可他怎么也搞不清这对童男童女的来历，他想到，这说不定会与千年何首乌有关呢！所以以后，他便常常躲在附近一个山洞里，再仔细进行观察。果然，不出所料，第二天黄昏时，这两个活泼可爱的童男童女又跑了出来，他们仍旧在原来的青草地上戏耍。待夕阳西下、晚霞满天时，他们又朝东边的山坡跑去，一眨眼又不见了。

智慧看到这些，心里面暗暗高兴。第三天，他再来观察时，特意带来一根细细的、长长的红丝线，把一端绑在东边山坡上的草地里，另一端他亲手牵着，人却躲藏在山洞里。然后，他带着几样工具，继续躲在山洞中，观察这对童男童女的一举一动。

一直到了黄昏，一抹斜阳照在山谷里面，景色显得十分美丽。就在这时，那对童男童女又跑到草地上戏耍来了。夕阳西下、晚霞满天时，他们同以往一样，又手牵手朝往东边山坡跑去，很快便不见了。可就在他们方才跑的时候，智慧不断放长手里的红丝线，那对童男童女的去向，智慧自然一目了然。

这时，躲藏在山洞中的智慧不慌不忙，他不紧不慢地走出山洞，径直来到那童男童女戏耍的地方，并在草地上找到了那根红线。然后，他顺着红线，一直寻找到了东边的一座山坡上。他看见那根红丝线，缠绕在一根青枝绿叶的树藤上。于是，他便使劲挖起了树藤下的泥土。这不挖不要紧，初时虽什么也没有，但再往下深挖时，才发现树藤之下，竟然有两块粗壮的根茎，酷似一对婴儿，有脑袋也有四肢，小儿形十分逼真。智慧住持一见，

469

不由长出了一口气，自言自语地说："唉，真是功夫不负有心人，何首乌啊，我可找到你了！"他断定，这就是师父所说的千年何首乌。

智慧住持虽为一寺之主，但他这个人十分自私，一心只想着自己能长生不老，得道成仙。于是，当天晚上，他便悄悄在禅房里生火，想煮着吃了这对千年何首乌。可是，恰在他刚将千年何首乌煮熟时，偏偏有一个有钱的施主进庙捐赠来了，还是一笔大的捐赠。两个小和尚前来报告，他们急促地敲门，让住持前去接待。智慧无奈，只得出了禅房，到茶房里去接待施主。他离开时，顺手把自己禅房的门带上，再三嘱咐小和尚说："我禅房里有要紧东西，你们千万不能进去。"

谁知，这两个小和尚十分顽皮，他们在住持的禅房外面玩了一阵后，闻到了一股从禅房里面飘出来的香气，一个小和尚说："师父做的什么好吃的，怎么这么香呢？"

另一个小和尚说："肯定不是一般东西，若是一般东西，师父怎么会那么神秘，不让我们进他的禅房呢！"

"走，进去看看，到底是什么东西。"小和尚说。

"对，进去找找看，看有什么好吃的，咱也尝一尝。"另一个小和尚说。

于是，两个小和尚便推开门，进了住持的禅房。他们仔细一找一闻，原来这香气是从一口砂锅里面冒出来的。一个小和尚揭开砂锅盖一瞧，不由惊叫一声："哇！砂锅里，怎么煮着两个又白又嫩小娃娃样的东西？"

另一个小和尚上前，他看了又看说："这看似小娃娃，却不是小娃娃，一准是顶好吃顶好吃的东西，咱们尝尝再说。"于是，他俩便一人拿起一个"小娃娃"，狼吞虎咽地品尝了起来。这好东西就怕尝，一尝就想吃，他俩越吃越嚼越有味儿，不一阵，便把那两根好东西吃完了。就这，他们仍不解馋，还欲再喝汤。可是这时，他们突然感到周身发热，又感到自己的整个身子都变得轻飘飘的，一切行动都不能自主了……

"吱呀"一声，禅房门打开了，智慧住持接待完施主回禅房来了。可当他把禅房门刚一打开，一股山风吹了进来，两个小和尚便自觉不自觉地离开地面，慢慢腾空而起，向禅房外飘然而去……

智慧先是吃了一惊，很快便反应了过来："啊！一定是他们偷吃了我的好东西。"他又忙去看砂锅，那砂锅中煮的何首乌，却哪里还有影呢？他立时便傻了眼……他彻底明白过来了，这是两个小徒弟，偷吃了他所煮的千年何首乌，都已经得道成仙了。"那，现在只能是徒弟吃肉，不，是徒弟吃何首乌，师父喝汤了。好在，那砂锅里的药汤还在，他便取过碗和勺，把那药汤喝了又喝，喝了个干干净净。然后，他自个坐在椅子上生闷气。但不一会儿，他的屁股也离开了椅子，身子也飞腾起来……智慧不由转怒为喜，心想：自己喝了煮千年何首乌的汤，说不定也能成仙得道。但遗憾的是，他只高兴了一阵，便再也高兴不起来了，因他升空离地后，刚刚飞过庙院的上空，便从空中跌落了下来。你想，他并没有吃到千年何首乌，仅仅喝了一点药汤，那功效自然不济了，又怎么能成仙得道呢？尽管如此，可他最终也健康长寿，年逾百岁，这成了凤凰山一带的一桩美谈。

老郎中所讲的第二个故事，是《蛟人泣珠》：

在中华珍珠中，合浦珍珠是极为有名的了。可合浦珍珠为什么那么美丽，据说它是善良美丽的人鱼公主的眼泪变成的。

很久以前，人鱼公主在海上救了一位青年，他是因与凶恶海怪勇敢搏斗而受伤昏迷的。对于这位青年，人鱼公主精心照料，认真护理，很快治好了他的伤。日久生情，情投意合，他俩便结成了夫妻，并带着夜明珠回到了人间。

贪心的县太爷，得知人鱼公主夫妇拥有夜明珠的消息，便派人杀害了人鱼公主的丈夫，并想霸占人鱼公主，占有夜明珠。人鱼公主忍气吞声，假意顺从县官，以后却找机会刺杀了他，为自己的丈夫报了仇。而后，她化作一道金光，回到了大海水晶宫。

但是，合浦有宝珠的消息，却被皇帝知道了，他便派太监来到合浦，逼迫珠民驾船出海围珠，声称如果找不到夜明珠，就要把合浦的珠民全部杀死。合浦一带，有一位采珠能手海生，他听说合浦有夜明珠，便冒死前来采珠，想救广大珠民。在红石潭，海生与守护夜明珠的两条鲨鱼殊死搏斗，他的鲜血染红了海水，但有幸得到人鱼公主的救助，这才免于一死。

从海生这里，人鱼公主知道了合浦人的危难，便将夜明珠赠送给了海生，海生便将夜明珠交给了太监。太监得到了夜明珠，连夜在重兵保护下送往京城。当太监一行，到了合浦杨梅岭时，忽见海面一片白光，那宝盒里的夜明珠，竟然不翼而飞了。

不得已，太监又返回合浦再行找珠。这次，他采取"以人易珠"的毒辣手段，说是如找不到夜明珠，采珠人就不能升上水面；采珠人如果空手而上，便要一律砍头……

人鱼公主为了使珠民们免遭劫难，便再次将夜明珠献给海生，海生又将夜明珠交给了太监。这次，太监为了确保夜明珠万无一失，便将自己股部割开，将夜明珠塞入里面，待伤口愈合后才返京城。谁知，他返回京城时，还未走出合浦地界，忽然间天昏地暗，雷电炸响，山摇地动，一道白光划破长空，直射向白龙海面。太监一看不妙，便割开股部伤口，看夜明珠还在不在，谁知却无影无踪了。因想着回京无法向皇帝交差，太监便吞金自尽了。

太监自尽以后，大海重新恢复了平静。夜晚来临，月亮又从海上升起来了，人鱼公主这时也出现了。但她非常思念自己的丈夫，便手捧夜明珠，泪如泉涌，而她的眼泪都变成颗颗珍珠滚落于大海。人鱼公主的真情，感动了海中的珠贝，当人鱼公主的泪珠滴下后，珠贝就迅速吞下，使人鱼公主的泪滴变成了珍珠。

……

就这样，在老郎中的精心治疗和他的故事声中，在疏勒公主的温柔体贴和细心照顾下，班超的镖伤，终于渐渐好转了。

# 第四十一章　师生情谊　一朝转换成爱情

又一天，再次给班超服药、敷药之后，班超、老郎中和疏勒公主，又有了些空闲时间。爱听故事的疏勒公主便耐不住了，她便对老郎中说："老先生，您上次说，有一个关于天山雪莲的故事，还未对我们讲，赶快讲一讲吧！"

老郎中说："这故事有点长，我怕打搅你们时间。"

班超说："没关系，你讲吧，反正没事！"

于是，老郎中便讲了起来：

很久以前，天山之上，住着一位非常美丽的仙女。她以前在天宫时，因难耐天宫生活的寂寞，思念凡间自由自在的生活，曾经跑到凡间偷看，王母知道后，便把她贬下凡间，贬到非常寒冷的天山极顶。王母还严格限制她自由，让她必须在雪线以上活动，不允许她和凡间的任何人说话交往。如若违反，她将受到更加严厉的惩罚。

这样，仙女便一个人一直待在寒冷的雪山顶上，十分孤独地生活着。但是，她并不后悔自己被贬下天界，而更加向往人间生活。

一天，在皑皑的雪山上，忽然闯来一个年龄偏大的小伙子。仙女突见有凡人闯入雪山，便躲了起来，仔细观察这个老小伙：只见他满面愁容，一脸憔悴，身上的衣服，因爬山涉水而破烂不堪。尽管这样，仍然无损老小伙的眉清目秀、英气逼人。只因长年累月，孤守雪山，今突然来了男性，尽管他是个老小伙，但是这位仙女仍不能不对这个老小伙产生一种特殊的感情，也有心尽自己所能帮助他。

原来，这老小伙是山下的一个采药青年，名叫根柱。根柱由于家贫，年逾30还未娶亲，父亲早已离世，家中只有他和一位年过五旬、长期患病的老母亲。他母亲得的是一种怪病，浑身发热，四肢无力，常年卧病在床，脸色也煞白煞白，看不见一点血色。而且，她浑身还长了许多大小不一的紫斑。望着病床上的母亲，根柱焦急万分。他请了许多郎中来为母亲看病，但他们看过病情后都摇头叹气，无能为力，因为他们全都闹不清病因。甚至有郎中说："你母亲得了不治之症，你还是赶快给她准备后事……"根柱听了十分难过，但他偏不信这个邪，仍要为母亲求医看病，千方百计寻找能治好母亲病的办法。那患病的母亲，每次从昏睡中醒过来，都见儿子厮守在自己身边，心里非常感动。她对儿子这样说："你看看，为了我，把你操劳成什么样了。算了吧，你就放弃吧！我的病，肯定看不好了，不如让我早早走了吧！要不，会多花不少冤枉钱。你必须攒些钱，待我走后，你说不定会遇上一位好心姑娘，就让她陪伴你终生吧！"

根柱说："不，不！我宁可不结婚，不娶妻，却不能不管您，我怎么能撇下病中的母亲不管，那不是禽兽不如了嘛！您放心，我一定会找最好的郎中、最好的药，一定会治好您的病！"

听了儿子这话，母亲微微地笑了，病痛一时也跑得无影无踪了。根柱把想为母亲治病的事，对一位老人讲了。老人对他说："咱们这天山上，经常有异光出现，而每当异光乍现后，都会有一朵雪白的美丽的荷花一样的花儿开放，它叫天山雪莲，又名雪莲仙子，这是王母在天上沐浴用的专用花。这种天山雪莲是天上的神物，如把它放在鼻下闻一闻，就会气清神爽，百病难侵，什么样的病都能医治好。他十分同情地对根柱说："看来，你是个大孝子，一心想治好你母亲的病，只有去找那百年天山雪莲了。为此，你不妨到天山上去走一遭，试一试自己的运气吧！"

根柱听了老人的话，便安置好母亲，背上干粮，向雪山方向赶来。他没日没夜，顶风冒雪，一直爬到了雪山顶上，发誓要找到那闪光的天山雪莲，找不到天山雪莲绝不下天山。

上了天山，根柱便一直在天山顶上寻找天山雪莲，不知不觉闯进了仙女的领地。而仙女自有灵性，她已知道根柱的心中所想，深被根柱的孝心、真情和毅力所感动。于是，她决定先试探一下根柱，看他孝心是否坚定，然后再决定是否帮助他。于是，她先把自己收拾打扮一番，银装素裹，飘飘而来，出现在根柱面前。

美女的突然出现，竟把根柱吓了一跳。他眼见这位仙女，面容华丽而丰润，肌肤白皙而娇嫩，着一身洁白而美丽的衣裙，衣裙上饰有天下名贵的宝石，真是：人间哪有这等女，她正是天女下凡来。根柱一见，不由惊呆在那里。

仙女冲发愣的根柱微微一笑说："我知道你的难处，你是为救你的母亲才上山找天山雪莲的。对此，我倒可以帮你，但你必须答应我一个条件。"

根柱一脸惊讶，他茫然顺从地点头说道："美丽的仙女，我不知道你是从哪里来的，但只要你能帮我找到天山雪莲，治好我母亲的病，救我母亲的命，你让我干什么我就干什么，上刀山下火海在所不辞，洒热血献生命在所不惜。"

"是吗？"仙女淡淡一笑说，"我一不要你上刀山，二不要你下火海，三不要你洒热血，四不要你献生命，只要你离开你的母亲，然后和我成亲，远离你们的家，你能做到吗？"

"啊？"根柱听完仙女的条件，不由得大惊失色，连连摇头地说，"你的什么条件我都能答应，就是不能答应你让我离开母亲这个条件。既然母亲生了我，养了我，使我长大成人，我就必须报恩，给她养老送终，我不能因为你而抛弃她。如果是这样，我还要天山雪莲何用？"

仙女追问："难道你嫌我不漂亮吗？"

根柱摇了摇头，表示否认。

仙女又问："难道你嫌我不富有吗？"根柱仍是摇头。

"那到底是为什么呢？"仙女问，"现在所时兴的，就是年轻人结婚，不能有老人的拖累嘛！再说，我会帮你治好你母亲的病，你完全可以不管她啊！似此，你为什么还不答应同我成亲呢？"

"这是因为，你没有孝心。"根柱他这样说，"一个没有孝心的女子，就宛如一朵只会开花不能结果的花儿一样，它只能供人欣赏，却没有什么实际用处。仙女啊！你千万不要因我的言辞而生气，不要因我的冲撞而烦恼，我说的可都是真心话啊！"

仙女笑了笑说：“我知道，你说的完全是真心话，但我却是试探话。今冲着你这片孝心，我又怎么能不帮你呢？”说着话，仙女的身上忽然泛起万道霞光……那耀眼的霞光，照耀得根柱什么也看不见了。又过得一阵，那仙女已不见了，出现在根柱眼前的，只有一朵偌大的美丽无比的天山雪莲。

根柱做梦也没想到，原来这位仙女，就是那闪光的天山雪莲，也正是雪莲仙子。他一心想采摘这天山雪莲，可真正见到了天山雪莲，却不忍心毁坏她，于是，他只是轻轻摘下一朵雪莲花瓣，想以此来给母亲医病。稍停，他又想，自己既然这么大老远来了，只凭这一片雪莲花瓣给母亲医病，如治不好怎么办呢？他想了想后，自言自语地说：“好，有了，我把它移栽于家中，既不损坏她，也好保护她，又能给母亲医病，那不挺好嘛！”他这样想了想后，便把这天山雪莲连根挖了下来，在根部包了不少土，再用树皮包好捆好，把它放入药篓，然后背了回来，先藏在家中的后院。他最操心的，还是母亲的病，就让母亲先闻自己所掰下的天山雪莲的花瓣。令人吃惊的是，母亲一闻这花瓣的芬芳和清香，她的病立刻便好了。十分奇怪的是，这片雪莲花瓣，从采下到现在，已过了整整一天时间，风吹又日晒的，可它依然像初采的一般，水灵水灵，鲜活鲜活，十分惹人喜爱。对此，母亲十分奇怪，便追问根柱上天山采药的情况，根柱便一五一十把什么都对母亲说了，只是未说他欲移栽天山雪莲的事。母亲听后说：“看来你所遇到的，便是雪莲仙子啊！”

根柱一听，又对母亲说：“既然那天山雪莲是雪莲仙子，既然它治人疾病那么神奇，我已把它挖了下来，想移栽于咱们家中，这不仅能给母亲医病，也能给乡亲们医病，不挺好嘛！”

母亲惊问：“什么？你挖了天山雪莲，还想移栽，这造孽啊！”

“怎么啦？”根柱十分奇怪地问，“我这样做，全是为您好，为乡亲们好啊！”

“好什么好？”母亲很不高兴地说，“儿啊，那天山雪莲其所以名贵，就因为它长在天山之上、雪域之中，离开了天山和雪域的雪莲，还能叫天山雪莲吗？更何况，你所遇到的，很可能是雪莲仙子，是女神啊！你采了雪莲花瓣，就已经很损伤她了，却怎么敢挖她移栽她呢？俗话说，人心不足蛇吞象，世事到头螳捕蝉。那雪莲仙子，既已容忍你折她的花瓣给母亲我看病，你却怎么能挖她移她想把她栽于自己的家中呢？你还是快快返回天山，在什么地方挖的，就把那天山雪莲仍栽到什么地方。否则，你会遭雪莲仙子的报复，遭老天爷报应的！"

根柱是一位心地善良的青年，也是一个十分孝顺的儿子，他听了母亲的话，就一刻也不敢怠慢，便又用药篓背着所挖的天山雪莲，来到天山上他挖天山雪莲的地方，把她重新埋栽下来。一月以后，根柱再去天山上看时，见他重新埋栽的天山雪莲，已经活了过来，并重新生长起来，他心里十分高兴。

再说，根柱母亲病好以后，好多人都来询问她，如何治好自己的病。根柱和母亲都不隐瞒，说根柱上天山碰到了雪莲仙子，是雪莲仙子给了他一片雪莲花瓣，只闻花瓣芬芳和清香便能看病。立时，人们便恳求根柱，也用雪莲花瓣给自己和亲人医病，便医好了成千上万人的病。想不到，这雪莲花瓣，采下都几个月了，仍然不枯不竭、不衰不败、不凋不零、鲜鲜活活，如同刚掰下的一般。它医伤治病，功效特好，有病闻一闻病好，有伤擦一擦伤逾，真神奇呢！

雪莲仙子重生思凡之心的事，还是让王母知道了，王母便给了雪莲仙子两个选择：一个是重返天庭，永留天宫花园，仍是雪莲仙子；二是打入凡间，做一凡间女子，和民间女子一般无二。想不到，雪莲仙子竟然愿降凡间，并和根柱配对结婚，结成鸳鸯夫妻，组成一个幸福家庭。他们婚后，生下许多孩子，可他们的孩子，并不是什么真正的孩子，而是一株株幼小的雪莲苗。自那以后，纵使天山雪线下，也生长有珍奇的天山雪莲了。

......

这是一天晚上，刚吃过晚饭不久，疏勒王成大专门来找班超。其时，班超独自一人，正在书房翻看兵书，一见成大来到，他便卷起兵书书简，同成大品茶交谈起来。"你怎么会晚上赶来，有事吗？"班超问。

"无事，我还真不敢登您这三宝殿呢！"成大说，"白天呢？我见你太忙，这才晚上来，你不才有空闲时间嘛！"成大说。

第四十一章 师生情谊 一朝转换成爱情

"那有什么事呢?"班超问。

"有啊! 有点事,是私事。"成大说。

"什么私事?"班超又问。

"你觉得我妹妹疏勒公主怎么样?"成大问。

"百里挑一,千里挑一。"班超说,"不,万里挑一! 她可真是一位好姑娘啊! 她不仅仅是一位好姑娘,也是一位好将领,是巾帼英雄啊!"

"不,首先,她是你的好学生。"成大说,"若不是你教她学文习武,她怎么能成为好将领、副元帅呢?"

"要说她年龄还小,以后,真的会前途无量呢!"班超说。

"要说她年龄,已经不小了。在我们西域,年方二八即 16 岁的女孩,就应该是待嫁或嫁出的大姑娘了。可我妹呢? 她今已年方二九,是 18 岁的大姑娘了,早该出嫁了。"成大说。

"那你们给她找着好人家了吗?"班超说,"如真有了好人家,我们也可以喝喜酒了。"

"找着了。"成大说。

"是谁?"班超问。

"不是别人,就是你!"成大说。

"你开什么玩笑?"班超听得此话,不由大吃一惊,"你身为一国之王,怎么能开这样的玩笑?"

"我哪里是开玩笑?"成大说,"我说的可是正经事啊!"

"什么正经事? 你说的这话,如传出去,叫你妹妹怎么做人? 她可是一个冰清玉洁的大姑娘啊!"

"实话对你说吧! 今天这话,不是别人让我说的,而是我妹妹让我对你说的。"成大说。

"不,不!"班超说,"她是我的学生,是我的学生啊!"

"是的,她是你的学生。可当初我让她拜师你门下的时候,即有将她嫁你之意,只惜她当时年龄太小。今她已经长成,到了 18 岁这样的婚嫁年龄,又怎么不可以成为你的妻子呢?"成大说。

"可我已有妻子,有妻子了啊!"班超说。

"这我知道，大家都知道。"成大说，"可你妻邓燕，已回洛阳多年，你有妻似无妻，一人独待西域多年，难道就不可以再娶一妻室吗？"

"可是，我今已五十又八，你妹才年18，我怎么能与她成亲呢？"班超说。

"你要知道，我们西域风俗，与你们中原大是不同。你不见那昭君公主，她初嫁呼韩邪单于，生有二子；次嫁呼韩邪单于之子复株累若鞮单于，生有二女；以父之妻嫁与其子，这在你们中原能允许吗？可是，在我们西域，不但能够允许，而且传为了佳话。我妹她说了，要嫁必须嫁班超，非你不嫁，非你不嫁啊！"成大说，"她还说，若嫁他人，她宁可死，也是不会嫁的。"

"这姑娘，怎么能这样想呢？"班超十分为难地说，"要么，待明日，我好好劝劝她。"

"那好，就看你怎么劝她？"成大说，"我今晚来，只是代她传话而已。"

……

次日，为了解劝疏勒公主，班超专约疏勒公主，来到一个僻静之处，想做通她的思想工作，取消她想嫁给自己的想法。他开门见山地对疏勒公主说："昨夜，我同你哥说了，他开玩笑说你想嫁给我，这是真的吗？"

"什么开玩笑？"疏勒公主说，"婚姻大事，终身大事，难道能开玩笑吗？"

"可是，你是我的学生。"班超说。

"是的，我是你的学生，你是我的老师。可是，我后来却不这样想了，我把你看成了自己的依靠，自己心上的人。"疏勒公主说。

"但是，我是有妻并有子的人，怎么能再婚呢？"班超说。

"你们中原，有妻并有妾者，不多的是吗？你以邓燕姐为妻，以我为妾，又有何不可呢？"疏勒公主说，"更何况，邓燕姐，离开你已有多年，她并未在你身边啊！"

"我对你哥说了，我今五十又八，可你今才18岁，年龄相差太大了，这不合适嘛！"班超说，"我对你来说，都是父辈，不，几乎是爷爷辈的人了，又怎么可以娶你为妻呢？"

"那么，我问你，你们的大汉皇帝，哪个纳妃娶妾，不是相差好几十岁的女人？你们的公侯将相，哪个能不纳妾，不都是相差好几十岁的妾？难道，他们都有错吗？"疏勒公主说，"我觉得，相爱贵在真心，何必厮守百年？忠贞爱情可贵，何在年龄差异？如能同真心相爱的人相处一天，那也比同自己不真心相爱的人厮守百年好啊！我所向往的，就是这种生活。"过了一会儿，疏勒公主又说："我记得，你们中原的大圣人孟子，对于男女之事，他有一句名言。"

"男女授受不亲，授受不亲！"班超赶忙接上来话。他正想借用孟子此语，继续做疏勒公主的思想工作。不料，他正欲说话，却被疏勒公主打断，她说："既然男女授受不亲，可他们万一亲了呢？"

"这，这……"班超无言以对。

"那么，我且问你，我吸你肩上毒血，这是不是亲了你？我多次怀抱着给你喂药，这是不是亲了你？我多次怀抱着给你喂饭，这是不是亲了你？既然，我已经亲了你，那我自然就是你的人了，你为什么还不肯接受而一定要抛弃我呢？"说到这里，疏勒公主显然有些激动，她说，"我哥所说的，正是我的原话，要嫁必须嫁班超，非你不嫁！"

"我只觉得，这样会委屈了你。因为你是……"班超说。

"我是什么？"疏勒公主紧紧追问。

"你是雪莲仙子。"班超说。

"可那雪莲仙子，最终还不是下嫁凡人根柱了吗？"疏勒公主说，"更何况你并不是凡夫俗子根柱，而是神勇威武的兵马大元帅啊！要说的话，只有我配不上你的份，却哪有你配不上我的份呢？"

"其实，你完全可以嫁一个比我更优秀的男子……"班超仍在搪塞。

"那你说，还有何人，能比你更优秀！"说话之间，疏勒公主竟一下拔出剑来，直抵自己的脖项，她厉声喝问班超，"今日，你必须给我一句肯定的话，你愿不愿娶我为妻？不，是纳我为妾？如愿意，我就从；不愿意，我就死！因为在众人的眼里，我早就是你的人了。"

班超还有犹豫，疏勒公主已用利刃割破脖上皮肤，她的脖上已经渗出血来。班超一见，岂敢再犹豫，便扑身向前，猛地抱住疏勒公主，流着泪说："公主，别做傻事，别做傻事！我愿意，我愿意！一百个愿意，一千个愿意！"

疏勒公主也猛地掷开利刃，和班超紧紧拥抱起来。

就在班超和疏勒公主的婚姻关系正式确定以后，班超对疏勒公主说：

"这样吧，对于妻子邓燕，我还是写一封休书为好。"

疏勒公主说："我看，这就不必了吧！你这样做，是会伤邓燕姐姐心的。我和邓燕姐姐，以后以姐妹相处就是，她是姐，我是妹，她是妻，我是妾，我们俩，关系一定会处好的。"

班超说："我觉得，为人处世，必须光明坦诚，夫妻更应这样。尽管有不少的男人，都有妻有妾有情人，守着一堆女人，我却不想做那样的男人。那样能干事吗？那样能打仗吗？那样能当英雄吗？昔之时，我曾被人所诬，说我在西域拥娇妻，抱爱子，不思军事，不得人心。正因为此，我才让邓燕和儿子班雄回了洛阳。如今，我们既要成婚，那还是将邓燕休了好，让她也有个选择，我也坚定了暂时不回中原的念头。而且，也省得被别人抓些把柄，有得许多口舌。再说，互为异族，你我成婚，还能促进大汉西域友谊。似此，你作为一国的公主，给你连个妻子的名分都没有，怎么行呢？"

疏勒公主说："你这样考虑，也有些道理，只是委屈了邓燕姐姐。"

班超说："邓燕并非不明事理的女人，她会明辨是非，善待这件事的。"
于是，他当即写了份休书，同时附信一封。那封信，他这样写道：

亲爱的燕：

不知不觉，我们分别已有多年。其所以分别，我们自然都很清楚。每每夜深人静，我都会想起华山脚下，想起邓氏纸坊，想起我们的相识，想起我们的爱情，想起我们的山盟海誓，想起我们欲白头偕老的向往，想起我们的幸福婚姻，想起我们可爱的儿子班雄……当然，我更加难忘我们的离别，不是因小人所诬，我们恩爱夫妻又怎么能千里分别呢？但是，也正是由于我们的分别，由于你和儿子班雄回到了京都洛阳，有班雄代我上书并进行分辨，这才使章帝撤销了原来圣旨，让我留守西域，继续完成"镇抚西域，复通商道，安边固疆"的使命。这，你对我不仅仅只是救命之恩，也是树立雄心壮志完成自己誓言使命的保证啊！

我记得，这次我们西域分别的时候，你曾经对我说："你要待在西域，如娶个西域女子，那是再好不过的了：既利于交流，语言会慢慢相通；又有利于生活，她们都很会照料男人；特别是后代，她们既懂汉语，又懂西域语言，既熟悉汉族风俗习惯，又熟悉西域风俗习惯，会是真正的西域天

· 481 ·

使呢!但有一点,你必须找一个既漂亮美貌,又温柔贤惠的西域姑娘。我呢?以后会像亲妹妹一样对待她的。"起初,对于你这些话,我并未在意,一是我一心忙于汉边联军的组建和与匈奴的对抗,根本顾不上这些儿女情长之事;二是我接触了众多西域女子,却没有碰到你所希望的西域天使……

　　但是,也许是老天的眷顾、爱神的赠予,你所说的西域天使,她今天终于出现在了我的面前,那便是聪明美貌、心地善良、能文能武的疏勒公主。她名叫雪莲,有着雪莲花一样的纯洁和品质,人们又叫她雪莲公主。说实在的,最初的时候,她跟我学文学武,我是将她当我们的女儿一样看待的,因为她太小了,只是一个十几岁的小姑娘啊!可就是这个小姑娘,她在我身中毒镖以后,一口一口吮吸出了我肩上的毒,一口一口地给我喂药,一顿一顿地给我喂饭……她给我找郎中,找稀药,找仙草……正是她,代替你做了一个妻子应做的一切,她也是我的救命恩人啊!

　　如今,她将她的整个身心都交给了我,非我不嫁,宁死不改,我该怎么办呢?只是,她年方二九,正值青春妙龄……我记得,在早的时候,我们二人,都很希望能有个女儿,她本来很合适做我们的女儿。但如今,她将她的一切都交给了我,我难道能拒绝吗?

　　思前想后,我不能拒绝疏勒公主,这既是为了我个人,也是为了我们大汉,就似大汉朝廷以公主同西域诸国和亲一样,我同疏勒公主的结合,也能起到这样一种作用。而且,人言可畏啊!我们夫妻,正因小人的谗言而分离,又怎么能再给他们以把柄呢?我知道,你希望我能纳妾,疏勒公主也愿意这样,但这样对她不公,因为她还有着公主这样一种身份。为此,我不得不写以休书,中断我们的爱情,结束我们的婚姻。如果可能,你还可以再找个人家,重组一个家庭。我呢?看来我之余生,只能是在西域度过了,即使不是终生,我起码要待到那夕阳西下的时候,要待到那叶落归根的时候!

　　而后,他将这休书和信,托一位十分可靠的从洛阳来的商队的商人朋友,让他们捎给洛阳的邓燕。

　　几天后,班超和疏勒公主便结婚了。本来,按照疏勒王成大的意思,对于妹妹的婚礼,他决定举国欢庆,大操大办,相邀西域诸国使者,但班

班氏演义

超和疏勒公主没有同意：一是因班超中镖初愈，不宜让那些敌对国家和匈奴人知道；二是因这一婚姻十分特殊，太张扬反会落人口实；三是因军情太紧，举办盛大婚礼会让敌人钻了空子……基于以上种种原因，他们只是简简单单举办了一个小小的结婚仪式。但是，鸿雁双飞齐比翼，会迅速与雁群成群结队；花年共结连理枝，春来便是生发时；丽日莲花并蒂开，来年嬉笑贵子得……应当说，班超和疏勒公主那爱情的结晶——栋梁之材儿子班勇，秉承父亲班超的天赋，集成父母的优秀基因，那才是值得大书特书的呢！

# 第四十二章　祸从天降　班固无辜被收监

汉和帝永元四年（92）腊月二十三，为"祭灶"之日。传说，这一天为灶君升天日。灶君又称"灶王""灶神"。灶王、灶神权威的确立，大约与"民以食为天"有关，因为上至帝王将相，下到黎民百姓，谁也不能不吃饭啊！所以，便有了家家在厨房里供奉灶君，使之成为民间信仰中最普遍的神之一。也正因为如此，在民间，对这一节日十分重视，又有"过小年"之称。

汉时，在扶风一带，灶神的画像有三种。第一种是"单灶神"，只有灶君一人；第二种是"双灶神"，有灶君灶婆夫妻两个；第三种是"全灶神"，在灶君灶婆旁边，还有六个小人。因此，各家各户所敬奉的灶君画像，就不尽一致。可无论是哪一种灶君的神像，在他位坐或立的地上，都有一只鸡和一只狗，有的狗在左鸡在右，有的鸡在左狗在右。腊月里，人们赶年集请（购买）灶神像时，都要按自家厨房灶台的位置方向，选购灶神画像。一般家庭，都会在灶台的墙壁上设置一块平木板，把贴灶君像的小镜框安置在木板上，灶君画像上的鸡嘴要向门内啄食，狗头要向着大门外边咬，"鸡向内啄，狗向外咬"，这似乎已经成了一种众所公认、约定俗成的过小年贴灶君像的规则。

灶君究竟是谁，历来有多种说法，但人们都认为，灶君是一家人的司命主，是玉帝派驻人间监督每家人行为的神。他长期住在人间，到了腊月二十三便要上天省亲，向玉帝汇报人类一年的善恶。是日天黑时，家家户户都要祭祀灶君，要用白面烙制 12 个灶干粮（闰年要 13 个）献在灶君前。再献上用麦芽糖或糜面糖制成的灶糖，供灶君在天路上享用。供奉灶君神像时，家庭主妇需念送灶经："十二个干粮一炷香，打发灶王爷上天堂，玉皇爷若问凡间事，就说弟子一家都安康。"这也有用灶糖糊或堵住灶君嘴之意，防止灶君在玉皇面前说是道非，也有诸如此类的祝颂经："灶王爷，你甭嫌，糜面糖糕比蜜甜，到了天宫说好话，弟子一家都团圆。"祭灶之夜，家庭主妇除给灶君献各样供品外，还会再另包一包五谷杂粮和麦草节，以供灶君升天时给他的坐骑喂料。然后，会在灶君神像前磕头，念灶王经："灶王经，灶王经，灶王穿得一身青，骑大马，踩金镫，半夜三更到天庭，抛撒米面我认错，你老莫给玉帝说……"祭灶的真正用意，是祈求灶君能"上天言好事，下凡降吉祥"。祭祀完毕，便把灶君像整张揭下来，在鸡像上放一些玉米糁子，在狗像上放一些灶干粮碎末，再同所有从神龛中揭下来的家宅神画像一起焚化，并在庭院燃放鞭炮。然后，全家人同吃灶干粮，若本家当天有人外出，必须给他留些灶干粮，等他回来再吃，因为这是过小年啊！

对于焚化后的神像灰，一定要用黄表纸包裹好，到第二天清晨，太阳初升之前，投入村外的河流中，让河水将其冲走。那些住在旱塬上的人，他们距离河流远，就会把神像灰撒在自家的麦田里，或者爬上房，放在自家的屋顶上。总之，无论如何，要把神像灰投掷在最干净的地方。

那些子稀女罕者，为使自己的子女能平安成长，常祈求灶神保佑。这天，他们多给灶神许以猪、羊、鸡酬谢神灵，谓之"寄保"。待孩子长至12岁，便要"赎身"。于此日，或杀猪，或宰羊，或献鸡，以兑前诺。意在酬谢神灵已毕，愿心已了，即将孩子领回自家照管。此日，亲友乡邻多来相贺，以衣、帽、鞋袜作为贺礼，兼为被赎身的孩子搭红，鸣放鞭炮，主家则必须置以酒肴款待贺客。

过小年又叫"交年"，因为它被视为"忙年"的开始。同样，洛阳班府也在忙年，他们的一切忙年程式都如同扶风习俗，这也是在寄托对故乡的一种思念，只是气氛比往年淡得多了。而且，与往年有所不同的是，尽管这是热闹的小年之日，但他们一家人，却怎么也高兴不起来。原来，窦宪因外戚威权招忌，被和帝夺了兵权，又遭人暗算，被迫自杀。立时，他们的宗族宾客，都作鸟兽之散。班固呢？他也难以幸免，被撤职罢官，闲居于家中，其心情怎么能愉快呢？

早在几天前的一个晚上，班固便同夫人许氏一起拉话。许氏说："夫君，你如今虽官职被免，但好赖人很安全，可不要想不开哟！"

"对此，我怎么能想不开呢？"班固说，"那官职，大不了只是人头顶上的一个帽子；摘掉帽子，对人又有什么影响呢？我所担心的，还是今后。"

"今后，今后还会有什么事呢？"许氏说，"你以前有帽子，有官职，自然有人眼红你，嫉妒你，现在，你帽子摘了，官职也丢了，他们还瞅你什么呢？更何况，窦宪将军已死，你的后台也倒了，他们也不怕你会东山再起啊！"

"我担心的正是这点。"班固说，"你见过砍伐大树吗？对于大树，欲修剪都先剪伐其枝，但欲砍伐都必须伐其主杆，以至要深挖其根。这一次，的确是来者不善，善者不来。窦宪将军是何等胸怀的人，他却被陷害并整死了，我们这些枝叶，又怎么能幸免呢？"

"但你不同，你只是个文人，手无缚鸡之力，对他们构不成什么威胁。"许氏安慰班固说，"无论如何，那《汉书》总还需要你写呗，文章总还需要你写呗，别人，又都没这个能耐。"

"这你可就错了。我们文人，虽然手无缚鸡之力，但是我们的文章，可是要留存千古的啊！你想那些人，会让我使他们背负千古骂名吗？"班固说，"我想那皇上，他还不至于想置我于死地。但是，我有仇家啊！像梁扈、李邑和种兢。特别是种兢，他更是我的老对头、死对头，可他现在又是洛阳令，成了地头蛇。就在几年前，珪儿和刘雷还惹了人家，他又怎么能放过我呢？"

"那，怎么办呢？"许氏说，"要不，你躲一躲。"

"躲，躲哪呢？"班固说，"是福不是祸，是祸躲不过。我是个著史的，又不是个摆卦摊的或卖艺的，不可能一阵儿换一个地方。再说，我的家人在洛阳，我写了一大半的《汉书》在洛阳，我的一切都在洛阳，我又能躲哪儿去呢？"

"可你不躲，这一关又怎么过呢？"许氏问。

"咱们可以往最好的方面争取，却又不能不从最坏的方面打算。我打个比方，假使我有什么意外，你千万别在洛阳待了，你可以和珩儿、斌儿以及珪儿一家三口，一起回扶风郡老家，回咱们的班家谷班府，远离洛阳这是非之地，保存咱们班氏一支根脉。"班固说。他在这里所说的珪儿即班珪，珩儿即班珩，斌儿即班斌，他们分别是班固的三个儿子。班珪乃是他的长子，今已婚，并有了自己的小儿班宠。稍停，班固又说："再一点，万一我有意外，你可以把我的尸骨运回扶风故乡，在浪店那个地方把我埋葬，因为叶落归根嘛！"

"什么浪店？"许氏问。

"扶风郡的浪店啊！"于是，班固便向许氏讲了昔日他和刘绪一起往回运送父亲遗物，行至扶风浪店时书箱掉落，书稿衣物撒了一地之事，并说自己早已向刘绪交代，可以把那里作为自己的长眠之地。一听班固将事情说得如此严重，许氏便带有安慰地说："恐怕，你还不至如此吧？"

"也许不至如此。"班固说，"我或许还能保住一条命，那我就继续编写《汉书》，直到把它编写完成。但恐只恐我这条命保住也难啊！你呢，还是早点同孩子们回扶风老家去。要知道，洛阳虽是京都，但它是是非之地，我等清白正直之人，在这样的地方又怎么能久留呢？"

这天晚上，他们说了很多很多，说得很晚很晚。

到了祭灶神这天上午，班固即将管家刘绪唤来，向他作了详细的交代和安排。一是今天晚上，全府的人都在大饭厅里吃晚饭，晚饭尽量丰盛；二是给每个人都准备一笔丰厚的押岁钱，即黄金十两，白银百两；三是府里所有的人，能走则走，概不强留……很快，便到了晚上，一切准备就绪之后，班固和夫人许氏便一起来到餐厅。眼见，饭菜准备得确实丰盛，菜有带把肘子、葫芦鸡、海参龙蹄子、糟肉、关中蒸盆子、温拌腰丝、陕西八大碗等，这还不包括十几样小菜，酒是上好的柳林酒，还有红葡萄酒、稠酒。主食呢？有包子、饺子、蒸馍、锅盔、米饭、营养汤，一切美食，应有尽有。水果也不显少，干果有核桃红枣栗子瓜子类，水果有冬枣柿子王瓜等，真是琳琅满目、令人垂涎……这样一种摆设，在班府里从来未有，即使逢年过节和除夕也不例外。更奇怪的是，那每个座位上，都有一个小小的锦袋，袋子都白布为里，黄缎为面，线绳扎口，十分耐看。

班固和夫人在上首的椅子坐好以后，班固便问刘绪："刘管家，人到齐了没有？"

"齐了。"刘绪说。

"一个都不能落下啊！"班固说。

"府中家丁家将、仆从厨子、丫鬟婆子，再加上大人一家七口，谁也没有落下。"刘绪说。

"好，好，一个人不落就好。"班固说，"我们一大家人，共同生活在一个府里，上下齐心，团结和睦，为了一个共同的事业——编写《汉书》。虽然《汉书》是我在编写，可你们大家都为我服务，我当然应感谢你们，因为《汉书》也有你们的功劳和苦劳。今难得有这么个小年，我想借机对大家说说心里话，也借机对大家表以谢意。所以，今日全府同聚，共度小年，也就是这个意思。"

这时，有侍女将茶奉上，班固喝了口茶，转而十分严肃地对大家说："想来大家已知，我方才的话，只是些客套话，还有正事，要给大家说一下。窦宪将军的下场，我想大家已经知道了，那么他的宗族宾客呢？也都鸟兽散了。只我班府是个例外，我们的人一个未走，一个未散，为什么呢？这是因为我人还在，未被关，未被押。但是，我能幸免吗？不能！因为窦宪将军有许多仇家，我也有许多仇家，他们能放过我吗？不能！但是他们为什么未对我下手呢？因为窦宪将军是棵大树，我不过只是这棵大树上的一个小枝罢了。既然大树已被砍倒，那伐剪某个树枝还不容易。所以，我想提醒大家的是，你们都走吧，都离开班府，自寻出路去吧！我之所以这样说、这样做，并不是嫌弃大家，而只是不想连累大家，你们应该理解我的一片苦心。"说罢，他潸然泪下。

班固话一落音，底下哭声一片。一位老仆人首先走上前来，跪在班固面前说："大人，我们不走，我们不想走，也不能走！您待我们恩重如山，我们怎么能在您有危难的时候离开呢？"

一位老妈子也走上前来，跪在班固面前说："大人，我不走，哪儿也不去！我在班府都几十年了，现在人这么老了，还能上哪儿去呢？"

众人一见，全都拥了上来，跪在班固面前，说："我们不走，我们不走，即使死，我们也要和大人死在一起，死了继续服侍大人。"

"不，不！为什么要这样呢？"班固下座上前，把跪在地下的人们一一扶起，让他们归座，而后又说："你们大家都看到了，在各人的座位上，都有一个小小的锦袋。这锦袋里，装的是什么呢？每个锦袋里面，都装有黄金十两，白银百两，这既是我班固对你们所有人的一点小小的酬谢，也作为你们离开班府的一点生活之资。"

一老仆人说："马上要过年了，咱们先热闹热闹过个年，年后再散伙也行。"

"那可就晚了。"班固十分严肃地说，"你们难道不知，那年，乃是一种非龙非虎非熊，但身躯庞大，头上长着独角，外貌狰狞，十分凶残暴戾的怪兽。它平时深居在深山密林之中，以飞禽走兽为食。但是，它每每岁末的时候下山，来人间吞食人类。正因为如此，人们才把过年叫作'年关'，我今年这个年关，真的不好过倒也罢了，为什么一定要拉上你们呢？"

听得班固如此说，大家更加激动，厅内一片哭声，人们又都围了上来，全都眼泪汪汪地说："我们不走！我们不走！"

……

"你们别这样，别这样！"班固又说，"你们先都坐好，我还有事安排。"他先指了指夫人和自己一家人，对大家说："我已经对夫人交代过了，她和孩子们，明日即回故乡扶风郡，回龙湾班家谷。你们中间，如有人实在不愿离开班府，那还可以离开洛阳班府，去那班家谷班府，这两个地方，都是我班固的家，也是你们的家啊！但很有可能，洛阳的班府不保啊！我还对夫人说了，万一我有什么意外，可将我的尸骨运回扶风，在故乡浪店那个地方把我埋葬，因为我要叶落归根嘛！如果真是那样，我也会回故乡陪伴你们。你们谁要是想我了，可以到我的坟头上烧张纸，咱们再叙叨叙叨……"说到这里，班固情绪更为激动，两行热泪长流。

许夫人、班玠、班斌和班珪夫妇及他们的小儿班宠一见，全都哭了起来。众人呢？也自然都哭了起来，哭得更为伤心。

第二天，在班固的督促加强令之下，许夫人同三子一孙一儿媳，都欲乘车回扶风班府而去，府中上下多人也全都散去，只留下刘雷、刘绪和几个仆人。当时，许夫人有些担心地对班固说："值此多难之秋，我们一家人，还是应从最坏处打算。像这样，我们一家人都回了扶风，你一旦有事，他们会不会又上扶风找我们的事呢？似此，你看我们一大家人都回扶风，稳妥不？"

班固想了想说："夫人所言极是。要不，斌儿便不回扶风了。斌儿可以隐姓埋名，就在洛阳附近落脚下来。这样，即使我有事，扶风老家亦有事，我们也可保住班氏一脉，留下班家根苗啊！"于是，班斌便留在了洛阳，连夜同一家人出走，隐姓埋名，藏在了邙山脚下的一个小村落里。后来，直待班昭入宫，继兄之志续写《汉书》，班斌和他的后代，方才恢复班姓，在当地生息繁衍下来。

小年一过，便是除夕，此乃腊月的最后一天，即十分热闹的大年三十。这一天，家家贴对联，户户放爆竹，人人穿新衣，个个忙祭神。所祭之神包括新供奉的门神、灶神、财神、土地神、天神、马王神等。与诸神一起供奉的，还有先人的牌位。于是，人们便设以香案，磕头礼拜，那香火一炉接着一炉，烛火旺旺，香头点点，不会间断，到处弥漫着一种香烟的气息。同样，这样一种情景，这样一种气息，在洛阳班府，也是有的，但同过小年时班府的气氛一比，今日的气氛又淡了许多许多。

除夕之夜一过，即为大年初一。"有钱没钱，所有人都要过年。"当然，班府的人，他们也是要过年的。可是，他们这个年，过得伤伤心心、悲悲切切、离离散散……因班固小年夜里的话说得恳切，事做得宽厚，府中的人大多数都走了，有的跟随夫人去了班家谷班府。今洛阳班府全府上下，加上班固在内，只剩十几个人了。但不管人多人少，这年还是要过的。当时，班固正坐在屋里看书，一女仆上前问班固："大人，饭菜都好了，上不上呢？"

"上吧！"班固说，"菜就别上了，只上面吧！"

"上什么面呢？"女仆问，"是宽面，还是细面？"

"上宽面。"班固说。

"对，吃宽面。"女仆说，"吃了宽心面，人心才能放宽。"她离开后，很快便把宽宽的臊子面端了上来。

这面一端上，班固正要动筷吃饭，猛见一家丁跑了上来，一见班固就说："大人，不好了，有官兵来了！"

"来了，来了，他们到底还是来了！"班固十分镇静地说。

"那，咱先吃饭吧！"女仆说。

"不，先换衣。"班固说，"我穿的是年衣，出去办事总不合适吧！"说着话，他便走向了寝室，女仆忙跟了过去，帮班固换上他平日里所穿的衣服。而后，他又十分平静地走出寝室，来到了饭厅，这才吃起宽心面来。

正在这时，一队官兵，已经走进班府。他们的后面，竟然还跟着囚车。那为首之人，正是洛阳令种兢。一进班府，种兢先指挥官兵守好班府前门后门，把队伍散开围了一周，并向官兵首领交代说："你们注意了，班府里所有的人，一个人也不许出走，一件东西也不许丢失。"官兵首领说："明白。"他又再向官兵们作了交代。本来，种兢此来，持有皇上让逮捕班固的圣旨，可他并不急于宣旨，却意在先演出一场戏，以展示自己的神气和权威，并泄一泄自己久存之私愤。他先问守门家丁："你们的班大人呢？"

"正在饭厅用饭。"家丁说。

"噢，用饭，用年饭！"种兢冷嘲热讽地说，"你们先都原地待着，我去看看，我的老朋友，他用的什么年饭？"说话之间，他扬了扬手，只带了两个护卫，便前往班府饭厅，径直闯了进去。这时，班固正吃着臊子面，对种兢视而不见。种兢凑上前去，打趣似的问："班大人，用的什么年饭啊？"

"噢，我当是谁呢？原来是种大人到了，稀客啊稀客！我本以为，种大人也是'初一不出门'，想不到，您却出门了，到我寒舍来了。要不要先坐下来，也来一碗年饭——宽心臊子面！"班固话里有话地说。

"好年饭，宽心面！"种兢坐在了班固的对面，满含讥讽意味地说，"班大人真好胸怀、好肚量，到了这个时候，还有心吃宽心面，真令人好生佩服！"

"这有什么好奇怪的。"班固说，"为人不做亏心事，夜半不怕鬼敲门，我班固从未做过什么亏心事，咋能不吃宽心面？心为啥不放宽呢！"

"那么，夫人和贵公子呢？"种兢问。

"他们吗？回故乡扶风去了。"班固说。

"听说贵公子名字都十分响亮，能说说他们的大名吗？"种兢话中有话地说。

"长子班珪，次子班珩。长子已有儿子，名叫班宠。"班固又说。在这里，班固只字未提班斌。

"嗬，两个儿子，一个孙子，人丁兴旺啊！一听你给娃起的名字，都很金贵啊！珪呢，是美玉。珩呢，是美好珍贵、第一无二、绝无仅有。这个宠吗？不就是得宠、宠爱、邀宠的意思嘛！但是，你对子孙的这些希望实现了吗？没有啊！"种兢阴阳怪气地说。

听着种兢这冷嘲热讽的话，班固自然有些生气，而且，他的确因著书立说，又有宫廷政务，以及讨伐匈奴的出征，顾不及教育诸子，诸子多不成才，这也是令他最为遗憾的事情。今种兢所戳的，正是他这个痛处，他却无力反驳，且又是走到屋檐下，焉能不低头，便只能低声下气地说："班固教子无方，管理不严，让种大人见笑了。"

种兢又问："那么，你长子也回扶风了？"

"犬子班珪回扶风了。"班固回答。

种兢又冷冷地说："那么，你那条看门狗，能牵来见一见吗？"

这阵子，班固只能低声下气，他喊一声："刘雷，你来一下，来见种大人。"

刘雷闻声走进屋来，一见种兢那盛气凌人的架势，他便扑通一声跪在了种兢的面前，可怜巴巴地说："种大人，千错万错，都是我刘雷的错。你要打要骂，就冲着我来，不要责怪我家主人。"

"看你说的，我怎么能责怪你家主人呢？俗话说，打狗还得看主人。在扶风郡时，你这条狗，我不是已打过了吗？那么，扶风的账，咱们算是清了，可洛阳呢？洛阳的账还未清，我就不能跟你这条狗算账，而要跟你家主人算了。"种兢继续阴阳怪气地说。

刘雷一听，自然知道种兢所说要算的账是什么账，那还不是因为车队相撞逼种兢车队让道的事，他忙又"叭叭"打起自己的脸来，说："这件事，更不能怪我家主人了，他对此事丝毫不知。"

"这又怎么能没关系呢？"种兢说，"子不教，父之过嘛！那么，这一次，我可要好好问问这个教子不严的父亲了。而且，这不只是我个人的想法，而是皇上的想法，皇上让我一定教育教育他呢！"就在这时，他突然将脸一变，"霍"地一下站了起来，从袖中取出一道圣旨，大声宣读起来：

奉天承运，皇帝诏曰：

前中郎将班固，参与窦宪一党，收受窦宪赐赠，为窦宪歌功颂德，特免其官职。且其平时教子不严，诸子不遵法度，到处招惹是非，故将其收监。

班府上下，跪接圣旨，听罢大吃一惊，全都不知所措。唯有班固不慌不忙、不惊不乱，因为他早已有心理准备。刘雷却跪行上前，对种兢说："种大人，请将我收监吧，饶了我家主人，因为事都是我惹的。"

那些个家丁和仆人，他们也全都跪了下来，恳求种兢说："种大人，请饶了我家主人，我们愿替他坐牢。"

"嗬，这阵子，你们咋都说起软话来了。"种兢满含讽刺意味地说，"我记得当初车队相撞，有人这样骂我，'好一个种兢，别看你现在到了洛阳，当了什么洛阳令，我家主人也不怕你。你官职高，有窦宪将军的官职高吗？你跟皇家近，有我们主人跟皇上的关系近吗？所以，我们主人不怕你，我也不怕你！'是谁这样骂我的？"

种兢说这话时，连班固都听得十分吃惊，他以冷峻的目光直直逼视着刘雷。

"是我，是我，是我这样骂您的！"刘雷再跪再行，直至种兢眼前，叩头以致出血，说："种大人，那天，我确实喝高了，这些话，都是我说的，我骂的。你打我吧，骂我吧，将我收监吧！真的，这跟我家主人没关系！"

"将你收监，有个屁用！"种兢说，"我是奉旨行事，只问责主人，不管他的走狗！"而后，他便厉声大喝，"来人啊！快将罪犯班固，给我戴枷囚车带走！"

立时，即有官兵拥上，先给班固戴上木枷，再把他推上囚车。就在此刻，只见刘雷猛地起身，他从一位将官身上，抽出其身佩宝剑。他之此举，令人们大吃一惊，都误以为他要同种兢他们拼命。囚车中的班固厉声大喝："刘雷，休得胡来！"却不料，那刘雷持剑在手，面对囚车中的班固长跪于地，泪水长流地说："班大人，我对不住您，对不住您啊！本来，这全是我的错，但却牵连到了主人，我对不住您啊！"于是，他将剑一横，自己抹脖而亡，鲜血流了一地。

面对眼前惨景，种兢竟不屑一顾，他对手下说："还等什么，班固巴结窦宪，得到许多赏赐，均为不义之财，快抄他的家啊！"听得种兢如此说，官兵们哪敢怠慢，便将班府财物，抢掠得一干二净。幸是班固早有准备，家中大半珍贵财物，或已向府中下人散发，或已让夫人和儿子们带回扶风故乡，所以还是保留了一些财产。而后，种兢便发命令进行催促："走，赶快走！"种兢哪管抹脖的刘雷，只是催促押解班固的囚车赶快出发。于是，只在顷刻之间，一位伟大的文学家、史学家，立刻从天上掉到地下，从中郎将变成了囚徒，从天堂正向地狱走去。

班氏演义

# 第四十三章　疏勒城中　扎克父子得团聚

这是北匈奴王城，是北单于庭的王府。

在王府大草坪的一处高地上，北单于庭、哈密图军师和两位年轻美貌的姑娘，以及一位十分干练的匈奴武林人士正站在那里，他们专心致志、聚精会神地看着大草坪。原来，在这大草坪上，有两个青年英雄，他们正在骑马奔驰，互相厮杀，在马上射箭扯弓，你拼我杀好不威风。说实在的，这两个青年不仅年轻英俊，而且武艺精通，真是骑马快如风，射箭无不中。那刀枪棒棍，他们件件娴熟；那十八般武艺，他们样样精通。这两个青年不是别人，正是被匈奴军掳走的扎克的孪生子达娃和多娃。他兄弟俩到了北匈奴以后，便被军师哈密图收养为义子。为了培养他们成才，哈密图特请北匈奴的武林高手安吉云纳当他们的武术教师，教授给他们不少本领。这位安吉云纳不仅轻功卓绝，武艺高强，而且能双手发镖，百发百中。前一阵，正是这位安吉云纳，至疏勒城偷袭汉边联军军营，发毒镖击中了班超，差点让班超一命呜呼。在汉边联军追击安吉云纳时，他凭借高超的轻功，飞檐走壁，越房窜脊，仓皇而逃。本来，安吉云纳所发的毒镖，几乎无药可救。可后来，疏勒公主寻得百二十年何首乌、海底珍珠和百年天山雪莲，班超才得以病情减轻，延长生命。后又得扎克采得的千年天山雪莲，他便镖伤治愈，起死回生，这是安吉云纳所万万没有料到的。在此情况下，安吉云纳欲再去行刺班超，却被哈密图拦住，并说了种种理由。于是，他二人同去向北单于庭建议，说可以让达娃兄弟去刺杀班超。北单于庭同意了这一方案，因他并不了解达娃兄弟的情况，便特让他们来王府表演武艺。两位公主一听，也嚷嚷着要去观看。于是，便有了北单于庭、哈密图军师、安吉云纳和两位公主共同观看达娃兄弟武艺表演这一幕。

在师傅安吉云纳的指挥下，达娃兄弟尽其所能，精心表演，他们英武的身姿，高超的武艺，令北单于庭、哈密图和两位公主，全都拍手叫绝。北单于庭赞叹说："好，好！果真是英雄出少年，青年出才俊啊！有你们这样的青年将才，我匈奴何惧班超，何惧他们汉边联军呢？"

哈密图对两位小英雄说："单于成天忙于邦国大事，今百忙之中抽空来看你们表演武艺，这是你们的荣幸啊！"

达娃说："我兄弟习文学武，日有长进，这都是托单于、义父和师傅的福，我们不胜感激。"

北单于庭说："军师每每提及你们这二位义子，都十分欢喜，我也早闻你们之名，可惜未见其人。今日一见，果然天资聪颖，文武皆能，本领高强，着实令本单于高兴啊！"

两公主这时也相互对视了一下，将目光投向了年轻英俊的达娃和多娃，是一种含情脉脉的表情。北单于庭性子直，他又瞅了一下达娃和多娃，对他们说："听你们师傅说了，你们来我们北国已有多年。如今，你们都已长大成人，但是还未聘订完婚，本单于同你们师傅商议后，有心将两位公主许配给你们，你们是否愿意？"

达娃兄弟还未搭话，哈密图即喝令二人："还不赶快谢单于的大恩。"

达娃多娃连忙跪了下来，向北单于庭叩头谢恩。达娃说："谢谢单于美意。但是，家中高堂老母尚在，我们必须听命于她老人家，所以，此一事，待我们先禀告母亲大人。"

哈密图说："如此好事，你母亲自然高兴，焉有不允之理？"

达娃说："只是还未奉告母亲，我们不敢擅定。"

"好，这样也好。"北单于庭说，"想必此事，你母亲不会不同意。但是，我让你们当驸马，不是白让你们当，也还是有条件的，你们必须先去疏勒城，刺杀汉司马班超。正是这个班超，在西域枉杀无辜，猖狂行凶，使西域各国百姓有家不能归、有亲不能投。所以，特派你二人前去，一定要杀了班超，为西域百姓除害。此举，只许成功，不许失败。只要事成，立即给你们完婚，你们便会拥有无限的荣华富贵。可如果失败了，不仅当不了驸马，连你们二人的脑袋也要搬家。"

"要不，让我和他俩一起去吧！"安吉云纳说，"我毕竟是他们的师父，本领比他们强些，兼之路线又熟。我若再去，务必置班超于死地。"

"不，还是让他俩去。"哈密图说，"这一呢，因班超已有上次遇刺的教训，必然会多了许多小心；这二呢，你去了容易暴露，他们对二位小英雄不熟，会少些防备，出其不意，攻其不备，方能成功；这三呢，雏鹰总归要离开老鹰的保护，你这当师傅的，让他们二位小英雄单独行动，对他们也是一种很好的锻炼嘛！"

北单于庭说："对，我也是这样考虑的。"

安吉云纳说："既然如此，那就让他俩去吧！锻炼锻炼也好。"

北单于庭又问达娃和多娃："那么，对于刺杀班超，你们有没有信心？"

"有，我们有足够的信心！"达娃说，"义父常跟我们说，正是那汉司马班超，统领汉边联军，抢走我们家产，烧掉我们房屋，把我们逼到山穷水尽的地步。今不提起那班超还罢，一提起他，我们便咬牙切齿，满腔生恨，恨不能将他剥皮抽筋、碎尸万段。如不报此仇，我们誓不为人！再说，单于和义父给了我们这么好的报仇机会，我们怎能不珍惜、刺死班超呢？"

多娃也说："刺杀班超，这既是报国仇，也是雪家恨，我们自当尽力效命，虽死而不足惜。"

北单于庭说："好！二位小英雄深明大义，知仇晓恩，前途无量。待你们刺杀班超成功之后，我不仅会招你们为驸马，还会安排你们统领西域诸国之兵，为我大匈奴建立功勋！"

哈密图随声附和地说："单于慧眼识珠，看出你二人有胆有识，能挑起重担。如果你们能刺杀了汉司马班超，那便立了大功，单于定会对你们我委以重任。如此，也不枉我对你们的一片苦心。祝你们成功！"

北单于庭又说："好，为预祝你们成功，我特在家中设以便宴，为二位小英雄壮行。走，咱们同去家宴厅，去享受庆宴吧！"

哈密图高兴得连连拍手，说："好，好，太好了！"

达娃和多娃赶忙拱手行礼，异口同声地说："谢单于，谢师傅！"

于是，他们几人，一同离开草坪，直向王府客厅而去。

王府家宴厅里，人并不很多，基本就他们方才待在一起的这几个人：北单于庭、哈密图军师、二位公主、安吉云纳和达娃兄弟。这是因为刺杀班超是一次十分秘密的行动，北单于庭和哈密图并不想让其他人知道。

厅内，美酒佳肴早已摆好，无比丰盛。交杯换盏之间，北单于庭已有几分醉意。他举着满满的一杯酒，对达娃和多娃说："你们既是武士，也是英雄，但是，要想让英雄之名名副其实，你们就必须把班超刺死。这样，既报了你们的家仇，也雪了我们的国恨，更除了本单于的心头之患。如能成功，我会再派遣匈奴大军和西域联军，大举进攻西域，消灭疏勒，消灭汉边联军，扫平西域一切不友好国家。让西域所有国家和人民，都回归到我们匈奴大家庭之中。来，咱们干了这杯，祝你们成功！"说罢，他即将酒一饮而尽。

哈密图见北单于庭亲自给达娃多娃敬酒，他也举杯上前，对二兄弟说："好！祝你们成功！"稍停，安吉云纳和二位公主也一一向达娃兄弟敬酒，祝他们刺杀班超成功。一杯杯热酒下肚，使达娃兄弟青春的血，全都燃烧起来。达娃首先表态："我们此去，一定马到成功！"

达娃接着表态："不刺杀班超，我们誓不为人！"

……

深夜，北匈奴王城，达娃家中，有一位年过五旬的老妇人，她那蜡黄的脸上，配着一双失神的眼睛……她就是达娃的母亲。达娃母手拿着香，跪在供奉的菩萨画像面前，边叩头边祈求："大慈大悲的观世音菩萨，求求您保佑俺孩子他爹，让他没有祸事；保佑我的儿子，让他俩平安无恙；保佑我们母子三人，让我们早日回疏勒故国，回到我们的家乡……"

也难怪她这么操心，自打来北匈奴以后，她哪日哪夜，能不担心丈夫扎克的安危，能不为两个儿子操碎了心？她知道，白日里，自己的儿子老是跟着安吉云纳习武。但是，每天晚上，他们都会按时回家，也会在家里吃晚饭。即使练武，他们也是多在自家的庭院和门口的空地上练，很少有直到半夜不回家的现象。可是，今晚上，这是怎么了？都大半夜了，他们怎么还不回家呢？因此，她特意来祈求神的垂怜、观音菩萨的护佑。的确神垂怜了他们，观音菩萨也护佑了他们，就在达娃母亲正向观音菩萨祈祷时，她的两个儿子——达娃、多娃都活蹦乱跳地跑进屋来。

达娃母亲一见，不由一阵惊喜，她站起身来，看着两个儿子，疼爱而又责备地问："怎么回事，这么晚了，你们才回来？叫娘操心死了。"

多娃抢先兴冲冲地说："娘，我们碰上好事了，今日里，北单于庭亲自看我和哥哥表演武艺。他看了以后，特别高兴，专门摆家宴请我们吃美餐、喝美酒。您看，我肚子吃得有多鼓，连腰都弯不下了。"他索性撩起上衣，让母亲看自己那鼓鼓的肚皮。

达娃岔开多娃的话说："娘，还有件天大的好事，我们必须征得您的同意。那北单于庭，还亲自给我们许亲，说要把两位公主许配给我们兄弟，您说，这合适吗？

达娃母亲吃惊地问："难道北单于庭真要招你俩做他的驸马吗？"

"可不是怎么的，他去看我们表演时，就带着两个女儿，说要把这两位公主许配给我们。"达娃说。

"那么，你们答应了吗？"达娃母亲问。

"没有，我们都没有答应。"多娃说，"哥哥对北单于庭这样说，家中高堂老母尚在，我们必须听命于她老人家，所以，此一事，我们要先禀告母亲大人。"

"难道他就没有什么条件？"达娃母亲问。

"只有个小条件，那就是要求我们兄弟，前去刺杀汉司马班超。只要刺杀班超成功，他便将两位公主嫁给我们，让我们兄弟完婚。"达娃说。

"是啊，我就说，天上哪会掉下馅饼？公主乃金枝玉叶，她们怎会无条件下嫁我们西域平民百姓？而北单于又怎肯平白将两个女儿嫁给你们？这事，万万使不得呀！"

"这有什么使不得的？"多娃说，"俗话说，婚姻应有父母之命，媒妁之言，那北单于庭见我们武艺高强，这才愿意将两位公主许配给我们。而且，我们的义父哈密图军师，对此事也全力支持，就连我们师傅安吉云纳也支持。母亲您怎么能反对呢？"多娃有点不满意。

"孩子，你要知道，害人之心不可有，防人之心不可无，谁知道北单于庭和军师他们的葫芦里到底卖的什么药啊？"达娃母说，"首先，他们非让你俩去刺杀汉司马班超，可我听说，那班超武艺高强，你们能刺杀得了吗？而且，如今那班超，还是汉边联军元帅，手下猛将极多，兵丁甚众，别是你们刺杀班超不成，反而丢了性命。你们连命都没了，还怎么当驸马呢？我还听说，你爹现在也跟随班超，参加了汉边联军，你们若去，说不定会同你爹厮杀起来。父子相残，那是多么可悲的事啊！"

"可是，我俩已经答应了北单于庭，要去刺杀班超，作为男子汉，总不能说话不算数吧？"多娃说。

哈多也说："我们兄弟，也是想父心切。既然父亲在汉边联军营里，我们可以名义上行刺杀之事，暗地里打听父亲的下落。如果真的能找见父亲，我们刺杀班超一事，将视情况而定。"

"还是达娃懂事。"达娃母说，"如此行事，方是万全之策。"

多娃十分奇怪地问："哥哥是什么意思，我怎么一点也搞不懂了。难道对于汉边联军的烧房毁屋抢物之仇，我们就不报了？对于汉边联军元帅班超，我们就不刺杀了？"

"你们呀，直到现在，怎么还稀里糊涂的？"达娃母说，"要说的话，我们真正的仇人，便是北单于庭，便是军师哈密图，便是他们匈奴人啊！你们不知，当时抢咱们东西烧咱们房子的汉边联军，全是匈奴军假扮的。他们抢光咱们的东西并烧了咱们的房子，还把我们母子三人全都掳到了北匈奴。咱们之所以同你父亲和姐姐分散，全因为此啊！"

"噢，原来如此，我们差点要干亲者痛、仇者快的事情了。"达娃说，"看来，匈奴人才是我们真正的仇人。"

"干脆，我们去刺杀北单于庭哈哈密图军师，报仇雪恨，洗刷前耻，难道不行吗？"多娃说。

"这样，你们不是以鸡蛋碰石头吗？哈密图虽是我们的仇人，但对你俩却有养育之恩，是你们的义父，你们是不能亲手杀他的。"达娃母转而又说，"还有个办法，你们可以假借去刺杀班超，却去寻找你们的父亲。只是，已经这么多年了，他还会认识你们吗？"

多娃说："娘，你给我们说说父亲的模样吧。"

达娃母说："你父亲和你兄弟俩一般模样，中等个子，黑脸膛，一副络腮胡须，额心和左手掌心都有一颗黑痣……"

达娃和多娃听罢，默默地点了点头。

……

在疏勒城汉边联军帅帐，班超正和前来的扎克进行交谈。

扎克有点庆幸地说："班元帅，您身中毒镖，但大难不死，必有后福啊！"

班超说："我倒没什么，西域的父老乡亲受的罪可大啦！"

"可我们不正在解救他们嘛！"扎克说。

"是啊，我们只有消灭了匈奴，复通了古道，开通了丝路，西域各国人民，才能过上好日子。"班超说。

扎克说："是呀，我们西域人，都盼着这一天呢！"

班超又说："扎克，人常说，福不双至，祸不单行。我有一种不好的预感，那北单于庭派刺客前来刺杀我，让我中了毒镖，却并未置我于死地。未达到他们的目的，还会不会再来行刺呢？他们会不会派兵前来偷袭我们的军营呢？"

扎克点点头说："那北单于庭和军师哈密图，对你恨之入骨，必欲将你置之死地而后快。上次，他们派人前来刺杀你，见你身中毒镖却又得以治疗，死而复生，心里肯定不甘。我也觉得，他们还会派刺客前来行刺的，您一定要多加小心啊！"

……

班超和扎克正说话间，窗外突然跳进两个黑衣蒙面人来，他们手挥钢刀，直向班超砍来。扎克一见，急忙跳起身来，使刀抵住两个刺客。班超不敢怠慢，急忙从墙上摘下宝剑，前来给扎克助战。于是，他们俩一人抵住一个刺客，激烈厮杀起来。一旁屋里的疏勒公主，一听到刀剑撞击之声，便知道班超遇事，也急忙拔剑而出，前来帮助班超。班超一见，便对疏勒公主说："你不要管我，先去帮扎克。"

疏勒公主说："扎克不要紧，可你有镖伤，还未痊愈啊！"

扎克这时听见了班超夫妇的对话，便大声对班超说："班元帅，这个小毛贼，我扎克完全对付得了，你俩对付那个小毛贼行了。今日，如不把他俩生擒活拿，碎尸万段，我扎克誓不为人！"

谁知，他们三人，在这里一口一个扎克，那两个刺客却全听得心惊，也少了许多杀气。同扎克搏斗的那个刺客先问："难道你就是扎克吗？"

"怎么能不是呢？"扎克说，"老子行不改姓，坐不改名，正是你爷爷扎克。"

那刺客说："你要真是扎克，你便不是我爷爷，而是……"

"而是什么？"扎克一边挥刀一边逼问。

"那么，你的额心和左掌心有黑痣吗？"那刺客问。

"有啊，这你怎么知道？"扎克十分奇怪，不由将刀虚架。

"那，你让我看看。"刺客说。

"有就是有，没有就是没有，老子还怕你看。"扎克一边说，一边让刺客看自己的额心，又让看自己的左掌心，果然都有黑痣。

"你有黑痣，我们也都有啊！"说话之间，那刺客竟然跪了下来。这时候，同班超夫妇厮杀的那个刺客，也赶忙收刀立势，跪在扎克面前。

一刺客说："阿爸，我们不是别人，而是您的儿子达娃、多娃。我们此次来，名义是刺杀班元帅，实际是来寻找父亲您的。"说话之间，他们二人，也全都亮出了自己额心和左掌心的黑痣。

扎克一听，猛地把刀一扔，扑上前来，抱住两个儿子痛哭起来。班超夫妇见此，自然停止了厮杀。班超高兴异常，他对达娃、多娃说："这么多年，你父亲为了找你俩，可真是跑遍西域，煞费苦心啊！"

扎克急忙对两个儿子说："你们俩，还不赶快向班元帅行礼赔罪！"

达娃、多娃便向班超跪下，达娃先赔罪说："班元帅，我们此来，是奉北单于庭之命对您进行刺杀，又奉母之命前来寻找生身之父。今我父亲确在您的营帐之中，我们怎敢与您为敌呢？"

多娃也说："班元帅，这不能怪我们无理。因有北单于庭和哈密图之命，我们不能不对您动手。"

扎克笑了笑说："你俩不光对班元帅动手，还对你们的生身之父动了手，罪过不小啊！"

多娃也含笑讥问："可您这位阿爸，当的也不咋的，您明明是我们的父亲，却要当我们的爷爷，合适吗？"扎克笑着挠了挠头，没有说话。

班超笑了笑说："这就叫大水冲了龙王庙，一家人不认一家人了。又有个说法是，不打不相识嘛！"但是，他的笑容转瞬即逝，又说，"好了，这件事情到此为止，不要声张，先不要外传，就像什么事情也没发生一样。"

扎克不解地问："明明是我这两个犬子冒犯了您，您必须惩罚他们，却怎么说什么事也没发生呢？"

达娃、多娃兄弟听父亲这样说，便双双跪在班超面前，达娃说："我们兄弟二人，是非不分，黑白不辨，错把仇人当恩人，把恩人当仇人，替仇人来刺杀班元帅，现在痛心疾首，后悔莫及。"多娃不住地说："我们错了，请班元帅原谅，请班元帅原谅！"

班超说："不知者不为罪嘛！你们被掳走时，年龄太小，什么都不懂。到了北匈奴以后，北单于庭和军师哈密图一直在哄你们、骗你们，让你们误把亲人当仇人，又错把仇人当亲人，这不能怪你们啊！"

听班超这样说，多娃略替北单于庭和军师哈密图作以辩解地说："要说的话，北单于庭和哈密图，对我们兄弟俩还是挺不错的。尤其是哈密图，我们一到北匈奴，他便收养我们为义子，供我们吃喝穿戴，给我们金银财物，又让安吉云纳教我们武艺，对我们还是有恩的。那北单于庭呢？也欲把两位公主嫁给我们，让我们当他的驸马，也是一片好心啊！"

班超笑了笑问："那么，他有什么条件呢？"

"条件当然有。"多娃说，"那就是必须要我们将你刺杀。"

"可如今，你们未能刺杀我，他还会招你们为驸马吗？"班超说，"所以说，他是在哄你们、骗你们。"

扎克这时插上话说："现如今，你们未刺杀班元帅，只怕你们回去，连性命也是保不住的。"

班超又说："我看，这个驸马，你们无论如何是当不成了。那么，哈密图呢？他为什么要收养你们，让你们当他的义子，让安吉云纳教你们武艺，那还不是想让你们成为他们的接班人，干些连他们都不好干的事情，比如前来刺杀我，因为他们知道，我们见你们年龄小，会疏于防范啊！所以说，这个哈密图，才是更狠毒的家伙。"

听班超如此说，扎克便给两个儿子，讲了他们兄弟当初被掳走的真实情况,并正告他们说:"你们已经错了,可不能一错再错;你们已经干了'亲者痛、仇者快'的事情,可不能再干了啊!"他转而问班超:"那么,下一步,我们怎么办呢?"

"这,你们父子先商量商量,不急,不急!"班超说。而后,他便让人安排了一间大客房,让扎克父子好好叙谈休息。

班超走后,面对两个儿子,扎克先问:"那么,你们母亲现在情况怎么样呢?"

"母亲还好。"达娃简单向父亲叙述了母亲现在的情况。

"如今,我们父子团聚了,可你们的母亲,怎么办呢?"扎克说。

"我们可以去北匈奴,接回我们的母亲。"多娃说。

"怎么接呢?"扎克说,"那北单于庭和哈密图,派你们来刺杀班元帅,你们刺杀未成功,他们又怎么能容忍你们呢?恐怕你们再至北匈奴,不但接不回你们的母亲,连你兄弟俩的命都会搭上。"

"是啊,这件事情,还需好好商量。"达娃说,"要想一个万全之策。"

"那么,以后呢?以后我们怎么办?"多娃问。

"这还用问?"扎克说,"以后你们就都跟着父亲,咱们跟着班元帅干。他足智多谋,勇敢果断,在这个世界上,就没有班元帅干不了干不好的事情。"话说到这里,他又说,"你看看,我们父子仨商量来商量去,能有个什么好主意呢?还是去找班元帅,让他给我们出主意吧!"于是,他们父子仨,又来找班超了。

班超一见他们父子,便问:"你们商量好了吗?下一步,怎么办?"

"怎么办?跟您干!你说怎么干,我们就怎么干!"多娃抢先说。

"那就是说,你们兄弟要同你父亲一样,一起参加汉边联军。"班超说。

"是的,我们都参加汉边联军。"达娃说。

扎克也笑盈盈地说:"怎么样?班元帅,我这又给咱们拉来两个兵啊!"

"他们哪是兵,而是将啊!"班超笑着说,"俗话说,千军易得,一将难求。他们兄弟俩,是两个难得的青年将领。不,你们父子仨,是三员战将啊!"

"只是,只是……"扎克还想说些什么,但欲言又止。

"只是什么呀?"班超十分着急地问。

"只是，我们母亲还在北匈奴，我们想把她接来。"多娃说。

"应该，应该！"班超说，"可你们怎么接呢？"

"正因为没有主意，才来找您了。"达娃说。

"如你们直接去北匈奴接母亲，只能收到事倍功半的效果。去还是要去，人还是要接，可究竟怎么去？人怎么接？是要好好想办法啊！"班超想了想说，"你们刺杀我未成，北单于庭和哈密图岂能容你们？你们如回北匈奴，不但接不回你们母亲，甚至连你们兄弟都会搭上命的。可是，如不接回你们母亲，她便会似捏在他们手中的一只蚂蚁，性命难保啊！眼下，只有这样一个办法。好在你们行刺的消息，至今还未扩散，咱们倒可以将计就计，假戏真演，要么如此如此……"

于是，当天夜里，按照班超的安排，达娃兄弟又二次行刺班超，竟获成功：达娃的利剑，刺中了班超的肩部；多娃之刀，也刺中了班超的腰部……达娃兄弟正欲再刺之际，却被闻讯赶来的汉边联军将士所围，几乎把他俩逮个正着，但还是凭着他们的年轻力壮、轻功武艺，才得以成功逃脱。究其实，达娃和多娃所刺中的，不过是班超的衣服罢了。因早有准备，那班超的肩头和腰部，都衬有厚厚的棉毡，达娃、多娃刀剑所刺中的，都在棉毡之中，未伤班超分毫。当时，汉边联军的将士们都大声发喊："不好了！有刺客刺伤了班元帅，快抓刺客呀！""快抓刺客，抓刺客，班元帅被刺伤了！"这喊声，一声高过一声，一阵高过一阵，几乎所有的人全都听见了。在众人的喊声中，他们都蹿房越脊，乘着夜色逃跑了……

# 第四十四章　有惊无险　班超元帅三遇刺

　　这天，在西域荒漠大道上，有两个青年，正一人骑着一匹快马，奔驰在通往北匈奴王城的大道上，这正是便装而行的达娃和多娃。因他兄弟二人，在同班超元帅和父亲扎克商议后，欲去北匈奴接母亲，故才骑马飞奔，急急赶路。突然，他们看见前边不远处，有一背部中箭的姑娘正骑马飞奔而来，有几个匈奴骑兵正在后边死命追赶，姑娘危在旦夕。

　　姑娘边奔跑边高呼："救命啊！救命啊！"

　　达娃说一声："走，去看看。"他打马急奔，来到姑娘马前，多娃也尾随而来。

　　达娃对那姑娘说："姑娘，你不要怕，有什么事，我们帮你。"

　　姑娘稍有松懈，便有气无力地伏在马背上。

　　多娃性急，他打马冲前，与追赶姑娘的匈奴骑兵厮杀在了一起。达娃也来帮忙，经过一阵激烈厮杀，达娃兄弟把追赶姑娘的匈奴骑兵全部杀死。而后，他俩又扶那中箭的姑娘下马。这姑娘挣扎着下了马，道谢说："谢谢二位英雄，谢谢你们的救命之恩！"

　　多娃说："不用谢。"

　　达娃问："姑娘，你这是怎么了？那些匈奴兵，为什么要追你呢？"

　　姑娘坐在旁边的一块石头上，喘着气说："二位英雄，说来话长。我是中原汉人，张骞通西域时，我老祖爷随张骞来到这里。因遭匈奴兵抢劫，我们一家人均未能回中原。如今，我那年迈的父亲，还在匈奴王宫里做仆人。昨天深夜，他给北单于庭和军师哈密图送茶时，听到一个重要情况。当时，哈密图来找北单于庭，老仆人来给他们送茶。哈密图正在给北单于庭说些什么，一见老仆人进来，便中止了谈话。老仆人自然知趣，搁下茶后，便闭门而出，却在外偷听。他所听到的是，根据隐藏在汉边联军内部的探子报告，达娃兄弟刺杀班超并未完全成功，只是刺伤而未刺死。因为在汉边联军营，他们遇到了生身父亲扎克，兄弟二人有可能会背叛匈奴，投降班超。但是，他们却假说刺杀班超成功，欲回北匈奴接出他们母亲。一闻此讯，北单于庭便遣派安吉云纳和另一位武林高手达尔泰，让他俩再去行刺班超并杀死达娃兄弟。达娃、多娃一听，全都大惊失色。达娃忙问："那么，对于达娃兄弟的母亲，你父亲听到什么消息没？"

姑娘说："他们的母亲，已经遇害了。"姑娘又向他们叙说了达娃母被害的情况。原来，哈密图和安吉云纳一听闻达娃兄弟可能叛变的消息，便立即对达娃母下了毒手。

再说，自从达娃兄弟离开匈奴王城以后，达娃母每天都跪在菩萨画像面前，焚香叩头，祈求菩萨保佑自己的丈夫和儿子。

就在这时，哈密图和安吉云纳掂着酒壶走进屋来。达娃母先被吓了一跳，待她看清是哈密图和安吉云纳后，便问："军师，您有什么事吗？"

哈密图说："老夫人，你的两个儿子，都为大匈奴立功去了。为此，单于特让赐你美酒，让你饮用，以庆贺你儿子即将胜利归来。"

"我儿子能胜利归来吗？"达娃母十分怀疑地问。

"能归来，肯定能归来！"哈密图说，"他们肯定能胜利归来！"这时，安吉云纳已斟酒一杯，送到达娃母面前。

达娃母望着这杯酒，迟疑了片刻，说："单于能赏赐我美酒，是对我的抬爱。可是，我不会喝酒，无福消受啊！"

哈密图说："那么，今日里，你便破例了吧！你如执意不喝，我们回去，不好向单于交代啊！似此，我们只能强老夫人所难了。对此，你就别客气了，喝吧！"他嘴里在劝，手里却在灌，硬是把那杯酒，灌进了达娃母嘴里。原来，那酒竟是毒酒，过了片刻，达娃母感到腹痛难忍，头晕目眩、天旋地转……再一阵，她便扑倒在地，吐血而亡。

室外的老仆人，听得这些消息，便十分惊慌地离宫回家，叫醒了熟睡中的姑娘莲花，向她作了一番交代，让她速去找班超元帅，向他报告这一情况，也好做些预防。于是，莲花姑娘急急出屋，跨上马飞奔疏勒城而来。不料，她在经过边关一哨卡时，却被匈奴瞭哨兵拦住。当时，莲花姑娘假作下马姿势，她身子虽在马上，但却一腿吊在空中，趁瞭哨兵不注意时，她狠狠击马一鞭，复上马飞驰而去。瞭哨兵们先是一惊，很快，有几个瞭哨骑兵便放马而来，紧追不舍。

莲花姑娘毫不畏惧，只顾打马狂奔。后面，一瞭哨骑兵搭弓放箭，向莲花姑娘射来，那罪恶的利箭，竟直穿莲花姑娘的后心。莲花姑娘虽生命垂危，可她并不担心自己，只操心营救班超元帅，所以她边奔跑边呼救……因有利箭穿心，莲花姑娘眼看支持不住了。她十分吃力地挣扎着对达娃兄弟说："二位小英雄，今我别无所托，只托你们能将这些情况，赶快报告给疏勒城的班超元帅。你们快去汉边联军救汉司马班超，快去救班元帅，他可是个大好人！他不仅是汉人大英雄，也是全西域人的主心骨啊！"说着，便昏死了过去。

达娃上前，忙把莲花姑娘抱在怀中："姑娘，姑娘！姑娘醒醒，姑娘醒醒！"

莲花姑娘微微睁开眼来。

达娃说："姑娘，我们带你去治疗箭伤吧！"

莲花姑娘摇摇头说："二位小英雄，我不行了，你们快去救……救班司马，救班元帅！只要他健在，莲花我死而无憾，死也瞑目了！"说罢，她便闭上了美丽的眼睛，并且永远地闭上了。

达娃、多娃怀着十分悲痛的心情，把莲花姑娘草草埋葬于荒漠之中，向着坟包深深施礼，又默默祈祷了一番，便又重新上马，掉转马头，向疏勒城飞驰而去。

达娃、多娃赶到疏勒城时，正是深夜时分。他们正要直抵班超寝室进行禀报，却见这里激战正酣。原来，那安吉云纳和达尔泰早已抵达，即行刺杀之事。初时，安吉云纳透过窗户，看见屋里烛光之下，班超正在翻看兵书。他不由暗喜，便双手发镖，"叭叭叭叭"的，一连发出四枚毒镖，镖镖命中，无一落空。因为他汲取了上次行刺班超未完全成功的教训，那次一镖击中，他便再未补镖，这次呢？一连发了四镖，并且镖镖命中，这下班超必死无疑，任有什么神仙下凡，也难以救得班超之命。对此，他正在高兴，不料班超和疏勒公主，却持剑从另一屋中杀出。外边埋伏的扎克、格尔巴扎、申豹、田鼠等将领，也一齐杀了出来。原来，因班超连连遇刺，他们不得不防，这也是疏勒公主的主意，她造了一个假班超，在室内作看兵书之状，引诱安吉云纳连发四枚毒镖……而他们夫妇二人，却分居于另外两室，专等缸中摸鱼、瓮中捉鳖，擒拿前来送死的两个刺客。虽然，安吉云纳和达尔泰武艺高强，可班超营中的这些将领，全都是顶尖高手。那安吉云纳一看中计，不由心里发慌，"噌"地跃上房脊，企图逃跑。达尔泰一见，也想逃跑，却被班超一剑刺中。众人蜂拥而上，或刀或剑，只一阵便把他砍成了肉泥……安吉云纳一见达尔泰身亡，不仅不悲，反而暗自庆幸，庆幸自己还可以逃命。却不料，正在这时，达娃、多娃赶到，二人也跃上房脊，拦住了安吉云纳的去路。安吉云纳一见，不由厉声喝道："你们两个小子，也不看看我是谁？敢跟师傅动手？"

达娃冷笑了一声说："你到底是我们的师傅，还是我们的仇人？"

多娃也发狠说："杀母之仇，不共戴天，我们今天无论如何，也要替母亲报仇！"

安吉云纳听得，不由吃了一惊，他惊问："怎么这么快你们就知道消息了？"

达娃说："若要人不知,除非己莫为。"他边说，便挥刀向安吉云纳砍来。

多娃说："我们的母亲已被你用毒酒毒死，如此深仇大恨，我们岂能不报！"

他的刀，比哥哥达娃更猛……在房上战得一阵，安吉云纳被达娃兄弟逼下房来……班超、疏勒公主、扎克、格尔巴扎、申豹、田鼠等人一起围了上来，使安吉云纳插翼难逃。班超说一声："活擒此贼，方消吾恨。"于是，大家步步紧逼，包围圈进一步缩小……正战之间，又有一人加入，这位为班超助战之人，杀法也十分骁勇。班超一看惊道："怎么？百锤师傅，你也来了！"安吉云纳眼见求胜无望，逃跑不能，而班超那边人越来越多，便自叹道："想不到，我安吉云纳英雄一世，无人能敌，但却死于此地了！"于是，他自己横刀，将脖子一抹，一腔魂魄，便直向西奔去……

再说，这位老铁匠——卫道通的父亲百锤师傅，怎么会在此时此刻出现呢？这是因为他在洛阳闻儿子道通在盘橐城遇害，是被匈奴军偷袭所杀，他便飞马而来，直奔西域，欲砍杀匈奴军士，为儿子道通报仇。他还想把道通的尸骨运回家去，让他落叶归根，回到故土。毕竟，他原在西域多年，对这里一切都很熟，又有徒弟们帮忙，他不但得知班超所率的汉边联军，已从盘橐城移驻疏勒城内，而且，他还打探到了北单于庭和军师哈密图，再派刺客安吉云纳和达尔泰，第三次前来刺杀班超元帅的消息。于是，他便把去盘橐城祭奠儿子一事推后，先来疏勒城想给班超报告消息。也正是来得早不如来得巧，他正好赶上了安吉云纳和达尔泰行刺班超，便尾随而来，见班超遇险便挺身出战，终于助了班超他们一臂之力……

　　在杀死了安吉云纳和达尔泰二刺客之后，班超元帅发令，在军中大摆盛宴，摆置柳林美酒，共同庆贺胜利。当时，班超、疏勒公主、格尔巴扎、百锤师傅和扎克父子三人同坐一桌，他们谈新叙旧，把酒言欢，好不热闹。宴席间，班超问百锤师傅："你打算怎么办呢？"

　　百锤师傅还未搭话，扎克就抢着说了："这话，班元帅也问过我。"

　　"你是怎么回答的？"百锤师傅问。

　　"我多娃替我说了，怎么办？跟您干！您说怎么干，我们就怎么干！"扎克说，"那就是，我们父子三人，全都参加了汉边联军，跟着班元帅战匈奴。那么，现在呢？我的老婆——孩子他妈已被哈密图和安吉云纳灌毒酒给害死了，我们更要铁了心要跟班元帅干，也好报仇雪恨啊！"

　　"这，你们父子行，我不行啊！"百锤师傅略有伤感地说，"一则，我老了，参加汉边联军，会给班元帅添负担啊！二则，我家道通……"他欲言又止，没有把话说完。稍停，他话题一转说："我想把道通的尸骨，带回故乡洛阳，让他叶落归根，回到故土。过些年，我如果死了，就和道通埋在一起，我们爷俩，也可以好好拉拉话啊！"

　　听百锤师傅这样说，班超便问："如这样办，可是要挖道通的墓啊！这合适吗？"

　　"这挖就挖了，有什么不合适的。"百锤师傅说，"我们那里的人，都讲究叶落归根呢！"

"在我们故乡陕西关中，也有这样的讲究。"班超说，"可道通不同，他今埋在盘橐城'汉边联军英雄阵亡陵'内，并且是此陵的首陵。因为道通是为保卫汉边联军将士而死的，汉边联军便年年纪念他；因为道通是为保卫西域人民而死的，西域人民便岁岁纪念他。道通，他虽然埋在盘橐阵亡陵内，可他却永远活在汉边联军将士心里，活在西域人民心里。因此，他的墓不能挖，他的尸骨不能带回，否则，会冷了汉边联军将士和西域人民的心啊！那么，怎么办呢？当初，安葬道通之时，我留了他的一身征战血衣，今仍完好保存，可把它交付于你。你带着道通的征战血衣回去，在故乡给道通筑个衣冠冢，不也是很好的纪念嘛！再说，不还有道通的妻子哈丽娜，不还有他们的儿子域安，你可以把他们母子领回老家，再培养出一个小道通来，这样不挺好嘛！"

"挺好，挺好，这样挺好！"百锤师傅连连叫好地说。

于是，班超回到寝室，取来那套他珍藏了多年的道通的征战血衣，十分郑重地交付给了百锤师傅。百锤师傅收好血衣后，又对班超说："那么，我既然来了，总该去趟盘橐城汉边联军英雄阵亡陵，把道通他祭奠一下吧？"

"这太有必要了。"班超说，"我陪你去。"

"这哪行呢？"百锤师傅说，"你是汉边联军之帅，是大家的主心骨，而且镖伤未愈，身体正在恢复，因我儿道通之事，怎敢劳您大驾呢？"

"不，这件事是件大事，不是小事，我必须去，非去不可。"班超说。

"那么，疏勒城中的事呢？军中大事呢？这些，都怎么办？"百锤师傅问。

"放心吧，我走了，还有副元帅坐镇呢？咱们那几个参军也不去。而且，我们去盘橐城，只三两天，很快便会回来。"班超说。

这个时候，郭恂走上前来，对班超说："班元帅，既然是去祭奠道通兄弟，让我也去吧！"

班超想了想说："你要去，就一起去吧！"

一切安排停当，班超便同百锤师傅、郭恂、道通的妻子哈丽娜、道通幼小的儿子域安和扎克父子三人，只领了一小队随从，全都快马轻骑，直往盘橐城方向而去。临近盘橐城，他们径直来到汉边联军英雄阵亡陵，来到道通长眠的"首陵"。在这里，他们先焚香献果，摆食洒酒，焚烧纸钱，跪拜祭奠。百锤师傅面对道通的坟堆说："儿啊！你是爹的好儿子。你虽然死了，可你死得光荣，死得值得！如今，爹爹和班超元帅、郭恂从事，还有你的妻子哈丽娜，你儿子域安和扎克父子，我们一起来看你。班元帅给了我你的征战血衣，我将把它带回故乡洛阳，在那里给你筑一个衣冠冢，爹也好常常把你看望，咱爷俩再好好絮叨絮叨！好在，你现在有了儿子，我也有了孙子，我将把安丽娜和小域安带回洛阳老家，一定把小域安培养成才。待他长大成才后，让他再来西域，完成你未了的心愿，你说这样好吗？儿子，你安息吧！"说到这里，他已泪流满面，泣不成声。而后，他招呼着哈丽娜和小孙子域安，一起进行了祭奠，这才退到了一边。

班超也面对道通的坟头，十分感慨地说："道通，我们大家都看你来了！你看，我来了，你爹来了，你老婆孩子都来了，扎克父子也来了，多热闹啊！你要知道，你虽然死了，可是你还活着，你不但活在自己家人的心中，也活在全体汉边联军将士们的心中。你放心吧！我们一定会完成你消灭匈奴强盗、复通丝绸古道、实现西域安宁的遗愿，这样的日子，已经为期不远了啊！道通，你安息吧！"

那郭恂呢？他既然去了，又怎么能少得了对道通的祭奠呢？只是，他的祭奠更为认真，情感更显忠诚，只见他双膝跪地，双目流泪，面对道通的坟头这样说："道通啊！你虽然牺牲了，可是却永远活着，活在我们的心中。你放心吧，血债定用血来偿，我们一定能完成你的遗愿，消灭匈奴强盗，复通营商古道，延伸丝绸之路！"

……

当然，这一次，他们不仅仅只祭奠了道通，也祭奠了所有埋葬在汉边联军英雄阵亡陵里的将士。而后，他们相互道别。班超和扎克父子他们，径回疏勒城汉边联军营地。百锤师傅、哈丽娜和小域安，自然是回洛阳老家了。

# 第四十五章　班超投书　窦宪将军议出兵

西汉建元四年（前139），汉武帝打算与大月氏结盟夹击匈奴，可是无功而回。随后，汉武帝展开反击匈奴的战争，经马邑之战占领河套后，又发动河西之战，汉军节节胜利，至汉元狩四年（前119），终于出现"金城（兰州）、河西西并南山至盐泽（今罗布泊）空无匈奴"的现象。同年，张骞认为如汉朝能联合乌孙国，便能切断匈奴右臂，遂向汉武帝建议拉拢乌孙国。三年后，张骞奉汉武帝之命，前去乌孙国并向乌孙王建议，让他们返回敦祁连间故地，以便与汉朝联合共同对抗匈奴。当时，乌孙国国家分裂，太子蚤已逝。乌孙昆莫猎骄靡答应，以原太子子岑陬（封号，名叫军须靡）为太子，但这引起了原太子弟大禄的不满。大禄握有兵权，计划起兵杀害军须靡。猎骄靡为了保护军须靡，便让军须靡领万余骑兵到别处自立，他自己则另掌万余骑兵以自保。尽管如此，但他们却未能控制全国所有兵力。当时，猎骄靡虽然接见了张骞，却没有答应他与汉结盟的要求。因猎骄靡认为，"年老国分，不能专制"，而且大臣们不了解汉的国势，并畏惧匈奴，所以乌孙不愿意迁回故地。

张骞见此，便让猎骄靡遣数十名使节跟随自己去长安城。使节们到了长安，见识了西汉国势的强盛，回国后便促使乌孙国与汉结盟。匈奴王获知乌孙与汉朝建立了联系，便企图攻打乌孙国。于是，猎骄靡便请求与汉朝联姻，以寻求汉朝的支援。汉武帝在元封三年（前108），以宗室刘建之女细君公主下嫁猎骄靡。可匈奴在得知此事后，亦让匈奴单于女与猎骄靡成婚，成为他的左夫人。这样，猎骄靡同时与汉和匈奴联姻，这代表他只是跟汉朝建立了外交关系，却未与匈奴完全决裂。不久，猎骄靡逝世，军须靡即位，细君公主也病逝，汉皇帝又把楚王之女解忧公主嫁给军须靡，继续维持联姻关系。军须靡死后，其弟翁归靡为昆莫，他又娶汉解忧公主。解忧公主远比细君公主活得长久，使汉对于乌孙的影响力日益增加。

西汉昭帝末年，乌孙受匈奴和车师的联军攻击，解忧公主即行上书，请求西汉朝廷出兵救助乌孙。适逢昭帝驾崩，汉朝廷便没有派遣援兵。汉宣帝即位后，经解忧公主及翁归靡分别遣使，汉朝廷于本始二年（前72）秋，发兵15万骑，由五位将军率领出征西域，并遣校尉常惠持节助乌孙作战。至本始二年（前71），匈奴大败。自此以后，匈奴由盛转衰，他们逐渐退出西域，乌孙遂成为西域最强大的国家。当时，身为昆莫的翁归靡，决心摆脱匈奴的控制，便与西汉结盟。汉宣帝元康二年（前64），翁归靡上书，"愿以汉外孙元贵靡（解忧公主之子）为嗣，得令复尚汉公主，结婚重亲，叛绝匈奴。"汉宣帝当即答允，乌孙与西汉的联盟便正式确立。不过，由于匈奴自本始三年（前71）起，力量日削，西汉已能够自己应付匈奴，这样，西汉通过联姻与乌孙保持结盟的基础便已消失。

这时，匈奴日逐王因与握衍朐鞮单于不和，率部降汉，而且，亲匈奴的车师军队也被西汉军队打败，匈奴无法继续控制西域。于是，西汉便取代了匈奴在西域的位置。汉宣帝神爵三年（前59），汉朝廷设立西域都护府，专门负责管理西域事务，乌孙的一举一动，都受西域都护府的监视。

当时，乌孙国翁归靡逝，元贵靡未能顺利继承昆莫之位，贵族们便拥立了具有匈奴血统的泥靡（军须靡之子，被称为狂王）为昆莫，西汉朝廷对此不满，与乌孙的联姻也就此中止。因为西汉不再怎么需要联合乌孙共同对抗匈奴，所以解忧公主以后的任务，就只是代汉控制乌孙罢了。今乌孙狂王之立，既不合西汉朝廷的意图，又因其残暴，失去国人的支持。在这种情况下，解忧公主即与汉使魏如意及任昌合谋，计划刺杀狂王，但这一行动最终归于失败。尽管如此，这一汉朝廷首次干涉乌孙内政的行为，最终引发了乌孙内乱。

由于种种原因，乌孙狂王失势，汉宣帝甘露元年（前53），乌就屠（翁归靡与一匈奴女子之子）叛变，他们起兵杀死了狂王。但无论如何，汉朝廷对于狂王政权还是承认的，今狂王被杀，汉朝廷即派遣破羌将军辛武贤讨伐乌就屠。辛武贤出兵之际，西域都护郑吉遣乌孙右大将之妻冯（解忧公主的侍者），让她劝降了乌就屠。最后，宣帝册封元贵靡为大昆弥，乌就屠为小昆弥，并赐给印绶，使乌孙国最终成为西汉的属国。随后，汉朝为大小昆弥划分地界及人民，大昆弥有国民 6 万余户，小昆弥有国民 4 万余户。可是，民心之所向，乌孙国人的心，还是偏向小昆弥的。

大昆弥元贵靡死后，其子星靡继位，但他懦弱无能，致使西汉进一步控制乌孙。汉朝廷先遣冯燎领百人前往乌孙镇抚星靡，又接纳西域都护韩宣的建议，赐乌孙高官大吏、大禄、大监金印紫绶以辅助星靡。之后，西域都护韩宣向朝廷建议，让罢黜星靡，但汉元帝没有同意。

此后，大、小昆弥矛盾不断。汉成帝鸿嘉末年间（前 18 或前 17），末振将成为小昆弥。当时，大昆弥雌栗靡很有威信，末振将担心自己地位不保，便派人刺杀了雌栗靡。汉朝廷便册封雌栗靡的父亲伊秩靡为大昆弥。不久，末振将又被伊秩靡的部下所杀，汉朝廷马上派兵杀死了末振将的太子番丘。末振将之弟卑爰霆见此，便率领 8 万人投靠康居，并经常发兵攻打乌孙，企图吞并大、小昆弥的部众。当时，乌孙国已有人口 63 万，军队 20 万人，在西域势力十分强大。

时为汉建初五年（80），汉朝廷接到班超要求支援的奏疏，章帝欲派兵支援班超。平陵人徐干因与班超志趣相投，他主动上书，愿意统兵前往西域。于是，章帝便任命徐干为假司马，让他带兵 1000 人前往西域支援班超。而这 1000 人，也不是什么正规之军，只是一些解除徒刑的人和自愿投军的人。在此之前，莎车国以为汉兵不会出动，便投降了龟兹国；而疏勒国的都尉番辰，却也跟着反叛。也正在这时，徐干率军赶到，班超军力增强。班超同徐干商议之后，即与徐干合军，先攻击番辰，杀敌 1000 余人，活捉了很多俘虏。而后，他们想乘胜进攻龟兹国，但是，考虑到乌孙兵力强大，觉得应该团结他们，依靠他们的兵力来对抗匈奴及其盟国。于是，班超向朝廷上疏道："乌孙是西域大国，有控弦（善射的士兵）10 万。因此，武帝才将细君公主远嫁和亲，到宣帝时，我们便得到乌孙兵的援助。如今，朝廷可以派遣使者前去乌孙招抚慰问，以使乌孙国能与我们同心协力。这样，我们才更有取胜的把握。"章帝采纳了班超的建议，于建初八年（83），晋升班超为掌管西域兵马的长使，特殊赏赐给他军乐和仪仗旗帜，允许他以隆重的鼓吹幢麾仪式去联结乌孙。这样一种待遇，本来大将才可享有，班超不是大将，却享有这样的待遇，所以用了个"假"字，含有特殊赏赐之意。同时，朝廷还任命徐干为军司马。另外，又派遣李邑护送乌孙使者回国，让他携去赠送给乌孙国王部属各种精致的丝织品，促使乌孙国同汉朝结盟，使班超汉边联军的力量得到很大增强。

当时，章帝已经完全了解到班超出使西域的忠诚，也知道李邑以前对于班超的诬告，便十分痛切地责备李邑："你和种竞，不是都说班超在西域拥娇妻、抱爱子吗？不是说他待在那里闲逛，浪费了朝廷许多粮饷钱财，空守着那毫无用处的不毛之地吗？既然如此，那他手下、十分思念回家的士兵千余人，为什么都能与他同心同德呢？"于是，他命令李邑前往班超处，让他一切听从班超的节制调度，并诏告班超说："如果李邑能胜任在外事务的话，你便把他留下来办事，他的一切，都必须听从你的调遣。"

本来，这正是班超报复李邑的极好机会，可是，他并没有这样做，反而当即派李邑带领乌孙国的侍子还归京城，让他回洛阳去了。

当时，徐干对班超说："李邑先前亲口诋毁你，想要败坏你沟通西域的大业。如今，皇上将他支派到你的手下，你正可以借机好好整治一下他，却为什么轻易地放过他、饶恕他，派他护送乌孙国侍子回洛阳呢？"

班超说："你都是领将统兵的将领了，可你说的这些话，却又多么的浅陋啊！我们这些当将领的人，都必须有宽广的胸怀，耿直的心肠，如果气量狭窄、鸡肠小肚，又怎么能领兵打仗呢？李邑诋毁过我，但我不能过多地同他计较，我派他回去，让他反省自己的错误，他能够克服更好，克服不了也自会收敛。我们为什么要害怕别人的闲言碎语呢？我不能为了自己的一时痛快，而把他留下来加以报复，这并非忠臣之所为啊！再说，我若把他留下来，那等于给自己身旁埋了一把匕首、一把利剑，这于自己于使团于汉边联军，又有什么好处呢？我也不断反思自己，在年轻时，对于李邑，也有过激之举，他儿子李虎虽有不法行为，但我一怒之下，削掉了他的鼻子，毁掉了他的一生，太轻率了，我至今都有些后悔。"徐干听罢，十分感慨地说："班司马，你真是宰相肚里能撑船啊！"于是，班超仍然坚

班氏演义

持让李邑护送乌孙国侍子回洛阳，虽然没有达到让李邑悔过自新的目的，却也使他收敛了许多。

"羌"，原是古代人们对居住在祖国西部游牧部落的一个泛称。殷商时期，羌为其"方国"之一，有首领担任朝中官职。他们有些人过着居无定处的游牧生活，有些人则从事农业生产，生活习惯并不一致。早在殷商时期，古羌与殷商已有密切关系。

周时，羌之别种"姜"与周的关系密切，大量的羌人融入华夏。春秋战国时期，羌人所建的义渠国，领域包括今甘肃东部、陕西北部、宁夏及河套以南地区，是中原诸国合纵连横的重要力量，他们与秦国进行了170多年的战争。此后，以羌人为主的诸戎逐渐为秦国所融合，而居住在甘肃、青海黄河上游和湟水流域的羌人仍处于"少五谷，多禽畜，以射猎为事"的状态。秦厉公时，羌人无弋爰剑被俘，他逃回家乡后教羌民"田畜"。自此，羌族开始有了原始农业生产，使其人口增加，经济得以发展。后来，西北的羌人迫于秦国的压力，进行了大规模、远距离的迁徙，一直迁徙到了中华西部很偏僻的地方。

汉代，羌人分布很广，部落繁多。为隔绝匈奴与羌人的联系，汉王朝在河西走廊设有敦煌、酒泉、张掖和武威四郡，建立了地方行政系统，设护羌校尉等重要官职以管理羌人事务。同时，归附的羌人大量内迁，从地域上分为东羌和西羌。进入中原的东羌附居于塞内而与汉族杂居、通婚、融合，从事农业生产，私有经济得到一定程度的发展，逐步进入封建社会。未进入中原的西羌大部分散布在西北、西南地区。

早在西汉时期，为了管理羌人部落，就设置有护羌校尉，其主要目的，是防止羌人与匈奴互相通气，对汉朝廷形成危害。"护羌校尉"这个职位，并不十分固定，根据情况时置时续，有时候甚至是地方官兼职。东汉时期，北匈奴被打压下去后，西面的羌族又闹腾起来。所以，汉章和帝时期，就有了八大护羌校尉，他们大多做出了显著的功绩。

汉建初二年（77），因有汉官吏强抢羌人妇女为妻，引起了羌人叛乱。中郎将马防等人在冀县（今甘肃天水）大败羌人，斩俘4000余人，烧当羌首领迷吾被迫逃走。

后来，迷吾和弟弟号吾，为复仇侵扰陇西．陇西太守张纡出兵讨伐，羌军很快溃败，号吾被张纡军生擒。张纡本着怀柔的策略，把号吾放走了，号吾颇为感动，便将自己的属军全部解散。迷吾则退居到黄河以北的归义城。

护羌校尉傅育是个好大喜功之徒，一心想攻打西羌立功。但是，因为西羌造反刚被平定不久，他难以找到出兵的合适理由。于是，他便雇人挑拨羌人和胡人内斗，以便找借口出兵。但是，羌人、胡人识破了傅育的计谋，他们觉得傅育从心不良，便又叛变了汉朝。这下，傅育才找到了出兵的理由，他即向朝廷上书，请求征调陇西郡、张掖郡、酒泉郡各5000人，由各郡的太守率领去讨伐羌人。傅育自己则率领汉阳、金城的5000人，合起来有2万兵力，与各郡太守约定日期，欲共同攻打迷吾。大军尚未集结完毕，求功心切的傅育，就率领3000骑兵独自出发。结果，羌人的领袖迷吾用计，引诱汉军深入。傅育军先是小胜，便连夜追击羌军到了三兜谷，因长途追击军队疲惫，安营驻扎之后，被迷吾军偷袭成功，他和800多将士均被羌军所杀。

傅育被迷吾所杀，张纡便被任命为护羌校尉。迷吾联合其他羌族部落攻打金城郡，张纡派司马防在木乘谷迎战，围困了迷吾。迷吾被围三个月后，感到突围无望，便派了一名翻译充当使者，向汉军表示投降，张纡同意接受。可是，迷吾率众在临羌城投降时，张纡表面大摆筵宴欢迎，却暗中在酒中下毒，并在四周埋伏下重兵。等迷吾等人喝下毒酒后，立时伏兵四起，包括迷吾等首领在内的800多羌人均被杀害。张纡还把迷吾的头颅割下，拿到傅育的坟墓上祭奠傅育。随后，张纡又率兵攻打迷吾的残部，斩杀、俘虏羌军数千人。张纡这一错误做法，表面上赢得了暂时的胜利，却使汉羌之间形成了不可调和的矛盾。

迷吾的儿子迷唐，一见父亲及众人遇害，便与其他羌族部落化解恩怨，加强团结，一致对外。他们相互结亲，交换人质，同仇敌忾，汇集了4万余人，占据了大、小榆谷，向张纡军发起猛烈的攻击。面对迷唐大军来攻，张纡无力抵抗，只能上报朝廷告急求援。

第三位护羌校尉，即是大臣们共同推荐的开国元勋邓禹的第六子邓训。

邓训一上任，首先联合小月氏国。小月氏人口虽然不多，但特别英勇善战，虽然他们首鼠两端，但汉人也时常收容并利用他们，他们便在汉匈羌之间恶劣的环境中生存下来了。

迷唐与武威种羌合兵一处，共一万多骑，但他们不敢直接攻打邓训，而是想先胁迫小月氏人，从这里打开突破口。邓训一见，即带兵护卫小月氏，使双方不能交战。谋士们都认为，羌人、胡人互相攻击，这对汉朝有利，可以利用夷人攻打夷人，不应该阻止他们交战，我方可坐收渔翁之利。邓训十分严肃地说："你们的意见不对，这次羌人的反叛，是有原因的。这全是因为张纡不讲信誉，羌人各部落才大举行动，致使凉州官吏百姓性命岌岌可危，以致国库空虚、民不聊生。归根结底，是因为我们对他们爱护和信誉不够带来的结果。对于羌人，我们要恩威并施。现在他们处境危急，我们只能用恩德来安抚他们，力争使他们心悦诚服，否则将适得其反。"于是，他下令打开城门以及自己住处后园的门，驱使所有的胡人的妻子儿女们进来，派重兵进行守卫，很好地保护了他们。羌军来后，他们到处抢劫但没有多少收获，却又不敢逼近胡人各部落，更不敢进兵汉军把守的地方，只能退兵离去。

湟中的胡人见此，十分感念邓训的恩德，大家都说："汉朝以前的将领，常想让我们相互争斗，他们从中渔翁得利。现在邓使君用恩德信誉来对待我们，并热心收容我们的妻子儿女，使我们得以与家人团聚，他真是个大仁大义的君子啊！"他们十分高兴地叩着头说："我们不听别人的话，只听邓使君的命令，邓使君让干什么，我们就干什么。"他们便向邓训投降了。邓训收养了其中几百名年轻力壮的人，并把他们作为自己的随从，与汉人的待遇相同，对他们关怀备至，使之深为感动。

按照羌人、胡人的风俗，他们以病死为羞耻，每当病重到了危及关头，就会用刀自杀。邓训极力改变他们这种风俗，他听说有羌人病重，就派人把他们抓来绑好，让医生用药进行治疗，治好了很多人。接着，他又让赠送财物给羌人各个部落，让他们相互招引前来归顺，这样便瓦解了羌族各部，甚至连迷唐的叔父号吾，也带着母亲和部落的800余户，从塞外前来投降。之后，邓训又征发湟中的秦人、胡人、羌人士兵4000人，出塞在写谷袭击迷唐的军队，杀死并俘虏 600 多人。迷唐兵败，只好离开了自己的大本营大榆谷、小榆谷，逃到了颇岩谷一带。

当时，羌人由于邓训的镇抚，只能龟缩在颇岩谷一带。而北匈奴由于班超汉边联军的抵抗，也只能改攻为守。即不但无力与羌人联合生事，自己也自顾不暇，节节败退。更好的机会还有，由于匈奴内部之间的战争，最后发展成呼韩邪单于和郅支单于两大势力，俗称南北匈奴。呼韩邪为南匈奴单于，他南下降汉，与汉朝保持良好关系。郅支为北匈奴单于，他继续率部待在漠北草原，与汉朝拼死对抗。但南匈奴对北匈奴仇恨极深，呼韩邪单于便向汉朝廷上书，称如汉朝廷对北匈奴出兵，南匈奴会全力协助。正在这时，北匈奴再生变故。郅支单于逝世，北单于庭新立，人心不稳，国家动荡，以致连西域诸国纷争也无暇顾及。鉴于西域和匈奴当时的情况，班超与众人商议，欲上疏朝廷，让派遣大军，讨伐北匈奴，必获大胜，永除后患。但是，师全建议说："如此大事，您还是不直接上疏为好。现朝廷权贵，对匈奴有主和、主战两大派，势均力敌，争辩得不可开交。您同那些权贵们相比，还是人微言轻，如上疏，定不被采纳，还会卷入是非之中，难收好的效果。"

"那怎么办呢？"班超说，"机不可失，时不再来，不乘此大好机会消灭北匈奴，我们以后哪有这么好的机会呢？"

秦英说："您的兄长班固，不正在虎贲中郎将窦宪府忠当幕僚吗？他深得窦宪将军的信任。您若投书兄长，让他建议窦宪将军上书，朝廷必会派兵。"

班超说："吾兄班固，是一个与世不争的文人，如让他介入出不出兵这样的争辩之中，恐怕会有后患。"

师全却从另一个角度来劝班超，他说："我听说，您兄长班固正撰写《汉书》，他有意为西域立志，却常为没有来过西域而遗憾。如让他说动窦宪将军上疏，并且随军来一趟西域，多了解一些写作素材，这不挺好嘛！"

秦英又说："如今，窦宪将军可以说权倾朝野，又有窦皇后帮衬，如能由他上疏，出兵讨伐匈奴，朝廷不会不准。还有，如若窦宪将军大军获胜，再挥师西域，扫平西域反汉国家。这样，不就西域诸国一律向汉，丝绸古道完全复通，边疆安宁繁荣昌盛了嘛！这样，我们出使西域的使命，不就完成了嘛！"

秦英和师全的话，终于说动了班超，班超便向兄长班固写信，说明了西域情况，并说这是一个讨伐北匈奴的绝好时机，建议由窦宪将军上疏，尽快对北匈奴出兵，必获大胜。不过，他还建议汉朝廷如若出兵讨伐北匈奴，完全可以直击北匈奴王城，不必考虑汉边联军的困境。因为，如攻击北单于庭成功，摧毁其主力部队，那自然会树倒猢狲散，汉边联军的困境会自解。班超在给班固致信的时候，还特意捎给班固自己多年来搜集并撰写的有关西域诸国国情和地理资料。他觉得这些东西，一是如窦宪将军出兵，对他会有帮助；二是兄长班固撰写《汉书》，这些资料也不可缺。而更富有意义的是，正因为有了这些资料，班固才能在《汉书》中，将西域单独立志，使之独立成章，留于青史。

班固将班超之信阅后，便呈送给窦宪将军。而此时，窦宪正因为私派刺客刺杀刘氏宗亲，陷入一场是非之中，苦于无法摆脱目前的困境。阅罢班超的信大喜，想到自己如能率兵讨伐北匈奴，正是一个能帮自己摆脱困境的好机会，如获胜，便能立功折罪。于是，他当即向朝廷上书，声称："今羌人已被邓训所败，一时难以与匈奴串通，暂时不致为乱，但却仍有勾结匈奴为害西域之隐患；今西域52国，或是被班超所平而依附于大汉，或是仍附属于北匈奴与我天朝为敌，但大多国家都犹豫不决，欲在大汉与北匈奴之间作以选择；北匈奴呢？他们虽有内乱，但仍拥雄师数十万，虎视眈眈于西北之地，此大害不能除，因他们才是西北祸乱之根本，不除必为万年之贻害。今臣愿统大军前去征伐北匈奴，不踏平北匈奴，誓不回师。"恰是这时，呼韩邪上书，让发兵征讨北匈奴，称南匈奴愿意出倾国之兵，协助汉朝，一举剿灭北匈奴。遗憾的是，其时章帝年纪轻轻，便因病而逝，时年仅33岁。章帝逝，其四子刘肇继位。那是章和二年（88）2月30日，身为皇太子的刘肇，成为了汉和帝，尊嫡母窦皇后为皇太后，而身为窦太后之兄的窦宪，已晋升为车骑将军、大将军，封冠军侯，权力之大，无人能及。这一年，刘肇只有10岁，他是历史上有名的娃娃皇帝。因他年幼，由窦太后临朝称制。娃娃皇帝刘肇执政，李邑他们十分高兴。李邑想：这明帝不好骗，章帝不好哄，可这娃娃皇帝刘肇，他还能不好哄吗？于是，他便又串通了梁扈、种兢等人，欲借娃娃皇帝新上台之机，好好做些文章。他们一直等待，可惜没有机会。今有窦宪上疏，和帝让群臣们对窦宪的奏疏进行讨论，李邑他们的机会不是来了吗？

李邑他们，一见有了对窦宪奏疏的讨论，这机会哪能放过。当时，就应不应对北匈奴出兵一事，大家都争论不休，意见不一。而李邑一伙，自然是不同意向北匈奴出兵了，他们的背后，还有着强大的主和派。李邑他们还认为，如对北匈奴出兵，必解班超之围，班超一旦成功，必然会危及他们主和派的命运。所以，很自然地，他们是站在不愿对北匈奴出兵这一面的。

梁扈首先出班，他说："今章帝新逝，如出兵对汉朝廷十分不利。今幼主新立，政务有待熟悉，百事俱应办理。依臣之意，还是应以我中原大事为主、边疆小事为次，还是不对北匈奴出兵为好。"

征西将军、度辽将军耿秉不同意梁扈的看法，他说："正因章帝新逝，和帝初立，我们这些当大臣的，才更应为皇上操心，替朝廷分忧，妥善解决中原及边疆之事。而西域之事，关乎到国家的安静、边疆的安宁，又怎么能是小事呢？班超虽然勇敢，但他毕竟兵少将微，且西域各国并不团结，他们自己也相互杀戮攻伐。如今，班超拥汉军不过千余，拥联军也不足 2 万，且都是西域诸国的乌合之众，又怎么能对抗北匈奴大军及其盟军的疯狂进攻呢？"

这时，种兢站了出来，他说："如今，中原之地仍然大旱，并已有灾情多年，我们尚且自顾不暇，哪里还顾得上西域呢？西域纵然失去，对我们也无大妨，可中原不能不保啊！臣以为，还是不向北匈奴出兵为好。"

李邑紧跟着说："我刚从西域归来，见那里局势基本稳定，班超虽然兵少将微，但完全能够自保。所以，依臣之意，不应向北匈奴出兵，可以先解决我们中原目下的紧急之事。"

尚书宋意竟也支持梁扈、种兢和李邑的意见，反对耿秉的建议，他说："匈奴人从不讲信义，在其力量强时便不与我们友好，老是欺凌弱者。而在其力量弱时便表面与我们友好，实际贼心不死，老是在挑唆我们与西域国家的关系，伺机结盟反汉。今南匈奴降汉未必真心，与我们结盟反北匈奴也恐有虚假。更何况自汉兴以来，我们数度征伐匈奴，耗费了大量人力物力，但自鲜卑归顺以后，斩获匈奴万数，夷虏相攻，且未费一兵一卒。今如若吞并北匈奴，则鲜卑人必然受到限制。鲜卑外不能侵略匈奴，内不能向汉朝请功，必然侵略汉边境。所以，依臣之意，还是不出兵讨北匈奴为好。"

见梁扈、种兢、李邑和宋意都这样说，和帝便说："好，那就按大家的意见，对于班超西域那边，不增兵就不增兵吧！而对于北匈奴，我们也就不出兵了吧！"

正在这时，车骑将军窦宪出列，他大声地说："对班超那里，不增兵恐怕不行吧！班超的奏疏里已经说了，他们那里，拥汉军仅有千余，汉边联军仅有2万，而对抗他们的匈奴及其盟军，却有20万之众。班超他们，是要以一当十，方能抵抗匈奴盟军，但这是不可能的。俗话说，杀敌一千，自损八百，已经算是胜仗了。即使把班超所统的汉军和联军全搭上，又能消灭多少匈奴和盟军呢？所以，臣以为，对于北匈奴，不但应当出兵，而且应出重兵，这不仅能解班超之困，关键是能永绝匈奴之患。因为匈奴不除，边疆难安，国家难宁啊！"

听到这里，和帝便有些不高兴了，他说："你们这个说出兵，那个说不出兵，到底该怎么办呢？要不，就由你们来决定吧，朕不表态了。"

临朝的窦太后既想平息群臣的争辩，更想哄劝已经生气的娃娃皇帝不使性子，便说："这是朝上，不是家里，你切不可耍小孩子脾气。"

"我哪里耍小孩子脾气了？"刘肇平时老向窦太后发脾气，这阵哪有不发之理？他对窦太后说，"你昨晚还对我说，'你这当皇上的，临朝一定要慎重，不要轻易向大臣许诺什么，这皇上说什么就是什么，因为君无戏言啊！'我刚已说过，对于西域的事，可以既不增兵，也不出兵，有人不同意嘛，你说叫我怎么办呢？要不，您来定吧，您临朝称制，就由您来定夺吧！"

这时，窦宪又说："如不出兵讨伐北匈奴，必会冷落了南匈奴，他们对汉会起戒心，以后也不会很好地配合我们。班超呢？他们必败无疑，西域盟汉的国家将不保，我们还怎么安边固疆，复通商道呢？还有，如不对

· 523 ·

北匈奴出兵，他们必然会死灰复燃，东山再起，不但会吞并西域诸国，也对我中原构成极大的危害。对此，我们不能不考虑啊！"

"既然窦将军执意如此，那太后您看，该派兵就派兵吧！"这也是碍于窦宪的面子，和帝不能不答应出兵西域。但就此一事，却增加了和帝对窦宪的埋怨和记恨。最终还是由摄政的窦太后拍板，才决定让窦宪领兵出征。窦太后之所以让窦宪出兵，其实也有好几个原因：一可以消除数百年来的匈奴之患，使自己和窦氏家族留名青史，让自己的摄政大权更加稳固；二毕竟血浓于水，可以利用讨伐匈奴的战功，挽救窦宪的兄长性命，挽回窦氏家族的声誉；三也能进一步加剧南、北匈奴的矛盾，削弱他们的势力，并使二者相互牵制，利于分而治之。

正是基于这样一些考虑，窦太后才力排众议，便以窦宪为帅，耿秉为副元帅，领大军出征讨伐北匈奴。此举，貌视窦宪得以成功，实则却埋下了和帝记恨窦宪的深深隐患，以致后来给他引来杀身之祸。

# 第四十六章　燕然山铭　古时传奇今再现

在前面，我们曾写及西域，写及西域 52 国。在这里，我们还需要再写一下西域，再写一下西域 52 国，并应当对它加以详解。

《汉书·西域传》云：西域从汉武帝时开始与中原交通。那里本来有 36 国，后来渐分为 52 国，都分布在匈奴以西、乌孙以南。西域南北有大山，中央有河流，东西宽 6000 余里，南北长 1000 余里。它的东面连接汉朝，以玉门关和阳关为险塞，西边以葱岭为界。它的南山（昆仑山），东面起于金城郡（治今甘肃永靖县西北），与汉朝的南山（祁连山）相连。它的河（塔里木河）有两个源头，一个发源于葱岭山，另一个发源于于阗。于阗在南山下，河向北流，与葱岭河汇合后，向东注入蒲昌海。蒲昌海又名盐泽，东距玉门关和阳关 300 余里。湖面长宽约 300 里，湖水稳定，冬夏不增减。湖水在地下潜流，东南从积石山冒出，就是中原地区的黄河。

从玉门关、阳关到西域有两条道路。从鄯善沿着南山北面，顺塔里木河西行至莎车，为南道；南道西越葱岭可到大月氏、安息。自车师前王庭沿着北山（天山）南面，顺塔里木河西行至疏勒，为北道；北道西越葱岭可到大宛、康居、奄蔡。

西域各国大多过着定居生活，有城郭、田地、牲畜，和匈奴、乌孙的风俗不同，从前都受奴役并隶属于匈奴。匈奴西部的日逐王设置僮仆都尉，管理西域，经常驻在焉耆、危须、尉黎等地，向各国征收赋税，很富足。

自周朝衰落以后，戎、狄等族杂居在泾水、渭水以北。到了秦始皇时，赶走了戎、狄，修筑长城，为中原国家的边境，但秦的西边不超过临洮县。

西汉建立到武帝时，经营四周民族地区，宣扬威德，于是张骞开始开通西域之路。以后骠骑将军霍去病击败匈奴右地，浑邪王、休屠王投降，右地遂无匈奴，汉开始在令居（今甘肃永登西北）以西筑烽燧，开始设酒泉郡。稍后，征发民众来到这里居住，又设置武威、张掖、敦煌，共四郡，并据守玉门、阳关二关。自从贰师将军李广利伐大宛以后，西域各国都很害怕，多数国家派使者来长安进贡，汉朝到西域的使者越来越得到赏赐、升官。于是从敦煌西到盐泽，到处建立亭障，在轮台、渠犁都有屯田卒数百人，汉设使者校尉领导监护屯田事，并供应汉朝到外国的使者的生活。

宣帝时，派卫司马负责监护鄯善以西几个国家。打败姑师的时候，并未全部消灭他们，只是将他们分为车师前王、车师后王和山北六国。汉朝只监护南道，因为没有全部兼并北道的缘故。可是匈奴已经感到很不安了。以后，日逐王背叛单于，率领部众来降汉朝，汉的护鄯善以西使者郑吉迎接日逐王。汉朝封日逐王为归德侯，郑吉为安远侯。这一年是神爵三年（前59）。汉就使郑吉并护北道，所以号称"都护"。都护之设置从郑吉开始。僮仆都尉从此罢掉，匈奴更弱了，不能靠近西域。于是汉迁徙百姓屯田在北胥鞬，分莎车之地，从此屯田校尉开始属于都护。都护侦察乌孙、康居等外国的情况，如有动静，立即报告皇帝。可以安抚的就安抚，需要打击的就打击。都护驻乌垒城（今新疆轮台县东北），东到阳关2738里，和渠犁的屯田官接近，土地肥沃，在西域的中央，所以都护驻在这里。

元帝时，设置戊己校尉，屯田于车师前王庭。这时，匈奴东蒲类王兹力支率领部众1700余人投降都护，都护分车师后王西面的土地为乌贪訾离国，安排兹力支部居住。

自宣、元帝以后，匈奴单于向汉称藩臣，西域也服从汉朝，西域的土地、山川、王侯、户口、道里远近，都得以翔实记载下来。

出阳关向西，从近的开始，是婼（若）羌。婼羌国王名号为去胡来王。东到阳关1800里，到长安6300里，处在西南偏僻之地，不在大道上。有户450，人口1750，军队500人。西与且末相接。随牲畜逐水草而居，不种田，靠鄯善、且末供给粮食。山上产铁，自己制造兵器，兵器有弓、矛、服刀、剑、甲。西北到鄯善，鄯善在大道上。

汉以来，西域实际是对玉门关、阳关以西地区的总称。狭义专指葱岭以东而言，广义则指凡通过玉门关、阳关以至狭义的西域所能到达的任何地区，包括亚洲中西部、印度半岛、欧洲东部和非洲北部都在内，如自然包括今蒙古国在内了。

那么，就狭义的西域而言，应该特指汉朝廷安排的行政机构所管辖的今中国新疆大部及中亚部分地区，位于欧亚大陆中心，是丝绸之路的重要组成部分。就这些地域，也是相当广阔的了。

西域国家主要分布在塔里木盆地、吐鲁番盆地和以北准噶尔盆地的边缘，当地人都利用从雪山上融化的雪水在绿洲上生活，而塔里木河与罗布泊是西域地区的主要农业、生活水源。因而该区域的国家兴旺与水有着密不可分的联系。据部分考古学家的判断，楼兰即是由于河流改道与罗布泊的迁移而灭亡的。

同时，西域地区由于地理上的因素，国家的兴衰容易受到气候变化的影响，自11世纪以来东亚全境气候逐渐变冷，当地气候也受到强大影响，经过该地的商贸往来更乐意通过南方丝绸之路来进行，令西域贸易逐渐减少，各国也因此衰落。

应当说，汉与西域诸国的正式交流，是从张骞出使西域开始的。据考证，前17世纪，西域地区已出现基本的国家形态，并同大夏（今阿富汗）一带的商人进行青金石贸易。前5世纪左右，西域地区开始逐渐繁荣，西域各国利用地处东西方交往要道的地理优势逐渐发展，在西汉管辖下各国的经济文化得到极大发展。

汉武帝以前，西域小国林立，天山以北的一些小国受到匈奴的控制和奴役。

汉宣帝神爵二年（前60），西汉击败匈奴在此设西域都护府，名为乌垒城（前名轮台国），是当时汉朝管理西域36国的政治、经济、文化和军事中心，西域都护由汉皇亲自任命，因前面已经写及，不再赘述。那么，本章所讲述的故事，则要从广义上的西域来理解，因为它涉及蒙古国，涉及蒙古国的燕然山。

接前章所述，窦宪将军领军出战之时，对班固说："这次西征，你也随军去吧！"

班固说："我个一手无缚鸡之力的文人，去那两军征战的沙场，又能做什么呢？"

"你可以做参军啊！"窦宪说，"如有战事，你可以帮我出出主意，记录一下战况；战斗结束，你可以统计一下战果，给朝廷写写奏疏；必要时呢？也可以领领兵、统统将，打些小仗嘛！"

"我能打仗？可别让我出洋相了。"班固说。

"打仗哪能让你打？你可以领着兵将们去打，也能知道什么是打仗。"窦宪说。

班固想了一想，稍有犹豫地说："只是，我现在的《汉书》，已写完一大半了，正到了紧要关头，难道能撇下不管吗？"

"等征讨完北匈奴回来，你再写也不迟嘛！"窦宪说，"我听闻，你的《汉书》中，还计划给西域单独立志，可你连西域去都未去，见都未见，又怎么能给它立志呢？"

"那也好。"班固听罢高兴地说，"是的，我现在的确正在撰写《汉书》的西域志，是很想去西域看看。机会好的话，也见见弟弟班超，真想他啊！"

窦宪说："你的这些愿望，有些可以实现，有些却不能实现。因为我们此次出兵，是以消灭北匈奴为主要目标。根据我们所得到的情报，北单于庭，今驻军于稽落山（今蒙古人民共和国古尔连察岭一带），它与你弟驻守的疏勒城方向完全不同，距离又相当远，你们兄弟恐怕是难以见面的。"

"那我们兄弟，就不见面了吧！"班固说，"咱们以国事为重，国事为重！相比较而言，我们兄弟能不能见面，那就是小事了。而且，我弟在给我的信中，还专门提及如出兵讨伐北匈奴，应先攻击北匈奴王城，摧毁北匈奴主力，不必考虑他和汉边联军的安危，这也不失之为一良策。"

于是，朝廷让窦宪、耿秉领兵，他们统汉军8000锐骑、南匈奴30000余骑、羌胡8000余骑，辎重车13000余辆，组成一支适应漠北作战的骑兵部队，分三路出师，会于涿邪山（今蒙古戈壁阿尔泰山）。正在这时，班超所遣的扎克父子三人、格尔巴扎所率的一支纯西域军组成的小分队也已抵达，他们虽然人数不多，但战斗力极强，又都熟悉地理和西域风情，这是窦宪大军最需要的人了。尤其是达娃、多娃，他们从小就是北匈奴军师哈密图的义子，对于北单于的一切，他们甚为熟悉。于是，窦宪便将他们分拨于汉军各个营中，大都担任了向导和军事参谋这样一些角色，发挥了十分重要的作用。扎克见到班固时，还给班固捎去班超的一封亲笔信，信中除谈及西域军情和兄弟思念情外，并表示此次大战胜利后，自己欲回一趟洛阳，看望兄长和亲属，他说自己太想念他们了。他还说，这一次，本是兄弟相见的极好机会，但大战在即，为帅者不可轻动，故难以与兄长见面，请多多谅解。当时，窦宪获悉，今北单于庭驻稽落山（今蒙古人民共和国古尔连察岭一带），便遣将率精骑万余，分三路驰袭，围歼北匈奴军主力于稽落山。此一战，北单于庭北遁败走，窦宪又督军穷追，一直杀过了安侯河（今蒙古人民共和国鄂尔浑河），歼名王以下13000人，北匈奴降者达20余万，余部只能继续西徙。次年，窦宪又遣军袭取伊吾城（今新疆哈密西），切断了北匈奴与西域的联系，再率汉军进屯凉州，这就减轻了西域班超的压力。北匈奴庭怯于汉军之威，只好遣使上书，表示愿意降服称臣。于是，窦宪即派班固率军出塞，迎北单于，又暗遣汉将率南匈奴8000锐骑出鸡鹿塞（今内蒙古杭锦后旗西），抵涿邪山，分兵两路，左路绕西海迂回至河云（今蒙古人民共和国吉尔吉斯湖西南）西，右路沿匈奴河（今蒙古人民共和国拜达里格河）北上，渡甘微河（今蒙古人民共和国扎布河），出河云东，乘夜合围匈奴军，歼敌万余人。此战，北单于庭大败，他本人身负重伤，只好偕数十骑西奔而逃。来年初春，北单于庭复设庭帐于金微山（今阿尔泰山）。窦宪遣汉将耿夔率800锐骑，出居延塞（今内蒙古额济纳旗东南）5000余里，再破北单于，歼5000余人，北单于庭再败再逃。于是，北匈奴一部，便只能向欧洲迁徙，余部溃散。金微山之战后，北单于庭便在蒲类海"款塞乞降"，这里毗邻东汉的伊吾。窦宪利用这一时机"遂复更立北虏，反其故庭，并恩两护"。他以耿夔为中郎将，赐授印玺，持节卫护之，并命中郎将任尚持符节护卫耿夔，屯驻伊吾。此战，窦宪将军针对匈奴军飘忽不定、行动快速的特点，采用了远程奔袭、先围后歼、穷追不舍的战略战术，大败北匈奴兵，获得大胜，使延续数百年的汉匈战争得以结束。

大军铁流滚滚，队伍浩浩荡荡。当窦宪的大军追击匈奴军至燕然山（今蒙古国境内之杭爱山)时，窦宪对班固说："此番大捷，古今未有，你能不能给咱们写篇文章，以勒石留念呢？"

班固说："可以。"窦宪又说："这篇文章，你一定要尽全力写好，因为它要勒石，是要留存千古的啊！"

班固说："放心吧！将军，我一定将此文写好。"说罢，班固便铺帛研墨，窦宪也派人伺候，班固便即兴信笔写了起来，作铭曰：

大汉永元元年秋七月，国舅、车骑将军窦宪，恭敬天子、辅佐王室，理国事，高洁光明。就和执金吾耿秉，述职巡视，出兵朔方。军校们像雄鹰般威武，将士们似龙虎般勇猛，这就是天子的王师。六军俱备，及南单于、东胡乌桓、西戎、氏羌侯王君长等人，猛骑三万。战车疾驰，兵车四奔，辎重满路，一万三千多辆。统以八阵，临以威神，铁甲耀日，红旗蔽空。于是登高阙，下鸡鹿，经荒野，过沙漠，斩杀"温禺鞮王"，用其血涂鼓行祭；用"尸逐骨都侯"的血来涂刀剑之刃。然后四方将校横行，流星闪电，万里寂静，野无遗寇。于是统一区宇，举旗凯旋，查考害传图籍，遍观当地山河。终于越过"涿邪山"，跨过"安侯河"，登燕然山。践踏冒顿的部落，焚烧老上的龙庭。上以泄高帝、文帝的宿愤，光耀祖宗的神灵；下以稳固后代，拓宽疆域，振扬大汉的声威。此所渭一次劳神而长期安逸，暂时费事而永久安宁。于是封山刻石，铭记至德。铭辞说：

威武王师，征伐四方；剿减凶残，统一海外；万里迢迢，天涯海角；封祭神山，建造丰碑；广扬帝事，振奋万代。

固然，在中国历史上，是有过东汉这么一段光辉的历史；在东汉年间，是有过著名的稽落山之战；而在稽落山之战后，也确有窦宪让班固撰写《封燕然山铭》这样的史实。但是，从那至今，毕竟已经历了1900多年，但令人震惊的是，这个《封燕然山铭》，如今却真实地呈现在了世人面前，这不能不说是一个奇迹。

那是1990年，两位蒙古国的牧民，在杭爱山发现了一处摩崖石刻，便把这件事直接上报给了官方。蒙古国专家进行了大量的研究，却不能破解谜团，此事便不了了之。

一晃14年时间过去了，沉寂已久的摩崖石刻，突然迎来了转机。2014年，内蒙古大学研究蒙古学的资深教授齐木德道尔吉，收到了蒙古国提供的有关燕然山摩崖石刻的信息。两年后，借着学术研究会的契机，齐木德道尔吉联系了几位志同道合的学者，决定共同去蒙古国，拨开摩崖石刻的迷云。这些学者中，即有博览群书、才高学深的高建国。

专家们反复研究考证，在摩崖石刻上，提取了"南单于"三字。高建国认为，自先秦到南北朝末期，匈奴在我国历史上活跃了近500年。其中，尤以汉朝最盛，汉朝的诸多将领如卫青、霍去病、窦宪等都因大胜匈奴而背盛名，后人皆知。

除了"单于"，"南"字也对摩崖的揭秘提供了关键线索。汉建武二十四年（48），匈奴发生大分裂。当时，日逐王比率40000多人南下附汉称臣，被称为南单于，仍然留居于漠北的单于则被称为北单于。

有了这样一些史实作为基础，高建国便将自己的目光投向了东汉。他将发现的过程及结果，告诉了老师齐木德道尔吉，经过交流，他们都认为此即是窦宪率大军征匈奴时班固所撰写的《封燕然山铭》。

历代以来，杭爱山（即燕然山）石刻被多次发现，清朝名将左宗棠部下曾获得此摩崖石刻拓片。20世纪80年代初，也有人发现不少刻着文字的小石块。但因为岁月在这些文物上留下的痕迹太重，所以难以辨别，并没有引起人们的注意。而这次发现的杭爱山摩崖石刻，受损并不严重，字迹较为清晰，这让到达现场的考察队员们喜出望外。他们废寝忘食地进行测量探测，得出该石刻宽1.3米，高约0.94米，离地高4米多。石刻虽不大，却由260余字构成。它向我们讲述的，正是窦宪大军征讨匈奴这一故事，而作者班固的构思和文采，都给人们留下深刻的印象，真所谓"千秋良史笔，美文百代传"！

很自然，经历了1900多年依然幸存的《封燕然山铭》，正是当年窦宪进行稽落山之战并且取得巨大胜利的铁证，也是班固当年确实撰写了这样一段文字的铁证。尽管对于当年窦宪兵伐匈奴，历史上说法不一，评论者褒贬不同，但是他一战而大胜匈奴，并且是一胜再胜，这较之卫青、霍去病有胜有负的讨伐匈奴之战，是有过之而无不及。但前者少人歌颂，后者却多有赞誉，这其实是很不公的。

# 第四十七章　种兢迫害　孟坚含恨死冤狱

　　这是监狱，这是京都洛阳的监狱，这是专门用于关押那些所谓的反对朝廷的政治犯的监狱。监狱的高规格，并不能代表会对犯人们有什么宽容和优待，而只能代表对于犯人的管理会更加严格、刑罚会更加残酷。班固，就被关押在这个地方。

　　在班固被关押的当天晚上，种兢便在自己的府里举行家宴，专请李邑、梁扈二人以示庆贺。三人聚齐后，梁扈问种兢："怎么不请宋意尚书呢？"

　　种兢十分奇怪地问："请他干什么？"

　　梁扈说："我见你今天请的，都是反对窦宪出兵北匈奴的人，宋意是咱们这一派，也可以请啊！"

　　种兢说："宋意反对向北匈奴出兵，他是站在另外一个角度来考虑的，与我们出发点不同。我们呢，则是站在不给班超解围这一角度来考虑的。他和我们还不是一路人。"

　　李邑说："你这样考虑，是对的。咱们三个计划的事情，十分机密，是不应让外人知道的。"

　　宴席间，梁扈颇为激动地说："真所谓三十年河东，三十年河西。前些年，倚仗窦宪之势，班氏一门，不知有多红火。那班固，他写这颂那颂的，连获皇上的赞誉和奖赏，他还写《汉书》、编撰《白虎通义》，能得差不多都上天了；那班超，他在西域，更是威名远扬，累建奇功，震慑西域36国，名声甚至超过了博望侯；他们的妹妹班昭，也有许多著述，享有才女的美名，还有人称她为女圣人；以至连班超的儿子班雄，也因代父上书而出名，被人称为神童，真是满门皆荣啊！可这阵子，窦宪已死，窦家开始衰败，班家便也走下坡路了，花开，哪能长时间红呢？"

种兢说："班家走下坡路，这只是个开始。今邀请二位来，我是想问问，那班固，已到了我的手上，你们说，该怎么处理他呢？"

"整死他！"李邑恶狠狠地说，"打蛇不死，必有后患，我们岂能留班固这样的后患呢！"

"整死他容易，可后果难料啊！"种兢说，"假若皇上追究起来，怎么应对呢？"

"那咱们就动作放快些。至少这阵，皇上他没追究吧！所以，这阵整他乃至整死他，乃是最佳时机。"梁扈说。

"也不一定操之过急，咱们可以先录取他的口供，拿到他和窦宪勾结谋反的罪证。只要有了这些东西，即使把他整死了，纵然以后皇上过问起来，我们也有话说。"李邑说，"我认为，对付班固，应当软硬兼施，先软后硬。"

"我同意李大人的办法，不一定操之过急。"种兢说，"现在，弄死班固，非常容易，就如同弄死个蝼蚁似的，可最终担责的，是我呀！"正因为种兢有着这样一种指导思想，所以在开始那些日子，监狱管理人员对待班固还算不错，吃有吃的，喝有喝的，只是人身不自由罢了。几天过后，便有了对班固的第一次审讯，主审官便是洛阳令种兢本人。本来，对于班固的审讯，多个官员都能胜任，可种兢非要抢着担任主审官，不排除公报私仇等各种因素。当时，将班固刚一押上，种兢即说："罪犯班固，你的罪行，自己非常清楚，只要你老老实实交代，我们也不会难为你，否则，你是不会有好果子吃的。"

"我不知道，我到底有什么罪？我犯了哪门子法？我真的一点也不知道。"班固说。

"这说起来，都是些旧账了。你说说，你写《汉书》，为什么要私改国史、妄议朝廷呢？"种兢问。

"对此，不是在先皇明帝时，就已经有过定论了吗？如无明帝之定论，我焉能继续进行《汉书》的撰写？焉能有我班固的昨天和今天？"班固说。

"这事，你自己心里明白，若不是因你弟班超巧舌如簧，蒙混和欺骗了先皇，明帝岂能不对你严加惩罚。但这毕竟是你过去所犯的罪行，我这里暂不多问，我只问你新犯的罪行？"种兢说。

"我新犯有什么罪行呢？"班固问。

"勾结窦宪，结党营私，结帮组派，反对朝廷，这难道不是你新犯的罪行吗？"种兢问。

"窦宪是窦皇后的胞兄，章帝时他为虎贲中郎将，和帝时为车骑将军、大将军，封冠军侯，且莫说我小小的班固，满朝上下，大小官员，无有人不敢不听窦宪的命令。我受命到他帐下做事，件件精心，事事谨慎，又有什么不妥呢？"班固回答。

"你到他帐下做事，为什么要替他撰写《封燕然山铭》，无端地赞扬和歌颂窦宪呢？"种兢又这样说。

"我对于窦宪的赞扬和歌颂，又怎么会是无端的呢？"班固说，"那窦宪，他不是与执金吾耿秉一起，确实出击匈奴了嘛！他们征战之时，确实是'战车疾驰，兵车四奔，辎重满路，一万三千多辆。统以八阵，临以威神，铁甲耀目，红旗蔽空'。我作这样的描述，都是征战之纪实，战场之实录，如有半点虚夸之词，我愿以自己的生命为担保。这又有什么错呢？"

"可是，如今的窦宪，他毕竟是反贼啊！"种兢说，"要不，他怎么会被朝廷关押，又怎么会畏罪自杀呢？"

"我认为，对于任何一个人，正确的看法是，功是功，过是过。窦宪他有没有功呢？有！他的出征匈奴，他的金微山之战，他的致使北匈奴之降，此即为功，他有大功于朝廷，这是谁人也不应抹杀的。当然，他也并非无过，比如他的自负功高、自高自大、任意妄为，这些又不能不是他的过。"班固说。

"好一个班固啊！你不愧是一个伟大的史学家、文学家，不但用笔能写，这嘴也挺能说的嘛！"种兢讥讽地说，"现在，人人都论窦宪罪，个个都骂窦宪贼，你却极力为他辩护，替他开脱罪责，难道就不怕受牵连吗？"

"那不过只是墙倒众人推罢了。"班固冷冷地说。

"不管是墙倒众人推也罢，抑或是窦宪他本人罪恶累累也罢，我要忠告你的是，只要你能同窦宪划清界限，揭发他的罪行，揪出他的同伙，朝廷对你自会从宽处理。这就要看你本人的态度了。"种兢说。

"我还是刚才的说法，窦宪功是功，过是功。但是我班固呢？自然也功是功，过是过了。"班固说。

"那么，你的功是什么呢？"种兢问。

"不负朝廷使命，完成了《汉书》的大部分撰写，这可不可以称之为我的功呢？还有《两都赋》《神雀赋》《南巡颂》《东行颂》《典引篇》的撰写，以及《白虎通义》的编撰，这些，都可不可以算作是我的功呢？"班固回答。

"那么，你的过呢？"种兢又问。

"只为我忙于著述，后又随军纪事，顾家很少，平时教子不严，诸子多不遵法度，招惹是非，这的确是我之过。其他，我自觉并无什么大的过错。"班固说。

"哟，你的功如此之大，过如此之小，但现在却被朝廷收监关押，你难道对此心怀不满？"种兢又想寻找班固新的过失。

"不敢！"班固说，"朝廷关押班固，自有关押的道理，但班固生性愚笨，还请种大人明示。"

"那么，我且问你，窦氏子弟仗着权势，甚至敢大白天在街上抢劫财物，侮辱妇女，根本没人敢管他们的事。窦宪仗着窦太后的宠信，朝中党羽遍布，暗中还培养了很多刺客，这些刺客是窦宪专门为暗杀那些不服从他的人所设置的。对于这些事情，你难道都不知晓吗？"种兢问。

"这些事情，我也曾有听闻，但却知之不多。对此，我也曾规劝过窦宪，只惜我人微言轻，他并未认真听取。此一事，我个人的确无能为力。"班固说。

"先皇汉明帝时期，窦宪的父亲窦勋犯罪被关押。审理这个案件的官员是韩纡，他经过调查，坐实了窦勋的罪名。于是，韩纡按照律法处死了窦勋。但是，窦宪却因此怀恨在心，他训练好刺客后，就准备刺杀韩纡，可因为韩纡已死，他们便刺杀了韩纡的儿子。刺客带回了韩纡儿子的首级，窦宪就用韩纡儿子的首级来祭奠自己的父亲。这件事，你参与了吗？"

"当其时，我正在扶风老家，替已故的父亲守孝，又怎么能参与这样重大的事件呢？"班固说，"此一事，我真的一概不知。"

"那么，你知道窦宪被人称万岁一事吗？"种兢问，"一个时期，朝中有些臣子，见窦宪势力庞大，便纷纷投靠，甚至在私下将其称呼万岁。窦宪他有何德何能？怎敢让人称万岁呢？尚书韩棱曾愤怒地指责这些臣子，说从来没有人臣被称作万岁的礼制，你们这样做，难道是要造反吗？这件事，你参与了吗？"

"我怎么能参与这些荒唐的事呢？"班固说，"我是儒家子弟，对于君君臣臣、父父子子这样的严格纲纪，怎么能不懂呢？对于此事，我不仅未参与，也从未听说。"

"有人说，是你给窦宪出谋划策，让他派人刺杀了梁王刘畅。这件事，你说什么也不脱不了干系。对此，你又作何辩解呢？"种兢说。

"种大人何出此言？"班固说，"我乃一介文人，手无缚鸡之力，不伤蝼蚁之命，又怎能参与窦宪派人刺杀梁王刘畅一事呢？再说，即使窦宪欲刺杀刘畅，此乃一等一的机密大事。像这么重要的事，他又怎么能告诉我这样一个下人呢？"

"如你所说，窦宪的种种功劳，都与你相关；而窦宪的种种罪恶，又全部与你无关。你可真是足赤之金、无瑕白玉了。"种兢满含讽刺意味地说。

"我又怎么能是足赤之金、无瑕白玉呢？"班固说，"我身为男子汉大丈夫，一就是一，二就是二，有就是有，无就是无。种大人你刚才所说的那些有关窦宪的事，我确实从未参与，又怎么能说清其中的缘由呢？"

最后，种兢软中带硬地说："还是回到我刚才说过的那句话，对于你勾结窦宪、结党营私、结帮组派、反对朝廷一事，你必须老实交代，不能隐瞒，否则，一定有你的好果子吃。"

班固仍然十分镇静地说："俗话说，心里没冷病，不怕喝凉水。我真的没做什么亏心之事，哪能惧怕国家的法律呢？"

……

这是班固被捕以后，种兢在自己的府里，摆的第二次家宴，所请的，也还只是李邑、梁扈这几个狐群狗党。宴席之间，李邑首先发问："种大人，对于班固，你用我所说的软硬兼施、先软后硬的办法，奏效了吗？"

"软的办法我倒用了，却没怎么奏效，他什么也不说，什么也不招。今请诸位的目的，就是我欲对班固下狠手。你们说，用什么办法呢？"种兢问。

"软的不行，那就来硬的嘛！"梁扈说，"什么汤镬、菹醢、斩刑，都可以用啊！"

"你说的这几种刑罚都不行。"李邑反驳说，"汤镬是把人煮死，菹醢是把人制成肉酱，斩刑是把人砍头，这种一下把人弄死的办法，用到班固身上，能报我们什么仇，解我们什么恨呢？叫我说呀！就用最常用的刑罚。可以用笞刑，用竹板和荆条打他的背部和臀部；还可以用杖刑，用大荆条、大竹板或棍棒抽击他的背、臀或腿部。就用这两种普通的刑罚慢慢折磨他，班固是个文人，细皮嫩肉的，一用刑，他就什么都招了。"

"也可以搞刺配呀！在他脸上刺字，把他发放到边远地区，我看他还怎么写书？怎么出名？"梁扈说，"也可以谪戍，判以流刑，把他流放到最边远最偏僻的地方去，让他永远难回中原，难进洛阳，他又怎么能东山再起呢？"

"但是，用刺配和流刑，却起不到羞辱他的作用。可以用刖刑，把他的膝盖骨取掉，使他不能行走，成天过着生不如死般的生活，这样不挺好嘛！"李邑说，"还可以用墨刑。班固成天爱舞文弄墨，那咱就投其所好，给他脸上刻字，让他永留烙印，这不就成了他一生洗之不净的耻辱嘛！也可以用宫刑，班固老是以太史公来自喻，把他进行阉割，这不更能羞辱他嘛！"

"唉，那么费事干啥？干脆，把他变成'人彘'得了。"梁扈说。他这里所说的彘，豕也，即猪。人彘是指把人变成猪的一种酷刑。使用这种酷刑，即把人四肢剁掉，挖出眼睛，用铜注入耳朵，使其失聪（熏聋），用哑药灌进喉咙，割去舌头，破坏声带，使其不能言语，然后扔到厕所里。再割去鼻子，剃光头发，剃尽眉发（还包括眼睫毛），然后抹一种药，破坏毛囊，使毛囊脱落后不再生长，永不再长毛发。或者将头发一根根拔掉，有的嫌累，就一起拔掉。行这一酷刑时，如果有皮掉下来，或者受刑者在行刑中死了，刽子手就会被人嗤之以鼻，甚至丢掉饭碗。也有在行刑过程中没死的，就被放在厕所里做成了人彘。

听梁扈这样说，李邑表示赞同，他说："这一酷刑，正是西汉吕太后的发明，她不是就把戚夫人做成了人彘吗？为此，还专门安排'专人照顾'，然后将戚夫人丢弃在茅厕中，任其痛苦地死去。已有这样的先例，我觉得我们也可以这样来对付班固。"

"这样做，解恨是解恨，但我要落个酷吏的千秋骂名啊！"种兢说，"据说，历史上把人变成人彘，只有戚夫人这样一例. 我这样整治班固，那不成吕太后第二了嘛！要知道，这样弄死班固，万一皇上追究起来，我可担不起这个责哟！还有班固的弟弟班超，可是个狠角色。万一他知道了此事，从西域返回来报仇，我们恐怕都难逃其手。"

"那，你到底想怎么办呢？"李邑问。

"不弄死他，难解其恨；欲弄死他，怕皇上追究，我也不知道究竟该怎么办。"种兢说。

"这样办好了，"李邑说，"弄死他，再伪造一个他自己畏罪自杀的现场，不就没你的事了。"

"这倒是个好办法。"梁扈说。

"好，就这么整，整死他！"种兢发狠说。

"我也支持这么整。"李邑说，"昔日里，那班超割掉了我儿子的鼻子，我不能拿班超报仇，却可以借他哥班固出气。只要弄死了班固，我的心里才好受一点。"最终，他们确定了整死班固并伪造其自杀的方案。

这以后，班固的待遇陡然变了，种兢他们见"软"的办法不行，便决定采用"硬"的办法。于是，班固的待遇变了。先是食物的改变，每天给班固吃的，只是一些稀稀的清汤，腐烂的蔬菜，霉变的饭馍；次是牢房的改变，班固被推入一间最差的牢房，那里面无床无被褥不说，只有一堆堆的麦草；再是刑罚的使用，什么皮鞭抽，棍棒打，挑脚筋，断肋骨的毒刑都用过了。这时的班固，已因种种酷刑的折磨，走到了死亡的边缘。但是，他仍然坚持活着，因为他还有自己精神的寄托和未完成的事业——《汉书》的撰写。

这一天，种兢又对班固进行审讯，他对班固说："你看，我好说歹说，你只是不听。皇上也说了，只要把你和窦宪串联勾结的罪行，一一交代清楚，就会饶你之罪。你何必如此固执，受这么多罪呢？"

班固说："我和窦宪，真的没什么串联，也没什么勾结，我真没有什么好交代的。我希望种兢大人代我恳求皇上，能看在我还要撰写《汉书》，而这一事情又无人替代的份上，宽恕我班固。"

谁知，班固如此一说，反倒提醒了种兢。种兢心想：这班固今犯我手，整死他也只似捏死个蝼蚁一般。可是，一旦皇上想起了他，再让他继续撰写《汉书》，他必会在皇上面前说三道四，皇上一旦怪罪下来，那可不是闹着玩的。这可怎么办呢？于是，他便来到狱中，假惺惺来看望班固，对班固说："我也是奉圣命行事，对你不能不动刑罚。但是，我只是不知，你还有什么要求呢？我会在我权力许可的范围内，对你从宽处理。"

"那么，你就对我用刖刑吧！"班固说，"让我像孙膑一样，即使断了双足，但我的双手还在，我仍能写《汉书》。或者，对我用其他酷刑，即使我受了酷刑，可是我生命还在，但是我仍能写《汉书》。我这样一些并不过分的要求，你难道都不答应吗？"

"答应，答应！"种兢说，"你呀！对刑罚已有所求。我呢？也愿成人之美。"于是，种兢便先对班固施以刖刑。但要命的是，他让人去掉的不是班固的双足，而是他的双手。他心里这样想：你成天念叨写《汉书》写《汉书》，我斩断了你的双手，你还怎么写《汉书》呢？但令他想象不到的是，班固虽然断了双手，却练习用脚写字，写得还有模有样。这个时候的班固，只有一种信念来支撑：我要活下去，活下去！一定要活下去！只要我有三寸气在，即使不用双手，我用双足，也一定要把《汉书》写完。后来，种兢见了班固，冷笑着对班固说："你看看，怎么样，我的确是成人之美吧！你说用刖刑，我就用刖刑，让你成为像孙膑一样的伟大人物，你总该满意了吧！"

班固不见种兢还罢，一见种兢，他不由破口大骂："把你个狠毒无比的种兢，我让对我用刖刑，是宁断双足，保留双手，以后还能写《汉书》，可你却断了我的双手，我还怎么写《汉书》呢？你们这样做，是不得好死的！如今，我虽是怯弱文人一个，可我弟班超还在西域，他如若返朝，肯定饶恕不了你们！"

种兢嘿嘿冷笑着说："你呀！论写书著述，你是个天才；可论为人处世，你却是个傻瓜。你写成《汉书》，那你就出了名，可对我有什么好处呢？

第四十七章　种兢迫害　孟坚含恨死冤狱

似此，我能支持你写《汉书》吗？"种兢又想到班固所说的弟弟班超，便故意气班固说："至于你弟班超，我听多人说，他已经死在西域，你还指望他什么呢？"

班固听罢又骂："你胡说，纯粹是胡说，我弟班超现在好好的，他吉人自有天相，是一定还在西域待着的。别看你们断了我的双手，可是我嘴还能说，我即使向别人叙述，也一定要写完《汉书》，你们谁个，也阻挡不了我写《汉书》的决心！"

"噢，你嘴还能说，这一点我倒是忽视了的。"种兢说这话时，眼里射出一丝阴冷的光来，大约他又想出了整治班固的新主意。于是，几天之后，班固竟变哑了。他变哑的原因，是因为种兢让人给班固送饭时，那饭菜里拌有哑药，班固的声音也失去了。

班固虽然失去了双手，失去了声音，但是，他却仍然活着，顽强地活着。他心里只有一个信念：只要我还有一口气在，我便要继续写《汉书》。《汉书》《汉书》《汉书》……这是我精神的寄托、生命的依靠啊！

对于班固如今的状况，不仅仅是种兢，包括李邑和梁扈，他们全都一清二楚。这一天，他们三人在种兢府碰头时，李邑带来了一个不好的消息，他说："有大臣向和帝建议，让释放班固，让他重新进行《汉书》的撰写。"

"这可怎么办呢？"种兢一听李邑这话，立刻慌了神儿，"如今班固已成了这个样子，既没有双手，又不能说话，还受了酷刑，又怎么能去见皇上呢？"

"弄死他，不就得了。"梁扈说。

"你说得倒很轻松，把他弄死，皇上向我要人，我怎么办？"种兢说。

"说他自杀不就得了。"李邑说。

"那皇上会问，他是怎么自杀的呢？"种兢问。

"上吊！"李邑说，"赶快弄个他上吊自杀的现场，到处传播班固上吊自杀的消息，这可以说是天衣无缝，皇上又怎么会怪罪呢？这办法，咱们不已早想到了嘛！"

其实，到了这个时候，班固已知道，自己行将走到生命的尽头，便自叹道："我常常感慨孙膑，他虽然受了刖刑，却依然能领军布阵，挥军杀敌，活捉庞涓，报仇雪恨，并撰写兵书，成为伟大的历史人物。我也常常感叹太史公，他学识渊博，著述丰厚，也能自保而受了酷刑。可是我呢？既受了刖刑，却不一定能像太史公那样保住生命，继续自己的事业。《汉书》《汉书》《汉书》，我悔恨终生的是，我难以完成《汉书》的撰写啊！"这时，他不能不想到自己的弟弟班超，很想让弟弟为自己出得这口恶气，便自叹说："弟弟啊！兄之临死，难道都不能见你一面吗？"

接下来，一个阴谋开始了。当天夜里，班固的那间牢房里，梁上多了一根绳子，绳头挽了一个套子，套下搁了一个凳子……失去双手的班固被抬上了凳子，吊在了绳套之上。这样，只是在片刻之间，一个伟大的生命便失去了。

几日之后，和帝果然下诏，命令释放班固，让他继续进行《汉书》的撰写，可这位伟大的史学家已失去了生命，他还怎么能继续进行《汉书》的撰写呢？

一闻班固的死讯，和帝不由勃然大怒，他责令李邑作为专案人员，让他严查此事。严查的结果是：班固受刑不过，自己上吊自杀；种兢监管不力，负有很大责任。于是，"替罪羊"种兢，便被和帝下旨赏毒酒赐死，这个害死班固的罪魁祸首，也只能尾随班固而去。但是，和种兢一起合谋害死班固的奸臣李邑和梁扈他们，却仍逍遥法外。

一个伟大的生命虽然失去了，但是，一部伟大的史书却流传了下来，它就是班固所撰写的《汉书》。

对于《汉书》，有专家这样评论指出：《汉书》又称《前汉书》，是我国第一部纪传体的断代史。它规模宏大，体例统一，记事丰富，文辞精练，常被后世看作和《史记》并列为封建社会"正史"的典范。它不仅在史学上有所贡献，而且在文学史上也占有一定地位。

《汉书》100篇，共80万言，包括汉高祖元年（前206）到王莽地皇四（23）年230年间的史事，从政治、经济、文化、军事、民族等各个方面，反映了当时的社会面貌。《汉书》武帝以前的记载多采《史记》，武帝以后以《后传》为基础，参考其他有关著述，做了大量订正，增加了史料的可靠程度。班固还利用当时官府藏书，收集了许多遗闻轶事，经过取舍裁成，熔铸到著作中去，使《史记》缺漏的重要文献在《汉书》中得到补充。如在帝纪中增加了许多重要诏令，在传记中增加了有关政治、经济、军事等方面的奏疏和议论，都有很高的史料价值。

重要的是，班固创立了一些"表""志"。如，《古今人表》，谱列远古至秦楚之际的历史人物；《艺文》《五行》《刑法》《地理》四志，扩大了史书容纳史料的范围。

《汉书》十志取法《史记》八书，又对八书进行新的组合和必要充实，在我国史学史上有重大的贡献和深远的影响。《艺文志》综述了各个学科和学派的源流，记载了西汉皇家藏书情况，是论述中国古代文化史的重要文献。《地理志》叙述了自传说时代"九州"到西汉的地理沿革，以及各地的山川、户口、风土和海外交通。《五行志》和《刑法志》分别记载了古代自然变异和立法设刑的情况，《食货志》补充《史记》的《平准书》，系统地记述了西周以至王莽时期的经济制度，是研究古代社会生产力发展的重要资料。另外，《沟洫志》续补《史记》的《河渠书》，备载黄河变迁和治河对策，其中哀帝时贾让治河三策是十分宝贵的古代治河文献。《律历志》记录了大量自然现象和自然科学的发展情况。《礼乐志》是研究我国古代国家机器和典章制度的重要史料。十志在八书的基础上确立了一个比较完整的志书规模，后来"正史"的志大体依十志稍作增减。唐宋时期，志书体得到很大发展，出现了《通典》《通志》《通考》等典章文物专著，但是，《汉书》十志的创始功绩是不可磨灭的。

苏渊雷先生在所著《读史举要》（黑龙江人民出版社出版）书中《马班异同论》一文指出，司马迁和班固及其作品史汉二书的风格异同及倾向性，重要关键在二人所抱的世界观和创作方法，换句话说，在政治倾向和艺术风格上有着鲜明的对照。

一个是从道家思想的进步方面出发，多少越出封建统治阶级的狭隘性，有意在历史长流中找寻某种发展的规律，他看到了人民的力量和作用，看到了物质生活生产的决定性，特别是把历史和当时政治联系起来，加强时代的批判作用，因而对社会上被损害和被侮辱的人物表示深厚的同情，对"残民以逞"的统治阶级表示无比的憎恨；同时也接触到一些不合理的社会现象的本质，而有意加以挞伐，加上他在政治上遭受迫害的身世感，渗入了全部生命，因而使得《史记》成为一部战斗的洋溢着人民感情的"实录"。

一个是始终以儒家的唯心哲学为指导，站在封建正统立场，为刘氏政权作"润色鸿业"的功夫，为当时的政治服务。不过因为他还能忠于史职（这是中国史学传统之一），同时也注意到当时人民生活的实况，所以在综述那个时代阶级矛盾的具体复杂过程时，不自觉地提供揭露统治阶级罪恶的间接资料，在一定程度上反映了人民的愿望和感情，取得了现实主义的高度成就。

当然，《史记》和《汉书》不仅仅是司马迁和班固个人努力的结果。重要的是，他们之所以能获得如许成就，是与当时社会发展和其他部门学科（文学、哲学）尤其是六七个世纪来史学本身的发展分不开的；也和那个汉承秦后无论从政治经济文化都趋向于一统的时代要求相联系的，特别是司马迁对先秦以来史学本身的发展，大力地总结下来，即从简单的、账簿式的而且只有几万字的"编年体"历史记录的《春秋》，一变而为复杂的、记事本式的而且达到数十万言的"纪传体"历史记录的《史记》，这是他们所做出的伟大贡献的一面。同时，他还通过复杂社会生活实践中（借助先秦及并世载籍、古代及当代档案、考古问故、现场访问）多样地并创造性地积累了丰富的实际材料，提供后人以系统的全面的真实的历史记录。班固又在司马迁和刘向、班彪以来有关汉史撰述的原有基础上，创造了"断代史"的体裁，在另一方面达到了如刘知几所说"包举一代，撰成一书，言皆精练，事甚赅密"（《史通六家》）的写作水平。然而这和东汉封建统治阶级对农民让步后取得暂时稳定的时代要求相符合的。班氏父子对《史记》都有微词，班彪说："采经摭传，分散百家之事，甚多疏略，不如其本"（《后汉书·班彪传》）。班固也说："甚多疏略，或有抵牾"（《汉书·司马迁传》）。《汉书》有了班彪的《后传》做底稿，又经过班固20余年的辛勤写作，在文字和体裁上，当然能够补正《史记》的缺陷和不足之处，但在创造性上终逊一筹。即如汉武帝以前的纪传，几乎全采录《史记》原文；虽说史事有本，不容虚构成文，但作史连论赞也一样照抄，有时往往闹出时代不对头的笑话（如《陈涉传》），这就不免招致"剽窃"之讥了。

中华书局编辑部 1960 年 7 月出版的《汉书点校本出版说明》指出：《汉书》是我国第一部纪传体的断代史。

我国古代原有像《春秋》那样按年月记事的史书，叫作编年体。至于用"本纪"序帝王，"列传"志人物的纪传体，则始创于司马迁的《史记》。班固作《汉书》沿袭《史记》，所不同的是《史记》有"世家"，《汉书》没有；《史记》记载典章制度的部分叫作"书"，《汉书》改称"志"。一部《汉书》就是由十二本纪、八表、十志和七十列传组成的。

《史记》上起黄帝，下讫汉武，通贯古今，不以一个朝代为限，所以叫通史。《汉书》纪传所记则自汉高祖，止于王莽，都是西汉一代的史实，所以叫断代史（表、志也有不限于西汉的，如《古今人表》就包括很多汉以前的人物，但这是个别的）。断代为史始于班固，以后列朝的所谓"正史"都沿袭《汉书》的体裁。从这个意义上说，班固的《汉书》乃开创了中国断代史之先例。以后中国的历史，都是以断代史这种形式记载和流传下来的。

而宋范晔所撰的《后汉书》对班彪、班固父子这样评价：司马迁、班固父子，他们所写的历史著作，大义凛然，著称于世。评论的人都说他们有良史之才。司马迁的文章质直而真实可信，班固的文章富瞻（丰富充足）而叙事周详。像班固之描写事件，不毁誉过当，也不贬低或抬高，富瞻不过分，周详而有体，能吸引住读者而不会厌烦，其成名实在不是偶然的。

范晔的这些评价，应当说是公正的。

# 第四十八章　压力重重　邓燕来信互交心

其实，按照窦宪和班超最初的作战计划，在窦宪征服北匈奴之后，应大军直抵西域，横扫西域一切亲匈反汉的国家，使西域52国都统一于大汉的管辖之下。即使北匈奴投降或者灭亡，窦宪大军出征西域的计划仍然不变,还是要征服西域那些反汉或者反复无常的国家。但是,北匈奴投降后，窦宪正准备进兵西域，却被朝廷急诏而回，这与汉和帝与窦宪不合并急欲夺窦宪的兵权、朝廷反战势力力阻有关。正由于汉朝廷的此举，使得西域反汉势力不减反强，多个西域国家都摩拳擦掌、蠢蠢欲动，甚至有些国家互相结盟，组织兵力，与班超所统的汉边联军进行激烈的对抗，想瓦解汉边联军，把汉使团和汉军赶出西域。应当说，这一时期的形势，对于班超汉使团和汉边联军来说，的确是十分严峻的。

这是汉永元四年（92）盛夏的一天初夜，静静的月光下，在疏勒城班超住屋的庭院里，班超正在那里踱步、踱步，来回不住地踱步……妻子疏勒公主走出屋来，她怀抱小儿班勇，对班超说："夫君，今晚上，你咋不逗勇儿玩了？"的确，自从疏勒公主生了儿子班勇以后，班超一直把他视为家中珍宝，每天一有空闲，都会逗班勇玩。只是，今天……见班超既没搭腔，也没逗班勇玩，疏勒公主有些奇怪,便问："夫君,你有什么心事吧？"

班超稍稍犹豫了一下，说："是有事，还真有点事。"

"要么，咱们进屋说吧，外边凉。"疏勒公主说。

"好吧，进屋吧。"班超一边说，一边欲接疏勒公主怀抱的班勇。疏勒公主说："别换着抱了，他瞌睡了，让奶娘哄他睡吧。"说罢，她唤过奶娘，把班勇交给她，让她抱班勇到另一个屋子去休息。

进得寝室，疏勒公主对班超说："夫君，你说吧，什么事？"

"这事，怎么说呢？"班超说罢，便从自己的怀中掏出一份帛书，把它交给疏勒公主，说，"你先看看这，就什么都明白了。"

疏勒公主不看还罢，一看大吃一惊，原来，这帛书不是别人写的，而是班超的前妻邓燕写的。那信是这样写的——

夫君超：

对你仍这样称呼，我不知是否合适？但已经习惯了，我不便改之。虽然，我是被休之人，可休与不休，又有什么区别呢？初接休书，我是满腹怨恨，连死的念头都有了。后来，我细细看你之信，心方稍有慰藉。我想你，目前唯有如此，还能有别的什么选择呢？但不管你如何选择，我独有这样的选择：生是班家的人，死是班家的鬼；生是班超的妻，死是班超的妾……对此，你该不会嫌弃吧！

我很高兴，你如今有了疏勒公主雪莲小妹这样一个能知疼知热、温柔体贴的妻子，更何况她年轻美貌、能文能武，更是你的好帮手啊！而我也欣慰，也高兴，因为我有了这样一个美丽善良的小妹。我本是你的妻子，可我无法守在你的身边，难以尽到一个妻子的责任，今有了雪莲小妹的替代，我还有什么不高兴和不放心呢？

你说，雪莲小妹原是你的学生，可师生之恋的事情多矣，这又有什么可忌讳的呢？你都是当将领当元帅的人了，为什么还要那么世俗，忧虑别人的俗见呢？你说，雪莲小妹年龄太小，那你既可以把她看作是妻子，也可以看作小妹，她正好可以当你的好助手。作为大哥，你每每要让着她点，这又有何不可呢？我曾对你说过，一般来说，女人离开男人也可以生活，但男人离开女人却难以生活，尤其是像你这样的男人，因为你们的心都操在国事上、战事上、大事上，哪有时间考虑家庭小事、个人生活和自己的身体呢！似此，你今有一个妻子——年轻漂亮的妻子照顾你，这应是老天给你的最好赐予。你还说，雪莲小妹为你寻医找药，吸毒喂药，喂水喂饭，纵然我在西域，这些事我却难以做到，但她做到了，她真的是你的救命恩人。我的命是你救的，我便把自己交给你了，以此作为一种报答。现在，是雪莲小妹救了你，而她又倾心于你，你把自己交给她，这是应该的。如今，她既将自己的整个身心都托付于你，那你就必须接受，你千万不要辜负了她。更何况，还有汉与西域的关系、两地习俗的差异、人们的世俗偏见、小人的嫉妒诬告、将士的军心稳定……这一切，如有汉军将士同西域的联姻，才能很好地解决。你这样做，是对的，不要有什么愧疚。好了，关于雪莲小妹的事，我就先说这些。而我这里，还有一件天大的事，必须告诉你。

你不知道，就在不久之前，你的兄长班固，初因窦宪将军之事的牵连，被捕入洛阳监狱。入狱后，他又因梁扈、李邑和洛阳令种兢等人的合谋，被种兢百般陷害，惨死在了狱中。我知道，你闻知此事，定会似山压身、如雷轰顶，但是，你一要挺住，二要冷静，三要理智，千万不要做出什么冲动的事来。因为好就好在，朝廷已经追查此事，种兢已被处死，梁扈被贬为平民，他们恶人遭恶报，也是罪有应得。当时，班雄有不冷静之举，他想前往洛阳，刺杀李邑和梁扈，给他伯父报仇。因为他现在官居京兆尹、屯骑校尉，手下也有兵将，杀几个乱臣贼子，也是轻而易举之事。但是，我死死拦住了他。我说：'纵你逞匹夫之勇，杀了李邑一伙，是给你伯父报了仇，但是，咱们班氏一门，必会遭满门抄斩的命运。到那时，你伯父所著的《汉书》续写便会中断，你父亲在西域的镇抚功业便会毁掉，我班氏一门就全成了乱臣贼子。我们每一个班氏子孙，即使不被抄斩，可谁还有颜面活在这个世上呢？试想，作为窦宪将军那般位高权重的人，朝廷中也有身为胞妹的窦太后撑腰，但都被逼自杀，满门衰败，更何况是我们班氏一门呢？'这既是我对班雄说过的话，也是要对你说的话。你呢，比雄儿成熟多了，更不应有什么报仇之类的莽撞之举。我记得，我们在一起时，你常常说起班氏的最初，说起班氏的远祖令尹子文的能干和远见，说起斗越椒之乱对于窦氏家族的牵连和毁灭，这是多么深刻而沉痛的教训啊！说到此，我也常有这样的担心，唯恐我们班氏，会遭受像斗越椒之乱引起的那样横祸，从这个角度来考虑，你将我休之，与我厘清关系，却也不无裨益。

大概，固兄临入狱之前，对自己后来的命运，已经有所预料。他提前让两子一孙一媳，都回到了扶风班家谷，另一子仍留在洛阳，但却隐名埋姓，只为保住班家的根苗。这样，才躲过一场大的劫难，也是不幸中的万幸了。

最后，我想说说我和雄儿。应当说，我对班家虽没什么贡献，但我毕竟生了雄儿，把他养育成人并培养成才。雄儿已婚，你早已知道，但他已得子班始，我们还未及告诉你。你要知道，你已是当爷爷的人了。我和雄儿他们，今都住在长安京兆尹府中，一切都好，你不必操心。固兄曾经问我，回不回扶风班家谷，我答复不回了。今我更不想回了，因现在是多事之秋，我们还是分散居住为好，各个小心为上。这样，你远在西域，也自有在西域的好处。俗话说，树大招风风撼树，人为名高名丧人。想是你们班家树，今日里够壮大了，想是你们班家名，今日里够出名了，一定要防招风、防名丧啊！又有一说是，伴君如伴虎，侍官如侍狼。前车之鉴，后车之师，窦宪将军的下场，固兄的悲惨遭遇，都是很好的警示，所以，你一定要多多保重啊！

……

看完此信，疏勒公主放声痛哭，泪流满面，她扑进班超的怀里，哭得说不出话来。班超安慰她说："哭吧，哭吧！你好好地哭吧！"

"你也哭啊！"疏勒公主说，"你怎么就不哭呢？你只有哭出来，心里才能好受些。"

"我怎么能哭呢？我是有泪，可只能往心里流啊！"班超说，"因为我在西域，毕竟是汉朝的司马，是汉边联军的元帅啊！假使我哭了起来，将士们怎么看？军心能稳吗？"虽然他这样平平静静地说着，但是他那早已湿润的眼睛里，还是滚出两行泪来。

一听班超说军心不稳，疏勒公主即说："从前两年开始，我们就一直军心不稳。这一呢，你不是中毒镖了嘛！有人说，你身中毒镖，性命不保，因而大家都心里不安，而不少汉族军士，都思乡心切，不想长期待在西域。这二呢，我毕竟年轻，在军中尤其是汉军中少有威信，有些将领不服从管理，而我生勇儿坐月子时，难顾上军中之事，也产生了这样那样的问题。三呢，西域诸国的军士，来自多国，互相间猜测种种、矛盾重重，不够团结。四呢，北单于庭和军师哈密图，遣人奔走诸国，摆弄是非，挑拨离间，今天这国叛汉，明天那国亲匈，西域诸国在亲汉还是亲匈问题上都犹豫不定。五也是最大最直接的威胁，因窦宪将军扫荡北匈奴之后，其大军未至西域，那龟兹和车师两国，已公开叛变，并集结了 5 万大军，随时准备进攻我们疏

班氏演义

勒城里的汉边联军……"班超也知道，这些情况，与疏勒公主这一段主持汉边联军军务有关。因为，班超镖伤刚刚愈合，老郎中劝他切勿过度劳累，要心情放宽，否则就有镖伤复发的危险。所以，班超索性借以养病，军务多让疏勒公主主持，一是为了锻炼她，二是班超还有更深一层的考虑。

"那么，现在的情况呢？"班超问，"现在，不是北匈奴已灭，西域各国都没依靠了嘛！"

"现在，情况虽然好了一些，可我们仍然面临巨大的威胁。"疏勒公主说，"固然，你的镖毒已解，伤口痊愈，身体也已基本恢复。因你是汉边联军的主心骨，你的复原，纵然能使大家的士气振作起来。但是，龟兹王和车师王让人散布流言，说你镖伤复发，性命难保，继续扰乱我们的军心。再呢，窦宪将军稽落山之战，使北单于一败再败，最终只有乞降。起初，龟兹王和车师王怕窦宪大军灭北匈奴后再来西域，横扫西域反汉国家。不料窦宪将军被急急召回并且遇害。因此，他们便不惧汉了，发誓消灭我们汉边联军，驱逐你和汉使团。实际上，我们只有 2 万军士，汉朝廷也再未派新的援军，面对龟兹王他们这 5 万大军，我们是处于绝对劣势。还有，你兄长班固因受窦宪案的牵连，在狱中被迫害致死。他们由此推测，说你一定会反叛朝廷，替兄报仇，欲在西域自立为王。这一切，对你、对我们汉边联军都很不利啊！"

"好，好！"班超连连称赞疏勒公主说，"想不到，你所了解的情况，比我了解的还多，你所考虑的问题，比我考虑的周到，真不愧是我们的副元帅啊！"

疏勒公主伸出自己的指头，猛点了一下班超的额头说："自家的老婆，还夸什么，也不怕人笑话。"

"你可不能称老婆，而是我的小妹，只称疏勒公主或副元帅好了，因为你毕竟很年轻嘛！"班超说。

"咋，不称老婆，你不愿同我白头偕老？"疏勒公主有些不高兴地说。

"不，我愿意，但不可能。"班超说，"因为毕竟我长你 38 岁，现在我已是年过六旬的人了，头发全花白了。而你呢？正值青春年华，头发还黑油油的，怎么能共同白头偕老呢？我不知道，老天爷还能给我多长时间，但是，只要我能和你多待一天，我就多了一天幸福，多了一天快乐！我怕只怕，有那么一天……"

"不许你说了，你听我说。"疏勒公主故意打断班超的话说，"有那么一天，你活到 88 岁，我便活到 50 岁，到那时，我的头发已经花白，你的头发也许全白了，我们正好是白头偕老了。可如果你活到 100 岁，我便活到 62 岁，那我头发还能不白吗？要是你能活到 120 岁，我便活到了 82 岁，那我们就更能白头偕老呢！我盼只盼，你的头发白得慢一些，我的头发白得快一些，哪怕是将你的白头发分给我一些，将我的寿命添给你一些，我们不更能白头偕老了嘛！"

"你呀！净说些傻话，一个人的白头发，怎么可以分给另一个人呢？一个人的寿命，又怎么能给另一个添呢？"班超说。

"好了，咱不说这些了，说点别的吧。"疏勒公主说，"那么你说，我们现在该怎么办呢？"

"一是忍。我指的是固兄被害一事。但这事，在汉边联军中别扩散，否则军心会更加不稳。相反的，对于龟兹王他们，却一定要他们知道这些事情，并且要大肆扩散，这会误导和麻痹他们。二是振。首先我要振作起来，你也要振作起来，我们大家都要振作起来，因为你现在不仅仅只是我的妻子，也是汉边联军的副元帅，如果我们正副元帅都不振作，其他的将士们又怎么能振作起来呢？三是破。破即是破局，今我们是陷入了困局，就必须想方设法，冲破这个困局。也就是说，我们只有再打一个或几个胜仗，汉边联军的士气才会振作起来，军心也会稳定下来。"班超说，"我们的目标，不仅只限于打一个或几个胜仗，而是要消灭西域所有的反汉势力，我们一定要复通丝绸之路，安定和巩固边疆，让西域民众永远平安和富裕啊！"

"行，行！我听你的。"疏勒公主这时把话锋一转，又转到了邓燕身上，她说，"真想不到，邓燕姐姐竟这般宽容大度，深明大义，她真是一个好妻子、好姐姐、好女人啊！只是这样对她太不公了，你于心不安，我更不安啊！"

"你又有什么不安呢？"班超说，"你看，连邓燕都这样说：'现在，雪莲小妹救了你，而她又倾心于你，你把自己交给她，也是应该的。如今，她既将自己的整个身心都托付于你，那你必须接受，你千万不要辜负了她。'应当说，你更是一个好妻子、好女人、好帮手，是神圣的、圣洁的西域天使啊！要说的话，我班超别的什么都不值得骄傲，但老天爷把两个长得最美、心肠最好、品质最优秀的女人都推到了我的身边，使她俩成为我的妻子，我还有什么不满足的呢？"

……

在同疏勒公主谈话之后，班超又同汉使团成员和汉边联军主要将领一一谈话，听取他们的意见和建议，以确定汉边联军的破局之法。对于从事郭恂，他进行了重点谈话。一开始，郭恂不那么高兴地说："如今，我早已是局外之人了，你还找我干啥？还跟我谈什么呢？"

班超话中有话地说："这样的话，你以前也说过。我记得，在鄯善国多曼沟斩杀匈奴使团后，因为没有叫你参加战斗，我同你谈话时，你就说过这样的话，而我还是同样的回答，你郭从事的长处是你的文才，而不是真枪真刀的实际拼杀，不让你参战，是为了保护你。而后来报功，也没落下你啊！至于你为什么变成了局外人，你自己心里清楚。继斩杀匈奴使团300余人，在李邑三传圣旨催我返回京都时，我曾建议你随李邑回京，可你最终未回。我知道，你与李邑的关系非同一般，所以有些事情，还是让你不参与、不知道为好。再后来呢？你为什么要屡屡去醉梦西域酒家？为什么与阿巴冬和阿琼有特殊关系？为什么会有两哨兵喝你所送之水后会昏头大睡？为什么会有汉边联军遭袭道通身亡？这一切，我们虽无确凿证据，但你是重点嫌疑对象。似此，我们每有重要决定尤其是重要军事行动，难道还能让你参加吗？这一切，我虽有所知，但不想尽知，虽想说破但不能说破。如若事情说破、证据确凿，那你说不定会有通敌叛国之罪。这可是要株连九族的罪啊，你担得起吗？你想，我们当初毕竟同馆抄书，后来又同来西域，大家都一起共事，共同战斗，我怎忍心让你落此可悲的下场呢？这，就是我后来一直让你当局外人的原因。"

听得班超此说，郭恂立即跪了下来，说："班元帅，原来你一切尽知。"

班超赶忙将郭恂扶起，对他说："若要人不知，除非己莫为。你的所作所为，别人早有反映，可我既不能说破，更不能揭破，我怎么也得护着你啊！"

于是，郭恂便一五一十向班超哭诉了李邑一直在控制着自己，要自己给他提供汉使团的情况。自己误中了阿巴冬的美人计，不得已透露了有关军事情报。他问班超，自己以后该怎么办，自己的出路在哪里，并一再表示，自己一定要痛改前非、立功赎罪。

班超见郭恂这次的表态确出于真心，便十分诚恳地说："你果真要立功赎罪，这次有一个机会，一个大好机会。"

"你说吧，只要能建立功业，洗刷前耻，纵死我也甘心！"郭恂说。

"那么，你可以如此如此……"当即，班超便向郭恂交代了一件十分重要的事情。与此同时，班超部属的一个重要的军事行动，也正在展开。

班氏演义

# 第四十九章　假戏真演　它乾王城鬼捣鬼

这是王城，是龟兹国它乾王城。在它乾王城宫中，龟兹王和车师王正在谈话。突然，有人来报，说是疏勒国醉梦西域酒家老板阿巴冬前来求见。龟兹王一听，忙说："快传快传，他来的正是时候。"

车师王说："这小子来，肯定给我们带来了重要的军事情报。"

"不送情报，他来这干什么？"龟兹王说。

正说话间，阿巴冬被人领进了王宫，他急忙向"二王"行礼并问候。龟兹王问："你此来可有什么情报？"

阿巴冬说："多了，多了！我这次带来的情报，可是太多了。"

"那，你就说吧！先说最重要的。"车师王说。

"最重要的？"阿巴冬说，"我这次带来的情报，可都是最重要的啊！"接着，他便说了起来："二位王上，您们知道不？那汉朝将军窦宪，虽然灭了北匈奴，立了不世之功，可是因被汉朝皇上猜忌，不但丢爵罢官，而且被逼自杀，满门上下，被逮被捕杀了不少，牵连了整个窦氏家族。"

"这，我也听说了，可没你说的这么详细。"龟兹王说，"本来，我还担心，那窦宪平了北匈奴后，会大军直逼西域，踏平咱们这些西域的反汉国家。现在，我们根本就没有这样的担心了。"

"关键还有，那窦宪之案，牵扯到幕僚班固，他不但因此被捕入狱，而且因受迫害致死。"阿巴冬说，

"这，跟我们有什么关系呢？"车师王说。

"有关系，有关系！"阿巴冬说，"不但有关系，而且关系大了。"

"有什么关系？"龟兹王有些奇怪地问。

"那么，你们知道班固是谁吗？"阿巴冬说，"他可是班超的亲哥哥啊！"阿巴冬绘声绘色地说，"那班超一闻兄长班固兄的死讯，便镖伤复发，大口吐血，倒在了病榻之上。加之，班固因窦宪大军未来西域，而汉朝廷又未给他增派援军，今你们二王又大军压境，他怎能不忧心忡忡、心急如焚呢？"

"既然班超这个样子，那如今的汉边联军军务，又由谁来主持呢？"车师王问。

"疏勒公主呗！"阿巴冬说，"她既是班超的夫人，又是汉边联军的副元帅。对别人，班超放心不下，便将大权交给自己的夫人。对此，你想那些汉将能服吗？西域将领能服吗？根本不服！"

"什么？疏勒公主，她能主持军务？"龟兹王说，"我听说，她只是个十几岁的小姑娘。"

"眼下有 20 岁了，也还是个小姑娘。"阿巴冬说，"她成天在军中说，'今龟兹、车师二王拥兵 5 万，我们却只有 2 万人马，还怎么与人家抗衡？'她心里害怕得紧呢！"

"正因为如此，现在他们汉边联军，可以说人心涣散、兵无斗志；现在的疏勒城，可以说兵寡粮少、防备松懈，正是我们进攻的好机会啊！"阿巴冬说，"的确没有比现在更好的机会了。"

"你这些消息，可靠吗？"龟兹王问。

"可靠，可靠，绝对可靠！"阿巴冬说，"你们知道这些情报，是谁提供的吗？都是郭恂提供的。他因为上次中了我的美人计，把柄捏在我的手里，不得不多次向我提供重要情报。上次，北匈奴偷袭汉边联军得以成功，就是郭恂送来情报并积极配合。否则，我们真的难以取胜。"

"万一这些情报有假呢？"龟兹王突然沉下脸来，十分严肃地对阿巴冬说，"情报如果属实，自然会对你重重有赏。可如果情报有假，我们将拿你是问，非割下你的脑袋不可！"

"属实，属实，完全属实！"阿巴冬说，"这好多事请，我也早已听说，但没郭恂知道得这么具体。我们还可以想些办法，扣押那个郭恂，如若情报有假，我们稍加盘问，他便会不打自招，那可是个怯弱怕死的软骨头啊！"

"这倒可以。"龟兹王对阿巴冬说，"要么，你且先回避一下，我们二人好好商议一番，咱们再定怎么办。"很快，便有人走了上来，将阿巴冬领至王宫的偏殿，让他歇在了一间屋内。

阿巴冬离开后，车师王问："怎么办？您说吧！"

"怎么办？下决心干！这一次，我们再不发兵，再不进攻疏勒城，可真没这样的机会了。"龟兹王说。

"干就干！"车师王说，"这一次，我们非宰了班超、灭了汉边联军不可。"

"但是，我们必须智取，不可蛮干。"龟兹王想了想又说，"还有一个办法，那就是引诱班超，让他上当，我们再将他一举擒之，把汉边联军消灭。"

"这，你有什么好办法呢？"车师王问。

"我有一个智取之法。"龟兹王说，"汉朝早期，有军事家孙子，他曾言，'不战而屈人之兵，善之善者也！'"

"您是说，让班超投降。"车师王说，"可您想得太美了，那班超，他能投降吗？"

"不是，我们不是让班超投降，而是拥他为王，为西域王，他能不高兴吗？"龟兹王说。

"难道我们真要拥班超为西域王吗？"车师王问。

"美的他！这一山不容二虎，我们还能真拥他为王吗？"龟兹王说，"我们可以派出使者，游说班超，说我们可以拥立他为西域王，再乘其不备，借机灭了他。"

"可他若真答应了呢？我们该怎么办？"车师王问。

"我们可以将计就计，擒了他、宰了他！"龟兹王说。

"可他若不同意呢？"车师王又问。

"他不可能不同意。"龟兹王说，"你没看，那汉朝皇上心肠多狠，窦宪立了那么大的功，都被丢爵罢官迫害死了。班固呢，他虽然那么有才，写了那么多的书，也被入狱折磨死了……班超呢，他先因违抗圣旨，不从西域返回，几犯满门抄斩之罪。现在呢，他返朝后必落得同窦宪和他哥一样的下场，不返朝又会有西域自立为王的猜忌，所以他正犹豫不决、进退两难。正是这时，如我们说拥立他为西域王，他必然从之信之。再说，我们这边，代表的是西域反汉国家，而班超周围，又都是西域亲汉国家。我们如拥立班超为西域王，那些亲汉国家自会同意。假使班超同意，我们便让他当个西域傀儡伪王。而后，等个机会，借他高兴放松之际，把他除掉就是了。而后，我们共建西域大国，我二人皆当国王，这不挺好嘛！"

"到那时，你当国王，我辅助您就是了。"车师王虽被龟兹王所绘制的美好蓝图所深深吸引，但他却也深知一山不容二虎的道理，说，"我不为王，可以当宰相嘛！俗话说，大国之相，远胜小国之王。"

"这也可以。"龟兹王说。他这时说话的口气，仿佛他已当上了西域王的样子。

"那么，当下，我们怎么办呢？"车师王问。

"眼下先这么办。"龟兹王向车师王说了自己所想的办法，他欲先写一密信，遣一能言善辩的使者，假说可以拥立班超为西域王，先试探一下班超的态度，再定下一步怎么办。他说："这封信至关重要，一定要写得有理有据，一定要说服班超，让他反汉。所以，对于此信，是要下大功夫的。"

这一边，它乾王城鬼捣鬼，龟兹、车师二王在想着阴谋和诡计。那一边，疏勒城里，在一个秘密会议室里，班超正主持召开一个只有主要将领参加的重要会议。班超和疏勒公主正副二元帅端坐在一起，神情十分严肃。班超对大家说："当初，我们汉使团 36 人来西域的时候，担负着联络西域诸国、消灭匈奴鞭鞑寇、复通丝绸之路、实现西域平安的重任，我们是一直为着这一目标而努力奋斗，顽强战斗着的。值得庆幸的是，到了西域以后，不仅仅我们汉军将士在艰苦奋战，又有西域诸国军士和民众的加入，使我们的队伍更加壮大，力量更加强大，我们又组织了汉边联军，这才能抵抗匈奴强盗的侵犯和叛变之国的侵扰。那么，今天呢，今天的局面已大大改变。大家知道，南匈奴早已降汉，北匈奴大军也已被窦宪将军消灭，北单于庭也已投降。可以说，匈奴已灭，祸患得除，延续百年的汉匈战争得以结束。那么，我们西域呢？正因为西域少了匈奴的挑唆和侵扰，我们离和平安宁的日子不很远了。但是，由于匈奴势力的长期影响，有亲匈反汉势力的顽固坚持，也还有不少西域国家，一直在同我们大汉作对，同我们汉边联军作对。本来欲借窦宪大军已胜、北匈奴已灭的大好之机，以这大队汉军，我们完全可以横扫一切亲匈反汉之国，荡平一切西域反汉势力，比如龟兹王，比如车师王，他们就对我们构不成严重威胁。可现今，龟兹、车师二王，已集结了他们的倾国之兵，有 5 万余众，正气势汹汹向我们杀来，必欲攻破疏勒城，消灭汉边联军，残杀疏勒城民众，我们又怎么能使他们的阴谋得逞呢？从表面上看，敌强我弱，差距明显，他们现在是 5 万多人，我们却只有 1 万人。但是，将在勇而不在众，兵在精而不在多。还有智，这才是为将者统兵之秘诀。为此，我们一定要巧守疏勒城，智取龟兹、车师二王，以智慧战胜敌人。可究竟怎么个智法呢？这便是'真帅隐后，副元帅掌印；假戏真演，将计就计'。但这一切，都离不开大家的配合。也就是说，从今天开始，我镖伤复发，卧于病榻，而指挥汉边联军的，便是副元帅疏勒公主。这主要是为了麻痹敌人，使他们产生轻敌思想。当然，她今后所做的一切部署，一定是经我同意的。之所以如此，自有它的道理，我这里就不明说了。本来，这次会议，我不宜露面，应由副元帅主持，但我怕有人不明事理，不听从副元帅的指挥，特在这里给大家打个招呼。往后，疏勒公主不仅是我的夫人，而是我们汉边联军的副元帅，是代替我班超行使元帅权力的总指挥，你们大家都必须听从她的调遣。谁若违抗军令，必将军法处置。"

秦龙带头说一声："放心吧，班元帅，我们一定听从副元帅的指派调遣。"

大家齐声说："放心吧，班元帅，我们一定听从副元帅的调遣。"

……

第二天，疏勒公主便升起大帐，安排诸般事务。这般威武森严的元帅案前，突然出现一个如花似玉的美貌女帅，正如那万绿丛中，突然绽开了一朵鲜花一般，众人都觉新鲜又很不习惯。这时，只听得副元帅疏勒公主十分认真地对大家说："诸位将领和军士，我是何人，你们都很清楚。过去，大家怎么称呼我不在乎，但以后，这种称呼必须规范、必须统一。大家可以叫我副元帅，也可以叫我疏勒公主，但不能叫我女子，叫我姑娘，更不能叫班超夫人或老婆。尽管我的确是班超的老婆，是班超的夫人，可是，我如坐在帅帐的帅案前，便是代表元帅在发号施令的，而不是代表家眷在婆婆妈妈。大家都知道，我们的班超元帅，因镖伤复发，只能卧病在

557

榻,由我代他执掌帅印,调遣兵将。以后,但有军令,你们不能有丝毫违反,否则军法从事!"

众人听得,不由有人吃惊,有人咋舌,有人佩服,有人赞叹……

正在这时,有人来报:"报告副元帅,龟兹、车师二王遣使来到。"

"传上。"疏勒公主说道。

一会儿,趾高气扬、神气活现的二王使者来到,他们见没有班超元帅,却只有疏勒公主坐于帅案,便不肯下跪,只是端立在那里。申豹看不过眼,便按剑而喝:"为何还不下跪?"

那使者说:"我可以一跪国王,二跪父母,三跪班超元帅,岂能跪一年轻的女子!这年轻女子,我是不会跪拜的。"

申豹说道:"休得无礼!她并不是什么年轻女子,而是我们的副元帅疏勒公主。我们班超元帅因镖伤复发,卧病在榻,故由副元帅疏勒公主执掌帅印,处理军务,你难道还不拜吗?"

那使者听得,这才很不情愿地行了拱手之礼,却并不下拜。他说:"我是龟兹、车师二王所遣的特使,必须面见班超元帅,有要事相商。"

"刚才,我们申豹参军不是说了吗,班超元帅镖伤复发,卧病在榻,故由我执掌帅印。你有什么事,告知我好了,我再转告班超元帅。"疏勒公主这时发话了,"我还有一个身份,那便是班超元帅的夫人。"迫不得已,疏勒公主不得不把自己在将士们面前刚刚宣布的、她所忌讳的身份称呼抬了出来。在这样的场合,面对这样的谈话对象,疏勒公主以班超元帅夫人的身份出现,显然是更有说服力的。

"噢,失敬失敬!我不知您是班超元帅的夫人。"那使者赶紧从怀中取出一封帛书密信来,把它交给疏勒公主说,"这是龟兹王的亲笔信,也是征得车师王同意的。请您将此信,务必亲手交给班超元帅。这封信,任何人不许看,就连你也不例外,只能由班超元帅一人看。"

"这有何难?"疏勒公主说,"我即会转班超元帅,你放心吧!"

"不,我必须面见班超元帅,至少要有他的亲笔复信。"使者说,"否则,我回去了,没法向二王交差啊!"

"这,我可做不了主。"疏勒公主说,"你须等我禀报了班超元帅再说。

再说，你要班超元帅的亲笔复信，也得他写才是。"

"这倒也是。"使者说，"那么，我等等也行。"

"那好吧！"疏勒公主即让人把使者领进一处公寓，对他好吃好喝好招待，让他静候班超元帅的复信。安顿了使者以后，疏勒公主再把军中事务安排一番，让大家各执其事、各尽其责。一切她都安排得井井有条，众人无不佩服。而后，她即持使者所呈之信，前去与班超商谈。班超呢，一见龟兹王的亲笔信，丝毫不敢怠慢，拆开信便看了起来。那封信，是这样写的：

尊敬的班司马：

对于您，我们是极佩服的。你投笔从戎，成为华夏的一桩美谈；你伊吾首战，为汉匈大战立下大功；你斩匈奴使团，令人无不称奇；你在于阗斩王宫神巫，令人无不惊叹；你在疏勒的斩首行动，使世人为之震惊……这些，都可以说是你的功、你的荣、你的耀！

但是，你有没有过呢？你三抗汉皇圣旨而不遵，汉朝廷屡诏你而不回，这难道不是你的过吗？正由于此，你几犯满门抄斩之罪。若不因你小儿班雄巧上书，若不因窦固将军代你求情，还能有你班超的活命吗？还能有你们班氏家族的保全吗？

历史上，你们的皇帝都有专杀功臣名将这样一个劣习。秦朝的商鞅变法，使秦国变得富强，可他本人不是被车裂了吗？白起将军一生，大小历经70余战，从无败迹，最终石还是被秦王所逼自杀了吗？秦始皇的公子扶苏和大将蒙恬，不就是被秦二世、赵高阴谋杀害了吗？西汉更甚，比如彭越，比如英布，比如韩王信，他们一个个都功比天高，可惜却命比纸薄，有哪个是得以善终的呢？东汉也一样。咱远的不说，只说近的，窦宪将军统兵，一举灭了北匈奴，但是回朝以后，先被罢免兵权，再被逼迫而死。你兄班固只是一介文人，他有何罪呢？却被关入狱，经受残酷刖刑，他唯求留其一命，完成《汉书》的撰写。对此，洛阳令种就非但不允，还一直把他迫害致死，却假扮是他自杀身亡，多惨啊！后来，汉和帝欲写完《汉书》，再起用你兄班固时，追究起此事，才将种就处死，梁扈贬之，却仍让参与谋害你兄的李邑逍遥法外。所以说，汉皇帝对你有什么恩德，你却一定要忠于他？汉朝廷对你有什么封赏，你却不背叛它？汉皇帝和朝廷对你们班氏家族有什么好处，你却仍然信任它……真让人费解啊！其实，对于你自己的结局，难道你不担忧吗？要么，你会同窦宪将军一样，丢爵罢官，受迫害而死；要么，你会同你兄长班固一样，被捕入狱，被折磨而亡。除此以外，你还能有什么好的下场呢？再说，你确有大功于汉朝廷，可今仍为一小小的汉司马，这只不过是个芝麻官罢了。他们待你不公啊！

再说，我们为什么要依靠匈奴？匈奴单于再坏再坏，也不会像汉皇帝那样，残杀和迫害功臣啊！再问，我们为什么要反叛汉朝？因为我们唯恐有朝一日，会落得像窦宪将军那样的下场。汉皇帝都是那样不讲信义、滥杀功臣的皇帝。而北匈奴国已灭，北单于庭已降，我们又该怎么办呢？我同车师王商议好了，可成立西域大国，拥立你为西域王，这可是西域大王，是万国之王啊！对此，你又有何忧，又有何惧呢？今你已与前妻邓燕离婚，同疏勒公主结婚，有了自己的爱子班勇，成了我们西域的女婿，汉朝廷又能奈你何呢？今以你之名誉、你之威信、你之果敢，一呼而52国应，一踏而52国平，我们所有的西域人，谁能不服从你班超元帅呢？而我们呢？或是仍为其王，或是做您的臣下，您难道不乐意吗？

以上，我们确是诚心，至诚至诚，至忠至忠，切望信之、办之。我并车师王，在企之盼之！

龟兹王、车师王共同敬上。

看完这封信，班超的心情久久不能平静。尤其是兄长班固之死，他虽然已经知之，但却不知死得这么惨，他真恨不能飞马洛阳，手持利刃，杀了仇人李邑和梁扈。但是……

"怎么啦？"看着半晌不语并眼含泪水的班超，疏勒公主发问。

"你看吧！"班超把龟兹王的信递给了疏勒公主。疏勒公主看罢此信，也不由大惊失色，心跳不止。她说："夫君，你定吧！有句话是这么说的，'嫁鸡随鸡，嫁狗随狗'，不管你事怎么定，路怎么走，我都会听你的，依你的。"

"怎么走？我还能怎么走呢？"班超说，"你难道不记得邓燕来信所说的话了，她叫我一要挺住，二要冷静，三要理智，千万不要做出什么冲动的事来……"他们正说话间，里屋传来小班勇的啼哭之声。疏勒公主唤来奶娘，让她抱走并哄睡小班勇。好在，小班勇未大闹腾，奶娘抱走他稍稍一哄，他便含笑入睡了。

这时，班超又对疏勒公主说："孔圣人说，'三十而立，四十不惑，五十知天命,六十耳顺,七十而从心所欲,不愈矩'。我今已到了耳顺的年纪,又怎么能听不进别人的善言相劝呢？又怎么能做越规矩的事呢？我纵不为自己着想,也当为你和勇儿着想,为邓燕和雄儿着想,为我们班氏家族着想。我们班氏家族满门忠烈，满腔信义，文武栋梁，皆有其才，岂能毁于我班超之手！"

"行！我明白了。"疏勒公主说,"那,咱不说虚的,只说实的。你说吧,怎么办？"

"引鱼上钩，将计就计。"班超说,"我们要擒那上钩的大鱼，捉那瓮中的大鳖。"

"好主意！好办法！"疏勒公主一听，十分赞同地说,"那具体呢，怎么办？"

"先复信,这是必需的,那使者不是讲了,一是一定要我的亲笔复信嘛！"班超说,"二呢,他们想见我,这也可以。但我不能见使者,只能见二王。"

"你为什么不见使者呢？"疏勒公主问。

"那样，还拿什么诱二王上钩呢？"班超说,"我是鱼饵啊！"

"可以啊！你自当鱼饵，诱二王上钩，这真是一个绝妙的好主意。"疏勒公主说。

说话之间，班超已铺开帛布，信笔写得复信一封。那信的大意是说，二王的信已阅，谢谢他们的推心置腹之言。他们所说之事可行，但须见面详谈。因自己镖伤复发,身体欠佳,故请二王能在百忙之中来疏勒城,共议大事,同商方略,确定举事的具体方案。信写毕,他装好封好,交给疏勒公主,让她转交给使者。使者收到班超亲复之信,还欲见到班超,但被疏勒公主婉言劝住。使者说:"我不见班超元帅也行,可是,你们总该派一位高官或将领跟我同归,一起去回复我们二王。要不,他们怎么相信呢？"

疏勒公主说:"这也可以,但容我们商议一下。"于是,疏勒公主便去请示了班超。最后决定,让郭恂和使者一起去它乾城,向二王回复并呈上班超的亲笔复信,使者方才满意。使者带郭恂到它乾城后,将班超的复信交给龟兹王。龟兹王读后，再让车师王阅之，二人阅罢，不禁大喜。车师王说："我看，事不宜迟，迟则生变，我们应及早动手。"

"好，我即传令下去，今日即行准备，明日便倾国出动，发兵疏勒城！"龟兹王说，"你也一样，现在即回车师，明日同时发兵！"

"可是，如此大举兴兵，就不怕班超怀疑吗？"车师王说。

"大肆聚兵，秘密发兵，将大军聚于城外，我们只带一部分兵进入疏勒城，班超必不起疑。"龟兹王说，"再说，聚兵而拥立班超为西域王，以助其势，以壮声威，班超他高兴还来不及呢！而实际上，我们要多手准备，灵活策略，见机行事。假若班超真心，我们便先立他个西域傀儡伪王；可若假意，我们便动用大军，一举灭了他，灭了西域联军，破了疏勒城，平了西域诸国。这样，我们的目的不就达到了嘛！"

"好，好，好主意！您的主意，真是高啊！对阿巴冬，我们怎么办呢？"

"对阿巴冬，可以同他一样对待。"龟兹王指了指郭恂，"因情报是他俩送的，如若真实，他们便立了大功。可如若有假，就要了他俩的狗命！暂时，可把他俩严加看管起来。"

"好，这样甚好。"车师王说，"对这两个家伙，一定要严加控制，万一情报有误，就宰了他们！这对我们也多了一道保险。"他说这话时，还有意瞅了瞅郭恂，意在向郭恂施压，以分辨他们的情报真假。但此时的郭恂，早已抱定了立功赎罪、悔过自新的决心，何在乎二王的这点压力。所以，他淡然处之，显得十分平静。

在派人关押了阿巴冬和郭恂之后，龟兹王又向车师王交代："我们两国大军，在接近疏勒城后，大部队可以在疏勒城外隐蔽起来。我们二人，只带少部分精锐进城，假说是班超与我们议要事，先将我们的人马带进城去。能成，则先立班超为西域傀儡伪王；不成，便乘机将班超杀之，并尽杀他身边的将领和侍卫，在城中挑起内乱。而后，我们大开城门，迎接城外军士，里应外合，将汉边联军一举歼之，那我们不就成功了嘛！"

"成功了！成功了！我们一定会成功的。"车师王说。

龟兹、车师二王的脸上，满是成功的喜悦，仿佛他们已经大获成功了一般。

# 第五十章　将计就计　二王被擒仍发迷

　　这天一大早，疏勒公主升起大帐，进行调兵遣将。她先向大家宣布说："因班超元帅镖伤复发，卧病在榻，不能理事，故让我代他执掌帅印，分派兵将。我虽为女流，年纪尚轻，但既掌帅印，则军令如山，诸将不得有误。违者，军法论处。"而后，她先行传唤："徐干、和恭听令。"徐干、和恭急忙出列。疏勒公主说："今命你二人领兵两千，埋伏在疏勒城北的山谷谷口，只作防守，不予进攻，以断城中逃敌的回归之路。"二人领命而下。起初，众多将士，一见班超元帅不在，换一小姑娘挂帅，这几似儿戏一般。可眼见，这疏勒公主思维清晰，办事干练，发号施令，十分果断，不由暗暗佩服。

　　疏勒公主再行传唤："秦龙和'三狼'听令。"秦龙、占狼、山郎和郭浪急忙出列。疏勒公主说："今命你四人领兵两千，埋伏在疏勒城东边，单等敌军杀出，你们便冲出杀敌。须知，这东门，乃是我们御敌的重点区域，你们务必多加小心。""遵命！"四人答应一声，领命而下。

　　疏勒公主又传唤："申豹和'六蛋'听令。"申豹、周金担、韩银担、唐宝担、吕铁蛋、辛丑蛋、王狗蛋一齐出列。疏勒公主说："今命你七人领兵两千，埋伏在疏勒城东南边，单等敌军杀出，你们便冲出杀敌，不得有误！"七人答应一声，领命而下。

　　疏勒公主接着传唤："师全和'八愣娃'听令。"她刚一传唤，赵倔娃便先出列，纠正说："副元帅，是九愣娃，而不是八愣娃。"疏勒公主说："我知道，你且退下，其他愣娃出列。于是，师全、钱强娃、孙争娃、李愣娃、刘黑娃、姜彻娃、申瓜娃、张瓷娃、方牛娃全予出列。疏勒公主说："今命你九人领兵两千，埋伏于疏勒城西边，单等敌军杀出，你们便冲出杀敌，不得有误！"九人答应一声，领命退下。

疏勒公主继续传唤："赵倔娃和田鼠听令。"赵倔娃和田鼠二人急忙出列。疏勒公主说："今命你二人领兵两千，埋伏于疏勒城东北边，单等敌军杀到，你们便冲出杀敌，不得有误！"二人答应一声，领命而下。

疏勒公主又传唤："十生肖听令。"有人插言："副元帅，是十二生肖，不是十生肖。"疏勒公主斥道："今田鼠已作安排，耿牛暂不出列，本帅另有分派。一无有那当老大的鼠，二无那当老二的牛，哪里还有十二生肖？休得多言，十生肖速速听令！"众人听得，不少人都吐了吐舌头，更多人都面露惊愕之色。眼见，那十生肖哪敢违令，都一齐出列，即为林虎、乔兔、武龙、丁蛇、索马、杨羊、侯猴、斗鸡、苟狗、褚猪这十个人。那疏勒公主，即十分严肃地发令道："你们十生肖，就和护卫们守在帅帐之中，由我亲自统领，一切都听从我的指挥。"十生肖答应一声，领命而下。

疏勒公主最后传唤："耿牛听令。"耿牛急忙出列。疏勒公主说："今命你去找管库官员，让他们全力协助，速速在东城门口准备锣鼓，张灯结彩，多插旌旗，准备迎接贵宾，不得有误。"耿牛答应一声，领命而下。众人一听，全都吃惊，因眼见方才的分派，都是兵临城下，必须对阵大敌的样子，但眼下却要悬灯插旗、敲锣打鼓，似欲迎贵宾一般……这位美丽女子联军副元帅疏勒公主，到底唱的是哪一出戏啊！对此，没有一个人能搞清楚。

一切安排就绪，疏勒公主站了起来，大声说："班元帅曾向我交代，说你们汉使团是'一虎一龙一只熊，一豹一狮一道通，三狼六蛋九愣娃，十二生肖皆精灵'。迄今为止，他还未将你们如此分派过，他说若是如此分派，必会战斗力无穷。而这样的分派，也是他专门向我交代的。那么，就看你们的战斗力到底如何？尽管你们这关中猛汉36人，其中的一虎即班超元帅卧病，一熊郭恂从事待命，一道通因战已经捐躯，可以安排出战的是33人，也就是33愣娃33勇士了，你们一定要爆发出最大的战斗力，一定要打一个大胜仗！"

一听副元帅疏勒公主这样说，帅帐里众人都发一声喊，大家全都吼了起来："战！战！战！我们为复通丝路而战！""胜！胜！胜！我们为西域平安而胜！"真格是吼声如雷、众志成城。

"好了，就按照我刚才的命令，大家各自领兵，执行自己的战斗任务去吧！"这时，疏勒公主发布了最后的命令。听得此令，众将无有不遵，全都统兵而去，埋伏于疏勒城内东南西北四面。

一切刚刚安排停当，就有探马来报："报告副元帅，龟兹、车师二王，率领着数千兵马，已来到疏勒北门城下。他们欲直接进城，但被北城门守军所拦。"

"好，知道了。"疏勒公主交代一声，说，"走，去北门城头看看。"而后，她即率十生肖来到北门城头，但见城下有几队兵马，拥拥挤挤、吵吵闹闹，聚集在北门城下，有5000人左右的样子。有人在城下高喊："快叫你们元帅班超，我们龟兹王要和他搭话。"

耿牛即刻站了出来，答复城下说："我们班元帅有病，身体不适，有什么事，同我们的副元帅疏勒公主搭话即可。"疏勒公主这时闪身而出。

龟兹王打马闪身出来，一见疏勒公主露面，便高声大喊着套近乎说："噢，这不是疏勒公主嘛！龟兹、疏勒曾为友好邻邦，今既是你执掌帅印，那咱们啥都好说。我们此番来，是应班超元帅之约，为共谋大事而来的。对此，你们班超元帅已有亲笔之信，是他约我们进城，这信也是由你亲手交给我们使者的。可我们来了，你们为什么不让我们进城呢？"

"哪里，哪里。"疏勒公主说，"你们也知道，贵宾进城，须进东门。我们班超元帅也交代过了，对你们一定要热烈欢迎，今你们二王来了，我们哪敢怠慢？欲在东门举行隆重的欢迎仪式，你们走东门吧！"

龟兹王一听，这才转怒为喜、心花怒放，他与车师王一起，领着队伍来到了东门。疏勒公主所说果然不假。东门口上，那精致花篮，排列两行；百样果品，桌案陈列；人群两行，夹道欢迎……一见二王队伍来到，锣鼓队便敲起了锣鼓，秧歌队便扭起了秧歌，礼仪人员点燃了爆竹，妙龄少女送上了鲜花，一副热情欢迎的样子。龟兹王一见，不由大喜，心想他们果然毫无准备，这真是一个一举而获大胜的良机啊！正当二王欲挥兵进城之际，疏勒公主已笑盈盈走下城楼，领着十生肖侍卫队和欢迎队伍，欢欢喜喜来到二王面前。疏勒公主施礼道："恭请二王入城。"而后，她头前带路，引二王入城，众人在后簇拥，看起来格外热闹。甚至，连那5000军马，也都准予列队进城，无一阻拦。对此，二王心里，哪能不高兴呢！令人深感奇怪的是，在二王的军队中，还绑缚着阿巴冬和郭恂二人，二王想把他们作为人质，城中一旦有变，那就是阿巴冬和郭恂提供的情报有假，即把他俩杀掉。进城之际，龟兹王问疏勒公主："怎么不见你们班超元帅呢？"

疏勒公主稍显神秘地说："他不是镖伤复发，正在养病嘛！而且，他交代过了，说有大事欲同二王面议。我的任务，便是把你们安安全全地领到他的面前。"

龟兹王说："班超元帅考虑，还是周到。"

车师王说："确实周到，确实周到。"

但进城之后，毕竟多处路窄巷小，大军行动不便，疏勒公主便对龟兹王说："我们去见班超元帅议事，带大队人马去，恐怕不那么方便吧！"

龟兹王说："是的是的，人太多是不方便。"于是，他对自己的亲信将领杜纳洪交代说："要么，你先统兵在此，将队伍分开驻扎，我和车师王去见班超元帅，事情谈妥后，再定下一步的行动。"而后，他将杜纳洪拉到一边，单独耳语一番，所交代的，无非是一有情况，就立即动手，诛杀汉边联军，抢占疏勒城一类的事。亲信将领连连点头答应。

这时，面对疏勒公主，二王虽嘴里甜蜜、好话连篇，但是心里却各怀鬼胎，此刻他们满脑子里，都是见了班超如何应付，如何下手，如何号令他们所统的军士，怎样杀敌夺城这样一类事情。

班超呢，不在别处，就在他的寝室之内，那小小的庭院寝室，又能容纳多少人呢？疏勒公主对龟兹王说："王上，你看咱们去这么多人，合适吗？"

龟兹王看了看他和车师王各带的上百名护卫，对疏勒公主说："庭院这么小，我们二王各带几个贴身侍卫就行了。其他人，在外边等候就是了。"他们将这些护卫安顿好后，只带着几个人，跟着疏勒公主来见班超。二王走进寝室，但见班超正躺在床上，一副病恹恹的样子。他的床头，摆着药碗，好像刚刚喝过药似的。有个侍女，正在熬药……二王上前行礼："班元帅，别来无恙。"

班超咳嗽了一声，说："咋还能无恙呢？这不是有恙嘛！镖伤复发，久卧病榻，误了多少事啊！"说罢，他欲动未动、欲起未起，一副疼痛难忍、痛苦不堪、想起难起的样子。

龟兹王忙以手示意，说："不用起不用起，班元帅既然不适，您就躺着同我们谈话吧！"

班超说："如此，失礼了！"

车师王说："没关系！没关系！"

"那，我们的信，您看了吗？"龟兹王问。

"看了，细细地看了。"班超说，"你们的信，写的真诚恳、真实在、真交心啊！纵使铁石心肠，看了也会受感动的。"说话间，他朝疏勒公主和熬药的侍女挥了挥手，二人会意，全都走了出去。

"那么，您看，我们的建议如何？"龟兹王问。

"挺好！挺好！"班超说，"只怕我才疏学浅，能力有限，担当不起这样的大任啊！"

班超正说话之间，龟兹王已向车师王使了使眼色，二人便同时变脸，一起拔刀，直向病床上的班超砍来……这危险时刻，那班超却突然从床上跃起，顺手拔出床头悬挂的七星剑，猛地一架，架住了二人之刀。"啊！你原来装病，好狡猾啊！"二王不由得同时惊叫。

"狐狸再狡猾，哪能躲过猎人的眼睛！"班超说，"就你们那点心眼，也想跟我班超较量，做梦去吧！"

"哼，我们做梦，也会做个美梦。"龟兹王一边挥刀，一边威胁班超，"反正今天，你难逃一劫，我们定要取你性命！"

车师王也说："切不要说你难逃此劫，整个疏勒城都将被血洗，整个汉边联军会被全部消灭。因为，我们的 5 万大军已全部出动。"他也拼命向班超挥刀。

班超一人，力敌二王，毫无怯色。他一边搏斗一边说："你们的想法，只不过是在做梦罢了。美梦，又怎么能成真呢？"

龟兹王一听班超这话，想到班超他们大约已有准备，便忙朝窗外高喊："勇士们，动手吧！"

二王的侍卫们刚要动手，却早被疏勒公主所统的十生肖拦住，林虎、乔兔、武龙、丁蛇、索马、杨羊、侯猴、斗鸡、苟狗、褚猪他们，都一齐杀了出来。岂止是班超同二王厮杀，疏勒公主所统的十生肖与二王护卫厮杀，整个疏勒城中，汉边联军同二王军士的厮杀亦十分激烈。城外呢？城外的二王大军，也已开始行动，那数万人马，浩浩荡荡，拥向疏勒城而来。

花开数朵，单表一枝，这一枝便是疏勒公主和十生肖对二王护卫之战。那二王护卫，虽然多达200多人，可他们都使用大戟长矛，在小巷里交手施展不开。疏勒公主和十生肖，使用的都是不带长把的大砍刀和短剑，在兵器上占有优势，气势上更胜一筹，武艺上又高出这些护卫们不知多少，所以早已占了上风，他们砍杀了不少二王护卫。

酣战之间，疏勒公主突然放声高喊："你们二王，早已喝毒酒身亡。今你们已失去了龟兹、车师二王，连头儿都没有了，你们还护什么卫？打什么仗？快投降吧！只有投降，才能免死。"二王护卫们一听，哪里还有再战之心，便纷纷扔下兵器投降。于是，疏勒公主命人，先将投降的二王护卫看押起来，便领着十生肖，直奔班超寝室来增援班超。

再说，二王虽然勇猛，但岂是班超的对手，激战一阵，二王早已处于下风，身上都斑斑点点，被班超的剑尖刺得不少窟窿。好在班超并不想伤他们性命，只见他先伸出右腿，猛地把龟兹王绊倒，再伸出左手，把车师王那么一拉，压了龟兹王身上。而后，他右脚抬起，猛力往车师王一压，二王便都杀猪般地号叫起来。而在这时，疏勒公主和十生肖都出现在了门口，正在狗啃地的龟兹王哭丧着脸问："我们的护卫呢？"

疏勒公主说："你们的护卫，有的已成了刀下鬼，大多都成了我们的俘虏，你们还能指望他们来护卫吗？"

这时，班超的右脚已经抬起，他让二王爬起，跪在了众人面前。车师王一旦起身，便又神气活现起来，他很傲气地说："你们也别高兴得太早，我们带进城有5000大军，他们足以踏平疏勒城，血洗疏勒人，消灭全部汉边联军。"

"你们真会做梦！"疏勒公主说，"你们进城兵5000，我们守城军1万，你们无防，我们有备，你们那5000人马，还能有好下场吗？"

龟兹王想起了他们埋伏在疏勒城外的大军，也扬扬得意地说："要知道，我们的兵马，不止5000，而是5万，我们那数万大军，都埋伏在疏勒城外，此刻大约已在疏勒城下，纵然我们城内兵败，但城外的大军攻来，你们又怎么抵抗呢？"

班超冷笑着说："对付你们进城之兵，我们采用的是瓮中捉鳖的办法；可对付你们的城外之兵，我们则采用用鳖来对付的办法。可这鳖是谁呢？就是你们二位，你们二位不仅仅是鳖，还是鳖王呢！如用鳖王对付城外之鳖兵，他们难道会不害怕、不投降吗？"

听班超这样说，龟兹王便像泄了气的皮球一样，没精打采地说："好你个班超，真狡猾啊！"

班超说："狡猾谈不上，但比你们的猪脑子好使一些。你们知道不，我班超对付敌人爱使用什么办法？那就是斩首行动；疏勒王宫，我让田鼠擒王兜题，那是斩首行动；今天呢，我擒贼先擒王，已擒得你们二王，还怕你们那些乌合之众，能不树倒猢狲散吗？"

二王听得，一时无语。稍停，龟兹王问："斩首，莫非一定要砍我们的头？"

"非也！"班超说，"斩首的形式多种多样，一种是砍掉其头，一种是不让头动，另一种是让头立功，只有他立了功，方能保住那头不被砍掉。"

"似此，我们愿意立功，只求班元帅不要砍掉我们的头。"龟兹王说。

"是的，只要班元帅能饶我们性命，你叫我们干啥都行。"车师王也说。

"可以。"班超说，"那条件便是，你们要立功，劝降你们所有军士，让他们全部投诚。而你俩呢，以后便不能当国王了，只能是平民，就像当年疏勒的国王兜题一样。"

"可以可以，完全可以。"二王异口同声地说，"只要能保住我们性命，我们愿当平民。"

再说，那二王带进疏勒城的，是有整整5000人马。这5000人马，起初都傲气十足、盛气凌人，毫无作战准备，且大多骑着战马，穿着厚厚的皮甲和铠甲，拿着长长的大刀长矛一类的兵器。可是，在这疏勒城内，有战马无法奔跑，有甲胄行动不便，有长兵器不好施展。而且，他们地形也不熟悉，这一切，都是他们的劣势。而汉边联军这边则大是不同，他们全都潜心隐蔽，冷静对敌，做好了一切战斗准备，且都无人骑马，轻装软甲，短刀利刃，地形又十分熟悉，这则是他们的优势。如此明显的优劣势之局面，便决定了优者更优，劣者更劣，胜利的天平，自然在向班超汉边联军一面倾斜……

　　那一边，班超、疏勒公主和十生肖在与二王的护卫对阵时，杀声刚一响起，这边的杜纳洪便知情况有变，下令先处死了阿巴冬和郭恂，恐怕他二人会生事端。阿巴冬受死之际，显得不知所措、无比惊慌，但也难免脑袋落地。郭恂却大是不同，他从容不迫、十分坦然，仰天大呼道："班元帅，我终于可以立功赎罪、死而无憾了！"

　　在处死了阿巴冬和郭恂之后，杜纳洪命令各路大军分头行动，先抢占各个城门。哪晓得，他们正欲行动，四面喊杀声骤起，埋伏在疏勒城内的汉边联军四面而来，八方出动，人人似神兵天降，个个如猛虎下山……二王的将士们猝不及防，溃不成军，只能四处逃命，跪地乞降。但也有不少人，他们在同汉边联军激烈交战。激战之间，只见班超元帅、疏勒公主和十生肖等人，押着双手被绑的龟兹、车师二王，出现在一处高台之上，惊得正在交战的双方将士都停下了手中的刀枪。班超日久不见，传闻他病情严重，现在他一旦身穿铠甲，威武现身，令所有的汉边联军将士都激动不已、信心倍增……有人大声高喊：

　　"班元帅来了！班元帅来了！"

　　"班元帅威武！班元帅威武！"

　　……

　　众人呢，自然都跟着高喊起来。

　　班超左手高举，右手按剑，他高声对大家说："所有的汉边联军将士们，你们先停止厮杀！所有的二王手下的将士们，请你们听龟兹、车师二王的训话！"

　　龟兹王先说："由于我鬼迷心窍，自不量力，才亲近匈奴，背叛大汉。最难容忍的是，我在北匈奴被灭之后，仍和车师王起兵，对抗汉边联军，罪在不赦，死有余辜。但是，班元帅大慈大悲、大仁大义，他饶我们不死，我们深感万幸！在这里，我想告诉我们所有将士的是，只有放下武器，投降汉边联军，才是你们唯一的出路！"

车师王接着说："只有投降，才有生路，继续顽抗，死路一条！我们的将士，赶快投降吧！"

就这样，班超他们押着二王，先走了东门，再走南门；走了西门，又走北门。东南西北四门，他们都走了一遭，喊了一圈……

听得龟兹、车师二王这样喊，他们手下的将士们，哪还有不降之理？片刻之间，城内那 5000 人的军队，立即四分五裂、土崩瓦解，作鸟兽散了。同样，城外那数万大军，不斗自乱、不战自退，同样也都鸟兽散了。还有那二王属下的大队人马，都朝着北归方向，欲回它乾王城而去，可到了疏勒城城北的那处谷口，却尽被徐干、和恭统领的伏兵堵住，一个也难走脱。这时，在疏勒城北门城楼上，出现了天神一般的汉边联军元帅班超，他对着城楼下的二王将士们高喊："所有的西域将士们，我们汉边联军是仁义之师、文明之师、威武之师，我们一定会善待你们。今有两条路摆在你们面前。一是参加汉边联军，保卫和建设西域，让丝绸古道早日复通；二是返回家乡，孝敬你们的父母，对这类人，我们均发路费。"

众人一听，全都欢呼起来："班元帅英明，班元帅威武，班元帅是我们的衣食父母！"最后，经过挑选区分，这 5 万二王所统之兵，大都参加了汉边联军，只有少部分人愿意返回家中。班超便让人给这些人都发了路费。立时，疏勒城处处充满欢庆的气氛，人人露出幸福的笑容。

# 第五十一章　妹继兄志　班昭奉旨写汉书

汉元和三年（86），司空第五伦以老病辞官，汉章帝遂以袁安为司空。袁安的祖父袁良学习《孟氏易》，在汉平帝时以明经被举荐，后官至成武县令。袁安年轻时，很受祖父的喜爱，袁良教其读书识字，研史修身，知识十分渊博。加之他品行很好，为人庄重，很有威信，州里人都很敬重他。他担任县里的功曹时，有一次，曾带着檄文到州从事那里办公，州从事便托袁安捎封信给县令。袁安对州从事说："您若是公事，自有邮驿替您传送；如果是私事，就不应找我功曹，还是找其他人吧！"便辞谢而不肯接受此信。州从事见他办事如此认真，就没有敢托他捎信。后来，袁安被举荐为孝廉，先后担任阴平县长和任城县令。他所任职的地方，官吏百姓都既敬畏又爱戴他。

永平十三年（70），朝廷将楚王刘英谋反案交给楚郡核实。次年，三府（太尉、司空、司徒）都推荐袁安办理此案，认为他擅长处理十分复杂的案件，由他来核查此案比较合适。明帝便任命袁安为楚郡太守，让他予以办理。当时，因受刘英供辞牵连，被关押的有好几千人，明帝因之大发脾气，督促快速结案。办案人因急于定案，便严刑威逼，使不少人被逼招供，误判死罪的人很多。袁安到楚郡后，先未进衙门，而是去了监狱，审理那些没有明显证据的罪犯，逐一上报，让他们全部出狱。府丞掾史都向袁安叩头力争，认为但凡是附和与追随刘英的，都应按法律与刘英同罪。袁安说："我这样做，如果不合律例，我负全责，不会连累你们。"于是，他分别一一如实上报。明帝被袁安的忠诚而感动，便同意了他的请求。因此而释放出狱的人达400多，他们都很感谢袁安的恩德。

汉永平十四年（71），袁安被征召任河南尹。他任河南尹时，政令非常严明，但他从来没有因贿赂罪来审讯人。他常常说："但凡做官的人，高一些就希望担任宰相，低一些也希望能担任州牧太守，在圣明之世禁锢人才，这是我不忍心去做的事。"听到他这话的人，都很受感动，便勉励自己要廉洁奉公。袁安在职十年，京师洛阳的政纪很好，他的名声深得朝廷看重。

元和二年（85），武威太守孟云上书说："北匈奴已与我们和亲，可是南匈奴又去抢劫他们，北单于说大汉欺骗了他们，想进犯边疆。臣认为，应该将俘虏发还北匈奴，借此来安慰他们。"

为此事，章帝召集百官到朝廷进行商议。公卿们都认为夷狄狡诈，贪心不足，得到俘虏以后，他们会妄自夸大，不能开这个先例。袁安却说："北匈奴派使者进贡，请求和亲，还把被掳去的人归还大汉，这说明他们害怕我们大汉声威，并不是他们先违背条约。孟云以大臣的身份守卫边疆，不应对夷狄不讲信用。我们让俘虏回去，足以表明汉朝对他们的宽大，这能使边境百姓得到安宁，是好事啊！"

司徒桓虞听了袁安的话，便改变了主意，听从了袁安的意见。

可是，太尉郑弘、司空第五伦等人都不同意袁安的意见。郑弘竟大声斥责桓虞说："但凡主张释放俘虏的，都是对陛下的不忠。"桓虞也当场反驳他，第五伦和大鸿胪韦彪甚至因恼怒而脸上变了颜色。司隶校尉把这些情况都奏明了章帝。袁安等人认为皇帝会降罪，便把印绶交给章帝请罪。

章帝善待此事，下诏道："凡事议政时间长，说明各人的看法不同。朝廷大事，应该多听听议论，计策还是靠大家商定的好。说话时，态度中正和悦，符合礼节，固然很好；而遇事不敢吱声，绝对不是朝廷的福气。你们有何过错，怎么还引咎自责呢？把你们的帽子戴上、鞋子穿上，干你们该干的事情去吧！"最后，章帝还是听从了袁安的建议，发还了北匈奴的俘虏，对他们都从宽处理，收到了良好的效果。

汉和帝刘肇初即位时年幼，由窦太后临朝听政。太后的兄长车骑将军窦宪上疏请求北击匈奴，袁安与太尉宋由、司空任隗以及九卿一起到朝廷上书劝阻，认为匈奴没有进犯边塞，无故出兵远征，耗费国家钱财，邀功于万里之外，这不是应有的国策。众人连上几封书，都被扣住没有上报。宋由有些害怕，不敢联名上书了，那些卿相也渐渐不敢吱声。只有袁安与任隗仍然坚持，毫不退让，甚至摘掉帽子到朝廷力争十次以上。窦太后就是不听，大家都替袁安捏了一把汗，但袁安仍然镇定自如。

窦宪出兵后，他的弟弟卫尉窦笃、执金吾窦景依仗其权势，公然在京师放纵其爪牙拦路抢劫财物。窦景擅自派人乘驿马散发檄文到边境各郡，调集骑兵突击队和射手中有本领的，命令渔阳、雁门、上谷三郡各派官吏将他们送到自己住地。有关官员害怕，不敢说半个不字。但袁安却敢于弹劾窦景擅自调集边防军，惊扰官吏百姓，说府尹不见符信而听从窦景的安排，应该杀头示众。他又上奏弹劾司隶校尉郑据、河南尹蔡嵩，说他们讨好依附贵戚，没有坚持正义，请求将他们罢免并依法治罪。但是，这些奏折，都被扣住没有上报。因此窦宪、窦景更加专横，他们在各名都大邑都布置自己的亲信，向官吏百姓征收赋税，收取贿赂，其余州郡也望风仿效。袁安与任隗一道，检举那些二千石府尹，以及与之牵连降级罢官的有40多人。窦氏党羽怀恨在心，但袁安、任隗一向品行高尚，窦氏也没有办法加害他们。

当时，窦宪又出兵驻武威。永元元年（89），北单于被耿夔攻破远逃，塞北一时间无人管辖，匈奴余部不知归谁统领。窦宪想用恩惠与北匈奴余部搞好关系，于是上书请求立投降的左鹿蠡王阿佟为北单于，设中郎将领护，像过去立南单于那样。和帝将此事交给公卿讨论，太尉宋由、太常丁鸿、光禄勋耿秉等十人同意。袁安和任隗上奏认为："光武帝招抚怀柔南匈奴，并不是让他永远安居内地，而是一个权宜之计，是想让他们去抵抗北匈奴的。如今，匈奴北方已经安定，应该让南单于回到北边去，一起统领投降的群众，不必再立新单于来增加国家的负担。"

宗正刘方、大司农尹睦都赞同袁安的意见。但是，上奏以后，朝廷没有及时决定。袁安害怕窦宪一意孤行，于是单独上密封奏章，认为立新单于会失信于南单于，进而失信于其他外族，而且会使乌桓、鲜卑怀恨在心。而如果再立新单于的话，那支出的费用必须加倍，就会让国库空虚，这不是处理国家大计的好办法。

对于此事，和帝又下诏让群臣讨论。袁安又与窦宪展开针锋相对的辩论，窦宪仗恃自己的权势，言辞骄傲，揭人之短，甚至以恶言来骂袁安，并以光武帝诛杀大司徒韩歆、戴涉的例子来威逼袁安，但袁安始终寸步不让。最后，窦宪还是立了匈奴降将右鹿蠡王於除鞬做了单于，但於除鞬不久就反叛了，这正如袁安所料。

元和三年（86）五月，袁安接替告老致仕的第五伦，担任了司空。章和元年（87）六月，他又代替桓虞担任司徒。袁安为人公正，执法严明，刚刚担任司徒后，便对和帝建议说："今班固已死，但他的《汉书》尚未完成，还有诗赋、铭谏、议论等文章41篇，一切东西都搁置在那里，总不能久拖不决吧！"

汉和帝说："对于《汉书》，还有一些争议，可朕朝政太忙，《汉书》一直未看，让朕先看看再说吧！"

于是，袁安便安排兰台令史仲和，让他取来一部分《汉书》送呈和帝阅读。和帝不看还罢，一看便拍案叫绝："妙，妙极了！《汉书》中的文章，写的太绝妙了。"他十分叹息地对袁安说："班固这么有才，他能写这么好的书，只可惜他已经逝去了。那么，他的《汉书》，到底写到什么程度了？"

袁安说："听说快完了，十成已写完七成，还有三成未完。"

"那就继续写吧，还等什么呢？"和帝说，"你可以组织人，赶快写啊！"

"可是，谁牵头呢？"袁安说，"写书，不是谁都能写啊！除了班固，谁又能有他那样的天赋、学识、毅力和能耐呢？"

"是啊，谁又能有班固那样的天赋、学识、毅力和能耐呢？"和帝十分感叹地说。

"这样的人并非没有。"袁安说，"班固的妹妹班昭，就有这样的能耐。所以，续写《汉书》一事，非班固妹班昭不可。她是一位才女，天赋聪明，幼承家教学识渊博，才情过人。如将此事交付于她，她是一定能完成使命的。"

和帝听后说："如此甚好。这《汉书》是班彪最先动议，其子班固主笔，是子承父业。看来，这班氏一门，真是满门忠良，人才辈出。今再由班昭续写，乃是妹继兄志，实是顺理成章，再合适不过的了。还有那班超，他率36人出使西域，今已平定了西域52国，谁又有他那般的胆识和能耐呢？

那就赶快下诏，让班昭赴京来写《汉书》吧！"

"让班昭续写《汉书》，可以，但有些遗留问题，总该解决吧？"袁安说。

"还有什么遗留问题？"章帝问。

"首先是班固之死，班固到底是怎么死的？他本来罪不至死，但为什么死了，应该追查一下。"袁安说。

和帝说："那班固，不就因为追随窦宪，炫耀窦宪，才被捕入狱，后来自杀了吗？窦宪之案的办理，你是一直参与着的，应当清楚啊！"

"不，不是这样，远不是这样。"袁安说，"据臣所知，那班固并非自杀，而是在狱中被折磨致死的，他死得很惨很惨。"

和帝有些奇怪地问："我看你与窦宪，几乎水火不相容，怎么对于他的党羽班固，反而这么同情呢？"

袁安说："臣以为，功就是功，过就是过，二者不能混为一谈。对于窦宪也是这样，他讨伐匈奴有功，但私结党羽有过，其过大于功，故而受到了朝廷的严惩。而班固则不然，窦宪是窦宪，班固是班固，班固作为窦宪的幕僚，奉窦宪之命撰写《封燕然山铭》，并没有错。而且，他那篇文章，的确才华横溢、文采飞扬，再无人能够写出。种兢是因为忌班固之才、泄一己之念、报一己之仇，才把班固折磨致死并伪造说是自杀身亡的。今种兢已死，那是罪有应得。但是，其合谋者还在，不能让他们逍遥法外。只有将这些种兢的合谋者绳之以法，让班昭续写《汉书》，她心方能安、胆方能正啊！"

"那么，这事，你直接办理就是了。"和帝说，"一是追查种兢的合谋者，凡参与谋害班固的人，无论是谁，都不能轻饶。二是尽快拟招，让班昭来京写《汉书》，完成其兄班固未完成之事。这事，千万不能再拖了啊！"

于是，袁安即彻查班固被害死之事，因梁扈、李邑皆为同谋，便将二人予以处死。而后，他又拟招，经请示汉和帝后，让班昭进京并入宫中。

班昭被召进京时，已经40岁了，丈夫曹寿已去世多年。她到了京都洛阳，听说是让她续完哥哥的书稿，便毅然接受了任务。她住在东观，编写《汉书》在东观。班固原来的稿子多是草稿，写得比较乱，有些错处也未及刊削（就是用刀把竹简或木简上的错处刮去，进行修改）。班昭十分细致，她一条简、一条简地读、改，有些搞不清楚的地方，还要查典籍。有时为了一条简，要翻动几大捆书，需用一两个时辰（每个时辰两小时），然后再用她那秀丽的字体，一条条地抄写清楚。班固计划写作的八表和天文志，那时还没有动笔，班昭就从头写起。《表》无法写在竹简上，要用绢来写，但写在绢上的字不易改动，要十分认真。班昭用了几年时间，终于改完了哥哥班固的遗稿，并补完八表，使班固计划的篇目基本补齐。和帝闻之，十分欣喜，便令人把《汉书》抄成多部，藏之东观、兰台等处，并抄成副本，让人广为传播。《汉书》初行时，人们多未通其意，同郡马融时为校书郎，他至阙下拜班昭为师，听班昭讲授《汉书》，后成为著名经学家。

班昭完成了《汉书》，受到和帝与宫廷的敬重，便让她到后宫教授嫔妃。皇室的后宫多为年轻美貌的嫔妃和宫女，今有已届中年的班昭进出后宫，大家自然对她十分尊重，都十分亲切地称她为"曹大姑"，也有称其为"曹大家"的。此后，和帝经常召曹大家入宫，让皇后、贵人拜她为师。每当四方贡献奇珍异宝时，也常让班昭作赋颂扬，其中最有名的便是《大雀赋》了。

《大雀赋》的撰写，源于班超在西域发现一种大雀，这是一种类似于孔雀的大鸟，毛色斑斓，五彩备举，十分漂亮。班超得到此大雀后非常高兴，他专为此大鸟制作了一个笼子，托人带至京城洛阳献给了汉和帝。

和帝得到此大鸟后非常高兴，便诏令"曹大家"写一篇《大雀赋》。班昭奉诏，便信笔写来："嘉大雀之所集，生昆仑之灵丘。同小名而大异，乃凤皇之匹畴。怀有德而归义，故翔万里而来游。集帝庭而止息，乐和气而优游。上下协而相亲，听《雅》《颂》之雍雍。自东西与南北，咸思服而来同。"此赋今译即为：美丽的大雀，生在昆仑山瑶台仙景。它们的名字虽小，但它们和凤凰是同类啊！它们的美德是不懈追求归化于仁义，所以它们飞翔万里来到大汉皇帝的身边。它们在皇宫的庭院中悠闲自得，感受着天下的和平盛景。如今天下太平，朝野上下同心协力，相爱相亲，耳旁似乎萦回着周礼初始制定的《雅》《颂》之乐，这是龙和凤凰出现时的盛世啊！

这篇《大雀赋》字数不多，全文不足百字，但字字珠玑，代表了大汉雄风，这是班昭超越了文学家、史学家，特别是超越了政治家远见卓识局限的佳作，是汉代诗赋中不可多得的经典之作。

从《大雀赋》也足以看出，班昭所站的政治高度不同凡向，应当说是千古难遇。《大雀赋》也代表了中华文化的核心内涵。宋黄庭坚在《次韵奉答廖袁州怀旧隐之诗》中说："诗题怨鹤与惊猿，一幅溪藤照麝烟。闻道省郎方结绶，可容名士乞归田。严安召见天嗟晚，贾谊归来席更前。何况班家有超固，应封定远勒燕然。"看一看，黄庭坚对于《大雀赋》和《封燕然山铭》，评价何其高矣！

汉和帝元兴元年（105），班昭逝去。当时，邓太后临朝。邓太后当皇后的时候，曾向班昭学过书，所以经常请班昭来议论政事，还封班昭之子曹成为关内侯。后来，诏令马融之兄马续（马援的侄孙）写了一篇《天文志》，补到《汉书》中，使《汉书》更加充实。

在儿子曹成封关内侯后，班昭曾随子参加过东征，并写了《东征赋》。其赋今译为：

永初七年，我的儿子调往陈留，我于是随其离京东行。时值初春美好季节，选择良辰吉日动身出发。乘车走了一天，晚上到偃师住下。离别故土迁往新地，心里总有些凄苦惆怅。天亮我还未能入睡，心中留恋而不忍远离。酌酒衔杯，欲抛弃思乡之念；怆然长叹，尽抑制怀旧之情。本来我就觉得不应该如此悲伤。当今已不是构木为巢、敲蚌而食的上古时代，怎能不施展才力，追随朝廷效力呢？况且与大家一道加入官宦行列，任凭天意安排也是个归宿。沿着宽阔通畅的大道前进，那种狭窄邪僻的小路谁肯遵行呢？

于是就欣然赶路前往，凭借目光观览神游。我们历经七县，一路上观赏浏览。到达巩县时，遇到一些艰难。远望黄河、洛水交相奔流，近看成皋的旋门巍然屹立。越过峻峭高险之地，经荥阳，过武卷，到原武用餐休息，抵阳武宿于桑林。又过封丘踏上前进的行路，怀念离去的京城而暗暗叹息。离人怀念故土啊，早在经传中就有记载。

沿着大路又走了不多时，便到平丘县北境。进入匡邑旧址，追忆久远之事。想起当年孔子在此受过困苦，那是衰败动乱的年代，世无政德，连圣人也遭到困厄威胁。怅惘迟疑停留许久，忘记天色已近黄昏。到达长垣县境，察看田野里的农民；目睹蒲城废墟，荆棘丛生，草木间杂。蓦然醒悟，环顾讯问，想到子路的威严神勇。卫国人夸奖他勇武仗义，至今仍被称颂。蘧瑗葬在城的东南，人们还在崇尚、瞻仰他的坟墓。人虽故去，美德不朽，英名长存。经典中所赞美的，是那可贵的道德仁贤。吴季札曾说，卫国多君子最后必有祸患，他的预言是可信的，已得到了验证。后来卫国遭到祸患，逐渐衰落，再没有强盛起来。我深知命运由天支配，但勉力而行也能够接近圣贤。仰慕圣人高德，步前贤后尘，对己真诚尽责，对人宽容相待。喜好公正刚直不违背祖德，凭借真诚可以感动神灵。希望神灵明察，保佑忠贞信义之人。

总而言之，君子之思必成文章，何不各言其志仰慕古人？先父行止曾有赋作，我虽不才但岂敢不效法？贵贱贫富不可预料，修身守道以待时运。不论愚笨和聪明如何，命运对谁都一样。任凭命运安排，不管是吉还是凶。恭谨无怠，谦虚节俭，清心寡欲，学习古人孟公绰吧！

《东征赋》历来被认为是汉赋之名篇。

汉安帝永初四年（110），邓太后之母去世，太后之兄、大将军邓骘上表请求去职守丧，退居乡里。太后不想批准，向班昭询问。班昭答道："太后以尊贵之身，征询臣下的意见，妾深为感动。妾昭以愚朽之身，处盛明之世，当披肝沥胆，以报效于万一。妾听说廉让之风，是历来为人称美的好德行。商朝时，孤竹园君的儿子伯夷、叔齐，父死，互让国君位而逃，受到天下人的称赞；周太王欲立三子季历继承王位，但未宣布成命。太王有病，长子太伯赴吴地采药，太王死，太伯不返回奔丧，季历三让王位，太伯断发文身，以示意决，被孔子赞为'三让'之贤。因而其德行发扬光大，扬名后世。所以，推让之诚是值得称赞的。今四舅（舅指国舅，四舅是指邓骘、邓悝、邓弘、邓闾）引身自退，是忠孝两全之举，如果以边陲未静为由，拒而不许，他日若有小过，恐怕今日推让之美名不可再得了。"邓太后认为班昭说得有理，就准许了邓骘等的请求，让他们返归乡里。

班昭曾作《女诫》七篇，讲述女子的道德规范、为人标准等。前有序文，第一篇卑弱，第二篇夫妇，第三篇敬慎，第四篇妇行，第五篇专心，第六篇曲从，第七篇和叔妹。马融看后认为很好，令其妻女学习。

　　班昭受儒学教育，封建思想比较浓厚，这是她所处的时代决定的。《女诫》即反映出她有浓厚的封建思想。但其中也反映了她初步的男女平等思想和争取妇女受教育权利的思想。如《夫妇篇》说："夫不贤则无以御妇，妇不贤则无以事夫。""御妇"是管理、管教妻子，"事夫"是侍奉丈夫。所以班昭的让男女都受教育的主张是建立在男尊女卑的前提之下的。但她主张夫妻都应该"贤"，男女都应该受教育，毕竟还是对的，这是历史的进步。现在，在一种所谓的"男女平等"口号下，将"女诫"彻底予以推翻，几乎形成了一种与"女诫"截然相反的社会风气，我对此并不表示赞同。如今，男权被侵，女权至尊，我们的那些"女强人"和"老剩女"，以致还有那些品行不端的"渣女"们，难道她们就不应该戒一戒吗？

　　对于班昭，历代名人诸如范晔、赵傅、徐钧、萧良有、刘克庄、刘体信等，均有较高的评价。而康有为的评价更为准确和翔实，他说："以敬姜之德、班昭之学、秦良玉之勇毅、辛宪英之清识、李易安之辞章、宋若宪之经术，列于须眉男子中，亦属凤毛麟角。班昭的诗文惟永初之有七兮，余随子乎东征。时孟春之吉日兮，撰良辰而将行。乃举趾而升舆兮，夕予宿乎偃师。遂去故而就新兮，志怆恨而怀悲！明发曙而不寐兮，心迟迟而有违。酌醴酒以弛念兮，喟抑情而自非。谅不登樔而椓蠡兮，得不陈力而相追。且从众而就列兮，听天命之所归。遵通衢之大道兮，求捷径欲从谁？乃遂往而徂逝兮，聊游目而遨魂！历七邑而观览兮，遭巩县之多艰。望河洛之交流兮，看成皋之旋门。既免脱于峻崄兮，历荥阳而过卷。食原武之息足，宿阳武之桑间。涉封丘而践路兮，慕京师而窃叹！小人性之怀土兮，自书传而有焉。遂进道而少前兮，得平丘之北边。入匡郭而追远兮，念夫子之厄勤。彼衰乱之无道兮，乃困畏乎圣人。怅容与而久驻兮，忘日夕而将昏。到长垣之境界，察农野之居民。睹蒲城之丘墟兮，生荆棘之榛榛。惕觉寤而顾问兮，想子路之威神。卫人嘉其勇义兮，讫于今而称云。蘧氏在城之东南兮，民亦尚其丘坟。唯令德为不朽兮，身既没而名存。惟经典之所美兮，贵道德与仁贤。吴札称多君子兮，其言信而有征。后衰微而遭患兮，遂陵迟而不兴。知性命之在天，由力行而近仁。勉仰高而蹈景兮，尽忠恕而与人。好正直

班氏演义

而不回兮，精诚通于明神。庶灵祇之鉴照兮，佑贞良而辅信。乱曰：君子之思，必成文兮。盍各言志，慕古人兮。先君行止，则有作兮。虽其不敏，敢不法兮。贵贱贫富，不可求兮。正身履道，以俟时兮。修短之运，愚智同兮。靖恭委命，唯吉凶兮。敬慎无怠，思嗛约兮。清静少欲，师公绰兮。"

　　班昭活到 70 余岁去世，邓太后亲自为她素服举哀，派人操办丧事。邓太后欲将班昭厚葬于洛阳。但班昭临终时对邓太后说："人言落叶归根，还是把我安葬在故乡吧！毕竟，我是曹家的媳妇，就把我安葬在曹家的地里。那里，距我哥班固的墓地相近，我续写《汉书》时，还有许多问题，想与我哥相商，那样会更方便些。"于是，邓太后便遵从班昭的遗愿，把她安葬在了陕西关中槐里（今陕西咸阳兴平市丰仪镇大姑村）。因班昭在宫中教授嫔妃时，嫔妃们常以"曹大姑""曹大家"相称，故其墓碑上，刻以"曹大家墓"字样。2014 年 6 月 9 日，经陕西省人民政府公布，兴平市人民政府立碑，碑刻为"汉昭墓"。女史学家、教育家班昭，得到了人们永久的纪念。班昭的儿媳丁氏整理了她的遗稿，共 16 篇，纂集成册。后世对于班彪、班固、班超、班昭，素有"四班"之称，他们无疑是班氏先贤的代表人物。而班昭则是中国历史上第一位女史学家，也是著名的文学家和教育家，后世对她甚至有着"女圣人"的美誉，应当是千古留名了。

# 第五十二章　汉皇圣旨　定远班超为神侯

汉永元六年（94），汉朝廷发生了许多大事。

正月，司徒丁鸿逝。丁鸿系颍川郡定陵县（今河南漯河市舞阳县北）人，为河南太守丁綝之子。丁鸿最初袭封父爵阳陵侯，在封地大办学堂，受汉明帝赏识，被召入朝为侍中，又兼射声校尉，改封鲁阳乡侯。汉章帝召开"白虎观会议"时，丁鸿因论述最精，被称为"殿中无双丁孝公"。此后，遍历校书、少府、太常、司徒等职。汉和帝时，升任太尉兼卫尉，奉命收缴大将军窦宪的印绶。丁鸿逝，和帝任命刘方为司徒。刘方少年时有才学，通经儒。汉和帝永元四年（92）八月，司空任隗去世；十月，宗正刘方被任命为司空。原司空刘方既为司徒，和帝遂以张奋为司空。张奋字稚通，其父张纯。张奋少好学，节俭行义，常分损租奉，赡恤宗亲，虽至倾匮，而施与不怠。张奋初拜左中郎将，转五官中郎将，迁长水校尉，又为将作大匠，复拜城门校尉。汉章和四年，迁长乐卫尉。次年代桓郁为太常，复代刘方为司空。

当年十一月，和帝任命大司农陈宠为廷尉。陈宠系沛国洨县（今安徽省固镇县）人，他是原廷尉左监陈躬的儿子。陈宠初接受公车征辟，出任司徒（鲍昱）府掾，执掌狱讼，断案十分公平。汉章帝继位，迁尚书，请求去除烦苛，施行宽政，得到汉章帝采纳。汉和帝年间，他历任太山太守、广汉太守、大司农、廷尉等职。

这年年底，发生了南单于安国之乱。当时，南匈奴安国为左贤王时无誉称，而左谷蠡王师子勇猛多智，数击北匈奴有功。永元五年（93）安国为单于，师子为左贤王，国中敬信师子而不附安国。因此，安国与北匈奴降众素怨师子，便有15部落、20余万人皆反，他们谋诛师子。对此，师子觉之，即率部众别居五原（今内蒙古包头西）界，并不去龙庭议事。又因安国素来与北匈奴中郎将杜崇不和，杜崇便与度辽将军朱徽共同上书言："安国疏远旧部，欲杀左贤王师子等；右部降者谋共胁迫安国起兵背叛。"朝廷接到杜崇和朱徽的上书，即令杜崇等人全权处理此事。六年（94）春，杜崇发兵征讨北单于庭，安国遂率降胡反叛，并出兵五原界诛师子。师子逃到了保曼柏（今内蒙达拉特旗东南），安国不得入，遂屯兵在保曼柏附近。杜崇、朱徽又率骑兵急赴五原，安国的部众闻之大惊，安国的舅舅喜等人害怕被株连，便杀了安国，其乱方平。

由于以上种种原因，西域又开始动荡不安。此时，班超所统的汉边联军便进军攻击反叛大汉的焉耆、尉犁（今库尔勒一带），擒二王并诛之。至此，西域诸国全部降汉。和帝十分赞赏班超的功绩，他感叹说："西域遥远，无班超不能镇之；西域多乱，无班超不能定之。班超定远，功莫大焉！"

司徒丁鸿听得，即对和帝说："班超之功，确实很大，可他现在仅为司马之职，与其功绩相比，很不相符，可否将其予以升迁？"

"那，升迁他为何职呢？"和帝问。

"至少应当封侯。"廷尉陈宠说。

"可封他什么侯呢？"和帝又问。

"陛下不已有意，言其定远功高，就封其为定远侯吧！"司空张奋说。

"甚好甚好，即封班超为定远侯。"和帝说，"张爱卿，你拟旨吧！"

"臣以为，此议可定，但降旨可缓。"张奋说，"因那西域之地，较我中原早寒，现在那里还是一片冰天雪地，使者去之，多有不便，还是明年春暖再去传旨为好。"

丁鸿也说："司空此言极是。单待那春暖花开，陛下可派使者前去，一为宣旨，二为慰问，再送些慰问之物，可使西域军心稳定、民心稳定，丝路得以复通，百业得以繁荣，封一侯而安边远，奖一人而兴西域，岂不美哉！"

和帝听后说："若论本事、论功劳，只对班超封侯，是不是太低了点，要不要封他为镇远将军呢？"

陈宠忙说："不可，不可，万万不可！陛下有所不知，那班超今在西域，已有'西域万国之王'之称，可以说一呼百应、一踏百平，他一句话能顶一千句。但是，他职务仅为一军司马，掀不起什么大浪。今陛下将其封侯，已经够显耀了，怎么能封其为镇远将军呢？如有此封，他万一有异心，连朝廷都无法约束他，陛下不能不防。"

和帝说："我观班超，不是背叛朝廷之人，他是十分忠心的。"

丁鸿也说："尽管如此，我们对于班超，也还是多加些防范为好，他可是山中虎、水中龙啊！再说，毕竟其兄班固虽然著写《汉书》，有大功于朝廷，但却被朝廷大臣害死了啊！似此，他对于朝廷，不能不心生怨恨。要不，这样吧，先封其为定远侯，后有功绩，再行加封嘛！"

和帝说："好，那就这样定吧！"

……

来年花开春暖时，和帝遣使至西域，传达封班超为定远侯的旨意，并带去不少慰问品。当时，朝廷使者根据和帝的旨意，让举办盛大的庆祝仪式。于是，班超便聚集了汉边联军和不少西域民众，集中在疏勒城的大广场上听候圣旨。只见，汉边联军元帅班超和副元帅疏勒公主，他俩由各国国王陪同来到宣旨台。在台上，多国国王分排两边坐定，班超被簇拥在正中，正如绿叶中的红花、群星中的月亮一般。这时，朝廷使者正式宣布圣旨：

往者匈奴独擅西域，寇盗河西，永平之末，城门昼闭。先帝深愍边萌婴罹寇害，乃命将帅击右地，破白山，临蒲类，取车师，城郭诸国震慑响应，遂开西域，置都护。而焉耆王舜、舜子忠独谋悖逆，恃其险隘，覆没都护，并及吏士。先帝重元元之命，惮兵役之兴，故使军司马班超安集于阗以西。超遂逾葱岭，迄县度，出入二十二年，莫不宾从。改立其王，而绥其人。不动中国，不烦戎士，得远夷之和，同异俗之心，而致天诛，蠲宿耻，以报将士之仇。《司马法》曰："赏不逾月，欲人速睹为善之利也。"其封超为定远侯，邑千户。

众人听闻将班超封为定远侯，全都大声欢呼了起来：

"定远，定远，定远！"

"神侯，神侯，神侯！"

"定远神侯，永镇西域！"

"神侯定远，永镇西域！"

……

这时，班超站起身来，来到台前，高声演讲。他说："西域各国国王们，疏勒国的广大父老乡亲们，西域诸国的广大父老乡亲们！我们盼星星，盼月亮，终于盼望来了这一天！这便是，南匈奴已归顺了我们大汉天朝，北匈奴也同样，统一服从大汉朝廷的统领。同样，我们西域52国，再也不受匈奴的奴役了，都与我们中原大汉联结了友谊，重新回到泱泱天朝的统辖之中。更令人鼓舞的是，如今，我们西域诸国都平定了，民众都安宁了，丝绸之路也复通了。要知道，我们这条丝绸之路，原叫丝绸古道，又叫西域商道，今后，我们就统一叫它丝绸之路吧！这条路，是博望侯张骞早在汉武帝时就开辟的。他以首都长安为起点，经历国内宽广而漫长的地域到达了西域，再经西域而到达那些遥远的国家。惜只惜，它在王莽时期被中断了。时至今日，我们将这条丝绸之路又延伸了，也拓展了，现在，它起自东都洛阳，延伸至大秦（古罗马）国家。而且，它也拓宽到了沿路的许多国家。应当说，丝绸之路是一条光荣的路、幸福的路、光辉的路！通过这条路，我们会迎来神州共荣、万民同乐的日子，我们的好日子终于到来了！要知道，我们延伸和拓宽的这条丝绸之路，不仅能造福朝廷、造福当代、造福民众，而且能造福我们的子孙后代。想是百年以后、千年以后，乃至万年以后，我们这条丝绸之路，也一定会丝路万里，永远畅通，联结友谊，造福世人，这是一定的！"

在这里，朝廷特使不但宣读了任命班超为定远侯的圣旨，52国国王也都一一受封，人人叩谢大汉皇帝的隆恩。

因班超封侯而引起西域的热闹，一直持续了几天。这一天，那欢庆的歌舞队伍，所唱的威武雄壮的《丝路神侯》之歌，令人感到无比震撼——

丝路，丝路，丝路，丝路，

你是一条光辉灿烂的友好路，

汉武帝雄才大略高瞻远瞩，

将丝路从长安直通古老的印度。

人欢马叫，驼铃声声，热闹非凡，
商人商队，士兵牧民，使者信徒，
穿梭于丝路摩肩接踵络绎不绝，
那连接此路的便是大汉的丝绸。

神侯，神侯，神侯，神侯，
你将中断的丝绸之路果断恢复，
文韬武略以寡敌众神勇无敌，
你首创的军事思想便是对敌斩首。

丝路重开，继续延伸，不断拓展，
东接洛阳，中经西域，西通欧洲，
为此，班超建奇功，仲升有大谋，
不愧是定边疆镇西域的万里神侯。

啊，古老中国有无比悠久的历史，
啊，丝绸之路是无比神奇的道路，
生长在大汉之国我们无比自豪，
经商古道丝绸之路有那无限风流。

张骞功高，开辟丝路，永当纪念，
班超定远，延伸丝路，让人敬慕，
你们是大汉的脊梁、西域的旗帜，
你们是民族的英雄、英明的神侯！

　　班超被封定远侯之后，整个疏勒城、整个疏勒国，不，是整个西域52
国，都出现一派安定、祥和、幸福、繁荣的景象。

　　整个疏勒城的大街上，人们熙来攘往，热闹非凡；民众载歌载舞，欣
喜若狂。不，不仅仅是疏勒城、疏勒国，而是整个西域大地，都呈现这样

一种非常热闹的气氛。

整个西域大地，到处是一片祥瑞景象。但见天空中白云朵朵，太阳一片明媚，和平鸽在飞翔，百灵鸟在欢唱……

那复通的丝绸之路上，队队商客喜笑颜开，驼铃声声清脆，处处歌声嘹亮……

有东下、西进的两支商队邂逅相遇，他们互相打招呼致意，两支商队头领互敬美酒举杯，酒后相拥而别。

在一处驿站，有一西进的商队正在丝路驿站歇脚，他们加水、进餐，准备继续赶路的水、食物和用品。

有一驿站辕门，高悬着"汉"字和"班"字大旗，大旗迎风飘扬，猎猎作响。有士卒正在换岗，他们很有礼貌地互相致意。

一彪巡逻骑士正飞驰而来，那马队马蹄踏踏，呼啸而过，扬起一阵飞尘土雾，好一阵方才散去。

……

又一天，只见班超正在校场，指挥着将士们列阵习武、拼杀格斗，他还不时地作示范，纠正将士们的姿势和动作。

有一队兵卒正在垦荒、播种、耕耘、收获……疏勒公主带着一队年轻姑娘来看望军垦战士，给他们送来茶饭，交给他们洗净晒干的衣服，十分热情地慰问那些体弱多病的士卒。

有邮差飞骑来到，送来一封封家信，收到收到家信的士卒，都十分欢喜地阅看……在那十分遥远的年代，可真是"家书一份抵万金"啊！

村民百姓们有的在田间劳作，有的在草原上放牧，也有的在村中唱歌跳舞……小孩子们都在村落街道上追逐戏耍，全都像是学飞的小鸟浅游的小鱼。

草原上，牛、羊、马成群，都在草地上散落吃草，享受着自由、清香、青翠和美味……到处是羊羔、牛犊、马驹，在跑啊蹿啊、跳啊蹦啊……

田野上，处处一片丰收在望的景象。玉米苗壮，糜谷金黄，大枣火红，葡萄串串……

当其时，还发生了这样一件大事。汉和帝永元九年（97），班超遣甘英率领使团一行从龟兹（今新疆库车）出发，经条支（今伊拉克境内）、安息（即波斯帕提亚王国，今伊朗境内）诸国，到达了安息西界的西海（今波斯湾）沿岸，欲让大汉联系更多的国家和地区。

甘英他们到了这里，望见波斯湾白浪起伏，茫然一片，便打算航行赴大秦（即罗马帝国，有时指罗马帝国统治下的地中海东部）。但船夫对甘英说："大海之大，逢顺风三个月可以渡过，逢逆风大约需要两年，所以入海者需要带够三年食用的粮食方能入海，否则便会饿死困死。"船夫还对甘英讲述了塞壬用歌声迷惑水手的故事。塞壬是希腊神话传说中的一种海上女妖。她们和人鱼一样有着迷惑水手的致命歌喉，有着一张美丽迷人的女性面孔，但是从颈部以下是鹰一样的身体。当她们看到船只经过，就会飞来唱出凄美的歌曲，水手们只要听到她们的歌声，就会陷入极度的疯狂，甚至会跳入海中去追寻塞壬的身影，结果全部葬身海底。希腊神话中的英雄奥德修斯，为了能够亲耳倾听一次塞壬的歌声，在自己的船只经过塞壬出没的海域时，把自己紧紧地捆绑在桅杆上，然后命令所有的水手都把耳朵堵死，只许低下头快速地划船。果然，塞壬出现了，她唱着世间最凄美的旋律，围绕着船只一遍又一遍。几个没有把耳朵堵住的水手都疯狂地跳进海里，最后被卷入深深的海底。奥德修斯也一样陷入了疯狂的状态，如果不是桅杆和绳索，他也会同样遭受这样甜美的厄运。

听了船夫所说的这些话和所讲述的故事，在甘英和使团成员的心灵中，产生了令人难以置信的震慑作用。而且，甘英因考虑到他们所带的食物和生活用品远远不足，于是便只能返航。

尽管甘英的这次出使，并未到达目的地大秦，但却增进了中国人对中亚各国的了解，这也是十分有益的。

⋯⋯

班超因为长期处在边远之地，年老之后很思念故乡。汉和帝永元十二年（100），班超上疏说：

臣听说太公封在齐国，但五世埋葬在周地。狐死之时头犹朝向生它的地方，北方之马来到南地依然留恋北风，臣我怎能没有这种思乡之情呢？当地风俗是畏惧年轻人，欺负老年人。我现在如同犬马一样牙齿落尽，总怕年老体衰，突然死去，孤魂被扔在异域，无所依托。昔日苏武留在匈奴才十九年，如今我荣幸地奉节带印都护西域，若是死在驻守之地，我心里实在是毫无遗憾，但恐怕后世有人说我是被杀死在西域。我不敢指望到酒泉郡，但希望活着走进玉门关。我年老多病，衰弱困乏，冒死胡言，谨派我的儿子班勇随同贡献物品入塞，使得在我活着的时候，他能见到故乡的土地。

班超之疏送抵洛阳，和帝看后，特与司徒丁鸿进行商议。和帝对丁鸿说："你说，班超欲返回一事应该怎么办呢？"

丁鸿说："按理说，班超驻守西域，已有将近30年了。而且，他年龄已大，是应该回中原了。但是，又有谁能接替他呢？"

"那，你能推荐合适的人选吗？"和帝问。

"没有。"丁鸿说，"我观满朝文武，班超之胆，无人可及；班超之谋，无人可及；班超之威，无人可及；班超之德，亦无人可及。无论谁人去西域镇远，恐怕都不能似班超矣！"

"既然这样，那班超回京之事，就先暂缓吧！"和帝说。

转眼又是二年，班超上书之后，久待朝命，但是杳无消息。其时，他闻妹班昭入宫续修《汉书》，为后宫之师，便特寄予一书，让妹妹设法帮助自己回归。

班昭接班超信后，即上书和帝：

同产兄（亲兄）定远侯超在西域已近30年，骨肉分离已久，见面也怕不认得了。家兄年近70，听说头无黑发，两手不听使唤，耳不聪，目不明，走路要挂拐杖，妾闻古人15岁当兵，60岁才归来，然而总算回来了。班昭今冒死为兄求归，让兄在中土度过晚年。

和帝看了班昭的上书，很受感动，便下诏征班超回京。

汉和帝永元十四年（102）八月，在班超西域建功31年的时候，他回到京师洛阳，被和帝拜为射声校尉。班超原来就有胸疾，又因年老体弱，旅途劳顿，到京师就病重了。和帝即派太监带着药去看望他，可惜并未治愈。当年九月，班超便去世了，终年71岁。班超临终，让班雄转告和帝，说自己逝世之后，希望叶落归根，能将自己的遗体运回故乡扶风，最好能同兄长班固葬在一起。可当和帝同丁鸿一起商议此事时,丁鸿说:"我对陛下曾经说过,这班超,他可是山中虎、水中龙啊!他还有'西域万国之王'之称。他若活着,朝廷有恐他造反为王之忧,今他已经死了,朝廷务必厚葬,以其之余威,也能镇抚西域,繁荣丝绸之路。所以,一定不能将他葬于故乡扶风,而必须葬于京都洛阳。"于是,和帝依丁鸿之言,将班超厚葬在了洛阳。当时,和帝遣使吊祭,馈赠颇厚,令长子班雄袭爵。但是,因朝廷对班超未予加封,未赐谥号,后世多为其鸣不平。

班超离开西域时,接替他的是戊己校尉任尚。任尚曾问班超:"小子我任重而思虑浅薄,将军有何教诲于我?"

班超说:"我已年老,智力衰退,而君多次接受重任,我是赶不上你的。倘定要我说,我只能说点体会。朝廷派来的兵士,并非都是孝子贤孙,多数是刑徒罪人,他们都不好管理。而边疆各族,随时可能叛乱,也难以管理。你性情较急,对下要求过严。常言道,水至清则无鱼。依老夫之见,不能要求人人纯正无过,不能苛求于下。应宽待小过,总揽大纲。"

当时,任尚虽然当面谢班超教诲,心下却很不以为然。待班超离开后,他私语亲吏道:"我以为班君必有奇谋,谁料他所言止此,平淡无奇,何足为训?"遂把班超之言置于脑后。结果,他在西域数年,专务苛察,致失众心,西域各国又相继叛汉,任尚以罪被征还。

虽然,和帝之时,对于班超,既未加封,也未赐谥号。但是,后世之人,对于班超,却给予极高的评价,有人称他为"投笔从戎第一人",有人称他为"斩首行动第一人",有人称他"西域万国之王",有人称他为"中国历史上最强的外交官"……总之,怎么夸奖他,都不为过;怎么称赞他,都不为过;怎么颂扬他,都不为过。可以说,班超的安邦之策,班超的平乱之法,一直被治疆官吏所效仿,却无一人能治理得像他那么完美;班超的军事思想,班超的外交思想,也一直被人们所推崇,其影响遍于全世界,比如他首创的"斩首行动",现代尤被世界军事家们所重视,他不失之为一个伟大的政治家、军事家和外交家。

班氏演义

# 尾　声

　　我们知道，中国的四大史书，除了班彪、班固、班昭子承父业、妹继兄志所完成的《汉书》，还有宋范晔所著的《后汉书》。在《后汉书》中，对于班超和少子班勇，是专门立有传的。《班超列传》末云：

　　超有三子。长子雄，累迁屯骑校尉。会叛羌寇三辅，诏雄将五营兵屯长安，就拜京兆尹。雄卒，子始嗣，尚清河孝王女阴城公主。主顺帝之姑，贵骄淫乱，与嬖人居帷中，而召始入，使伏床下。始积怒，永建五年，遂拔刃杀主。帝大怒，腰斩始，同产皆弃市。超少子勇。

　　这就是说，班超有三个儿子，长子叫班雄，迁升到屯骑校尉。当时，正碰上羌人侵犯三辅，皇上命令班雄率领五营兵马驻扎在长安，并任命他为京兆尹。班雄死了之后，他的儿子班始继承他的职位，与清河孝王的女儿阴城公主成婚。阴城公主是顺帝的姑母，骄贵而又淫乱。她跟她宠爱的人共同处在帏帐中，而叫班始进去，要他趴在床底下。班始憋了一肚子气，永建五年（130），就拔刀把阴城公主和她宠爱的人都杀了。顺帝因此大怒，便令把班始腰斩了，他的同胞兄弟姐妹也被杀害了，尸体弃于街市。班超的小儿子名勇。而此时，班超和前妻——班雄的母亲邓燕早已离世，而班雄也已去世。

　　曾有大臣问顺帝，班始之罪该不该株连班勇。顺帝说："这就不必了吧，班雄、班勇并非一母所生，班勇只是班始的叔叔，他有什么罪呢？且他又远在西域，多有功业。班始一事，就不要牵连到班勇和他的后代了吧！"班勇即班超和疏勒公主的亲生子，他因与班雄为同父异母所生，所以他们一家并未受到班始之案的牵连。

　　年近七旬的班超，从西域归来，回洛阳的时候，先途经故乡扶风班家谷，在那里稍作逗留，看望了嫂嫂许氏和几个侄子，并把自己因封侯朝廷

·591·

给予自己的赏赐，大部分都留了下来，一是补贴嫂嫂的家用；二是他想伺机回乡,过那无忧无虑的田园生活,借以度过自己的晚年。但因他奉诏而归，必须至洛阳回复皇命，故在故乡并未多作逗留。

班超离开故乡东行，到了西都长安，身为京兆尹的儿子班雄，早早携全家人来迎接父亲，他把父亲、继母疏勒公主和小弟班勇都安顿在自己府里歇息。这时，班超的前妻、班雄的母亲邓燕已经离世，她是因过分思念和担心丈夫，而班超却因迫不得已，才给她写了休书，她自然长期忧郁寡欢、闷闷不乐，因而便早早离世了。听到班雄对母亲的叙述，班超便急欲去邓燕坟头进行祭奠。当时，疏勒公主必欲同去，班超拗她不过，便领她去了。在邓燕的坟头，疏勒公主似乎比班超更为伤心，她面对邓燕之坟，好一番痛心哭诉："可怜的邓燕姐姐，我本欲与您同结姐妹之缘，共同侍奉我们的夫君，可谁知，你却这么早就去世了，这叫妹妹我多伤心啊！放心吧，咱们的夫君，我一定会侍奉好的。好就好在，你已有班雄和他的弟弟，我也有了儿子班勇，我们都给班家留下了后代，我们都问心无愧了……"

班超和疏勒公主夫妇，祭奠完邓燕之后，回到班雄府里。班雄夫妇急忙抱着小儿班始来给他们请安。班超初见班始，看他虽然眉清目秀，但小脸上却隐隐有一种杀气，心中略有不悦，但却未说什么。当天晚上，班超做了一个十分奇怪的梦。梦境中，一位长袍高冠身穿楚服的老人，出现在他的面前。班超很有礼貌地问："敢问老者，您是何人？"

"我是你们的远祖，楚国令尹斗子文是也！"老人说。

班超听得，急忙跪拜于地，叩头道："远祖今来，有何吩咐？"

老人说："你同你兄班固一样，虽有大功于朝廷，但对自己的子孙，务必严加管教，否则，又会有斗越椒之祸矣！"

班超十分吃惊地说："那斗越椒之祸，可是灭门之祸啊！这可怎么办呢？"

"是福不是祸，是祸躲不过……"老人一边说，一边渐渐远去，很快便无影无踪了。

"啊！子文远祖，晚辈还有话问，晚辈……"班超急忙追上老人，并欲拽住他的衣服，不料却从梦中惊醒，也推醒了疏勒公主。

疏勒公主一见夫君满头大汗、气喘吁吁，便说："莫非，夫君做什么噩梦了？"

班超便对疏勒公主说了自己方才的梦。而后，他说："也怪，我是头次见孙儿班始，却怎么会做这样的怪梦呢？"他还给疏勒公主讲了斗越椒之乱和以后班氏始祖改斗姓班的故事。

疏勒公主说："人说日有所思，夜有所梦。可能是你白日里见了班雄和班始，担心他们的成长，夜里便做了这样的梦。"

"不对！"班超说，"远祖子文能有这样的郑重提醒，一定有他的道理。"

第二天，班超先唤来班雄，对他说了自己夜里所做的梦，嘱他以后遇事务必谨慎。班雄连连答应，不敢有丝毫怠慢。班超犹豫了一下，又说："要么，你把那班始，就送个人家吧！我似乎觉得，他是个不祥之子。如不的话，我怎么能初见这个小子，就梦见远祖子文来警告呢？远祖子文又怎么会提及斗越椒之祸呢？"

班雄说："如将班始送人，儿并不惜！但是，我那媳妇，却把此子看成是掌上明珠心头肉，我又怎么好把他送人呢？如将其送人，她必然跟我闹死闹活。再说，父亲所做只不过是一个梦罢了，梦境未必成真。"

尾声

班超说："你不把他送人也行，但你务必对他严加管教。我隐隐有一种预感，班家的祸事，说不定就会出在此子身上。再一点，既然你媳妇如此疼爱他，那我方才所说，你对她就别说了吧！可话说回来，有子需爱，人之常情，可如若溺爱，那便是灾难啊！你们对于此子，以后千万不要过分溺爱。"班雄点头答应。

班雄离开后，班超又唤来班勇，给他讲述了自己昨晚所做的梦，也是好一番叮嘱交代。班勇一听，也惊出了一身冷汗，他叩头出血道："小儿一定牢记远祖子文的提醒，一定牢记父亲大人的教诲，今后将事事谨慎，处处小心，绝不会做有辱祖宗有毁家门之事。"

后来，班超70大寿时，班雄一家特意从长安赶至洛阳，前来给父亲拜寿。奇怪的是，班超见孙子班始之后，当晚又做了跟他在长安所做的同样的梦。梦后，他只能再对三个儿子，一一提醒一番。但自此，他老是心跳肉颤，坐卧不安，身体大不如从前，不久便匆匆离世了，他是在一种闷闷不乐、郁郁寡欢的心境下离世的。试想，班超本是一只猛虎，他只喜欢在广袤无垠的西域大地上厮杀；班超本是一匹烈马，他只喜欢在一望无际的大漠戈壁上驰骋。今到了暮年，虽然安逸舒适，无所事事，可这怎么能是他的追求呢？于是，他便匆匆地走了。班超临逝时，把疏勒公主叫到跟前，对她说："我两见班始，两梦子文远祖。这班始，莫不就是我们班家的斗越椒吗？对于远祖子文的提醒，我们宁可信，而不可不信。为保险起见，我逝之后，你和勇儿可速去西域，去你们那疏勒之国，也许才能躲过一场意想不到的灾难……"疏勒公主含泪答应。

于是，疏勒公主和班勇母子在班超逝后不久，即从洛阳回到了西域，回到了疏勒国。后来呢，也正如班超所预料的那样，班家虽有了班始之祸，一门皆受牵连，但因疏勒公主和班勇远在西域，还是躲过了一劫。再说这个班勇，他年轻之时，很有父亲班超那样的大将风度。永初元年（107），西域反叛汉朝，朝廷派班勇做军司马。班勇和哥哥班雄都从敦煌出兵，迎都护和西域甲兵回来。于是，朝廷便罢免了都护，西域后来十多年都没有汉朝的官吏。

元初六年（119），敦煌太守曹宗派长史索班率领千余人驻在伊吾，车师前王和鄯善王都到索班这里投降。又过了几个月，北单于与车师后部一同攻击索班，打跑了车师前王，占领了向北的道路。鄯善王当时急了，便向曹宗求救。曹宗便请求朝廷，出兵5000人攻击匈奴，替索班报仇雪耻，便又收复了西域。西域虽然收复，但对于保护还是放弃西域，大臣们意见不一。于是，邓太后让大臣们讨论研究，她专门召班勇到朝堂参加会议。起先，各公卿多数主张关闭玉门关，于是就放弃了西域。班勇上奏议道：

从前孝武皇帝担心匈奴强盛，将成为百蛮的统帅，逼进我边疆，于是开通西域，分离他们的同党，当时的舆论认为这等于夺到了匈奴的内脏，砍断了他的右臂。后来王莽篡位，向西域索取东西太多，贪得无厌，胡夷愤恨已极，于是背叛汉朝。光武帝中兴后，没有工夫考虑外事，所以匈奴仗恃自己强盛，赶走别人并占领别的国家。到了永平年间，再进攻敦煌，河西各郡，各郡白天都把城门关上。孝明皇帝考虑国家大计，于是派虎将出征西域，因此匈奴逃向远方，边境得到安宁。到了永元年间，西域地方没有不归附内地的。后来正逢羌人作乱，西域又断绝往来，北匈奴又派遣督促其他小国。收集逃避的租税，把价格抬得高高的，严格限期集会。鄯善、车师都怀愤怨之心，想亲近汉朝，可惜找不到门路。可见前段时期有反叛的事发生，都由于统治工作不够恰当，所以出现相反的效果。现在曹宗只是感到前面的耻辱，想报复匈奴洗雪耻辱，而不查一查历史上出兵的先例，没有考虑当时的具体情况。凡是想在荒外建功的，万个中没有一个成功的，如果兵连祸结，后悔将不及了。何况现在府库空虚，军队后无援兵，这是向远方的夷狄暴露自己的弱点，向海内展现自己的短处，愚见认为不能同意。旧敦煌郡有营兵三百人，现在应该恢复，并重新设置护西域的副校尉，住在敦煌，像永元年间那样做。又应派西域长史统率五百人驻在楼兰，西边挡住焉耆、龟兹的来路，南边给鄯善、于窴壮壮胆子，北面抵御匈奴，东边连接敦煌。这样才算方便。

当时，尚书问班勇："现在设立副校尉，派谁合适？又设长史驻楼兰，有什么好处？"班勇回答："从前永平末年，刚开通西域，开始派中郎将驻在敦煌，后来设副校尉在车师，一方面管制胡虏，另一方面又禁止汉人不得有所侵扰，所以外夷心甘情愿归附，匈奴也害怕我们的威势。现在鄯善王尤还，是汉人的外孙，如果匈奴得志，尤还首当其冲，非死不可。这些人虽然同鸟兽差不多，也知道避害。如果出兵驻在楼兰，足够让他们归附，我认为这样比较方便。"

长乐卫尉镡显、廷尉綦毋参、司隶校尉崔据反驳道："朝廷从前想抛弃西域，因为西域对中国没有好处而经费难得供给。现在车师已属匈奴，鄯善也不可靠，一旦出现反复，你能担保北方匈奴不成边疆的后患吗？"

班勇答道："现在中国设州牧，为的是防止郡县出现狡猾盗贼捣乱，如果州牧能保证不成为边害，如果开通了西域，那么盗贼不起来，我也愿意用腰斩来保证匈奴的势力必然减弱。敌势减弱了，那么为害的可能性就缩小了。现在设校尉来保卫西域，设长史来招降诸国，如果放弃不管，岂不等于归还他们的内脏，接续他们的断臂吗？那么西域必然失望，希望断绝后，一定向北匈奴投降，缘边各郡一定受到困害，恐怕河西城门白天又要关上了。现在不广泛宣传朝廷的大德，而只看到驻扎军队要多花几个钱，如果北匈奴更加强大，难道边塞会得到长治久安吗？"

太尉属毛轸反驳道："如果设置校尉，那么西域不断派使者来，要钱要粮将无止境，给他们吧，你们费用难供，不给又会失去他们的心愿。一旦被匈奴所迫，当然又来求救，那么事情就闹大了。"

班勇答道："如果让西域归附匈奴，使他们感戴大汉的恩德，不做侵扰的寇盗就很好了。如果不是这样，那么因为西域租税收入很多，兵马为数不少，将来在边陲捣起乱来，这等于让敌人富足起来，增添敌人的势力。设校尉的目的，无非是宣传汉朝的威德，维系各国归附内地的心愿，使匈奴的侵略野心有所收敛，而没有耗费国家财力的忧虑。何况西域的人要求不高，他们之来，不过要点粮食罢了。现在如果一概拒绝，他们一定会依附北虏，让他们联合起来进犯并州、凉州，那么中国的耗费决不止千亿而已。我看还是设置为好。"

邓太后认为班勇所言有理，便听从了他的意见，恢复敦煌郡营兵300人，设西域副校尉，让他驻军在敦煌。更有意义的是，这也为以后敦煌的繁荣、敦煌的文化打下了基础。虽然，这又使西域得到控制，但是还不能走出屯兵之地。后来，匈奴果然多次与车师共同进犯边地，河西之地受害不浅。

延光二年（123）夏，朝廷又派班勇做西域长史，率领兵士500人驻扎在柳中。第二年正月，班勇到了楼兰，因为鄯善归附汉朝，朝廷特加班勇三绶以示奖励。可是龟兹王白英还在犹豫不决，班勇用汉室的恩威开导他，白英就率领姑墨、温宿的兵马，并自己绑着自己到班勇这里投降。班勇于是调集他的步兵、骑兵万余人到车师前王那里，从伊和谷把匈奴伊蠡王赶跑了，俘获前部5000余人，于是前部又开通了。班勇率部回来之后，仍驻柳中，一边防守，一边种田。

延光四年（125）秋，班勇调集敦煌、张掖、酒泉6000骑兵和鄯善、疏勒、车师前部兵攻打后部王军就，把他们打得大败，共斩首俘获8000多人，马畜5万多头，还抓到军就和匈奴持节使者，把他们押到索班死的地方斩了头，替索班报了仇，并将匈奴使节的首级传送到京师，向朝廷报功。

永建元年（126），汉朝廷根据班勇的提议，另立车师后王国前任国王的儿子加特奴为王。班勇又派另一将校，杀了东且弥王，另立了他的同种人为王，从此，车师等六国才平定了。同年冬天，班勇调集各国士兵攻打匈奴呼衍王，呼衍王逃走，他的部下2万余人都投降了。当时，抓到了单于的堂兄，班勇就叫加特奴亲手杀了他。这样做，便使车师与匈奴加深了仇隙。北单于自己率领万余骑兵进入后部，到金且谷，班勇派假司马曹俊快马去救援。北单于退走，曹俊追斩他的贵人骨都侯，呼衍王就迁居至枯梧河上。从此以后，车师再没有匈奴的踪迹，城郭也很安定。整个西域，只有焉耆王元孟尚未投降。

永建二年（126），班勇上书请求攻打元孟，朝廷便派敦煌太守张朗带领河西郡兵3000人与班勇配合。班勇调集各国兵4万余人，分为两路出击。班勇从南道走，张朗从北道走，约定日期到焉耆会师。可是，张朗因有罪在身，想立功赎罪，便先赶到爵离关。他派司马带兵打前站，俘获敌人2000余人。元孟害怕杀头，派使者请求投降，张朗直接到焉耆去受降。不料，元孟不肯当面被捆绑，便只派儿子直接到朝廷进贡，张朗因此得到赦免死罪。班勇却因为没有如期赶到，被判罪下狱，不久得到赦免，他便和母亲疏勒公主，一起回扶风班家谷居住，可是时间不长，疏勒公主就去世了。十余年后，班勇亦逝，是死于班家谷家中的。

对于班勇，后世人大多只知道他的军功，知道他是将帅之才，但对他的"文功"，却鲜为人知。班勇写过一部《西域记》，又叫《西域风土记》，是我国研究西域各民族及中亚地区各国情况的重要文献。据说，唐玄奘法师撰写《大唐西域记》、宋范晔编著《后汉书·西域传》时，所参考的重要资料，都是班勇的《西域记》。由此看来，班勇同其父班超一样，乃是一个文武双全的将帅之才，称他为中国军旅作家的鼻祖，并不为过。

……

应当说，班氏一门，自东汉以后，渐渐有所衰败；自班勇以后，再少有卓有功勋的将帅之才。但是，在班氏先贤的护佑下，他们的后代中，也涌现了不少文臣武将、栋梁之材，这里不再一一列举。巧就巧在，当我的《班氏演义》刚刚定稿之时，河南洛阳那里，班氏后裔们正在举行十分隆重的"2023年清明节祭班超墓"活动。组委会特意邀请了我，我本欲参加，但因千岛湖方面相约，我又接受一项紧急写作任务，便去了千岛湖。苦无

尾声

分身之术，我虽未能去洛阳参加祭祀班超的活动，但却认认真真给他们写了封贺信，信中有这样的内容——

我一直认为：班氏文化，它是典型的宗亲文化、耀目的地域文化、精彩的传统文化、优秀的中华文化。它的典型，是在于一个姓氏、一个家族，仅东汉年间，就涌现了那么多历史名人，尤以"四班"最有代表性；它的耀目，是因为这些班氏先贤，他们不仅'子承父业，妹继兄志'完成了《汉书》的撰写，而且威震西域、安边固疆，延伸和拓展了丝绸之路；它的精彩，是在于这个家族的历史，其实是一出十分曲折离奇的悲喜剧，是一部进行家风教育、爱国主义和英雄主义教育的活教材；它的优秀，是在于它能有中华名人的代表，能聚民族历史的精华，是中华文化的精髓，它比任何帝王将相家族史都更有意义。正因为它是典型的、优秀的、民族的，所以，它不应狭隘、不应局限，这便是我作为一异姓之人，必欲加入班氏文化、汉书文化研究队伍的原因。当然，我更有生在班家谷、长在班家谷的深深的故乡情结。

其时，当我听说活动现场主持人当着那么多人的面，高声朗读了我的贺信时，自然无比激动。同时，我又听到那反复吟唱的令人心旌荡漾、无比振奋的《班超英雄》：

我折下青青杨柳
我倾听悠悠驼铃
我踏上丝绸之路
寻找一个英雄的姓名
我走过茫茫大漠
我走近巍巍昆仑
我徘徊辽阔西域
寻找一个英雄的姓名
英雄班超　班超英雄
你把真情融入百姓
你是顶天立地的好汉
你是生死与共的弟兄

千里万里英雄路

千年万年英雄情

英雄自古多寂寞

千秋美名身后评

千里万里英雄路

千年万年英雄情

英雄何惧多寂寞

千秋美名身后评

美名身后评


我折下青青杨柳

我倾听悠悠驼铃

我踏上丝绸之路

寻找一个英雄的姓名

我走过茫茫大漠

我走近巍巍昆仑

我徘徊辽阔西域

寻找一个英雄的姓名

英雄班超　班超英雄

你用生命传承文明

你是无私无畏的勇士

你是团结和谐的象征

千里万里英雄路

千年万年英雄情

英雄自古多寂寞

千秋美名身后评

千里万里英雄路

千年万年英雄情

英雄何惧多寂寞

尾声

听着这样的朗读、这样的音乐、这样的吟唱，我的心里怎么能不激动呢？看着这样的人众、这样的祭奠、这样的场面，我的心里怎么能不激动呢？这时，我心里不由默默地说："伟大的班氏先祖子文令尹，你不用再担心了，你们这些功在千秋的班氏先贤，是永远会被人们所纪念的，这不仅仅包括你们的后裔，也包括我们这些班氏文化、汉书文化的热爱者，包括我们所有的国人，包括所有热爱中华文化的世人。"同时，我个人也愿意，以这次"洛阳祭班超"活动作为《班氏演义》的结尾，哪怕它犯了写作"画蛇添足"之大忌，哪怕它成了"光明的尾巴"。

2023 年阳春三月一稿完成于陕西省作协
2023 年清明节二稿完成于杭州千岛湖畔

# 后 记

  那是在 2007 年 6 月，当我完成并出版了《班马耿窦四大家族》一书的时候，我就欲写《班氏演义》，但是最终我只把它看作是资料的搜集。

  那是在 2014 年 5 月，当海内外班氏后裔 120 余人来班家谷寻根问祖的时候，我就欲写《班氏演义》，但是最终我只把它看作是实践的体验。

  那是在举国欢庆的千禧年，国人华人都在热烈庆贺港、澳回归的大好日子，我就欲写《班氏演义》，但考虑到自己笔力不到，我就练笔先写作《后三国演义》。

  终于，到了 2020 年这样一个特殊的历史时期，一个"病毒肆虐"的时候，一个"口罩严捂"的时候，一个"足难出户"的日子，我便拿起笔来，开始了《班氏演义》的创作，因为我从不想虚度自己的光阴，因为这一创作任务是我始定的目标。

  一场特殊的灾难，整整延伸了三年之久；一种无端的寂寞，整整持续了三年之久；一场艰苦的写作，整整坚持了三年之久……我终于看到了成功的希望，因为，我的《班氏演义》一稿基本完成。但是，作为作家，一部书稿的完成，大约只是万里长征才走到了中途，前面的道路依然十分遥远。怎么送审？怎么出版？怎么发行？因为，作家不同于书画家，一张字画在墙壁上的张贴悬挂，就代表了一幅作品的发表；而作为文字作品，必须经过印刷出版、公开发行，才能使之与读者见面，才能得到大众的阅读和社会的承认。

  无奈之际，我便将我的难处对远在云南昆明的班氏后裔班淑珍讲了。想不到，这位班家的女儿、巾帼的女侠，竟然挺身而出，答应全力相助。经她在班氏家族微信群发动和单独电话联络，我们成立了一个《班氏演义出书商讨群》，说商讨，也真格商讨：有人对《班氏演义》提供了这样那样的资料，有人对《班氏演义》创作提出了这样那样的建议，有人看了《班氏演义》初稿后提出了合理化的修改意见……我们迅速形成了一个《班氏演义》创作和出版团队。一部书的创作、出版和发行，能有这么多人关心、支持和参与，这并不多见。

其实，《班氏演义》的一稿二稿，我是在西安"龙角斋"写作并完成的；而此书的定稿，我是在美丽的杭州千岛湖畔完成的。因为我喜欢江南水乡的山清水秀，那美丽的风光会给我以创作的灵感；因为我喜欢千岛湖的银波荡漾，那里常常会把人带到一个童话的世界；因为我喜欢天屿山的百变晚霞，那晚霞的余晖会延续我写作的生命。于是，今年清明时节，班氏后裔在洛阳祭祀先祖班超时，班淑珍几番邀我前去，我因在千岛湖写作而难成洛阳之行，便给他们写了贺信。我信中这样说："我曾经深感孤单，因为我一直在孤军奋战。但是，当我完成了《班氏演义》的创作之后，班氏后裔们有钱者出钱，有力者出力，能书者题字，擅画者绘图，有主意者出主意，有智慧者出智慧……这，不能不令我深深感动。"更想不到，对于我的贺信，洛阳祭祖活动的主持人当众宣读了，这更成了我继续完成《班氏演义》修改和出版的动力。

如今，我们所看到的，不仅仅只是胜利的曙光，还看到了丰收的希望。因为《班氏演义》的耕耘任务基本结束，收获入仓在望，出版发行在即。有一句话是这么说的："拥有感恩的心，你会感谢善良的人们给予你的每一份善意，无论相识与否。"所以，我衷心感谢每一位为《班氏演义》的创作、出版和发行做出贡献、提供支持的人，无论相识与否。

我感谢本书创作、出版、发行的策划者、组织者、校对者和重点参与者班淑珍、班德海、班森、班程农、班理、班夫玉、班永吉、班允旭、班李鹏斐、班俊、班大胜、班文。正是由于他们的倾力参与，才使本书的定稿得以加速，文图得以并茂，出版得以加快；我感谢班程农先生和班理女士，他们在百忙之中抽出时间，为此书认真作序；我感谢本书的赞助者和忠实读者班虎林、班广伟、班晓风、班斌斌、班启春、班锦源、班晓民、班福安、班守义、班程龙、班海方、班红卫、班永强、班留子、班良交、班辉、班福建、班汉宾、班安淮、班文俊、班中立、班祖恒、班庆荣、班中祥、班瑞峰、班忠龙、班绍财、班良华、班华忠、班武疆、班允生、班合作、班世界、班群富、班允旭、班廷新、班一龙、班军、班荣耀、班新华、班俊宏、班兴旺、班心运、班荣友、班永奎、班新强、班挺、班玲、班正持、班安洲、班俊、班楠璠、班虎科、班树金、班渝斐、班春锋、班新华、班德华、班理、班大胜、班文军、班林、班玉喜、班清泉、班李鹏斐、班广献、班良国、班淑珍，还有豫东商会理事会等。正是由于他们的相助，本书的正式出版才得以确定。我感谢李玲女士和青年作家延英，正是由于她们的协助，为之认真录稿，查找资料，改正错误，处理琐事，才使这部书稿得以完成。我感谢本书的出版方北京松树下文化传播有限公司和线装书局，正是由于他们的支持，本书才得以正式出版、公开发行。而吴光利先生更是事必躬亲，尽心尽力，这一切，都使我深为感动。

在这里，我再次感谢班淑珍女士，并不仅仅因她率先联络建群、踊跃捐款、四处奔波、日夜操劳、坚持工作，但仍然被有些人误解和埋怨，她几次给我打电话都带着哭腔。我安慰她说："只要我们做的事是对的，只要我们的书出版了，这就是我们的成功。不论别人怎么说怎么想都无所谓，因为我们问心无愧。"我觉得，终有一天，所有的班氏宗亲，都会理解班淑珍、感谢班淑珍的。

现在虽然有了《班氏演义》，但我并不满足。我已开始动笔写《马氏演义》，我还要继续写《耿氏演义》和《窦氏演义》。因为写扶风东汉时期四大家族班马耿窦演义，是我为自己确立的目标，我一定为此而努力，也必须为此而努力。我的目标是一定能够实现的。须知，这既源于我对班马耿窦四大家族十分的仰慕，也源于我对班马耿窦名人先贤无限的尊崇，更源于我对故乡扶风班家谷深深的情结。

我最后还想说的一点是，尽管《班氏演义》已顺利交稿，但还有不尽如人意之处，还有许多值得探讨、补充、改正和拓展的空间，尤其是使之变为影视剧时更为需要。总之，我们既然把弘扬班氏文化、汉书文化作为使命，那就必须为完成这份使命而努力。

袁银波

2023 年 5 月 9 日写于陕西省作家协会住所